心臓の王国

竹宮ゆゆこ

THE KINGDOM OF HEART

PHP研究所

もくじ

CONTENTS

THE KINGDOM OF HEART

装　丁――川谷康久（川谷デザイン）
装　画――はらだ

その『王国』は、美しい物語でできている。

こどもの数は、いつも五。減れば増えて、いつも五になる。

歳《とし》は、ばらばら。一番小さい子で五歳とか六歳、だいたいいつもそれぐらい。

そこから外には出られない。

もうおうちにも帰れない。

だけど凍《こご》える日には暖かくて、カンカン照りの日には涼しくて、服も寝床もなにもかもふかふかでさらさらで清潔で、一日三度の温かなごはんと一日二度のおやつがあって、午後には昼寝の時間もあって、大人たちは優しくて、勉強も教えてもらえて、テレビでアニメも見られて、絵本もゲームもおもちゃもある。ときどきは空の下を走り回ることもできる。みんな仲良く暮らしている。

ここは『こどものための王国』で、みんなは『王子さま』と『お姫さま』。

こどもはみんな、『愛されて、幸せになるために生まれてくる』。

だからみんなを置いていく時、みんなの親はあれほど誇らしそうだった。繋《つな》いでいた手を離した時、あれほど嬉《うれ》しそうに笑っていた。あれほど喜んで、二度と振り返らなかった。これでたくさんあげられます、と。これで愛してもらえます、と。これで幸せになれます、と。

「ちゃんとたくさんあげなさいね」

「あげればあげるほど、たくさん愛されて幸せになれるからね」

たくさんあげれば、嬉しいんだって。あげればあげるほど、愛されるんだって。たくさん愛されて、幸せになれるんだって。

こどもはみんな、たくさんあげたい。たくさんあげて、たくさん愛されて、たくさん幸せになりたい。

だって、そのために生まれてきたのだから。

それでも来たばかりの小さな子は、ときどき寂しくて泣いてしまう。みんなは自分の体の一部を片手で掴《つか》み取るふりをして、「わたしをあげる」「ぼくをあげる」その子の口元にそっと差し出す。食べさせるふりをして、泣き止《や》むまでずっと慰《なぐさ》め続ける。それを見て先生はみんなを褒《ほ》める。えらいね。あげたんだね。いいこだね。

何か月かに一度、『王国』には『使者』が来る。『使者』は、こどもを一人選ぶ。選ばれたこどもは願い事を叶《かな》えられる。もう出られないはずの外の世界にも、そのためになら出ることができる。

お世話をしてくれる大人たちに連れられて、お出かけセットをリュックに詰めて、何日も本当の家族みたいにお泊まりをして、見たこともないようなご馳走《ちそう》を食べて、とっても珍しい列車に乗って、ドレスに着替えて遊園地に行って。

そうして、たった一度だけ、こどもの夢は現実になる。

こどもは幸せいっぱいになって『王国』に帰ってくる。どれほどすごい願い事を叶えてきたか、みんなを死ぬほど羨《うらや》ましがらせる。いいな、いいな。早く順番が来ないかな。わたしが、ぼくが、次に選ばれる子だといいのにな。

そのときにはもう『迎えの馬車』が到着している。すべての準備が整っている。みんなに別れの挨拶《あいさつ》をして、選ばれたこどもは部屋を出ていく。

たくさんあげるために旅立っていく。

新しいこどもはすぐにやって来る。

その子が泣いてしまったら、またみんなで慰める。「わたしをあげる」「ぼくをあげる」「たくさんあげる」「あげればあげるほど愛されるんだよ」「だから全然寂しくないよ」

「でも、そのうち自分がぜんぶなくなっちゃうよ？」

なくならないよ。

ただ、見えなくなるだけ。

ちゃんと愛してもらえるから大丈夫。

あのね、こどもはみんな、愛されて幸せになるために生まれてくるんだよ。

だから、

「わたしをあげる」「ぼくをあげる」「わたしのこどもをあげる」「ぼくのこどもをあげる」

あげればあげるほど、たくさん愛されるんだって。

おとうさんもおかあさんも、わたしを、ぼくを、好きになってくれるんだって！

たくさんの『王子さま』と『お姫さま』が、その『王国』から旅立っていった。

みんな幸せだった。

誰も戻って来なかった。

よかったね。

その『王国』は、美しい物語でできている。

日々は変わりなく続く。また次の『使者』がやって来る。こどもが一人選ばれる。願い事を叶えるために、外の世界へ出て行く。見送る先生は床に膝《ひざ》をつき、荷物を背負ったその子の顔を覗《のぞ》き込む。優しい目で、優しい声で、優しい言葉で語り掛ける。

「大丈夫だよ。思いっきり楽しんで、幸せいっぱいになって帰っておいで。君はみんなを導く灯《ともしび》、希望の光になるんだから」

第一章

1

そうだ。

始まりはいつもここからだ。

おまえは、俺《おれ》を見つけた。

＊＊＊

鬼島鋼太郎《きしまこうたろう》がそいつを見つけたのは夏休み終盤のことだった。

あちー、だりー、ねみー、いくらぼやけど暑さもだるさも眠気も和《やわ》らぎやしない、やってられない午後五時過ぎの、世界すべてを焼き尽くすような炎の色をした夕焼けの下の、市街を山側と町側に隔《へだ》てる一級河川にかかる橋の上の、その真ん中あたり。

そいつは、そこにいた。

そいつは、橋の欄干《らんかん》から身を乗り出すようにして燃え上がる空を見ていた。

そいつは、火の玉みたいな太陽にまっすぐ右手を伸ばしていた。

そうしていればいつか本当に手が届くと、摑《つか》むこともできると、信じているかのようだった。

そしてこちとら鬼の島の鋼《はがね》の太郎である。

宿敵桃太郎の脳漿《のうしょう》滴《したた》る鬼の凶器、みたいな名前を背負って、ちんたらちんたら自転車を漕《こ》いでいる。右手には巨大なスイカを丸裸のまま抱《かか》えているし、あちーしだりーしねみーから片手ハンドルの自転車はさっきから頼りなくふらつきまくっている。ぼやきの間にはセルフで合いの手、はぁ、とかため息もついている。

ついさっき、全長百メートルに及ぶこの橋を渡り始めた辺りで、鋼太郎は気付いてしまったのだ。もう八月も最終週か。もう来週には学校か。もう二学期が始まるのか。……えっ⁉

（もう⁉）

もう、である。

もう、高校二年の夏休みが終わる。

まだなにもしていないのに。

いや、まだもクソも別になにかしたかったわけではないし、成し遂《と》げたい目標があったわけでもない。それでも気付いてしまえばショックだった。自分はこの夏を無為《むい》に浪費してしまった。

この夏、一体どれだけの高校二年生が一生モノの思い出とやらを作ったことだろう。血と汗と涙の決勝打で甲子園《こうしえん》の空に勝利のアーチを描いたり。クラファンで集めた資金で日本一周を歩き通したり。目覚めたらそこは異世界で滅びかけたエルフの王国を救ったり。彼女ができたり。彼女と夏祭りに行ったり。彼女と花火大会に行ったり。『ふーん……浴衣《ゆかた》、いいじゃん。馬子《まご》にも衣装ってやつ？　いててっ、うそうそ！　ばーか、冗談だっつーの！　普通に似合ってるっつーか……まあ、あれだ、なんつーかその……かわいい、んじゃ、ねえの……？　なーんてなっ！』とかこっぱずかしくもじもじしてる奴《やつ》らを片《かた》っ端《ぱし》からサーチ＆デストロイ、徒党を組んで手持ち花火をぶん回し、情《なさ》け無用の奇襲《きしゅう》を仕掛けたり。端《はた》からはどれほどみじめに見えようと、そんな一仕事を終えた後の炭酸は結局最高だったり。そんな連中から逃げ惑《まど》いながら二人はいつしか手と手を繋《つな》ぎ、もう永遠に離すもんかと心の中で叫んでいたり。

一方このざまはどうだ。自分はなにもしなかった。本当になんにもしなかった。ただ時々、無為にスイカを収穫しただけ。いや、無為ってことはないか。金はもらった。

正確に言うならば、鬼島鋼太郎はこの夏、スイカ農家で収穫作業を手伝うバイトをしました。真夏の田舎《いなか》の炎天下、スイカ畑で一日六時間、うち休憩は一時間、指示されるがままにスイカを抱え、歩き、集め、ケースに詰め、トラックの荷台に移し、それで一日五千円。期間は夏休み中の随時（荒天を除く）。毎日やればざっくり二十万円。まあ、毎日はもちろん普通に無理だ。家の用事もあるし、友達と遊びにも行くし、課題もあるし。でもそれ以外の日はやれるだけやろうと思っていた。初日の作業が終わり、二日目の作業が終わり、三日目の休憩時間。鋼太郎は日光に全身くまなく炙《あぶ》られながら、ぼんやり白目を剝《む》きながら、このスイカ畑のルールを悟った。

この後もらえる五千円のために、俺は、命を張らねばならない。

——スイカはでかくて重い。中腰の体勢がきつい。借りた長靴《ながぐつ》が臭《くさ》い。カブトムシが死ぬほどいる。いやそれはいい、カブトはいていい、とにかく全部の作業がいちいちつらい。そしてなにより、陽射《ひざ》しだ。文字通り致命的だった。スイカ畑には日陰がないのだ。作業時間も休憩時間も、真上から垂直落下してくる金串《かなぐし》みたいな直射日光に脳天をザクザク刺し貫《つらぬ》かれ続けた。三日目の作業の後、自分がどうやって帰宅したのかわからなかった。数時間分の記憶がその日、鋼太郎の人生から永遠に失われた。復調するまで一週間かかった。それでも鋼太郎は起き上がるなり、再びスイカ畑に出向いていた。条件に合うバイトが他には見つからなかったし、服も欲しいし、靴も欲しいし、スマホも買い替えなければもうバッテリーが限界だった。月々の小遣《こづか》いだけでは到底この物欲は満たしきれなかった。

そうして働いては倒れ、働いては倒れ、その繰り返しに明け暮れた夏休みがもう終わろうとしている。結局、バイトに出られたのは……頭の中で指を折る。今日を入れて十四回。新学期までは残り数日。天気がくもりなら、あと一回ぐらいは出てもいいか。

そんなことを考えながら、夕焼けの下、鋼太郎はちんたらちんたら自転車を漕《こ》いでいた。

その視線の先で、なにか白っぽいものが、風をはらんでふわんほわんとまん丸く大きく膨《ふく》らんでいた。

(なんだ?)

人だ。スカート……ワンピースか。

そこからの景色は確かにいい。でもこのクソ暑いときに地元民がわざわざ佇《たたず》むような場所でもない。旅行者だろう、とすぐに思い至った。こんな地味な地方都市でも由緒《ゆいしょ》ある古刹《こさつ》はそれなりにあって、観光に来る人もそれなりにいる。眩《まばゆ》い朱色《しゅいろ》に染められた川辺の風景につい足を止め、きっと写真でも撮っているんだろう。

ちんたらちんたら近付くにつれ徐々に姿がはっきりしてくる。(……ん?)かすかな違和感が湧《わ》き上がる。鋼太郎の眉《まゆ》が寄る。よく見ればその手には、スマホもカメラも持っていないのだ。

(なにしてんだ、あれ)

橋の欄干にしがみついて空を見上げ、夕陽に右手をただ伸ばしている。風で膨らむたっぷりした服は足首あたりまで丈《たけ》があって、ワンピースというより寝間着《ねまき》に見える。その足元には黒ナイロンのデイパックが無造作に置いてある。風がさらに強く吹いて、背を覆《おお》うほどの長い髪が躍《おど》る。砕《くだ》けたみたいに輝きが散る。金、オレンジ、紫、緑、ピンク、青。鮮やかな色彩をめまぐるしく帯びて、今この瞬間の夕焼けを鏡面みたいに映している。

髪の隙間《すきま》に横顔が見えた。

そのなめらかな輪郭《りんかく》が、瞬間、火の色の光で縁取《ふちど》られた。

燃えてしまう。反射的にそう思った。

それはまるで噴《ふ》き上がる炎の中に一人佇む姿のようで、急激な温度上昇による爆発的な空気の膨張を実際に感じた気さえして、鋼太郎は、

「……っと！」

スイカを取り落としかけた。あぶね。ペダルを漕ぐ足が止まる。

いや、ていうか。――あれ？

視線に気付いたのか、そいつが振り向く。目が合って、生まれたての疑念が確信に変わる。

男かよ！

あんな服にあんな髪にあんな横顔をしていながら、そいつは明らかに同年代の男だった。まだ少年くさい薄い身体《からだ》の、しらっと整った顔立ちの、ちょっと妙な風体《ふうてい》の奴。髪も服も風にひらひら舞わせながら、こちらを見つめて動かない。そのままなんとなくお互い無言、「……」「……」しばし見つめ合ってしまう。

ヤンキー同士ならそろそろ乱闘のゴングだろうが、鋼太郎は先にそっと目を逸《そ》らした。波風立てずにさりげなく通り過ぎて行こうとした。ここに留《とど》まる理由はないし、そいつに対して興味もない。というかはっきり、スルーしたい。別に今どき男がサラサラロングだろうがスカートだろうがどこにどんなポーズで突っ立っていようが本人の勝手だが、複合技で、関《かか》わりたくない。

しかしそいつはそうでもなかったらしい。

突然、欄干から身をもぎ離した。

鋼太郎の自転車の前に飛び出してきた。

「うわ⁉」

驚いて急ブレーキ、つんのめるように停止した鋼太郎の真正面で両手を広げる。あからさまに通せんぼして、まっすぐに顔を覗《のぞ》き込んでくる。かすかに顎先《あごさき》を震《ふる》わせて、左手で自分の左胸を押さえ、ぱかっと口を開け、喘《あえ》ぐみたいに何度か浅く息をして、「せ、」一瞬だけ目を閉じ、「せ、」開いて、

「『せいしゅん』って、どうやるんだ……？」

話しかけてきた。

意味がわからない。

「……はあ？」

思いっきり首を傾《かし》げた拍子《ひょうし》にこめかみから汗が滴る。汚《よご》れたTシャツの肩で拭《ぬぐ》う。質問の意味だけじゃなく、なぜ足止めされているのかも、なぜ話しかけられたのかもわからない。

鋼太郎のそっけない返事に怯《ひる》んだのか、そいつは「ぐ」口を噤《つぐ》んだ。よろめくみたいに数センチだけ後退し、顔ごと視線をぽとりと落とした。そして「わ、」また鋼太郎を見て、「わ、」裏返りかけた必死な声で、

「……わからないんだ！」

振り絞《しぼ》るように言う。俺はもっとわからないぜ。鋼太郎は心の中だけで返す。この状況のなにもかもが、俺こそ全然わからないぜ……。

「その……、せ、『せいしゅん』って、……なにをすればいいんだ?」

せいしゅん。

青春か。こいつは俺に、青春について訊《たず》ねているのか。

それだけはとにかくわかったが、とりあえず、なんて見る目がない奴なんだろう。よりによってこの自分に、高二の夏をスイカ畑でメメントモリしただけで終わらせようとしているこの鬼島鋼太郎に、青春を語らせようだなんて。訊《き》く相手を間違えているにもほどがある。

鋼太郎は小さく息をつき、右手のスイカを抱え直した。左手でハンドルを軽く切り、無言で再びペダルを踏み込む。こいつは無視して帰ることにした。低速で横をすり抜けようとするが、伸びてきた右手にいきなり自転車の前カゴを摑まれる。意外なほどの力で押し返される。よろけそうになり、足をつく。

こいつ——さすがに文句を言おうと思った。視線を上げ、口を開いた。が、「……」言葉が出てこない。至近距離で見てしまったのは、やたらと強情《ごうじょう》に張り詰めたこいつの顔。恐ろしいほどに澄み切って、まっすぐ見てくるこいつの目。相対するなり圧倒的な無力感に襲《おそ》われて、元からたいして残っていなかったエネルギーがさらにみるみる蒸発していく。こんな奴にはどうせもう、なにを言っても無駄《むだ》な気がする。

(なんなんだ、本当に……)

不発に終わった文句の残滓《ざんし》を飲み込み、鋼太郎はぐったりと項垂《うなだ》れた。疲れ切ったその頰《ほお》をぬるい汗が伝い落ちていく。右手の重みが呪《のろ》わしい。これさえ、この前カゴにも入らないサイズのスイカさえ抱えていなければ、こんな奴とっくに振り切っているのに。どういう因果《いんが》か、今日に限ってもらってしまったのだ。よく熟《う》れて出来がいいのに傷が目立って売り物にならないから、と。自転車で持ち帰る難易度の高さはわかっていたが、妹に見せたら喜ぶと思って受け取ってしまった。いんすか、すげー、あざす、とか言って。

もう一度深くため息をつき、いろいろ諦《あきら》め、顔を上げる。

「……青春、ねえ」

とにかくもう家に帰りたい。ここからさっさと離脱したい。変な奴と関わりたくない。その一心で、声を発した。目の前に立ちはだかるそいつの喉《のど》がごくりと動いて、息を呑《の》んだのがわかった。忙《せわ》しなく何度も瞬《まばた》きをして、さらにずいっと接近してくる。憐《あわ》れになるほど真剣に、鋼太郎の言葉の続きを待っている。

「……あー、多分……」

なんでもいい、なにかこいつが気に入りそうなことを言って解放してもらおう。適当にごまかしてやり過ごそう。「そこからさ、」そいつがさっき立っていた辺りを指差してみせる。その指の動きを追って、動物みたいな俊敏《しゅんびん》さでそいつは顔ごと川の方を見る。

「『イエーイ！』ってダイブする感じ、じゃねえかな」

それを聞いた途端《とたん》、その横顔の右目が、

「――なるほどな」

ぼっ、と音を立てたかと思った。それぐらい強く光った。

素早《すばや》く鋼太郎の方にまた向き直り、右目に光を灯《とも》したまま、前カゴを掴んだ指は離してくれないまま、そこからどいてもくれないまま、

「俺は今日、十七歳になった」

興奮を隠さずに声を上ずらせる。

「十七歳は、特別なんだ。物語の主人公は、だいたいみんな十七歳なんだ。一番キラキラして、楽しくて下らなくて騒がしくて、悲しくて切なくて愛《いと》しくて、とにかく、美しくて……すっごく、大切なんだ。人生にそんなときは二度とないらしい。その先どれだけ泣いても笑っても、十七歳のときとは違うらしい。それぐらい特別なんだって。取り戻せないんだって。宝物なんだって。そう教わった。みんながそう言ってた。そういう口々を『せいしゅん』と呼ぶんだ、って。だから俺は決めてた。ずぅーっと前から、決めてたんだ。もしも十七歳になれたら、絶対に『せいしゅん』するって。一生懸命、『せいしゅん』するって！」

ずっと自分の左胸を押さえていたそいつの左手が、きつく詰まったシャツカラーの襟元《えりもと》をいきなり鷲摑《わしづか》みにする。息苦しさにもがくみたいに引きむしり、その手の中でボタンがいくつも音を立ててちぎれる。それを投げ捨て、両手を握り締め、大口開けて、思いっきり息を吸って、爪先《つまさき》立って仰《の》け反《ぞ》るぐらいに吸って、全身がぶるぶる震えるほどに吸って、吸って、吸って、

「それが！　俺の！　願い事だ！」

叩《たた》きつけるみたいに叫んだ。

叫んで、

「——わはっ！」

笑った。

顔も身体もぜんぶ使って、体内に噴き上がった歓喜の爆風を逃《のが》すみたいに、そいつは大きく笑ってみせた。

一方鋼太郎はといえば、なにがなんだかわからない。知らない奴の突然弾《はじ》けたテンションに全然ついていけていない。ただ困惑《こんわく》し、黙り込む。その目の前でそいつは急転回、突然くるりと身

を翻《ひるがえ》す。自転車はやっと解放されたが、ふと言い知れない不安に駆《か》られる。その背をつい目で追う。そいつは服の裾《すそ》をべろんと雑にめくりあげる。中にはちゃんと長ズボン的なものを穿《は》いている。ほっとするが、不安は消えない。それじゃない、そうじゃなくて、そいつは鋼太郎が見ている前で決して低くはない橋の欄干を跨《また》ぎ、乗り越え、外側の狭い足場に下り立ち、

「みんなっ、見ててくれ――――――っ！」

夕焼け空の彼方《かなた》をまっすぐに指差し、

「アストラル神威《かむい》、今から思いっきり『せいしゅん』するぞ――――――っ！　あっ⁉　しまった、本当の名前は言っちゃいけないんだっ……」

上履《うわば》きみたいな変な靴の足をずるっと滑《すべ》らせた。

鋼太郎の視界から消えた。

水音が聞こえてくるまで一・五秒かかった。

その間に（ちょ、）鋼太郎の脳内では（つか、）思考のスパークが（そりゃ、）起きた。

『――そりゃ適当にごまかそうとは思ったけど別にでまかせを言ったわけじゃなくてこの辺のガキは本当にこの橋からダイブするもんでいかにも青春って感じで度胸試《どきょうだめ》しとか通過儀礼ってやつで俺だって何度もしたことあってでもそれはあくまで明るい真昼の話であってこんな時間帯にやることでは絶対になくてなにしろ水面までは十二メートル川は結構水深もある流れも速い普通に危険な行為だからやるならやると言ってくれればやめとけと止めたのにこれであいつになにかあったらもしかして俺のせいかようそだろどうしようやでも俺がやれと言ったわけじゃないしていうかあいつ今あれ普通に落ちたよなすげえアホじゃんていうかみんなって誰だよていうか、アストラル神威ってなんだよ⁉』

いや、まじでなんだよ。

一・五秒が経《た》った。

それなりに質量のあるものが激しく水面《みなも》を打つ鈍《にぶ》い音が鋼太郎の耳に届いた。

「……ええっ⁉」

我に返り、自転車をその場に倒して欄干に飛びつく。真下に白い泡《あわ》が激しく湧き立っている。なかなか浮かび上がってこない。息をするのも忘れ、身を乗り出して目を凝《こ》らす。え、うそだろ？　やばくない？　ややあってようやく浮かんでくるが、

「おいおいおい……！」

突き出した腕はがむしゃらに暴《あば》れ、もがき、激しく飛沫《しぶき》を上げながら水面を掻《か》き回す。一瞬見えた頭がまたすぐ沈む。空気をはらんで大きく膨らむ服の中でじたばたしながら、あっという間に川の流れに飲み込まれる。ぐんぐん遠くへさらわれていく。思いっきり溺《おぼ》れている。辺りに他の人影はない。自分しかいない。

もはや迷う余裕もなく、弾かれたように欄干から身を跳《は》ね起こした。一旦離れて助走をつけ、抱えていたスイカをそいつめがけて渾身《こんしん》の力で投げる。うまい具合に近くに落ちる。叫ぶ。

「それに摑まれ！　流れに逆らうな！」

必死に伸ばされた手がどうにかスイカにかかったのを見て、

「離すなよ！　なにがあっても絶対に離すな！」

さっき倒した自転車に飛びついた。

引き起こすなりペダルに全体重をかけ、立ち漕ぎで橋の半分を一気に渡り切る。車体を倒して片手を伸ばし、ガードレールの支柱を摑む。それを支点に強引に直角を曲がり切り、川に沿って

無人の遊歩道を疾走《しっそう》していく。一直線に速度を上げ、ここだ、急ブレーキ、体重移動、倒れつつ横にスライド、つんのめる前輪の接地面を軸《じく》に後輪は弧《こ》を描くようにぶん回し、回し切るなり逆方向に体重移動、無理矢理車体を立て直し、河原《かわら》へ続く石の階段にそのまま突入、膝《ひざ》のクッションで落ちながら下りる段差の衝撃を殺し、タイヤの弾力でジャンプしながら草むらに突っ込み、自転車を乗り捨て、全力で走って、水を蹴《け》り上げ、川辺の石を飛び伝い、

――いた！

あそこからダイブして流された間抜けが行きつく、並んだ岩が作る天然の堰《せき》。その手前の流れが緩《ゆる》んで渦《うず》を巻く深い淵《ふち》で、抱えたスイカの浮力によってどうにか沈まずに持ち堪《こた》えている。

鋼太郎は川の中に躊躇《ちゅうちょ》なく踏み込み、胸まで水に浸《つ》かりながら深みへ手を伸ばした。夢中でそいつの服を摑んだ。

力任せに引き寄せ、流れに耐え、滑る川底に足を取られないよう踏ん張り、どうにかこうにか浅瀬《あさせ》まで引きずって、

「……せー、えー、のっ！」

重い荷物を投げるみたいに放り出す。そっと横たえてやるような体力は残っていない。

スイカを抱えたまま、そいつはべしょっとみじめに転がった。その傍《かたわ》らに素早く取りつき、仰《あお》向《む》けの顔を覗き込む。胸が上下している。呼吸している。「大丈夫か?」問いかければ弱々しく頷《うなず》く。よし、意識もはっきりしている。確認を終えたところで鋼太郎も力尽きた。「……はあっ、はあっ……！」酸素を求めて喘ぎながら膝から崩れ落ち、「……つか、」ごく浅い透《す》き通った流れの中に両手をつき、「……つか、さ……、」肩を大きく上下させながら、

「……アストラル神威って、なんだよ⁉」

触れてしまった。

いや、それどころじゃないんだが、そんな場合じゃないんだが、それはわかっているんだが、でもやっぱり今一番に気になるのはそこだった。触れずに耐えることはできなかった。だって変だろ。おかしいだろ。『言っちゃいけない本当の名前がアストラル神威』って、それはもはやツッコミ待ちという名の暴力だろ。

長い服も長い髪もびしょ濡《ぬ》れで全身にべったりへばりつき、ほぼほぼ水死体みたいな有様《ありさま》で仰向けに伸びていたそいつが――アストラル神威が、

「ひ⁉」

目を剝いた。驚愕《きょうがく》の表情で凍《こお》り付き、ゆっくりと顔を傾け、たっぷり数秒かけて鋼太郎の顔を見上げ、

「な、なぜその名前を……⁉　つぐ、」

突然ごろっと半回転。「げほごほごほごほっ！」うつ伏せになるなり激しく咳《せ》き込む。スイカを腹に抱《だ》くように身体を丸め、背中を痙攣《けいれん》させ、「げぼっ！　おぅえ……っ！」飲んでしまったらしい水を吐《は》く。はあっ、はあっ、息をして、髪が張り付く顔を上げ、「……なっ、なぜっ、その名前……をっ、知っ、……ごぼぉ！」また咳き込む。「つぐ、んっ、んぐっ」喉を鳴らして苦しんでいる。さすがに心配になってくる。

鋼太郎は思わず手を伸ばし、簾《すだれ》のように顔の周りに垂《た》れる濡《ぬ》れた髪をかき分けた。中を見て、即、後悔した。きたねえ。口と鼻から粘性《ねんせい》を帯びた透明の液体がゴボゴボ溢《こぼ》れ出る様子を思いっきり目撃してしまった。光の速さで髪を戻すがもう遅い。見てしまったツラの記憶を消せない

か、気合を入れて瞬きしてみる。もちろん無駄で、その傍らでは「んぐっ、なぜっ、その名前っ、ぐぇぼ！」アストラル神威がまだなにか言おうと頑張っている。そして吐いている。

鋼太郎は悟った。

「……おまえ、さてはめちゃくちゃアホだろ……」

衝撃を受けたみたいに「ふあ⁉」一声鳴いて、白い顔が跳ね上がる。垂れたゲロが顎からぬるーっ、長く透明な糸を引く。

「おっ、俺はアホではない！　俺はアストラル神威だ！　あっ⁉」

その口をベチィッ！　自《みずか》らひっぱたく勢いで片手で覆う。

「俺、言っちゃってる、か……⁉　言っちゃってる、な……⁉　おお、記憶がだんだん蘇《よみがえ》ってきたぞ……うわあ！　なんだ！　なにやってるんだ俺は……！」

やっと呼吸が整ってきて、鋼太郎は立ち上がりながらしみじみ納得する。「やっぱな」間違いない。アホだこいつ。

まあしかしなんにせよ、つい今しがた溺れていたにしては元気そうでなによりだった。吐くものも吐き切ったようだし、この様子ならもう大丈夫だろう。濡れたTシャツを脱ぎ、雑巾《ぞうきん》みたいにぎゅっと絞る。川の水がボタボタと落ちる。広げて大きく何度か振り、皺《しわ》をごまかしてまた着る。もちろん気持ち悪いが仕方ない。

「……違う、違う違う違う、だめだ、違う、ちょっと待て……！」

アストラル神威はまだなにか呻《うめ》いている。悶《もだ》えている。放っておく。バイト先で支給された農作業用のズボンも脱いで絞ろうとして、「あ！」ポケットの中身をはたと思い出した。やばい。慌《あわ》てて手を突っ込む。家の鍵《かぎ》は――よし、ある。スマホ――も無事だ。電源も入る。一安心してそれらを一旦大きめの石の上に置き、改めてズボンを脱ぎ、絞り、振って、また穿く。本当はボクサーパンツも脱いで絞りたいが、さすがにそれはできなかった。いくら人気《ひとけ》がないとはいえ一応ここは公共の場、家までこれで我慢するしかない。ソックスは脱ぎ、丸めてポケットに突っ込む。裸足《はだし》になってベルト付きのスポーツサンダルを履き直す。もしビーサンで来ていたら悲惨《ひさん》だった。川の中で確実に流されて、裸足で帰る羽目《はめ》になっていた。こいつはどうだろう？

「……あああ、もう……！」

まだ続いていた呻き声の方に目をやる。靴は、――あーあ。履いていない。両足ともソックスだけになっている。

「なんでこうなっちゃうんだよ、なんでうまくいかないんだよ……！　やっと俺の番がきたのにこんなんじゃ……ああ、もう！　もう、もう、もう……！」

アストラル神威は何度かかぶりを振り、両腕で抱えたスイカに覆いかぶさるように深く俯《うつむ》く。ゴン、ゴン、と頭突《ずつ》きをかます。そのまま黙り込み、動きを止め、そしてジ・エンド――と見せかけて、「……くそっ！」いきなりがばっと顔を上げた。強情に口を引き結んで、鋼太郎の顔をもう一度まっすぐに見上げた。

「頼む！」

「断る」

反射的に答えたが、

「頼む～っ！」

アストラル神威は全然めげない。

「頼むからやり直し、させてくれ！　今度はちゃんとやるから！　今までの全部なし、最初から！　ここから！　せーの……、はっ！」

「お、突然の気合」

「違う！　はっ！　は初めまして、のはっ！　初めまして！　俺はアストラ……じゃないっ！」

浅瀬の中に座り込んだまま、またスイカに頭突きする。これまでで一番の重い音。そしてそのまま数秒間の沈黙。ついに気絶したかと不安になってきた頃、やっとその顔を上げる。完全に無表情になっている。でも目だけが泣き出しそうに潤《うる》んでいる。そして、

「……おまえ誰……」

アストラル神威は、突然シンプルに訊いてきた。

変な奴……鋼太郎もシンプルに思った。

第一印象からして変な奴だと思っていたが、結局、本当に変な奴だ。

悪い奴ではないんだろう。嫌な奴でもない。多分。それは鋼太郎にもわかる。こいつはとにかく、ただどうしようもなく、ものすごく変な奴なのだ。やっぱり関わりたくなかった。変な奴と関わればきっと面倒なことになる。こっちにも事情ってもんがある。避けられる面倒なら極力避けたい。そもそも相手をしてやる義理など初めからない。

鋼太郎はアストラル神威を見返して、

「俺は、にしうりうれたろう」

するっと偽名を名乗った。我ながらあまりにもしょうもないネーミングセンスだが、『アストラル神威』よりはマシだろう。

「にしうり、うれたろう……」

「そうだ。そのスイカはおまえにやるよ。じゃあな！」

身を翻し、大きく踏み出す。そのままさっさと立ち去ろうとする。が、

「待ってくれ！　にしうりうれたろう！」

その背を呼び止める声の必死さに、つい振り返ってしまった。

「と、……友達に、なってくれないか⁉」

アストラル神威は鋼太郎を見ている。立ち上がろうとしてよろけている。鋼太郎を追いかけようとしている。

「俺、友達が欲しいんだ！　友達と一緒に、一生に一度の『せいしゅん』がしたいんだ！」

でも、立ち上がれない。大きなスイカをまだ両手で律儀《りちぎ》に抱えているし、布地の多い服が重く濡れて全身にべったりと張り付いているせいでうまく身動きできないらしい。靴もないからソックスで濡れた石を踏んでは滑り、ついに「おわ！」水の中に尻《しり》もちをつく。ばしゃっと盛大な水飛沫が上がる。

まあ、がんばれ。鋼太郎は再び背を向けた。アストラル神威をそこに置き去りにして、一人で先に歩き出した。ちょっとかわいそうな気もしたが、そうのんびりもしていられないのだ。あちーしねみーしだりーのはもちろんのこと、この後も別に暇ではない。今日のうちにやるべきことはまだまだあって、とにかく家に帰らなくちゃいけない。

「待ってくれ！　おーい！　おーい！」

さっき乗り捨てた自転車を草むらから引き起こし、これでは石段を上がれないから片腕で担《かつ》ぐ。最後にもう一度だけ振り返った。

アストラル神威はびしょ濡れで、大きなスイカを腹に抱え、まだ浅瀬から脱出できずにいる。大声で懸命に鋼太郎を呼びながら、真っ赤に輝く夕陽を背負っている。

その姿はあまりにも『せいしゅん』している。

鋼太郎は思わず、「……ぶはっ！」吹き出してしまった。自転車を肩に担ぎ上げたままで身を折って、日焼けで赤くなった顔をくしゃくしゃにして、「あっはっはっはっは！」思いっきり笑ってしまった。

おまえ今、この世の誰よりも青春してるよ。今この瞬間、まさに青春を生きているよ。ここは甲子園じゃないけど、日本一周の途中でもないけど、異世界でもないけど、浴衣の彼女もいないけど、リア充の殲滅《せんめつ》を誓い合った同志もいないけど、それでもおまえは青春してる。

間違いない。

「——よかったな！」

「えっ⁉」

「『せいしゅん』！」

イエーイ！　空《あ》いた片手で拳《こぶし》を突き上げ、大きく振ってみせた。

アストラル神威は、急に静かになった。

笑いがまだ止まらない鋼太郎を見つめたまま、時が止まったみたいに立ち尽くした。

金に、オレンジに、紫に、緑に、ピンクに、青に、——天から射すめくるめく色彩の光に、その全身が鮮やかに染められていく。輪郭だけが、炎の色で輝いている。

背を向けてそこから歩み去っても、一人自転車をまた漕ぎ出しても、やがて空が暗くなり始めても、鋼太郎の胸の内側には光の余韻《よいん》がゆらめいている。

アストラル神威は、青春の真っ只中《ただなか》にいる。

＊　＊　＊

わたなべゆうたが現れた。

二学期が始まって数日が過ぎ、夏休みの余韻もようやく冷めた教室の真ん中で、鋼太郎は己《おのれ》の目を疑った。

だってそいつは、どう見ても――


一学年は八クラスあって、理系クラスは二クラス。二年八組はそのうちの一クラスで、鋼太郎の席は教室のほぼ中央に位置する。教卓の真ん前の列の、前から四番目である。

一般的な認識として、そこはいわゆる「はずれ席」だった。なにしろ教壇から見下ろす教師の視界のど真ん中、必定《ひつじょう》、居眠り・内職・スマホいじり・早弁といった各種非合法活動において常に最大レベルで露見《ろけん》のリスクがつきまとう。

しかし今に限っては、実は、その席はそこまで悪いものでもない。理由はただ一つ、鋼太郎のすぐ前に座するのが偉丈夫《いじょうぶ》・大山《おおやま》だからだ。身の丈一九〇センチメートルを超え、ずしり詰まった重量は〇・一トン。校内随一《ずいいち》の巨体を誇り、背中はもはやそびえたつ壁。有事の際にはその頼もしい肉壁の陰に身を潜《ひそ》めることができる。

そして今こそがまさにその時だ。

「じゃあ、わたなべゆうたくん。簡単に自己紹介をお願いできるかな？」

「あ。はい」

（は……⁉）

鋼太郎は何度か瞬きし、視覚に異常がないのを確かめ、つまりこの状況こそが異常なのだと理解して、漏《も》らしそうになった声を危《あや》うく飲んだ。とっさに背を丸め、限界まで身を低くして大山の背後に隠れる。こうしていればとにかく向こうからはこっちの姿は見えないはず。いいぞ大山。でかいぞ大山。愛してる大山。でもなぜなんだ大山。なぜこの恵体《けいたい》で囲碁《いご》部なんかに大人しく所属しているんだ大山。やれ、相撲《すもう》を。……現実逃避はやめよう。

「えーと、わたなべ、ゆうた、です。そのー、どこから来たとも言えないし、いつまでいるとも言えないん、です、けど」

そろり。数センチだけ身体を横にずらし、鋼太郎は肉壁の陰から教壇の様子を窺《うかが》う。

担任の氷河期《ひょうがき》独身おじさん・駒田《こまだ》の物悲しい痩軀《そうく》の隣に、ぼさーっと突っ立っているそいつ。

覇気《はき》のないツラで歯切れの悪いことをモサモサ言っているそいつ。

そいつは、やっぱり、どう見ても、

（アストラル神威じゃねえか……！）

——有事だ。

あの日、夕焼けに染まる川辺に置き去りにしてきたはずの変な奴が、どういうわけかここにいる。なぜだか今、この教室の教壇に立っている。

駒田の説明によれば、「わたなべゆうた」は転校生ではなく、留学生なのだという。両親ともに日本人で国籍も日本だが、家庭の事情でずっとアジア諸国を転々としていて、これまで母国である日本での教育を受ける機会がなかった。この県に日本式教育を体験するための留学生受け入れプログラムがあることを偶然知り、強い意欲を持って、両親と離れて参加することにした。期間は未定で両親の仕事の都合による——とのことだった。

ただ見た目はあの日とは随分違う。特徴的だった長い髪は男子らしく短く切られ、顔の良さを完膚《かんぷ》なきまでに無効化するダサいジジイみたいな眼鏡《めがね》をかけ、この学校の夏の制服である半袖《はんそで》シャツを着ている。

でも鋼太郎にはわかるのだ。その前傾気味の立ち姿、薄い身体つき、声の感じ、喋《しゃべ》り方、そしてなによりそこにただ存在しているだけで自然と漏出《ろうしゅつ》するぼや～っとした独特の雰囲気。

あいつは絶対に、アストラル神威だ。

「俺は、この学園で、『せいしゅん』したいと思っていて……」

ほらきた！

答え合わせ完了。はい花丸。しかしこんなに嬉《うれ》しくない正解ってあるだろうか。あとここは学園ではない、ただの公立高校だ。ていうか、

（バレたくねえ～……！）

巨体の陰でさらに身体を小さく縮《ちぢ》こめる。

なぜかは知らないが、アストラル神威は自分と友達になりたがっていた。冗談じゃない。絶対にお断りだ。もしあんな変な奴に友達認定されてしまったら、この先どんな面倒が降りかかってくるかわからない。とにかく全力で回避しなければ。どうにかして逃げ切らなければ。学校生活という安全地帯を守り切らなければ。

（俺は普通に、あくまで無難に、ただ一介のＤＫとして、のんきで楽しい高校生活を平和に送りたいんだ！　俺に気付くな！　俺を思い出すな！　頼む！　どうか！　お願いします……！）

日本人の心がそうさせるのだろう、自然に両手を合わせ、頭《こうべ》を垂れて強く念じたそのときだった。「くっちゅ！」かわいい声。大山のくしゃみだ。巨壁が斜めに大きく傾き、鋼太郎の前方が

ガラ空きになり、

「あーっ⁉」

神も仏もいないのか。わたなべことアストラル神威が声を上げる。教壇からまっすぐに鋼太郎を見下ろし、指を差してくる。

「にしうりうれたろう！　にしうりうれたろうじゃないか！」

鋼太郎は無言、「……」すーっと横にずれてみた。指先がすーっ、大山のバラ肉を貫通《かんつう》してついてくる。「……」逆方向にすーっ、ずれてみた。すーっ、やっぱり大山のバラ肉を貫通してついてくる。にかっ！　アストラル神威が笑う。

「奇遇《きぐう》だな！　にしうりうれたろう！」

駒田がその傍らから「そんなおもしろい名前の人はこのクラスにはいないよ。あれは鬼島鋼太郎くんだよ」口を挟《はさ》むが、

「いいや、にしうりうれたろうだ！　間違いない、友達なんだ！　俺たち友達になったんだ！」

なってねえ！　反射的に言い返しそうになり、ぐっと耐える。動揺を隠し、そっぽを向く。クラスの連中は、「え？」「にしうり……なに？」ざわめき出すが、それも無視。あんな奴知らない、俺は関係ない、すべてあいつの勘違《かんちが》い——これで通してみせるとも。

「あれ、わからないのかな？　おーい！　俺だよ、にしうりうれたろう！　ほら、あの、スイカの、アストラ……あっ、わたなべだ！　ちょっと前にあの橋で、ほら、俺だよ俺、アスト、あっ……わたなべだ！　初めましてだけど初めましてではないっ！」

わたなべことアストラル神威は一人必死に大騒ぎ、「俺だよ俺！」じたばたと自分の顔を指差して俺俺アピールしてくる。優秀なＡＩならとっくに自動で詐欺《さぎ》判定して警察に通報している。

それでも鉄の意志で無視を貫く鋼太郎をよそに、ざわめきはどんどん膨らんでいく。「なんなの?」「にしうりうれたろうって鋼太郎のこと?」「待って意味わからん」「偽名?」「いや、なんで?」「鋼太郎なにしてんだよ」

斜め前方からわざわざ振り返り、「へ〜い」からかってくるのは西園寺《さいおんじ》。「おまえ偽名なんか名乗ったの? しかもうれたろう、て」ご自慢のマッシュヘアを乱してニヤついて見せる。斜め後方では「センス……ぷっ」いつも硬派な八百地《やおち》までもが、やたらいい声で低く吹き出している。

騒がしい声が入り混じる中、アストラル神威が「……偽名?」表情を変えた。

「にしうりうれたろうが、偽名だと? まさか、そんなわけがない! にしうりうれたろうは偽名を名乗るような奴ではない! そうだろ、にしうりうれたろう! おまえはにしうりうれたろうだよな! 俺はにしうりうれたろうを信じるぞ! なあ! にしうりうれたろう!」

連発される間抜けな名前にクラスは一層盛り上がる。みんな鋼太郎を見ているし、指差してはゲラゲラと大ウケしている。なにか耳打ちし合っている女子たちもいる。鋼太郎を横目で見てはヒソヒソ、きゃはは! 笑いさざめく声は教室中に広がって、やがて収拾がつかなくなる。

(くそっ、この恥辱《ちじょく》……!)

これ以上は耐えられなかった。鋼太郎は立ち上がるなり、

「おまえこそ偽名じゃねえか!」

全力で指を差し返す。

「なにがわたなべだこの野郎、おまえアストラル神威だろ!」

鋼太郎の突然の糾弾《きゅうだん》に、「なっ⁉」アストラル神威は仰け反って戦慄《わなな》いた。引きつる口元を片手で押さえてよろめき、教卓にしがみついてどうにか身体を支える。新たな声がざわざわと湧き

上がる。「アストラル……？」「神威……？」「なんだそれ……？」鋼太郎はしたり顔で頷いた。どうだ気になるだろう。みんな突っ込みたいだろう。俺も先日はそうだったとも！

「な、なんてことを……！　それは言ってはいけないんだぞ！　設定がおかしくなる！　あぁ⁉

違う！　設定などないっ！　ないし、断じて、偽名などではないっ！」

「いいや偽名だ！　おまえはわたなべじゃない！」

「そんなことないっ！　偽名じゃないっ！　俺はわたなべじゃないっ！」

「そうだおまえはわたなべじゃ……ん？　あれ？」

「奇遇だな！　俺もにしうりうれたろうじゃない！」

「なにぃ⁉」

ステーン！　アストラル神威はショックのあまりか尻から教壇に転がった。へっ、鋼太郎は悪い笑顔になる。ざまあ。

「み、見損《みそこ》なったぞ……！　にしうりうれたろう……！」

「だから違うっつってんだろうが！」

「何人《なんぴと》たりとも軽々しく偽名など名乗るべきではないっ！」

「だからおまえもだよ！　見損ないついでに俺と友達になるのも諦めろ！」

「いやだ絶対に諦めないっ！」

「だからだめだ！　諦めろ！」

「俺は絶対に絶対に諦めないっ！　おまえはもう俺の友達だ！」

「だからいい加減察しろよ！　友達になりたくねえから偽名なんか名乗ったんだろうが！」

「わかった！　ならもうそれでいい、偽名でいい、好きに名乗れ！　俺は大丈夫だ！」

「だから俺が大丈夫じゃねえ！　いいから諦めてとっとと他を当たれ！」

「いいやおまえだ！」

「だからっ、」

「俺はおまえがいいんだ！」

「だか、」

「こんなところで諦めたりなんかしない！」

「だ、」

「俺は絶対に願い事を叶《かな》える！　願い事は絶対に叶わなきゃいけない！　絶対に、だ！」

「ヴォエッ！」

あまりのままならなさに鋼太郎は軽くえずいた。なんなんだ、なんでこんな、こいつは一体……アストラル神威の謎《なぞ》の頑《かたく》なさに立ち向かう気力も尽きて、椅子《いす》にすとんと身体が落ちた。巨《きょ》漢《かん》の背後に一時撤退、レスバに負けた頭を抱える。こうなったらもう、ヒトの可聴域《かちょういき》からはみ出る周波数で哀《かな》しく唸《うな》ることしかできない。うわあぁ～変な奴だよぉおぉおぉ～……。

女子の一人がおずおずと、「先生」片手を上げた。「わたなべくんって、偽名なんですか？」

「あはは、まさかぁ。そんなわけないでしょう」

駒田はまだ教壇の上でへたりこんでいるアストラル神威に手を貸し、ちゃんと立たせてやりつつ、「そうだよね。間違いないよね、わたなべくん」笑顔を向ける。が、「……」アストラル神威は返事しない。「あれ？　わたなべくん？」素知《そし》らぬ顔でズボンの汚れをパンパン手で払い、ずれた眼鏡をくいくい押し上げ、「わ、わたなべくん……？」「えっ？」ようやく驚いたように駒田の顔を見返した。話しかけられていることにやっと気付いたのか、慌てて頷く。「あ。はい」「……わたなべくん、なんだよね？」「えっ？」「……あれあれ？　わたなべくん……で、いいんだよね？」「あ。はい」

なにかもう、どうしようもなく怪《あや》しかった。

波が引くように教室のざわめきがトーンダウンしていく。さっきまで笑っていた連中もあちこちで首を傾《かし》げ始める。そもそもの話、留学生なのに日本人とか、いつまでいるかはわからないとか、どこから来たかもはっきり言わないとか、はなから色々と不審ではあったのだ。教室にこいつが現れたその直後から、みんな頭上に「？」を浮かべていたのだ。こいつがどういう存在なのか、どういう取り扱いをすればいいのか、みんな理解できずにいたのだ。しかも偽名かもしれなくて。本名はアストラル神威かもしれなくて。いや、本名がアストラル神威って……もう本当に、完全に、意味がわからない。いじっていいのかどうかさえ、もはや誰にもわからない。

二年八組に微妙な空気が静けさとともに垂れ込めるが、そのときだった。

「——ここはひとまず我らに任せてもらおうか！」

雷撃の如《ごと》く鋭い声が膠着《こうちゃく》を打破《だは》する。渡辺《わたなべ》だ。

「たった二つの質問で、彼がわたなべか否《いな》か明らかになるわ……」

渡邊《わたなべ》だ。

「ヒャーハハ！　あいつは俺様の獲物《えもの》だァ！」

綿鍋《わたなべ》だ。

立ち上がったのは合わせて三人。渡辺（無印わたなべ）、渡邊（旧字体わたなべ）、そして綿鍋（わたなべオルタナティブ）だった。なぜかこのクラスには、すでに三人のわたなべがいた。「ヒヤッハァ！　丸裸にしてやるぜェ！　苗字《みようじ》をなァ！」テンション高く舌をベロベロ突き出しているのは、わたなべの中でも最も残虐《ざんぎやく》な性格で戦闘狂のオルタナティブ。

「わたなべチェーック！　第一問！　わたなべ、と読む姓、漢字表記では何通りある⁉　さァ答えろォ！　ヒャーハハハハッ！」

「か、漢字？　えっ？　何通り……？」

突然の問いかけに、アストラル神威は動揺しながら、「……五、ぐらい？」自信なさげに回答した。（いや、もっとあるだろ！）鋼太郎は反射的にそう思い、それが表情にも出たのかもしれない。大山の巨体から三分の一ほどはみ出している鋼太郎の顔をちらっと見て、アストラル神威は「やっぱ百！」回答を変えた。（いや、多すぎだろ！）アホ特有の急激な数の増やし方だった。

それを聞いて「ヒャハーァ……⁉」オルタナティブの両眼《りようめ》が怪しく光る。突き出た舌がプロペラのように回転する。やっべ。こっわ。近くの席の女子たちが机ごとガタガタと距離をとる。

「もういいわ！　下がりなさいオルタ！」

パチン、と慣れた様子で指を鳴らし、興奮するオルタナティブを制したのは旧字体だ。

「第二問は私からよ」

落ち着き払った仕草《しぐさ》で長くつややかなポニーテールを払い、壇上のアストラル神威をひたと見《み》据《す》える。続けざまに質問を繰り出す。

「さあ、聞かせて頂戴《ちようだい》。あなたの、これまでのあだ名は？」

「あ、あだ名？　ええと、それは……そのー、なんていうか……特にそういうのはなくて、そのまま、わたなべ、と……」

「これはこれは！」

旧字体は片眉を上げ、パンパンパン！　高らかに拍手してみせる。ちらりと投げた視線は無印へ。無印は「ふっ……」オルタナィブを。そしてオルタナティブは「ヒャハ」旧字体を。

「見えたな。——真実が」

リーダー格の無印が低く呟《つぶや》く。ただ、それだけだった。三人は特に審議に入るということもないまま、一斉《いっせい》に、ぴたり。アストラル神威を指差して声を揃《そろ》えた。あいつは——

「「「偽名だ！」」」

「ええーっ!?　本当かい!?」

誰よりも大きく叫んだのは駒田だった。クラスのみんなもざわつくが、鋼太郎はもちろん今さら驚きもしない。だからあいつはアストラル神威だってさっきから言ってるだろうが。

無印の説明によれば、「第一問の正解は、二だ。世の中には二種類のわたなべしかいない。俺のわたなべか、俺以外のわたなべか。——わたなべは全員そう思っている」らしい。「ヒャハ！」オルタナティブも頷いている。旧字体がその後を引き取る。「そしてわたなべは全員、古《いにしえ》より百％の確率でこう呼ばれてきたわ——ナベ。とね。これが第二問の答えよ」「ヒャーハ！」オルタナティブも頷いている。わたなべがいすぎるために今はそれぞれ特殊な呼ばれ方をしているが、あいつもあいつもあいつも、単体では全員『ナベ』でしかないということか。いや、ほんとかよ。鋼太郎も他の面々も、そこまで納得はしていないが。

わたなべ×3にきっぱりと偽名認定を受け、「くっ……！」アストラル神威にはそれなりのダメージがあったらしい。じりじりと後ずさりして、黒板に背中がぶつかる。どうする、このまま敗走するか？　鋼太郎が肉壁の陰からコソコソと事態の推移を見守る中、苦し紛《まぎ》れか、スラックスの尻ポケットから分厚い手帳のようなものを取り出した。ぱらぱらめくるページには辞書のようにびっしりと縦並びにインデックスシールが貼《は》られていて、やがて開いたところに顔面から飛び込むみたいに目を近付け、指で文字をなぞって追うようにしながら、

「……『ぼくの名前は、わたなべゆうた、です』」

明らかにそこに書いてあることを読み始めた。

「……『アストラル神威、は、家庭内での、愛称みたいなものです。意味は、ありません、ので、どうか皆さん、忘れて下さい』」

いや、忘れらんねーよ。クラス全員の心が一つになるが、

「まあまあ！」

驚きから立ち直ったらしい駒田がやっと事態の収拾に取り掛かった。乱れた前髪をパラリと額《ひたい》に落としたまま、それでも笑顔でアストラル神威の肩を抱く。担任ヅラして、いや担任なのだが、生徒たちに朗《ほが》らかに語り掛ける。

「もう、なんでもいいじゃないか。彼はわたなべくんかもしれない。アストラル神威くんかもしれない。どっちでもないのかもしれない。どっちでもあるのかもしれない。箱を開けるまで猫の生死はわからない。誰にもなんにもわからない。それが量子力学です。コペンハーゲン解釈です。答えはすべて、みんなの心の中にある。友よ、電子は風に吹かれながら、観測されるのを待っている。バーイ、ボブ、……？」

わかるよね？　の顔で駒田は動きを止め、耳元に手をかざし、オーディエンスのレスポンスを待つ。うざったいが一応付き合いで「サップ」「マーリー」「スポンジ」何人かが答える。

「はい違います。はい違います。はい違います。正解は、ディランです」

いや、意味わかんねーよ。再びクラス全員の心が一つになるが、

「――時間の無駄！」

嚙《か》みつくような鋭い声に、ぬるい馴《な》れ合いの空気が一瞬で変わった。千葉《ちば》巴《ともえ》だ。

出たよ……誰かが冷たく呟く中、巴は最前列の自席から駒田の目の前に立ち上がる。切り揃えられた嫌味なほどに綺麗《きれい》な黒髪がサラサラと肩から零《こぼ》れ落ちる。

「ホームルーム、長すぎるんですけど！　次の授業の準備に差し障《さわ》るんですけど！　ていうか、『それ』！」

　至近距離からアストラル神威をまっすぐに指差す。

「邪魔くさいんですけど！」

　アストラル神威は「え、どれ？」のん気に振り向いて背後の黒板を見やる。親切な前方の席の奴が「おまえのことだよ」教えてやると、「俺⁉」かぱっと口を開けて動きを止める。ショックを受けたらしい。巴はもちろん気になどしない。なぜならそれが巴だから。

（あーあ……）

　鋼太郎は大山の陰からひょこっと顔を出し、いきり立つ巴の後頭部を見つめた。そこにはでっかく怒りのマークが浮かんでいる気すらする。まあ、そうなるよな。おまえが我慢とかするわけないよな。穏便《おんびん》になんてすますわけないよな。言いたいことは必ず言うよな。

「『それ』、断れないんですか⁉　なんでわざわざよりによって、このクラスでそんなわけのわからない変な奴を受け入れないといけないんですか⁉　私、勉強の邪魔されるの絶対に嫌なんですけど！　下らないノイズに集中を乱されるのとか絶対に許せないんですけど！　万が一私の成績に悪影響があった場合は誰かが責任をとってくれるんですか⁉　保障とかあるんですか⁉　そうじゃないなら『それ』、他のクラスに引き取ってもらってください！　このクラスには私がいるんですから！　この！　入学以来！　全主要科目で！　学年トップの！　わ・た・し・が！」

ガリ勉クソ女。

鋼太郎の後ろの方から、それは小さく放《はな》たれた。うざ。何様。黙れや。つかおまえが他のクラスいけ……冷たい声が次々に飛び交う。一高落ちの、卑怯者《ひきょうもの》……。

振り向かずに、鋼太郎は頬杖《ほおづえ》をついたまま黙っていた。巴の後頭部をただ見つめていた。巴はふん、と優雅に髪を払い、澄ました様子で席に腰を下ろす。悪口が聞こえていようがいまいが関係ない。巴はまったく動じない。なぜならそれが巴だから。

「まあまあ。どうどう。それそれ」

壇上の駒田が出席簿で熱波師《ねっぱし》のようにみんなを扇《あお》ぎ、微妙な雰囲気を力技で一掃《いっそう》する。

「さて、とりあえず、わたなべ――」

応！　と無印。ス……軽く挙手するのは旧字体。「ヒャハァ！」オルタナティブ。

「いや君らじゃなくてさ、空気読もうね、わかるよね。ていうかほんとに多いなわたなべ、四人目て……いや、そしたらえーと、アストラルくん」

「ヒャーハハハァ！」

「いや君はオルタナティブくんでしょ、全然違うでしょ、舌しまいなさい。もう色々と紛らわしいから、神威くんにしようか。これはあだ名だから、そう呼んでもいいよね？」

アストラル神威――省略されて神威、は、「まあ、あだ名なら」駒田の言葉に頷いて見せた。

「よかった、それじゃ神威くん。とりあえず、席についてもらおうかな。神威くんの席はあそこだよ。ほら、窓際の一番後ろの列に机と椅子が置いてあるから、あそこに……あれあれ？　どこ行くの神威くん？」

神威は駒田が指差す方を見もせずに、項垂れて勝手に壇上から下りる。そのまますたすたと机の間を歩き、まっすぐに迷いなく、

「俺は、邪魔くさい……か。はあ……」

鋼太郎の席にやってきて、左側から「あ⁉　おい！」ぐい。椅子に座っている鋼太郎の身体を横に押しのける。尻がずれ、空いた椅子の左半分に、「ちょっと！　なんでだよ！」ぎゅう。無理矢理自分の尻を押し込んでくる。一つの席を半分ずつ分け合って二人一緒に座る形になり、当然こんなのは受け入れがたく、

「おまえほんとなにしてんだよ⁉　自分の席行けよ！」

「『せいしゅん』……、なかなか前途多難だな……」

「くっついてくんな狭苦しい！　ふざけんじゃねえ！」

「邪魔くさい……。邪魔で、しかも、くさい……。はあ……。一緒にがんばっていこうな……」

「いや俺はがんばんねえよ！　ていうか俺こそがなんなら今、世界で一番おまえを邪魔くさく思ってるよ！　先生！　先生！　こいつこんなことするんですけど！」

「よーし、そしたら誰か神威くんの机と椅子を鬼島のところまで持ってきてあげてー！」

「いや、こいつをあっちに連れてってください！　あっ、よせ！　持ってくんじゃねえ！」

＊　＊　＊

要するに、面倒な奴のお世話係を体《てい》よく押し付けられたのだ。

昼休み、中庭の花壇脇《わき》。遅れて現れた鋼太郎に気付き、「お、きたきた」「おう」西園寺と八百地が声を上げる。

二人が座り込んでいるコンクリの地べたに自分もどかっと腰を下ろし、「はあ……」鋼太郎はようやくひと息ついた。いつメンのランチタイムの定位置はここだ。まだまだ暑いし陽射しも強いが、すかっと晴れた青空はとりあえずめちゃくちゃ気持ちがいい。

「やっと撒《ま》いたぞ……」

「鋼太郎おつ〜」

向かいから西園寺が拍手してくる。八百地はコンビニの袋をガサガサかき回し、「ん」チロルチョコを一つ放ってくれる。キャッチして一礼、さっそく頂く。きなこもち味をむちゃむちゃ堪《たん》能《のう》しつつ、むちゃむちゃ顔を礼儀として八百地に見せつけつつ、「うぜえ」うざがられつつ、あぐらをかいた膝の上に母お手製の弁当を広げる。

西園寺は八百地に向かって大きく口を開け、「やおちんへイ、俺にもへイ」雛鳥《ひなどり》みたいにアピールするが、「やらん」すげなく断られた。「ずりーよ、贔屓《ひいき》だよ」哀《あわ》れな道化《どうけ》マッシュは不満そうに口を尖《とが》らせるが、順当だろ、と鋼太郎は思う。この場においてチロルをもらう権利があるのは自分だけだ。だって本当に大変だったから。いや、チロルどころの騒ぎじゃない。なんならクラス全員の弁当箱からメイン級おかずを徴収してもいいぐらい、もちろん食い切れないからそんなことはしないが、でもそんな権利が発生してしまうぐらい、鋼太郎は大変な目にあった。

もちろん原因はあいつ——神威だ。

朝、左隣に運ばれてきてしまった机を、神威はぴったりと鋼太郎の机にくっつけてきた。「なんでくっつけるんだよ！」鋼太郎は机を離そうとしたが、神威はしつこい。諦めない。「ほんと、やめろって！　狭いだろ！」机を押し返しても全然めげない。鋼太郎の顔を左隣から見つめ、離された机をまたくっつけ、「ははっ！」ただ笑う。頬も耳たぶも真っ赤にして、眼鏡の奥で目を線にして、肩をぎゅっと竦《すく》めて。一体なにがこいつをこんなにはしゃがせているのか、鋼太郎には見当もつかない。

やがて机をくっつけられたままで授業が始まってしまい、そこからはもう完全にワンセット扱いだ。各科目の教師たちは「おっ、新顔だな！　解《と》いてみろ！」物珍しさから神威に問題を当ててくる。神威は「はいっ！」高々と手を挙げ、すくっ！　立ち上がり、「わかりませんっ！」元気に答える。わからないんかい！　クラス全員がずっこける中、「じゃあ鬼島！」――午前中は延々この繰り返しだった。なにが「じゃあ」だ。大迷惑だ。結局すべての科目で言いがかりみたいな「じゃあ」を被弾《ひだん》し続け、鋼太郎のライフは削《けず》られるがまま。大山の背後に隠れることもはやできない。机を無理に並べているから、大山の真後ろはちょうど二つの机の境界線になってしまったのだ。こうなるともう、頼もしかった巨大な背中はただ斜め前方の視界にかぶってくる邪魔な塊《かたまり》ロースでしかない。これまでのようには大山を愛せない。

そして大迷惑なのは授業中だけでは済まなかった。ロッカーから教科書を出そうと廊下に出れば「へえ、ロッカーか」ぴったり背後。ついてくる。教室移動も「へえ、理科実験室か」ぴったり背後。ついてくる。まあ、登校初日だからこれは仕方ないか。これは許す。許しがたいのは、「へえ、トイレか」ぴったり背後。これだ。鋼太郎は見られていると出ないタイプだった。尿路《にょうろ》が引っ込み思案なのだ。

「あーくそ、ほんと最悪。地獄。あいつのせいで個室に入ったら、そこにいた奴らみんなにうんこ疑惑かけられたんだぞ、俺は」

「地獄って。さすがに大げさだろ」

笑いながら鋼太郎の愚痴《ぐち》を受け流す西園寺に、八百地も頷いてみせている。だったらおまえらが同じ目にあってみろと言いたい。

「ていうか鋼太郎、まじでうんこだったんじゃねえの～？」

西園寺はへらへらしながら自分の弁当箱を開ける。が、「あっ！」海苔《のり》弁の海苔が全部蓋《ふた》の裏にくっついて持っていかれ、「ああ～……」悲しげな声。やったぜ。すこしだけ溜飲《りゅういん》が下がった。

鋼太郎も今日はたまたま海苔弁だったが、海苔は現在ちゃんとメシの上にのっている。「見ろ、これが行いの差よ」見せつけて笑う。勝った。

「こんなん食っちゃえば同じですぅ」

「同じじゃありませぇん、飯と海苔がしっとり合体してこそ海苔弁には価値があるんですぅ」

「ちっ、海苔如きで調子のりやがって……」

のりだけに？　のりだけに。鋼太郎と八百地は囁《ささや》き合ってクスクス笑うが、

「忘れんなよ鋼太郎、教室に戻ればおまえはまたキングボンビーに取りつかれるんだからな」

鋼太郎の顔面上から笑いの要素がサーッ……風に吹かれた塵《ちり》のようにかき消える。確かにそうだが、そうなるんだろうが、せっかくの飯時にそんな現実を思い出したくはなかった。

ここにこうして一人で来るのも険《けわ》しい道のりだったのだ。昼休みに入るなり、鋼太郎は窓の外を指差して「あれはなんだ⁉」と叫んだ。神威が「なになに⁉」顔ごと指差す方を振り返った隙をつき、ダッシュで教室を飛び出した。そこからは振り返りもせず一心不乱、人を盾《たて》に身を隠しながら廊下を進み、不要な階段の上り下りも挟み、遠回りを地道に何度も重ねて、やっとどうにか辿《たど》り着いた。でも西園寺の言う通り、このひと時も長くは続かない。昼休みが終わればあいつ

の隣に戻るしかない。思わずため息がまた漏れてしまう。

「つかさー、ずっとあいつ、神威が貼りついてたからろくに話もできなかったけど、やっと落ち着いて聞けるわ」

蓋の裏に張り付いた海苔を箸《はし》でせっせと口に運びつつ、西園寺はちらっと八百地に目配《めくば》せする。八百地はコンビニおにぎり片手に小さく頷き、改めて二人して鋼太郎をじっと見てくる。なんだなんだ、と思うが、

「鋼太郎。俺らになんか隠し事あんだろ」

たじろいで一瞬、息を呑んだ。理想的なタイミングからゼロコンマ数秒遅れ、「え？」鋼太郎は首を傾げる。いかにも意外、という感じで。なんで？　なにが？　と問い返す感じで。

「だって明らかおかしいじゃん。神威はなんであんなにおまえに執着《しゅうちゃく》してんのよ。偽名がどうのこうのっていうのもわけわかんねえしさ。要するに、おまえと神威って前からの知り合いだったんだろ？　なんで秘密にしてんだよ」

いや、別に秘密ではない。ただ言いそびれていただけだ。そう答えようとして、

「いや……、」

舌がもつれる。八百地の視線を感じる。「なんだ？」いい声で訊いてくる。「……いやいや、」首を横に振り、「違くて、」軽く笑い、

「……そう。つか、そうなんだよ。神威とは知り合いっていうか、ちょい前に遭遇《そうぐう》したんだよ。でも別にそれは全然秘密とかじゃなくて、ただ言いそびれてたってだけ。そもそもあいつがうちの学校に来るなんて知らなかったし」

そうなん？　と西園寺。そうそう、と頷く。すぐに海苔弁を大きく一口頬張って、さりげなく

己を立て直す。オッケー、なにも問題はない。だって『これ』は本当のことだ。『これ』は、嘘《うそ》じゃない。神威とのことは秘密でも何でもないし、隠そうとなんて本当に思っていなかった。本当に、たまたま言いそびれていた。というか、新学期の滑り出しの忙しなさに取り紛れ、忘れかけていたというのが実感に近い。そもそも再会するなんてまったく思ってもみなかったし。まあ、でも、あの偽名については、正直隠しておきたかった。理由はただ一つ。適当に名乗ってしまった偽名があまりにも間抜けすぎたから。

しかしこうなってはもう洗いざらい話す他に選択肢《せんたくし》はない。鋼太郎は改めて、夏休みの終わりに神威と橋で出会ったこと、神威が溺れて助けたこと、めんどくさくて偽名を名乗ったことを、二人に話して聞かせた。

ふうん、と西園寺は腕を組み、納得したように空を見上げる。

「……で、その偽名を使ってでも関わりたくなかった変な奴が、あの神威だった、と。じゃあ、あいつのおまえに対する異常な執着は、助けられたのを恩義に感じて……ってことか」

「まあ、そういうこと……なのか、な」

いや、どうだろう。鋼太郎は頷きかねて口ごもる。微妙だ。神威の執着は溺れるより前、なんなら出会った瞬間から始まっていた気もしないではない。と、

「ぶはははは！」

急に西園寺は爆笑し始めた。「待って、溺れて助けられて恩義に感じてって、それもうほぼほぼ人魚姫じゃん！　童話のまんまじゃん！　ロマンチックくれてんじゃん！　きしょいなあ！」

きしょいはねえだろ。鋼太郎はむっとしかけるが、

「違うぞ――」

冷静な、しかしはっきりとした否定の声。八百地だ。鋼太郎と西園寺は、はっと同時に振り向いた。八百地が、クールで渋《しぶ》いあの八百地が、いつもは数文字しか喋ってくれないあの八百地が、今、長めに喋ってくれようとしている！

「――童話だと、執着してくるのは半魚人の方だろ。今、実際に起きていることとは真逆だ。溺れた王子、つまり神威は、それを助けた半魚人、つまり鋼太郎に、一方的に執着している。実際の人間関係の構図は童話のそれとは完全に逆転している」

その通りだった。本当にその通りなんだが、……なんだろう。西園寺がう～ん、と箸を噛む。

「とりあえず、人魚姫を半魚人ていうのやめてもらっていい？」「それな」鋼太郎は胸元で小さく指差しポーズ、西園寺に同調する。その指をくいっ、「ヴッ」八百地が直角上方向に折り曲げる。己の顔を無理目な角度で指差す鋼太郎の耳元に、「これ」重低音ボイスが渋く響く。

「――姫、ってツラか？」

確かに！　西園寺と鋼太郎は目を見交《みか》わし、仲良く一つ頷き合った。ですよね。ですよね。

三人はいつものようにしょうもない雑談を交わしつつ、昼飯をそれぞれ食べ進める。まだ夏の気配が残る強い陽射しを浴びながら、昼休みの時間をだらだらと過ごす。

最初にそれに気付いたのは八百地だった。

三つ目のおにぎりにかぶりついていたが、急に動きを止め、二人に目配せする。あれを見ろ、と言うように、顎をしゃくってみせる。二人は振り返ってそっちを見て、「あ」「げ」――すこし離れたところにある、校舎壁際の日陰にあるベンチだ。

そこに俯いて座っている、薄茶色の頭に白い肌。夏服のシャツが余る細身。

神威だった。

いつからそこにいたのか、向こうがこっちに気付いている様子は一切ない。

「あんなところでなにしてんだろ半魚人……」

「いや、半魚人は俺でしょ」

「あ、そっか。半魚人は鋼太郎か。なにしてんだろ王子……。つか、え、なんか見るからにすげえ元気なくね？　鋼太郎に撒かれて落ち込んでんのかな」

「は？　俺のせいかよ」

「いやだってそうでしょ多分。あーあ、あからさまにポツン状態。ちょいかわいそうだな」

そう言われても……鋼太郎は弁当箱を置き、身体を捻《ひね》って神威の方を見やる。ベンチに座った神威は背を丸め、深く俯いたまま身動きしない。なにか食べている様子もない。さっきまでとは様子が違う。離れた間に、なにかあったのかもしれない。

でも俺には関係ない。――と、鋼太郎は思う。

ついさっき、やっとの思いで撒いたのだ。朝からずっと付きまとわれて、うざったくてたまらなかった。せっかく今は離れていられるのだから、あいつのことなんか気にしたくない。

そうなのだ。そう思う。それなのに。……それなのに。

ああやって俯いている姿は、スイカを抱えているように見えてくる。言いたいことがうまく言えなくて、スイカに頭突きするしかなくて。結局なにも言えなくなって、スイカに顔をうずめるしかなくて。そういう姿に、見えてしまう。

あの日、自分が背を向けて立ち去った後も、あいつはあんなふうに俯いたのだろうか。

置き去りにされて、一人ぼっちで、呼ぶ声には誰も応《こた》えてはくれなくて――

（それじゃ、まるで……、）

――いや、やめよう。

神威から目を逸らす。思考を強引に打ち切る。

いい、いい。考えるのはやめだ。放っておけばいいのだ。知ったことじゃない。めんどくさいことには関わらない。学校生活は平穏無事に、とにかく楽しく過ごしたい。それが望みだっただろう。そうだ、間違いない、そのはずだ。自分に強く言い聞かせ、弁当をまた手に取りかけ、でも、やっぱり、視線がまた神威に向いてしまう。神威は一人ぼっちでいる。せっかくこんなに晴れた日に、あんなに暗い影の中にいる。遠い国からやってきて、親とも離れ離れになって、登校初日で、友達ゼロで、……ああ。

……ああ、ああ、もう！

深く、大きくため息をついて、顔をぐっと上げ、伸びかけた前髪をかきあげ、

「ったく、しょうがねえな……！」

鋼太郎は勢いをつけて立ち上がった。なにをやってるんだと思いながらも、やめとけやめとけと呆《あき》れながらも、それでも、どうしても、結局放ってはおけなかった。俺は馬鹿《ばか》だ。本当に馬鹿だ。絶対後悔する。「おっ、鋼太郎がいった！」「――覚悟を決めて五人目のわたなべになってこい」「いやなんねえよ」二人の応援を背に受けながら、神威のいるベンチに歩み寄る。

「おう」

鋼太郎の声に驚いたらしい。「……っ！」びくっと一度大きく震えてから、神威は白い顔を跳ね上げた。

鋼太郎を見る。眼鏡の奥で、目を瞬《しばた》かせる。日陰の暗がりの中で、まっすぐに向けられたその目だけが、強くキラキラと光を帯びる。左手が開襟《かいきん》シャツの首元をぎゅっと掴む。

撒いて悪かったよとか、一人にしてごめんなとか、そういう系のことを言うべきだろうか。いや、思ってもいないことを言っても仕方ないか。とりあえずシンプルに、

「メシ、一緒に食うか」

背後の花壇脇を肩越し、親指で指し示す。

「……っ！　……っ！　……っ！」

神威ははくはくと声もなく喘いだ。ブンブンと頷く。脇に置いてあった昼飯が入っていると思《おぼ》しきビニール袋を引っ掴み、すごい勢いで立ち上がる。歩き出すとその後をぴったりくっついて追ってくる。なんかもう、犬だなこいつ——背中にほかほかと体温すら感じる。

「おーす、なんたらかんたら神威。一緒に食おうぜー」

西園寺が声をかけ、八百地も神威に片手を軽く振って見せる。鋼太郎がさっき座っていた場所に座り直すと、神威もその左隣に腰を下ろす。ビニール袋から出来合いの弁当を取り出し、ラップを剝《は》がし、蓋を開け、膝に置き、割り箸袋を開き、箸を割り、右手に持ち、そして、

「……っ！」

ボロッ。

泣いた。

慌てた。「えっ⁉」鋼太郎はその泣き顔をつい覗き込む。「ちょっと撒いただけだろ⁉　結局そんでこうやって声かけたし！」神威はグッと下唇《したくちびる》を噛み、ボロボロ涙を溢《こぼ》しながら首を横に振る。「あ⁉　違う⁉　じゃあなんだよ⁉　弁当傷《いた》んでんのか⁉」首をまた横に振る。「……べっ、ぼろっ、ぼろっ、零れ落ちる涙を手の甲で拭い、「弁当は……っ、元気だ……っ、多分……っ」口を歪《ゆが》めて必死に答える。うん元気そうだ、神威の弁当を覗き込んで西園寺が言う。八百地は神

威がさっき剝いたラップを広げ、消費期限を確認してOKサイン。「ならなんなんだよほんとに！　飯時にグズグズ泣いてんじゃねえよ！」鋼太郎は苛立《いらだ》って神威の頰を片手でむぎゅっと摑んだ。「言え！　ちゃんと話せ！」「ううう〜……っ！」タコになった口から、涙の理由が語られる。

神威は見失った鋼太郎を探しに行こうとして、教室の戸口で女子とぶつかりかけた。その女子にこう言われたのだという。

『あんた本っ当に邪魔くさい！』

ごめんなさい、と謝ろうとしたが、ごめ、までしか聞いてもらえなかった。

『うるっさいもうそんなのどうでもいいから早く消えて！　ていうかねえ教えて⁉　あんた、いつ消えるの⁉　いついなくなってくれるのよ⁉　ねえ！　教えてって言ってんの答えなさいよ！　答えられないなら今すぐ消えて！　いなくなって！　ていうかいつまで突っ立ってんの⁉　どいてよなんなのあんたってうざいし鬱陶《うっとう》しいしどうしようもなく邪・魔！』

バーン！　……ドアを目の前で閉められた。

神威はしばらくその場に立ち尽くしたという。気を失っていたかもしれないという。その後どうやってここまで辿り着いたのか覚えていないという。

そこまで聞いて、鋼太郎は小さく息をついた。ありありと光景が目に浮かぶ。ぼけっと立ち尽くす神威に向かっていきなり容赦《ようしゃ》なしのアクセル全開、怒気《どき》むき出しに真正面から突っ込んでくる黒髪セミロングの小柄《こがら》な女子——人はこう呼ぶ。ガリ勉クソ女、と。

「それ、朝の挨拶《あいさつ》の時に最前列から文句言ってきた奴だろ」

神威はうん、と頷く。涙は止まったようだが、顔はまだ暗い。「なんかもう、心の底から、俺のことが嫌で嫌でたまらないらしい……」

鋼太郎は膝元に転がっていたくしゃくしゃのウェットティッシュを軽く伸ばし、「まあとにかく鼻水を拭《ふ》け」神威に手渡す。言われた通り、神威は素直に鼻を拭く。ちなみにそれは西園寺がさっき手を拭いた使用済みウェットティッシュだ。

「千葉だよ、そいつ。千葉巴。確かにきつい奴だけど、だからって泣くことはねえだろ」

「……正直、誰かに嫌われる、とか……全然想定してなかった」

すん、と鼻を鳴らし、神威は膝の上の弁当に視線を落とす。鮭《さけ》、玉子焼き、ウインナー。まだ一口も食べられていない。

「だからびっくりしたっていうか……俺、間違ったかなって。……いろいろ、なにもかも、認識が甘かったな、って。それで、今後のことを考えてるうちに、段々とパニックに……」

また俯く横顔に、ばーか、と思う。思うだけで口にしないでいてやるのは情けだ。こいつは一体どれだけ自分に都合のいい『せいしゅん』のイメージを抱《いだ》いていたのやら。……まあ、ガリ勉クソ女の出現を予期しとけというのも無理な話かもしれないが。普通はいない。あれは特殊だ。千葉巴は特別だ。

「いやいや、あの女の言うことなんか気にすんなって！」

なあ、と鋼太郎と八百地に同意を求めてくるのは西園寺。

「あんなのただのガリ勉クソ女、人格がねじ曲がってんの。超絶性格悪いの。すっげえ嫌われてるし、誰も相手にしてないから。成績いいってだけの、まーじでやっぱい奴だもん。そうそうほら、あの超エグい噂《うわさ》。鋼太郎もやおちんも当然知ってるよな？」

巴は元々はこの高校ではなく、県内トップの進学校である通称一高を志望していた。中三のある日、同じく一高を志望する成績優秀な友人二人をショッピングセンターに誘い出し、二人のバッグに会計していない商品をこっそり放り込むと、「誰か来て！　この子たち万引きしてます！」大声で叫んだ。ライバルを減らすための策略だった。二人は万引き犯として捕《つか》まり、内申《ないしん》は当然ボロボロ、公立校を受験することはできなかった。とはいえ巴は巴でそこまでしたのに結局受験に失敗し、ランク下のこの高校に入ることになった。

——というのが、『超エグい噂』の中身だ。知らない奴はこの学年には多分いない。ほぼ全員に回っている。そして今、新入りの神威のところまで到達した。

「な？　最悪だろ。だから神威も相手にしなくていいの。だよね、やおちん、鋼太郎」

八百地が「まあな」と頷き、鋼太郎もすこし笑って「ああ、まあ」同じように調子を合わせつつ、「そういう噂、ではあるよな」それとなく濁《にご》した。それで終わらせたつもりだったが、

「なに鋼太郎。あんなのかばうのかよ？」

西園寺が口を尖らせる。慌てて、「いや違うって」かぶりを振る。

「ただほら、あんな成績成績うるせえ奴が、受験前にわざわざそんな危険犯《おか》すかなって。今どき監視カメラとかもあるしさ。……とか、ちらっと思っただけ。そんだけだよ。ま、千葉がガリ勉クソ女なのはとにかく事実だから、おまえもいちいち真に受けんな。ほら、弁当食え」

鋼太郎に促《うなが》され、神威はようやくモソモソと箸を動かし始める。「けどさぁ、」西園寺はまだ不満げになにか言おうとしていて、

「てか、そうだ。神威」

鋼太郎はそれをさりげなく打ち切った。「こいつら誰って感じじゃね？」「言われてみれば……」モグモグ口を動かしながら神威が頷く。ぼけっと二人の顔を見やる。その機を逃さず、「じゃあまずこっちからな」西園寺を指差す。

「この調子こいてそうなマッシュが西園寺だ。下の名前は、狂った人と書いて『くると』」

「いやちげえよ？　なんで嘘いう？　来る人と書いて『くると』ね」

「こいつは夏休み中、このご自慢のマッシュをピンクに染めて調子こいてたんだよ」

「そうそう。ちょっと温かみのある、それでいてモーブ寄りのくすみカラーね」

「そしたらその結果、バ先であだ名が亀頭《きとう》になったんだよ」

ふぼっ！　神威が噎《む》せた。「ふひっ……ふへへっ！」箸を持つ手で口元を押さえ、肩を震わせて笑い出す。ちらっと西園寺のマッシュを見て、「亀頭……」呟いてはまた「ふひひ！」笑う。すこしは元気が出てきたらしい。西園寺は「せっかく塞《ふさ》がりかけていた心の傷が……」悲しげに顔を覆っているが。

「で、こっちが八百地な。でかいし静かだしちょい怖く見えるけど、実はただのいい奴だ」

「おう」

「……あれ？　なんか俺の紹介とノリが違くない……？」

「下の名前は鶴《つる》が鳴く、と書いて『かくめい』。偉いお坊さんにつけてもらったんだってさ。和風でなんかかっこいいし、渋めな雰囲気も合ってるよな」

「おう」

「……あれ？　やおちんアゲが止まらない……？　ホワイなぜに……？」

神威はさっき鋼太郎が渡したウェットティッシュの成れの果てで口元を拭い、箸を一旦置いて、紹介された二人に改めて向き直る。「西園寺。八百地くん」

ナチュラルに身分差が生じた……？　慄《おのの》く西園寺をスルーして、ぴょこっと頭を小さく下げてみせる。「俺は、アストラル——じゃないっ！」跳ね起き、自分の頬をビンタして、「わ、わたなべだ！　俺はわたなべわたなべわた」

「おまえめんどくせえよ！」

騒ぎ出すのを黙らせる。すでに散々繰り返されたパターンに、鋼太郎の忍耐も限度を超えた。

「もう堂々と名乗れ！　おまえはアストラル神威、それでいいだろ！」

「いや、だめだ。それはできない。事情というか、色々と、その……差し障りがあるんだ」

「みんなあるよそんなもん！　事情だのなんだの、誰にでもなにかしらかあるわ！　なんの差し障りもなく生きてる奴なんかこの世にはいねえの！　人生いろいろ、みんないろいろ！　人間が百人いりゃ百人分の事情と差し障りがあたり一面てんこ盛り！　そんなのわかってるし誰もいちいちつっこまねえから、おまえもめんどくせえことわざわざすんな！」

「うんうん。そうだよな」

西園寺が神妙《しんみょう》な面持《おもも》ちでにゅっと割り込んでくる。「鋼太郎も堂々と名乗れよ。おまえはにしうりうれたろう、それでいいよな」突然のキラーパスに、「は⁉　ちげえわ！」いちいち反応するのももはやこっぱずかしい。きっ、と神威に向き直り、やけになって声を張る。

「俺は、鬼島鋼太郎！　鬼の島の鋼《はがね》の太郎！　鋼太郎って呼べ！　以上！」

こうたろう……口の中で練習するみたいに一度小さく唱《とな》えてから、

「鋼太郎！」

拳を突き上げ、神威が呼ぶ。「なんだよ」見返すと、にかっ！　思いっきりただ笑う。呼んでみただけー、ってやつか。一瞬イラッとしかけたが、あまりにのんきなそのツラに身体の力も抜けてしまった。本当に、どうしようもなく変な奴。なにがそんなに楽しいんだか……さっきまでグズグズ泣いていたくせに。

「――しかし、にしのうりがうれたろう、とはな」

八百地が低く呟く。「ひでえよな」改めてシンプルにディスられる。確かにひどいから言い返すこともできない。しゅん、と凹《へこ》んだ鋼太郎に「ほんそれ！　だっせ！」ここぞとばかりに西園寺が追撃してくる。いや、おまえは許さない。「亀頭に煽《あお》られる筋合いはねえが？」「へ～ん、俺はもう亀頭ではありませぇん」「ああそうだな、おまえ亀頭ないもんな」「は？　亀頭はちゃんとありますぅ」「いいえぇ、ありませぇん」「なんでよ。あるよ」「ざぁんねぇん、ありませぇん」「あるから！　やめてよ！」

「……あ？」

間の抜けた声は神威だった。世にも低劣な煽り合いの裏で、玉子焼きをぽとり。取り落とす。

「待てよ……？　スイカってもしかして、西の、瓜……か？　それが、熟れて……？　そして、太郎、で……」

ヒュッ。息を呑む。驚愕の表情で顔ごと振り向き、「謎が解けたぞ鋼太郎っ！」いきなり激しく詰め寄ってくる。

「にしうりうれたろうとはつまり、西の瓜が熟れ太郎、ってことなんだな⁉　くそっ、してやられた！　なんてばかばかしい名前なんだ！」

三人して、「……ぶはっ！」思いっきり吹き出した。鋼太郎は爆笑しながら食べかけの弁当に顔を伏せ、西園寺は後ろに倒れるし、八百地は片手で顔を覆う。だめだ、笑いが止まらない。どうにか息を整えて、「おまえ、今まで意味わかってなかったの……？」鋼太郎は震える声で訊く。

「ああ！　まったくな！」神威は堂々と胸を張る。

「いや、おせえよ……！　なんなら普通は聞いた瞬間に気付くわ……！」

「え？　そんなことはないだろう。どこにでもいそうな名前だ。絶妙にリアリティがある」

「アホか！　ねえわ！　百歩譲って『にしうり』はいるかもしんねえが『うれたろう』はいねえ！　農産物ならともかく人体につけていい名前じゃねえ！　けどもしいたらごめんなさい！」

「俺はいい名前だと思ったぞ。おまえに似合ってた。ぴったりだった」

西園寺と八百地がさらに笑い崩れる中、鋼太郎は一人戦慄《せんりつ》する。にしうりうれたろうが？　似合っていた？　ぴったり？　俺に？　……あの日、こいつの目に自分は一体どう映っていたのだろうか。もしやスイカの妖精にでも見えていたのだろうか。

「はあ、も〜苦しい！　無理、笑い過ぎたし、つか！」

目尻の涙を拭いながら、西園寺はやっと起き上がった。尻ポケットからスマホを取り出す。

「とりあえず神威、ＬＩＮＥ交換しようぜ。鋼太郎とはもう友達なんだろ？　だったら俺らとも友達になんねーとだからな。ヘイ、鋼太郎もやおちんも出して出して」

八百地も立ち直り、脇に置いていたスマホを手に取る。そして鋼太郎も、こうなってはもう行きがかり上仕方がない。機種に迷ってまだ買い替えていないスマホを摑み出す。

が、肝心《かんじん》の神威は急にもじもじし始めた。頰をすこし赤らめて、自分の弁当をじっと見つめ、俯いたまま動かなくなる。なんだよ、と鋼太郎がその背をつつく。

「おまえ、スマホは？　教室に置いてきたのか？」

「いや、その、実は……俺にはこれと、」

尻ポケットから取り出したのは、朝の挨拶の時にも見た謎の分厚い手帳。そして、

「これしかない」

ポケットからもう一つ取り出す。手《て》の平《ひら》に収まるサイズの、小さな液晶画面がついた電子機

器。「なんだそれ」鋼太郎は首を捻る。「あ」八百地が声を上げた。「ポケベルか」

そう、と神威は頷く。鋼太郎もその存在は知っていたが、実際に見るのは初めてだった。随分と昔の流行アイテムだったはずだ。昭和……ではないか、さすがに。平成レトロってやつか。

「まだ使えるのか。なんかすげえな。でも、ってことはおまえ、スマホ持ってねえの？」

「うん。持ってない。『家族』からの連絡はこれに来ることになっている」

「え、まじかよ。なんでわざわざそんなレアなことしてんの。今どきプリペイドＳＩＭ《シム》ぐらいどこでも買えるだろ。つか海外を転々としてたんなら、引っ越しのときいつもどうしてたんだよ」

鋼太郎の質問に、神威は無言。ただ眼鏡を光らせ、頭をふらふら揺らし、なにも答えない。あれ？　この感じ、つまり、もしかして――

「おまえ、まさか今までずっとスマホ持ったことない、とか言う……？」

数秒おいて、……こくっ。頷く。驚いた。「はっ⁉　ガチで⁉　嘘だろ⁉」「ありえんぞ！」「そんなのそもそも可能なのか⁉」スマホなしでは五秒も生きられない雑魚《ざこ》生命体×３はたちまち神威に詰め寄っていく。神威はわずかに困り顔、「いや、まあ、その……」弁当の蓋をシールドにしてどうにかそれらをかわしつつ、

「えーと、ちょっと待って、確か……」

分厚い手帳をぺらぺらとめくり始める。す、の索引でページを開き、「……あった。『スマホをなぜ持たないか？　と聞かれたら』」指で辿りながら、「『答え。両親の意向に従っています』」そこに書いてあると思しきことを平坦《へいたん》な声で読み上げる。読み終えると一仕事終えた顔、安心したように息をつく。ふう。みんなの顔を見回す。いやいやいやいや。

「おまえそれ、なに読んでんの」

「あっ！　だめだっ、ちょっと！」

　鋼太郎は手帳を脇から奪い取り、適当に前の方のページを開いて中を見た。見て、即、「うわ……！」引いた。強引に見ておいてなんだが、怖い。手書きだ。細かい文字でびっしりと、何ページにもわたって、あらゆる問答を想定したやりとりが書き込まれている。要するにこれはカンペ、なのだろうか。お、の索引《さくいん》で開いてみる。――親の仕事はなにか？　答え。貿易関係のビジネスマンです。し。――趣味はなにか？　答え。生物や植物の図鑑を見るのが好きです。な。――名前を知られてしまったら？　答え。僕の名前は渡辺優太《わたなべゆうた》です。アストラル神威は家庭内での愛称みたいなものです。意味はありませんので、どうか皆さん忘れて下さい。

「だめだって、鋼太郎！　それは人に見せちゃいけないんだ！」

　神威は慌てて手帳を取り返そうと手を伸ばしてくる。片手でそれをガードし、もう片手でさらに手帳を開く。て。あった。――手帳を見られてしまったら？　鋼太郎が代わりに読む。

「『答え。日本での生活は不慣れなため、迷惑をかけないよう準備をしてきました』、か」

「……そういうことだ。もういいだろう、返してくれ。俺はなんにもわからないから、それがないと本当に困るんだ」

「そういうことだ、きりっ、じゃねえんだよ」

　開き直る神威の額にデコピンを食らわす。いっ！　短く呻く声。

「おまえ、言っとくけどすっげえ変だぞ？　自分で気付かねえのか？　大人しくポケベルなんて古代の遺物持たされて、誰が作成したんだかしんねえけどこんなもんに受け答え頼ってさ、なんか訊かれるたびにいちいちページ探して答え読み上げるつもりかよ？　不満とか疑問とかねえのかよ？　まさか本気でそれでやっていけるとか思ってんのか？　つかそもそも、」

言い募《つの》る鋼太郎の手の中で、パラリと勝手にページが開く。き。――危険が迫っていると感じたら？　答え。静かにその場を立ち去ること。そのような状況が想定される場には、そもそも近付かないこと。……はあ？　呆れて思わず空を仰ぐ。なんだよこれ。ひっでえ出来。危険なときには、たすけて、と叫べ。たったそれだけのことをなぜ書かない。こんなものになぜ頼る。

「――そもそも、おまえ『せいしゅん』したいんだろ？　初めて橋で会った時、俺にそう言ったよな？　スマホもなしに一体どうやって『せいしゅん』するつもりなんだよ。高校生のスマホ所持率は今や九割超えてるんだぞ。スマホがないってだけでおまえはつまり相当無理、物理的にできないことがあるからってだけじゃなくてその普通じゃなさがもうやばい、変すぎてやばすぎて絶対無理だし、さらになんか訊かれたら手帳ペラペラ～ってこれもう無理も無理、無理、無理∞《無限大》だわ！　だいたいなあ、」

息継ぎして『おまえは無理・第二章』に突入しようとするが、「もうよせ！」八百地に鋭く制される。西園寺も沈痛な面持ちで首を横に振り、

「鋼太郎、オーバーキルだ……！」

そっと隣を指差してくる。我に返って視線を向ける。神威は土下座《どげざ》のポーズで頭を抱え、背中を丸め、耐衝撃姿勢でほとんど地面にめりこんでいた。なにも言わない。ぴくりともしない。おそらく呼吸もしていない。いかん、死んだか？　鋼太郎はさすがに慌てて「や、言い過ぎた」お供《そな》え物のように手帳を神威の頭の脇に置く。それでも反応はない。そっと片手を摑み、ひねって裏返し、手帳を手の平に改めて載せる。

「ほんと、悪かったって。ほら、返すよ。おまえの大事な手帳。ちょっと気になっただけなんだよ。自分でもなんでこんなエキサイトしたのか意味わかんねえ、でもほんと別に落ち込ませよう

とか思ってねえし、もちろんおまえに恨《うら》みがあるわけでも――いや、あるな⁉」

鋼太郎の脳裏《のうり》に朝から今までの苦い記憶が蘇る。みんなの前で偽名を晒《さら》されて。クラス中から笑われて。じゃあ鬼島、を被弾し続けて。そしてうんこの疑惑をかけられて。全然あるな、恨み。もっと言ってやってても全然いいな。容赦ないことを考えてスゥッと改めて大きく息を吸ったそのとき、

「畜生《ちくしょう》ぉぉぉ――――――――っ！」

突然響いたクソでかい咆哮《ほうこう》に、「ひ」せっかく吸った酸素が漏れた。西園寺も八百地も「な、なに⁉」「うわ……」思いっきりビクついている。がばっと顔を上げ、神威はさらに喚《わめ》く。

「俺だってもちろん気付いていたさ！　ああそうさ俺は変さ！　突然女子にも嫌われたりするさ！　出会い頭に罵《ののし》られもするさ！　でも気付いたからってどうすりゃいいんだよ⁉　俺にはなんにもわからないんだよ！　そりゃ俺だってみんなみたいにそれ、ス、スマホ、そういうの持ってなんかぽちぽち、すっすっ、すわっすわってしてみたいよ！　なにしてるのかは知らないが、でもそういうの見せ合ってワッ！　って笑ったりするんだろ⁉　なんかすごい『せいしゅん』って感じでさあ！　一体感！　みたいなさあ！　俺だってそりゃ本当はそういう、」

しゅぽ！

「あ。わり」

西園寺のスマホに通知が来た。「あは、見てこれ」「なんだよ」「ああ、なんかさっき俺にも同じの来てたわ」しょうもない動物動画がシェアされただけだったのだが、

「そういうのだよぉぉぉ――――――――っ！」

神威は天に向かって哭《な》いた。返却された手帳を猛々《たけだけ》しくバシバシ叩く。

「どうせ俺にはこんな糞《くそ》みてーなパピルスの束《たば》しかないさ！　誰も俺にはしゅぽ！　ってしてくれないさ！　アハハだってスマホがないからな！　変でやばくて無理∞だからな！　ああそうさこの糞パピルスをペラペラめくっている間に俺の『せいしゅん』はなんの起伏もなく食って寝て食って寝て食って寝て終わっていくんだよ、女子には『あんたいつ消えるの』とか言われつつよぉ、それで俺は終わりだぁ！　うおぉぉぉ――――――――っ！」

糞パピルスて……。手帳を摑んだままでまた土下座の体勢、地面に突っ伏して号泣《ごうきゅう》する神威を見つめ、三人は思わず黙り込んだ。西園寺と八百地の視線が鋼太郎を責める。おまえのせいだぞ。ユニゾンで脳内に直接語り掛けてくる。否定はできない。そうかもしれない。

「……だから、ごめんって。本当に、俺が悪かったからさ……」

神威はまだ泣いている。めりこんだ地面から顔を上げる気配はない。鋼太郎はため息をつき、

「ちょっと貸してみろ」脱力した神威の手から糞パピルスこと手帳を再びそっと取り上げる。神威はぐちょぐちょになった顔を上げ、「……？」盛大にずれた眼鏡越し、どこかぼんやりとした視線を鋼太郎に向ける。

神威を見返し、「待ってろよ」ちょっとだけ笑ってみせた。胸ポケットからボールペンを取り出し、神威が見ている前で、手帳の裏表紙にリンゴマークを丁寧《ていねい》に描き込んでいく。よし、我ながらうまく描けた。いや、うまく描け過ぎた、か？　数秒悩み、ギザギザの縦縞《たてじま》模様に中を塗ってスイカ柄にする。商標《しょうひょう》を侵害《しんがい》する意図はないのだ。そして裏返し、表紙には文字を大きめに書き込む。スマートな本、と。できた。

それを神威の目の前に突き出し、宣言する。

「いいか、神威。これは――『スマほ』だ」

瞬間、「⁉」神威の目が大きく見開かれる。ぶーっ！　西園寺と八百地は吹き出している。

「おまえは持ってるんだ。『スマほ』を」

「……お、俺は、持っている、のか……？　スマほ、を……？」

そうだ。大きく頷いてやる。涙に濡れた青白い頬が、たちまち鮮やかな血色《けつしょく》を帯びていく。キラキラキラ……表情が明るく輝き出す。鋼太郎はさらに糞パピルスの、いや手帳の、いやスマほのページをぺらっと開く。後ろ三分の一ほどは普通のメモ帳になっていて、そこにボールペンでさらさらと文字を書き込み、

「しゅぽ！」

口で言う。スマほを閉じて、神威に返す。神威はきょとんと首を傾げて固まるが、

「ほらぁ神威～、さっそく鋼太郎からおまえのスマほになんか届いたぞ」

「見てみろ」

西園寺と八百地に促され、そのページを開いた。そこには鋼太郎が書き込んだメッセージがある。シンプルに『よろ』、二文字。

みじけっ！　ゲラゲラ笑いながら西園寺も鋼太郎のボールペンでその下に文字を書き込む。さらにその下に八百地も書き込み、「しゅぽ！」「しゅぽ！」神威にスマほを開いたままで渡す。二人が残したメッセージは、『よろ』『よろ』――結局三連続。

「え？　えっと……？」

まだ意味が通じておらず、神威はそれを見つめたまま瞬きを繰り返している。本当に、どこまでも世話が焼ける奴だった。鋼太郎はその手元にボールペンを差し出し、

「よろしく、ってみんな言ってんだぞ。おまえは返信してくれねえのかよ」

俯いた顔を覗き込む。神威は、はっ、と大きく息を呑んだ。慌てて「す、……する！」ボールペンを摑む。三連続よろの下に、ゆっくりと丁寧にちょっと大きめの二文字を書き足す。

『よろ』

これで四連続。そして、

「しゅぽ！」

ひときわ高らかに、青空に向かってしゅぽった。照れたのか、「……うわははっ！」赤くなった顔をくしゃくしゃにして笑った。それを見ている鋼太郎も気が付けば笑ってしまっていたし、西園寺も笑っていたし、八百地も笑っていた。

昼休みが終わってすでに十分以上が過ぎていることに、まだ誰も気づいていない。誰も昼飯を食べ終えてもいないし、この数秒後に校内一恐ろしい体育教師に発見されて怒声とともに追い立てられ、教室まで決死のダッシュを強《し》いられることもまだ誰も知らない。

今は青い空の下、眩い陽射しを存分に浴びながら、みんな馬鹿みたいに笑い転げている。

＊＊＊

異常に長く思えた一日がやっと終わった。

わずかに翳《かげ》った午後四時の空の下、「鋼太郎ばいばーい」「また明日なー」背中にかけられたいくつかの声に振り返って答える。

「おー！　じゃーな！」

所定の置き場から自転車を引き出し、サドルに跨がってペダルを踏む。校門から出て行く間《ま》際《ぎわ》、追い抜きかけた女子たちが「あ、鬼島だ」「神威と帰ればー？」笑いながら手を振ってくる。「は？　やだよ！」同じように手を振り返して、漕ぐ自転車の速度を上げる。通りのずっと先まで続く同じ制服の群れを突っ切り、その先頭に抜け出して、ぐんぐん背後に引き離す。

そうして一人になりながら、鋼太郎は「鬼島鋼太郎」を脱いでいく。

そいつは平凡で、でも明るくて、ちょっとかっこつけで、自分ではクールなつもり。なかなか要領よくやっているつもり。でもすぐにムキになるし、調子に乗るし、自分で思うほど器用には立ち回れていない。いわゆる『アホな男子』の一人で、多分、まああいい奴でもある。

鋼太郎は、そいつを大切にしている。大事にしている。いつも必死に守ろうとしている。絶対に壊《こわ》せないし、汚《よご》したくない。きれいなままにしておきたい。だから一人になったらこうして脱いで、そっと畳《たた》んで、心の奥深くにしまいこむ。学校用の鬼島鋼太郎を、この現実とは峻別《しゅんべつ》しておく。明日が来ればまた学校で、そういう自分になれるように。

とはいえ、本来のパーソナリティーとそこまで乖離《かいり》しているとは鋼太郎自身も思ってはいない。ただ確実に、嘘ではある。学校の連中に見せているのは、意図的に作り上げた、偽《いつわ》りの鬼島鋼太郎ではある。

そいつは教室を出る前、「へ～い」西園寺に呼び止められた。「やおちんも今日部活だりーって。なんか食って帰らねえ？」西園寺はテニス部の幽霊部員、八百地はバレーボール部の所属だが、基本的にこの学校の部活動はゆるい。鋼太郎のような帰宅部員もゴロゴロいる。「わり、すっげー眠いからパス」「お、出たよ鋼太郎のマイペース。このひとりっこめ！」「ははっ、また今度な」午後もずっと鋼太郎にくっついていた神威は、終礼直後に駒田に呼ばれ、先に教室を出て行っていた。放課後も張りつかれたらどうしようかと思っていたから、今日のところはとりあえずラッキー。明日以降のことはまた考えるとして、とにかくバッグを摑んで学校を飛び出した。

偽りの鋼太郎の今日の役割はそこで終わった。

本物の自分は今、市内を貫く大通りを自転車で一人漕ぎ進む。行くべきところがあるからだ。しばらく走ると、やがてその建物が見えてきた。いかにも堅牢《けんろう》なつくりの、市内最大の病院の偉容《いよう》が、鋼太郎の目の前に段々と近付いて迫ってくる。

まっすぐにペダルを漕ぎ続けながら、ふと昼休みの出来事を思い出した。偽名に変にこだわる神威に、めんどくせえよ、とか自分は言ったのだ。堂々と名乗れ、とか。誰もいちいちつっこまねえから、とか。

よくぞ言えたものだと思う。自分のことは棚に上げて。できもしないくせに。偉そうに。自分という人間の歪《いびつ》さを、久々にはっきりと意識する。その成り立ちの危うさを、胸元に突き付けられたような気さえする。

（……一番めんどくさいのは、間違いなく俺だ）

軽く後方を確認してから、右手に大きくハンドルを切る。

減速しながら車道のエントランスへ入り、鋼太郎は自転車を降りた。まだ外来の診療時間内だから自転車置き場も混み合っている。自動ドアをくぐり、患者やスタッフが忙しなく行き交うロビーを通り抜けて、比較的静かな入院棟へ向かう。慣れた手順通りに面会受付を済ませる。「あら来たね、『おにーちゃん』」馴染《なじ》みの看護師さんに声をかけられ、うす、と軽く会釈《えしゃく》する。

エレベーターで五階に上がり、左に曲がってしばらく進む。三つ目のドアの前で止まる。そこが、妹が今回の入院で使用している部屋だった。

開いたままのドアから中に入ると、「こーくん？」母親が座ったままで振り返った。その拍子、

「おっと！」手から画用紙の束がバサバサと滑り落ちる。

「あーあー、なにやってんだよ」

拾ってやりながらベッドに近付くが、今日は妙に静かだ。見れば、うーちゃんは眠ってしまっている。

「これ、いいの？　夜また寝付けなくなんじゃねえの？」

ちょっと不安になるほどあどけない寝顔を覗き込み、頬に張りついた髪を指で払ってやる。

「今日は朝一からずっと検査で、疲れちゃったみたい。起こそうとはしたんだけど全然だめ」

妹の宇以子《うぃこ》——うーちゃんは、先月の半ばからここに入院している。生まれつき心臓が悪く、これまでもずっと入退院を繰り返していて、これが何回目の入院かなんて家族の誰ももう数えてはいない。手術だって何度も受けたし、入院していない時期の方が短い。

拾い集めた画用紙の束は、同じクラスの子からのメッセージカードだった。『元気になったら学校にまた来てね』『みんなで遠足に行ったよ』『またいっしょにあそぼうね』……色とりどりのクレヨンの文字と、キラキラペンのデコレーション。ありがたく思う一方で、やっぱり距離感も否めない。母親に手渡し、うーちゃんの寝顔をまた見やる。公立小の二年生のクラスに籍《せき》こそあるが、もちろんまともには通えていない。それで友達関係など構築できるわけもなく、勉強も遅れる一方で、本人は入院のたびに泣いて拗《す》ねての大騒ぎだった。

ただ、今はかなりいい状態なのだ。いい状態を、保てている。恐らくもうすぐ退院もできる。学校にもまた行ける。しかし治癒《ちゆ》する可能性はない。いずれは心臓移植しか生きる道はなくなる。その日は必ず来るし、そう遠くもないことを、一家はすでに医師から告げられている。

「……うーちゃん。来たぞ」

そっと名前を呼んで、においをかぐ。汗。いちごの飴《あめ》。みたらし団子《だんご》。牛乳。グレープフルーツ。命が、甘ったるくにおう。かわいいにおいだと思う。

うーちゃんが入院している間、鋼太郎は放課後にはできるだけここに寄って帰ることにしていた。毎日はさすがに無理だが、二日と空けることはない。うーちゃんは鋼太郎が来るとすごく喜ぶのだ。そもそも今通っている高校を志望したのも、立地的に病院に通いやすいからだった。鋼太郎の進学のタイミングで一家がこの辺りに引っ越してきたのも通院の都合だ。前は遠くて大変だった。

そしてこの妹の存在を、鋼太郎は学校の連中に隠している。たった一人の、例外を除いて。

「うーちゃん、こーくんいるよ。うーちゃん。……だめだな」

母親が声をかけても、うーちゃんは目覚めない。聞かせてやりたいサプライズニュースがあったのだが、無理に叩き起こすわけにもいかないし、せっかく来たけれど今日は仕方ない。手の平で名残惜《なごりお》しく包み込むように頬を触《さわ》り、温かな頭をほわほわと撫《な》でて、鋼太郎は顔を上げた。

「いいや、またすぐ来るし。なんか買って帰る物ある？」

「あるある。待って、えっとねえ、ゴミ袋と、排水口のネットと、」

スマホでメモを取りながら、頭の中では家事の流れをざっと組み立てる。ドラッグストアに寄って、帰ったらまず洗濯物を取り込んで、それを畳んでしまって、風呂場の掃除、それからご飯を炊《た》いて……。

「おっとそうだ忘れちゃいけない、取ってきてもらわないとだ。パパのワイシャツが切れる」

「はいはい、クリーニングね」

鬼島家において、うーちゃんが入院している間のレギュレーションはすでに確立済みだった。

母親は朝から夜まで病室で付き添い、父親は残業せず帰宅、そして鋼太郎ができる限りの家事をする。料理だけは苦手なので母親に任せているが、それ以外のことは父親と協力してだいたいなんでもこなす。

こなせるように、ならなくてはいけなかった。そうならざるを得なかった。

あのさー、と声をかける。んー？　バッグをなにやらかき回していた母親が顔を上げる。うーちゃんにそっくりの、眉すら描いていない白い顔。

「今日さー、あいつが転校……じゃねえや、留学してきたわ。すげえびっくり」

スマホを尻ポケットに突っ込みながら鋼太郎が言うのに、「誰？　ベス？」「は？　なんでベス？」「青い瞳《ひとみ》の？　聖ライフ？」それなに、と訊いたら負けな気がしてスルーする。構わずに続ける。

「アストラル神威」

「えっ！　それって、あの？　夏休みの？　橋の？　ワンピひらひら～の？　髪の毛さらさら～の？　間抜けダイブ～の？　溺れスイカ～の？　あの、アストラル神威？」

そう、と頷く。「髪は切ってたし制服着てたし旧日本人みたいな眼鏡になってたけどな」

「……旧日本人みたいな眼鏡ってどういうことなの」

「薄茶色の写真に旧日本軍の軍服で写ってる人、がかけてそうな眼鏡、ってこと。そんぐらいわかれよ」

「わかるかい！　でもやだ、イメージはなんとなく伝わってくる……」

「だろ。だから今日はうーちゃんにそれ話さないとって思ったんだけどさ」

八月の終わりのあの日。鋼太郎は一旦帰宅してシャワーを浴び、急いでここにやって来て、神威との邂逅《かいこう》の一部始終を身振り手振りつきでうーちゃんに話して聞かせた。病室に閉じ込められて刺激に飢えているうーちゃんは、変な奴の変な言動にそれはもう大興奮だった。特に溺れた後の悲惨な神威の様子はツボだったようで、『もっと聞きたい、もっと話して、あせろ、らるろ、る、かむい、の話、もっともっともっとうーちゃんにして！　ぶぇっ⁉』笑い過ぎたせいだろう。下の前歯が一気に二本抜けた。

その神威が現れたのだから、早く話してやりたかったのだ。今日はでもしょうがない。明日かあさって、また来よう。うーちゃんは絶対に喜んで話を聞きたがるはずだ。

「じゃあ行くわ。メシ炊いて待っとく。三合《ごう》でいいよな」

「いいよ。よろしくね、こーくん。ちなみに今夜はママ、麻婆豆腐《マーボーどうふ》作る予定ですわよ」

「まじかよ⁉　おっしゃ、五合炊こ！」

一気にテンション爆上《ばくあ》がり、意気揚々《いきようよう》と病室を出た。母親の作る麻婆豆腐は、好きなメニューのベストテンに入る。

エレベーターはボタンを押してもなかなか来なくて、鋼太郎は階段を使うことにした。控え目に口笛を吹きつつ、軽快な足取りで一階まで下りていく。

外来はまだ終わっていなくて、ロビーは相変わらずの混み具合だった。髪を手櫛《てぐし》でかきあげながら、軽く辺りを見回す。

だいたいいつもならこれぐらいの時間に、――あ。いた。

別の入院棟からちょうど下りてきたところなのか、エレベーターホールにその姿はあった。伸びた背中。華奢《きゃしゃ》な肩。まっすぐに落ちる黒い髪。白い半袖シャツにニットのベスト。ぴったり膝丈の濃紺《のうこん》スカート。夏の制服を隙なく着こなして、重そうなバッグを肩にかけている。

「おう」

声をかけると、すぐに気が付いた。鋼太郎を見るなり、片手を振り上げる。流れるように二人して、離れたところから、じゃん、けん、ぽん。

鋼太郎はグー。

千葉巴は、パー。

「げ。三連敗……」

涼し気に整った小さな顔に、意地悪な笑《え》みが浮かぶ。猫みたいに目を細め、ちょっとだけ舌を出し、鋼太郎をからかうように指差してくる。

「よわすぎ」

「うっせ」

二人はYの字を描くように、少しずつ近付き、ゆるやかに合流して、いつものように自動販売機のコーナーへ向かう。

2

学校の奴《やつ》らの中で、鋼太郎《こうたろう》の妹が重い病気で入院していることを知っているのは巴《ともえ》だけ。

学校の奴らの中で、巴の母親が重い病気で入院していることを知っているのは鋼太郎だけ。

二人だけの秘密の共有は、他の誰にも知られないまま、一年生の頃から続いていた。でも別に、約束や待ち合わせをしているわけではないのだ。ただ自然と、いつからか、ここで会えばこうするのが決まりのようになった。じゃんけんをする。負けた方がジュースをおごる。外のベンチに並んで座る。それを飲む。

たったそれだけのことだった。

「バス、何分のに乗んの？」

「四十七分」

巴は腕時計を確認して、「あと十五分」そっけない声で言い足す。つまり今日はあと十五分間、こうして二人でいるということだ。そしてもちろん、えーうそー！　どうしよー！　なに話そー！　などと、もじもじするような関係性ではお互い決してなく、

「おまえ今日、神威《かむい》のこといじめたらしいな」

ふんっ！　巴の返事は、力強い鼻息の一撃から始まる。偉そうに顎《あご》を突き上げて、きつい横目で鋼太郎を見てくる。

「そりゃいじめるでしょ。あんなもん」

「やめたれよ。泣いてたぞ」

まあ、自分もその後にあいつを泣かせたわけだが今は割愛《かつあい》。時間には限りがある。

「なんで？　やめないよ？　やめるわけないでしょ？」

「なんでって……あいつ、めっちゃ傷ついてたし」

「それがなによ。知ったこっちゃないのよ。私は言いたいこと言うし、それで誰かが傷つこうがなんだろうが我慢なんか絶対しない。ていうか駒田《こまだ》！　あいつ、なにしてくれてんの？　どうせ立場が弱いからああいう面倒くさくて変な奴を押し付けられたんでしょ？　絶対そう、そうに決まってる！　ていうか私たちのこともそうじゃん、こんな『カワイソー』なのが二人、わざわざ同じクラスに揃《そろ》ってるってなに？　しかも二年連続！　ありえない！　だいたいわたなべだって

いすぎでしょ！　あいつらの謎《なぞ》のチームワーク、ほんっと〜にうざったい！　散らせよな！」

けっ！　巴は思いっきり顔をしかめ、足元の小石を蹴《け》り飛ばす。本当に憎ったらしいツラをしていて、鋼太郎はほとんど圧倒される。むき出しの邪悪に感動すらする。

教室にいるとき、巴の表情筋は完全に死んでいるのが常だった。だからみんなは巴のことを無表情で冷たいガリ勉クソ女だと思っている。でも違うのだ。本当の巴はこんなにも、表情豊かで情熱的なガリ勉クソ女なのだ。これもまた鋼太郎だけが知っている事実だ。

「まあ、神威が面倒くさくて変な奴なのは確かだけどな」

「そうでしょ？　あんなのにいられると集中が妨《さまた》げられるの。こっちには実害があるの」

「でもなんかあいつにも色々事情がありそう、つか、多分だけど——」

神威が持っていた謎の手帳。今どきポケベル。最初に出会った時の長髪と服装。それにそうだ、そもそも『アストラル神威』ってなんなんだ。海外育ちというだけでは、あいつの変さは説明がつかない。まるで怪《あや》しい新興宗教の信者みたいだ。そういう設定のコスプレか、コントかなにかでもやっているみたいだ。それぐらいあいつはおかしい。

「——あいつの親、やばいと思うよ。普通じゃないっていうか、家族関係まともじゃなさそう。もしかしたらあいつも、俺《おれ》たちとは違う意味で『カワイソー』系の奴なのかも」

「へえーそっかあーうちらとおんなじ『カワイソー』系の仲間なんだあーじゃあ優しくしてあげよー、なんて、私は死んでも思わないから。そんなぬるいこと思うぐらいならあいつを、」

巴は手刀《てがたな》を掲《かか》げ、「殺す！」すぱっ！　斜めに一気に斬《き》り下ろす。そうしてフッ……目を眇《すが》めて片頰《かたほお》で笑う。「安心して、致命傷《ちめいしょう》だよ」オレンジの炭酸を噴《ふ》きそうになって危《あや》うく堪《こら》えた。

「いや、なんでだよ……。つか、そんなきつく当たる必要そもそもねえだろ。別におまえが追い立てなくても、いずれ必ずいなくなる奴なんだしさ」

「その『いずれ』がやなの！　はっきりしないから余計にイライラするの！　あいつ、いつまでいるか未定とか言ってたし、来年は受験生だし、そう長々と居座られたらたまんないの！」

「未定つっても、前に他のクラスにいた留学生は一か月ぐらいで帰国しただろ。立派なオタクになって」

「はっ？　オタクになったの？　そうなの？」

「そうだよ。上の学年にいた奴も学期丸々はいなかったしさ。帰国する頃には立派なオタクになって」

「……なんでみんな立派なオタクになって帰るんだろう」

「逆に考えろ。立派なオタクになりたい奴が立派なオタクになるためにこの極東《きょくとう》の島国にわざわざ集結してくるんだ。とにかくあいつもどうせそんな長くはいねえんだって。案外さっさとどこだかの国に帰っていくんじゃねえの」

「立派なオタクになって？」

「そうだよ。仕入れとみなされて税関で揉《も》めるほど大量のオタグッズを抱《かか》えてな。だから、ちょっとぐらいクソ度の出力下げて手加減《てかげん》してやってもバチは当たんねえと思うぞ」

「それはない。ありえない。バチなんかどうでもいい。そんなの私には関係ない。私は我慢なんかしないし常に全力でぶっぱなす。パワー全開の、ありのままの、自分らしい等身大のガリ勉クソ女でいる。そうしたいから、絶対にそうする。学校にいる時だけは、ただの自分でいられるんだもん。それはあんただって同じでしょ？　わかるでしょ？」

鋼太郎はぬるくなっていくペットボトルを持て余しつつ、「まあな」隣の巴に小さく頷《うなず》いて返した。わからないわけがなかった。

本当に、巴と自分は似た者同士だと思う。学校用の自分の姿を意図的に選んでいるという点で、自分たちはそっくり同じことをしている。そして選んだ自分の姿も、全然違っているようで実はそっくりだったりする。

巴も、自分も、学校ではとにかく『ただの自分』でいたいのだ。平凡だろうが、嫌われようが、とにかく『ただの自分』でありたい。それだけの者でありたい。そうであることを望み、自《みずか》ら選んだ。

あの騒がしい教室にいる『そいつ』は、カワイソーではないだろう。家族を失う恐怖に怯《おび》えてなどいないだろう。絶えることのない悲しみや苦しみに胸を詰まらせてなどいないだろう。

中央付近の席で、『そいつ』はのんきなアホ男子の姿をしている。

最前列の席で、『そいつ』は冷酷《れいこく》なガリ勉クソ女の姿をしている。

どっちもただの自分だ。どっちもそれだけの者だ。本当に二人はそっくり同じ、似た者同士だ。そしてそのことを、お互い以外には誰も知らない。

鋼太郎が巴と病院で最初に遭遇《そうぐう》したのは、去年の五月の初めのことだった。

その頃すでに巴は立派なガリ勉クソ女で、嫌われ者として完全に孤立《こりつ》していた。鋼太郎とも接点はなく、同じクラスではあっても話したことは一度もなかった。

が、ロビーでばったり真正面。沈黙することお互い数秒。気付かなかったことに、その時はできた。たまたま外来に用があったんだろう。風邪《かぜ》かなにかで診察を受けていたのだろう。おじいちゃんやおばあちゃんが入院しているのかもしれない。向こうは本当に気付いていないかもしれない。気付いていたとしても気にしてないかもしれない。きっとそうだろう。そうに違いない。

二回目も、同じようにごまかした。

でも三回、四回と繰り返し、ついに五回目。降り続いていた梅雨《つゆ》の走りの雨がやっと上がったその日。両者とも、もはや隠し切れもしない強張《こわば》った顔でのすれ違いざま。声をかけてきたのは巴だった。『ちょっとあんた』――足を止めた背中に、銃口《じゅうこう》でも突き付けられた気がした。

そうして二人はベンチに座り、お互いの境遇を明かし合った。

もうすぐ家族を失うかもしれないという恐怖の中を生きていること。ずっとつらくて苦しいまま、逃《のが》れることなどできないこと。でもせめて学校という場でだけは、その恐怖から解放されていたいこと。同情も理解もいらないから、その逃れられない現実から気持ちを離していたいこと。悲しいことも怖いことも、学校にいる間だけは忘れていたいこと。だから学校の連中には家族の病気のことを知られたくないこと。

覚悟を決めて話してみれば、二人はお互い驚くほどに同じことを考えていた。

巴は、自分は生まれついてのクソ女だという。でも病気の母親の前では、ありのままのクソな自分ではいられない。クソな部分を発揮できない。だから学校では思う存分にガリ勉クソ女として振舞う。自分のクソさを全力全開で解放する。他人を気遣《きづか》ったりなんてしないし、我慢なんて一切しない。そういう自分のままでいられる学校という空間は貴重な逃げ場なのだ、と。つらい現実から自分を切り離していられる大事な安全地帯なのだ、と。

巴が語った言葉のすべてに鋼太郎は頷いた。何度も何度も繰り返し頷いた。わからないわけがなかった。

自分も同じだ。学校でだけは、ただの自分でいられる。学校は逃げ場。安全地帯。

だから、『そいつ』はきれいにとっておく。『そいつ』をまとっている間だけは、学校でだけは、カワイソーではない時空を生きられるから。

「あんたになにを言われようと、私はあいつに手加減《てかげん》なんかしない」

……まあ、だからって神威がそのとばっちりを食っていいわけでもないのだが。ガリ勉クソ女に情《なさ》けはない。

「学校を一歩出たら、私はお母さんがいつまで元気でいられるか、いつまで一緒にいられるか、それだけをずっと考えてる。それ以外のことはもうなにも考えられない。悲しいし、つらいし、怖いし、寂しいよ。それしか、私の中にはないんだよ。あんただってそうだよね」

「……そうだよ」

悲しいし、つらいし、怖いし、寂しい。だから――

「だから、ガリ勉クソ女は手加減なんか絶対にしないの。我慢なんか、絶対にしない」

――そうやって、自分を守るのだ。

友達に嘘《うそ》をついて。秘密を持って。隠し事をして。

そうやって、やっと、自分の心を守っているのだ。

決して逃れられない運命の渦《うず》に攫《さら》われて、すべてを奪い尽くす恐ろしい混沌《こんとん》に飲み込まれて、為《な》す術《すべ》もなくただ押し流されて、沈まないようにもがくだけの日々を生きているから。だからこんなにも必死になって、自分も巴も学校では『ただの自分』でいることにこだわっているのだ。沈まないでいるためには、息をする場所が必要だった。

そして、そうやって切り分けた自分の姿が一つの形に重なる短いひと時が、このベンチで過ごす十五分間だった。

そういう時間を、鋼太郎は、巴と一緒に過ごしていた。

「そろそろバス来るかも」

　腕時計をちらっと見て、巴が立ち上がる。ふふん、と嫌味混じりの笑顔、「これ、ごちそーさま」振り向きざまにミルクティーのペットボトルを軽く揺すってみせる。「……おまえなにげにじゃんけん強いよな」「あんたがなにげに弱いんだよ」スカートの裾《すそ》をひらめかせ、病院の正門の真正面にあるバス停の方へ歩いて行く。「あ、そういえば」また、今度は身体《からだ》ごと振り返る。

「鬼島《きしま》、明日は？」

「あー、まだ未定。どうだろ、微妙」

　ふーん、と顎を軽くしゃくる。そうしながら後ろ歩きのまま、巴はゆっくりと遠ざかる。

「つか、そうだ。うちの妹、そろそろ退院できるかもって。今月中には多分」

「そうなの？　よかったじゃん」

　うん、よかった。でもどうせ同じことの繰り返しだよ。安定して、退院して、でもしばらくしたらまた状態が悪くなって、また入院して、安定して、退院して、また、……そんなことは巴だってわかっているだろう。下る一方の階段にも踊り場がある、ただそれだけのこと。入退院のたびに一喜一憂《いっきいちゆう》する虚《むな》しさについて、言及《げんきゅう》しないでいてくれるだけだろう。

「そっちは？　お母さんどうよ」

「うちはまだまだ。今回は長くなるって」

「大変だよな」

「うん、大変だよ。でもしょうがない」

　バスが近付いてくるのが見えた。「来てるぞ」鋼太郎の声に、「やば！」巴は慌《あわ》てて踵《きびす》を返す。駆《か》け出しながら、最後にもう一度だけ振り返る。軽く片手を上げる。

「明日、もし会ったら！」

鋼太郎の返事を待たずに、巴は今度こそ背を向けてバス停へ走っていってしまった。

明日、もし会ったら――きっとまたじゃんけんをして、負けた方が飲み物をおごって、こうやって二人で座ってちょっとだけ喋《しゃべ》る。

それは約束でもないし、待ち合わせでもない。もっとゆるくて、柔らかな、ぼんやりとした不思議ななにかだ。

バスが到着する。停まって、何人かが乗り降りする。車体に隠れて巴の姿はもう見えない。ややあって、発車していく。そして遠ざかる。そこにはもう誰も残っていない。辺りはいきなり静まり返る。病院に出入りするたくさんの人がひっきりなしに通るのに、なぜかすべてが別世界に隔《へだ》てられてしまったように感じる。ここに自分だけ、たった一人だけ、ぽつんと取り残されたように感じる。

この感じは、まるで……、……いや。いやいや。鋼太郎はとっさに頭《かぶり》を振った。言語化してしまわないように、無理矢理に考えを散らす。

というか、ぼんやりしている場合じゃないのだ。やることは山積み、そろそろ立ち上がらないと。もう帰らないと。そう、まずはドラッグストアに寄って買い物をする。それから、ええと……頭の中で効率的な動きをシミュレーションしようとしながら、でも身体がまだ動かない。

(俺と巴は、似てるってだけ)

週に何度か、ここで会ったら話すだけ。

(秘密を握り合ったってだけ。ただそれだけで、他には別になにもない)

だから巴のことを考えても意味などない。あれはただのガリ勉クソ女、かわいげもない、いい奴でもない、優しくもない。

　そして、卑怯《ひきょう》なやり方で友達をはめるような奴でもない。そういう陰湿《いんしつ》な奴では絶対にない。もしも友達を破滅させるなら、巴はみんなが見ている前で襲《おそ》いかかるだろう。武器でもなんでも携《たずさ》えて、真正面から堂々と攻撃するだろう。人目や評判なんて気にするような奴ではない。

　だから、あんな噂《うわさ》は嘘だろう。

（……なんて、誰にも言えねえけど）

　巴をかばえば自分の校内での立場は終わる。気楽で平和な高校生活が壊れる。それを避けようと思うぐらいには、鋼太郎にも利己心がある。

　勢いをつけてやっと立ち上がり、自転車置き場に向かおうと足を踏み出した。時間を確かめようとスマホを取り出しかけ、「あれ?」立ち止まる。尻《しり》ポケットにいつも突っ込んでいるスマホがない。やばい。キョロキョロ辺りを見回すと、今座っていたベンチの上に落ちている。あっぶね。慌てて手を伸ばしたその瞬間、着信のバイブにスマホが震《ふる》えた。結構大きな音を立て、

「うわ!」

「うわ!」

　思わず声を上げてしまった。取り落としかけたスマホをどうにか摑《つか》み、見れば着信は母からで、いつもならLINEで来るのになんだろうと思いながら、しかし——しかし、だ。それどころではない。鋼太郎は無言のまま、母からの電話にも出られないまま、ベンチの斜め後ろにこんもりとしげる植栽《しょくさい》に目をやる。

　今、ここから、声がしなかったか。

　そしてそれは、あいつの声ではなかったか。

確かめるのも怖い。でも、確かめないわけにもいかない。覚悟を決めて、植え込みの中に踏み入る。首を伸ばして植栽の裏を覗《のぞ》く。

「……あっ……」

しゃがみ込んだポーズで、神威は、気まずそうに鋼太郎の顔を見上げた。

「……奇遇《きぐう》、だな……」

今日という日は異常に長く感じる一日だったな、と思っていた。

神威が現れ、まとわりつかれて、本当に大変だった。でももう終わったのだと思っていた。

終わっていなかったのかもしれない。

だって、いるのだ。奇遇だなとか言って。植栽の裏に隠れて。小さくなってしゃがみ込んで。神威が、ここに……ついさっきまで巴と二人で座っていたベンチのすぐ脇《わき》に、いるのだ。

鋼太郎は声も出ない。顔は能面《のうめん》、呆然《ぼうぜん》と立ち尽くすその目の前で、のそのそと神威が身を起こす。小さな枯れ葉を頭にくっつけたまま、申し訳なさそうに立ち上がる。ほぼ同じ高さの目線が合う。身動きもできない。だって、なんで、ここに、こいつが……ていうか、まずい……いや、まずい！　まずいよ！　一体いつからここにいた⁉　なにを見た⁉　なにを聞いた⁉　猛烈《もうれつ》なパニックに陥《おちい》り、能面のまま脳内は嵐《あらし》。いっそこのまま他人のふりを貫《つらぬ》いて帰ってやろうか。なにを訊《き》かれても知らんぷり、すべてはおまえが勝手に見た幻覚《げんかく》で押し通せればワンチャン——

「よかった、まだいた！　こーくん！」

ぞわっと背筋を悪寒《おかん》が走る。「上からいるの見えたから電話したんだ、さっきクリーニングの伝票渡すの忘れちゃった」振り返るまでもない、すぐ背後に母親の声。いやでもまだいける、俺はこーくんであっておまえの知っている鬼島鋼太郎ではない、見ず知らずの他人だからおまえのことなど知らない、それでどうにかワンチャン――「ちょっとこーくん？　聞いてる？　鋼太郎？」……ああ⁉　思わず鬼の形相《ぎょうそう》で振り返る。

「なんでママを無視するの、顔こわーい。あれ、お友達？　なんだか旧日本人みたいな眼鏡ね」

やぁめぇろぉおぉ～～～！　心の中で渾身《こんしん》の絶叫《ぜっきょう》。しかし母親には届かない。「こんにちは、鋼太郎の母です。初めまして」

「初めまして。アストラル神威です」

やっぱり。母親が深く頷く。にこっ。神威が鋼太郎を見て微笑《ほほえ》む。これでいいんだよナ、とでも言いたげに。堂々としろっておまえが言ったから堂々としてみたゾ、みたいな感じで。うるせえ！　馬鹿《ばか》野郎！

鋼太郎は為す術もなく天を仰《あお》いだ。ここからどうすればすべてをなかったことにできる？　起《き》死回生《しかいせい》の一手はどこに？　そうだ、天変地異《てんぺんちい》とかどうだ？　大地から突如《とつじょ》マグマが噴き出すとかは？　うんそれだ、よさそうだ、おっしゃ噴いてくれマグマ、今すぐだ急いでくれ、地球が割ればさすがにワンチャン――

「ねえアストラル神威、今ちょっとだけ時間ある？」

呼び捨てかい！　もちろんそれどころではないから突っ込めない。

「こーくんの、あ、鋼太郎のね、妹がね、病気で入院してるんだけど、アストラル神威に会ったらものすごく喜ぶと思うのよ」

「鋼太郎の、妹？　俺に……ですか？」

崩壊する。すべてが。これまで築いてきたなにもかもが。音を立てて。

「そうなの。ちょっとだけでいいから、会ってあげてくれない？」

「俺なんかでいいなら」

「わ、ありがとう！　さあさあいこいこ、こーくん早く！　うーちゃんさっきやっと目が覚めて、おにーちゃん来たのになんで起こしてくれなかったのって文句たらたらなのよ。絶対びっくりするよね、アストラル神威来たら。また歯が何本か吹っ飛ぶかもね」

母親にがしっと腕を組まれ、問答無用《もんどうむよう》。鋼太郎は再び病院の中へ引きずり込まれる。もう一方の手では神威とも腕を組み、図々《ずうずう》しい＆馴《な》れ馴れしいの凶悪コンボ炸裂《さくれつ》、母親は院内をずんずん突き進んでいく。「うふっ、ドリカム状態～」なんだそれは。息子のメンタルをズタボロにするための呪文《じゅもん》かなにかか。

というか、大人しく連行されている場合ではない。無理にでも振り切って逃げるべきかもしれない。でも、その後は？　なぜ逃げたのか、母親にどう説明する。それに神威をどうする。わからない。なんにもわからない。あまりにも突然すぎる事態に、鋼太郎はもう冷静に思考することができない。神威は引っ張られるがまま、素直に連れて行かれるがまま。そのままエレベーターに押し込まれ、五階で押し出され、やがて病室の前に到着してしまう。いやでも待て、ほんとに待て、現実かこれ、回避《かいひ》できないのかどうしても。これまで隠してきた秘密が、病気の妹の存在が、神威にあっさり開陳《かいちん》されるのか。それでいいのか。最後の最後に悪あがき、「ちょ、ちょっとタイム！　実は色々と問題が……」往生際《おうじょうぎわ》悪く戸口で抵抗する鋼太郎の背中を、「こーくん出入口で立ち止まっちゃだめよ」どしっと母親が突き飛ばす。その容赦《ようしゃ》のないプッシングに無力な足がもつれかけ、鋼太郎は妹の病室に転げ込む。

その途端《とたん》、

「うおにーちゃぁぁぁ――――――――――――ん！」

ほとんど動物だ。うーちゃんが一声鋭くベッドから吠《ほ》えた。カラフルな女児向け寝間着《ねまき》でベッドの上にちょこんと座り、くりくりと大きな目を輝かせ、歯抜けのままで満開の笑顔になって、

「おにーちゃんおにーちゃんおにーちゃんっ！　早くうーちゃんを処刑《しょけい》して――――――！」

両手を力いっぱい伸ばしてくる。それを見たら、もうだめだ。「ああ……」へなっと落ちた鋼太郎の肩からバッグの持ち手がずるりと滑《すべ》る。そのままどさっと床に放り出す。こうなってしまったら、鋼太郎に抗《あらが》う術などありはしないのだ。すべてを諦《あきら》め、ベッドの端《はし》に腰かけ、「よーしいくぞ、うーちゃん！」両腕を大きく広げて、

「せーのっ、処刑ー！」

七歳にしては小さすぎる身体を思いっきり抱き締めた。もちろん点滴《てんてき》のルートに触れるようなミスはしない。「うきゃ――――！」うーちゃんがはしゃぎ声を上げる。鋼太郎のシャツの胸に顔をこすりつけ、その胴体に力いっぱいしがみついてくる。小さい。温かい。ここにいる。腕の中にいる。生きてる。鋼太郎は目を閉じて、顎で妹の頭をぐりぐりする。これが処刑だ。ハグの刑。要するにただの熱烈なハグなのだが、鬼島家ではそう呼ばれている。

と、うーちゃんの手から急に力が抜けた。鋼太郎の胸から顔を上げ、「おにーちゃん、あそこに知らない人がいる……」戸口の方に向いた目が不安げに揺れる。「もしかして、うーちゃんにだけ見えてる系の……？」いや、いるのだ。実際に。うーちゃんのリアクションを期待してニヤつく母親の隣に、あいつがぼさっと突っ立っているのだ。

「……うーちゃん。実はな、あれは……」

鋼太郎が意を決し、ぼんやりキングボンビー野郎を紹介しようとしたそのときだった。

「こんにちは」

声。

微笑み。

ゆっくりと、神威の方から近付いてくる。

ちょうどその顔を、その姿を、窓から射し込む西日が眩《まばゆ》く照らし出す。

うーちゃんは、ぽかんと口を開けた。歩み寄る神威を見つめた。「こんにちは……」小さな声で、それだけ言った。

「うーちゃんっていうの？」

ベッドの脇、うーちゃんが座り込むその真下に、神威は音もなく両膝《りょうひざ》をついて屈《かが》み込む。その瞬間、鋼太郎の目にはなにかが——たとえばそれは長い髪、たっぷりとした服の裾、今は現実には存在しないそういうなにかが、神威の動きを追うように、空気をはらんで躍《おど》るのが見えた。ふわり、ひらひら、ゆらゆら……ゆっくりとふくらみ、大きく広がり、光を透《す》かす膜《まく》になって、波打つように翻《ひるがえ》った。

（……って、）

なんだそれ。

我に返って、鋼太郎は小さく息を呑《の》む。そんなわけない。ないのだが——でも。

神威は床に膝をついたまま、ベッドのうーちゃんを見上げている。静かに瞬《まばた》きして、微笑んでいる。

「会えてよかった。嬉《うれ》しいな」

うーちゃんに語り掛ける声は、これまで聞いていた神威の声とは全然違う。澄んでいて、なめらかで、すこし高くて、信じられないぐらいに、

「俺は、アストラル神威」

優しい響きを持っている。

「……うそぉ……」

うーちゃんは、吸い込まれていくようだった。両目をうっとりと潤《うる》ませて、他のことなどすべて忘れてしまったみたいに、神威だけをまっすぐに見つめていた。うーちゃんがこんなふうに夢中になって誰かを見たことなどこれまでにはなかった。

まるで麻酔《ますい》だ。鋼太郎はそう思う。うーちゃんに向けられる優しい微笑み。うーちゃんに語り掛ける優しい声。同じ空間にいるだけで、肌からじわっと沁《し》みてくる気がする。こっちの脳まで痺《しび》れたみたいにぼんやりしてくる。

でも、一体、なぜ――わからない。

学校にいる時の神威はめちゃくちゃだった。言いたいことの整理もつかず、適切な距離感も計れず、感情の制御もできないようで、どこからどう見ても変な奴だった。初めて橋で会った時もそうだ。一方的に突然ロックオンしてきて、一人で騒ぎ、落ち、溺《おぼ》れ、挙句《あげく》スイカに頭突《ずつ》きするような奴。人との付き合い方も、自分を受け入れてもらう方法も、教わらないまま育ってきたような奴。神威はそういう奴だった。だから『カワイソー』なのかもと思ったのだ。

なのに、今は。

「うーちゃんは入院してるんだね。がんばってるんだね。いいこだね。えらいね」

柔らかに降り注《そそ》ぐ神威の言葉に全身を包まれて、うーちゃんは心地《ここち》よさそうにゆらゆら頭を揺

らす。魔法にでもかけられたみたいに、両手を神威に向けてまっすぐに伸ばす。

「どうしたの？　なにかほしい？」

うーちゃんの指が、神威の眼鏡のつるを摑《つか》んだ。そのままずぅっと奪ってしまって、「あ！」

母親が慌てて声を上げるが、

「いいよ。なんでもあげる。たくさんあげる。ちゃんとたくさんあげたいんだ。だから、」

神威は奪われるまま、身動き一つしない。

「――大丈夫だよ」

にっこりと笑うその横顔をうーちゃんの隣から見下ろして、鋼太郎は無意識に息を詰めた。

そこから見えるのは、神威の左側の半身。眼鏡がなくなったその左の横顔は、精緻《せいち》な作り物のように整っている。そしてうーちゃんに向けられた左の目は、異様なほど無感情に透き通っている。温かくもなく、冷たくもなく、球体の表面に物理の帰結《きけつ》として光を映して、あるべき位置に嵌《は》まっている。そういうパーツとして組み上げられたみたいだと思う。

優しくあるために存在するもの。その機能を果たすために、作り上げられたもの。

神威はまるで、優しい機械――

「だーめ！　アストラル神威に眼鏡返しなさい！」

母親の声にはっとした。頭を軽く振り、おかしな思考にブレーキをかける。母親はうーちゃんの手から眼鏡を取り上げ、「ごめんね、困っちゃうよね」神威に返した。「いえ。別に」それを再びかけ直せば、すぐに鋼太郎が知っている神威の顔になる。世話してやらないとどうにもならない、あの困った奴の姿になる。

しかし、

「ねえ、あのさ……あしゅろ、るろ、る、神威はさ……」

うーちゃんはまだ魔法にかけられたままだ。

「顔、すごく、いいね……？　うーちゃんが知ってる人の中で、だんとつ、一番、いいかもしれないよ……？」

熱に浮かされたように頬を赤らめ、夢を見ているような目をして、鼻息を荒くして、

「……うーちゃんを、処刑してみて……？」

神威に向かって両手を広げる。鋼太郎は思わず母親の方を見た、母親も鋼太郎を見る。うーちゃんが他人に処刑をねだるなんて初めてのことだ。「ん」目をつぶり、ハグ待ち顔で動きを止めている。しかし神威は、「え？　えっと……？」さっきまでの謎の強キャラ感もどこへやら、困り顔でおろおろしだす。助けを求めるように鋼太郎を見る。その変貌《へんぼう》ぶりにイラッとしつつ、

「なにしてんだよ。早く処刑してやれ。さっき俺がやったの見てただろ」内心すこし安心もする。

「いや、でも……」やっぱりこいつはこういう奴だ。大きくため息をついて、もうやけくそ。

「ったく、俺の妹に恥かかすんじゃねえ！　こうすんだよ！」

鋼太郎は片腕でうーちゃんを抱いて、もう片腕を神威に伸ばした。がしっと首に絡《から》めて無理矢理に引き上げ、そのまま抱き寄せる。ぎゅぅっと力を込める。「うきゃ——————！」うーちゃんが歓声を上げ、「わあ⁉」神威も喚《わめ》く。抵抗して身を離そうとするから余計に強く抱き締めてやる。「あっ、あっ⁉　わあああっ⁉　うわあああっ⁉」さらにその外側から「よーしママも参加しよ！　食らえ処刑だー！」母親まで引っ付いてきた。これで総勢四人が一塊《ひとかたまり》の団子《だんご》。ハグの刑、めでたく完成だ。

うーちゃんは鋼太郎と神威の間に挟《はさ》まれてハイテンションの大喜び、そして神威は電撃でも食

らっているかのようにびっくんびっくん全身の筋肉を引き攣《つ》らせ、

「なっななにこれっ、なんだこれっ、あっつ、えっ、くるし……えっ⁉　なにこれっ⁉」

まだ激しく動揺している。両手をどうすればいいのかわからないのか、不器用に宙《ちゅう》に浮かせて、指先までぷるぷる震《ふる》わせて。

（でもな、神威――）

今、本当に動揺するべきなのは、俺の方なんだぜ。

＊＊＊

帰り際は大騒ぎだった。うーちゃんは神威の腕にしがみつき、鋼太郎が引き剝《は》がそうとしても『いやだ～永遠に離れたくない～神威とずっとこうしてたい～お願いだからまだ帰らないで～もうちょっとだけここにいて～うーちゃんは神威といたいの～うーちゃんともっと一緒にいて～！』――沼《ぬま》る、っていうのはこういうことか。両親も鋼太郎もここまで熱烈に引き止められたことはないと思う。病室にいたのはせいぜい十五分かそこらだが、たったそれだけの間に、うーちゃんは神威にすっかりはまってしまった。また連れてくるから、と鋼太郎は繰り返し約束させられたし、またすぐに来るから、と神威も繰り返し約束させられた。

病棟の外にやっと出た頃にはもう夕方を過ぎていて、辺りは少しずつ暗く翳《かげ》り始めていた。

駐輪場から自転車を引き出し、鋼太郎はそれを押して歩き出す。神威は何も言わずとも、黙ってその左側にぴたっとひっついてくる。さすがはキングボンビーだ。

「……おまえ、家どっちなの」

「あ、えっと、こっち」

ちょうど進行方向を指差すので、そのまま進む。進みながら話す。

「とにかく状況を整理するぞ」

神威は鋼太郎の顔を眼鏡越しにちらちらと見てくる。能面になっている自覚はある。

市街地とはいえ寂《さび》れた地方の片田舎《かたいなか》、病院の敷地を出ればあっちもこっちもしょぼ目の田んぼだ。その間隙《かんげき》をついて潰《つぶ》れた店のシャッターと、紫外線で色褪《いろあ》せたチェーン店の看板。そして広大な駐車場。行き交う車はやたらと飛ばすから、錆《さ》びたガードレールの内側の狭い歩道を二人くっついて歩くしかない。歩いている人間は二人の他にはない。

「おまえ、いつからあそこにいたんだよ。どこから、なにを……てか、そもそもなんであそこにいたんだよ」

「鋼太郎を追いかけてきた」

「……なんで」

「一緒に帰りたかったから」

一兆円を捨てるためにか。「でも教室で、あの男に呼ばれて」

「……駒田な」

「そう。そのなんとかって人に呼ばれて、」

「……担任の名前ぐらい覚えろよ」

「その人に教員室でロッカーの鍵《かぎ》が〜とか、届いてない教材が〜とか、なんたらかんたら〜、どうのこうの〜、色々言われて、」

「……謎に雑な解像度してるよな」

「よくわかんねーと思いながら窓の外見てたら、鋼太郎が自転車置き場のところにいるのが見えた。だから『もういいです』って言って大急ぎで教室に戻った」

「……話聞いたれよ」

「そんな暇はなかった。とにかく荷物持って、自転車置き場まで走ったけどおまえはもういなくて、しょうがないからその辺にいた人に片っ端から『二年八組の鬼島鋼太郎、どっちに行ったか知らないか？』って聞きまくって、」

「は⁉　そんなん誰も知るわけねえだろっつか奇行中に勝手に俺の名前出すなよ！」

「そしたら続々と目撃情報が出てきて、」

「出てくんのかよ！」

「それを頼りにずっと走って来たんだけど、さすがに途中で行き詰まった。もう鋼太郎を探せないかも、どうしようと思った時、目の前にあの病院が現れた。ていうか、あの病院ぐらいしか人間用の建造物がなかった」

「動物用の建造物もねえわ！」

「もしかして、と思って中に入って、自転車置き場を見てみたら、鋼太郎の自転車があった」

校則で、通学に使う自転車には名前のシールを貼《は》らなければいけない決まりになっている。こういう弊害もあるのだと、機会があれば訴え出た方がいいかもしれない。先生！　ストーカーに居場所がバレてしまいます！

「だからそのうち出てくると思って出入口のところで張ってたら、おまえは、あの女子と一緒に現れた」

ああ――頭を抱えてこの場にうずくまりたくなる。本当に、一部始終を見られていたのだ。あの至近距離なら会話も聞こえていただろう。最初からずっと、全部丸ごと。ハンドル辺りを睨《にら》んだまま、前髪をぐしゃぐしゃとかきあげる。

「教室にいる時とは違って、すごく仲が良さそうだった」

神威が視線を寄越《よこ》すのを頬の辺りに感じつつ、目線は下げたままでいる。

「で、なんか、慌てて、つい……隠れた。そして出て行くタイミングを失った。結局おまえに見つかって、こうなった」

「……ちょっとそこのドラッグストアに寄るぞ」

通りの向こうの店舗を指差して信号を渡る。「あ、うん」神威は素直についてくる。自転車を置いてゴミ袋と排水口ネットを買い、バッグに突っ込んで、また歩き出す。

「状況は、とりあえずわかった」

「その……驚かせて、悪かった」

「全部忘れろ」

ぐりっ、「えっ？」神威は顔ごと鋼太郎を見る。きょとんと瞬《またた》き、「全部……？」首を傾《かし》げる。

「とは……？」

「そのまんま、全部だよ。おまえが学校を出てから今この瞬間までに起きたこと、全部。俺が病院に行ったこと。千葉《ちば》巴といたこと。俺とあいつが話していた内容。妹がいて入院してること。なにもかも全部忘れて、誰にも言うな」

「……鋼太郎が『こーくん』と呼ばれていたことは？」

「っていうか」

歩きながら神威が背負うデイパックのストラップを掴み、ぐいっと引き寄せる。顔を近付け、目を合わせ、声を低くする。冗談ではないのだ。本気なのだ。わからせなくては。

「──これは、お願いだ。頼むから忘れてくれ。本当に頼む。絶対、誰にも言わないでくれ。学校の奴にはずっと秘密にしてることなんだ。まじで、ガチで、みんな知らないことなんだよ」

鋼太郎の真剣味が伝わったのか、「……わかった」神威は神妙《しんみょう》な表情で頷いてみせた。

「おまえがそう言うなら、そうする。全部忘れて、誰にも言わない」

ほっとしてストラップから手を離しかけ、

「でも、」

また掴む。「『でも』⁉」つい声に険《けん》が混じる。「いや、ただ、さ、」鋼太郎に引っ張られて斜めに傾ぎながら、神威は続ける。

「本当に『みんな』ってわけじゃないんだろう？　西園寺《さいおんじ》や八百地《やおち》くんは知ってるんじゃないのか？　あんなに仲がいいんだし、鋼太郎が先に一人で帰ってしまったら、どこに行ったのか気になるはずだ」

「……本当に『みんな』だよ。あいつらも知らねえよ」

「でも気になったら追いかけるし探すだろう」

「だから、誰もそんなことしねえんだって！」

わかった、忘れる、でシンプルに話を終わらせてくれない神威に苛立《いらだ》って、つい声が大きくなる。

「おまえだけだよ！　おまえが初めてだよ！　俺を探して、こんなところまで追いかけてくるような奴は！　そんな変な奴、おまえしかいねえわ！」

五キロだ。

学校から病院まで、距離はおよそ五キロ。一緒に帰りたかった、なんてぼんやりした理由で追《つい》跡《せき》していい距離ではない。いまだかつてそんなことをした奴はいない。当たり前だ。普通はしない。誰もしない。「そりゃ……あいつらにも、すこしは変だと思われてるかもしんねえよ！」

鋼太郎をここまで追いかけてきて、探して、見つけてしまったのは神威しかいない。

「放課後とか休みとか、誘われてもだりーとかねみーとかさ、そんな理由で半分以上は断ってるしよ！　たまに遊びに行っても夕方になったら急いで帰ろうとするしよ！　でも、だとしても、あいつらはそっとしといてくれてんだよ！　普通はそうなんだよ！　なんかおかしいと思っても、こっちが言わねえことなら無理に暴《あば》こうとなんかしねえんだよ！　ほんとにおまえだけだよ！　こんな、ぐいぐい踏み込んできて……ずかずか踏み荒らして！　ひっついて、追いかけ回して、一体なにがしてえんだよ⁉　俺のこと引っくり返してえのかよ⁉　つか、なんなんだよまじで⁉　なんで俺に執着《しゅうちゃく》するんだよ！　目的はなんなんだよ！　おまえ意味わかんねえよ！　朝からべったりくっついてきやがって、ほんっとうざってえんだよ！」

喚きながら足が止まってしまう。タイミング悪く通りがかった人がいて、大きな声を出す鋼太郎を驚いたように振り返って見る。

神威は、「ご……めん」眉《まゆ》を八の字にして鋼太郎を見返す。声をすこし震わせ、何度も瞬きをして、結局ぽとりと視線を落とす。

「……ただ、一緒に帰りたかっただけなんだ。おまえと『せいしゅん』、したかっただけ……」

怯《おび》えたみたいに立ち竦《すく》むその姿が、さらに鋼太郎をイラつかせた。

「うるっせえ！　知らねえよ！　そんなふわっふわした馬鹿みてえな理由で人を五キロも追ってくんじゃねえっつってんだよ！　こっちは本当に知られたくなかったんだよ！　おまえにも、誰にも……さっき話聞いてたんならわかるだろ⁉　うーちゃんも巴んちのお母さんもまじで深刻なんだって！　そういう現実を、俺たちは、どうにかして学校に持ち込まないようにしてんだって！　ずっとそうやって必死に隠して、秘密にして、なんとかこれまでやってきて、なのにおまえがいきなりこんなふうに台無しに……ああ！　くそ！」

びくっと神威の肩が跳《は》ねる。「ご、ごめ……」

「ちげえよ！　くっそ、クリーニング……忘れてた、くそ、くそ……戻らねえと……」

どっと疲れた顔を手《て》の平《ひら》で擦《こす》り、自転車を持ち上げて方向転換。来た道を戻り始める。

神威はやっぱりついてくる。「……おまえ、帰んないでいいのかよ」首を振り、強張った顔のまま「家、こっちだから」と。なわけねえだろ。ついさっきまで家はあっちだっつって全然違う方に歩いてただろ。しかしそれを指摘するのももはやだるくて、鋼太郎は黙々とさっき通り過ぎてしまったクリーニング屋への道のりを戻る。

神威もしばらく黙っていたが、やがて左隣から遠慮がちに「……あのさ」声をかけてきた。横目でその白い顔の右側を見やる。さっき病室で見たのとは全然違う横顔をしている。戸惑《とまど》うように瞳は揺れて、地面の少し先に力なく視線が落ちている。どうしよう、と。困った、と。ごめん、と。あふれ返る感情を、だらだらと溢《こぼ》している。

「……俺、焦《あせ》ってて……いつまでいられるかわからないし、おまえと、その……早く親しくなりたくて、それで……ひ、秘密を暴くとか、そんなつもりじゃ、本当になくて……」

空が濃紺《のうこん》に暮れていく。電灯《でんとう》はまだつかなくて、神威と並んで歩く道は暗い。

「びょ、病気、なんて……」

神威の声が跳ね、途切れる。ちょうどクリーニング屋について、自転車を停める。なにも言わずに店に入る。神威はついてこなかった。ようやく帰るのかと思ったが、ワイシャツを受け取って出てくるとまだそこに突っ立っていた。首を折って、深く俯《うつむ》いて、自分が足元に垂《た》れ流す感情のだらだらをじっと見つめているようだった。

それでも自転車を引いて再び歩き出すと、また鋼太郎の左隣に。何度か息をして、何度もためらって、

「……気休めになるか、わからないけど」

言葉をやっと絞《しぼ》り出す。さっきの話の続きらしい。

「俺は、『いずれ必ずいなくなる奴』だ。『どうせそんな長くはいねえ』よ」

鋼太郎は顔を上げた。それは、さっき巴と話していた時の自分の言葉だ。

「ここにいる間も、絶対に誰にも言わない。誓う。ていうか……」

鋼太郎のシャツの袖《そで》を神威が軽く引っ張った。止まってほしい、の合図だろう。暗い歩道の端に立ち止まると、神威は身体ごと向きを変える。真正面からまっすぐに、鋼太郎の目を覗き込んでくる。

「鋼太郎が望むなら、今すぐにいなくなることもできる」

「……は?」

思わず間抜けに問い返してしまった。本当だ、と神威は続けた。だから、と。

「俺、消えようか」

――なわけ、ないだろう。

鋼太郎はそう言いたかった。

だって、なんだっけ、日本式の教育を体験するとかいう県の留学制度で来ているんだろう。わ

ざわざそのために親元を離れ、海を越え、ここまでやって来たんだろう。それを自分如《ごと》きの意志一つで辞《や》めさせたりできるわけがないと思う。そんなこと、していいわけがないと思う。

しかし眼鏡の奥の神威の目は静かに澄んでいる。落ち着いた表情をしている。本心から、その言葉を発したのだと鋼太郎にも理解できる。

（つまり、）

暗くて寂しい道路の端で、自分を見てくる白い顔。眼鏡。短い髪。ありきたりな制服。今、神威を照らす光はない。神威はたった一人、黄昏《たそがれ》時の薄い闇《やみ》の中に突っ立っている。実際には自分もここに一緒にいるが、でも、神威はひとりぼっちに見える。

（俺が消えろっていったら、こいつは本当に……）

そうしろと頷けば。あの日のように自転車に乗って、こいつをここに置き去りにしてしまえば。それで、終わるのか。長かった今日が、やっと終わるのか。

そうすることを想像しようとした。それでどんな気分になるのか確かめてみようとした。でもそのとき、

「鋼太郎！」

信号待ちで停まった対向車線の車の窓が開き、名前を呼ばれる。驚きのあまりほとんど飛び上がり、でも声の主は振り向かずともわかる。「まじか……」どういうタイミングなんだ。会社帰りの父親だった。

「それ、アストラル神威だろ⁉　ママからさっきＬＩＮＥきてた！　よーう神威！」

てっかてかの笑顔で神威に手を振ってくる。神威は戸惑ったように「あ、ど、どうも……」小さく頭を下げる。

「神威は晩飯どうすんのー⁉」

雲行きが突如怪しい。「え？　夕飯は別に……なにか買ってあるはずで……」

「家、誰かいんのー⁉」

「いや、誰も……」

「おーっけぃ！　うち寄ってメシ食ってけ！　はい早くこっち来い！　信号変わる、急げ！」

ようやく、「いや待てって！」声が出た。「そんな強引に勝手なこと決めんなって……あ、ちょっと！　来んな来んな！　おい！」鋼太郎の制止も聞かずに父親は車から降りてくる。左右を見ながらせっかちに道路を渡って、無力に突っ立っている神威の腕を引っ摑む。「え、あの、俺、」

「うちもうすぐそこだから！」そのまま引っ張って、神威を助手席に押し込み、シュバーッ！　と追
「じゃあ鋼太郎、先に帰ってるわ！　ちんたらちんたら漕《こ》ぐんじゃねえよ、っかけてこいよ！」

「おい、ちょっと……！」

信号が青になるなり、父親のミニバンは走り去ってしまった。もし目撃者がいたなら通報されてもおかしくない。だってこんなのもはやただの、

「誘拐《ゆうかい》……じゃ、ねえか……」

自転車とともに一人路上に取り残されて呆然とする。どうするんだあいつ。本当に、連れて行かれてしまった。ろくに抵抗もしないまま、あっさりと。馬鹿じゃないのか。いや馬鹿だろう絶対。さっき病院で母親と遭遇した時とほぼ同じパターンじゃないか。

ていうか、話の途中だったのに——まだ、返事をしていないのに。

疲労感がどさっと頭上から降ってくるようだった。一瞬でフィールドを埋め尽くすおじゃまぷ

よの体感だ。自転車のハンドルにすがりついて、どうにか座り込まずに持ち堪《こた》える。本当はぶっ倒れたい。そのまま目を閉じ、気絶したい。

（まだ、終わんねえのかよ……⁉）

今日は本当に長すぎる。一体なんなんだ。なんでこんなに長いんだ。この先の人生のどこかで帳尻《ちょうじり》を合わせられるのだろうか。

なんで今日はこんなに短いんだと悶絶《もんぜつ》しながら叫びたくなる日が、いずれ訪れるのだろうか。

父親の車の後を追いかけて、鋼太郎もすぐに自宅に帰りついた。自転車をガレージに停めて玄関に入ると、ちょうど神威がそこにいて、

「うあ〜ああ〜〜〜っ、んあああ〜〜〜〜……っ！」

ハグの刑に処されていた。いや、ハグというかいっそこれは情け無用のベアハッグ……ソックスの足が宙に浮いて力無くぷらぷら揺れている。「おーう、おかえり！」こちらに気付いて父親が腕をゆるめると、神威はどさっと床に崩れ落ちた。一体どういう話の流れでこうなったのか、謎ではあるが知りたくもない。「おまえもいっとく？」「絶対いらねえ……つか、うがい手洗いしたのかよ」「今から今から」

元柔道《じゅうどう》選手でもある父親の大きな背中が洗面所に消え、

「お、おかえ、り……」

ふらつきながら壁伝い、神威がどうにか立ち上がる。「……あの、なんか、こんなことになってしまって……」鋼太郎の顔を見る。「……どうしたらいいか、わからなくて……」気まずそう

にもじもじしている。つまり、口では消えるだのなんだの殊勝《しゅしょう》なことを言いながらも結局はこうして自宅にまで乗り込んできている己《おのれ》の今の状況を、そしてそれを鋼太郎がどう思っているかを、理解はしています。一応。と、いうことでいいのか。

「……俺、帰った方がいい、なら……」

なにも答えず、鋼太郎はそのツラをただ見やった。

だな！　帰れ！　シンプルにそう言い放《はな》てたら、どれだけ話は早いだろう。

でも、言えない。言いたいことは山ほどあるが、その大半は飲み込むしかない。だって神威をここに連れて来たのは父親だし、勝手に帰してしまったらきっと面倒なことになる。

それに、さっき途中で打ち切られた話。神威の問いかけに、自分はまだなにも答えていない。もし今このままこいつを追い帰せば、それっきりになるだろう。そういうことになる気がする。そうしろと答えたのと同じ意味になる気がする。

でもまだ結論は出ていないのだ。それでいいのか、よくないのか、自分でもわからない。だから、仕方がないと思う。今はとにかく一時保留《ほりゅう》。こいつに夕飯を食わせればいいのだろう。なら食わせる。話はそれから。それまではなにもかも棚上げ。

そういうことに、しておこうと思う。

「……言っとくけど、」

脱いだ靴《くつ》をしまいながら鋼太郎が低く呟《つぶや》くと、神威は俯いていた顔を跳ね上げた。

「俺、すごく忙しいからな。おまえのことなんか構えねえから。うろちょろしないで、大人しくしてろよ」

ずれた眼鏡を指で押し上げ、「……うん！」大きく頷く。思いっきり笑ってみせる。本気で嬉しいんだろう、多分。鋼太郎には理解できない思考回路を辿って、こいつの心は喜びに行き着いたのだろう。なにしろ、一緒に帰りたい、の一心で五キロを追走してくる奴だから。

とりあえず洗面所に神威を放り込み、手洗いをさせてから二階の自室まで連行する。デスクチェアに座らせ、本棚から適当に何冊か漫画本を摑み取って膝に放ってやる。そして自分は制服を脱ぎ捨て、クロゼットから部屋着を引っ張り出して着替え完了。

「よし！　やるか！」

Tシャツと短パンで気合を入れ直す。忙しいというのは嘘ではなくて、やるべきことは本当に多いのだ。帰り道にちんたら歩いてタイムロスした分を取り戻さなければ。まずは洗濯物の取り込みからだ。

部屋を出てさっそくベランダに向かおうとするが、――ぞわっ。「……？」ふと背後に嫌な予感がした。振り向くと、神威が勝手に開けっ放しにしていたクロゼットの中を覗き込んでいる。適当に突っ込んである私服を広げて「おお……」とか言っている。「ちょっと！　勝手に見んなって！」奪い返し、突っ込み直し、ぷりぷりしながらクロゼットの戸を閉める。別に見られて困る物はここには入っていないが、決していい気はしな――ぞわっ。「⁉」振り向いて、神威が勝手に机の引き出しを開けるのを目撃する。中を覗き、「おお……」じゃねえ。「おいこらてめえ！」渾身の横っ飛び、力いっぱい引き出しを押さえる。そこにはクラスの男子の間で共有&回し見されているエロDVDが格納《かくのう》されていて、結構キツめな性癖《せいへき》のものも冗談半分に紛《まぎ》れていて、いや別に神威如きに見られてもいいといえばいいのだがでもいやといえばいやでもあって、「なにやってんだよ馬鹿！」さっき出してやった漫画本で後頭部を叩《たた》く。「いだっ」「いいから大人しくしてろ！　これでも読んでろ！」そのまま手元に押し付ける。それを見て、「おお……」神威は真顔になってカッ！　目を見開く。なんだ？　そんなにいいチョイスをしただろうか。なにを渡したか気になって見てみると、漫画本だと思っていたそれは書籍を偽装して本棚に格納してあったエロＤＶＤで、それこそまさに冗談半分に紛れている系のやつで、「うわあぁぁ！」取り上げてしまい直す。その隙《すき》にもさらにぞわっ、「なんだよまだあんのかよ⁉　うおおぉぉ！」神威は机の上のノートパソコンを開こうとしていて、背後からシャツの襟《えり》を引っ摑んだ。パスワードはかかってるし別に見られても以下略、しかし許しがたい暴挙《ぼうきょ》だ。「ぐ、ぐるじ……締まっ……」知るか。立ち上がらせて、部屋から引きずり出し、そのまま下のリビングまで連行し、ソファに座って巨大なジョッキで麦茶を飲んでいる父親の隣に払い腰で投げ落とす。ぐえ！　とか言っているツラを指差し、

「これ以上勝手なことをしたらおまえを殺す……！」

殺害予告。「いきなり穏《おだ》やかじゃねえな」父親はゲラゲラ笑っているが、こっちはそれどころじゃないのだ。「いいな⁉　わかったな⁉　返事は⁉」「はい……」さすがに神威も大人しく頷いて、小さくなって座り直し、ちゃんとソファに収まる。

「くっそ、また下らねえことでタイムロス……！　親父《おやじ》、それ飲んだら掃除機かけて！」

はいよー、とのんきな返事を背中で聞いて、鋼太郎はまた階段を駆け上がっていく。二階のベランダで猛然《もうぜん》と洗濯物を取り込み、それを猛然と畳《たた》み、猛然と各部屋の所定の位置にしまって、次は風呂場だ。いつもは入浴直後にざっと掃除してしまうのだが、昨夜は睡魔《すいま》に負けてしまった。猛然と浴槽《よくそう》も床も壁も洗い流し、排水口を掃除し、ついでに洗面所のゴミ箱を空《から》にして時間を確かめる。やば、と声が出る。母親が帰ってきたら即夕食の支度《したく》に取り掛かれるように、その他のことは済ませておかないと。次は、えっと、

「そうだ、米！　米炊《た》かないと……」

キッチンへ向かおうとして、不吉なものを見てしまう。足が止まる。父親が掃除機を抱え、神威とともに二階へ上がっていこうとしている。よせ！　そいつは連れて行くな！　プライベートを蹂躙《じゅうりん》されるぞ！　声を上げようとするが、一人にしておくよりはマシ……なのか？

さっきあれだけ釘《くぎ》を刺したし、父親が一緒ならさすがのURアホも勝手な真似《まね》はもうしないだろう。いいや、と行かせて、猛然と米を五合計る。二階からは掃除機の音が聞こえてくる。炊飯器をセットしたらあとはなんだ。あ、さっきクリーニングから取ってきたワイシャツを片付けなくては。そしてそして……コマネズミのように家中を走り回っているうちに、ガレージに車が入ってくる音がする。続いて、がちゃっと玄関のドアが開く音。母親だ。帰ってきた。


神威はめちゃくちゃよく食べた。食べて食べて食べまくった。昼休みの弁当はさして楽しそうでもなく、作業のように淡々と口に運んでいたのに。今の食いっぷりとは大違いだ。

「おまえ、そんなに麻婆豆腐《マーボーどうふ》好きだったのか」

なら昼飯も麻婆豆腐にすりゃいいのに……率直な想いを、「違うっ！」左隣から鮮やかに斬り捨てられる。

「これは、今まで食べてきた麻婆豆腐とは全然違うっ！　こんなにおいしいなんて知らなかった！　すごい、信じられん、嘘みたいだ！　これは特別だ！　めちゃくちゃにおいしい！」

ひとしきり騒いでまだ食べる。もちろん母親は大喜びで鼻にょきにょきの天狗《てんぐ》状態、「え、もしかしてママ麻婆豆腐専門店やった方がいい？　出資者いるかな？」本気の顔になっている。事実、特別にうまいのだ。よくあるレトルトやチェーン中華の適当なやつとは完全に別物だ。

「神威、もっとおかわりするよね」

上機嫌の母親が声をかけると、「はい!」神威は元気に空になった茶碗《ちゃわん》を差し出す。おかわりのたびにおかずとごはんをそれぞれ盛り直すのもまどろっこしく、少し前から麻婆丼方式で提供される形になっている。「こーくんもまだ食べるでしょ?」「当然! ていうか俺が持ってくる」

自分のと神威、二つの茶碗を手にキッチンへ向かう。炊飯器を開けると、さっき五合も炊いた飯がもう尽きかけている。そう、鬼島家の麻婆豆腐はちょっと辛《から》めで味濃い目、とにかく白米が進むのだ。いつもなら鋼太郎一人で一気に食べ尽くしてしまうところだが、

(まあ、しょうがねえな。あんな喜んで食ってるし……)

神威の茶碗に半分を分ける。麻婆豆腐もあと一人前ほども残っていないのを、ちまちまと二人分に分けて終了。

はい、と神威に手渡してやる。「わはっ!」こういう顔で笑う犬っているよな、と思う。

「神威は下にきょうだいいるの?」

口いっぱいに頰張る顔をにこにこと眺《なが》めていた母親がおもむろに訊《たず》ねた。神威は「わふえ」口の中に詰め込み過ぎて、「ひゃわへん」なにを言っているかわからない。とりあえず首を横に振っている。いない、いない、と言いたいのだろう。

「そうなの? なんか今日、小さい子の扱いに慣れてる感じがしたからさ」

「ふぁ、むひゃ、わふはへんは」

「そっか。でも今日はほんとにありがと。うーちゃんがごめんね、なんかすごくなっちゃって」

「ひゃ……わひゃむ、わはむはっはむ」

「でも困ったでしょ？　全然帰らせてもらえないしさ」

「わへふ、わっふはむはんむわはわはんっむふ」

二人はテーブルを挟んで楽しげに笑い合う。なぜ話が通じているのだろうか。ていうか飲め、口の中のものを。

うーちゃんが神威にドはまりしたことを聞くと父親も感心しきりで、「へえ！　なんか波長が合うとか、そういうのあるのかもな」発泡酒《はっぽうしゅ》を飲みつつ顔を一層てからせる。

「神威よお、今日はもう泊まっていったらいいじゃん。結構遅くなっちゃったしさ」

母親も「そうしなそうしな」と頷く。しかし鋼太郎は「え！」、眉間《みけん》にしわ。やめてくれ。自室にあいつを解き放ちたくない。目を離した隙に多分増える。

しかし神威は、ごっくん、とようやく口の中のものを飲み下し、

「俺、帰ります。なにも準備してないので」

意外にもあっさりと父親の申し出を断った。「ごちそうさまでした」お行儀よく一礼して、箸《はし》と茶碗をテーブルに置く。

「準備ってパンツとか歯ブラシ？　車でコンビニ連れて行くし、買ってあげるわよ」

「でも明日の学校の準備もあるから」

それもそうか、と両親は顔を見合わせた。セーフ……鋼太郎は小さくガッツポーズ。

「ならおうちまで送るね。どっちの方面なの？　歩きだったよね」

神威が住所を告げると、母親は「ああ、あの辺か」スマホを手に取る。「町からちょっと距離あるし、わりと寂しい感じだよね」さっそくルートを確かめようとしているようだったが、「あの、本当に大丈夫です。一人で帰れます」神威はそれも断る。

「え〜？　ちょっと心配だなあ。ならそうだ、こーくん、自転車で送ってってあげなよ」

突然風向きが変わった。「俺が⁉　なんで⁉」

「神威は引っ越してきたばっかりなんでしょ？　こんな真っ暗で、しかもよく知らない町の夜道だよ？　一人で帰らせるわけにはいかないじゃない」

……まあ、確かに。それ以上言い返すことはできない。外はもう夜の闇だし、神威は引っ越してきたばっかり。しかもアホ。簡単に誘拐される系の稀《まれ》にみるアホ。この帰り道になにかあったら、家族一同、寝覚《ねざ》めが悪いどころの話じゃすまない。

「わーかったよ。じゃあ俺、ちょっと着替えてくるわ。食ったらすげえ汗かいたし」

空《あ》いた食器を手に立ち上がろうとする鋼太郎に、

「いいよ鋼太郎、いっぱい家事して疲れただろ？　見てたからわかる。俺なら本当に大丈夫だから！」

神威は明るく笑って見せた。でも犬度が足りない。これはこいつが本気で嬉しい時の顔じゃない。たった一日ストーキングされただけの仲だが、鋼太郎にはわかってしまう。

「うるせーわ。つかもうこのやりとりすらだるいわ、いいから黙って帰る支度しとけ」

「いや、でもさ……」

「おまえ、『一緒に帰りたかった』んだろ」

瞬間、眼鏡の奥で目が瞬く。虚《きょ》を突《つ》かれたように、神威の口が半開きになる。

「『せいしゅん』なんだろ。さっきそう言ったじゃねえか」

「……うん」

頷いて、うわごとみたいに続ける。

「……言った」

俺の、願い事——小さな声で呟く。

「それを叶《かな》えてやるっつってんだよ」

言いながら、これで神威は喜ぶと思っていた。謎なほどに嬉しがって、はしゃぐかと思っていた。でも、なにも返ってこなかった。

神威はただ、鋼太郎から目を逸《そ》らさないでいた。

なにも見逃すまいとしているみたいに、妙に必死な、懸命な、切羽詰《せっぱつ》まった顔をしていた。

なぜ今いきなりそんなツラ……気にならないでもなかったが、こうしている内にも過ぎていく時間の方も気になる。本当に遅くなってしまう。もう構わずに立ち上がり、神威の分の食器もついでに一緒にシンクに下げる。一人、二階の自室へ向かう。


クロゼットから着替えを出していると、「鋼太郎」戸口に父親が現れた。まだ晩酌《ばんしゃく》中かと思っていたから驚いた。「なに?」

「あいつさあ……」

「神威?」

ああ、と声をひそめて低く話しながら、父親は音を立てずに戸を閉める。階下に漏《も》らしたくない話らしい。

「……今日、宇以子んとこでおまえたちに処刑されて、すごい驚いたんだってさ」

「まあ、そりゃ驚くだろ。うちのノリ、かなり特殊だし」

「そういうことじゃねえって。ハグをされたのが、生まれて初めてだってよ。あんなふうに身体をぎゅうっと抱き締められたことが、あいつ、今まで一度もないんだって」

は？　鋼太郎は首を傾げた。

「それ、どういう意味？」

「そのまんまの意味だろ」

父親の声は低いままで、表情はさっきテーブルを囲んでいた時とは一転して険《けわ》しい。怒っているような、どこかが痛むような、なにか許せないものを見たような、そういう感情が皮膚一枚下で爆発寸前に煮えたぎっているような顔をしている。

「俺な、それ聞いて……なんか、グワーッ！　って、一気にキちゃってさ。こいつを早く抱《だ》き締めてやらないと、こいつを早く処刑してやらないとって、本気で焦っちゃったんだよな」

それでさっき、玄関で――ていうか、でも。

「……そんなの、ありえないだろ。だって普通に、普通は……」

親、とか。家族とか。

とにかく誰かいるだろう。この世に生まれて、育ってきたなら、誰かが抱き締めてくれるだろう。少なくとも、生まれてから今まで一度も、なんてことはないはずだ。人間は生まれてからしばらくは、自分一人では立つことも歩くことも食べることもできない。人間は、というか哺《ほ》乳《にゅう》類《るい》は、ずっと誰かに抱かれて育つ。そうでなくては生きられないように創《つく》られている。

「……赤ん坊だった頃の記憶を、忘れてるだけじゃねえの？」

「かもな。でも、おまえだって自分が赤ん坊の頃のことなんか忘れてるだろ」

「そりゃ、まあ……」

「俺だって忘れてるよ。もう何十年も前のことだもん。で、おまえは今、自分は今まで誰にも抱き締められたことがないって思えるか？」

着替えの途中の半端な脱ぎかけの姿で鋼太郎は動きを止めた。

「俺は、思わねえな」

父親は閉ざした戸の向こうに視線をやって、自分の頬をゴシゴシと擦る。

「まあ抱き締められたって記憶は実際あるけどよ、仮にそれがなかったとしても、百パー信じられるもん。俺の親は俺を抱き締めた、ってさ。あの親父とあのお袋が、俺を抱き締めないわけがないってさ。今の関係がどうあれ、そこはもう絶対に、俺の中で揺るがねえ」

濃い眉を寄せ、父親は考え事に沈んでいくみたいにそのまま口を噤《つぐ》む。軽く組んだその腕になんとなく目が行く。あれは、小さい頃から今に至るまで、何度も何度も自分を抱き締めてきた腕。絶対に、なにがあっても、自分の中で揺るぎなく信じられる腕。

『——あいつの親、』

突然、誰かの声が耳の底に蘇《よみがえ》った。

『やばいと思うよ。普通じゃないっていうか、家族関係まともじゃなさそう。もしかしたらあいつも、俺たちとは違う意味で『カワイソー』系の奴なのかも』

それは、自分の声をしていた。

変な手帳一つ持たされて。親に連絡するためのスマホもなくて。たった一人でやってきて。抱き締められた記憶もなくて。そんなのありえない。やばい。普通じゃない。まともじゃない。そんな奴は、あれだよな。そうだな、あれだ。

『カワイソー！』

――俺が、それを、言ったんだ。

足元にばさりとTシャツを取り落とす。

「……さっき、神威と掃除機かけてた時な。宇以子の部屋にも入ったんだよ」

うーちゃんのかわいく飾り付けされた部屋は隣にある。この借家に引っ越してきて一年半が経《た》つが、まだいくらも使われていない。それでも不思議と埃《ほこり》は溜《た》まるから、掃除のルートには組み込まれている。

「チェストにさ、ちっさい動物のフィギュア並べてあるだろ。お菓子のおまけの、せっせと集めてる宝物。あれ、みんな倒れちゃっててな。まあでもちまちましてるし、数も多いし、今はちょっと無理、後で、って思ってたんだけどさ。神威が気付いて直してくれたんだよな」

父親の表情が、ふっと緩《ゆる》む。

「その手がさ。手つきがさ、もう……ぷるぷるしてんの。震えてんのよ」

鋼太郎を見て、わずかに笑う。

「一個一個、壊さないように、傷つけないように、って。真剣に息止めてさ、真っ赤な顔して、恐る恐るそーっとさ。あんなちんまいモン、本当に、なんでってくらい大事にしてくれてんの」

うーちゃんの病室で、みんなで一塊になった時のことを思い出す。

戸惑いのあまりに変な声を上げながら、神威の両手はずっと所在なく宙に浮いていた。見てわかるぐらいに震え続けていた。

抱き締め返してやればいいのに、うーちゃんは絶対に喜ぶのに、神威はそうはしなかった。その理由が今わかった。神威は、うーちゃんのあまりにも小さな身体に、あまりにも弱々しい背中に、触れるのが怖かったのだ。壊さないように、傷つけないように、震える両手を懸命に浮かせていたのだ。

「いい子だよ。神威はきっと、すごくいい子」

父親は鋼太郎が落としたTシャツを拾い、頭にばさっと放って被《かぶ》せた。

「ちゃんと送ってやってくれ。で、また来いよって、いつでも来ていいしメシも食いたいだけ食っていいって、ちゃんと伝えてやってくれ」

「……自分で言えばいいじゃねえか。まだ下にいるんだから」

「おまえが言えば喜ぶだろ」

父親が部屋を出て行き、一人取り残される。

そのまましばらく半裸のままで立ち尽くし、はっと状況を思い出して、やっとTシャツを着る。スマホと家の鍵、自転車のチェーンの鍵をハーフパンツのポケットに突っ込む。

きしむ階段を下りていくと、玄関の手前で神威はまた両親に処刑されていた。「またおいでよ！　お料理いっぱい作ってごはんもいっぱい炊いて待ってるからね！」「んっ、うっ、ぅあっり、っがとぅ……ござっ……んぅぅ！」「泊まってけばいいのにさあ！　食らえ、処刑マーックス！」「ぅあっ、あ……っ、ぐ、ぐる、じ……っ」渾身のベアハッグにオチかけているが、それでいいのだろうか。つい遠巻きに見守っていると、「おっ、鋼太郎も来い！　早く！　締めの一本だぞ！」父親に手招きされる。「俺はいいや、……っつってんのになんでだよ⁉」そのまま伸びてきた手に引っ掴まれて、「はーい、こーくんも来ましたー！」「いい、いい、いいって、……うおぉぉ！　暑苦しいぃぃぃ！　うっぜぇぇぇ！」神威とともに、両親の腕の中にぎゅうぎゅうと抱き締められる。「……うぅっ、うひゃっ……、うひゃははっ！　うわははは！　あひゃっはははっ！」神威は情緒がおかしくなって爆笑し始めている。押し付けられたその身体は服越しにも熱く、今にも爆発しそうに強く早く脈打ち、わずかに汗ばんで、そして震えている。

鋼太郎は神威の両手を探した。神威は両手を力なく、身体の脇にだらりと下ろしていた。鋼太郎は、その手を掴んだ。引っ張って、自分の背中に回させた。それから自分の両腕で、神威の身体をしっかりと抱き締めた。力を入れて、強く入れて、伝えたつもりだ。

——こうするんだよ。

「……っ」

神威の息が跳ねた。首筋に熱く感じた。

なにも言わないで、馬鹿笑いもやがて止《や》んで、それでも神威は鋼太郎の背に回された腕を解《ほど》きはしない。熱い両手はやっぱり震えている。それでもそこに在《あ》り続ける。両親がやっと二人を解放してくれて、鋼太郎が「行くぞ！」と声をかけるまで、ずっと。

神威は動かずに、そのままでいる。

＊　＊　＊

スマホに住所を入れて確かめると、神威のアパートまでは徒歩で二十分以上もかかるようだった。

鋼太郎の自転車はいわゆるシティサイクルで、後ろの荷台がついていない。闇に乗じて二人乗りするならスタンドの付け根辺りに無理矢理足を乗せて立つしかなく、「乗れたか？」「おう！」「しっかり掴まれよ」「おう！」「漕ぐぞ」「お……わあ！」わずか一漕ぎで神威は転がり落ちた。それを三回繰り返し、やめることにした。

すっかり真っ暗になった夜道を、自転車を押しながら二人で並んで歩いていく。「えっ！　麻婆豆腐が一位じゃないのか？」「上位なのは確かだけどな。でも一位ではない」「うそだろ、あんなにおいしかったのに」「一位は唐揚《からあ》げだ」「ああ、唐揚げ……！　唐揚げはいかんな」「二位はカレーだ」「カ、カレー……！　手堅すぎる、けしからん」

辺りには人通りもなく、車の一台も通らない。この一帯はわりと寂しい住宅街で、自家用の小さな田んぼや、敷地内に畑がいくつもあるような大きな屋敷、そして時折建売の真新しい住宅がぽつぽつとあるばかり。アホを一人で帰らせないでやっぱりよかったと思う。「三位はまさかのまぐろカツだ」「なにぃ⁉」

下らないことを話しながら、鋼太郎はさりげなく左隣の様子を窺《うかが》う。こいつはいつ、さっき途中になったままの話の続きを切り出してくるのだろうか。

神威は、鋼太郎が望むならここからすぐに消えると言った。数時間前のことだ。

鋼太郎は返事をしていない。そうしろとも、するなとも、まだ言ってはいない。どう答えるべきなのか、実のところわからないのだ。そもそも真面目《まじめ》に検討する意味が本当にあるのか、そんなことが現実的に可能なのかどうかすら、鋼太郎にはわからない。

とにかく仮に可能なのだとして――改めて訊かれたらどうしよう。なんて言おう。「なぜよりによってまぐろカツ？　一体どうしてまぐろカツ？　唐揚げ、カレー、ときて、まぐろカツ？」

神威はブツブツ呟いては首を傾げている。まぐろカツのうまさを知らないらしい。

（……それとももう、あの話は無しでいい、とか？）

それならいいけど。というか、それがいいけど。だって、

（俺なんかの一存でそんな大事なことを決めるって、そもそもおかしいんだよ……）

「ああ――――――っ⁉」

突然の大声に鋼太郎は文字通り跳ね上がった。「な、なんだよ⁉」

「見るな鋼太郎！　見てはいけないっ！」

神威は両手を広げて鋼太郎を背にかばい、前方に立ちはだかる。「目をつぶれ！　俺がいいというまで開けるな！」「邪魔くせえ！」後頭部を片手で掴んでペッと押しのける。「ああっ……だめだって言ってるのに……！」行く手の数メートル先に待ち受けていたソレを見る。なにかと思えば、しょうもない。

「でかめのカエルが非業《ひごう》の死を遂《と》げてるだけじゃねえか。こんなモンで騒ぐなよ」

「だってなんか、す、……すごくないか⁉」

まあ、確かにすごい。夜道にぶっ散らかるベショ、でグシャ、な轢死体《れきしたい》。正視できないブツではある。が、田舎に住むなら避けられないし、否応《いやおう》なしに慣れもする。

「いちいち意識しなきゃいいんだって。目ェ逸らしてさっさと通り過ぎる、そんだけだよ」

「う、しかし……あんなの、誰が片付けるんだ……」

「放置だよ放置。轢《ひ》かれまくってそのうち路面と一体化、雨でも降りゃ排水溝に流れて終了」

「もしやなにかが食べに来たりとか……？」

「ないない。元気なカエルがそこら中にいるのにわざわざアレを食うヤツはいねえ。つか、さっき病院から帰ってきた時もあんなのそこらにあったじゃねえか」

「え、ほんとか。うわ、全然気付かなかった……」

それもそうだろう。あの時は、こいつはそれどころじゃなかった。青褪《あおざ》めて、俯いて、ついてくるだけで精一杯ってツラをしていた。

（俺が、こいつを責めたから……）

秘密がバレたことに動揺して、焦って、ひどいことを結構言った気がする。傷つけるようなことも、多分。かなり。

（……こいつは、俺に秘密があるなんてそもそも知るわけもなかったのに。秘密を暴こうとしたわけじゃ決してなかったのに。たまたま、そうなってしまっただけだったのに）

左隣の横顔を盗み見る。こいつに言うべきことがある気がする。でも、急に喉《のど》が詰まってしまった。ついさっきまで普通にしゃべっていたのに、いきなり言葉が出ない。

ごめん、が、言えない。

（……おまえは、何度も俺に言ったのにな。謝ったのにな）

俺は。

（……もう許してる、とも、言えねえんだ）

最初からなにも悪いことをしていない奴を、許す方法など存在しないから。

カエルの死亡事故現場の脇を足早に通り過ぎる。ベショ、でグシャ、な物体を追い越しざま、神威はごく小さな声で「無駄死《むだじ》にだな」と呟いた。そうかもしれない。土に還《かえ》りもせず、誰かに食べられもしないなら、確かにその通りかもしれない。いや、すでに子孫を残していれば本人、ていうか本蛙《かえる》的には満足か。救われたって感じか。そんな最期《さいご》であっても。

「――あ。そうだ」

神威が急に顔を上げる。ぎくっ、と心臓が痛む。途中で棚上げされた話題のことを、神威は思い出したのかもしれない。ついに返事をしなければいけないのかもしれない。

ひそかに息を詰める鋼太郎の傍《かたわ》らで、神威は足を止めた。黒ナイロンのデイパックを腹側に持ってきて中を漁《あさ》り始める。変な手帳こと、糞《くそ》パピルスこと、スマほを取り出す。

胸の高さで後半のページをぱらりと開いて、

「しゅぽ！」

そのまま鋼太郎に見せてきた。

間引かれた電灯のしょぼい明かりの下で、その一行は、かろうじて読めた。

『一緒に帰ってくれてありがとう』

そう書いてあった。

照れ隠しみたいに、「……わはは！」神威は大口を開けて笑った。

鋼太郎は、なにも言えなかった。全身が痺れたように重かった。笑う顔をただ見返した。そしてまた手書きの下手《へた》な文字を見た。

ボールペンで書かれた、自分宛《あ》てに送信された、神威からのメッセージ。

既読をつけるシステムがないな、と、こんな時だというのにぼんやり考える。いや、でも、こんな時ってなんだ。今は一体どんな時なんだ。

これは、なんだ。

今、なにが起きているんだ。

「実はさっき、鋼太郎を待ってる間に書いた！」

神威は先に立って歩き出しながら、恥ずかしそうに頭をかく。雑にかき回されて、後頭部の髪が乱れて跳ねる。

「うまく言えるか、わからなかったからな。ちょっとなんか、照れ臭《くさ》いしな。でも、どうしても伝えておきたかった。俺は今、楽しい。鋼太郎はつまらないと思うけど、本当に楽しい。……本当に、楽しかった！　今日はずっと最高だった！　だって鋼太郎と再会できて、隣で一緒に授業受けて、昼はみんなで弁当食べて、糞パピルスがスマほになって、うーちゃんとも会えたし、家にも行ったし、麻婆豆腐がわけわからんぐらいおいしかったし！　……一緒に、帰ってるしな！もう、すごいぞ！　全部、なにもかも、最高すぎるぞ！　こんなの俺、もう俺さ——」

急に言葉を切る。くるりと後ろにいる鋼太郎を振り返る。開きっ放しになった口から「……」空気だけが漏れる。神威はそのままなにかを振り切るみたいに強くかぶりを振って、すう、はあ、一度大きく深呼吸して、それからぐっと背を伸ばして、

「——これがさいごの思い出でよかった！」

大きく万歳《ばんざい》するみたいに両手を上げて広げて見せた。

その背後に、今夜は月も星もない。その顔が、影の色に塗り潰される。どういう表情をしているのかわからない。見えない。

ただ真っ黒な闇が神威を覆《おお》い尽くそうとしていて、それは本当にすぐそこまで迫っていて、鋼太郎は反射的になにかを叫びそうになる。危《あぶ》ない、とか、逃げろ、とか——いや、さすがにわけがわからない。意志の力でそれを飲み、とにかく足を踏み出した。とにかく、神威の隣に追いついた。同じスピードで歩きながら神威になにかを伝えようと思う。伝えないと、そう思う。でも書くものがない。これじゃしゅぽれない。返事ができない。でも早く、早くなにかを神威に、早く……心ばかりが突然どうしようもなく焦っていた。喋ればいいんだとやっと思いついて、

「……別に、」

神威が片手に摑んだままのスマほに書かれた文字をまた見つめ、

「いうほどつまらなくはねえよ」

それだけ言えた。

言ってから、自分がこんなにも焦っているわけを理解した。

神威が勝手に決めてしまったからだ。まだなにも言ってないのに。鋼太郎が望むなら、って言ったのに。

それなのに、神威は勝手に今すぐここから消えると一人で決めてしまったから。

（……なんでだよ）

だから、こんなにも胸が苦しいのだ。心臓が、肺が、喉が、ぎゅうっと摑まれ、締められ、絞られているみたいに痛むのだ。

（なんで、そうなるんだよ。俺のせいかよ。俺が、おまえを傷つけたからかよ……）

くっついてきてうざったい、と強く責めたこともそうだし、それより前にもだ。

自分が一番されたくないことを、神威にしてしまった。

あいつは『カワイソー』だと裁《さば》きを下して、憐《あわ》れみの対象に貶《おとし》めて、「俺たちとは違う意味で」なんて言い方で巧妙《こうみよう》に距離をとって、異物として一線を引いた。拒絶した。

そうやって、神威がただの神威でいることを許さなかった。

うーちゃんがもらったメッセージカードを思い出す。あれを見て、自分が感じたことも思い出す。あれよりももっと明確に、自覚的に、残酷《ざんこく》に、自分はあのとき神威を突き放したのだ。

そして神威はそれを聞いていた。

五キロの距離を追跡してきて、すぐ傍《そば》にいた神威に、自分はそれを聞かせた。

だからか。俺がそういう奴だから、おまえは見切りをつけて、諦めて、勝手に結論を出したのか。ていうか、あれはそもそも質問ですらなかったのか。そうすることを、訊いてきた時にはもう決めてしまっていたのか。

でも、だとしたらどうして、

「ははっ！　よせ、俺はつまらない奴だ！　自分でもそれぐらいわかってる！」

そんな顔で笑うんだよ？　そんな目で見るんだよ？　こうしているのが楽しくてたまらないと、嬉しくてたまらないと、おまえの全身が語るんだよ？

諦めた奴のするツラかよ、それが――

「俺は、おまえとは違うからな。……おまえみたいになりたかったよ、鋼太郎」

「……は？」

神威はもう立ち止まろうとはしない。暗い夜の道をどんどん進んでいく。

「『せいしゅん』したい一心でここまで来たけど、でも、実際どうすればいいのかわからなくて、なんにもわからなくて、本当はものすごく怖かった。不安でたまらなかった。どうしよう、どうしよう、って、頭がおかしくなりそうだった。そうしたら、そこにおまえが現れた」

左隣を歩き続けながら、すこし顎を上げて夜空を見る。なにかを思い出したみたいに、一人でニヤニヤ笑い出す。

「おまえを見て、『せいしゅん』だ！　って思ったんだ。『せいしゅん』が来た！　って。おまえはスイカ抱えて、自転車漕いで、やけに憂鬱《ゆううつ》そうな顔して、なんかブツブツつまらなそうに言ってて、で……俺を見つけた」

神威の緩んだ横顔を、鋼太郎はずっと見ていた。

「その瞬間に、もう決めてた。俺はあいつと友達になりたい、って。それで一緒に『せいしゅん』したい。絶対にあいつだ、って」

「……だから、なんで、なんだよ」

声は、掠《かす》れてしまった。神威は顔ごと視線を向けてくる。

「なんで、俺なんだよ。俺のことなんか知らないくせに。俺が本当はどんな奴かも、おまえは全然知らないくせに……」

眼鏡の奥で、不思議そうに右目が瞬く。

「……本当のおまえは、今ここにいるおまえとは違うのか？」

「違うよ。全然」

「それはつまり……うーちゃんのことを隠しているからか？　学校での振舞いは偽《いつわ》りの姿で、本当のおまえではないから？　でもそれなら俺はもう知ったぞ。おまえにとっては不本意だっただろうが、俺はもう本当のおまえを、学校のおまえとは違うおまえを、この目で見た。それでも考えは変わらない。俺は今も、あの橋の上でおまえと出会った時と同じ気持ちでいる」

違う。

違うんだ、神威。そうじゃないんだ。

自分でさえ直視できないようなものが、それよりももっとずっと奥にあるんだ。誰にも見えないところに隠しているものが、そこにいるんだ。消えてくれないんだ。

でもそこには絶対に触れられないから、上手《うま》くごまかすしかない。核心を避けて、「つか、」さりげなく話の行き先をすり替える。

「……そもそも俺は、溺れてびしょ濡れのままのおまえを河原《かわら》に置き去りにしてったような奴だぞ。冷たいし、ひどいだろ。そんなのと友達になったってろくなことねえだろ」

すり替えた先で、

「うはははっ！」

神威は、能天気《のうてんき》に笑い声を上げた。いきなり元気になって、指を突き付けてきて、

「言っておくが、俺は置き去りになんかされてないぞ！　まあ――少なくとも、おまえには！」

にっ、と得意げな顔。「……はあ？」鋼太郎は首を傾げた。一体なにが突然こいつを調子付かせたのだろうか。

「俺は、おまえを追いかけたからな。あの後、川からどうにか這《は》い出して、おまえが去っていった方面を随分と探し回った。でも見つからなくて、しょうがないから、次の日も、次の日も、次の日も、その次もその次もその次も、あれからずっと、あの橋でおまえを待ってた。昨日もだ。今日も、学校が終わったらそうするつもりだった。そのうちいずれ絶対に、あそこでおまえにまた会えると思ってた」

「……いや、それはねえよ。あの橋はスイカ畑に行くときしか通らねえから。バ先な。あれからすっげえ暑かったから行く気しなくて、それっきりバイト自体終わりになったし……つか、あれからずっと、って……」

初めて神威と出会ったあの日から、すでに十日が経っている。それもただの十日ではない。体感気温四十度を超えっぱなしの、ド晴天の、炎天下の、地獄みたいな十日間だ。

「ずっと、は、ずっと、だ。あの日から、ずっと。もちろん二十四時間は無理だが」

「あったり前だアホ！　ぶっ倒れるわ！　もしくは通報されるわ！」

「せいぜい六時間ぐらいだ。午後二時から八時まで」

「十分なげーわ！」

「でも、倒れもしなかったし捕《つか》まりもしなかったぞ。意外な形にはなったが、最終的には再会も

できた。だから、おまえに置き去りになんかされてない。俺は、ずっとおまえを追いかけてたんだ。ずっと探し続けてた。諦めたりなんかしなかった。今日、ついに見つけるまでな」

要するに――五キロどころの騒ぎじゃなくて、ということか。あれからずっと、ずーっと、追跡していた、と。し続けていた、と。

こいつは、俺を。

(だから、あんなに必死に……)

教壇から自分を見つけた瞬間の神威の表情を思い出す。恥ずかしい偽名を叫びながらしつこく食い下がってきたことを思い出す。絶対に諦めないと、絶対に友達になると、繰り返し絶叫したことを思い出す。

色々なことを思い出して、鋼太郎はつい、「……は、はっ……」笑ってしまった。

(めちゃくちゃだろ)

片手で強く目許《めもと》を覆う。俯いて、こみ上げる笑いをこらえようと唇《くちびる》を噛《か》む。そうだ。これは、笑いだ。笑っているんだろう。そのはずだ。多分。

(アホだな、ほんとに)

喉の奥に跳ねた息が詰まる。

(あんまりにもアホだから、……見つけやすくて助かったよ)

そう思ってから、ようやく己に起きている事態を把握する。

そうか。見つけたのか。今。

こいつが自分を見つけたように、自分もこいつを見つけてしまった。

どこまでも追いかけてきて、しつこく探し回って、そして最後には見つけてしまう奴。こんなことをする奴は他にはいない。この世にこいつしかいない。生まれて初めての……いや、違うか。違うな。噛んだ唇がじわっと解ける。ふと蘇った数年前の記憶に、鋼太郎は今度こそ小さく笑いを漏らしてしまう。こういうことは前にもあった。こうしてくれた人はもう一人いた。その人がいたからこそ、自分は今、どうにか日々をやっていけているんだった。

この瞬間のことを、また何年も経ってから同じように思い出したりするのだろうか。

神威がいたからこそ、自分は今、どうにか日々をやっていけている——そう思いながら夜の道を歩いたりするのだろうか。その時、自分はどこに向かっているんだろう。神威はどこにいるんだろう。

「鋼太郎」

左隣から神威が声をかけてくる。

「着いた。あれ、俺が住んでるところ」

指を差す先は、町外《まちはず》れの寂れた暗い場所。そこにぽつんと一棟だけ、小さなアパートが建っていた。二階建てで、ベランダが細かく仕切られて、明かりがついている部屋は一階部分に一つしかない。

「本当に色々とありがとう。おまえのおかげで、俺の願い事は叶った。おまえのことは忘れない。一生」

神威がポケットから取り出した鍵がチャラチャラと高い音を立てる。キーリングには小さな白っぽいチャームのようなものが四つぶら下がっている。「……さよならだ！」思い切るように短く言って、本当に駆け出していってしまう。

その背中に、

「神威！」

精一杯、大きな声で呼びかけた。

神威の足が、ぴたりと止まった。

「願い事、叶ってねえぞ！」

はっきりと言ってやった。

神威が恐る恐る振り返る。「え……⁉」眉を寄せ、口を開け、すごい形相になっている。今さらなんだよ、話違うじゃねえか、そういうツラだろうあれは。でももっと言ってやる。

「こんなの全然『せいしゅん』じゃねえよ！『せいしゅん』ってのはこんなもんじゃねえんだよ！俺も実はよく知らねえけど、でも、これじゃねえってことだけはわかる！絶対、もっといいものだろ！もっと楽しくて、もっとキラキラしてて、もっとなんかすごい、めっちゃくちゃやばい、ていうかもう俺らには想像もつかねえようなことだろ！こんなんで満足してんじゃねえよ！」

え、え、と神威の眉がさらに寄る。口がさらに開いていく。「そんな、でも、だとしたら俺、どうすれば……」

「いろ！」

力いっぱい、叫ぶように、叩きつけるように。

「ここにいろ！いていい！俺にずっとくっついてろ！」

左隣を指差しながらとにかくそう言ってしまってから、

「おまえはうざったいけど、目を離したらすぐに好き勝手しやがるし！そんなんじゃ秘密ばらされねえか心配だし！うーちゃんだっておまえに会いたがるし！またすぐに連れて来るって約束もしたし！　親父たちもまた来いって言ってたし！　だから――」

言い訳を次々いくつもくっつける。そう、これは言い訳だ。こんなことを言ってしまう、自分への言い訳。

「――ここで俺と、『せいしゅん』してろ！」

ぽかん、と目も口も開けっ放しにして神威はそこに突っ立っていた。鋼太郎をただ見返していた。何秒もそのままで時は過ぎて、神威は棒のように固まっていて、「こ、」やがてぷるぷる震え始めて、「しょ、」両手がじわじわと伸びてきて、
そして、

「処刑、してくれ――――――――――っ！」

絶叫した次の瞬間、「……あ⁉」その場にすとんと尻もちをついた。いきなり顔を強烈な光に照らされたのだ。鋼太郎も同じように目を射《い》られる。「うわっ！」あまりの眩《まぶ》しさにしばらく視力を奪われる。

顔に手をかざして薄目をどうにか開けば、すぐ傍に人影があった。

「表で騒いでるから、なにかと思って見に来たのよ」

眩しいはずだった。海外ドラマで警官が携えているような、棍棒《こんぼう》みたいなマグライトが下ろされる。段々と視力が蘇ってくる。一階の灯《あか》りがついていた部屋のドアが開いたままになっていて、この人はそこから出てきたらしい。神威の知り合いなのだろうか。ただの近所の人か。

「おかえりなさい」

「うん」

神威は立ち上がり、尻を叩きながらそっけなく返す。鋼太郎の視線に気付き、

「この人、俺の生活の世話をする人。鋼太郎は気にしなくていい」

あまりにも雑に紹介してくる。でもその人はそれを気にするでもなく、鋼太郎に向かって、

「私、……だ、です」名乗ったようだがよく聞こえなかった。

「もう遅いから急いで帰った方がいいわよ。気を付けてね。鬼島くん」

淡々と語り掛けてくる、平坦《へいたん》な声。その瞬間、「……?」なんともいえない感覚がもやっと胸に渦巻いた。でもそれがなんなのかよくわからない。言われたことについてはとにかくその通りで、遅いからもう帰らないといけない。

自転車の向きを変え、最後にもう一度だけ気になって、

「……神威！　また明日な！」

「おう！」

サドルに跨《また》がりながら振り向いて声を上げた。

神威も振り向いた。笑っていた。嬉しそうに拳《こぶし》を突き上げ、そのままブンブンと振ってみせた。イエーイ！　と。


「……ぶっ！」

噴き出してしまったのは、もう家が見えてきてからだった。

そういえばあの人はなんで自分の名前を知っていたんだろう――不思議に思ったその瞬間、笑いの波に突然襲われた。時間差でいきなりきた。

さっきはよく聞こえなかったが、あの声は、「私、おまだ、です」と言ったんじゃなかったか。

そしてもやっと感じたのは、今思えば、顔立ち、体形、年頃、襟をわざと少し立てて着たポロシャツ、そのブランド、醸《かも》し出す雰囲気——あらゆる外見的特徴が、あまりにも担任の駒田にそっくり似ていたから。性別は違えど、でも謎なぐらいに似すぎている。それでいて喋った感じのクールさはきれいに真逆。違い過ぎて、それもまた笑える。クラスの奴なら多分全員笑う。だってあまりにもできすぎだ。そっくりすぎの、女版駒田。その名もおまだ。でも中身は正反対。

一人自転車を漕ぎながら、鋼太郎は漏れてしまいそうな声を必死に堪える。これってどういう巡《めぐ》り合わせなんだ。二人をもしも対面させたらどんな化学反応が起きるだろうか。教えたい、駒田に。ていうかお互いにお互いを見せたい。バージョン違いの自分ってやつを。

ついに堪えきれず、「ぷっ……くくく……！」声を上げて笑ってしまいながら、

（……神威は今、一人じゃない）

心の中でひっかかっていた部分がじんわり緩んでいくのも感じる。

アパートは暗くて寂しい場所にあったが、それでも神威は一人ぼっちではない。ちゃんと見てくれる人がいる。帰りを迎えてくれる人がいる。どういう関係性なのかはわからないが、とにかくそういう誰かが傍にいるのは確かだ。

（……よかった）

自宅に帰りついて、ガレージに自転車を入れながら気が付いた。自転車に目立つように貼ってある名前のシールを、あの人もきっと見たのだろう。それで名前がわかったのだろう。

あの、おまだ、さんも——だめだもうこれ以上耐えられない。

腹を抱えてしゃがみこみ、「ぶははははっ！」爆笑していると、母親がそれに気付いて覗きにくる。こわっ、と一声呟いて引っ込んでいく。

3

　夜、眠る前はいつも「明日の朝はちゃんと早めに起きよう」と思う。ばたばた身支度《みじたく》したくないし、しっかり朝食も食べたいし、余裕をもって登校したいから。そんな健気《けなげ》な夜の自分を、朝の自分は必ず裏切る。必ずだ。

　一分刻《きざ》みにかけたアラームが十五回鳴り、そのスヌーズもやがて力尽き、「こーくん、いい加減起きなさい！」タオルケットを剝《は》がされて、勢いあまってベッドから転げ落ち、それでもまだ鋼太郎《こうたろう》の目は開かない。「ママもう起こさないからね！」母親に見捨てられてもなお睡眠を貪《むさぼ》り続けようとする十七歳の肉体が床の上で大の字に展開される。その腕が不幸にも充電ケーブルに引っ掛かる。スマホを枕元からずーっ、引きずり落とす。

　ゴッ！

　重く響いた不吉な音で、

「……はっ⁉」

　ようやく跳《は》ね起きた。

　慌《あわ》ててスマホを引っ摑《つか》み、見れば特に問題なし、セーフ。しかし時間は完全にアウトで、「やっべ……！」一撃で完全に覚醒《かくせい》した。

　部屋から飛び出て階段を駆《か》け下り、「なんで起こしてくんねえの⁉」「何回も起こした！」「起きるまで起こせよ⁉」「バカ言ってんじゃない！」言い合いながらトイレ、歯磨き、洗顔を済ませ、父親の姿はとっくになく、「俺《おれ》のメシは⁉」「よそっとくから先に着替えちゃいなさい！　朝ご飯抜きで学校には行けるけど全裸のままじゃ行けないよ！」「今も別に全裸ではねえ！」また二階に駆け上がり、制服に着替え、荷物も詰め、また駆け下りて、テレビの時間表示を横目で睨《にら》みながら朝食をかっこみ、サラダもベーコンエッグも味噌汁《みそしる》もぬか漬《づ》けも結局きれいに完食して、「っしゃ！　ごちそうさま！　行ってくる！」「こーくん待った、お弁当！」「おっとそうだ！」渡された弁当箱もバッグに突っ込み、靴《くつ》を履《は》いた頃にはなんだかんだでほぼいつも通りの時間、

「いってらっしゃい！　車に気をつけて！」

母親の声に送られて玄関を出てガレージから自転車を引き出しサドルに跨がり体重を乗せてペダルを踏みかけて、その瞬間、

「うおお⁉」

ひっくり返りそうになった。

そいつはそこにいた。

ママチャリに跨がって、鋼太郎を待ち伏せしていた。

制服。眼鏡《めがね》。黒ナイロンのデイパック。アイテムを確認するまでもなく、もちろん神威《かむい》だ。今どきアポなしで朝一から自宅前に現れるような奴《やつ》は、スマホを持っていないか、ストーカーかのどちらかだ。そしてこいつはその両方だ。条件合致度二〇〇%だ。

そんな二〇〇%野郎が、降り注《そそ》ぐ朝陽《あさひ》を全身に燦々《さんさん》と浴びながら片手を高く上げて見せる。挨《あい》拶《さつ》のつもりだろう。しかしなぜかずっと無言のまま、顔には不敵な笑《え》みを浮かべている。この構図はあれだ。愛馬に跨がるナポレオンのあの絵。あの絵から躍動感という躍動感を奪《うば》い尽くして角度を調整すればだいたいこんな感じになる。いやならねえ。ていうか、

「——なんか言えや！」

こかしかけた自転車を立て直す鋼太郎の真横に、神威は地面を不器用に蹴《け》って、よろっ、よろよろ……近付いてくる。尻《しり》ポケットからスマほを取り出し、ページを開いたままで鋼太郎に手渡し、やっと、

「しゅぽ！」

喋《しゃべ》った。というか鳴いた。そこに書かれた文字を見せてくる。『おはよう！』だそうだ。そして期待いっぱいの目であからさまに返信待ち顔、ボールペンも鋼太郎の手元に押し付けてきて、

「いや……」「……」「だから……」「……」「喋れよ……」「……」なんだろう。激烈にイライラする。じっとこちらを覗《のぞ》き込んで動こうとしないその顔を引っぱたきたくなる衝動《しょうどう》に右手がうずく。それを左手で危《あや》うく押さえ込む。昨夜、こいつを引き留《と》めたのは自分だ。その責任は取らなければなるまい。たとえどれほどうざったくとも、多少のことはのまなければなるまい。

神威の字の下に、『はよ』とだけ殴《なぐ》り書きしてスマほを胸に突っ返す。これでいいだろ、と思うが、神威はまだ動こうとしない。口をもごもごさせて「……が、……」何事か囁《ささや》いている。声が小さすぎてなにも聞こえない。「は？　なに？」わざわざ自転車を傾け、ぐっと寄り、こいつがもしも舌を出したらそのまま頬《ほお》を舐《な》められるほどの距離まで耳を近付け、

「……音が、ない……」

——こいつの言うことなどを真面目《まじめ》に聞こうとした自分が悪いのだ。そうとでも思わなければ、うずく右手からは黒煙《こくえん》が上がりそうだった。

「いいからもう行くぞ！　急げ、このままじゃ遅刻する！」

「でも、」

「うるせえ！　俺は今サイレントモード！」

鋼太郎が構わずペダルを漕《こ》ぎ出すと、神威も慌ててその後をついてきた。ようやく二人して学校への道を進んでいく。

しかし神威の運転は、端的《たんてき》に言ってやばかった。並走し出してすぐに鋼太郎もそのやばさに気付き、「え？　……えっ⁉」思わず二度見してしまった。一応進んではいるものの、速度は遅いし、やっと加速したと思ったら今度は止まれなくなるし、ブレーキは存在を忘れているか全力でかけるかの二択だし、とにかくずっとフラフラしている。安定感がまったくない。危《あぶ》なっかしくて見ていられず、さすがに急げとももう言えず、

「いや、ちょっとおまえやべえぞ。大丈夫かよ。なんでそんな下手《へた》くそなんだよ」

「もしもこの俺が下手くそであるならば――」

「いや仮定じゃねえよ。if世界の語《かた》り部《べ》みてえな顔してんじゃねえよ。下手くそなんだよ」

「それは恐らく、自転車歴が五時間だからだ」

さらっと答えられたが、わりと衝撃の情報だった。「は⁉」そう話しているうちにも神威はまた大きくよろめく。「お～っとっと」とか言っているが、そんなのんきな事態じゃなかった。通勤の車がかっ飛ばしまくる車道に、今にも前輪がはみ出てしまいそうだった。不安が募《つの》るあまりに、「み、短くね⁉」鋼太郎の突っ込み力も著《いちじる》しく低下する。

「まあな。でもこの通りだ。ちゃんと乗れている」

なはは！　神威は得意げに笑うが、「……『この通り』？　……『ちゃんと』？　……『乗れている』？」現実とこいつの自己認識の間にはだいぶ乖離《かいり》があるらしい。

「何を隠そう昨日おまえが帰った後、俺も自転車通学しようと思い立って三時間ほど練習したんだ。朝も五時に起きて二時間ほどさらに練習を重ねた。それで今、こうして乗れるようになった

というわけだ」

ということは、それまではまったく乗れなかったのか。「つか練習って、まさか一人で?」

「いや、あの女と」

「あの女でおまえ……おまださん、だろ」

「そう。その女が自転車も貸してくれた」

シルバーのママチャリは個性ゼロの普通オブ普通、汚《きたな》くもなくピカピカでもなく、その辺に適当に路駐《ろちゅう》しておいても誰も気付きもしなさそうなほど存在感がない。

「そこまで世話になっといてあの女だのその女だの……つかそれ、通学に使うって申請《しんせい》は出したのか?」

きょとん、と神威は目を丸くし、「し、んせ、い……?」出していない顔だこれは。まあ、駒《こま》田《だ》に話せばきっとどうにかしてくれるだろう。とはいえそれも学校まで生きて無事に着いてからの話だが。正直そこは五分五分だ。たかが通学で、五分五分だ。要するに、半分の確率で無事には着けないということだ。しかも帰り道もある。一日に最低二度、こいつは命を五分五分の確率に賭《か》けることになる。なにかもう、暗澹《あんたん》としてくる。

「……とりあえず、頼むから目の前で事故るとか絶対やめろよ。俺、さすがに立ち直れねえぞ」

「おう!　お互い頑張ろう!」

「いやおまえが!　おまえばかりが頑張れ!」

ものすごく不安な状況ながらも、どうにかこうにか事故らずに漕ぎ進むこと十数分。段々と学校が近付くにつれ、ちらほらと同じ制服の連中の姿が見えてくる。それはやがて群れになり、鋼太郎と神威もその中に飲み込まれる。登校時刻ギリギリで、徒歩組も自転車組も校門へ向かって急いでいる。

と、追い抜いた奴が背後から「へ～イ！」能天気な声をかけてきた。二人が一旦止まって振り返ると、駅から歩きの西園寺《さいおんじ》が今日もご自慢のマッシュヘアを朝の陽射しにテカらせている。

「朝から君ら仲いーね！　てか神威もチャリ通にしたんかよ。すっげヨタってたけど何事？」

「こいつ、自転車歴五時間だってよ」

「まじか！　長いのか短いのかそれもうわかんねえな」

「いや短いんだわ」

神威は挨拶もせず返事もせず会話にも加わらず、尻ポケットから再びスマほを取り出すなり、

「しゅぽ！」

さっき鋼太郎に見せた『おはよう！』を使い回して西園寺にもペンごと渡す。まーたうざい真似《まね》を、と鋼太郎は呆《あき》れて見やるが、西園寺はそれを受け取るなり、まったくなんの迷いもなく殴り書きの『はよ』の下にさらっと『おいす～』と書き足して、「しゅぽ！」神威にスマほを返した。神威は満足げにそれを尻ポケットにしまいかけ、

「おっ、あれに見えるはやおちんだ」

西園寺の声に手を止める。見れば八百地《やおち》がちょうどこちらに歩いてくるところで、向こうも気付いて顔を上げ、

「しゅぽ！」

神威は大きくスマほを振って見せる。八百地は最初は不思議そうに首を傾《かし》げ、しかしそれがなにかわかるとすぐに小走りで近付いてきて、受け取るなり『おはよう』と書き足し、

「しゅぽ！」

躊躇《ちゅうちょ》なくしゅぽった。神威は嬉《うれ》しそうに頷《うなず》き、「さすが八百地くんだな」と今度こそ尻ポケットにしまい直す。「えっ俺は？　俺はさすがじゃないの？　ねえなんで？」西園寺がブツブツ言っているがそんなことよりもこの流れだ。なんなんだ。しゅぽりをあれだけ渋《しぶ》った自分が小さく思えてくるじゃないか。

「つか、そんな場合じゃねえや。神威、行くぞ！」

もう時間が本当にやばい。神威に駐輪スペースを教えなければ。学年ごとに場所が決められていて、好き勝手に置くと片付けられて没収されてしまい、取り返すまで大変に面倒なことになる。「おう！」「またあとでな」西園寺と八百地に手を振って、二人は再びペダルを漕いだ。

校門から屋根付きの駐輪場へ向かい、自転車を降りる。一台分ずつ区切られた所定の位置のギリギリ端《はし》にまず自分の自転車を停めてから、「ちょっとおまえのチャリ貸して」神威の自転車も無理矢理にくっつけて、同じところに突っ込んだ。そうやってスペースを半分ずつ分けて、一応チェーンロックを二台の車輪に通しておく。こうしておけば、もし駒田に話を通す前に見つかって没収されることになっても、事前に自分に一報ぐらいは入るだろう。

「これでよし。いいよな？」

「うん！　いい！」

無事に駐輪できたのがそんなに嬉しいのか、神威は膝《ひざ》を軽く屈伸《くっしん》しながら、全力で思いっ切り頷いて見せた。その顔は今にも弾《はじ》けてしまいそうなほど、幸せ一杯に笑っている。

ざわめく始業前の教室に入り、二つの机をくっつけられた特別ドッキング席に向かう。今日も

雄峰《ゆうほう》・大山《おおやま》がでかい。そして隣の列、黒板前の最前列には、

（……いるいる）

千葉巴《ちばともえ》——まあ、そりゃいるか。いないなら欠席だ。

巴は今朝《けさ》もいつもと同じ。サラサラの黒髪を肩下までまっすぐに垂《た》らし、誰とも話さずに教科書を開き、こんな隙間《すきま》時間にもガリ勉ぶりを発揮している。予習だか復習だか知らないが、もう朝一からその背中がイライラしている。すぐ傍《そば》でこれもまた毎朝の風景、「ヒャーハハハァ！　次にわたなべになるのはどいつだぁ⁉︎　そっちのおまえかぁ⁉︎　こっちのおまえかぁ⁉︎」オルタナティブが舌をベロベロしながら獲物《えもの》を狙《ねら》って騒いでいるせいだろう。うっせ、殺す、とか思っているに違いない。まあでもあいつに下手に絡《から》むとあいつとあいつも騒ぎ出すから、イライラしつつも放っておいているのだろう。

と、巴の背後に接近を試みる者があった。

え、と思いつつ見やればそれは神威で、「……⁉︎」鋼太郎は反射的に腕を伸ばし、後ろから襟《えり》首《くび》を引っ摑んで止めようとした。でも間に合わず、手は宙《ちゅう》を掻《か》き、神威は巴の方に向かって歩いていく。その後ろ姿を見ながら（あっ、俺……）己の失態《しったい》にいまさら気付く。神威に口止め、していない。自分と巴の秘密をばらすなとは言ったが（……言ったよな？）、巴に巴の秘密を知ってしまったことを言うなとは言っていない。これはもう確実に言っていない。普通ならそれぐらい言わなくても常識的にわかるだろうが、相手はなにしろ神威だ。名前からしてアストラル神威などというふざけた奴だ。普通や常識が通じる保証はない。結構まずいかもしれない。まさか突然「俺、おまえの秘密を知っちゃったぜ〜！　お母さん重い病気で入院してるんだって〜？」とか言い出しはしないだろうが（……しないよな？）、そう思いたいが、でも神威の行動は本当に

読めない。その場から動けないまま動悸《どうき》ばかりが激しくなる。どうしよう。飛びついてでも止めるか、それともなにか投げるか、うまくヒットすれば気絶させられそうな物、机、椅子《いす》……いやいや待て。俺よ落ち着け。

（ていうか、別に巴に向かって発進したかは定《さだ》かではないし。別の奴に用があるのかもしれないし。黒板に落書きしたくなったのかもしれないし。チョークをかじりたくなったのかもしれないし）

そんな祈りにも似た希望的観測を打ち砕《くだ》くかのように、ぴたり。神威は巴のすぐ隣で足を止める。（あああ！）鋼太郎の動揺になど気付くわけもなく、くるり。神威は巴の方を向く。

巴が気配を察知して顔を上げた。すぐ傍に突っ立っている神威を、言葉もないまま鋭く睨みつけた。その目にみなぎる剝《む》き出しの殺意。（やばいやばいやばいやばい！　やめとけやめとけやめとけ！）鋼太郎の想いは、

「あのー、」

届かなかった。

「おは」

ズバァアン！　突如轟《とつじょとどろ》いた大音声《だいおんじょう》に、すべてのざわめきが一瞬で止《や》む。開いていた教科書を、巴がイカれたゴリラのような力で叩《たた》き閉じた音だった。シン、と静まり返った教室に、椅子の足が床を擦《こす》る音。そして迷いのない足音。ズバァアン！　ドアを開く音。ズバァアン！　それを閉じる音。ヒャハァア？　これはオルタナティブ。

巴は、教室を出て行った。

神威は、おは、の形のままで固まっていた。

そのまますべてが石化して文明ごと滅びるかと思われたが、「か、神威～！　回復ポイントは近いぞ！　頑張れ！」西園寺が駆け寄り、「無謀《むぼう》な……」八百地も駆け寄り、二人がかりで両脇から神威の膝の裏にそれぞれ手をかけ、せーの！　担《かつ》ぎ上げ、鋼太郎のところまで搬送《はんそう》してくる。席に下ろし、だらりと垂れた神威の手を西園寺が摑み、「さ、早く！」鋼太郎の頭に乗せる。はっ、と神威が正気に返る。

「お……俺は今、なにを……？」

こっちが訊《き》きたかった。「いや……おまえ、ほんとになにしてんの……？」ていうか、「なに、このシステム……？」頭に乗ったままの神威の手を振り落とす。

「大丈夫かよ神威～！　つか今のは普通におまえが悪いぞ！　ガリクソ、あ、ガリ勉クソ女の略ね、なんかに自《みずか》ら話しかけるとか、見えてる地雷《じらい》の上でボックスステップ踏むようなもんだろ！いらん刺激すんなって！」

西園寺の言葉に「だな」八百地も頷いてみせる。クラスの他の連中も、あちこちで顔を見合わせてざわついている。「こっわ……」「すご」「やっぱやべーわアレ」巴がどこに行ったのかを気にする奴はもちろん鋼太郎しかいない。今あいつを追いかけたらどうなるんだろう、なんて考えている奴も鋼太郎しかいない。そして鋼太郎も、それを実行することはない。

「いや、ちょっと挨拶しようかと……」

神威がもごもご答えるが、「……なんで？」鋼太郎はさらに重ねて訊く。ちょうど駒田が覇気《はき》のないツラでひょろっと前のドアから教室に入ってきて、生徒たちはそれぞれ自席につく。駒田が開けっぱなしにしたドアから、巴もするりと戻ってくる。

「目が合ったから……」

ざわめきに紛《まぎ》れ、神威は左隣から小声で返してくる。「無視するのもおかしいかと……」

「……睨まれた、の間違いだろ。つかそもそも、なにがしたくて近付いてったんだよ……」

「見ようか、と……」

「……なにを？」

「鋼太郎が見てる人を、俺も見ようかと……」

――は？

鋼太郎の間抜けな声は、「はーい、では皆さん起立ー。おはようございまーす」担任の声と、その後に続いたクラスのみんなの朝の挨拶の中に飲み込まれ、溶けて、消えた。

＊　＊　＊

授業中の神威はお客様状態だった。どの科目も進度についてこられないようで、一応は教科書を開きつつも、基本的にはただ大人しくじっと授業を聴講《ちょうこう》していた。

しかし時々起きる恐ろしい現象があって、「誰かこれ（※激ムズ問題）解《と》ける人ー！」「はい！」「お、やってみるか留学生！」「はい！　鋼太郎がやります！」「……え？」「じゃあ鬼島《きしま》ー！」これだ。授業に参加しようという意志だけはしっかりあるらしく、その意志の発露《はつろ》として、鋼太郎は生贄《いけにえ》に捧《ささ》げられた。

そんな神威も海外暮らしだけあって、英語は相当に堪能《たんのう》だった。発音はネイティブ並み、他にも中国語や韓国語、インドネシア語も日常会話レベルにはできるという。タイ語やベトナム語も挨拶程度なら困らない、と。

英語教師が乞《こ》うままに、神威はいくつもの言語を流暢《りゅうちょう》に話してみせた。右隣からそれを眺《なが》めているると、すでに見慣れた気がする神威の姿もまったく印象が違って見えた。一生関《かか》わり合うはずのない、すれ違うことすらあり得ない、どこか遠くの知らない国の人のようだった。

一通り話し終えると、教室中から自然と拍手《はくしゅ》が沸《わ》いた。巴だけは害獣《がいじゅう》対策ロボ・モンスターウルフのような目で神威を睨みつけていた。注目の中、神威は妙にこそこそと着席し、鋼太郎の方を向いて「ひひっ！」照れ臭《くさ》そうに肩を竦《すく》めて笑った。真っ赤に上気《じょうき》したその顔を見ると、やっぱり神威は神威だと思えた。

ここにいるのは、ただの神威だった。

この日の四時間目は体育で、

「あれ？　おまえジャージとシューズは？」

「ない」

シンプルな返事に「は？」鋼太郎は思わず足を止める。

男子更衣室《こういしつ》に向かいながらも、神威は手に何も持っていないのだ。ただぶらぶらと、鋼太郎の左隣をついてくる。鋼太郎が止まれば神威も止まる。

「なに、用意間に合わなかったのかよ。つかどうすんの。誰かに借りるか？　他のクラスの奴に声かけに行く？」

「いや、いいんだ。体育には出ないことになっている」

神威は尻ポケットからスマほを取り出し、前半のカンぺ部分を開いて読む。

「『――体育の授業に参加しない理由は？　答え。保険会社からの指示です』だ」

「ですだ、じゃねえよ。そんなん関係ねえ、やりたきゃやれ。って言いたいけど……まあ、保険とか言われると怯《ひる》むわな」

こっくりと神威も頷いた。そこは本人も納得しているらしい。

着替えた生徒たちがグラウンドに出ると、男子と女子は別れての授業になる。神威は制服に制靴のまま男子の側のベンチに座り込み、一人ぼけっと見学の態勢に入る。

今日はハードル走をやらされるらしい。ウォームアップのランニングをだらだらとこなす前方に西園寺と八百地の背中を見つけ、鋼太郎は二人の間に「よお」割り込んでいく。「走る系ってことごとくハズレじゃね？」「わかる、ゲーム性欲しいよな。サッカーとかさ。やおちんは？」「見学してえ」「あ、正解出た」「それな」三人ともにやる気はゼロ、そのままずるずると前を行く集団から遅れていく。なにをするにもとりあえず九月の晴天は暑すぎる。

「でもほら、あれ見てみ。見学もだるいぞ多分。あそこ普通にクソあちーだろ」

西園寺が視線を送る先で、神威は燦々と真昼の太陽光線を浴びている。たかが公立高校のベンチに屋根や日よけなどという洒落《しゃれ》たものがついているわけもない。

やべーな、と笑って返しつつ、鋼太郎はさりげなく視線をさらに遠くへ動かす。二人にばれないよう、こっそりとグラウンドの向こう半面を見やる。女子はストレッチから始めるらしい。髪を一つに結んだ巴は、みんな二人組なのに一人だけ教師とペアになっている。誰も巴の相方にはなってくれないのだろう。このクラスに女子は十五人、奇数だから仕方ないのだが、余る一人は常に巴だ。こんなのよくある光景だった。鋼太郎以外は、多分誰ひとり気にもしていない。

と、「エロいな」突然八百地が呟《つぶや》いた。

ぎくっ……光の速さで視線をもぎ離す。「俺はなにも見てねえ！」頸椎《けいつい》から火花が散りそうな勢いでかぶりを振る。が、「おまえじゃねえよ」八百地が指差して見せたのはベンチの神威だった。神威はついさっきまでこっちを退屈そうに眺めていたはずだが、いつからか女子の方をじっと観察している。いや、女子の方というか――

「おや～？　神威の奴、あれって……ガリクソ見てねえか？」

西園寺が言うのに「だな」八百地も同意する。鋼太郎にもそう見える。神威は、女子たちの群れからすこし離れたところにいる巴に視線を向けている。その様子はかなりあからさまで、そのうち巴本人も神威に見られていることに気付くかもしれない。

（あの野郎……！）

鋼太郎の眉《まゆ》が寄る。

一時間目の授業が始まる前、鋼太郎は神威をロッカーの陰に連れ込んだ。そこで改めてはっきりと、巴には神威が秘密を知ってしまったことを絶対に悟らせるな、と言い聞かせておいた。神威はその時、わかっている、と頷いたのだ。当然そのつもりだ、と。だから安心していたのに、なんだそれは。なにをしてくれやがる。すでに突然話しかけた件で前科がついているというのに、さらに続けて意味ありげに見つめたりしたらもう意識しているのが丸わかりじゃないか。意識したくなるなにかがあったと、自ら白状しているようなものじゃないか。あいつはアホなのか。いや、あいつを信じた自分がアホなのか。どっちでもいい。とにかく問題だ。

（くそ、どうにかしねえと……）

ひそかに奥歯を噛《か》みしめる鋼太郎の隣で、西園寺はのんきに「つかさ～」かけてもいないエア眼鏡をくいくいひねる真似をしてみせる。

「俺、わかっちゃったかも。神威ってさあ、今朝も突然ガリクソに話しかけようとしてたしさあ、もしかしてもしかすると……ラブ？　だったり？　す・る・ん・じゃ・ね〜？」

そのツラ。その口調。指で作ったそのハート。語尾に合わせた長ジャンプ。なにもかもが瞬間的にイラッとして、

「なワケねえだろ！」

思わず強めに反論してしまう。「じゃあなんであんな見つめてんのよ」「動いてるものを目で追ってるだけだろ！　その程度のシンプルな生き物なんだよ！」「なら今朝のあれは？」「同じ同じ！動いてるものに本能で近寄っただけ！　つか、だいたい昨日もあいつ千葉に泣かされてたじゃねえか！　ラブになんかなるわけねえよ！」「そういやそうか」西園寺は納得しかけるが、

「——いや、ないとも言い切れんぞ。俺たちが知らないだけで、神威には元々罵《のの》しられて悦《よろこ》ぶ性癖《せいへき》があったのかもしれん。昨日泣いたのも、実は歓喜の涙だったのかもしれん。もしくはそういう性癖が、千葉に昨日罵られたことで新たに開花したのかもしれん。今朝のあれも神威が貪欲《どんよく》に罵りを求めていたとすれば説明がつく」

八百地に長めに喋られてしまった。しかもいい感じに渋い声で淡々と話すから、ばかばかしい内容のわりに説得力はある。西園寺は神妙なツラで深く頷き、

「そうだな……あるな。うん、マゾならある！　そういうことなら全然ある！」

にゅっ、鋼太郎の顔を覗き込んでくる。「どうすんの鋼太郎。やべえじゃん。三角関係じゃん」

「はあ⁉　なんで⁉　なにとなにとなにが⁉」

つい、自分でも驚くような甲高《かんだか》い声を上げてしまった。それが聞こえたのか、「そこの三馬《さんば》鹿《か》！　真面目にやれ！」教師が注意してくる。はーい、と一応揃《そろ》って返事しつつ、真面目にやる

気なんてはなから一ミリもない。「へへへのへ」西園寺がヘロヘロのフォームで走りながら世にもいやらしい顔で笑いかけてくる。どうしよう。殴りたい。結構強めに。グーで。複数回。

「おまえ、神威に二股《ふたまた》かけられてんだよ。あ〜らら大変だ。王子さまは半魚人（♂）とガリ勉クソ女、どっちを選ぶつもりなのかしら〜」

「——地獄みてえな二択《にたく》だな」

ゲラゲラ笑い合う声に、「おまえらいい加減にしろよ！」教師が本気で怒り出す。西園寺と八百地はさすがに慌てて口を噤《つぐ》み、走るスピードを上げる。鋼太郎もその後を追う。横目でこっそり巴を探す。巴は教師と組んでまだストレッチをしている。神威を見る。神威は離れたベンチからまだ巴を見ている。

舌打ちしたい気分で、走りながら小さく首を振った。西園寺と八百地は冗談のつもりでラブだのマゾだの好き勝手言っているのだろうが、こっちにしたらそれどころじゃない。神威の謎《なぞ》の挙動は、重大な結果を導きかねないのだ。冗談じゃすまない。

（だいたいあいつ、なにが『鋼太郎が見てる人を、俺も見ようかと』だよ。俺は巴なんか見てねえのに……）

思ってすぐに、

（……いや、まあ、見てるけど）

訂正する。訂正だけは、一応する。それは認める。見てはいる。

でも、ただ見ているだけだ。そこに変な意味はない。なんの感情もない。巴がいる方向に、なんとなく視線を動かしただけ。つまり単なる眼球の運動。本当にそれだけ。

ただ、見ていたいだけ。

巴は身体《からだ》を柔《やわ》らかに前屈《ぜんくつ》して深く折り曲げ、そのまま体勢をキープしている。勉強ができるだけじゃなくて、運動も普通に得意なんだろうと思う。でも、体育の授業で本気を出すような奴ではない。成績は気にしているだろうが、試合や競争で熱くなっているところなど見たことがない。いつも嫌味ったらしく澄ました顔で、やるべきことだけを軽くこなして、他の女子には無視されている。巴も他の女子など無視している。というか、クソ女全開で文句を言いまくっている時以外は、いつもみんなに無視されているし、いつもみんなを無視している。一年生の頃から巴はずっとそうだ。

そしてもしも、秘密が漏《も》れたことが巴にバレてしまったら——当然、自分もその無視の対象に新《あら》たに追加されるのだろう。今までのような関係ではいられなくなるのだろう。二人で並んで座ってちょっと話すだけの時間なんか永遠になくなるのだろう。

それは絶対に回避したい。

反射的にそう思って、（え？）そう思ったことに驚いた。

あのなんでもないひと時を、週に何度かの十数分間を、自分はこんなにも失いたくないのか。巴とのちょっとした関係を、自分はこんなにも失いたくないのか。

そんなふうに思っているのか。

視界の隅《すみ》で巴が顔を上げる。さっきからずっと、Tシャツの裾《すそ》の後ろがジャージのウエストからはみ出してしまっている。誰も教えてくれないから、ずっとそのままになっている。

いっそ、と思う。

（……正直に全部話すか？　下手に隠し立てして変な感じでバレるより、その方がまだマシなのかも……）

おい、とかこっそり声をかけて。話がある、とか言って。誰もいないところに連れて行って。

『実は昨日の帰り、神威が俺をストーキングしてたんだよ。病院での会話はあいつに丸ごと聞かれてて、秘密がバレてしまった。正直に全部話したからいいよな?』

――無理!

想像して即、却下《きやっか》する。はっきりわかった。白状する意味などない。状況は全然マシになんかならない。なんならむしろ、よりむかつく。白状したことによって自分たちの罪を矮小化《わいしょうか》しようという意図が見え見えすぎる。ということは、

(やっぱり隠し通すしかねえ! つか……!)

思わずため息が漏れてしまった。自分たち、って。

気が付けばすっかり、自分と神威をセットで考えるようになっている。巴に対する隠し事を神威と同等に背負う共犯として、自分のことを認識している。

この事態を最初に引き起こしたのはもちろん神威だ。神威は自分をストーキングして、そのとばっちりで巴の秘密までバレた。ここまでは自分は第一の被害者で、巴は第二の被害者だった。

ともに被害者の立場だった。でも、自分はそんな神威を受け入れた。神威の存在を許容した。神威がしたこともその結果も許容した。巴と自分の二人だけで共有していた秘密が壊れてしまっても、それでも神威がいることを望んだ。そっちを選んだ。そして今でもそのことを後悔してはいない。いろ、と神威に叫んだことを、撤回《てっかい》したいとは思っていない。

どうしてそうなったのかを言語化するのはまだ難しかった。でも、とにかくそうなってしまったのだ。そしてそうなってしまった以上、自分と神威は共犯なのだ。

どっと疲れた気分で、鋼太郎は神威に視線をやった。本気で隠し通すなら、とにかくあいつを

どうにかしなければ。巴に対する変な行動をやめさせなくては。

その瞬間、「……っ」ぎくっと息を呑《の》む。

神威は、鋼太郎を見ている。

＊　＊　＊

ピーチ、ミント、せっけん、シトラス。あらゆる制汗剤の匂《にお》いをまとった連中が更衣室からぞろぞろと引き上げてきて、昼休みの教室はたちまち喧噪《けんそう》であふれ返った。

鋼太郎は自分の弁当を片手に、神威の腕を摑む。「ちょっと来い」「え？　弁当は？」「持って来い」昼飯が入っているらしいレジ袋をぶら下げた神威を、そのままドアの方へ引っ張っていく。

八百地と西園寺が「おう」「メシ行くべ」声をかけてくるのに、「いつもんとこ先行ってて！　俺らトイレ寄ってから行く！」「どしたー？　うんこ？」「神威がうんこ！」「おまえもうんこtoo？」「俺はうんことかしたことない！」「あー、アイドルだもんね」「そうダヨ！」適当に返して教室を出る。あいつらがバカすぎて貧血起こしそうなんだけど、と女子に言われていたが気にしてなどいられない。「鋼太郎、俺はうんこではない」「うるせえ」「そもそも俺たちはなぜ弁当を持ってトイレに行くんだ？　インプットなのかアウトプットなのか、それともはたまた、」「うるせえ」「……」「うるせえ」「なにも言ってないが」「うるせえ」

神威を引き連れて廊下をずんずん歩きつつ、鋼太郎は人気《ひとけ》のない物陰を探す。誰もいないところでこのアホにもう一度、しっかりぶっすり貫通《かんつう》するまで釘《くぎ》を刺しておかなければいけない。一、巴を見るな。二、巴に話しかけるな。三、巴のことを気にするな。たったこれだけの簡単なルールが、このアホにはまだわかっていないようだから。

「あれ？　トイレ通り過ぎたぞ。いいのか？」

「……おまえって、絶対にモグワイを飼ってはいけないタイプの人種だよな」

「モグワイがなんなのかは知らないが、不思議だ。褒《ほ》められていないということだけはうっすらとわかる」

昼休みの校内はどこもかしこも騒がしく、あちこちから喋り声や笑い声が響いてくる。しばらく場所を探し歩いて、やっと渡り廊下手前の曲がり角に大きく張り出したパイプスペースの陰を見つけた。

神威をそこに押し込み、一応限界まで声をひそめ、「あのさ」ようやく本題を切り出す。

「おまえやっぱわかってなさそうだから改めてもう一回言っとくけど、」

「――しっ！」

いきなり神威に手で口を塞《ふさ》がれた。腕を引かれて体勢は反転、結構な勢いで壁に押し付けられ、ゴン！　――勢いあまって後頭部を打ち、「いっ……」目の前の景色が衝撃《しょうげき》でブレる。そのブレた景色の中を、誰かがすぅっと横切っていく。スカートを翻《ひるがえ》し、たった一人でどこかへ向かって歩いて行く。

巴だ。

文句もなにもかもとっさに飲み込み、鋼太郎は息を詰めた。神威も振り向きかけた半端《はんぱ》なポーズで動きを止める。重なり合うように壁にぺったりと張りつく。巴はそんな二人に気付くことなく、そのまま廊下を渡っていく。足音が十分に遠ざかったのを確認してから、二人してこっそりと身を伸ばす。その行き先を窺《うかが》う。突き当たりにある階段を上がっていくのが見える。でもそっちにあるのは資料室や各科目の器材置き場で、およそ一般生徒には用事があるような場所ではない。一体なにをしに、と後ろ姿を見送る鋼太郎の肩を、「こうしてる場合じゃない！」神威がいきなり揺さぶってくる。

「急げ！　追うぞ！」

そのまま駆け出していこうとするのを「は⁉　ちょっ、」慌てて腕を掴んで止めた。

「ちょっと待て！　追うってなにを⁉」

「決まってるだろ！　千葉さんを追いかけるんだ！　行こう、早くしないと見失う！」

「いやいやなんでだよ、どうなってんだよおまえのフットワークの良さ！」

「だって気になるじゃないか！」

「気になるからってそんな気軽に人の後つけたりしちゃいけねえの！　昨日もおまえそうやって俺の後を、えっ、あれ、つか――」

鋼太郎の脳裏《のうり》に、このとき突然一つの可能性が閃《ひらめ》いた。そんな場合でもないのだが、目の前の神威の白いツラをついまじまじと見つめてしまう。もしかして。

「おまえ……俺だから、追いかけてきたんじゃねえのか……？」

ただめちゃくちゃにストーカー気質《きしつ》なだけなのか？　ストーキングできるなら相手は誰でもいいのか？　俺じゃなくても同じことをするのか？　動いてるものならなんでもいいのか？

「そうだ！」

眼鏡を光らせてきっぱりと頷く神威に、一瞬、言葉が出なくなる。まじか。え。まじかよ。そうなのかよ。だとしたら、俺が見つけたと思ったものは、全部ただの、全部、勘違《かんちが》いの……

「おまえだからだ！　鋼太郎！」

にっ！　神威が笑う。鋼太郎の顔をまっすぐに指差してくる。

「……は？」

ぽかん、と鋼太郎はその指先を、その顔を、間抜けに見返してしまう。つまり……『そうだ！』がかかる位置は、そっち？　俺だから、の部分？　ようやく理解が追い付いたところで、

「俺は、おまえを追いかけてる！　ずっとだ！　それに――」

急に小さくなった声を聞き取ろうとして思わず耳を近付けた瞬間、

「――今もだ！」

神威はいきなり身を翻した。そのまま猛然《もうぜん》と渡り廊下をダッシュしていく。「あっ⁉」意表をつかれて反応が遅れ、鋼太郎は舌打ちしつつその後を慌てて追いかける。「おいこら！　待てって！」ていうかこれのどこが『おまえを追いかけてる』なのか。逆だろ逆、完全に。

先を行く神威はさっき巴が上《のぼ》っていった階段を躊躇なく駆け上がる。止まれと怒鳴《どな》りたいが、巴がどこにいるのかわからない以上、下手に声を出すこともできない。後をつけられたなんて巴に知れたら惨劇《さんげき》の予感しかない。鋼太郎のミッションは「巴の行き先が知りたい」ではなくて、「巴にバレないうちに俺のストーカーを回収したい」だ。

二階から三階へ、しかしそこに人の気配はなく、さらに四階へ向かう途中でようやく神威のシャツの背中に手が届く。むんずと引っ掴んだところで、「……っ！」神威がくるりといきなり方向転換、鋼太郎の方に向き直る。真正面から衝突しかけ、「……っ？」「……！　……！」「……⁉」無言のまま逆に両肩を押し返され、わけもわからないまま二人してもみ合うように階段を踊り場までドタバタと下りる。

神威は出っ張った消火栓の陰に鋼太郎を押し込むなり妙に必死なツラ、「……っ！」今下りて

きた階段の上の方を指差した。「……?」その方向に目をやって、「……!?」鋼太郎は自ら再び壁面にへばり付いた。

最上階フロアである四階からさらに階段で上がっていくと、そこは屋上へ出るドアだけがある狭いスペースになっている。生徒なら誰でも知っていることだが、屋上は常に立ち入り禁止でドアは厳重に施錠《せじょう》されている。だからここには誰も来ない。誰も来ない場所にいたい奴、以外は。

巴はそこにいた。

幸い耳にはワイヤレスイヤホンかなにかを——黄色いから耳栓《みみせん》か、巴のイヤホンは白だ——つけていて、鋼太郎と神威の追跡《ついせき》には気付いていないらしい。もしちらっとでも振り向けば気付かれないわけがない近距離だが、誰かが後をついてきているなんて思いもしないのだろう。

片手にはなにか四角い、厚みのあるものを持っている。本? いや、弁当箱か。つまり巴は弁当を食いに来たのか。でもなぜわざわざこんなところまで。鋼太郎と神威が息をひそめて見守る中、巴はもう片手で壁際からなにかを引きずってくる。かなり大きなサイズの段ボール箱だが、あんなに軽々と動かしているということは中身は空《から》なのだろう。

巴は慣れた様子でひょいっと上部の蓋《ふた》を開けた。

その中に入って、ぱたん。内側から蓋を閉じた。

そして静寂《せいじゃく》。

今、あの階上の狭いスペースには、大きな段ボール箱がぽつんと一つ佇《たたず》んでいるのみ。

鋼太郎は「……」思わず神威の方を見る。神威も「……」鋼太郎を見る。なにも喋れはしないまま、お互いに思っていることは手に取るようにわかった。——俺たちは今、なにを見ているんだろう。と、

「……れは、……。……る」

聞こえたかすかな声に、二人同時に気が付く。ビクッと震《ふる》えて軽く飛び上がり、女子同士みたいに思わずお互いの手を取り合う。上の階の巴入り段ボール箱を恐る恐る見上げる。

段ボール箱が喋っている。いや、巴が、段ボール箱の中で喋っている。

よく聞き取れないが、誰かとスマホで通話しているような感じでもない。独《ひと》り言《ごと》なのだろう。

神威が、ずっと持ったままだった自分の昼食を足元に置いた。物音を極限まで押し殺し、階段に手足をついて、這《は》うようにじりじりと登攀《とうはん》していく。巴がなにを言っているのか聞こうとしているようだ。鋼太郎も弁当箱を足元に置く。俺も聞きたい、ではもちろんない。神威を止めなければ。さすがにこれ以上近付くのはやばすぎる。見つかったらもう絶対に言い逃《のが》れできない。自分たちが今していることはストーキング以外の何ものでもない。同じ体勢でじりじりと階段を上がり、後ろから神威のスラックスの裾を引っ摑む。静かに、でも力を込めて引きずり下ろそうとする。神威は手足を踏ん張って抵抗し、そのまましばし膠着《こうちゃく》する。が、

「これは、カルシウム……」

さっきよりもはっきりと巴の声が聞こえてきた。ぎくっとして鋼太郎も動きを止める。

「……頭が、良くなる」

階段の途中にへばりついたまま、神威が振り向く。聞こえた？　と口だけを動かす。うん、と鋼太郎もそのすこし下から同じ体勢で頷いて返す。

「これは、ＤＨＡ……頭が、良くなる」

巴はあの中で独り言を言いながらなにか食べているらしい。やっぱり弁当か。

「これは、……なに？　暗い。見えない」

段ボール箱の上部が少しだけ開く。中から蓋を押し上げる白い手がちらっと見えた。

「……人参か。じゃあこれは、カロテン……頭が、良くなる。これは、食物繊維……頭が、良くなる。これは、タンパク質……頭が、良くなる」

こっちを振り向いたままの神威の顔が、どんどん硬《かた》く強張《こわば》っていく。巡《めぐ》る血の温《ぬく》もりをどんどん失っていく。その気持ちはわかる。自分の顔だって今、きっと同じような変遷《へんせん》を辿《たど》っている。要するに、見てはいけないものを見てしまった顔。

「冷凍唐揚げ、冷凍ポテト、ふりかけごはん……とにかく食べれば、頭が良くなる、すごく良くなる、とっても良くなる、めちゃくちゃ良くなる……良くなって……一番、トップ、ナンバーワン……私は誰より絶対頭がいい、私が一番、一番、一番、すごい、一番、えらい……」

巴の声は、エンドレスの念仏《ねんぶつ》のようだった。独り言というか、自己暗示みたいなものなのだろうか。これを食べれば頭が良くなる、と。私が一番頭がいい、と。

神威が、なにかを決心したように上を見た。階段を上がろうと手足に力を入れたのがわかり、思わず飛びつく勢いでその足首を引っ摑む。無言のままで全力、思いっきり引きずり下ろそうとする。神威はしばらく抵抗していたが、やがて力尽き、ずるずると階段を滑《すべ》り落ちてくる。そのシャツの襟首を引っ摑んで無理矢理に階段から引っぺがし、抱《かか》えて立たせ、さっき置いた弁当を回収し、まだ振り返ろうとするのを突き飛ばすようにして来たルートを引き返す。

巴は平気なんだと思っていた。

「……こ、鋼太郎……！」

昼休みの喧噪の中を、神威の腕を摑んで引きずって進む。なにかに怒っているかのように、鋼太郎はずんずんと歩いて行く。

巴は平気なんだと思っていた。

やりたい放題に振舞って、クソ度を全力で解放して、怖いものなしのガリ勉クソ女として上手《うま》くやっているのだと思っていた。

「鋼太郎、あれ、今の……！」

巴は平気なんだと思っていた。

いつも澄ました顔でいるから、本当にそうなのだと思っていた。昼休みにはいつも姿を消していたが、巴のことだから、どこか静かないい場所で悠々《ゆうゆう》と勉強でもしているのだと思っていた。

誰も来ない場所にこそこそ逃げたりなんかするわけがないと思っていた。暗い箱の中に一人で隠れて弁当を食べたりなんかするわけがないと思っていた。

巴は平気なんだと思っていた。

でも現実は、思っていたのとは全然違っていた。

「なあ、鋼太郎って……！」

中庭に通じる出入口のガラス扉《とびら》の手前で、神威はじたばたと身体を捩《よじ》ってやっと鋼太郎の腕から逃れ出る。ずれた眼鏡を押し上げながら、通せんぼするように鋼太郎の正面に立つ。

「……あれ！　あんなの、おかしくないか⁉　あのまま放っておいていいのか⁉」

鋼太郎はなにも答えない。ガラス越しの光の中で、ただ黙ったままでいる。それに焦《じ》れたみたいに、神威は周りを素早《すばや》く見回した。誰もいないのを確認して、一応声を低くして、

「千葉さん、様子が変だったじゃないか！　あんなところで、一人ぼっちで、頭が良くなるとか

一番とか……あれは一体なんなんだ⁉　どう考えても、絶対におかしい！」

一生懸命に訴えてくる。それでも鋼太郎はなにも答えない。答えられない。

巴がおかしいのなんて、さっきの様子を見れば誰にだって嫌でもわかる。

でも鋼太郎には、鋼太郎にだけは、もっとわかってしまうことがある。

「……一番を、喜んでくれる人がいるんだろ」

視線を上げ、やっと声を絞《しぼ》り出した。神威がかすかに息を詰めたのがわかる。その目を見ながらさらに言う。

「あなたは頭がいいって、すごい、えらいって、笑ってくれる人がいるんだろ。その人のために一番を取りたいんだろ。その人が喜ぶなら、そのためになら、なんでもしたいんだろ」

どんなに無理をしてでも。自分を追い詰めてでも。一人ぼっちで壊れそうになってでも。それでも、巴には欲しいものがあるのだ。なにがなんでも、なにを失ってでも、どうしてもそれが欲しいのだ。

一瞬の笑顔のためになら、なんでもできるのだ。

そして、その一瞬の価値を鋼太郎も知っているからこそ、巴を放っておくことしかできないのだ。

巴が平気だと言うなら、平気だと思うしかない。巴が上手くやっていると言うなら、上手くやっていると思うしかない。巴が隠したい姿なら、見なかったことにするしかない。わかるのはただ、巴にとってなにが大切なのかということ。巴がなんのために頑張っているのかということ。

巴がなにを欲しがっているのかということ。

鋼太郎には、わかる。

わかるからこそ、自分にできることはなにもないということも、わかる。

「……あいつはあれでいいんだよ」

もういいだろ、と話を打ち切って、鋼太郎は中庭に出て行こうとした。しかし神威はまたその前に回り込んできて、しつこく立ち塞がる。

「でも、千葉さんは昨日、鋼太郎といた時はもっと幸せそうだった！　鋼太郎だって、」

一旦言葉を切って、言葉を探すように視線を彷徨《さまよ》わせる。その目を強く上げて、もう一度鋼太郎をまっすぐに見る。

「……鋼太郎も、本当は放っておきたくないいんじゃないのか？　本当は、声をかけたいんじゃないのか？」

そのしつこさに、思い通りにならない苛立《いらだ》ちよりも納得の方がむしろ勝《まさ》った。

神威は多分、本当にいい奴なのだ。昨日、父親も言っていた通りに。だから、自分にどれだけひどい態度をとってきた相手であっても、あんな様子を見てしまったら放っておくことができないのだろう。だからこんなにも諦《あきら》め悪く食い下がってくるのだろう。

「鋼太郎ならきっとなにかできるはずだ！　俺はそう思う！　今からでもさっきのところに戻って、千葉さんに声をかけてみて、それで……」

でも、
できないものはできない。

「なにもしねえよ」

「……もういいから、今見たことは全部忘れろ。俺も忘れる。千葉だって絶対そうしてほしいだろうし。で、さっさと俺らもメシ食おうぜ。あいつらも待ってるからさ」

「でも、……そうだ！　俺にしてくれたみたいにするのは⁉」

神威はそれでも頑《かたく》なに歩き出そうとしない。目の前に腕を広げて立ちはだかったまま、鋼太郎を歩き出させてもくれない。

「鋼太郎は昨日、俺に声をかけてくれただろ。ベンチのところで、メシ一緒に食うか、って。俺はあれ、すごく……本当にすごく、ものすごく嬉しかった。どん底まで落ち込んでたのに、おまえの声を聞いた途端《とたん》に嬉しくなって元気が出た。あんなふうに千葉さんのことも、」

聞き終わらないうちから、鋼太郎は首を横に振る。はっきりと言う。

「俺にできることはなにもねえんだよ」

わかりやすい答え方を選んだつもりだったが、「だから、なんでそんなふうに決め付ける⁉」神威はさらに詰め寄ってくる。

「鋼太郎ならきっとなにかできるはずだ！　だって俺のことも、」

「——おまえのことはな！　おまえは助けられるんだよ！　救ってやれる！　でも、」

神威の言葉を遮《さえぎ》ろうとして、思わず声が跳ね上がった。近くを通る人の気配に一旦息を詰める。遠ざかるのを待って、「でも、あいつは、おまえじゃねえだろ……！」ボリュームを落として続ける。

「……昨日の話じゃなくてさ。最初に会った時のこと、思い出せよ。おまえ、溺《おぼ》れてただろ。俺はおまえを助けたよな。助けることができたのは、なんでだと思う？」

唐突《とうとつ》な問いかけに、虚《きょ》を突《つ》かれたみたいに神威は目を瞬《しばたた》いた。「なんで、って……」

「俺が溺れてなかったからだよ」

「え……そりゃ、溺れてたのは、俺だし……」

「そうだよな。溺れてたのはおまえだよな。でももしあのとき、俺が慌てて川に飛び込んでたらどうなってたかわかるかよ。パニック起こして暴《あば》れるおまえにしがみつかれて、そのまま俺も一緒に溺れて、結局二人して沈んでたよ。そういうもんなんだよ。溺れていない奴にしか、溺れてる奴は助けられねえんだよ。俺と千葉は今、同じ川の中にいる。溺れないように、沈まないように、危ういところでそれぞれ必死にもがいてる。でももしどっちかがどっちかにしがみついたりしたら――」

ふと自分の両手を見る。想像してしまう。この手を巴に伸ばし、この手で巴に触れ、この手で巴を摑み、この手で巴を抱き締めたら。巴を、ハグの刑に処したら。そうしたら、どれほど温かいだろうか。どれほど安心し、お互いに深く理解し合えるだろうか。同じところにいることを確かめ合って、同じ悲しみを、同じ苦しみを、同じように感じていると伝え合って。まるで最初からそういう形の動物だったみたいに、二人で一つの命になって。

そして、

「――そのまま二人で沈んでいくだけだろ」

深く、冷たい水底に。

だから、なにもできない。

見つめていた自分の無力な手《て》の平《ひら》から視線を上げる。鋼太郎は今度こそ歩き出そうとする。しかし、神威はまだ諦めていなかった。

「それじゃ、だめなのか……？」

シンプルすぎるこのアホさが今はいっそ羨《うらや》ましい。はあ、と思わずため息が出た。

「……だめに決まってんだろ」

「でも、少なくとも一人ぼっちじゃない。千葉さんも、鋼太郎もだ。二人は一緒だ。二人で一緒にいられるじゃないか」

「それで、二人一緒になにしろって？　二人で仲良く助けでも求めろって？　お〜い俺たちを助けてくれ〜って？」

皮肉っぽくそう言いながら、皮肉っぽく笑って見せながら、本当に皮肉だな、と思う。

つい昨日、『危険なときには、たすけて、と叫べ。たったそれだけのこと』――そう考えていたのは、自分自身だ。この中庭のいつもの場所で、神威の糞《くそ》パピルスの前半にあったカンペを見て、ひでえ出来だな、と馬鹿にして、まさしくそんなふうに思っていた。でもこの通りだ。

ああしろこうしろ……神威に偉そうに言うことを、自分はなんにもできないのだ。

助けて、と叫ぶことなんて、自分が一番できないのだ。

「……そうすればいいじゃないか。なんで、それじゃだめなんだ……」

ため息をもう一つついて、これ以上まともに相手をするのはやめた。神威の身体を横に押しやって、真昼の陽射しが眩《まぶ》しく照らす中庭に出る。神威は小走りに追いかけてきて、まだ言い募る。

「二人は一緒にいればいい！　それで二人一緒に助けを、」

「――誰にだよ⁉」

鋭く言って、睨みつけた。ここで完全に振り切るつもりだった。しかし、これでも神威は引かなくて、

「だから、誰か……誰でもいい、『溺れていない奴』に」

誰でもいい？

誰でもいい、だと？

一瞬、目の前が白く染まった。次の瞬間にはその胸倉《むなぐら》を引っ摑もうと手を伸ばしかけていた。

いや、でも——息を強く吐く。奥歯を嚙み、ぎゅっと手を握り、下ろして、無理矢理に気持ちを落ち着ける。いい。よそう。怒ってもしょうがない。責めても意味がない。

こいつにはわからないのだ。そうだ、わかるわけがない。当たり前だ。それが普通だ。同じ流れの中でもがく奴以外、誰にもわかりようがない。わかってほしいと思ったこともない。わからなくていい。

「……あのさ」

ただ、これだけは。

「俺と千葉を……ていうか、俺をか。俺を助けるなら、俺を、本当にこの状況から救い出すとしたら、」

話しながら目を閉じる。

思い浮かぶのは妹の顔。妹の命が助からなければ、自分は決して救われない。でもそのためには必要なものがある。

誰かの中で脈打つ、小さくて、温かなもの。

「……誰かを、犠牲にしないといけないんだよ。スイカなんかじゃすまない。そんなもんじゃない。奪うんだ。失わせるんだ。とてつもないものを。その誰かから。……誰でもいい、とかそんなノリで、選ばれちまった方はたまったもんじゃねえんだよ。でも、そうしなければ、俺が救われることはねえんだよ。だから、俺には、それは……助けを求めるっていうのは、全然簡単なことじゃねえんだよ。俺にとっては、すごく難しいことなんだよ」

閉じていた目を開く。神威は真正面にいて、

「……よくは、わからないが……」

まっすぐに鋼太郎の顔を見つめている。

「難しい、なんて、思わなくてもいいんじゃないか？　だって、なにかを失ってでも誰かを助ける、という行為は、いいことだ。正しいことだ。とても美しいことだ。その犠牲は決して無意味じゃない。むしろ人助けのために失ったものが大きければ大きいほど、より崇高《すうこう》というか、純粋というか……価値があることになるんじゃないか？　そうやって生きた証《あかし》を残すことで、その人自身も救われるんじゃないか？　真の意味では、なにも失いはしないんじゃないか？」

「そんなわけねえ！」

はっきり否定すると、神威は驚いたように目を見開いた。不思議そうに首を傾げ、理解できないとでも言いたげに鋼太郎の顔を見返してくる。でもこれは絶対に否定しなければいけない。神威のためにじゃない。自分のためだ。自分がここに踏み止《とど》まるためだ。

「犠牲を美化すんな！　そうやって、無意味じゃないとか、価値があるとか、その人も救われるとか……もしそれを犠牲を払わせる方が言い出したら、助けを求める側がそういう正当化をし始めたら、そんなもん、それはもう、」

自然と片手を伸ばしていた。なにか摑めるものを探して、指先は宙を彷徨った。

――誰でもいい。助けてと叫んだ声に振り向いてしまった、そこの誰かさん。

いいことだから。正しいことだから。美しいことだから。無意味じゃないから。崇高だから。価値があるから。救われるから。なにも失いはしないから。

だから、早く、

『それを寄越《よこ》せ！』

「人間じゃねえ！」

伸ばした手を強く握り締める。なにも摑まないまま、だらりと下ろす。

自分は人間なのだ。

助けてと叫ぶなら、誰かを犠牲にする覚悟がいる。覚悟ができたかと自分に問えば、そこにはまだ躊躇がある。その躊躇があるからこそ、自分は人間なのだ。そこが一線だ。

それを踏み越えてしまったら、自分はもう、二度と帰ってはこられない。

「鋼太郎……」

神威の静かな声に、はっと顔を上げる。我に返る。気付けば深く俯《うつむ》いて、自分の感情の中に沈んでいきそうになっていた。

「そんな顔、するな」

鋼太郎の顔を覗き込みながら、神威は優しい声で「大丈夫だよ」と小さく囁いた。一体なにが、と思う間もなかった。

「……いるから！」

急に神威は声を張り、自分の左胸を叩いてみせる。そしてその手で自分の顔を指差し、

「俺がいる！『溺れていない奴』は、俺だ！俺はきっと、このためにここにいるんだ！」

意味がわからなかった。「……は？」神威は基本的に意味がわからない奴ではあるが、今は特に、輪をかけて、一層意味がわからなかった。

「俺が助ける！」

強く言い切って、神威は全開の笑顔になる。

「鋼太郎には二度とそんな顔をさせない。もう大丈夫だ」

「いや、だから……なにが？」

そのとき遠くから「おーい！　なにやってんだよ、おせーぞ！」西園寺の声が聞こえた。見れば、いつもの場所に八百地とともに座り込み、こっちに向かって手を振っている。

「行こう、鋼太郎！　もうなにも心配はいらない！　俺に任せてくれ！」

「……なんだろう。なんかすげえいやだ、おまえにはなにも任せたくない……」

鋼太郎の言うことなんかもう聞いてはいない。そのままくるり、鋼太郎の隙を突いて勢いよく駆け出していく。またこのパターン、でもだめだ、こいつに好き勝手させてはいけない気がする。なにか想像を絶する事態が確実に起こる。そんな予感が鋼太郎に全力でその後を追わせる。

しかしなにもないところで「うおっ！」鈍《どん》くさく蹴っつまずき、「おわ!?」上履きが勢いよくすっぽ抜け、それを「くそっ！」片足ケンケンで回収しに行ったりしている隙に、神威は先にいつもの場所に到着する。そのままスライディングする勢いで西園寺と八百地の前に座り込み、

「へ〜い神威、やっと来たぜ。トイレ長すぎだろ。君らの腸は異次元にでも接続されてんのかよ。こっちはもう昼飯食い終わっちゃいそうだよ」

「腸は入口も出口も三次元で制御下にある！　それより八百地くん、西園寺」

二人の顔を素早く交互に見る。

「おや？　またもやこの格差……これは一体？」

「君たちは知っているだろうか」

「俺の発言は完全にスルー……？」

「こどもはみんな、愛されて幸せになるために生まれてくるんだ」

「お〜い、どした〜。帰ってこ〜い」

西園寺を完全に放置しつつ、「と、いうわけだから」神威はようやく辿り着いた鋼太郎の左手を右手でがしっと摑む。立ち上がるなり繫《つな》いだ手と手をそのまま高く差し上げる。

「俺と鋼太郎は、千葉さんを、幸せにすることをここに誓う！」

へっ……間抜けに一声上げて、それきり西園寺は黙った。

鋼太郎はまだ息を切らしながら一瞬にして顔面蒼白《がんめんそうはく》、ただ目を見開き、声も出せず、左隣の神威を呆然《ぼうぜん》と見やった。

数秒の間沈黙が続き、やがて重々しい声で、「──放課後、緊急ミーティングが必要だな」八百地が呟いた。


午後の授業が終わるまで、鋼太郎は神威と一切口を利《き》かなかった。

意図を持ってシカトしていたわけではない。突発的に聴力を失ったわけでもない。ドッキング席の真ん中に目には見えない次元の断絶が起きたわけでもない。ただ、呆然とし続けていた。

神威が悪い。

＊　＊　＊

本日の議題は、『なぜ神威と鋼太郎が千葉巴を幸せにするのか』──鋼太郎的にはより正確に、『などわけのわからないことを、なぜ神威は突然自分を巻き込んで勝手に言い出したのか』としたいところだが。

終礼が済むなり四人はぞろぞろ縦一列、ドラクエ歩きで教室を出た。校舎を後にし、駐輪場に向かう。自転車をそれぞれ引く鋼太郎と神威の後に徒歩の西園寺と八百地が続く。

最初の目的地はコンビニ。ドリンクや菓子、軽食類を買い込んで、パーティはレジ袋をがさがさ言わせながらさらに歩く。最終目的地まではかなり距離があるが、構わずどんどん歩く。今回の緊急ミーティングの会場には神威のアパートが選ばれた。バスに乗れば手っ取り早いのだが、それだと道中に一軒しかないコンビニには寄れない。

特に見所もない単調な道のりを三十分近くも歩いた末に、「着いた。ここだ」神威がようやく足を止め、振り向いてその建物を指差してみせる。「えっ⁉」西園寺が声を上げる。「遠目に見えてきたあたりからまさかこれとか言わねえよなと思ってたんだけど、ガチでこれなの⁉　おまえリアルにこんなとこ住んでんの⁉」

普通にめちゃくちゃ失礼な発言だった。しかしそれを嗜《たしな》めるでもなく、八百地も腕組みをして、「まじか……」短く呟いたきり黙ってしまう。神威はまったく気にしていない様子で元気に自転車を停めている。「鋼太郎、自転車そこな！　俺の隣！」犬の笑顔で振り返る。「あ、おう」指差された位置に自分の自転車を停めつつ、全然なんでもないふりをしつつ、鋼太郎も実は結構戸惑《とまど》っている。

このアパートには昨夜も来たばかりで、その時も随分寂しいところだと思った。しかし改めて明るい中で見ると、昨夜思ったよりももっとさらにずっと、もうどうしようもないほどに、ここは寂しい。他に表現のしようがない。見渡す限り他の建物などなく、肉眼で見える物体は木と草と電柱と電線、謎のコンクリート塊《かい》、錆《さ》びついて折れ曲がり打ち捨てられた工事用フェンス。それだけ。豊かな自然の風景というわけでもない。ただ山林へ続く殺風景《さっぷうけい》な道があり、その道の脇にぽつんと二階建てがある。で、空。以上。本当にそれだけ。

「おまえの部屋はどれなん……？」

微妙な表情で恐る恐る、アパートを見上げて西園寺が訊《たず》ねる。「二階の一番左端だ」神威は屈託《くったく》なく答える。

一階と二階にそれぞれ五部屋ずつあって、神威が指差した部屋のベランダにはなにも干されていない。他の部屋のベランダには、色褪《いろあ》せた作業着や男物の肌着、ヘロヘロになったタオル等が干されているのが見える。この道が続く先、深い山奥での仕事のために県外から来た人が一時的に住むような物件なのだろうか。いわゆる借り上げ寮、みたいな。ベランダで揺れる他人の洗濯物を眺めつつ、まあ、それなら、と鋼太郎は思う。そういう用途の住居なら、こんなところに建っていてもおかしくはないのか。

神威が先に立って外階段を上がっていく。その後をついていきながら、しかしまだ違和感を完全には拭《ぬぐ》い切れない。別にボロくも古くもないが、あえてこの場所に住む理由がある人もいるのだろうが、それにしても、留学生が一人で住むには不自然じゃないか？　背後で西園寺が「ホームステイじゃねえんだ……」小さく独り言を漏らす。確かに、これまで来た留学生たちは、知ってる限りでは、みんな交流プログラムの一環として市内の家庭にホームステイしていたと思う。

神威がポケットからチャーム付きの鍵を取り出してドアを開ける。「どうぞ、入ってくれ」おじゃまー、とぞろぞろ中に踏み込むと、間取りはいわゆるワンルームだった。狭いが、妙にがらんとしている。シングルベッドの他には小さなローテーブルが一つと、壁際《かべぎわ》に小さなキャビネット。その上に小さなテレビ。床にレジ袋をかけた屑籠《くずかご》。とりあえず視界に入るものはそれしかない。余計な荷物は収納にしまわれているのだとしても、人間一人が生活する空間としては、家具も物も少なすぎる気がする。

(ていうか、この感じ……なんだっけ、なんか知ってるような……)

「あっ、いかん!」

神威が急に声を上げた。「座布団《ざぶとん》が一枚しかないんだった。ちょっと待っててくれ、下に行ってもっとないか訊いてくる」バタバタと部屋を出て行ってしまう。「下ってなんだろ」「一階に世話してくれる人がいるらしい」「へえ?　親戚とかかな」西園寺と鋼太郎が話していると、

「――これ、ほとんどムショじゃねえか」

八百地がぼそりと呟いた。それで一気に疑問が晴れた。さっき脳裏をよぎったイメージはそれだ。この部屋はまるでテレビで見た刑務所のようなのだ。「ムショて!」西園寺は笑うが、その笑い声も自然にしぼんでいく。八百地は最初から全然笑っていない。鋼太郎も笑っていない。三人が残されたワンルームにやがて沈黙が満ちる。思っていることはきっとみんな同じだ。

(神威は、なんでこんな部屋に住んでいるんだ……?)

ホームステイでもなく、便利な街中でもなく、地元民の自分たちでもぎょっとするような寂しい場所の、こんな殺風景なアパートに。なぜ、わざわざ。もっと学校に近いところにも住宅地はあるし、なんなら最近は田んぼや畑を潰《つぶ》して真新しい賃貸アパートを建てるのがちょっとしたブームにもなっている。もっと条件のいい物件が他にいくらでもあったはずなのだ。いくらでも選べたはずなのだ。神威の両親は、この付近の住宅事情を調べなかったのだろうか。自分たちのこどもが一人で暮らすのに、どんなところか心配じゃなかったのだろうか。

(……なかったのかもな)

無地のカーテンがかけられた窓の方をちらっと見やる。ごく普通のガラス窓で、当然ながらそ

こには鉄格子などない。でもそんな当然のことを、この目で確認せずにはいられなかった。鋼太郎は視線をつま先に落とす。ただの神威、それでいいのに、『カワイソー』な神威がまた顔を出す。鋼太郎の胸を苦しくする。

口火を切る順番をお互いにさりげなく探りつつ、三人が顔を見合わせたのとほぼ同時、

「安心しろ！　全員分の座布団が揃ったぞ！」

ガチャッと玄関ドアが開いた。神威が両腕に座布団を抱え、嬉しそうに戻ってくる。素早く目《め》配《くば》せし、こっそりと頷き合う。その件はとりあえず封印《ふういん》。

「よ〜し、じゃあ全員着席！　これより緊急ミーティングを開始する！　議長は俺ね！　俺がやるからね！　はい拍手カモ〜ン！」

西園寺がおどけて言うのはスルーして、「——鋼太郎。神威。さっき買ってきたモンとりあえず食いやすいように全部出そうぜ」「おう。そうだな」「あ、待て。台拭《だいふ》きを持ってくる」粛々《しゅくしゅく》と菓子類を広げることにする。「またみんなして俺をないがしろにする……！　いつもこうだ、いつも！」西園寺がブツブツ言うその手元に「おまえも開けろ」八百地はポテチの袋を放る。

ローテーブルを拭こうとして屈《かが》んだ神威のポケットから、そのとき、部屋の鍵が音を立てて落ちた。鋼太郎はそれを拾ってやりながら、

「これ、なんかのキャラクター？」

なんとなく気になって、キーリングに細いチェーンで繋がれているチャームを見た。樹脂かプラスチック……貝？　陶器かもしれない。黄色がかった乳白色のつるつるとした材質でできた、指先ほどの人形みたいなものが四つ。ボウリングのピンのような形をしていて、シンプルな女の子の姿が彫り込んである。顔もかわいくデザインされているが、一体は両目が×マークで、あと

の三体は片目が×、片目が○になっている。

手の平で大事そうに受け取って、神威は小さく微笑《ほほえ》んだ。

「これは、いつも四人でセットの『シスターズ』だ。みんな一緒にここまで来たんだ」

シスターズ——そういう名前のキャラクターなのだろうか。初めて見るし聞いたこともないが、神威が滞在していた国で流行《はや》っていたとか？　うーちゃんはこういうのが好きかもしれない。後で検索してみようと思っていると、再びガチャッと玄関ドアが開かれた。

驚いて振り向くと、そこに現れたのは昨夜も見たあの女性だった。おまださん、だ。担任駒田と完全に一致するそのビジュアルに、「はっ⁉」「え……⁉」西園寺と八百地が目を見開く。あと一押しで噴《ふ》き出しそうなツラで硬直《こうちょく》する。そうだった。この件を忘れていた。

「あの人、『おまださん』っていうらしい」

鋼太郎の一押しがクリティカルヒットしたのか、「——ぶはははははっ！」二人は同時に噴き出した。ゲラゲラ笑って床に横倒しになる。「ま、まじで⁉」「ありえん！」笑い過ぎて悶絶《もんぜつ》しながらゴロゴロその床を転がり回る。

当の小間田《おまだ》さんは、怪訝《けげん》な顔で文字通り笑い転げる男子二人を見ている。「小さいに間、田んぼの田、で小間田だけど。それがなにか？」そりゃそうだろう。なにがそんなに受けているのか全然意味がわからないだろう。その手にはホテルにあるような電気ポットを持っていて、

「さっきカップラーメン買ったんでしょ。これでお湯が沸かせるから。使い方はわかる？」

淡々と神威に訊ねる。神威は無言のまま、ただ首を横に振る。小間田さんはそれを見て、やはり淡々と電気ポットに水を注《そそ》ぎ、淡々とコンセントを差し、淡々とスイッチを入れて、

「沸いたら自動的に切れるから。火傷《やけど》しないように気をつけて」

淡々と去っていこうとする。その背中を、「ま、待って下さい！」笑い声の隙間から、西園寺が必死に呼び止めた。

「は？」

「あの、あの、ひょっとしてですけど、生き別れた双子《ふたご》の兄か弟いたりしません⁉　そしてそいつは高校教師をやってて、駒田って名前だったりしません⁉」

「さあ」

シンプルにそれだけ答えて、小間田さんはそのまま淡々とサンダルを履き、淡々と玄関から出て行った。愛想もなく、振り向きもせず、ドアが立てる音までこころなしか淡々としていた。

西園寺はまだ笑い続けている。「ひぃ、苦しい、うそでしょあれ……！　見た目『だけ』そっくりすぎ、もう完全に駒田のバージョン違い、女版駒田……！」八百地もローテーブルに突っ伏してずっと肩をぷるぷるさせているし、さっきまで漂《ただよ》っていた微妙に重たい違和感も今の衝撃でどこかに吹っ飛んでいった。鋼太郎も二人につられてまた笑ってしまう。

「な、ほんとすげえよな。しかも名前が小間田、でも喋るとあんな感じでさ、おまえも駒田見て笑っちゃわなかった？」

神威に訊ねてみるが、「俺は別に」さして興味はないらしく、レジ袋からさっさと自分のカップラーメンを取り出している。小間田さんにも駒田にも、これまでの神威の対応は基本的にかなりしょっぱい。

そっけないツラのまま、ぺらんと開けたカップラーメンの蓋の中には、かやくや調味料の小袋がやたらといくつも入っていて、「……ん？　オイル？　を、最後に？　で、粉？　は、先に？　こっちの粉は？　お好みで……だと？」神威は困ったように小首を傾げる。「ちょっと難しいタイプのヤツだ」眉を寄せて頭を掻く。さっきコンビニの棚の前で迷っていた神威にこれを勧めたのは鋼太郎だった。「しょうがねえな、貸せ」それを受け取り、鋼太郎が神威のカップラーメンも作ってやる。

沸いたお湯をそれぞれ注いで三分間待っているうちに、ようやく爆笑の発作《ほっさ》も引いた。いただきまーすと雑に手を合わせ、四人はさっそくずるずるとインスタント麺《めん》をすすり始める。ムショ感溢《あふ》れる神威の部屋にジャンクなにおいが一気に渦巻《うずま》く。

「は〜、うめ〜。つか鋼太郎、俺の炭酸そこにあるから取ってくんね？」

「これ？　え、スパークリングコーヒー⁉　うーわ、罰ゲーム以外で買う奴初めて見た」

「だな」

「なんでよ。別にいいでしょ。味以外はほぼコーラだよ。コーラ飲んでる気分になれるよ」

「ならコーラ飲めよ。味もコーラだぞ」

「だな」

「はあ、はあ、は……あぐぅっ！　……あうっ、わうぅ！」

「おまえはおまえでなに喘《あえ》いでんだよ」

「こ、このシチュエーションに、なんだか急に興奮してきて、口の中を噛んだ……！」

「熱い物食いながら興奮すんな。あぶねえから」

「だな」

しばし和《なご》やかに歓談《かんだん》が続くが、「――はっ！」急に西園寺が麺をすする箸《はし》を止め、顔を上げた。

「楽しくおしゃべりしてる場合じゃなかった！　議題よ議題！　今日の俺たちには大事な議題があったでしょ！　神威、さっきのあれ、ガリクソを幸せにするとかいうのは一体なんなんだよ？

鋼太郎まで一緒になってさ」

　鋼太郎は「つかそれな」ずいっとローテーブルに身を乗り出し、ここで改めて事実をはっきりさせておく。

「俺はいきなり巻き込まれただけだからな。こいつが勝手に、一人で言い出したの。俺こそが訊きてえわ。おまえ、あれなんなんだよ？」

　神威を横目で睨みつつ、その眼力《めぢから》に万感《ばんかん》の想いを込める。まさか、余計なことを言いやしないだろうな？　と。申し開きはできるんだろうな？　と。そもそも策があっての行動だったんだろうな？　と。そうでなければ殺す。神威の目が頼りなく泳ぐ。

「いやあ、その……言った通りだ。鋼太郎と一緒に、千葉さんを幸せにしたいな、と……」

　ちらっと鋼太郎を見る。弱々しく笑う。その犬度の足りない顔を見た瞬間、絶望の二文字が鋼太郎の脳裏にちらつく。だめかも。こいつ、本気でなにも考えていないのかも。

「ほぉぉぉ～ん……？」

　鋼太郎の気も知らず、西園寺は興味深そうに対面に座る神威の顔を覗き込んだ。

「すでに色々言いたいことあるけど、とりあえず一番でっかいのからいくわ。なんで千葉なの？　女子なら他にもいるのに、なんでわざわざよりによって、おまえに冷たく当たってくる相手を幸せにしたいなんて思ったわけ？」

　もっともな疑問だった。鋼太郎はほとんど祈るように左隣の神威を見る。うまく答えろ……！　どうにか無難にやり過ごせ！

「……まあ、それは……あれだ。冷たく当たられたから、こそ……気になった、というか」

　いいぞ、しのいだ！　無難だし理解できなくもない！　ぐっとテーブルの下で拳《こぶし》を握る。

「ふぅぅぅ〜ん……？」

西園寺の目がつっと細くなる。「でも、なんで鋼太郎と一緒に？」

来たぞ第二波！　かわせ！　「あ、それは鋼太郎が千葉さんと秘」いかにも不用意なことをポロリしそうなアホの気配を敏感に察知し、「――俺が、なんだって？」鋭く視線で制する。「……」伝わったらしい。神威は一旦口を閉じた。数秒考える。体勢を立て直す。

「……鋼太郎は、俺と一緒に『せいしゅん』するって約束してくれたんだ。だから俺に、付き合って、くれる」

よし！　グッボーイ！　思わず神威の肩に腕を回してがしっと抱《だ》く。「でへへ！」神威は褒められている気配を察して嬉しそうに頭を揺らして笑う。西園寺はまだ納得できていない目で、「へぇぇぇ〜え……？」そんな二人をじっと見てくる。

「つまり、神威が千葉にラブで？　そして鋼太郎は神威をチアっちゅうこと？　いやいや待ちなさい。やっぱ神威が千葉にラブって普通にありえないでしょ。つかその説、体育ん時にすでに俺が提唱したでしょ。そしたら鋼太郎は否定したでしょ。なワケねえ、とか言ったでしょ。それがいつの間にラブ&チアの流れになったんだい？　四時間目から昼休みまでの間に、なにか考えが変わるようなことがあったのかい？」

しのげてなかった――――っ！　数時間前の過去から飛んできたブーメランがぶっ刺さる。なにも言い返せなくなったところに、「それともなにかい？」さらに追撃《ついげき》。

「結局マゾってことなのかい？　神威はいじめられると好きになっちゃう難儀《なんぎ》な性癖をマジで持ってるガチ目のマゾだった、そういう結論でいいのかい？　だとしたら俺もうなにも言わないよ、人は誰しもなくて七性癖というしな、自分どノーマルっす！　迫真！　って顔してる人でもなんだかんだ七つぐらいの特殊性癖はあるってな」

「――ていうかよ」

カップラーメンをさっさと食い終え、口許《くちもと》を拭きつつ八百地が会話にログインしてくる。

「そもそも、千葉は別に不幸じゃねえだろ。こっちサイドからはどんだけやばく見えたとしても、あれがあいつの望む世界なんだろ」

即座に西園寺は「それな！」頷いた。「俺も次それ指摘するつもりだった！」したり顔で腕を組み、ライブ中のギターとベースよろしく八百地の肩に背中で寄りかかろうとする。すいっと八百地に身をかわされ、そのまま虚《むな》しく床に倒れていく。

「……いや、まあその、そう言われたらそうなんだけど……、でも……」

歯切れわりーな、と呟いて八百地が低く笑う。神威は困り果てたように鋼太郎を見てくるが、どう返せばいいのか鋼太郎にもわからない。

今のは相当いいパンチだった。真正面から食らってしまった。

違うんだ、と言えればよかったと思う。そうじゃないんだ、と。巴は平気ではないんだ。みんなが思っているような奴ではないんだ。自分が思っていたような奴でもなかったんだ、と。そう言えれば。

でも言えない。それを説明する方法がない。巴と自分の秘密に関わることは、誰にも絶対に明かせない。

鋼太郎は黙り込んだ。説明を諦めて唇《くちびる》を噛み、静止したその左隣で、しかし神威が大きく息を吸う。「……でも俺は、それでも……」まだ諦めずに、一生懸命に、

「放っておきたくないんだ……！」

割り箸を握ったままの右手をぶんぶん上下に振りながら言う。

「千葉さんはなにも求めてなくても、それでも、放ってはおけない！　俺、なにかしたい！　千葉さんのためにとは言わない、ただ俺が、勝手にそうしたいんだ！　なんでもいいから、なにか……その、具体的になにをと言われてもわからない、が、でも、なにか……」

声は次第にトーンダウンしていく。それがそのまま沈黙になってしまうまで待って、随分待って、やがて、

「そっか」

西園寺は大きく頷いた。マッシュの下でニヤッと笑う。

「おまえ、やっぱマゾか。でも健気だな。健気マゾだ。テナガザルの亜種《あしゅ》だ」

「……一文字しか合ってねえよ」

つい口を挟んでしまった鋼太郎にも頷いて見せる。

「鋼太郎の気持ちもなんとなくわかったよ。今の聞いたら、俺もちょっと神威の青春を応援したくなったもん。やおちんもそうだろ？」

西園寺が訊ねるのに、八百地も「まあな」軽く頷いて返す。

西園寺と八百地の中で、この一件は、とにかく神威は巴にラブだから、なぜなら健気マゾだから、という形でうまくまとまったようだった。

ごまかせてよかった——と、単純に思えないのは、でもなぜなんだろう。

事実とはまったく違うからか。でも、事実とは違うということを説明できないからこそ、今こうなっているのだ。これは行きつく可能性があった中でも相当マシな部類の着地点なのだと思う。この路線に自分も乗っかっていくしかない。そうすれば色々うまくいく。そんなことは鋼太

郎にも、もう十分にわかっている。

わかっている、のに。

「しっかし千葉ねえ。あっちも神威を意識してるっちゃしてるし、もしかするともしかしたりして？　最初は気に食わなかったアイツ、だけど……っての、わりかしテンプレだよな」

「――そうなれば地獄の三角関係も清算だな。気を落とすなよ、鋼太郎」

西園寺と八百地はポテチを摘《つ》まみながら笑い合っている。いつもなら、自分も一緒に笑っていた。なんでも冗談にできていた。

（でもなんか、今日は……くそ）

うまくいかない自分の顔を隠すように、カップラーメンの残りを口に流し込む。

一つ嘘があるせいで、そこに関わるあらゆることがどんどん嘘に染まっていく。絡め取られるみたいに、どんどん自由じゃなくなっていく。そうやって、本当のことがどんどん言い出せなくなっていく。

（本当は……）

いや。

（……どうでもいいか。本当もクソもねえ。いいんだ、これで）

口の中の伸びた麺をヤケみたいに咀嚼《そしやく》して飲み込む。続けて甘い炭酸も飲み込む。なにもかも飲み込んで、喉《のど》にせり上がってくる前にこの世から消してしまう。

どうせ、自分にできることなどなにもないのだから。

ぷはっ、と息を継いだその顔を、気付けば神威が静かに見つめていた。でも静かなのは顔の上半分だけで、下半分はバリバリとポテチを口いっぱいに貪《むさぼ》り食っている。「……うまいかよ」「うまい。鋼太郎も食べるか？」「……食う」差し出されたポテチを摘まんで口に運ぶ。ふと、妙な話だと思う。ずっとつるんでいる西園寺も八百地も知らない秘密を、二人には絶対に言えない隠し事を、つい最近知り合ったばかりのこいつだけが知っているのだ。こいつだけが、今ここにある鋼太郎の嘘と真実、その両面を理解している。そのどちらもが『ある』ということを、自分自身すら知覚できないまま忘れてしまいそうなそのことを、こいつだけが証明してくれる。

もしもこいつがいなければ、誰にも知られないまま消えていくだけだった。最初から存在しなかったことになるだけだった。

でも、こいつはいる。どこまでもしつこく後を追ってきて、口の周りを今は青海苔《あおのり》と油分まみれにして、左隣の座布団の上で正座している。ここにいる。その単純な事実に、身体の力がふっと緩《ゆる》む。緩んで初めて、身体に力が入っていたことに気が付く。

でも次の瞬間には、また別の事実に気付いてしまう。こいつは、いずれ必ずいなくなる。そんなに長くはここにいない。

消えるのだ。

自分が晒《さら》したもの、こいつ以外の他の誰にも見せないもの、そのすべてごと。

「……っ」

突然、衝撃に襲われた。でも意味不明だ。今知ったことでもないのに、自分はなにを驚いているのだろう。わけがわからないまま、とにかく動揺を隠そうと手に持ったままのペットボトルの表示をじっと見つめる。

（……砂糖類、果糖ぶどう糖液糖、砂糖……）

いつまでいるかはわからない。明日か、来週か、来月か、来年か。いや、そんなの考えても無駄か。考えないようにしようと思う。なにも感じないことにしようと思う。

（……こう、りょう、さんみ、りょう……）

「鋼太郎」

左隣から名を呼ばれた。鋼太郎は顔を向けた。神威が菓子の袋を摑んで見せてきていた。

「これも食べるか？　まだ開けてないみたいだ」

なにも感じない。大丈夫だ。「おう、開けようぜ。つかそれなに？　つまみ系？」

あっそれ俺のチョイス～、と西園寺も参加してくる。「開けていいか？」「ゴーアヘッ！」神威が開封し、棒状の肉系おやつを一つずつ配る。それぞれ口に運び、「あ、うまい」「へ～なんか上品な味」「わりと好みだ」神威はパッケージに書かれている文字を読み始める。

「えーとなになに……国産牛うまみとこくみのご馳走《ちそう》ビーフジャーキー……愛、犬、用……」

ぶっ！　と三人が吹き出したそのとき、

「――ところで、さっきからずっと気になっていることがあるんだが」

八百地が急に真剣な目をして切り出してきた。その低い声音《こわね》に、鋼太郎も神威も西園寺もはっとして顔を上げた。おいしく頂いたおやつが愛犬用だったこと以上に気になることなどこの世にあるのだろうか。

「俺が見たところ、この部屋には奇妙な点があってな」

あ。鋼太郎と西園寺は素早く視線を交わす。もしかして、八百地は神威に直接この部屋に対する疑問をぶつけようとしているのか。いやでもそれってどうなんだ。楽しい話には決してならない気がする。「ちょ、待っ……」「やおちん、あの」二人はほぼ同時に八百地を制しようと膝立ちになるが、構わず八百地は神威をまっすぐに指差した。

「この部屋には――エロス物質がない！」

　鋼太郎と西園寺はそのまま膝から崩れ落ちる。アホか。神威は無言、しかし「……っ」ごくかすかに、片頬をぴくっと震わせる。

「悪く思うなよ、神威。実はさっきからひそかにサーチしていたんだ。エロス物質が存在するなら、隠匿《いんとく》場所としての第一候補はまずあのキャビネット。次いで、ベッド下の空間。そしてあの大型収納だ。俺は今まであえてわかりやすく、それらの場所を無遠慮に眺め回していた。しかしおまえはまったく反応しなかった。そのことが示す事実はただ一つ！　エロス物質は、存在しない！　……違うか？」

　アホだろ。アホだな。鋼太郎と西園寺はこの隙に菓子（人間用）を食うことに徹《てっ》する。エロス物質という言い方からしてまずアホだし、「ないわけねえだろ」「やおちんともあろう男が」十七歳、男子、一人暮らし。この条件が揃った以上、エロス物質がないなどということは絶対にありえないのだ。それはこの世の物理に反する。

　だが、

「エロス物質は――ないさ！」

　薄く笑みさえ浮かべて、神威は言い放《はな》った。「なっ……」鋼太郎は絶句し、「にぃ⁉」西園寺はポテチを手の中で割り砕く。八百地は軽く両腕を広げ、来いよ、とでも言うように神威の言葉の続きを待つ。すべての衝撃をその一身で受け止めてみせるつもりらしい。「やめろ八百地！　無茶だ！」「どうなっても知らんぞぉっ！」二人の友の声にも動じない。八百地の指先が誘うようにちらちらと動く。それを見て神威は不敵《ふてき》に目を細め、

「ふっ……生憎《あいにく》この神威、共同生活が長くて、な。エロス物質は、ここ」

己《おのれ》のこめかみを、トン。指先で軽く叩いてみせた。

「ここにしかない。イマジネーションだけが、この俺が所有するエロス物質のすべてだ。……鋼太郎。今まで黙っていてすまない」

「か、神威……⁉」

「俺はただの、むっつりスケベ野郎だ」

「だめだ神威！　まだ諦めるな！　俺が探してやる！　おまえのエロス物質を、この俺が必ず見つけ出す！　ただ隠してるだけなんだろ⁉　なあ、そうだよな⁉　頼むそうだと言ってくれ！　俺は諦めない、おまえは絶対に隠し持っている！　そう、きっつい、えっぐい、ちょっと人に見せるには勇気がいる、そんなエロス物質を！　くそ、待ってろ、俺が、俺が今……！」

鋼太郎はひとしきり騒いでから、おもむろに片膝をついてキャビネットを開ける。なんのことはない、昨日の仕返しだ。勝手に人の部屋をいじり回してくれやがって。食らえ、この嫌な感じ。しかしその中にはテレビの説明書しか入ってない。すかさずベッド下を覗き込む。怪《あや》しいものは見当たらない。薄く積もった埃《ほこり》しかない。だがまだだ、収納の扉に飛びついて力いっぱい全開にする。奥の方にいかにもな感じの段ボール箱を見つけ、「こいつだな！」性癖を暴いてやるべく一息に蓋を開ける。しかし、そこに入っていたのは薄手の掛け布団だった。今ベッドにあるタオルケットで肌寒ければこれに換《か》えられる。よかったな、じゃなくて。

「……え？　ガチでない、だと……？　嘘だろ……？」

呆然と立ち尽くす鋼太郎に、神威が背後から声をかける。

「だからないって最初から言ってるだろう。本当にないんだ。もちろんエロス物質の存在は俺も知っているが、隠し持つのは物理的に不可能な環境だったんだ。でも別にそこまで欲してはいないから特に問題はない」

「いやおまえ……」

振り返り、真顔になって神威に詰め寄る。

「まじで、とりあえず、スマホ持てよ……。なんとかして手に入れろよ……。エロスの国への扉だぞ……。つかなんだこの感情は……？　え、義憤《ぎふん》……？　これが、義憤……？」

「まあまあ鋼太郎、焦《あせ》るんじゃないよ。おまえは探し方が甘いの。さあ、歳《とし》の離れた兄貴《あにき》の部屋でエロス物質を漁《あさ》り始めて早十年、今や匠《たくみ》の漁り技を持つこの俺様に任せな！」

西園寺は自信満々、さっき鋼太郎が漁ったキャビネットからベッド下、物入れまでじっくり覗き込む。ややあって、「おい！　ほんとにねえぞ！」喚《わめ》きながら這い出してくる。その様子を眺めつつ、八百地は長い前髪の下で「だろ」と眉を上げてみせる。

「だろ、じゃねえって！　だ～めだめだめ、こんなのありえない！　宇宙の法則が乱れる！」

ポケットからスマホを掴み出し、西園寺は猛然となにかを検索し始める。

「こうなったらまじでこいつにスマホ持たせようぜ、プリペイドみたいなのでもいいじゃん、そういうのあるよね？　待ってろよ神威、今さくっと入手方法を検索してや――あああ⁉」

叫んでそのまま硬直する。なにかと思えば、「この部屋ネット繋がらねえ！」「え？」「まじか」鋼太郎と八百地も自分のスマホを見てみる。「うお、ほんとだ！　つかこれ……」Ｗｉ－Ｆｉ《ワイファイ》がないどころの騒ぎではなかった。圏外なのだ。通話さえできない。ネットなし、通信手段なし、いかなる媒体《ばいたい》のエロス物資もなし。かろうじてテレビのみあり。これじゃ本当に刑務所じゃないか。自由に出入りはできるだろうが、出たところで近くにはどうせなにもない。

「こいつかわいそうだよぉぉ――――――――――っ！」

西園寺は咽《むせ》び泣いた。床に膝をつき、神威に向かって拳を突き上げて見せる。

「もう俺決めた！　断然おまえを応援する！　いや俺だけじゃないぞ、やおちんも鋼太郎もおまえの味方だ！　なっ、そうだよな！　やおちん！　鋼太郎！」

八百地は「だな」と頷くが、「えっ、なにを……？」鋼太郎は思わず問い返す。こいつ、一体なにを応援するつもりなんだ？　しかし西園寺はそんな微妙な反応にはまったくお構いなし、

「ど～んと任せなさい！　おまえの『性春』、全力で応援してやっからな！」

神威はきょとんとしている。「不思議だ。今なぜか漢字表記がはっきりと見えた……」

同じものが鋼太郎にも見えた。それならまあいいか。……いい、んだよな。


「――あいつ、意外に策士《さくし》だよな」

八百地が呟いたのは、神威のアパートを出てしばらく経《た》ってからのことだった。

下らないことをあれこれ喋りながら気が付けば長居《ながい》してしまって、空はもう暗くなりかけている。三人でバス停まで十分以上も歩いて、やっと辿りついて、一人だけ自転車で帰る鋼太郎はすでにペダルに足をかけていた。

意外な発言に、思わず「え？」振り返って八百地の顔を見る。「あいつって、神威？」

八百地の隣に座った西園寺も首を傾げている。「なんでよやおちん。あれアホの子だろ。どういうこと？」

「千葉を幸せにするって、わざわざ俺たちの前で宣言しただろ。で、結果として俺たちみんな、なんとなくそれに巻き込まれてる。あの宣言がなかったら、そもそも鋼太郎からしてあんな話に

乗ってねえよな。知るか、でシカトすれば終わりだったはずだよな。西園寺も気付いてるか？

おまえ、もう千葉のことクソ女呼ばわりできねえだろ」

「あー……まあ、そうね。神威の前でガリクソとか呼ぶのは、さすがに気が引けるかもね」

「千葉になにをする、とかじゃねえんだよな。あれ。千葉に対する扱いのムードそのものを、今のところは俺たちの間だけだが、すでに変え始めてるんだよ。神威の奴」

そう言って、八百地は鋼太郎の顔をじっと見てくる。「……なに？」

「大丈夫かよ。鋼太郎」

その質問の意図は、よくわからなかった。でも訊き返している暇はない。予定より遅くなってしまったし、母親からは買い物リストが送られてきている。急いで帰って家事もやらねば。努めて明るく笑い、「別になんも問題ねえよ！　じゃあな、また明日！」

バスを待つ二人に手を振った。おーう、と返事が二人分返ってくる。

さっき神威と別れるときも、鋼太郎は同じようにした。また明日、と手を振って、神威もこっちに手を振った。また明日、と笑っていた。

とにかく明日も神威はいる。

第二章

1

また裏切りの朝が来た。なんで起こしてくれないと文句を言って、ばたばた余裕なく身支度《みじたく》して、それでも朝食はしっかり食べて、手作り弁当も忘れず持って、ガレージから引き出した自転車とともに外へ出ると、家の前には当然のように神威《かむい》がいた。

「しゅぽ！」

約束なんかしていなかったが絶対いると思っていた。だから鋼太郎《こうたろう》は驚きもしなかった。神威はママチャリに跨《また》がっている。天から降り注《そそ》ぐ朝の光の中、鋼太郎に向かってスマほを高く掲《かか》げてみせる。開かれたページに書かれた『おはよう！』の文字は、昨日の『おはよう！』より若干《じゃっかん》斜め、勢いがあってワイルドめ。使い回しではなく、今朝《けさ》のために書き下ろされた新作の『おはよう！』であるらしい。

鋼太郎にも学んだことはあって、普通に喋《しゃべ》れ！　だの、おまえはナポレオンのあれか！　だの、押し問答するよりはこうするのが早い。スマほを奪い、胸ポケットに差したペンで神威の字の下に『おは』と素早《すばや》く書き足して、

「しゅぽ！　……さっさとしまえ！　行くぞ！」

気恥ずかしさごとその胸元にばしっと押し付けて返す。受け取って、その文字を見て、「わは

はっ！」神威は嬉《うれ》しそうに笑う。なにがそんなに嬉しいのかは相変わらずわからないが、このツラがこいつなりの既読マークなのかもしれない。

「つかおまえ、チャリほんっと気を付けろよ。絶対に事故るなよ」

「その方向性で努力してみよう。なに、気持ちだけは本物だ！」

「気持ちはどうでもいいんだよ、結果を出せ結果を。五体満足で生きたまま登校しろ」

自転車二台で横並び、鋼太郎はすぐに「あれ？」異変に気が付いた。安全第一でゆっくりと、ごく慎重に通りへ出るが、学校へ向かってペダルを漕《こ》ぎ始める。左隣を走る神威の運転は、昨日よりもだいぶマシになっているのだ。上手《うま》い、とまでは言えないが、左右にふらつかずちゃんとまっすぐ走れているし、ブレーキの加減もスムーズにできている。

「もしかしておまえ、昨日あの後また練習した？」

「わかるか？　夜中にアパートの前の道で三時間ぐらいな。S字に曲がるのとか、あと勾配《こうばい》のある方まで走って行って上りと下りを繰り返したりとか」

「まじか、あからさまに成果出てるぞ。つかそれ小間田《おまだ》さんとだろ？　夜中に三時間とか、よく付き合ってくれるよな」

「それがあの女の仕事なんだから当然……あっ、わっ⁉」

恩ある人に対して失礼な物言いをした報《むく》いか、神威は赤信号で止まろうとしてバランスを崩《くず》す。危《あや》ういところで足をつき「……うぉっ、」、地面を蹴《け》って「しゃあ……っ！」、どうにか体勢を立て直す。その一連の流れを間近で見ていて、「ぶはっ！」鋼太郎は思いっきり吹き出してしまう。必死な動作も必死な声も変なツボに入って、「気合で立ち直りやがった！」ハンドルに突っ伏して大笑いしてしまう。

「……べっ、別に、転ぶよりいいだろっ！」

神威は顔を真っ赤にして、横目で鋼太郎を睨《にら》んでくる。その自転車の前輪の泥除《どろよ》けには銀色のシールがちゃんと貼《は》ってある。昨日、休み時間中に駒田《こまだ》がわざわざ渡しに来てくれた通学用自転車の登録シールだった。二年八組渡辺優太《わたなべゆうた》——もはや誰だ感しかないが、それより大きくその脇《わき》に、ふりがなで「かむい」と振ってある。渡された時にはそうなっていたから、駒田が書いてくれたのだろう。駐輪場所は鋼太郎のスペースを一緒に使えとのことだった。


信号が青に変わり、「いつまでも笑ってないで行くぞ鋼太郎！　なんなら俺《おれ》はもう先に……うおっ⁉」漕ぎ出そうとして神威はまた転びかける。また足をついて「うおっしゃあ！」また気合で持ち直す。すでに爆笑のモードに入っている鋼太郎がそれに耐えられるわけもなく、

「天丼《てんどん》……！　天丼でコケてる……！　あーっはっはっはっはあぁーっ⁉」

仰《の》け反《ぞ》った拍子《ひょうし》に大きくよろめく。そのまま耐え切れず横倒し、ガシャーン。無様《ぶざま》に立ちゴケして道路に転がる。「わーははははっ！」それを指差して今度は神威が爆笑する。身体《からだ》を捩《よじ》り、目には涙、ハンドルをバンバンぶっ叩《たた》き、「じ、自分がコケた！　ひーっひっひっひ、苦しい、いっ、いつまでもっ、人のこと笑ってるからそうなるんだーっはっはっはぁぁぁっ⁉」その勢いのまま反対側に倒れていく。ガシャーン。


色々あったが、今日もどうにか五分五分の賭《か》けに勝った。五体満足だし生きて学校まで辿《たど》り着いた。二台の自転車を引き離されないよう、今日も一応チェーンで繋《つな》いで停める。「これでよし！」「うん、行こう！」時間は結構ギリギリで、二人して駆《か》け足で校舎へ入っていく。

教室のドアを開け、クラスの連中と挨拶《あいさつ》を交わしつつ大山《おおやま》の勇壮《ゆうそう》な山体の麓《ふもと》にあるドッキング席へ向かう。と、

「へ～い！　そこのお二人さん！」

西園寺《さいおんじ》が鋼太郎の机に尻《しり》をのせて座っていた。神威はすかさず「しゅぽ！」スマほを掲げてみせる。西園寺はすでにペンを摑《つか》んで待っていて、クルクル華麗《かれい》に回すなり「しゅぽ！」神威と鋼太郎の字の下に『おはよ～』書き足す。「おや？」ついさっき思いっきり道路にすっ転んだ二人の姿にも気付く。

「なんか君ら、うすら汚《よご》れてね？　なんかあった？　闇《やみ》の支配者に拉致《らち》られてリアル人体でスマブラさせられた？」

鋼太郎は目を伏せて首を振る。「惜しい。悲しい事故がちょっと……な、神威」神威も小さく息をつき、「突発的な事態に巻き込まれたんだ。否応《いやおう》なく」デイパックを下ろして机に置く。

「ま、こっちから訊《き》いておいてなんだがそんなことはどうでもいい！　それよりじゃ～ん！　これを見ろ！」

西園寺が二人に見せてきたのは、かなり使い古された感のあるタブレットだった。ちなみにこの高校ではタブレットは持ち込み禁止とされている。見つかれば没収されて、卒業するまで返してもらえない。「おまえ、そんな堂々と……」思わず鋼太郎は周囲を見回すが、

「俺はこれを神威に貸し出すために、わざわざ危険を冒《おか》して持参したのだ！」

「ああ、スマホの代わりにしろって？　でもこいつの部屋じゃどうせ使えねえし、貸してやっても意味なくね？」

「いやいやそれがですよ、旦那《だんな》」

へっへっへ……。西園寺はマッシュの下でいやらしく笑い、二人の耳元に顔を寄せてきて声をひそめる。「これ、兄貴《あにき》に、借りてきたの……」神威は「?」きょとんとしているが、鋼太郎は、「まじか……っ」ゴクリ、息を呑《の》む。

西園寺の歳《とし》が離れた兄貴は三浪の末に地元の歯科大に入学し、現在二回目の三年生をやってて、実家住まいでリッチでエロい。そんなエロ兄貴由来のエロス物質は西園寺経由で私室から漏《ろう》出《しゅつ》し、この高校内に流入し、今この瞬間も二年生男子の間をスペースデブリのように漂《ただよ》ってて、そこここで未知なる性癖《せいへき》と出会い頭《がしら》の衝突事故を発生させている。

「ということは、このタブレットは……」

「ああ。——エロい!」

拳《こぶし》と拳をガチっとぶつけ、YES! 鋼太郎と西園寺は頷《うなず》き合う。神威だけが一人、「そんな四角くて硬《かた》そうな物がエロいだと……? いやでも見方によってはエロい、か……? あの黒ずんで塗装《とそう》が削《けず》れた角の部分など、ふん、言われてみればなかなかの……」目を眇《すが》め、最もエロく見える角度を探して首を左右に捻《ひね》っている。「おやめ」西園寺がその肩をポン、優しく叩く。

「おまえってやっぱ間違いなくアホの子だわ。そんなおまえに俺様が優しく説明してあげようね。このタブレットはだいぶ古くて正直たいした物ではないがmicroSDXCカードを内部ストレージ化することで容量マシマシ、そこにとっても便利なアプリを入れて『たくさんの動画』をダウンロードしてあるのだ。ダウンロード済みの動画は内部プレイヤーでオフライン再生できる。……どうだい? おわかりかい?」

「そうだ鋼太郎、一緒にロッカー行かないか!? 俺はおまえのロッカーが見たい!」

立ち上がりかけた神威の肩をガッと掴み、「たまには俺の発言を真面目《まじめ》に聞けや!」西園寺はその身体を強引に席に押し戻す。

「ほら、これ見とけ。パスとかもかけてないし、このアイコンにタッチするとすぐにこう……」

ダウンローダーアプリが起動し、タブレットの画面上にはいくつもの肌色多めのサムネイルとファイル名がずらりと並ぶ。「うおう⁉」神威が漏《も》らした低い声に、鋼太郎もずいっ、全力で顔を寄せてタブレットを覗《のぞ》き込む。

「……で、見たい動画のここんとこ、を、こう……あっ」

画面上に素早くプレイヤーが立ち上がり、「やべっ、さわっちった」西園寺の焦《あせ》り声に被《かぶ》せるように、

『ウオッケイ！　レッツダンッッ！』

突如《とつじょ》激しい掛け声が流れた。

その瞬間、「⁉」大山が振り向いた。「⁉」無印が振り向いた。「ヒャ⁉」オルタナティブが振り向いた。「⁉」ちょうど教室に入ってきた八百地《やおち》が振り向いた。「⁉」「⁉」「⁉」「⁉」「⁉」「⁉」

――そのとき教室にいた男子たちの全員が、一斉《いっせい》に視線をタブレットに向けた。キラキラ弾《はじ》けるようなエフェクト音、黒画面に浮かび上がるシルバーのレオタード、小粋《こいき》にひっかけた肩ジャケット、光が落ちる白い肢体《したい》、深くかぶった黒のハット、引き連れたダンサー達、やがてリズムが刻《きざ》まれて、肩が腰が揺れ始め、ハットを投げて美貌《びぼう》にライト！　両手上げ腰ひねりポージング！

からの、

「ア～イノワッチャヤドゥッ！　ソハッエンソディ～ッ！」

歌！　全員歌えるし、ダンサブルに駆け上がるメロディとともに身体は自然とうねり出す。鋼太郎も、西園寺も、八百地も、他の奴《やつ》らも、全員が鞄《かばん》を投げ出し席を蹴り立ち上がり、画面の中

で舞い踊るダンサーたちと同じ動きで切れよく片手をブン回しサイドステップ、くるっと小ターンして、がくっ！　上体を落としてからの「ラ〜ァイナァ〜ウッ！」ゆっくり上げる、妖《あや》しい目線。くいくい、胸元で誘う手つきはなめらかに。「え⁉　え⁉　な、なにが起きた⁉」突然歌い踊り出した男子たちの様子に神威は怯《おび》えて後ずさる。女子たちも「きっしょ！」「怖いんですけど！」顔を見合わせる。しかし誰も止まりはしない。このリズム、このメロディ、この歌詞、この振付――すべてが男子たちの肉体にはすでに深く刻み込まれて、きっかけさえあれば一気に溢《あふ》れ出してしまうのだ。こうなったらもう止められないのだ。

「オイエッオイエッ、ワウッフ、ユドンウェイフォッダナイッ！」

とりつかれたように激しく歌い、踊りながら、鋼太郎は（神威！　神威……！）必死に神威に語り掛ける。

「はっ、誰かが俺の脳内に直接……鋼太郎か⁉」

（そうだ！　俺だ！　これは、『タケフジ』だ！）

怯えなくていいんだ、とある有名老舗《しにせ》成人向けビデオ会社の作品のオープニングなんだ、この会社の作品はどのジャンルもどのブランドも必ずこのメイク・この衣装・この曲・この振付で主演女優がダンサーとともに歌い踊るんだ、撮影スタジオもいつも同じだし、カット割りもいつも同じ、ダンサーはさすがに入れ替わりがあるけど似た感じの人を選んでいるし、とにかく十何年も全作品がこれで開幕なんだ、社長の趣味なんだ、あまりにシュールで昔から紳士《しんし》たちの間では「ああ、あれ（笑）」ぐらいのノリで知られていたが、あるとき動画サイトでバズって以来ネットミームのような扱いになって、元ネタであるとされる昔の金融会社のCMからいつしか『タケフジ』と呼ばれて親しまれていいるんだ、だからなにも恐れなくていい、あっここだ、ここはねっとりと魅《み》せるところ、髪をぐしゃっとかきあげて腰回し、両手をバッ！　顔の前に広げ、ラストの難所、前後に開脚しながら床をスライディング、転がって片膝《かたひざ》を立てて思いっきり仰け反り、

「ショウユゥマ〜イパァ〜ッショ〜ン……ヌッ！」

　決めポーズ！

　全員がぴたりと静止し、やがて——わっ！　歓声と拍手が湧《わ》き上がった。「やった……！」「やり切ったな！」「おまえすっげよかったよ！」「いやおまえこそキレやばかったし！」「最後んとこ揃《そろ》ったの鳥肌《とりはだ》〜！」「つか『タケフジ』よすぎだろ！」「みんな最高すぎー！」「ヒャーハハハ！」そこでハイタッチ、お互いを讃《たた》え合い、リスペクトし合い、男子だけが異様なムードで盛り上がる。鋼太郎も「セクシーでよかったよ鬼島《きしま》！」「サンキュ、おまえも艶《つや》やかだった！」さわやかに肩を叩き合いながら充実感とともに立ち上がり、

「神威、今のはな」

「ああ、『タケフジ』だろ？　なーに、おまえの声はちゃんと届いていたさ。ここに直接、な」

　むっつりエロスが詰まっているというこめかみを指差して見せ、神威がニヤリと笑う。なんと脳内通信ができてしまった。そんなわけないのに、でもそうなんだから仕方ない。届いてしまったのだからしょうがない。納得する鋼太郎に、他の連中が教えてくれる。「いやおまえ普通に口に出していたよ」「うん、全部普通に喋ってたよ」『そうだ！　俺だ！』以降、すべて聞こえてたよ俺たちにも」あれ……？　神威と二人、顔を見合わせる。

　すこし離れたところでは、「つーかもう文化祭もこれでよくね⁉」誰かがおどけて言う。いやよくねえよ、だめだめ、笑いが起きて盛り上がっている。それが聞こえたのか、神威の目が、カッ！　いきなり大きく見開かれる。

「文化祭⁉　今、文化祭と言ったか⁉　言ったよな⁉　おまえも聞いたよな⁉」

鋼太郎の腕にしがみつき、興奮もあらわにグイグイ引っ張ってくる。「文化祭といったらもう『せいしゅん』しまくるチャンスじゃないか！　いつだ⁉　いつやるんだ⁉」

期待に満ちたその視線。しかし現実はそううまくはいかない。

「いや、おまえが思ってるようなモンじゃねえから。現実を知ったらがっかりするだけだし、あんま変な夢見んな」

「いいや見る！　文化祭と聞いて夢を見ずにいられるか！　だってほら、あれだろ、仮装して、呼び込みして、喫茶店やって、お化け屋敷やって、バンド演奏して、人気投票して、キャンプファイヤーして、告白して、あっその前にはもちろん泊まり込みで準備したりとかもあって！　文化祭ってそういうのだろ⁉」

「どんだけ盛りだくさんだよ。夢詰め放題か。つか本当にうちの学校の文化祭はそういう感じじゃねえんだって。何一つおもしろくもねえクッソしょうもねえ虚無《きょむ》イベントで、」

後ろから誰かがトントン、肩を叩いてくる。「ちょっと後にして、今神威にうちの文化祭のしょぼさを説明してるから。それはもう本当にしょっぼくて、だっるくて、だっさくて、へっぼくて、もう『無い』。そう、『無い』んだ。この表現が一番しっくりくる」またしつこくトントン、「や、だから待てってって――」

あ。

振り返ったポーズのまま、鋼太郎は間抜けに口を開けて立ち尽くす。

駒田が、そこに立っている。

その左手にはタブレットを抱《かか》えた西園寺が後ろから襟首《えりくび》を摑まれていて、「はい、あいつも共犯です。あいつも共犯です。あいつも共犯です。正直に全部話したからいいですよね⁉」

己《おのれ》の罪を矮小化《わいしょうか》しようという意図も見え見えに、鋼太郎と神威と八百地の顔を指差している。

中でも八百地は殊更《ことさら》に、「……なにがだ？」事情が飲み込めない顔をしている。


朝のホームルームには副担任が代打で投入された。

禁止品持ち込み罪で現行犯逮捕された西園寺と、なぜか共犯とされた鋼太郎、神威、八百地は教員室に連行され、

「おまえたちは馬鹿《ばか》なのか？」

駒田に火の玉ストレートを食らう。

「こんなもの堂々と持ち込んで。堂々と大音量で動画再生して。堂々と踊り狂って大騒ぎして。これで馬鹿じゃないなら逆に怖いよ？」

「だって先生！　こいつんち、ネット環境ないんすよ！」

西園寺は神威を指差し、マッシュを振り乱しながら熱く言い返す。「今どきネットなしでどうやってエロスを摂取しろって言うんすか⁉　俺、なんとかしてやりたかったんすよ！　今すぐオフラインでエロスを摂取できる環境を、こいつにくれてやりたかったんすよ！　それがそんなに悪いことすか⁉」

「いや、大人になってから摂取しなさいよ……ていうか、リアルに、リアルにさ、」

ちょいちょいと四人を手招きし、ぐっと顔を寄せ、他の教師に聞こえないように声を落とし、

「……河原《かわら》で拾うんだよ、そういうものは。誰かが落として、誰かが拾う。拾った誰かが、また

落とす。次世代の誰かが、また拾う。それが自然のサイクルなんだよ……」

「はあ⁉ なに言ってんすか⁉ 今どき河原にエロ本なんか落ちてないすよ⁉」

「あっ、ちょっ、馬鹿、声大きい……！」

「だってそうでしょ⁉ 今どきそもそも紙媒体のエロス物質なんか売ってもないっつうか社会から存在を抹殺《まっさつ》されかけてんすよ！ それともなんすか⁉ 先生が河原にエロ本落としておいてくれるんすか⁉ だったら拾いに行きますけど⁉」

「しー！ しー！」

西園寺を黙らせようと焦る駒田の指が、そのとき偶然タブレットの画面に触れてしまう。スリープ状態から即立ち上がり、さっきの動画が頭から再生され、

『ウォッケイ！ レッダンッ！』

結構な音量であの曲が流れ始めてしまう。「わあわあわあ！」駒田は慌《あわ》てて止めようとするが、初見《しょけん》のプレイヤーの停止ボタンがわからないらしい。まごついているその間にも、

「……ア〜イノワッチャドゥ、ソハッエンソディ〜……」

隣の席で採点をしていた男性教師が恐らくはまったくの無意識、小声で歌いながらくねくねと小さく踊り始める。「ああもう……！」ようやく停止、頭を抱える駒田に向かい、

「早くエロ本下さいよ！ 今すぐエロ本下さいよ！ 次世代の俺らにエロ本恵《めぐ》んで下さ——」

西園寺はほとんどタカリ行為に及ぼうとしているが、その胸元にバッ、制するように片手が伸びた。「もういい。俺のために、すまん」首を横に振ってみせたのは神威だった。

「えっ⁉ なんでだよ神威！ こいつまだエロ本ドロップしてねえぞ！」

突然の堂々こいつ呼ばわり&倒したモンスター扱いに「え……」駒田が悲しそうな顔になる。

「いいんだ。おまえたちも、俺のためにすまん」

神威は鋼太郎と八百地にも同じように首を振ってみせる。「いや、俺たちは一言も発してねえから」「——というか、いまだになぜ俺はここにいるんだろうという疑問の中にただ佇《たたず》んでいるだけだ」聞いちゃいなくて、「尽力に感謝する！」三人に向かって男らしく頭を下げる。そのテンションのまま駒田の方に向き直り、

「俺は今まで、エロスとは無縁の生き方をしてきた。そうならざるを、得なかった」

「……ああ、そう……」

「そしてどうやらこれからもそうであるしかないようだ。俺の行く道にエロスなし！　エロスある方に俺はなし！　それで構わん夢精《むせい》でもしよう！　永遠にさよならだ、俺の——」

駒田に、ではなく、駒田が手に持ったままでいるタブレットに向かって深く一礼。

「——俺の、エロス！」

世にも悲しい宣言をして、神威はくるりと身を翻《ひるがえ》した。「みんな、行こう……」駒田の前を勝手に辞して、四人はとぼとぼと教員室から出ていく。その背後では「今あいつ夢精って言った？」「はっきり聞こえすぎて逆に空耳《そらみみ》かと思った」他の教師たちがざわついている。構わず扉《とびら》を閉め、歩き出す。

まだどのクラスも朝のホームルーム中なのだろう、妙《みょう》に人気《ひとけ》がなく静まり返った廊下をしょんぼり歩きながら、四人の間にはすでに諦《あきら》めムードが漂っていた。あのタブレットはもう戻ってはくるまい。

「あ〜あ、やべ〜な……没収されたとか言ったら兄貴に怒られちゃうかも」

「つかおまえ、なに俺たちみんな巻き添えにしてくれてんだよ」

「そら決まってんでしょ。罪が四等分になるからよ」

ならねえぞ、と八百地が低く呟《つぶや》く。神威は「はあ……」ため息をつき、ぼんやりと上《うわ》の空《そら》。さっき垣間見《かいまみ》たサムネイルの肌色を、記憶が鮮明なうちに脳に刻み込んでいるのかもしれない。と、急に背後から足音が迫ってきた。駒田が早歩きで猛然《もうぜん》と四人の後を追ってくる。その手には西園寺から没収したタブレットを持っていて、なんだなんだ、と四人は思わず足を止めるが、駒田はそのまま追い抜いていき、数メートル先に行ったところで、

「おーっとなにかを落としたぞー！」

わざとらしくタブレットを廊下の床に置いた。そして壁際《かべぎわ》に素早く張り付き、窓の外を眺《なが》めながら、

「落とした物は誰かに拾われてしまっても仕方ないなー！」

ちらっ、ちらっ、四人の方を振り返って見てくる。

四人は顔を見合わせた。要するに——あいつ、返してくれるんだ！「やったぜ！」西園寺がさっそく飛びつくようにタブレットを回収し、「駒田先生あざ～す！」廊下を駆け出していく。その後を神威も「俺のエロス！」拳を突き上げてジャンプしながら追いかけていく。八百地と鋼太郎も一緒に教室に戻ろうとするが、「鬼島は待って」その肩を駒田が叩いた。

「は⁉　いやあれ俺はガチ関係ないすよ⁉　俺のじゃねえし俺が借りるわけでもねえし！」

「わかってるよ。そうじゃなくてさ」

あ、と思う。

神威が気付き、「鋼太郎？」足を止める。西園寺と八百地も振り返るが、「提出物のことでちょっとな。話はすぐ済むからおまえらは先に教室に戻りなさい」駒田に軽く追い払われる。神威は

それでもしつこく「俺も鋼太郎と一緒にその話を聞く！」この場に居残ろうとするが、物言わぬ八百地に静かにスリーパーホールドを決められて「ぐ、……」そのまま廊下を引きずられ、退場していく。

廊下の端《はし》にちょいちょいと手招きされ、鋼太郎だけが駒田とともに廊下に取り残された。なんの用件かはもうだいたい予想がついていたが、

「鬼島、ありがとうな」

え、と思わず固まる。これは意外な展開だった。

「いやほら、神威のこと。もうすっかり馴染《なじ》んでるみたいじゃない」

小さく笑いながら駒田は廊下の先に目をやる。西園寺と八百地とともに去っていった神威の姿はもう見えないが、声だけがまだかすかに響いてくる。こーたろー、おれはおまえをまっているぞー、とか言っている。「あのアホ……」鋼太郎は呆《あき》れて小さく息をつき、前髪をぐしゃっとかき回した。そんな鋼太郎を見ながら、駒田は妙ににこにこしている。

「鬼島が色々と世話焼いてくれてるんだろ？　任せっきりにしちゃって悪かったな。負担にはなってないか？」

「や、それは全然。あいつはうざいしアホだけどいい奴だし。俺も他の奴らも、普通に楽しくやってるだけなんで」

「そうか、それならよかった。宇以子《ういこ》ちゃんは最近どう？　先月からまた入院になっちゃったんだっけ」

やっと本題がきたと思う。鋼太郎が妹の存在を伏せているのを駒田もわかっているから、他の連中がいる前では絶対にこの話題は出さない。鬼島家の様子が知りたい時は、こうしてちゃんとこっそり訊《たず》ねてくれる。

「……まあ、よかったり悪かったり、これまで通り。でも今はだいぶ調子いいターンっぽくて、今月中に退院できるかも。本人はもう、とにかく学校に行きたいってそればっか」

「おお、そっかそっか。しかしお母さんも大変だよな、入院中は付きっきりになっちゃうしな。おまえはどう？　家のことは大丈夫なのか？」

「あー……今のところはなんとか回してるけど、親父《おやじ》が定時上がりできなかったらそこから崩壊が始まりそうな感じ」

「家事きつい？」

「今とかは別に。夏休みもバイトする余裕あったし。でも試験期間とかにかぶると……それは結構きつい。ってか、まあ、かなりつらい」

「そうだよな。去年の三学期の期末とか、相当厳しかったもんな。もし不利な条件がなかったら、おまえは絶対もっとやれてたって思うよ」

悔《くや》しいよな、と続けられた言葉に、素直にうん、と一つ頷いて返す。去年の成績は散々だった。もし不利な条件がなかったら、俺は絶対もっとやれてた。

「……悔しい」

すぐ傍《そば》に立つ担任の横顔を、気付かれないようにそっと見やる。

現実は思い通りにはならない。どうしようもなくて、仕方なくて、あれもこれも諦めるしかない。それでも、自分の傍にはこういう大人がいる。見守られている、と確かに感じる。

きついとか、つらいとか、悔しいとか、家では絶対に言えるわけがない言葉を、駒田は時々こうやって吐《は》き出させてくれるのだ。そうできる機会を、多分いつも探してくれている。入学以来ずっとだ。駒田は去年も担任で、ずっと鋼太郎のことを気にかけてくれている。生徒には基本舐《な》められがちだし、かっこよくもないし、人気教師というわけでもないが、それでもこの大人の前でなら、鋼太郎は素直に気持ちを話すことができる。もちろん、他の奴がいなければ、だが。

視線に気付いたのか、駒田も鋼太郎の方に向き直る。静かに両目を細めてみせる。

「俺にできることがあったらなんでも言えよ。本当になんでも、どんな些細《ささい》なことでもいいからさ。全力でサポートするからさ」

「……じゃあ、風呂場の鏡。あれ鱗汚《うろこよご》れがしつこくて」

「えっ、そういう系⁉　いや、なんなら全然やりに行くけど⁉」

ぶっ、と鋼太郎は吹き出してしまった。「嘘《うそ》、冗談」

「ええ、やめてよもう。こっちは本気にしちゃうでしょ？　ていうかね、風呂場だろうがなんだろうが、もしもおまえが本当に困ってて俺を頼りにしてくれるなら全然やりに行きますからね？　そうだ、食事なんかは困ってないのか？　もし必要なら弁当作ってきてやるよ。たいしたもんじゃないけど、とにかく栄養たっぷりで頭がよくなる特製弁当」

「や、食事は大丈夫。朝も夜も作ってくれてるし、昼もちゃんと用意してくれて……ん？」

その時ふと、閃《ひらめ》くものがあった。

「……先生、もしかして、千葉《ちば》に弁当作ってやってる？」

駒田は一瞬驚いた顔になり、やがて照れ隠しするように大きく笑った。「バレた⁉」

「え、ガチで⁉　つか、そんなことまで⁉」

「いやだって、千葉のうちはお父さんすっごく忙しいんだよ。千葉も自炊《じすい》全然ダメらしいし、いつも食事は適当に買ってきて一人で食べてるって言うし、せめて昼ぐらいは手作りのもの食べてほしいと思ってさ。とはいえ冷食とか入れちゃうんだけど、まあ、そういうことなのよ。ガチなんですよ。だから鬼島も、もし必要になったらいつでも言いなさいね。俺はいつも自分用に弁当作るし、それが二個になろうが三個になろうが手間はたいして変わらないから」

「いや、変わるでしょ……絶対」

「変わんない変わんないない」

駒田はなんでもないことのように言う。しかし生徒のために弁当を作ってきてくれる担任なんて、多分あんまり他にはいない。どう考えても普通のことではない。なんかもう、引く。どんだけだよ、と思う。

（めっちゃくちゃに、甘やかされてんじゃん……）

自分も、巴《ともえ》もだ。きっと駒田は、自分にずっとそうしているように、巴のことも気にかけているのだろう。巴が母親のことを伏せているのをわかっていて、他の連中がいる前では絶対にその話題は出さないし、千葉家の様子が知りたい時は、ちゃんとこっそり訊ねるのだろう。家では絶対に言えるわけがない言葉を時々吐き出させて、昼には手作りの弁当を届けるのだろう。

一人で段ボール箱の中に隠れて弁当を食べていた巴の様子を思い出す。あの時巴が食べていた弁当が、駒田が巴のために作った弁当でよかったと思う。たった一つの救いのように、鋼太郎はそのことを思う。駒田の甘やかしは、確実に、絶対に、巴の救いになっている。

「……先生」

「うん？」

「ありがとう」

ちょっと眉《まゆ》を上げてみせ、わかった、と合図するだけで、駒田はなにも訊き返したりしなかった。鋼太郎は、そうして欲しかった。して欲しかったその通りのことを、駒田はちゃんとしてくれた。

こうやって特別に甘やかされているから、自分たちはまだどうにかここに踏み止《とど》まっていられるのだろう。親を頼りにする無邪気さをあらゆる形で奪《うば》われて、それでも、ここで踏ん張っていられるのだろう。こういう大人が傍にいてくれるから。信頼できる人が、甘えてもいいのだと思える人が、ちゃんと離れずにいてくれるから。

だから、俺はここでまだ頑張れる。

巴もきっと、まだ頑張れる。

「……ぶふっ！」

急に吹き出してしまった。「ん？　なんかついてる？」駒田は焦って自分の顔をペタペタ触《さわ》るが、「いや、なんも。ちょっと思い出し笑い」「え、あんまり翻弄《ほんろう》しないでよ……」

思い出してしまったのは、小間田さんのことだ。

駒田に比べると態度は随分そっけないが、二人の見た目は本当によく似ている。似ているのはでも、見た目だけじゃないのかもしれない。吹き出してしまうぐらい駒田にそっくりなその人は、神威が安全に自転車に乗れるように、夜中でも早朝でも練習に付き合ってくれる。帰りが遅ければ、ライトを持って出迎えてくれる。友達が来れば、様子を見に来てくれる。そういう人の存在は、神威にとっても、なんらかの救いになっているのかもしれない。

というか、そうであってほしい。

あんな寂しいところに神威は一人で暮らしている。両親とも離れて、連絡手段もなく、たった一人で放置されている。あそこに小間田さんがいてくれなかったら、その事実に自分こそが耐えられなくなるような気がする。

「おっと、もう一時間目始まっちゃうな。引き止めて悪い、急いで戻りなさい」

ダッシュダッシュ、控え目ダッシュ、と鋼太郎を追い立てて、駒田は確かに控え目なダッシュで教員室へ戻っていく。鋼太郎も言われた通りに控え目なダッシュで教室へ向かいつつ、

（……おまえ、小間田さんのありがたさがわかってるのか？）

そこで自分を待っているはずのアホの顔を思い浮かべる。

＊＊＊

エロスの力は偉大だ。

ぐんぐん遠ざかっていく神威の後ろ姿を、「すっげえ……」鋼太郎はサドルに跨がったまま、口を半開きにして見送った。スクーターを追い抜くほどのスピードを出しながらも、その運転はまったく危《あぶ》なげなく安定している。明らかに朝よりさらに上達している。

突然のスキルアップの理由はただ一つ、モチベーションというヤツだろう。タブレットに保存された動画を鑑賞するために、神威は一刻も早く帰宅したいのだろう。

爆速《ばくそく》で去り行く神威の背中はすぐに見えなくなって、鋼太郎はぽつんとY字路の分かれ目に取り残された。左は、神威が走り去っていったアパートに続く道。右は、病院に向かういつもの道。もちろん鋼太郎は右にハンドルを切って、一人、ペダルを再び漕ぎ始める。

放課後、神威はまた病院までついてくるものだとすっかり思い込んでいた。

しかし、

「俺がそう頻繁《ひんぱん》に見舞いに行っては、うーちゃんだって疲れてしまうだろう」

「……エロスか？」

「兄妹の貴重な対話の時間に、続けてお邪魔虫がいては悪いしな」

「……エロスだな？」

「そんなわけで、今日は遠慮しておこうと思う」

「……エロスなんだな？」

断られた、というか。エロスに負けた、というか。

とにかく神威は鋼太郎に「また明日な！」と手を振って、意気揚々《いきようよう》と一人暮らしのアパートへ帰っていった。別にいいけど、と鋼太郎は思う。あいつはあいつで自由に充実した時を過ごせばいい。あれだけまともに運転できるなら、もう事故の心配もないだろうし。どうせ明日の朝になれば、あいつはまた家の前までやって来てナポレオンポーズを決めているのだろうし。

分離した片割れを背後で吹っ切るように、鋼太郎はひたすら漕ぎ進む。通い慣れているはずのいつもの道が、なぜだか今日はすこし寂しく感じる。そうだ、と一つ思いつく。どうせ神威がいないなら、いてはできない話をするべきなのかもしれない。

（うーちゃんには、いずれちゃんと説明しておかないといけないしな……）

神威は、必ずここから去っていく。そしてそれは、そう遠い話ではない。その事実を、うーちゃんはまだ理解していない。

母親によれば、うーちゃんは相変わらず神威に夢中で、今日も熱烈に会いたがっているらしい。連れて行かなければさぞかしがっかりするだろう。そして鋼太郎の話を理解すれば、さらに悲しむことになるだろう。

鋼太郎だって、言わずに済むのならもちろん言いたくはなかった。でも、何も知らずにいるよりは、知っていた方がまだマシな気がするのだ。ずっと一緒にいられるつもりで、そう信じ切っていて、そしてある日いきなり別れの時がくるなんて、それはあまりに残酷《ざんこく》すぎるだろう。

（……うん、話そう。話さないと。今日、ちゃんと）

重たいものを胸に抱えたまま、鋼太郎は病院へ向かって自転車を漕ぎ続ける。風を切ってスピードを上げる。面会を待っているはずの小さな妹のもとへ、まっすぐ急いでひた走る。自転車は、やがて病院の敷地内へ吸い込まれていく。いつものところに停めて、自動ドアをくぐり、外来で混み合うロビーを抜ける。

「あ、『おにーちゃん』が来た。今日はお友達は一緒じゃないの？」

「はい。俺だけ」

看護師さんに挨拶しながら面会受付を素早く済ませて、エレベーターで五階へ上がる。左に曲がって三つ目のドアはいつものように開きっぱなしで、ひょいっと中を覗き込めば、

「あっ⁉　ぅおに――――ちゃ――――んっ！」

ベッドに寝転がっていたうーちゃんがすかさず歓喜の雄叫《おたけ》びを上げた。ものぐさに両手だけをこっちに伸ばしてきて、

「おにーちゃんおにーちゃんっ！　早くうーちゃんを処刑《しょけい》して――――っ！」

じたばたと足をバタつかせる。本当に調子がよさそうで、「暴《あば》れんな暴れんな！」鋼太郎は笑いながら慌ててうーちゃんをハグの刑に処す。「うっきゃ――――っ！」その頭の地肌に思いっ

きり鼻を押し付け、胸いっぱいににおいをかぐ。ヨーグルト、メープルシロップ、メロンの飴《あめ》。生きてる。元気だ。動いてる。釣《つ》り人に抱えられた魚みたいにビチビチしている。声もでかい。なんならでかすぎて耳が痛い。そのまま「よいしょ！」抱え起こしてベッドに座らせ、

「あれ？　うーちゃんだけ？」

鋼太郎は病室を見回した。いるはずの母親の姿がない。

「ママは図書室に借りたご本返しに行ってる。ね、ね、それよりさあ～……」

でへへえ～、小さな顔ごと溶け落ちるような笑《え》みを浮かべ、うーちゃんは期待に満ちた目でドアの方をちらちら見やっている。「今日は、連れて来てくれたんでしょお～……？」

まあ、こうなるだろうとは思っていた。

「ここで俺から重大発表な。神威は、今日は、来られませんでした」

「でえぇぇぇ――――――っ⁉」

うーちゃんはすごい形相《ぎょうそう》で仰け反り、数秒間硬直し、そのままの顔とポーズでばたっと後ろに倒れてしまった。相当ショックだったらしい。

「次な、次。しょうがないだろ。あいつにだってしたいことが色々とあるんだって」

まあ、あいつが今日したいことはたった一つだろうが。

「そっかあ……。はあ、がっかりだあ。うーちゃんはね、神威に会いたいの……。神威に会いたくてたまらないの……。神威に会いたいって思うと、なんかこう、身体が芯《しん》からわなわなと震《ふる》えてくるの……。大地の底から突き上げてくるような、世界がガラガラと崩れ落ちるような、そんな強いエネルギーを感じるんだよ……」

「それはすげえな……」

たった一度会っただけの七歳児にここまで思わせる神威もすごいが、うーちゃんの語彙力《ごいりょく》と表現力もすごい。自分がこれぐらいの年の頃に発していた言葉といえば、つええ、でけえ、はええ、かてえ、うめえ、すっぺえ、せいぜいそんなもんだったと思う。とか、しかし、のんきなことを考えている場合でもない。

あの話をしなければ。

鋼太郎はベッドのすぐ脇に椅子《いす》を持ってきて座り、うーちゃんの手を握り締めた。温かく、小さく、汗ばんでいる。いや、汗ばんでいるのは自分の手の平《てのひら》だ。黙ってしまった鋼太郎を見上げ、うーちゃんは不思議そうに瞬《まばた》きする。うまく説明しなくては、と思う。できるだけ悲しませないように。最小限の傷で済むように。母親を待とうかとも一瞬思うが、待っている間に話す勇気が萎《な》えてしまいそうな気がした。

言おう。

決意して、息を吸う。

「……ところでさ、うーちゃん」

できるだけ、いつも通りの声で。いつも通りの声に、聞こえていますように。

「今からちょっとだけ真面目な話してもいい？」

「え、やだ、真面目な話しないで……ねえ、いつものあれやって、アリクイの威嚇《いかく》ポーズ……」

「それは後で。どうしても、聞いてもらわないといけないことがあるんだよ」

うーちゃんは口をへの字にして、鼻の穴を膨《ふく》らませ、思いっきり目を逸《そ》らす。顔の全部で、聞きたくない、と叫んでいる。これまでの短い人生で聞いた真面目な話というヤツが、ことごとくろくでもない話だったからだろう。我慢しろだの、諦めろだの、痛いことをするだの、苦しいことをするだの。そして今またもう一つ、鋼太郎はこの小さな妹に新《あら》たにろくでもない話を聞かせないといけない。

「神威のことなんだけど」

うーちゃんの大きな瞳《ひとみ》が、くりっ、と鋼太郎の方を向く。

「……あいつはさ、ずっとここにいるわけじゃないんだ。留学生なんだよ。留学生って、わかる？　外国からしばらくの間だけ勉強しに来てて、いずれは自分の国に帰らないといけないんだ。いつ帰っちゃうのかははっきりしてないんだけど、そんなに先の話じゃないと思う。多分、何か月とか、そういう感じだと思う。だから、……なんていうかさ、」

うーちゃんの瞳が、自分を見ていた。頭の中を覗き込むかのように、まっすぐに。この先の言葉を続けられなくなりそうで、鋼太郎は思わず目を閉じる。言わなければ。どうしても。

「……別れるときにつらいから、神威と仲良くなり過ぎない方がいい」

――本当に、ろくでもない話だった。これぞまさしく、だ。

でも、言わないわけにはいかなかった。

そう遠くない未来に、必ず神威との別れの瞬間は訪れる。自分だってそれはつらい。つらいから、正直、あまり考えないようにしている。考えそうになったときは無理矢理に考えを逸らしている。ガキくさい逃避だと我ながら情《なさ》けなく思う。だけど、自分はもう高二だ。ガキくさくても、もう十七だ。いざその時が来れば、きっとどうにか耐えられる。その時はどれほどつらくても、きっとまた立ち直れる。それぐらいの強さは、きっとある。そう信じられるからこそ、未来の別れのつらさを回避《かいひ》することよりも、神威と一緒に『せいしゅん』する方を選んだのだ。この先に起こることへの覚悟は、いろ、と叫んだあの夜には多分もう決まっていた。

でも、うーちゃんはまだ幼い。入院生活以外の経験も足りない。自分のように耐えられるとは、とてもじゃないが思えない。だからうーちゃんには自分と違う方を——未来の別れのつらさを回避する方を、どうしても選んでほしかった。なにも神威と会うなとは言わない。嫌いになれとも言わない。ただ、別れがつらくなるほどには仲良くなり過ぎないでほしい。ずっと一緒にはいられないということを忘れないでいてほしい。

小さな妹を、鋼太郎はこうやって守っているつもりだった。

自分では、だ。

「……あー、そうか」

うーちゃんがぼんやりと呟いた。鋼太郎は伏せていた顔を上げ、閉じていた目を開いた。話を理解してくれたのだろうか。悲しませてしまったのだろうか。覗き込んだその顔は、しかし泣いてはいなかった。理不尽さに歪《ゆが》んでもいなかった。ただ、なんの感情もなく、天井《てんじよう》をじっと見上げていた。

「だから、うーちゃんにはお友達ができないんだね」

（あっ……）

全身の血が、一瞬でぞおっと凍《こお》り付く。

（ど、）

違う。違うよ。そういうことを言いたかったんじゃないんだよ。どうしよう。間違えた。間違えた。どうしよう。どうしよう。そうじゃないんだよ。そうじゃないのに。

——ずっとここにいるわけじゃない。

——そんなに先の話じゃない。

――そう遠くない未来に、必ず別れの瞬間は訪れる。

『別れるときにつらいから、〈もうすぐ死んじゃうあの子〉と仲良くなり過ぎない方がいい』

「……っ」

声が出なかった。違うよ宇以子。どうしよう、違うんだって。そういう話じゃ、そんなことが言いたかったんじゃ、――だめだ、なにも言えない。唇《くちびる》が痺《しび》れて震える。喉《のど》に息が詰まる。なにか言わないと、と思うのに、凍った身体は言うことをきかない。どうしよう、母さん、……母さん！　ドアの方を見る。まだ戻らない。なにしてんだよ、帰って来てくれよ、ここにいてくれ！　早く！　俺、間違えて俺、宇以子を、

「けどさあ」

握り合ったままシーツに落ちた手をうーちゃんが揺すった。はっ、と見開かれた鋼太郎の視界で、その真ん中で、歯抜けの顔が明るく笑った。

「おにーちゃんはさ、それでも神威と仲良くしてるんだね？」

頷く。まだ声が出ないまま、それでも夢中で、必死になって頷き返す。そうだよ、と、何度も何度も何度も。俺は、それでも神威と仲良くしてる。馬鹿みたいに一緒にいる。うざったかったり、むかついたりしても、ずっと二人でくっついてる。二人で『せいしゅん』するために。いずれ別れの時が来るのだとしても、その時はつらい思いをするのだとしても、今はずっと一緒にいる。

（まあ、今日はエロスに負けたけどな）

思って、鋼太郎もやっとすこしだけ、笑い返すことができた。

「――神威といるとさ、」

声の震えもごまかせた。

「なんか俺、笑ってばっかなんだ」

それを聞いて安心したみたいに、うーちゃんは握り合ったままの鋼太郎の手の甲《こう》に鼻を擦《こす》り付けてくる。その手のにおいをくんくんかいで、ミントガム、と小さく呟く。顔を上げ、また無邪気に笑いかけてくれる。こんな自分なんかのために。

「うーちゃんは、それ、いいと思う。仲良くして、笑ってばっかいるのがいいよ。だってさ、もしうーちゃんが神威だったら、そうしてほしいって思うもん」

「……そっか」

「そうだよ。ほんとにだよ。だからうーちゃんもさ、神威と仲良くする。だって神威は今、ここにいるんだから。ちゃんといるんだから。それは、なんか、とっても嬉しいことじゃん?」

本当にそうだな、と思った。今ここにいること、ちゃんといること、そして一緒にいられることは、嬉しいことなのだ。こんなにシンプルなことを、どうして自分は忘れてしまうんだろう。たったこれだけのことを、どうしてすぐに見失ってしまうんだろう。

「……うーちゃんの方が、俺よりずっといろんなこと知ってるよな。大事なことも、ちゃんとわかってるよな」

なんでそんなに賢《かしこ》くなっちゃったんだよ。

俺を追い越して行っちゃうつもりかよ。

ダメなおにーちゃんを置いてくつもりかよ。

「……そんなに、急がなくてもいいのに」

ふぁ？　と目を瞬《またた》かせるうーちゃんの頭を、片手でグリグリと撫《な》で回す。それでは気が済まなくなって、両手でガシガシとシャンプーするみたいにかき回す。「お、おにー……」ガシガシ、ガシガシ！　ガシガシガシガシ「おにーちゃ、ちょ、揺れ……」ガシガシガシ！

「あー！　こーくん、なんでうーちゃんにさいふぁつへんごうしあつけんするの！」

兄妹揃って「はあ？」戸口に現れた母の方を見ながら首を傾《かし》げてしまう。二人の母親は、しばしば謎《なぞ》の呪文《じゅもん》を発しがちだった。

「わあもう髪の毛がすっごいことに……うーちゃん大丈夫？　記憶失ってない？」

ヘアブラシ片手に近付いてくる母親に、「ママなに言ってんの？」うーちゃんは兄に乱されたぼさぼさ頭のまま険《けわ》しい視線を向ける。

「あら、神威はいないんだ。いたらまた夕飯に誘おうかと思ってたのにな」

「あいつ、なんか用事あって来られないって。今日は買って帰るものある？」

「あるある、えーっとね、まず食器洗い洗剤、これマスト。それからブロッコリーと、……」

いつも通りにスマホを取り出し、買う物をメモしていく。いつも通りに効率のいい帰宅ルートを考える。いつも通りに家に着いたらやることの算段《さんだん》をして、いつも通りに頭をフル回転させて、いつも通りに、

「……オッケー、了解。それじゃ買い物して、先に帰ってるわ」

「ありがと、よろしくね」

「おにーちゃん、次は絶対神威を連れて来てよ。うーちゃん、もう震えが止まらないからさ」

「わかったわかった。つか震えってなに？　大丈夫なの？」

「大丈夫。震えるのはね、ただの禁断症状《きんだんしょうじょう》」

じゃあ大丈夫じゃねえじゃん、とか言って。そういえばこれ忘れてた、とか言って。アリクイ

の威嚇ポーズをしてみせて。うーちゃんは喜んでげらげら大笑いして。ドアのところでもう一度振り返って。またな、と手を振って。

鋼太郎は一人で病室を出た。

いつも通りだ。

廊下を歩く。エレベーターのボタンを押す。少しするとドアが開く。乗り込む。他には誰もいない。一階のボタンを押す。ドアが閉まる。

その瞬間、どっ、と涙が頬《ほお》に流れ落ちた。

両手で顔を覆《おお》い、もう立ってもいられなかった。

壁に背をつけ、そのましゃがみ込んで、まだ妹の髪の感触が残る手の平の中で、鋼太郎は声を上げずに破裂《はれつ》するように泣いた。

ずっとここにいてほしいのに。

ずっと一緒にいたいのに。

この願いを叶《かな》えるのは、とても難しいことらしい。

四階を通り過ぎ、三階を通り過ぎ、二階でエレベーターが止まる。鋼太郎は立ち上がり、ハンドタオルで顔を拭《ふ》いて、乗ってくる人たちのために奥の隅《すみ》へ身を寄せた。

もう目許《めもと》は濡《ぬ》れていないし、息も乱れていない。どこからどう見ても退屈そうでかったるそうな男子高校生の顔でしかない。誰も、鋼太郎が泣いたなんて思わない。誰も、鋼太郎が泣いたことを知らない。

泣き止《や》む速さは匠《たくみ》の技《わざ》だ。泣いて、泣いて、泣いて、泣いて、泣いて泣いて泣いて泣いて泣いて泣いて泣いて、鋼太郎はそうやって育ったから、自然と泣き止むのが上手になってしまった。

一人で上手く泣き止めるように、ならなければいけなかった。そうならざるを得なかった。泣いていたことを、誰にも気付かれてはいけなかった。

一階に着いて、他の人たちと一緒にエレベーターを降りる。きっとこのエレベーターは、そういう人ばかりを乗せている。すぐに泣いてしまう人を。でもすぐに泣き止める人を。そうならざるを得なかった人を。

（……あいつもだな。きっと、匠の技の使い手だ）

思い浮かんだのは巴の顔だった。

ロビーに出て、その顔を探す。いつもならそろそろやって来る頃合いだ。スカートを揺らして、重そうなバッグを肩にかけて、愛想のない猫みたいにしらばっくれた顔で現れるはず。会ったらもちろんじゃんけんをして、負けた方がジュースを買って、ベンチに座って、そして、

（ていうか、……あれ？）

はた、と足が止まる。

（もしも神威と一緒にここに来ていたら、ここで俺たち三人は鉢合《はちあ》わせしてたよな？）

自分はそのことを、巴にどう説明するつもりだったんだ？

あれ？

焦り、慌て、頭の中が真っ白になりかけて、とっさに近くにあった男子トイレに飛び込んだ。

洗面台にバッグを置き、鏡の中の間抜《まぬ》け面《づら》をしばし呆然《ぼうぜん》と見つめる。うっかりしていた。本当になにも考えていなかった。自分でも信じられないが、この問題にまったく気付いていなかっ

た。

（つか、あっぶねえ……！　神威がたまたま来られなくて助かった……！）

三人でいきなり鉢合わせしていたら、どんな大惨事《だいさんじ》が起きていたことか。この病院は秘密の核心だ。そんなところに神威を連れて、自分は巴の前にのこのこ現れるのだ。そういう感じの奴のことを、一般的に裏切者と呼ぶ。

意味なく手を洗い、肺から強く息を吐き出す。とにかく落ち着け。実際にはまだなにも起きていないのだから。そのまましばらく深呼吸を繰り返すが、しかし嫌な動悸《どうき》はなかなか収まってくれない。こんな大問題に気が付かなかったなんてどうかしている。自分のアホさがもはや恐ろしい。これではもう神威を気軽にアホ呼ばわりすることもできない……ってこともないか。

（あいつもこの問題には気付いてなかったんだもんな。俺もアホだが、あいつもちゃんとアホだ）

そうだ。神威はアホだし、しかも頭の中はエロスでいっぱいだ。だからああして振り返りもせず、一人でとっとと帰ってしまった。そしてそのおかげで、今日はこうして鉢合わせの大惨事を回避できている。それを思えば、神威、エロくてありがとう。いや、西園寺ありがとう。ていうか、西園寺の兄貴ありがとう。いつもお世話になっております。

しかししみじみ、ギリギリだった。気持ちを落ち着けることはまだできない。考えれば考えるほど、奇跡みたいな神回避だ。自分か神威のどちらかにでももっとまともな頭があれば、こんな危うい橋は渡らずに済んだのだが。ちゃんと問題の存在に気付いて、ちゃんと対策を練《ね》ることもできて。

そう、例えば——考え始めてすぐに鋼太郎の眉間《みけん》に深いシワが寄る。

（練るほどの策なんか、そもそもなくないか？）

　ここで巴と鉢合わせしたくなければ、神威を連れて来ないか、巴を避けるかの二択《にたく》しかない。そして神威を連れて来ないという選択を自分がすることはない。仮に神威が「鉢合わせを避けるために俺は行かない」と言い出しても、力ずくで引っ張るようにしてでもここまで連れて来ただろう。だって、来てほしいし。本当は今日もいてほしかったし。つまり、巴を避ける以外に取りうる道はないということだ。

　巴を避ければ当然ベンチで話す時間もなくなるが、でもそれはもう仕方ない。そもそも神威が一緒にいるなら、巴と二人きりになどなるわけもないのだし。

　ていうか、

（え。……そうか。……いや、そりゃ、そうだよな）

うわ、と軽く息を呑《の》むほど驚いたのは、そんなことにも今の今まで気付いていなかった自分自身にだった。

　鏡の中の自分の顔が、急にやたらとしょげて見える。前髪を指先で整えてみるが、そんなことではどうにもならない。でも、そういうことなのだ。神威と一緒にここに来るなら、巴との秘密の時間はなくなる。そしてそのことに気付いた今でも、自分は神威に一緒に来てほしいと思っている。うーちゃんが喜ぶし、それに、……うーちゃんが喜ぶ。

　でも今日は神威にたまたま用事（エロス）があって、たまたま来られなかったから、自分も来てほしいとは言わなかった。それでたまたま鉢合わせなんて大惨事も避けられて……いや、待て。

（たまたま？　本当に？）

　昨日聞いた八百地の声が、突然脳裏に蘇《よみがえ》る。

『──あいつ、意外に策士《さくし》だよな』

（もしかして、たまたま、じゃないのか……？）

神威は鉢合わせ問題に気付いていたし、自分がそれでも一緒に来て欲しがるのもわかっていたし、そのために巴を避けようとするものわかっていた、とか？

だからここに「来られない」用事を、自分が信じて「しょうもねえな」と引き下がりそうな理由を、あえて作った？

あいつは、つまり──自分と巴に二人で話をさせたいのか？

三人で鉢合わせという最悪の形で事が露見《ろけん》する前に、神威抜きで、巴を避けず、きちんとこの事態を弁解する機会を持てるように？

逃げるように走り去った神威の後ろ姿を思い出す。あれだけしつこく自分を追いかけ回してくるあの神威が、炎天下の橋の上で一日六時間にしうりうれたろうを待ち続けたあの神威が、どこまでもどこまでも追跡してきて見つけるまでは決して諦めないあの神威が、考えてみれば、あんなふうに背中を向けて自分から遠ざかっていくなんてありえない……かも、しれない。

わからない。すべて勝手な想像だ。すべてただの仮説。別に、本当に性欲の赴《おもむ》くままにダッシュで帰ったのならそれはそれで全然いい。

でも。

洗面台でまた水を出し、片手で軽く顔を流す。ハンドタオルでざっと拭き、もう一度前髪を軽くいじる。

とにかく今、確かなのはただ一つ。巴と話をしなければいけないということ。

自分は神威をまたここに連れて来て、うーちゃんに会わせたいのだ。神威と一緒にここに来たいのだ。そして、巴を避けることもしたくはないのだ。

だとしたら、すべての事実を巴に明かすしかない。

ふう、と息をつき、両頬を一度叩いて気合を入れる。巴はロビーにまだいるだろうか。いなければバス停まで行ってみよう。腹を決め、男子トイレのドアを力強く押し開け、

「……」

閉めた。

今、ドアの外に、ものすごく怖いものがいた。害獣《がいじゅう》対策ロボ・モンスターウルフと同じ目をした、殺意の塊《かたまり》みたいなヤツが。いやでも気のせいかも。幻覚《げんかく》かも。疲れているのかも。

気を取り直し、もう一度ドアを開く。

「……」

閉めた。

やっぱりいる。戦慄《せんりつ》しながら立ち竦《すく》む鋼太郎の前で、外からドアがギィッと開かれる。

巴が、キレ散らかしたツラで立っている。

＊＊＊

じゃんけんもせず、ジュースも買わず、巴は無言でいつものベンチへ向かって歩いていく。ついて来い、と言われたわけではないが、ついて行かなければなにをされるかわからない。そんな脅威《きょうい》を本能で察知して、鋼太郎は粛々《しゅくしゅく》とその後を追う。

巴の後ろ姿にはただならぬものがあった。そもそも平常運転でも決して陽気なタイプではない

が、それにしてもこの雰囲気はすごい。呼吸が、足音が、揺れる髪が、巴の身体が発する情報のすべてが、暗黒の怒りに満ちている。闇の色をした恐ろしい炎が全身からメラメラと噴《ふ》き上がっている。

なにかあったのだろう。しかし「なにかあった？」などとのんきに訊ける状況では到底ない。今の巴を下手《へた》に突《つつ》けば、辺り一帯を巻き込んで大爆発を起こしかねない。しかもこの後、鋼太郎からも巴にお知らせしなければいけないことがある。そしてその内容は巴を決してハッピーにはしない。もう絶対に、確実に、間違いなく、だ。鋼太郎の目が遠くなる。

（辞世《じせい》の句、って、そうか……。こういう時に、詠《よ》みたくなるんだ……）

そんなもん作って書き残しておくとか結構余裕あんじゃね～？　などと思っていたが、こうしてガチめな有事に実際巻き込まれてみなければ到達できない境地というのもあった。別に一生到達できなくてもよかったのだが。

そしてもちろん、巴は鋼太郎に句など詠ませてはくれない。ベンチについて座るなり、なんの前置きもなしにポケットからなにかを掴み出す。ビクつきながら隣に座った鋼太郎の方に差し出し、触れているのも嫌そうに指をパッと広げる。とっさに両手で受け止めると、投下されたのは三つの紙片だった。数センチほどにちぎられ、それぞれ小さく折り畳《たた》まれている。一見した感じはただのゴミだが、

「なんだこれ」

「――机の中。筆箱の中。下駄箱《げたばこ》の、靴の中。知らない間に入ってた。今日」

目を落とすなり、悪い予感がした。

薄いグレーで幅の狭い横罫《よこけい》。なんだかものすごく見覚えがある。神威のスマほの用紙は、確か

こんな感じだったはず。……やばい。折り畳まれた紙片を恐る恐る開くと、やはり見覚えのある筆跡でなにか書いてある。……やばいやばい。一枚は「おはよう」、次の一枚は「元気ですか？」、そしてもう一枚に「また明日」。……やばいやばいやばい。こうして語彙力も表現力も失ったことだし、このまま意識も失いたい。このまま病院に担《かつ》ぎ込まれたい。目が覚めた時にはすべてを許されていたい。しかしもちろんそうはならない。鋼太郎の手の中で今くちゃくちゃに捩れているのは、クソやばい現実そのものだ。

神威が書いたのだ。

自分や西園寺や八百地にするように、みんながスマホでメッセージを送り合うみたいに、あいつは巴にサイレントモードでしゅぽったのだ。

——なぜ！

目を閉じ、仰《あお》のき、思う。「なぜ」の二文字であいつを今すぐどつけたら。「ぜ」の濁点《だくてん》で抉《えぐ》るように深手《ふかで》を負わせられたら。そうだ、なんなら今からチャリ激漕ぎであのムショ部屋を急襲《きゅうしゅう》するか。鋼太郎は一瞬本気で立ち上がりかけるが、すんでのところで踏み止まる。まあ待て俺よ、と。まだ謎がある。巴の机の中だの筆箱だの下駄箱だのに、あいつはいつの間にこんなものを入れたのか。帰り道の途中で別れるまで、自分たちはずっと一緒にいたはずだ。こんなことをするチャンスなどなかったはず。……でも、ないか。

よくよく思い出してみれば、まず朝。自分が駒田と話している間、あいつは先に教室に戻っていた。休み時間もトイレぐらい一人で行かせろと自分が言って（なぜなら尿路が引っ込み思案だから）、神威を置いてしばらく教室を出ていた。下駄箱で靴を履き替えている時にも、サイレントでしゅぽれるぐらいの隙《すき》は背後に見せたかもしれない。つまり可能ではあったのか。自席でこっそりメッセージを作成して、しゅぽっと巴の陣地に放り込むことはできたわけだ。

なるほどな。納得はした。でも理解はできない。結局全然わからない。

大惨事が起きる前に話ができるように、神威は気を使ってくれたんじゃなかったのか。それとも気を使った結果がこれなのか。自分が火をつけるその前に、巴という怒りの爆弾にガソリンを満タンに注いでおいてくれたのか。殺傷力をＭＡＸに高めるために。いや、なんで。本当に、どうして。やっぱり策士などではないのか。ただのアホで、ただのむっつりスケベ野郎なのか。

あまりのわけのわからなさに、鋼太郎は首もへし折れる勢いでがっくりと項垂《うなだ》れる。声もないまま頭を抱える。その様子を見て、

「やっぱりあいつなんだ」

冷たい声で巴が呟く。

「これ、要するにいやがらせでしょ。意味不明なことして、私が動揺したりうろたえたりするのを見ておもしろがろう、って。陰で笑ってやろう、って」

鋼太郎はとっさに顔を上げ、「いやいやいやいや」首を横に振った。

「それはねえよ。あいつはそういうことする奴じゃ——」

「でも書いたのはあいつなんでしょ」

ぐ、と言葉に詰まる。「それは、……まあ」微妙な角度で斜めに頷く鋼太郎を見て、巴は鼻息で器用に笑う。

「あいつ、私に文句言われてムカついてたんじゃない？　で、仕返しってわけだ。くっだらない奴。あんたからあの陰湿《いんしつ》クソ眼鏡に伝えてよ。私と戦争する気なら明日の帰国便のチケット取っておきなって。泣いて逃げ帰りたくなるまで徹底的にいたぶり尽くしてやるから」

「だから、違うって！　そんなんじゃねえよ！」

　思わず声が大きくなってしまった。

「あいつの行動は確かに意味不明だけど、でもいやがらせとか仕返しとか、あいつはそんなことしねえ！　そんなことできるような奴じゃねえんだよ！」

　ぎゅっと力を強く込め、手の中の紙片を握り締める。それを巴はちらっと見てから、

「……なんであんな奴かばうの」

　突き刺すような鋭い横目で鋼太郎を睨みつけてくる。一瞬たじろぐが、しかし引けない。

「かばうっていうか、……実際そうなんだからしょうがねえだろ。あいつは誰のことも、おまえのことも、絶対に傷つけたりしねえよ」

「なにそれ。たった何日かの付き合いで、あいつのなにを知ったつもりでいるの。だいたいあんた、なにやってんの。あんなわけわかんない奴といきなりつるみ出して、いちいちベタベタうざったくくっついて、本当になに考えてんの。あいつと仲良くしろよって天から啓示でも降ってきた？　それとも駒田になにか言われた？　あいつの面倒みたら内申《ないしん》上げてやるとか？」

「はあ？　なに言ってんだよ、そんなわけねえだろ」

「だって変。意味がわからない。なんであいつなんかと一緒にいるの。友達ならもういるでしょ、八百地とかマッシュの馬鹿とか鈍《にぶ》い奴らが。あんな得体《えたい》の知れない胡散臭《うさんくさ》い奴と急にべったりし始めて、なにか勘《かん》づかれたらどうするつもり？　私にも影響があるかもしれないんだから、もうあいつの面倒なんか見るのやめてよ」

　ぎくっ、どころの騒ぎではない。ぐしゃっ、と心臓を握り潰《つぶ》されるような気まずさに、鋼太郎はそれでも耐えて、

「……あいつは、おまえが思うような、そんな変な奴じゃねえよ」

どうにかそれだけ絞《しぼ》り出す。巴の眼光はその瞬間、さらにきつくギラリと尖《とが》りと帯びる。

「本当に？　私の目には十分に、変な奴に見えてるけど。よく考えてみてよ。あいつは最初から、あんたのことをターゲットにしてた。で、気が付いたら、あっという間に、当たり前みたいに、いつもあんたにくっついてる。普通に考えたらすごくおかしい状況なのに、なんとなくみんな受け入れてる。あいつはなんらかの意図があって、用意周到《ようい しゅうとう》にあんたに近付いてきたんじゃないの？」

「そりゃ意図ならあるだろ。日本式の教育とやらを体験しに来たんだよ。ていうか……まあ、俺たちにも色々あったんだって。でもそれはおまえには関係ねえし、おまえに文句つけられるような筋合いは……あ！」

巴はなにを思ったか、鋼太郎の指が緩《ゆる》んだ隙をついて手の中の紙片を奪い取った。それをそのまま地面に投げ捨てる。あまりに乱暴な行動に、鋼太郎もさすがに驚いて「なにやってんだよ！」巴の顔を見た。その声に驚いたのか、ちょうど病院から出てきた人が目を丸くしてこっちを見ている。

「ゴミをポイ捨てしたの。それがなに？　あんたには関係ないし、あんたに文句つけられる筋合いはない」

「は⁉　意味わかんねえことしてんじゃねえ！　おまえの親が入院してる病院だぞ！」

鋼太郎は立ち上がり、紙片をすべて拾い集める。その指先がかすかに震える。巴の行動にもドン引きしたが、それ以上に、これをゴミと言い切られたことに自分でも驚くほどショックを受けている。

確かに紙屑《かみくず》にしか見えないし、巴にとってはいらないものだろう。それでも、これは神威がしゆぽったメッセージだ。きっとにこにこしながら、わくわくしながら、でも一生懸命に、真剣に、神威が巴に送った言葉だ。

小さな紙片にちまちまと文字を書き込んでいる神威の姿は容易《たやす》く想像がついて、（あ）――その瞬間、鋼太郎は唐突《とうとつ》に理解した。

神威はただ、巴を幸せにしたかったのだ。

千葉さんを放っておけない。千葉さんに声をかけよう。昨日あれほど必死に言っていた通りのことをしただけ。巴を一人ぼっちにしておきたくなかっただけ。返信なんか期待できなくても、それでも気にかけ、声をかけたかっただけ。神威自身が嬉しいと感じることを、救われたように感じたことを、巴にしたかっただけ。

そしてこのようにブチ切れさせた。

「じゃあちゃんとゴミ箱に捨ててくる」

巴は鋼太郎からまた紙片を取り返そうとして、しつこく手を伸ばしてくる。「ちょ、やめろって！　なんなんだよさっきから！」「あんたこそ一体、……っ」ガードしようとした肘《ひじ》が巴の顎《あご》のあたりをかすめた。さすがに慌てて、「悪い！　ぶつかった⁉　ごめん、大丈夫か⁉」鋼太郎はその顔を覗き込もうとするが、

「……あんたも、グルってわけ⁉」

バッグで力いっぱい押し返される。巴の怒りは今、ついに頂点に達したらしい。

「そっか⁉　そういうことなんだ⁉　このいやがらせ、あんたも関《かか》わってるんだ⁉　なに、クラス全員参加のレクリエーションってわけ⁉　みんなで私をからかってんの⁉　はっ、笑える！

ほんっと暇だね、ばっっっかみたい！　ただでさえ馬鹿なのに今以上馬鹿になってどうすんの、さっすが低レベルの雑魚《ざこ》集団！　まあそういうことならこっちだって黙ってないから！　ふざけたことするなら相応の手段で対抗するから！　私の邪魔する奴は必ず、必ず、か・な・ら・ず、絶滅するまで叩き潰すから！」

「だから、違うって！　ていうか……」

すぐ傍を通っていく人々の視線を感じて、鋼太郎は必死に声を落とす。なんなんだもう。どうすればいいのか全然わからない。するべきだった話もできていないまま、わけのわからない方向に自分も巴も転がり落ちていっている。とにかく軌道修正しなければ。

「本当に、そんなんじゃねえんだよ。おまえ完全に勘違《かんちが》いしてんだよ。なんでそうやってなにもかも悪く取るんだよ……」

鼓膜《こまく》をぶち破るボリュームで、「じゃあなんなの⁉」巴の声が返ってくる。

「いや、だから……誰も関わってなんかないし、いやがらせでもなくて……」

「でもそれは陰湿クソ眼鏡が書いたんでしょ⁉」

「そうだけど！　でも悪意じゃなくて、むしろ純粋な善意で……！」

「善意⁉　突然届く不審なメッセージをあんたは善意と呼ぶんだ⁉　なら私のSNSに時々くる宅配便業者を名乗る不審な不在配達メッセージや通販サイトを名乗りながら宛名《あてな》が『カスタマーへ』だったりする不審なログイン要求メッセージも善意だ⁉　じゃあ返信するよ今すぐする、リンクも踏むしユーザー名もログインパスワードも全部送信する、それで満足⁉」

「いや、それはすんな……てか、もう本当になんていうか、……神威はとにかく、優しい奴なんだよ。あいつは本気で、おまえのことを幸せにしたいって……」

かぱ、と巴の口が開いた。

来るぞ！　鋼太郎は思わず顔を背《そむ》け、目もつぶり、これから鼓膜に撃ち込まれる罵詈雑言《ばりぞうごん》に対する防御《ぼうぎょ》の体勢をとる。しかししばらく待ってもなにも聞こえてこず、「……？」恐る恐る目を開けた。巴は口を開けたまま、魂《たましい》が抜けたみたいにぼんやりとしていた。

ややあって、

「……は？」

小さくそれだけ。そして、

「……なに？　どういうこと？　なんで、あいつは私が幸せじゃないって思ってるの……？」

鋼太郎の身が竦んだその一瞬を、巴は見逃《みのが》さなかったらしい。かすかに眉を寄せ、鋼太郎をまっすぐに見つめ、

「鬼島、あんたあいつに私のこと、――お母さんのこと、言ったの？」

とっさに返事ができなかった。唇だけが、かすかに震えた。でもそれで十分だった。

巴の顔色から怒りの赤がすうっと引いて、見る間に真っ白に、次には真っ青になって、なにも言わずに立ち上がる。バッグを抱え、ふらつく足取りでどこかへ歩いていこうとする。

「ち、……千葉。……千葉！」

鋼太郎もすぐに立ち上がった。その後を追いかけるが、巴はいきなり走り出す。ものすごい勢いでスカートを翻《ひるがえ》し、全力疾走《しっそう》で駆けていく。その後ろ姿を見失わないよう、必死になって鋼太郎も走った。本気で走らなければ追い付けないし、そして今追い付けなければ多分すべてがここで終わる。巴は植え込みを突っ切り、病棟の外周を回り、やがて職員用出入口へ続く裏手の小道に入って、そこでやっと行き止まりになって、

「千葉っ！」

袋小路で対峙《たいじ》する。息を切らしながら距離を詰める。

「千葉、頼む、話を聞いてくれ……！　俺、今日はその話をしようと、……っ」

振り向きざまにブン回されたバッグが腹に思いっきりヒットする。鋼太郎は低く呻《うめ》いて、コンクリのたたきに膝から崩れ落ちる。さらにその背中に、肩に、容赦なく攻撃が続く。顔を上げることもできないが、耳には、ひっ、ひっ、と荒く跳《は》ねる巴の息遣《いきづか》いが聞こえている。泣いているのかもしれない。鋼太郎も泣きたくなる。今日はもう、なんなんだ。下手なことをしてばかりだ。なにもかもうまくいかない。全然うまくできない。

「……ごめん、千葉……！　ごめん……！」

攻撃が止んで、ようやく顔を上げた。その顔面めがけて、

「ごめんじゃねえだろ！」

巴は叫び、しかし泣いている顔を見せはしない。匠の技の使い手だからだろう。真っ青な顔のまま、息を切らし、髪を乱し、バッグを落とし、全身を怒りに震わせ、裏切りに震わせ、

「わ、私が、不幸だから、……かわいそうだから、救ってやらなきゃ、って……⁉　なに、言ってんの⁉　あんた、私に、優しい誰かに救ってもらわなきゃいけない身分だって、そう言いたいの⁉　優しい奴からの憐《あわ》れみを、ありがたく受け取れって……よりによって、あ、……あんたがっ、それをっ、私に言うの……っ⁉　ならあんたは一体なんなんだよ⁉」

「……ごめん、ほんとに、こうなったのは、」

「聞きたくない！　あんたは、わかってるって思ってた！　この世の誰にもわからないことが、あんたなら、あんただけは、わかってくれるって思ってた！　私のこと、あんたはわかってくれ

るって……！　でも、この世に、そんな人は、いない……！　どこにもいない……！」

二人で一緒にいられるじゃないか――神威が無邪気に言い放《はな》った言葉が不意に蘇る。二人は一緒にいればいい！　あいつはそう言ったのだ。大丈夫だよ、と。俺が助ける、と。怖いぐらいにまっすぐな目をして。

「……もういい。本当に、どうでもいい。あんたなんか信用した私が馬鹿だったんだ」

巴は地面に転がっていたバッグを拾い、呼吸を無理矢理に静めて低く呟く。

「裏切者。二度と視界に入らないで。どこかに消えて。永遠にいなくなれ。全部なくなれ。あんたなんか、死んじゃえ」

巴が背を向けていてよかったと思った。

死ね、とか、殺す、とか。カジュアルに言ってしまえることに、自分たちは意味を見出《みいだ》してはいたのだ。その概念に怯《おび》えたりはしない。意識したりもしない。普通に不謹慎《ふきんしん》であるということを、自分たちは結構本気で大事にしていた。

でも、今日はつらかった。

頬を伝った涙を、匠の技で振り払う。視界の端を、巴がそのまま歩き去っていこうとするのが見える。もう追いかけることもできない。声も出ないし、身体は動かない。

――神威。

胸の中でアホに呼びかける。だめだった、と。全然大丈夫じゃない、と。おまえには誰も救えない、と。だから今、自分も巴もこんなにも一人ぼっちだ。こんなに近くにいるのに、こんなにも孤立して、手を伸ばし合うこともなく、お互い泣き顔も見せられず、これ以上近寄れもせず、目も合わせられない。これで終わりなのかもしれない。

そう覚悟したそのときだった。

小さなものが空から落ちてきて、コツン、と巴の頭に当たった。軽い音を立て、頭を押さえる巴の足元に転がる。突然のことにびっくりして、鋼太郎も思わず立ち上がる。

上を見ると病棟の二階の窓が開いていて、

「――君さあ」

入院患者なのだろう。ひどく痩《や》せさらばえた男が、じっとこっちを見下ろしていた。

「せっかく生きてんのに言うことはそれかよ?」

「……は?」

巴は怪訝《けげん》そうにその男を一瞥《いちべつ》してから、頭に落ちてきた――落とされた物を、拾い上げる。それを見て、「やだっ、なにこれ⁉」放り出したのを鋼太郎がキャッチする。一体なにかと思えばただのちゃちいライターで、妙に緻密《ちみつ》なタッチで爆乳水着美女のイラストが描いてある。何気なく傾けると、どういう仕組みかアメリカ国旗柄の水着がどんどん脱げていき、最終的にはすべてが「うお⁉」無修正のモロ出し状態になった。

「あの、これ……」

鋼太郎は二階の男の方をまた見上げる。窓辺にかけた手には煙草《たばこ》の箱を持っている。エロライターをどう返そうかと迷うが、でもその男の痩せ方も顔色も喫煙していい人には到底見えない。

「いいよ、あげる。他にもそういうのいっぱい持ってっから。土産《みやげ》でもらっちゃうんだよね」

そう言う声も話し方もまだ若いのに、軽く振ってみせる手は棒切れのよう。巴も多分、そのことに気付いたのだろう。されたことに文句も言わず、ただ黙って男の方を見上げている。男は煙草を咥《くわ》え、「君ね、君」巴に向かって指を差す。

「死に方は選べないけど、生き方は選べるんだぞ？　せっかく生きてるのにさ、生きて話せる相手がいるのにさ、君がわざわざ口を開いて、聞かせたい言葉はそれなのか？」

巴の目が、静かに細くなる。

「……自死を選ぶ人も、いますけど」

男は窓枠《まどわく》にもたれ、「そりゃ『殺され方』の一つだろ」巴の言葉を鼻で笑った。

「誰に殺されるかも含めて、死に方は選べないよ。選べるのは生き方だけだよ」

「……院内は禁煙でしょ」

「火ぃつけてないもんね。ていうか、本当には吸わないよ。ただ煙草持って、ライター持って、こうやってうろうろしてるだけ。いかにも吸える場所探してますって顔でさ。で、たまに咥えて気分出すの。そういうのが、いつもの俺だったから。そうしてるだけでそこに戻ったような気がして、なんかちょっと落ち着くんだよ」

口に咥えた煙草を上下に器用に動かして、男は巴を見つめたまままさらに続ける。

「生き方は選べる。選べたんだよ。選べたのにな。俺は、気付くのが遅すぎた。誰かがもっと早く教えてくれてれば、って思うよ。そうしたら全然違う生き方ができてたのに、って。こうなっちゃもうどうにもならないわな。でも君には、」

また指差す。巴を、まっすぐに。

「俺が教えたからね、今。生き方は選べる。――いいな？」

それで終わりだった。窓が閉められ、男の姿は見えなくなる。どこの誰かもわからないまま、なぜ声をかけてきたのかも訊ねられないまま、恐らく二度と会うこともないのだろう。

毒気を抜かれたみたいに、巴はそこに立ち尽くしていた。

「……あの、さ」

そっと、刺激しないよう、鋼太郎は小さく声をかけた。「ライターぶつけられたところ、頭、なんともないか?」

巴は振り返りもしない。ただ硬い声で、

「お母さんのところに戻る。ついてこないで」

それだけ言って、背を向けたまま歩き出す。

一人置き去りにされた鋼太郎の手の中に、エロライターが残される。

2

眠れないまま考え続けて、夜が明ける頃に結論が出た。

神威《かむい》が悪い。

＊　＊　＊

それでも一時間ぐらいは眠っていたらしい。気が付けば朝で、いつも通りに母親の大声で叩《たた》き起こされた。いつも通りに着替え、いつも通りに食べ、いつも通りに支度《したく》をして、いつも通りに送り出された。

寝不足で開かない目を擦《こす》りつつ、いつも通りに鋼太郎《こうたろう》はガレージから自転車を引き出した。

実は、めちゃくちゃ、キレている。

頭の中で組み立てたこれからの流れはこうだ。

どうせあいつは朝の光を浴びながらナポレオン、そのチャリをまず蹴《け》り倒し、慌《あわ》てふためく襟《えり》首《くび》を右で摑《つか》み、逃げを打つ袖《そで》を左で摑み、大外刈《おおそとが》りで路上に背中から転がし、すかさず首に腕を回して袈裟固《けさがた》め、で、てめえなにしてくれてんだわけわかんねえことしやがってなにもかもめちゃくちゃじゃねえかどうすんだこの野郎、と。適宜《てきぎ》どつく。顔面を。眼鏡《めがね》？　知らねえ。

動きのイメージは完璧《かんぺき》にできている。小四までは道場にも通い、父親から柔道《じゅうどう》のトレーニングを本格的に受けていたのだ。当然なまってはいるだろうが、身体《からだ》は動きを忘れていない。あいつ程度なら軽くボコれる。

内心の不穏《ふおん》をネガポジ反転したかのように空は澄んだ快晴、眩《まぶ》しい陽射《ひざ》しに顔をしかめながら道路まで出て行くが、

（……あれ？）

絶対にそこにいると思っていたアホが見当たらない。

初《しょ》っ端《ぱな》からイメージ通りにいかなくて、鋼太郎の眉間《みけん》に深い皺《しわ》が寄る。静まり返る辺りを見回し、ふと不安に駆《か》られる。もしかして昨日の単騎《たんき》爆速帰宅の道中になにかあったとか？　それとも今朝《けさ》ここに来るまでの間に？　まさかな、と打ち消しつつも、無事を確かめる手段がない。よくない想像ばかりがぽこぽこと湧《わ》き上がる。転倒、衝突《しょうとつ》、ひき逃げ、怪我《けが》、大怪我、……もしくは単なる寝坊。そもそも別に待ち合わせの約束をしているわけでもないし、今日に限って一人で登校したくなったか。いや、それはないか。神威に限ってそれはない。

鋼太郎はぽつんと一人、自宅前の路上で途方に暮れる。ここで神威を待っていた方がいいのだろうか。いっそアパートの方面に迎えに行くか。でも万が一行き違いになったらややこしいし、

それほど時間の余裕もない。スマホで時刻を確かめ、ハンドルを握った指を落ち着きなく動かす。苛立《いらだ》ち、不安、焦《あせ》り、（……つか眠い！）あらゆる感情がぐるぐると胸の内をかき乱す。

もうあいつなんか置いて行ってしまえ、どうなろうが知ったこっちゃねえ、吐《は》き捨てるようにそう思うのに、でも漕《こ》ぎ出す気にもなかなかなれない。一人で登校する勇気なんか、本当は全然ないのかもしれない。

昨日、巴《ともえ》との秘密の関係が壊れた。

巴の世界に自分はもう存在を許されないだろう。卒業するまでずっと無視されるのだろう。これからの日々をすこし想像してみるだけで、どこまでも暗い闇《やみ》の中を滑《すべ》り落ちていくような気分になる。誰も知らないところで始まった関係は、誰も知らないところで終わってしまった。見えるものはなにも残さずに、この世からぷつりと消えてなくなってしまった。これではもう、初めからなかったのと区別すらつかない。ずっとうまくいっていたのに。

こうなったのは神威のせいだと思う。なにもかも神威が悪いと思う。そして、神威だけが理解してくれるとも思う。自分がなにを失うのか、どんなふうに傷つくのか、正しく知ることができるのは神威だけだと鋼太郎は思う。もし今ここにいてくれれば、怒りをぶつけることもできた。怒っていられるうちはまだ奈落《ならく》の手前だ。そこは絶望の底ではない。この世の終わりでもない。

でも、いないのだ。

いつも通りに、ここで待っていて欲しかった。襲《おそ》いかかってどつき回すつもりではあったが、それでも今日は、いて欲しかった。

それなのに。

（くそ。ふざけんな、まじで……）

険《けわ》しい顔でもう一度スマホを見て、表示された時刻に唇《くちびる》を嚙《か》む。もう出発しなければ間に合わない。なのにどうしても、動き出せない。

朝陽《あさひ》の中で立ち竦《すく》んだまま、鋼太郎は小さく息をついた。こうなったらもう神威のアパートに向かってみようか。たとえ行き違いになってしまっても、小間田《おまだ》さんに状況を訊《き》くことはできる。なにもなければそれでいいし、遅刻はもはや覚悟の上だ。このまま自宅前の路上にチャリとともに永遠に立ち尽くし、やがて根が生え巨木となり、五百年ぐらい経過してから未来のキッズに「これ昔は人間だったらしいよ」「へー」樹皮《じゅひ》べりべり、とかされるよりはマシだろう。

腹を決め、Uターンしようとハンドルを摑んだそのときだった。通りの向こうから見覚えのあるママチャリが近付いてくるのに気が付いた。

鋼太郎を見て「あっ！」声を上げ、「おーい！」片手を大きくブンブン振り回し、その拍子《ひょうし》に

「わーっ⁉」ガシャーン。転んだ。

「ぶっ……！」

あまりにスムーズな展開に思わず吹き出す。あんなにもなんの抵抗もできず、なすがままにただ転ぶって、いっそ逆にすごくないか。「ぶはははは……！」思わず笑ってしまいながら、そして笑える自分に驚きもしながら、ずっと踏めずにいたペダルを気付けばあっさり踏み込んでいた。すこし先の路上に転がっている神威のところまで立ち漕ぎで急ぎ、すかさず袈裟固め！ではなくて、手を貸してやって立ち上がらせる。

「なにしてんだよ、ばーか」

「わはは！　コケた！　二日連続だ！」

神威はさすがに恥ずかしかったのか、耳まで赤くなりながら汚《よご》れたスラックスをバシバシ叩

き、倒れた自転車を引き起こす。「しかし危《あぶ》なかった」とか言っている。「は？」聞き流せないレベルで図々《ずうずう》しい。

「おまえ、それは危なさを回避《かいひ》した者だけに許されるセリフだろ」

「いや、あやうく鋼太郎に置いて行かれるところだったな、と。遅れてしまって悪かった」

「置いて行こうとはしてねえけど確かにおせえよ。なに、寝坊？」

「そう。昨日はほとんど眠れなくて……朝方やっとすこしだけ寝られたんだが、かえって起きるのがつらくてな」

おまえもか、と思いつつ、「あ。さてはエロスの祭典だな？　どうせ寝ないでずっとタブレット見てたんだろ。タブレットつかエロ動画を」

ふっ、と神威は意味ありげに微笑《ほほえ》み、「とりあえず学校に行こう。遅刻してしまう」再びママチャリに跨《また》がる。二台で横並びになって、学校へ向かう道をいつもよりすこし遅れて走り出す。

ついさっきテンポよく転んだ事実に目をつぶりさえすれば、神威の運転にはもうなんの問題もなかった。自分ずっと自転車通学っす〜、みたいなすっとぼけヅラで、鋼太郎の左隣をごく普通に並走している。本当にずっと前から、いつも二人でこうして一緒に登下校していたような気になってくる。

「で、どんだけ盛り上がったのよ。俺《おれ》の誘いを断ってまで執《と》り行われたエロ祭りは」

「大変だった。とても」

「そうか……控え目な表現によってかえって鋭く伝わってくるよ、大変なバイブスが」

「もしも昨夜、タブレットのバッテリーが早々に切れていなければ——」

「なんかおまえって隙《すき》あらばif世界の語《かた》り部《べ》になろうとするよな」

「まあ聞け、もしもそうであったなら、俺はここでこうしてはいない。今もまだあの部屋にいて、昨日から連続耐久ぶっ通しで、人には言いづらい部位に摩擦《まさつ》による熱傷さえ負いかねないほどの勢いでそれはもう激しく――」

「手淫《しゅいん》を？」

「手淫！」

何気なく選んだワードの思わぬ強さに、二人揃《そろ》って「……ふはははははっ！」「ひっひっひっひっ……！」悶《もだ》えるように笑ってしまう。やばい、ハンドルがぐらつく。

「俺、手淫って口に出して言ったの生まれて初めてだわ……」

「俺もだ、ていうか、手淫って……、おまえ……」

「つか、ご手淫帳のバッテリー切れたんだ？」

いーっひっひっひ！　神威が苦し気に身を捩《よじ》ってさらに笑う。「き、切れた。ご手淫帳……四時間で」「四時間て……みじけえ」鋼太郎もまた笑ってしまう。「だからその後は脳に焼き付いた残像と、あと、まだ見ぬ動画の存在自体にも死ぬほど興奮して、朝方までとても寝るどころじゃなくて、」「いや寝ろよ、つか充電しろ」「充電ケーブルは貸してもらえなくて」「なんでよ」「借りパク防止、と西園寺が。充電したけりゃ毎日持って来いって」「え、じゃあおまえ、ご手淫帳また持ってきてんの？」「うんある、ここにある」

照れ臭そうにバックパックを指差す神威を見て、「アホくせー！」またひとしきり笑えた。見つかったら今度こそただじゃすまないだろう。没収される危険をみすみす冒《おか》しやがって。いやよく考えれば別に笑うほどのことではなかったが、流れで笑えてしまった。

赤信号で止まりながら、「はー、笑った……。すっげえしょうもねー……」鋼太郎はようやく息をつく。滲《にじ》んだ涙を指先で拭《ぬぐ》い、呼吸を整えて、改めて左隣の神威を見やる。

「でも、まあ、よかったよ。今日はもう楽しく笑ったりとかできねえからな」

神威は不思議そうに眼鏡の奥で目を瞬《しばた》いた。

「なんで？　なにかあるのか？」

「あるぞ。おまえにな」

端的《たんてき》に答えて、鋼太郎は正面に向き直る。ここの信号は長い。目の前を通る車列をじっと眺《なが》めているうちに、気持ちはどんどんクールダウンしていく。やがてはっきりと思い出す。

自分がめちゃくちゃ、キレていたことを。

「だから、もし他になにか言っておきたいことがあったら今のうちに言えよ」

「いや……特にはない、が、……俺になにがあるんだ？」

「おまえはこの後、俺にどつき回されるんだよ」

「……え？」

「おまえはこの後、俺にどつき回されるんだよ」

「……え？」

「おまえはこの後、俺にどつき回されるんだよ」

「……」

三度目でやっと理解できたのだろうか。神威は沈黙する。まだ信号は変わらない。そのましばらく時が止まったようになり、ややあってようやく、

「……なぜだろう？」

恐る恐る、訊《たず》ねてくる。わからねえか？　と訊《き》き返せば、わからない、と答える。自分がなに

したか忘れたか？　とさらに訊けば、また黙り込む。見せた方が話が早いな、と鋼太郎はポケットから三つの小さな紙片を掴み出した。ハンドルを握る神威の右手を掴み、上向きに返して、指を広げさせ、

「しゅぽ。しゅぽ。しゅぽ」

その手の平に一つずつ落とす。

神威の顔色が瞬時に変わった。目を見開き、青褪《あおざ》めて、凍《こお》り付く。あからさまに驚愕《きょうがく》している。顔面がまるごと犯行声明と化している。

ついでにもう一度じっくりと目を合わせ、小さく片手を上げて、「しゅぽ」と。これは一応、おはよう、のつもりだ。寝坊の余波か、毎朝の日課をしゅぽり忘れているようだったから。

神威は犯行声明顔のまま、紙片を握りしめた手を胸のあたりで数センチ上下させる。

「……しゅぽ」

朝の挨拶《あいさつ》が済んだところで信号が青に変わった。まだ固まっている神威に、「行くぞ、この後の用事が詰まってるからなてめえこの野郎」声をかける。

学校に着くまでに、昨日起きた大惨事《だいさんじ》のことを話し終えておきたい。


二台の自転車をチェーンで繋《つな》いで停め、校舎へ向かって歩き出した頃にはもう、

「……バレないと、思ってた……」

神威は犯行声明顔から『詠《よ》みたげな顔』へ進化を遂《と》げていた。辞世《じせい》の句が詠みたくて詠みたくてたまらない。そういう顔だ。

「……ちょっと不思議な、でもクスッてなるような、かつ心がすこし軽くなるような、そういうメッセージのつもりで……誰が書いたかはわからなくても、とにかく嬉《うれ》しいよな、って……」

「いやこええわ。知らない間に持ち物に謎《なぞ》のメッセージが入れられてるとか、なにが書いてあろうとまず気持ち悪いわ」

「……怒らせるなんて、思ってなかったんだ……」

頭を両手でかき回し、神威はそのままがっくりと俯《うつむ》いてしまう。鋼太郎の左隣を歩く足取りは重く、ともすれば後方にずるずると遅れそうになる。バックパックのストラップを引っ摑み、鋼太郎は神威を牽引《けんいん》しながら校舎の方へ連行する。

「そもそも、なんで俺にもなにも言わないで勝手なことしたんだよ」

「……お、思い付き……」

「だろうな」

「……昨日の朝、おまえがあの男と話していて教室にいなかったとき、」

「駒田《こまだ》な。担任な」

「そう、その人。そのとき、千葉《ちば》さんがなにか探すみたいにちらっとこっちを見たんだ。目が合った気がして、でもそのまま一人で教室から出て行っちゃって、どうしたんだろうって気になって……でも声をかけると怒られるし、でもなにかしたくて、放っておけなくて……」

「そんなこといちいち気にすんじゃねえよ。つか、こっち見たとか、目が合ったとか、おまえはライブ後に感情を反芻《はんすう》するオタクか。気のせいだよ気のせい」

校舎に入り、靴《くつ》をしまって上履《うわば》きを取り出す。でも、としつこく言う声は上から聞こえてくる。鋼太郎の下駄箱は一番下の段で、いちいちしゃがんで靴を出し入れしないといけない。

「だいたい一人になりたい時ぐらい誰にでもあんだろ。普通にトイレとかかもしんねえし」

「……まあ、そうだが」

「俺は絶対一人で行きたい派だしさ。前も言った通り」

「鋼太郎は尿路《にょうろ》が引っ込み思案なんだよな……」

「おう。そして千葉の尿路もまた、引っ込み思案なのかもしれない。膀胱《ぼうこう》が陰キャっつうか、内弁慶っつうか、人の気配を察知すると途端に黙り込んじゃう感じなのかも。だからあえて、人のいない隙にささっと行きたいとか、そういうのあるんじゃねえの」

「……千葉さんの膀胱の性質について考えたことはなかったな。鋼太郎はいつもそんなことばかり考えているのか？」

「いつもは考えてねえよ。やべえ奴《やつ》だよそれは。つか腸《ちょう》関係の可能性もあんだろ。腸が思わぬタイミングですべての通過物にGOサインを出してきたとかさ」

「ああ……そうだよな。千葉さんだって時には一人でゆっくりうん」

ひゅっ。

喉《のど》から変な音を出しながら、神威が突然息を呑《の》んだ。

一体なにが、と鋼太郎も顔を上げ、「……っ」詠みたい、を超えた。臨死《りんし》だ。体感はそれ系。

もう詠んでいる場合じゃない。

まるで昨日をやり直すみたいに、巴が目の前に立っている。

でも昨日と違って感情が読めない。何色も纏《まと》わず、温度もなく、ただ人の形をしただけの物体として、巴は二人の前に立ちはだかっている。これまで神威と自分が話していた内容の、そのすべてが完璧に一言漏《も》らさず聞こえたであろう位置に。

そして、あんた、とまずは鋼太郎を。あんた、と続けて神威を刺す。いや、指す。そしてもう一言、

「ついて来て」

地獄の底に残った屍《しかばね》のカスを舐《な》め取るような声で、低く。

連れて来られたのは別校舎への渡り廊下の手前、曲がり角のパイプスペースの陰。ここには前にも来たことがある。昼休み中の巴とエンカウントしかけた際に、神威と一旦隠れた場所だ。

巴は華奢《きやしや》な手首につけた腕時計をちらっと見て、

「三分で終わらせる」

背比《せいくら》べをするように壁際《かべぎわ》に並ばせた鋼太郎と神威に視線を戻す。

「話すから理解して。私は昨日、」

「ち、千葉さん！　待ってくれ、その前に！」

突然謎のクソ度胸《どきよう》、神威が話を遮《さえぎ》ってずいっと一歩前へ出た。絶対にやめた方がいいと思うが止める間もなかった。

「あの、本当に、ごめんなさい……！　しゅぽったこともだし、知られたくなかったことに踏み込んだのも！　なにもかも、この俺が悪い！　俺は勝手に鋼太郎の後をつけて、病院で二人の会話を盗み聞きした！　だから鋼太郎はまったく悪くなくて、俺だけが全面的に、」

「うるさい」

神威を見返す巴の目がすぅっと細くなる。

その声の冷たさに、神威はぴたっと口を噤《つぐ》んだ。バネ仕掛けのおもちゃのように一瞬で素早《すばや》く元の位置に戻る。その判断は正しい。

「余計な時間を取らせないで。誰が悪いとかどうでもいいし、謝る必要なんかない。だって許さないから。ただ、償《つぐな》いはしてもらう。そういう話を、私が今からする。今この空間で話す権利があるのは私だけ。わかったら頷《うなず》いて。それ以外の反応は一切許可しない。いい？」

神威は必死にコクコクと頷いてみせる。その右隣で鋼太郎も、小さく頷く。

「──私は昨日、鬼島《きしま》と不愉快な話をした後、お母さんの病室に戻った。そうしたらそこで、すっごくまずいことになった。お母さんが急に、私の学校での様子が知りたいって言い出した。これまでそんなの気にしたことなんてないのに、わざわざ一時退院までして、今度の文化祭を見に行きたい、って」

ぶ！　神威がまた飛び出しかける。鋼太郎は光の速さで腕を掴み、眼力だけでそれを制する。んかさい……神威の声は鼻から抜けて空中に虚《むな》しく霧散《むさん》していく。どうにか今度は抑えられたと思ったが、

「お母さんは、私を、モテモテの人気者女子だと思ってる」

「はあ⁉」

結局、鋼太郎が大きな声を出してしまった。慌てて口を手で覆《おお》うが時すでに遅し。巴は鋼太郎をすごい目で一瞬睨《にら》み、しかしその視線を自分の上履きに落とし、

「私、嘘《うそ》ついてるんだ」

張り詰めた声が、か細くなる。

「……私は人気者、モテまくりだし友達もいっぱい、キラキラで充実してすっごい楽しい日々を

過ごしてる、って。そういうことに、なってる。そうしたらお母さんは安心するし、喜んでくれるから。もう自分でも意味がわからなくなるぐらい作り話ばっかりしてる。嘘しか言ってないと言っても過言じゃないぐらい。だから、これは、まずい。本当にものすごく、まずい。もし本当に学校に来られたら、私がずっと嘘ついてたことがお母さんにバレちゃう」

ぽかん、としたのはほんの数秒。「……ば、」鋼太郎は耐え切れず、

「ばかじゃねえの……⁉」

また口に出してしまう。とてもではないが、黙ってなどいられなかった。

「人気とかキラキラとか、なに言ってんだよ⁉　おまえのウリはそんなんじゃねえだろ！　ハンデなんかぶっ飛ばしてずっと学年トップ、それだけで十分めちゃくちゃすげえんだよ！　とんでもねえことやり遂げてんだよ！　おまえだってそのために頑張ってんだろ⁉　なのになんで、どうしてそんな下らない嘘ついたりすんだよ⁉」

巴の顔がわずかに歪《ゆが》み、そのまま俯いてしまう。でも鋼太郎も別に巴を責めたいわけではない。ただ、本気でわからないのだ。お母さんと一緒にいられる時間は、巴にとってはなにより大事なはずだ。なにより貴重なはずだ。嬉しい、楽しい、幸せ、それだけで満たしたいはずだ。なのにどうして嘘なんかで、自《みずか》らその時間を損《そこ》なうような真似《まね》をするのか。呆《あき》れを通り越して、胸の奥に痛みさえ走る。「なにしてんだよ、ほんとに……！」舌打ちしたい気分で目を閉じ、そのまま息を詰めるが、

「……あんたには関係ないでしょ」

「は⁉　ふざけんな！」

顔を跳《は》ね上げ、言い返す。「おまえが今、こうやって関係させてきたんだろうが！」

「なんでとか、どうしてとか、分析なんかされたくないって言ってんの！　ていうか、本当ならあんたとは二度と口も聞きたくなかった！　でもこんなことになっちゃって……私には、他には、誰も……」

巴は一度かぶりを振り、「とにかく！」改めて鋭く鋼太郎を睨みつけてくる。

「この状況を、どうにかしなきゃいけないの！　あんたは私を裏切ったし傷つけた！　だから私に償う責任がある！　なにかいい方法を考えてよ！」

いい方法って、そんなもん……深く一つため息をつき、鋼太郎は短く答えた。

「サボるしかねえだろ」

根本的な解決にはならないが、嘘をごまかすにはそれしかないだろう。「文化祭の日におまえが学校を休んでれば、お母さんだって来る意味ねえし」

しかし巴は即座に首を横に振る。

「そんなの私も考えた。でも無理。今までずっと無遅刻無欠席の皆勤《かいきん》なのに、いきなり文化祭の日にピンポイントで休んだりしたら、いかにもなにか理由がありそうじゃない。お母さんが来たがったせいで休んだ、みたいな感じになっちゃうし……」

「ならもう諦《あきら》めろ。開き直って真実の姿を見せるしかねえよ。つか実際、そうするべきなんじゃねえの」

「それはありえない！　絶対にいや！　この設定のままでいきたいの！　お母さんの前では、絶対にこのまま押し通さないといけない！　その方向性でいい方法を考えて！」

「なに無茶言ってんだよ！　そんなもんはねえ！」

巴が腕時計を見る。「あと三十秒……」切羽詰《せっぱつ》まった声で呟《つぶや》いて、「じゃああんた！」神威に矛《ほこ》先《さき》を向ける。

「あんた、私を幸せにしたいんだってね⁉　いいよ、させてあげる！　この状況を乗り切る方法を見つけ出してくれたら私はすっごく幸せになる！　さあ！　して！　ど・う・ぞ！」

下からぐいぐい捩《ね》じり上げるように顔を覗《のぞ》き込まれ、神威は「ふむ……」いや、ふむじゃねえ。「確かに、俺は千葉さんを幸せにしたい……」よせよせよせよせ。巴の言う『いい方法』なんていくら探しても無駄《むだ》だ。存在しないのだ。できない約束なんかしてはいけない。というか、こんな下らない嘘は一刻も早くバレてしまった方がいい。鋼太郎はそう思うのに、神威は顎《あご》に指をあて、ずり下がった眼鏡をやけに不器用な仕草《しぐさ》で押し上げ、「わかった」と。

「なにか思いついたの⁉」

「具体的な方法は、今はまだ。でも俺たちが絶対にどうにかする」

こいつ……！　鋼太郎は声も出せずに頭を抱《かか》える。「絶対⁉」巴が訊き返すのに、神威は大きく頷いて返す。

「絶対だ。それで千葉さんが幸せになるのなら、なんでもするよ」

「は⁉　きっも！　でもそうして！　——三分経《た》った。話は終わり」

巴は一瞬ですっと無表情に戻り、くるりと踵《きびす》を返す。そのまま早足で教室へ向かって歩き出す。行き先は同じ教室だから、鋼太郎と神威は必然的に後をついて歩く形になる。

始業直前の校内はそれなりに往来があった。廊下を塞《ふさ》ぐようにそこここに固まって、おしゃべりに興じる連中もいた。それを巴は、

「邪魔！　どいて！　散れ！　散れ散れ散れ！　どっか行け！」

手当たり次第に蹴散《けち》らしていく。賑《にぎ》わっていた朝の光景は一変、モーゼ通過後の海と化す。上

級生だろうが下級生だろうが巴は気にも留めない。巴は己の前進を妨《さまた》げるものに一切容赦《ようしゃ》などしない。全方位を威嚇《いかく》のオーラで制圧しながら、最短距離をずんずん突き進む。これこそまさにガリ勉クソ女。モテモテキラキラの人気者からは最も遠い生命体。鋼太郎は背後からその様子を思わず（すげえな……）しばらく見守ってしまって、やがて（じゃ、ねえよ！）我に返って、

「おまえ、なにやってんだよ⁉」

小声で器用に怒鳴《どな》りつつ、神威の胸倉《むなぐら》を引っ摑む。「あんなんだぞ⁉　あっさり安請《やすう》け合《あ》いしやがって、あんなの一体どうするつもりなんだよ⁉」

神威は妙にきりっとした顔で断言する。

「実は俺にもまったくわからん！」

——もしかして今か。こいつをどつき回すのは。やるか。かなり本気でそう思うが、

「でも、千葉さんが困ってる。どうにかしてって頼ってきてる。鋼太郎は、絶対にどうにかするんだろう？」

「……っ」

ひとかけらの疑いすらない視線をまっすぐに向けられて、大外刈りをかけるタイミングを見失った。

「ていうか、文化祭って言ったな？　……やっぱり『ある』んだな？」

＊　＊　＊

この高校の文化祭はつまらない。洒落《しゃれ》にならないレベルで、本当につまらない。

以前はそうではなかった。二日間に亘《わた》って開催され、クラスごとに模擬店《もぎてん》を出したり、白衣を着ての研究発表があったり、有志によるダンス大会やバンドのライブ、演劇部の芝居、漫才やカラオケの各種コンテスト、最後にはグラウンドを使っての大がかりな後夜祭《こうやさい》もあった。生徒たちにとっては間違いなく、限りある高校生活の中で最も重要な一大行事だった。

しかし数年前、焼きそば屋をやっていたクラスでカセットコンロの使用中にガスボンベが爆発するという事故が起きた。幸いガスの残量が極少《ごく》なかったために怪我人はなく、火災にもならなかったが、消防からは厳重な指導が入った。そして学校はこの事態を重く見た。

以来、文化祭は一日限りの虚無《きょむ》イベントと化した。

使われるのは体育館のステージのみ。そこで各クラス十分ほどの「芸術発表」を順番に披露《ひろう》する。ちなみに飛んだり跳ねたり回ったりの激しい動きは禁止だ。虚無からなにかを生み出そうと健気《けなげ》に張り切ったある年のあるクラスが、ダンスパフォーマンス中に怪我人を出したせいだった。舞台上では大人しくしていろ、と。できるだけ動くな、と。声は出していいらしい。つまり、歌え、という話だった。今では文化祭はただのしょぼい合唱大会なのだ。もちろん全然楽しくない。盛り上がるわけがない。ひたすらあくびを噛《か》み殺し、他のクラスには適当な拍手《はくしゅ》、そうやって消化するだけの退屈《たいくつ》な一日。

それがこの高校の文化祭の現在の姿である――という事実を聞いて、

「そんな馬鹿《ばか》な話があるものか！　俺は絶対に認めない！　文化祭は『せいしゅん』におけるハイライトだと、一生モノの思い出になると、みんながそう言っていたんだ！　俺はそれを夢見て今日までこうして生きてきたんだ！　それをあっさり諦められるわけなどなーいっ！」

昼休み。

中庭のいつもの場所で、神威はパック詰めの巻き寿司《ずし》を膝《ひざ》に抱えて熱く息巻いていた。「諦めろ」と八百地《やおち》。「諦めろ」と西園寺《さいおんじ》。「諦めろ」と鋼太郎。ついでに自分の弁当箱からつくねの照り焼きを一つ箸《はし》で摘《つ》まみ上げ、「うちの学校に来た時点でおまえは文化祭運がねえんだよ」神威の巻き寿司の横に置いてやる。あまりに悲し気な顔をしているから哀《あわ》れを催《もよお》してしまった。

「鋼太郎……いいのか？　こんなにおいしそうなものを」

「いいよ、食えよ」

頷いてみせるやいなや、神威はそれを一口で頰張《ほおば》り、「うまいっ！」わはは！　幸せそうに笑った。そしてお礼のつもりか、自分の巻き寿司を一つ鋼太郎の弁当箱の空《あ》いたゾーンに置いてくれる。鋼太郎もそれをありがたくいただく。

「まあでも実際ひでえよな。俺もここ受験すんの結構本気で迷ったもん」

西園寺が言うのに八百地も重々しく頷く。

「——でも噂《うわさ》が回ってくるんだよな。来年からは普通の文化祭に戻るらしいぞって、毎年、必ず。そして毎年裏切られるんだよな」

そうそう、と巻き寿司を片頰で咀嚼《そしゃく》しながら鋼太郎も口を挟《はさ》む。「あれ絶対わざと噂流してんだろ。受験生に避けられないように」

それな、あるな、と西園寺がさらに話を続けようとしたそのとき、しゅぽっ！　手に持っていたスマホがお馴染《なじ》みの音を立てる。覗き込むなり「すげ、タイムリー」と。

「鋼太郎とやおちんとこにも来てんじゃない？　クラスLINE。明日のLHRで文化祭の話し合いするからなにか案があったら出せ、だって。へっ、案なんかねえよ」

特に自分のスマホを確認はしないまま、鋼太郎は「……ほんとにな」小さく返す。案なんかない。あるわけない。どうすれば巴を救えるのか、いまだに全然わからない。
四分の一ほど食べ進めた自分の弁当に視線を落とし、授業中ずっと考えていたことを今また再び考えてしまう。

嘘をついているとはいえ巴の反応は過剰《かじょう》じゃないか、と、思いはしたのだ。二時間目ぐらいに。合唱のステージを観《み》たところで、巴が本当はクラスで孤立《こりつ》しているなんてわかるわけがない。だからそんなに心配せず、普通に来てもらえばいいじゃないか、と。

でも三時間目の途中で、巴の母親は巴の学校での様子を知りたがっている、という部分が気になり始めた。合唱を観ても巴の学校での様子はわからない。それなら、ついでに合唱以外のところまで見ようとするのではないか。たくさんいるという友達に会うとか、ついでに教室を覗きに来るとか、そういうことまでしようとするのではないか。そうなれば確かにまずい。巴を取り巻く冷たい空気感は、きっと容易《たやす》く伝わってしまう。

ただ、文化祭のついでに教室まで乗り込んで来た保護者など今まで見たことがないし、そんなことが可能なのかどうかも鋼太郎にはわからない。そもそも、あのクソつまらない虚無文化祭を見に来る保護者自体がいない。普通は来ない。

(ていうか……)

箸をくわえたまま、鋼太郎の動きが止まる。胸の中に、暗い予感が滲む。普通なら来ない。それでも来る。ということは、巴の母親には普通ではない事情があるということか。

動けるうちに学校での巴の姿を見ておきたいから——とか。

思った瞬間、喉《のど》に蓋《ふた》をされたようになる。ぐ、と詰まって、なにも飲み込めなくなる。

声には決して出さないまま、いつも通りにみんなと弁当を食べている顔のまま、

(……あの、馬鹿……!)

鋼太郎は一人、胸の内で叫ぶ。

本当に巴は馬鹿だと思った。何度でも叫びたかった。おまえは馬鹿だ。なにやってるんだ。下らない嘘なんかつく必要はなかったのに、お母さんが見たいのは『ただのおまえ』なのに、おまえがおまえであることをお母さんは絶対に喜んでくれるのに、絶対に誇りにしてくれるのに、なんでおまえ自身がそれを必死に隠そうとするんだ。そのせいでおかしな事態になっているじゃないか。どうするんだ。本当に。

俯いたままのその鼻先に、ぬっ、と巻き寿司が現れる。「……?」目を上げると、神威がもう一つ、箸で差し出してきている。

「これもあげる」

話せば沈んだ声が出てしまいそうで、鋼太郎はなにも言わずにぱかっと口を開けた。神威がそれを口に入れてくれて、そのまま頬張る。もぐもぐしながら再びギブアンドテイク、今度はたらこ入り玉子焼きを自分の箸で神威に食べさせる。「仲いーね! 鳥か君らは!」西園寺がそれを見てゲラゲラ笑う。「——そのたとえは違うだろ。鳥の親子をイメージしたんだろうが、その場合は親から雛《ひな》へのワンウェイだ。一方あいつらはインタラクティブだ」八百地は冷静に訂正を入れながら、やはりおかしそうにニヤニヤしている。

と、神威は突然はっとした表情で二人の方を見た。

「……俺と鋼太郎は、今、仲良く見えている……?」

西園寺は大きく頷き、「まさにまさによ。めっちゃ見えてんよ。なあ」ああ、と八百地もそれに同意する。

「……ということは、俺は、友達がいる奴に、見えている……？」

「へっ？　まあ、理論上はそうね。実際友達といるんだから、友達がいる奴に見えてるわな」

「モテモテの人気者って感じか？　キラキラしている？　充実してそう？」

「う～ん、そこまでではない。なぜならモテる奴はまずその眼鏡ではない。つかなに？　なんの話、これ」

わからん、と八百地が首を傾《かし》げる。その向かいで鋼太郎だけは、神威がなにを話そうとしているのかを敏感《びんかん》に察知する。「……ちょ、」反射的に止めようとするが、

「これはもしも、の話なんだが」

間に合わない。神威は急に正座して、if世界の語《かた》り部《べ》モードに入る。

「――もしも仮に、俺がそのつまらない文化祭に出るとして、それを俺の親が観に来るとして、そして俺は、親に『モテモテの人気者でキラキラ充実している』と思われたい……と、したら、そのためになにかいい方法はあるだろうか？」

もしももクソもない、わりと具体的な話だった。大丈夫かこれ。不自然に思われないか。鋼太郎は内心ひそかに焦るが、西園寺は「え、文化祭で？」素直に首を傾げて考え始める。

「おまえが合唱してるところを観た親に、あら～うちの神威ったらモテモテキラキラだわ～って思わせる方法があるかってこと？　そりゃあれじゃねえの、ステージに出てきたおまえを見て、観客席から黄色い歓声が上がりまくるとかさ。キャー神威よー！　かっこいー！　みたいな」

どうよこれ、と得意げなツラになる西園寺を前に、（おお……！）鋼太郎はひそかに感服していた。コンタクトレンズでも目に入っていれば、ウロコがわりにポロリと落としたかった。

それだ。そういうことだ。合唱を観ただけで、巴がモテモテの人気者で楽しくやっていると感

じられればいいのだ。そこで納得でき、安心できれば、巴の母親も教室まで追撃しようなどとは思わないだろう。

「おまえ、冴《さ》えてるな……！」

思わずしみじみ本気で西園寺を褒《ほ》めてしまう。神威がちらっと鋼太郎を見て、同意するように細かく何度も頷いてみせる。

ただ、今の案をそのまま実現するのはさすがに無理があるとは思う。とてもではないが、巴は登場するなりキャーキャー言われるようなタイプの人物ではない。声が上がるとすれば、うわ、出た、そういう系だ。だから本当に実行するなら、まとまった人数の歓声要員を事前に確保する必要がある。それがまず大変だし、一キャーいくらのギャラさえ払えば引き受けてくれる奴はいるだろうが、土壇場《どたんば》で裏切られる可能性もある。所詮《しょせん》は信頼関係のない相手、蓋を開けてみれば金だけとられて〇《ゼロ》キャーに終わるかもしれない。……とか、難点を挙げ始めればキリがない。

黙って聞いていた八百地が、「もしくは、」いい声で低く切り出した。

「――合唱中に感極まって、そのステージ上で突然おまえに告白する奴が現れるとかはどうだ。それも複数人が次々に、だ。おまえとともに歌っているうちに想いが盛り上がってしまった、といった感じで。これなら明らかにモテモテの人気者に見えるだろ」

「あ、それいいな」

神威の素直な呟きに、「え〜、そうかあ？」西園寺が悔《くや》しそうに口を尖《とが》らせる。でも確かに、この案の方がいい気がする。さすが八百地。告白要員はもちろん手配しないといけないが、金で買収するにしても、知らない奴らを相手にするよりは同じクラスの連中の方がまだ信用できる。ただ問題は、ステージ上で千葉に告白してくれ、金は払う、でも理由は一切言えない。これが通用するかどうかだ。……いや、しないか。うん。しないな。この案も、やっぱり実現可能性は低い。方向性だけは一応見えてきたが、さすがにそう簡単にはいかない。

しかし神威はすっかりその気になっているらしく、勢い込んで正座のまま前のめり、西園寺と八百地の顔をぐっと覗き込む。

「もしも、だが。もしも本当にそれをしたい、そうしてほしい、って俺が言ったら、二人は俺に協力してくれるか？　告白、してくれるか？」

「え？　そりゃしてほしいならするけどさ。告白は女子からじゃなくていいのかよ？」

「いい、全然いい、むしろいい、いや、まあもしも、の話だけど……もし仮に、それをしたがっているのが俺じゃなくて、たとえば鋼太郎……だったとしたらどうだ？」

「いやまあ、別にいいけど。協力しますよ。全然意味わかんないけど。な、やおちん」

ああ、と八百地は頷きながら神威の顔を見やる。「――それも、もしも、の話なんだろ？」

「そうそう、もしもの話。……でも、もし仮に、それが俺ではなく、鋼太郎でもない、他の誰かだったとしたらどうだ……？」

八百地は視線を神威から離さないまま、「たとえそれが誰だろうと、協力するのは全然構わねえよ」口数少なめがデフォな八百地にしては、珍しくしっかりと喋《しゃべ》ってくれている気がする。話の行方《ゆくえ》も気になるが、これはこれで結構レアな現象だ。鋼太郎は弁当を食べ進めつつ、その様子をさりげなく窺《うかが》っていたが、

「――当の本人がそれを本当に望んでいて、頭を下げて頼んでくるならな」

八百地の目が、ちらっとこっちを見る。その瞬間、鋼太郎の箸の先からミニトマトがころりと転げ落ちる。

当の本人は、今頃真っ暗な段ボール箱の中だ。

＊　＊　＊

授業が終わって放課後になっても、神威と一緒に病院へ到着しても、まだいい方法は見つからない。

「ねえ神威、どこか悪いところはない……？　なかったらさ、あるふりしてみて……？　それで一緒に入院しよ……？　ずっとうーちゃんといよ……？」

ベッドに座り込んで無茶なことを言ううーちゃんに、「こらっ！」母親の声が飛ぶ。鋼太郎も「なに言ってんだよ」思わず嗜《たしな》めるが、神威はじわりと微笑むだけだった。

ベッドの脇に両膝をつき、無茶もわがままもすべて包み込んでしまうような目でうーちゃんを見つめ、そして本当に優しい声で、

「ずっと一緒にいられなくてごめんね。うーちゃんはここで、いつもがんばってるんだね。うーちゃんががんばってること、俺は絶対に、たったの一秒も、一瞬たりとも、忘れたりなんかしないからね」

そっと囁《ささや》きかける。

それは鋼太郎には本気の言葉に聞こえたし、うーちゃんにもそうだったのだろう。淡い薔薇色《ばらいろ》に染まっていた頬がさらに鮮やかにみるみる上気《じょうき》し、神威を見つめ返す瞳《ひとみ》は銀色に潤《うる》んで水鏡のように揺れる。

今日、うーちゃんはあまり調子がよさそうではなかった。顔色も青くくすみ、目の周りは焦《こ》げ茶に翳《かげ》り、戸口に現れた鋼太郎を見てもかすかに笑うだけだった。おにーちゃん、と呼びかけることも、起き上がることもできなかった。ここ数日が変に元気過ぎたから、揺り戻しがきたのだと思った。しかし鋼太郎の背後から神威が顔を覗かせるなり、うーちゃんの様子は一変した。突然すべてが輝き出した。大輪の花が一瞬にして咲き乱れ、くるくると透明の旋風《せんぷう》が巻き起こり、幻《まぼろし》の花びらが舞い踊るその只中《ただなか》で、「神威……っ！」「うーちゃん！」二人は数日ぶりの再会を果たした。

うーちゃんは今、身体を起こしてベッドに座っている。強い生気を全身から放《はな》って、じっと神威を見つめている。二人が会うのはこれでたったの二度目だとは誰も信じはしないだろう。そしてそのたったの二度目で、その二度目のたったの数分で、神威はうーちゃんとうーちゃんの世界をこんなにも美しく夢みたいなものに造り変えてしまった。

壁際で二人の様子を見守っていた母親が、すごいな、と小さく呟くのが聞こえる。本当にすごいと鋼太郎も思う。そして、ほんのすこしだけ、恐ろしいとも思う。

この病室にいる時の神威は、いつも一緒に笑い合っている神威とは明らかになにかが違うのだ。初めてここに連れて来た時もそうだった。すごいほど、恐ろしいほど、纏う空気は清らかで、ほのかに光る灯《あか》りのようで、まるで知らない人のようで、はるかに大人の歳《とし》のようで——恐らく、うーちゃんに優しく接しようと気を使っているからそうなるのだろう。そのせいで、神威はいつもと違って見えるのだろう。ただ、それだけでは説明しきれない違和感もあった。優しいから、それだけではすまないような気がした。

でもその違和感も、ほんのすこしの恐ろしさも、

「……えらいね。いいこだね、うーちゃん」

神威が柔《やわ》らかく紡《つむ》ぐ言葉とともにほわほわと溶けていく。鈍《にぶ》くなり、遠ざかり、見えなくなっていく。わからなくなっていく。感じとれなくなっていく。やがて、そんなことを考えている自分こそがおかしいのだと思えてくる。

と、重いバッグを肩にかけたままでいることに気付いた。近くにあった椅子《いす》を引き寄せ、神威が背負っているバックパックも一緒に置いてやろうと思った。声をかけようと、二人の方を振り返った。鋼太郎からは、うーちゃんと向かい合う神威の左側の横顔が見えた。

その瞬間、反射的に、目を逸らしていた。

思い出した。

優しい機械、と思ったのだ。

前に神威とここに来た時、うーちゃんを見つめるその横顔があまりにも精緻《せいち》に整っていて、そして眼差《まなざ》しにはあまりにも感情がなくて、まるで『そうするために』造られたもののようだったから。

しかし、打ち消すようにかぶりを振る。なんだそれ、と鋼太郎は思う。こんなところまで一緒に来てくれる奴に、こんなにも妹に優しくしてくれる奴に、自分は一体なにを考えている。神威は神威だ。ただの神威。それでいいのだ。スマホを取り出し、適当にいじるふりをする。手癖《てくせ》で無意味にスワイプを繰り返しながら、おかしな考えが自然と蒸発していくのを待つ。

やがて、「ふふふっ」母親が笑い声を上げた。つられて顔を上げ、そっちを見た。

「神威と二人でそうしてると、うーちゃんはまるでおひめさまみたいだね」

それを聞いて、「おひめさま⁉」うーちゃんはたちまち目を輝かせる。七歳女児の多くがそうであるように、うーちゃんもまた問答無用でおひめさまが好きだ。「ママ、それほんと？　うーちゃんおひめさまに見える？　ねえ神威、うーちゃんはおひめさま？」

神威はゆったりと微笑んで、

「そうだよ。うーちゃんはおひめさまだよ」

軽く手を広げ、「この王国の、おひめさま」白い病室をぐるりと見回してみせる。

「じゃあさ、じゃあさ、神威は？　神威は、もしかして……おうじさま？」

「俺は……うん。そうだよ。別の王国の、おうじさまでもある」

きゃ――――――っ！　うーちゃんが今日初めての歓喜の声を上げる。これだよこれ、と鋼太郎は思う。誰かをモテモテの人気者に見せるには、こういう歓声が必要なのだ。しかしそう思う頭の片隅《かたすみ》で、小さなことが引っ掛かりもする。

（……おうじさま『でも』ある、ってなんだ？　なにかと兼任でもしてんのか？）

謎ではあったが、謎のままで飲み込んだ。こんなつまらないことで割り込んで、うーちゃんの大事なひとときに水を差すこともないだろう。

うーちゃんはベッドに座ったまま神威と向き合い、見つめ合い、相変わらずうっとりしていたが、「あれ？」急に首を傾げる。

「……神威、うーちゃんのこと、見えてる？」

「え？　見えてるよ、ちゃんと。もっと傍《そば》にいこうか？　隣に座る？」

神威はうーちゃんの左側に腰を下ろし、ベッドに二人して並ぶ。うーちゃんは「んふふ……」わかりやすくニヤつき、そわそわ身体を揺らす。やがてべたっと神威の右腕に頬をくっつけて上《うわ》目遣《めづか》い、

「ねえ、なにかお話ししてみて……？　神威が話してる声、うーちゃんはとてもいいと思う……なにかこう、光るものを感じるというか……広がると思うんだ……活動の幅が……」

所属タレントに声優業への進出をすすめる事務所の大人みたいなことを言い出す。

「じゃあ、なにか読もうか。好きなご本、今持ってる？」

「あ、そうだった。本はちょうど全部返しちゃったところで次のタマがないんだな……。じゃあこれでいいや、読んでみて……？」

「うん、いいよ。『指先、ひじ、かかとなど、硬くなった部位に！　角質層にうるおいをあたえる尿素配合なめらかクリームN。指定医薬部外品。ご使用の際はシールを剝《は》がして』……」

本当にそれでいいのか。

コケている母親を横目に見つつ、自分も脱力しそうになるのをこらえて窓辺にそっと歩み寄る。「……『次の部位には使用しないこと。1、目の周囲。2、粘膜《ねんまく》。3、傷口』……」神威の声を聞きながら、さりげなく外を眺める。エントランス脇のベンチはここからは見えない。バス停も見えない。

（……もう帰ったよな）

帰りのバスは、多分すでに出た後だろう。ロビーで遭遇《そうぐう》するいつもの時刻はもうとっくに過ぎている。

巴は自分を待ったりはしない。探したりもしない。元々そうだったし、怒らせた今ではもっとそうだろう。

それでも一応、鋼太郎は病室を抜け出した。エレベーターで一階まで下り、ロビーを見回し、自動販売機の方を見て、エントランスの外も眺めて、ベンチに誰もいないのも確かめて、バス停にいないのも確かめて、やっぱり、と引き返す。

まあそうだろうとは思っていたし、もしまだ帰っていなくても、いつものように遭遇していたとしても、話してくれる気になったとしても、訊かれることはきっと一つしかない。エレベーターで再び五階に上がっていきながら、鋼太郎は壁にもたれかかる。

——いい方法は見つかった？

（まだだよ。ていうか、なにげにすげえ難問だよ）

ただ、あれこれ考えるうちにわかったこともある。自分は結局どうしても、巴が嘘を継続することをよしとは思えない。下らない嘘なんかバレてしまえばいいと思っている。

でも、それは解決策を見つけられない理由ではない。ちゃんと本気で考えてはいる。午後の授業中もずっと考えていたし、放課後になり、神威と一緒にここに来るまでの間もずっと考えていた。というか、押し問答になった。

神威は「八百地くんの案でいいじゃないか！　千葉さんに提案してみよう！」と主張する。鋼太郎は「いや無理だって」と答える。「なんでだよ、そんなことない！」と神威。「考えてみろよ。クラス内で協力者が本当に確保できると思うか？　協力してくれ、理由は秘密って、そんなの無理だろ」と鋼太郎。「協力者ならもう十分にいる！　俺、鋼太郎、八百地くん、西園寺で四人だ！　四人が次々に告白すれば明らかにモテモテだ！」神威。「あいつらだって理由がわからなきゃ協力なんかしてくれねえよ。それにやっぱ根回しはある程度必要だろ。結局、理由を説明できない以上、協力者が必要になるようなプランは現実味ねえんだって」鋼太郎。「でも……！」神威。そんな繰り返しをしているうちに、今に至る。

結論はいまだに出ないまま、エレベーターが五階で停止する。

病室に戻ると、神威は今度は「『……キシリトール配合。あなたの歯を丈夫で健康に保ちます。消費者庁許可、保健機能食品、特定保健用食品。ボトルの中に捨て紙が』……」ガムのボトルのラベルを読まされていた。うーちゃんは半ば目を閉じ、神威の右腕にしがみつき、うっとりとそれに聞き入っている。母親は椅子に座り、俯いてうつらうつらしているようだった。

もしも神威がいなければ、と考えてしまう。

もしも神威がいなければ、昨日、巴を怒らせることはなかった。今日も巴とベンチで話をしていた。巴と二人で、この問題を解決しようと話し合っていた。自分はきっと穏《おだ》やかに、嘘はやめた方がいいと説得できた。巴も素直に聞いてくれた、かもしれない。そのまま病室に引き返してお母さんに本当のことを話せていた、かもしれない。すべてはうまく運んでいたかもしれない。神威が現れるまでのように、何事もうまくいっていたかもしれない。

うーちゃんの右側に、ベッドを揺らさないようにそっと座る。神威と自分でうーちゃんを挟む形になる。うーちゃんはちょっと目を開けて、しょうがないな、という感じで、腕を絡《から》めてくれる。

もしも神威がいなければ、巴とは今も前と同じに、いつも通りに過ごせていた。うまくいっていると、今もまだ信じていた。巴は平気でいるのだと、巴は上手《うま》くやっているのだと、疑いもなく信じられていた。巴が一人で隠れて弁当を食べていることも知らず、この状況がどれだけ巴を追い詰めているかも理解せず、巴なら大丈夫だろう、巴なら平気だろう、巴なら上手くできるだろう、そう思って自分はこんなに悩みもしなかった。

もしも神威がいなければ、うーちゃんも神威とは出会わなかった。うーちゃんはいつも通りに自分に懐《なつ》いてきて、いつも通りにふざけあって、いつも通りに一人でこの病室を出て、いつも通りに一人で時々隠れて泣いて、いつも通りにすべてが自分一人を置いていくような絶望を味わって、いつも通りに一人で立ち直って、いつも通りに一人で買い物をして家に帰るだけだった。いつも通りのことを、一人で今も繰り返していた。

もしも神威がいなければ――

「神威、たくさん読んでくれてありがとう。ここでうーちゃんから、ちょっとしたお礼があります。おにーちゃん、いつものあれやって。アリクイのやつ」

「……今すか」

「今す」

おひめさまがご所望《しょもう》なら仕方ない。鋼太郎は座ったばかりのベッドから素早く立ち上がり、うーちゃんの正面でアリクイの威嚇《いかく》ポーズを決めた。「ぎゃははははっ！」うーちゃんは手を叩き、ベッドに寝転がって大喜びする。「ね～神威、これウケるよね！　おもしろいよね！　あれ⁉」

神威は、全然ウケていなかった。

「鋼太郎、おまえ……なにをしている⁉」

信じられないものを見たような顔をして、鋼太郎お得意のおどけたポーズを凝視《ぎょうし》している。

「なにってアリクイだよ。それ以外のなにに見えるんだ。なあ、うーちゃん」

「そうだよ神威、怯《おび》えないでいい。これはただの、アリクイの威嚇ポーズだよ。ねえママ、そうだよね」

「……」

「あれ⁉　ママ⁉」

「……」

だめだ。疲れているところに神威の念仏《ねんぶつ》、いや朗読を流し込まれ、母親は完全に夢の世界に旅立っている。なんか斜めになっているし、安らかな寝息すら立てている。

ふっ、と神威は肩を竦め、

「鋼太郎、かわいそうに――アリクイのことを知らないんだな」

「おまえがアリクイのなにを知ってるんだよ」

「少なくとも、アリクイはそんな生き物ではないぞ。うーちゃんの今後のためにも俺が教えておくが、アリクイはこんな感じだ」

んぽぽぽぽぽぽぽ。尖らせた口から尖らせた舌を高速で出し入れしてみせる。それを見て、

「ぎゃあっはっはっは！」うーちゃんが狂った。甲高《かんだか》い笑い声を上げ、大丈夫なのだろうか、ベッドに倒れたままピクピク痙攣《けいれん》し始める。「やめて神威、それやめ、それっ、ふひっ」んぽぽぽぽぽぽ。「ひぃやぁ～あっはぁ～っはっはっはっ！」目を見開き、口も大きく開き、半分泣いている。これまで見たことがない笑い方をしている。しかし鋼太郎は納得がいかない。

「いや待て、それも確かにアリクイだ。おまえ今アリ食ってんだろ？」

んぽ、ぽぽぽぽぽぽ。

「舌の速度で返事すんな、つか、これもアリクイなんだよ。ほら証拠。見ろ」

鋼太郎はスマホでアリクイ、威嚇、でググり、検索結果の画像を神威に見せる。この有名なポーズを神威は知らなかったのか、「……えっ⁉」スマホを引ったくり、顔を近付けてガン見し、やがて、「わはははははああああーっ⁉」笑い崩れながらベッドから滑り落ちた。それでも床でまだ笑っているし、「な？」ダメ押しで鋼太郎が決めポーズを再び見せてやると「んわははっ、わはっ、わははははっ！」悶絶《もんぜつ》しながら転がり回る。それを見てうーちゃんも「ひぃぃぃやぁあ～！」

また狂うし、その騒ぎで目が覚めたのか、「……へ？　な……？　あ……⁉」母親が椅子からどさっと転げ落ちる。それを見て「ぶはははははは！」鋼太郎までたまらず吹き出してしまう。三人が狂ったように爆笑し続ける病室で、母親だけが「え、お尻《しり》痛い、打った、割れた、しかもこどもたちがみんな変になってる……怖い！」本気で怯えている。

こんなに下らないことで、こんなに馬鹿みたいに笑える。それは、神威がここにいるからだった。

巴がどれほど馬鹿なことをして、どれほどまずい状況にいるのか、そのことでどれほど苦しんでいるのか。それを理解できるのは、神威がここにいるからだった。

もしも神威がいなければ、自分はこうではなかったのだ。

笑い過ぎて悶絶しながら、うーちゃんと抱き合うようにベッドに倒れ込みながら、鋼太郎はふとこの後のことを考える。うーちゃんに手を振り、病室を出て、巴とは会えないまま病院を出て、神威と二人で自転車で走り、途中のY字路で別れる。家に帰り、家事をして、母の帰りを待つ。夜には眠り、朝には起きて、家を出れば神威がそこにいる。この後も、そんな日々が続く。

そしていつか、神威のいない朝が来る。

神威のいない日々を、自分は生きていく。

初めからわかっていたことだ。今まで忘れたことなどない。何度も考えたし、覚悟を固めてきたつもりだった。それでも改めて実感して、息が一瞬止まる。

神威はいなくなるのだ。

3

金曜日の五時間目と六時間目は、時間割上はＬＨＲになっている。特になにも議題がなければ自習の時間になるのだが、今日はある。およそ二週間後に開催される文化祭という名の虚無《きょむ》への供物《くもつ》をどうするか決めるのだ。もちろん楽しいわけがない。

「じゃあまずはリーダー役を決めようか！　リーダーやりたい人ー！　早い者勝ちだぞー！　せーの、で挙手《きょしゅ》っ！」

壇上《だんじょう》で駒田《こまだ》が勢いよく手を挙《あ》げてみせる。しかしクラスはまるで宇宙空間、一切の音もなく静まり返る。駒田は「あれ？」不思議そうに耳をいじるが、残念ながら聴覚の異常ではなかった。純粋に、生徒全員にシカトされているだけだった。死んだ目で時が過ぎるのをただ待っている奴《やつ》らが大半、顔を伏せて堂々と居眠りしている奴もいるし、英単語帳をめくっている奴も、机の下でこっそりスマホをいじっている奴もいる。落ち着きなくドッキング席の相方の横顔をチラチラ見てくる奴もいる。それを気付かぬふりでスルーして、足を投げ出し、ポケットに手を突っ込み、前方のただ一点を見つめ続ける奴もいる。

「……じゃあその前に、こちらから伴奏者《ばんそう》を指名しまーす！　わたなべー！」

ここに在《あ》り！　無印が立ち上がる。くすっ……妖《あや》しい微笑を浮かべて旧字体も立ち上がる。

「ヒャーハハハ！」オルタナティブも元気だ。

「旧字体のわたなべー！」

ここに座す！　無印が座る。「ヒャハァァ」オルタナティブは舌を垂《た》らしてまだキョロキョロしている。「オルタナティブくん、クラスメイトは獲物《えもの》じゃない。捕食《ほしょく》しないよ」めっ！　駒田に嗜《たしな》められてやっと席につく。

「よし。というわけで、もし誰も異論がなければ旧字体はずっとピアノ習ってるし、去年もお願いしたし、今年も伴奏をお願いしちゃってもいいかな？　旧字体もそれでいい？」

「ええ、もちろん。わたなべ界でも最上位クラスの画数《かくすう》を誇るこの私めにお任せ下さいな。伊達《だて》にお習字の時間に地獄は見ていません。真っ黒ですよ、もう真っ黒！　アハハ！」

「そうなんだねーとりあえず引き受けてくれてありがとー。ええと、そしたら改めてリーダー！　誰か立候補する人ー！　誰かいないかー！　あっそうだ、じゃあ、わたなべー！」

誰も立ち上がらない。真空にも似た静寂《せいじゃく》の中、そういうシステムね……と呟《つぶや》いた駒田の声が哀《かな》しい。

そのまま教室内には沈黙だけがしばらく続く。鋼太郎《こうたろう》も押し黙ったままでいる。最前列の巴《ともえ》の背中を見つめたまま、朝の出来事を思い出している。

今朝も神威と一緒に登校し、駐輪スペースに自転車を停めて歩き出そうとした時、巴は待ち伏せでもしていたのか突然目の前に現れた。

とっさに声も出なかったのは、あまりにもわかりやすくその顔が憔悴《しょうすい》していたからだ。一睡《いっすい》もできなかったのだろう、いつもは涼しい二重《ふたえ》の目は重たくむくみ、その下にはくっきりと濃い色のクマ。貧血《ひんけつ》でも起こすんじゃないかと思うようなひどい顔色で、「で？」と。「なにか、思いついたわけ？」──と。

鋼太郎と神威《かむい》は一瞬目を見交わした。神威がなにか言おうとするのを視線で制して、「まだだよ」鋼太郎が短く答えた。大きなため息を一つつき、巴はそのまま歩いて行こうとするが、

「今日の午後、文化祭の話し合いするってよ」

後ろ姿に一応事実を伝えた瞬間に動きがぴたりと止まった。巴はクラスＬＩＮＥに入っていな

いし、教えてくれる友達もいないから、その情報を知らなかったのだろう。唇《くちびる》を嚙《か》んで振り向いた顔には、もはや隠しようもなく焦燥《しょうそう》の色が滲《にじ》んでいた。

「……ど、どうするの⁉　私、どうすればいいの⁉」

鋼太郎ににじり寄り、「ねえ！　なにか思いつかないの⁉」強い口調で責め立ててくる。文化祭でなにをするか決まること自体に焦《あせ》っているわけではなく、その時が確実に迫りくるという事実に、リアルになったその実感に、巴は心底怯《おび》えているのだろう。

「早くいい方法を見つけてよ！　なんでグズグズしてんのよ！　あんたたち本当はなんにも考えてないんじゃないの⁉　私なんかどうなってもいいって、どうせ私のことなんて、」

「落ち着けって！　考えたよ、ていうか……考えは、あるんだよ。けど……」

「ならそれを言いなさいよ！　早く！　今すぐ！」

胸倉《むなぐら》を引っ摑む勢いで迫ってくる巴の前に、「千葉《ちば》さん」神威が割り込んだ。

「本当に考えはあるんだ。お母さんがクラスの合唱を観《み》て、千葉さんのことをモテモテの人気者だと信じる方法がある。でもそれには協力してくれる人が必要で、本気で実行するなら、その人たちに千葉さんがなぜそんなことをしたいのかを説明しないといけない……って、鋼太郎が言っていた」

だよな、と水を向けられ、鋼太郎は頷《うなず》いた。

「せ、せつめ、い……？」

巴は真っ白な顔色で、呆然《ぼうぜん》とその言葉を復唱した。色を失《な》くした唇が戦慄《わなな》くように震《ふる》えていた。

「そんなの、無理に決まってるでしょ……⁉」

ふらつく足が踵を返すが、鋼太郎は後を追わなかった。

「わかってるよ！」

遠ざかる後ろ姿に、ただ声をかけ続けた。

「それがどれだけ無理なことかはわかってる！　おまえにとってどれだけ難しいことか、俺にはちゃんとわかってる！　だって俺たちは同じところにいるんだから！　同じところでもがいて、同じところで踏ん張って、俺たちはずっとそうやってきたんだから！　説明しろなんて俺は絶対言わねえし、おまえのことも考え続ける！　もっといい方法がねえか、ずっと探し続けてる！だって放《ほう》っておけるわけがねえだろ！　おまえ一人だけを溺《おぼ》れさせたりしねえよ！」

巴が振り返ることはなかったが、歩き去りながら一瞬だけ上を、——空を、見上げた。

そして始業時間になり、午前中も、昼休みも、話をするどころか目が合うことすらなく、そのまま今に至っている。

最前列に座る巴の背中は石のようだった。硬《かた》く強張《こわば》って、微動《びどう》だにしない。内心の動揺も焦りも完璧《かんぺき》に隠して、決して誰にも見せはしない。今、自分が巴にできることはなにもないと思う。ただこうして見つめていることしかできない。俺はわかってる、と心の中だけで叫びながら。ポケットの中の無力な両手を固く握り締めながら。

「リーダー、立候補いないか？　本当にいない？　……じゃあそれは後回しにして、とりあえずざくっとなにやるかだけ決めちゃおうか。といっても他の選択肢《せんたくし》なんかないんだけどね」

駒田がチョークを握り、黒板に『合唱』と大きく書く。「えーと、あと決めないといけないのは……」ぶつぶつ言いながらその下にすこし小さく『曲目？』と書く。

急に巴が振り向いた。

目が合って、鋼太郎は驚く。巴は普段こんなことはしない。これまで一度もこんなことはなかった。でも今、巴は振り返り、確かにこっちを見ている。大山《おおやま》でも神威でもなく、自分を。なにか言いたげに目を見開いて、迷いのないまっすぐな眼差《まなざ》しで。「……？」鋼太郎が小さく首を傾《かし》げてみせると、その口がかすかに動いた。声は聞こえず、「　」、「　」、「　」――三文字？　でもよくわからない。戸惑《とまど》っているうちに、巴は正面に向き直ってしまった。

（なんだ今の）

頭の中で今の巴の口の動きを、ゆっくりと再生してみる。同じように自分の口も動かしてみる。そうやって自然と出てくる三文字の言葉は一つしかなかった。

――「ご」「め」「ん」。

（……え？　なにが？）

ふとまた別の視線を感じる。左隣から神威が鋼太郎を見ている。右目が光を放《はな》っている。それは溶け落ちる寸前の火の玉みたいな熱を帯びて、力強く揺るぎなく瞬《また》いていて、

「大丈夫だ」

一言。神威は鋼太郎だけに聞こえる声で、小さくそっと囁《ささや》いた。そのまま正面に顔を戻す。

さっきの巴といい、今の神威といい、（はあ……？）鋼太郎には意味がまったくわからない。怪訝《けげん》な顔で、しかしどうしようもなく、鋼太郎もまた前を向いた。そのときだった。

巴が突然立ち上がった。

近くの席の奴らがうんざりしたように巴を見上げる。巴は俯《うつむ》き、「……たい」なにか言う。鋼太郎は（あいつ……！）嘆息《たんそく》する。またいつものクソ女ムーブをかますつもりに違いない。でも今やらねばいけないことか。ただでさえややこしい事態に陥《おちい》っているというのに、そんな場合じ

ゃないだろう。

巴はくるりと回転し、みんなの方を向いた。両手を握り締め、身体《からだ》を折って、叩《たた》きつけるような大声で、クラス全員に向かって、

「私、モテたい！」

思いっきり叫んだ。

数秒間の、凍《こお》り付いたような静寂。

やがて、「え、今の……」「あいつなに言ってんの？」「やば」「ついに狂ったか……」さらに冷たいざわめきが教室を騒がせ始める。全方位から向けられる、巴を突き刺す尖《とが》った視線。巴を拒否する尖った言葉。

鋼太郎は身動きもできない。息をするのさえ忘れ、ただ呆然とする。は？　え？　頭が全然ついていけない。全然わけがわからない。わからなすぎてぼんやりしてくる。ちゃんとこの目は開いているし巴を視界に捉《とら》えているが、もう視線が合うこともない。現実味すら感じられない。

巴はさらに踵を返して足音も高らかに勢いよく教壇に駆《か》け上がる。「先生はあっち行ってて！」棒立ちの駒田を荒っぽく押しのけ、チョークをひったくる。黒板を目一杯に使ってバカみたいに大きな文字で『モテたい』と書き、それをバン！　手で叩く。

「私、モテたいの！」

チョークの粉が舞う中でまた叫ぶ。

誰もが巴を見ていた。なにが起きているのか恐らく誰一人理解できないまま、クラス一の嫌われ者の突然の奇行《きこう》から目を離せずにいた。

「文化祭の日だけでいい！　一日限りの見せかけでいい！　お母さんが、観に来るの！　だから

その日だけは、私、どうしてもモテモテの人気者になりたい！」

西園寺《さいおんじ》が驚いたように鋼太郎と神威の方を振り返る。多分、背後ではもっと前から八百地《やおち》が自分たちを見ている。でも鋼太郎は動けない。西園寺が身を乗り出してきてなにか言おうと口を開いたその瞬間、

「ふぐぅ……っ！」

前触《まえぶ》れなく巴が泣いた。思いっきり顔を歪め、ボタボタと大粒の涙を溢《こぼ》し、そのまま俯く。それにみんなギョッとしたのか、ざわめきが止《や》む。西園寺も正面に向き直る。しかしガリ勉クソ女は匠《たくみ》の技《わざ》の使い手、こどものように腕で顔を一度擦《こす》るなり、

「……自分が、どう思われてるかはわかってるよ！」

ぐいっと姿勢を立て直した。背を伸ばし、声も強く張り直す。

「誰も私に協力なんてしたくないと思う！　それで当然だと思う！　でも、事情があるの！　お母さんは、病気なの！　……よくない、すごく！　でも、ずっと頑張ってる！　……私のために、頑張ってくれてる！」

——言うのかよ。

鋼太郎の背に、震《ふる》えが走った。

「お母さんは、私がモテモテの人気者だと思ってる！　学校ではたくさんの友達に囲まれて、楽しく過ごしてると思ってる！　私がそう言ったから……そういう嘘《うそ》を、ついたから！　お母さんが喜ぶと思ったの、安心すると思ったの、もし本当のことを知ったら……本当の私は友達なんか一人もいない嫌われ者のガリ勉クソ女だなんて知ったら、そんなの絶対悲しむと思った！　だから私、嘘を、ついた……！　ていうかついてる、今もつき続けてる……！　だからどうしても、

文化祭の日には、モテモテで人気者の自分をお母さんに見せないといけないの……！」

手も、指も、震えた。震えは止まらなかった。全身を奔流《ほんりゅう》のように駆け巡る冷え切った血液が、鋼太郎の肉体からどんどん温度を奪《うば》い去った。

――なんで言うんだよ。

おまえはもう二度と元には戻れないんだぞ。ここからずっと『カワイソー』な奴のままだぞ。『ただのおまえ』でいられる場所は、この宇宙から消え去るんだぞ。

氷の温度で震える鋼太郎の左の手を、そのとき神威がギュッと握った。「……っ」神威の顔を見る。手はすぐに離されたし、神威もこっちを見てはいない。でもそれがスイッチだったみたいに小さな声が蘇《よみがえ》る。大丈夫だ。そう囁く神威の声が、鋼太郎の体内に響く。

大丈夫だ。

――なにがだよ。

おまえになにがわかるんだよと思う。どうせ消えてしまうくせにと思う。ずっと一緒になんていてはくれないくせにと思う。いつか必ず離れていくおまえが、そのおまえが一体なにを、と思う。でもそのとき、神威の分厚い眼鏡《めがね》のレンズに度が入っていないことにふと気が付いた。え、と戸惑ったのはしかし一瞬、

「俺、千葉《ちば》さんのストーカーなんだ！」

その神威が勢いよく立ち上がって、クラス中の視線を一気に掻《か》っ攫《さら》う。「おまえは鬼島《きしま》のストーカーだろ?」誰かが言うのに、「鋼太郎のストーカーでもあるし、同時に千葉さんのストーカーでもある！　両方担当してる！」堂々と言い返す。

「俺は千葉さんをストーキングしたから、千葉さんが今話したことを実は少し前から知ってい

た！　俺、千葉さんに協力したい！　文化祭で、千葉さんをモテモテの人気者に見せたい！　だって俺は『せいしゅん』がしたくてここまで来たのに、この学校の文化祭はつまらないって聞いてすごくがっかりしたんだ！　でもやっぱり、どうしても、文化祭で『せいしゅん』した思い出が欲しい！　千葉さんに協力して、それで千葉さんが幸せになれば、俺には最高の思い出になる！　だから頼む、どうかみんなも協力してくれないか⁉　これは俺には大事なことなんだ！

俺、『せいしゅん』するためにここまで来たんだ！」

西園寺が改めて振り返り、神威に「そういう事情ね」と声をかける。動けないでいる鋼太郎の左隣で、神威は「そういう事情だ！」はっきりと頷き返す。

しかし、「つかほんとなの？」一人が言うと、「ね、嘘くさ」「ガリクソなんか信用できねーよ」「無理無理無理」「あの噂とかさ……」「最低だもんね」次々に疑う声が続く。神威は慌《あわ》てたように「本当なんだ！　信じてくれ！」大きな声で主張するが、「神威だって騙《だま》されてるかもじゃん」「なあ、神威アホだもん」状況は孤立無援《こりつむえん》。それを打破したのは、

「私は確かにガリ勉だしクソ女だよ！　略してガリクソ、それでいいよ！」

壇上で見栄《みえ》もプライドもかなぐり捨てて、再び叫んだ巴白身の声だった。

「私は絶対トップでいたいし、そのためにならなんでもする！　二位以下なんてカスだと思ってるし、カスがなにを言ってきたってカスの鳴き声としか思わない！　カスカスカスとしか聞こえないから正直気にもしたことない！」

まじでクソ女じゃん……ドン引きするクラスの連中を前に、「でも！」一歩も引かない。もう泣かないし、振りかぶって訴える。

「あの噂は、嘘！　私は万引きなんか絶対にさせてない！」

——中三の夏、巴は母親の病気を知ったという。その事実を認められず、受け止められず、巴は現実逃避した。受験勉強をさぼり、同じく受験勉強などする気のない派手なタイプの女子たちと遊ぶようになった。その女子たちは服も化粧品もたくさん持っていて、羨《うらや》ましがる巴をショッピングセンターに連れ出した。そこで当然のように万引きしてみせ、巴にも一緒にやるように迫った。でも、どうしてもできなかった。こんなことをしてしまったら母親がどれほど悲しむか、恐ろしくなって巴はそこから逃げ出した。キレられ、追われて、店員に助けを求めた。それがきっかけで女子たちの万引きは露見《ろけん》し、巴は恨《うら》みを買った。事実を捻《ね》じ曲げた噂を執拗《しつよう》にばらまかれ、もうどうすることもできなかった。それで済むならいいと思ってしまった。

「……一高に落ちたのは事実だよ。受験の前の日に、お母さんが家で倒れたの。私が救急車呼んで、救急搬送されて、そのままICUに入って、どうなっちゃうのか、わ、わか……わから、なか、……っ」

ぎゅっと目を閉じ、震えそうになる声を一度飲み込む。

「……試験会場には、とにかく行った。お父さんがそうしろって言ったから。でももう全然、なんにも、わからなかった。なんにも考えられないし、頭の中が真っ白で、馬鹿《ばか》になったと思った。名前さえ書いたかどうかわからない。だから落ちたのは当然。切り替えられなかった私の責任。でもお母さんはそれを、私が受験に失敗したことを、自分のせいだと思ってる」

のしかかる重力に耐えるように、巴は深く俯いた。両手をグーにして握り、それでもまだ折れはしない。一人ぼっちの壇上で、まだ足を踏ん張っている。巴は決して諦《あきら》めたりしない。

「だから私は、証明しないといけないの！　この学校に来ることになったけど、私はずっとトップで幸せだって！　モテモテで幸せだって！　友達もたくさんいて、人気者で、毎日キラキラ充実してて！　結局こうなってラッキーだったたって！　これが一番の正解だったたって！　それに……落ちた私の姿で、お母さんの中に残りたくない！　自分のせいでなんて、思わせたくない！　そんなふうに思わせたまま、それでもし、そのままもしも……やだ、……やだよ！　やだやだやだっ！　私そんなの絶対にいやだ！　お母さんにはいいものしか残したくない！　幸せとか、楽しいこと、きれいなこと、明るいこと、お母さんが私にくれたのはそういうものばっかり！　だから私もお母さんにはそれしか残したくない！　だから、だからお願い、私を、」

大きく息を吸い、一度仰《の》け反《ぞ》るように思いっきり顔を上げ、全力で、

「――助けて！」

巴は叫んだ。

教室は、静まり返っていた。

誰もが巴を見ていた。

鋼太郎がずっと震えているのにも、全身が氷のように冷え切っているのにも、その頬《ほお》を涙が伝い落ちていくことにも、誰も気付きはしなかった。

ごめん、の意味がやっとわかった。

置いて行かれたのだ。

巴は、自分を置いて行った。もう同じところにはいない。自分はここにたった一人で、取り残された。

（みんな、俺を……）

涙が止まらない。

（置いて、行ってしまう……）

匠の技も使えない。身体は凍って動かない。追いかけられもしない。誰にも気付かれてはいけないのに、誰にもこの顔は見せてはいけないのに、それでももう、俺はもう、もうなにも、

大丈夫だ。


「……っ」

鋼太郎の肩が跳《は》ねた。聞こえたのは身体の中から。そして、

「千葉さんは俺が助ける！　鋼太郎も一緒だ！」

突然にゅっと伸びてきた腕は左隣から。立ち上がっていた神威がヘッドロックするように鋼太郎の頭を抱《だ》きかかえてくる。「ちょっ、……おい！」「わははははは！」誰にも見えないように腕の中に隠して、神威の手が鋼太郎の涙をぐいっと拭《ぬぐ》った。そのまま引き上げられるように隣に立たされ、強引に肩を組まれて、

「実はすでにいい考えがある！　とある、賢《かしこ》くてかっこよくて渋《しぶ》くてクールな八《や》……とある人物が、俺が詳細を伏せてなにかアイデアはないかと訊《たず》ねたところ、素晴らしい案を授《さず》けてくれたんだ！　文化祭のステージで、千葉さんは合唱中に次々に告白される！　それを目撃した千葉さんのお母さんは、きっと『うちの巴が告白されまくってるわ、つまりモテモテの人気者なのだわ』と思うだろう！　どうだ⁉　すごいよな⁉　みんなで協力すればきっと、」

「やりたい！」

食い気味に叫びながら巴がピョンピョン飛び跳ねる。

「それやりたい！　それがいい！　私、クラス全員に告白されたい！」

全員かい！　突っ込みの声が飛び、

「そしてクラス全員、その場で無残《むざん》に振りたい！」

振るんかい！　みんな座ったままで器用にコケる。

「は⁉　そんなもん振るに決まってるでしょ！　そうしなきゃその後の生活がカオスになるじゃない！　それともお母さんの前でクラス全員と交際してるフリを延々し続けろって⁉　そんなの無理無理無理、四十股《また》なんて意味わかんないし！」

女子が不意にマジレス、「三十九股だよ、千葉。自分入れてどうすんの」はっ、と巴はかぶりを振る。「そうだ、三十九股！　ちっ、あいつを数に入れることに気を取られた……！」悔《くや》しそうに訂正する。「つか、」いい声は八百地。

「――結局やるのか？　やらねえのか？　みんなで告白して千葉をモテモテに見せかけるonステージ。やる、ってことで話をまとめていいのか？」

「やるやるやる～！　やろうぜみんな！　なんかちょっとおもしろそうじゃん！」

しれっと素知《そし》らぬ顔でサクラを買って出たのは西園寺。自慢のマッシュを揺らしてヘラヘラと立ち上がり、

「だってどうせ元々はくっそつまんねえ虚無文化祭、そんぐらいの楽しみっつかやりがいがあってもよくね⁉　俺たち人生一度の……まあダブったらあれだけど、とにかくあれよ、高二だぜ⁉　文化祭の思い出とか、やっぱ普通に作りてえじゃん！　あ～なんかまじで盛り上がってきた！よしわかった、そしたらこの俺がリーダーで、」

おめえじゃやだよ！　誰かが突っ込み、笑い声が上がる。「なんでよ⁉」ショックを受けて西園寺は一人むくれる。

「──神威と鋼太郎がリーダーやれよ。責任もって、千葉を幸せにしてやれ」

八百地のご指名に、神威が「おう！　任せてくれ！」力強く頷きながら鋼太郎の首に回した腕に力を込める。鋼太郎は焦った顔で、「待て待て待て！　俺全然ついていけてねえ！　わけがわかんねえうちにこいつに巻き込まれてんだけど！」助けを求めるように周囲を見る。笑い声がさらに巻き起こり、「いつものパターンよな」「出た、偽名コンビ！」「頑張れ〜、にしうりうれたろう！」「やめろ！　それは二度と言うな！」

喚《わめ》きながらさりげなく神威の目を見た。

神威は鋼太郎を見ていた。

そして、「……わはっ！」全身で、全力で、顔中から心の中身を溢《あふ》れ出させるみたいに思いっきり笑ってみせた。それを見て、「ふざけんなよ、まじ、ほんっと……」鋼太郎も自然と同じぐらい笑ってしまった。「ははは……っ！」

翳《かげ》りが、胸の中で溶けていく。冷え切っていた身体に体温が戻る。神威がいる。今はここにいて、隣で一緒に笑っている。これは嬉《うれ》しいことだ。とっても嬉しいことだ。

だから俺は大丈夫だ。

そのとき、「……ふぐううううっ！　……ふぐうううううっ！」異様な音が教室内に響き渡った。

「なにこの音」「どっかで下水詰まった？」「いや、フグって言ってる」「呼んでるんじゃない？」「アンディ？」「それ故人」「じゃあ魚類の？」

そうではなかった。駒田だった。駒田は前方ドアに背中をつけて床に座り込み、膝《ひざ》を抱《かか》えて、涙と鼻水を存分に垂れ流して号泣《ごうきゅう》していた。よろよろと立ち上がり、教壇に近付き、

「ち、千葉、千葉、よくがんばっ……、ふぐっ、せ、先生は、も……っ、ふぐっ」

わなわな震える手を巴に伸ばすが、

「は⁉　きっも！」

巴は思いっきり身を反らしてそれを避《よ》け、さっさと自分の席に戻っていく。駒田はそのまま倒れかけ、教卓に摑まってなんとか体勢を持ち直す。うわあ……。生徒たちの憐れみの視線の中でまだ泣きながら、大きく一度手を叩く。

「はいじゃあここから五分休憩！　休憩しないと俺の身がもたない！　その後はまた、続きの話し合いしようね！」


題して、『クラス全員千葉に告白⁉　恋のモテモテonステージ大作戦』。

長くね？　との声があり、略して『千葉モテ大作戦』。

基本方針はあっさりと決まった。「合唱中、千葉に告白する奴がとにかく次々と現れてモテモテ感を見せつける――それでいいよな？」

壇上から鋼太郎がそう言うと一同頷き、パラパラと同意の拍手《はくしゅ》が起きる。「異議なーし」西園寺はのんきに声を上げる。神威がすかさず黒板になにか書こうとチョークを摑むが、巴がさっき書いた『モテたい』の四文字が巨大すぎてスペースがない。数秒迷い、隅《すみ》の方にごく小さく『告白』とだけ書く。満足そうに頷いてドヤ顔、白く汚《よご》れた手のままで鋼太郎の左隣に戻ってくる。

「で、問題は曲目だな。歌いたい曲ある奴、なんでもいいからどんどん言ってみて」

さっそく「はいはーい！」手が上がり、オタ系男子が今期一番人気のアニメのテーマソングのタイトルを挙げる。「盛り上がるぜ絶対！」「えー！　盛り上がるならこっち！」対抗するように女子がＫ－ＰＯＰアイドルの曲を挙げると、「キャー！」悲鳴みたいな賛同の声。「ばーか、合唱だぞ？　そんなん無理だよ」「もっと普通のあるだろ」いわゆる定番合唱曲のタイトルがいくつか挙がり、「その辺かぶりそうじゃない？」「かぶってもいいじゃん」「ヒャーハハ！」「いいけどさあ」「てか卒業系は違うでしょ」「あんま難しいのもやめよ」「あー、合唱の練習に時間とられると……」「そうそう。肝心《かんじん》の告白が疎《おろそ》かになっちゃ意味ないし」童謡系、ジブリ、古めのＪ－ＰＯＰ、ＣＭで話題になった曲など、さらに次々と声が続く。

挙げられる曲名を、鋼太郎はとにかく片っ端《かたぱし》から黒板に書いていった。みんな次々に発言するからもはや右手が追い付かない。神威に「おまえも書けって」チョークを渡すが、神威は「聞いても全然わからない、ついていけん……」困り顔でただ首を振っている。今挙がっている曲は一つも知らないらしい。

「ていうか君たち、忘れてないか？」

教室の一番後ろに立って存在感を消していた駒田が口を挟んできた。

「合唱の際、音源の使用は禁止だよ。ピアノの伴奏しかないんだから、それも考慮して曲を選びなさいよ」

それにより、やっとタイトル連発が止まる。それぞれ近い席の者同士で、しばしの相談タイムとなる。ざわめき声の中、鋼太郎も壇上でスマホを取り出した。とりあえずなにかググってみようと思ったのだが、校内ではスマホは使用禁止だったことを思い出す。駒田の方をちらっと見ると、腕を組んで目を閉じ、壁にもたれて見逃《みのが》しモード。安心して堂々とスマホをいじり、合唱曲、定番、ランキングなどでググり始める。検索結果を神威に見せ、

「この中で知ってる曲はあるか？」

ずらりと百曲ほどのタイトルが並ぶページをゆっくりとスクロールするが、「いや、どれもわからん……」神威は難しい顔で低く唸《うな》る。日本の学校に通ったことがないから、式典で必ず歌われるような誰もが知っている定番曲にも触れる機会がなかったのだろう。と、いきなり、

「あ！　これ、題名がかっこいい！」

スクロールさせる鋼太郎の指を止める。神威が指し示してみせたのは、『勇気一つを友にして』だった。一瞬なんだっけ、となるが、

「ああ、イカロスか」

すぐに思い出す。小学校の音楽でやった。鋼太郎が黒板にその題名も書き加えると、「それなんだっけ」「イカロスだよ」「あー、イカロス！」やはりみんなそのイメージらしい。「聴いたら意外と知ってる曲かもしれねえぞ」曲名で検索すると、合唱団の発表会らしき公式動画を見つけた。音量を上げてさっそく再生してみる。どこか物悲しいピアノの伴奏が流れ、澄んだ男女の声が美しく重なり合いながらイカロスの運命を歌い始める。「これこれ」「なついな」「しっ……」みんななんとなく息を詰め、鋼太郎のスマホから再生される合唱に耳を澄ませる。

神威は最初こそ興味津々《きょうみしんしん》で、「確かにテレビかなにかで聴いたことあるかも……」曲のテンポに合わせて首を左右に振っていた。が、歌詞は段々と怪《あや》しい雲行《くもゆ》きになっていく。うっとり聴き入っていた神威も、「……ん？」それに気付いて怪訝な表情になる。蠟《ろう》で固めた鳥の羽根で雄々《おお》しく出発したイカロスは、太陽を目指して飛んでいき、やがてその熱で蠟が溶け、両手の翼を奪われて、最終的に、

「……おい⁉　死んだぞ⁉」

バッドエンド。神威は呆然とした目で鋼太郎の方を見る。「こんな曲なのか⁉」

「そうそう、死ぬんだよイカロスは。悲しいオチだよな」

歌詞を検索して見せてやると、神威はしばらく凝視した後に、「……なんて歌だよ！　作った人はどういう気持ちでこの歌を人々に聴かせようと思ったんだ！」ショックを受けたようにかぶりを振った。

「だいたいこれじゃ無駄死《むだじ》にじゃないか！　命と引き換えに、イカロス本人はなにも得られてない！」

「なにも、ってことはねえだろ。結果的には、後の世代に勇気を与えることができたんだから」

「いや、そこもよくわからん！　失敗してなにも得られず墜落死《ついらくし》したみじめな姿を見て、一体どんな勇気をもらえばいいんだ⁉　ああはなりたくねー、って反面教師にするならまだしも！」

誰かが「悲劇だからこそロマンなんだよ」と言う。「そうだよ、だからいいんじゃん」「夢に命を懸《か》けた、ってところが重要なんであって」「失敗したとしても、その生きざまはかっこいいんだよ」「てか、美しい！」「イカロスには命を落としてでも飛び立つ理由があった、っていう」「そう！　生きる意味！」イカロス推《お》しの声がそこここから上がる。さらに旧字体がひらりと手を挙げ、この曲にするなら中学生の時に伴奏したことがあるわ、うちに合唱用の楽譜もあるわ、そして全国にわたなべは五億人いるわ、と言い出す。「最後に嘘混ぜてんじゃねえよ」「つか、曲はもうこれでよくね？」「かぶんないだろうし」「知名度は高いし」「結構いいかも？」

これはもう、決まりでいいのかもしれない。鋼太郎はチョークを握り締め、『勇気一つを友にして』を丸で囲う。これ以上どの曲にするかで議論を続けるよりは、この勢いでさっさと決めてしまうのがいいかもしれない。さっそく決《けつ》を取ろうと思うが、しかしもう一人のリーダー・神威は、鋼太郎のスマホを見つめながら不満そうなツラをしている。

「なんだよ、まだ納得いってねえの？」

「だってこれ、歌詞を読めば読むほど内容の矛盾《むじゅん》が気になってくる。やっぱりこんなの変だ」

「変ではねえよ。ただバッドエンドってだけで」

「いや、変だ。そもそもイカロスは、蠟で鳥の羽根を固める製造過程において、加熱して蠟を溶かすということを自《みずか》らやっているんだろう？　温めれば蠟は溶けると理解しているはずなのに、なぜ熱い太陽に向かって行ったんだ？　途中で温度が上がってきたら、その結果どうなるか見当はつくだろう」

言われてみれば確かにそうだが、しかしそれはそれだ。曲はもうこれで決めてしまいたい。

「いや、フィクションだからさ。そんな現実的な話じゃねえんだよ」

「でもこの矛盾が気になって、俺は歌の世界に浸《ひた》り切ることができない。気持ちに引っ掛かりがある中では、己《おのれ》の内の芸術表現を真に突き詰めることは難しい」

「そこまでおまえに求めてねえ。つか、そんなこと言い出したら、そもそも上空はすげえ寒いだろうが。最初からありえない世界、現実の物理法則とは関係のない世界なんだよ。これは、上空が高温になる謎《なぞ》ワールドで繰り広げられる、ファンタジーの物語。そういうことで納得しろ」

神威は不服そうに首を傾げる。「……ファンタジーならファンタジーでもいいんだが、熱で蠟は溶けると知りながらなぜ？　この矛盾が、俺にはどうしても気持ち悪い……」

西園寺が急に「わかったぞ神威！　外注だよ外注！」大きな声を上げる。「翼は外注したんだよ！　作った奴は別にいるの！　業者！　で、そいつが『もし溶けてきた感じがしてもそれはそういう仕様なんで～ガンガンいっちゃってＯＫなんで～』とか言って、騙してイカロスを飛ばしたんだよ！　つまりイカロスは、熱で蠟の翼が溶けるなんて知らなかったの！」

「……それなら矛盾はなくなるが、しかしそんなことをしてその業者になんの得があるんだ？」

「それはだから、……あれじゃね？　見世物《みせもの》的な？　残酷《ざんこく》ショーっつうか？」

え、闇《やみ》深くない？　女子たちがざわめき始める。ここで決めたい鋼太郎的にはよろしくない流れだった。しかも「違うな」八百地までもが謎の解釈合戦に参加してくる。

「――イカロスは、単に金が欲しかったんじゃないか？　金のために、太陽へ行く、というセンセーショナルなショーを企画して、実際に翼を作って見せたりもして、スポンサーを大量にかき集めた。そして入金のタイミングで本来はトンズラかます予定だったんだろう。しかしそれを察知した輩《やから》に取っ掴まり、逃げることができないまま蹴《け》り出されるように飛び立った。向こうにしてみりゃ興行《こうぎょう》だからな。そしてその結果が公開墜落死だ」

うそ……！　やば……！　女子たちのざわめきは止まない。なぜこうなる。

「おい！　おまえらなにさっきから適当なこと言ってんだよ！　これじゃなかなか決められねえだろ！」

「そうだよ。外注の業者だの輩の興行だの、そんな生臭《なまぐさ》いエピソードがあるわけないでしょ。イカロスはギリシャ神話の登場人物なんだから」

スマホを片手に呆《あき》れ顔、巴が鋼太郎に加勢してくれる。しらばっくれた猫みたいな据《す》わり切った半眼《はんがん》が今は妙に頼もしい。

「神話によれば、こういうことらしい。……イカロスは事前に散々『高く飛ぶと熱で蠟の翼が溶ける』旨《むね》を警告されていたにもかかわらず、飛んでいるうちに気分が盛り上がって、どんどん調子こいて、警告を無視して高いところを飛びまくって、結局墜落して無駄死にしただけのカスだって。まとめとしては、傲慢《ごうまん》は破滅を招くから気を付けろ、だって」

クラスは急に静まり返る。――イカロス、なにやってんだ。鋼太郎も頭を抱える。全然いい話ではなかった。いや、でも、ここで引いてはいけない。

「……でも曲は、かっこいいだろ⁉　曲自体はとにかく事実、いいじゃん！　こういうのは最初に受けたイメージがすべてなんだって！　つか、シチュエーション的に結構合ってると思わねえ？　俺たちは先に告白した奴の勇気を受け継いで、自分も、自分も、自分も、って次々に告白していくんだよ！　ほらばっちりじゃん！」

大山が巨体を揺らし、「先に無駄死にしたカスの勇気をかあ？」笑いながら突っ込んでくる。肉壁がしゃべった！　無駄な恵体《けいたい》しやがって！

悔しいが、しかしうまい言い返し方も思いつかない。壇上で口をへの字に結ぶ。これ以上イカロスを推すのも時間の無駄か。さすがにこんな空気になってしまっては、仕切り直すしかないかもしれない。鋼太郎は仕方なく黒板消しを掴み、『勇気一つを友にして』の文字を消そうとするが、その手を急に神威が掴む。きっと顔を上げて鋼太郎の目を見てくる。そして、

「……しゅぽ！」

「どうした。なにを受信したんだ」

「イカロスの想いが今、脳に直接しゅぽられてきた」

「わかった、とにかく横になれ。保健室いくか」

「いや、具合は悪くない。病気とかではない。ただ歌詞を読み直しているうちに、気付いたことがあるんだ。みんなもこの歌詞をよく読んでみてくれ。起きている事象はごくシンプルで、イカロスは飛び立った、太陽を目指した、翼が溶けた、イカロスは落ちて死んだ、以上だ。でも、落ちて死んだ、ってところだけ、他と比べて妙に具体的な描写を欠いているような気がしないか？

ついでに言うなら、誰かが死体を確認したとも書いていない。誰もイカロスが死んだ決定的場面は見ていない。本当に死んだかどうかはわからないんだ。ただ羽根が舞い散って、姿が見えなくなったから、そう想像しただけかもしれない。俺はでも、こう思った。──イカロスは太陽に辿《たど》り着いたんじゃないか、と。行きたかったところに、夢見たところに、ちゃんと到達したんじゃないか。翼はもう必要ないから、捨ててしまっただけじゃないか。もしそうなら、その姿を見たのだとしたら、確かに勇気も涌《わ》いてくると思わないか?」

スマホで歌詞を検索しているのだろう。みんな俯いて、静かになる。神威はふと右手を上げて、誰に向けてでもなく、小さく微笑む。

「……イカロスの気持ちが、俺にはちょっとわかる気がするんだよ。太陽って、触りたくなる時があるんだ。俺もこうやって、手を伸ばしたことがある。ある日、ふと見上げた夕陽が、すっごく綺麗《きれい》で、気が付いたら……つい、こうやって手を伸ばしてた。当然それで触れたわけじゃないが、でも、たった一人で、自由に歩いて、夕焼けなんか見たのは……」

あれ、何年振りだったんだろう。独《ひと》り言《ごと》みたいに呟いた声は、多分鋼太郎以外には聞こえていない。

神威はそっと目を閉じた。そしてまた独り言。あれは特別だった、と。生まれて初めてだし、あれが最後だ、と。

その言葉が妙に気になって、鋼太郎は神威に意味を訊ねようとした。でもそれより早く、

「……神威が今言った説さ、なんか前向き感あっていい感じじゃねえ?」

西園寺がスマホ片手に立ち上がり、みんなに向かって話し始める。

「ていうか俺もすごいこと思いついちゃったんだけど、ちょっと聞いて。神威の説をとると、イ

カロスは無駄死にしたと思われているが、本当はちゃんと目指したところに辿り着いていた、ってことになるよな。そして俺たちも、千葉に告白して全員フラれたように思われるが、本当はちゃんと目的を達成できてる。千葉モテ大作戦は成功してる。……これってばっちり、まさしくシチュエーションに合致してねえ?」

数秒の静寂の後、珍しく、西園寺の発言に拍手が沸《わ》き起こった。否《いな》やを唱《とな》える声もなく、八百地も「だな」納得したように頷いている。巴もみんなと一緒に西園寺を振り返り、しかし拍手はだるいのか、片手でバンバン机を叩いている。神威が勢いよく鋼太郎を見る。「決まりだな⁉」

鋼太郎はもちろん、この展開に文句などあるわけもない。

「じゃあ、神威の『イカロス到着してた説』を採用して、」

――今年の二年八組の合唱曲は『勇気一つを友にして』で決定!

＊　＊　＊

翌土曜日、学校は休み。

神威が自転車で鬼島家にやってきたのは昼下がりのことだった。時間を決めて約束をしたのは、思えばこれが初めてだ。鋼太郎はなんとなく落ち着かず、二階の自室から下の通りをしばらく眺《なが》めていた。神威はちゃんと時間通りに現れて、窓から見ている鋼太郎の姿に気付いて、

「しゅぽ!」

嬉しそうに片手を思いっきり上げて見せた。その拍子にぐらっと前輪が曲がり、アホが同じパターンでまた転ぶ、と思ったが、さすがに今度はギリギリ気合で立て直した。

階段を下りて玄関を出て、自宅前の通りまでサンダルで出迎えてやる。神威が今日も元気いっぱいに見せてきたスマホには、『おはよう！』ではなく『こんにちは！』と書かれている。鋼太郎は差し出されたペンで「しゅぽ」その下に小さな絵を描く。

「そうきたか！　……なんだこれは？　もみじ？　星？」

「手。これ。『よっ！』の手、のスタンプ」

片手をひょいっと上げてみせつつ、ガレージの方に神威を案内する。空《あ》いているスペースに自転車を停めさせて、玄関から家へ上がる。

父と母は土日はいつも朝から病院に行っていて、今日も自宅にはいない。洗面所で神威に手を洗わせてから、「先に俺の部屋行ってろ」階段の上を指差してみせる。神威は「わかった！」ドドド！　破竹《はちく》の勢いで駆《か》け上がっていくが、その浮かれた後ろ姿に嫌な記憶が蘇る。「つかおまえ、部屋のもの勝手に触んなよ！　引き出しとか開けんなよ！　これ前フリじゃないからな！」

「わかった！」振り向いて素直に頷きつつ、またドドド！　うん、怪《あや》しい。

なんとなく信用できない神威の背中を見送ってから、鋼太郎はキッチンへ向かう。冷蔵庫から麦茶のペットボトルを出し、グラスを戸棚から出し、母が用意していってくれた大量の稲荷《いなり》ずしとともにトレイに載せる。

部屋に入ると、「……おいこら」神威はバックパックも下ろさずに、腕を組んで突っ立ったまま、床の一点を食い入るように見つめている。「……おまえは市場でマグロを吟味《ぎんみ》する仲卸《なかおろし》業《ぎょう》者《しゃ》かなにかか？」その視線の先には、鋼太郎が片付けるのを忘れていた寝間着《ねまき》兼部屋着が脱ぎ捨てられたままになっている。首元の伸びきったヘロヘロTシャツも、ゴムが抜けて毛玉のついたハーフパンツも、脱皮した後の抜《ぬ》け殻《がら》を見られたようで恥ずかしい。それを神威はじっと見ている。鋼太郎が現れてもまだ見ている。「……やめろ。見るな」「え？　触ってはいないが？」「……だめだ。見るな」とりあえず足でベッドの下に蹴り込むと、神威は即座に床に這《は》いつくばってさらに深追いしようとする。しかしさすがに鋼太郎が発する殺気に気付いたか、「ひひっ！」神威は振り返って笑ってみせた。

「鋼太郎の私服はかっこいいからな。どういうの着てるのか気になるんだ」

それを聞くと、正直悪い気はしない。「ほう……」たちまち穏《おだ》やかな気持ちになり、「ならいいよ。まあ、くつろげ」顎《あご》で床に置いたクッションの方を指し示す。出しておいたローテーブルに、持ったままだった麦茶と稲荷ずしのトレイをようやく置く。

「うお！　すごい！　こんなの用意してくれたのか⁉」

豪華だ！　無邪気に笑う神威を見やって、ふと気が付いた。神威も今日は私服だ。アウトドアブランドの大きめのサイズのTシャツに、同じブランドのシンプルなパンツ。生地の感じが真新しくて、下ろしたてなのが見てわかる。高校生男子の普段着としてはだいぶ無難めな、それこそ鋼太郎が着ていそうな感じのコーディネイトだ。

「おまえもそういう服持ってたんだ。いいじゃん、どこで買ったの？」

「あの女が用意した」

「小間田《おまだ》さんな。世話になってるくせに」

「そう、その女。こういう感じのが欲しいって色々と情報を伝えたら、結果こうなった。……これ、どうかな？　俺おかしくないか？」

「全然。つか普通にいいんじゃね、俺も似たようなやつ持ってるし」

「ほんとか！　なら安心だ！」

神威はさっそく大口開けて稲荷ずしにかぶりつく。ラフな格好《かっこう》で座り込み、「これうまいな⁉何個でも食えるぞ！」ニコニコしているその姿は、最初に橋で出会った時とはもはや似ても似つかない。学校に制服で現れた時も随分印象が変わったと思ったが、今ではもっとだ。

あの日、神威は腰に届きそうなほど長い髪を風に揺らしていた。詰まったシャツカラーの服は裾《すそ》が長く、寝間着かなにかのようだった。見かけた瞬間は性別すらよくわからなかった。それに眼鏡もかけていなかった。今の神威を見た人は、恐らく真っ先に眼鏡に目が行く。あまりに古いデザインの、ダサすぎて目立つ眼鏡。その印象が強すぎて、せっかく整った顔をしているのに、それに気付いているのは今のところろうーちゃんぐらいだろう。でも、レンズには度が入っていない。昨日たまたま気付いてしまったが、神威がかけているのは伊達眼鏡だ。

（でもまあ、わかるよ。なんとなくな）

鋼太郎は、そのことを神威に指摘したりはしなかった。今日の私服の姿を見て、やっぱりそれでいいのだと思った。

神威はきっとイメージチェンジしたいのだろう。両親と離れて、それまでとは違う自分になってみたいのだろう。

それなら応援する。そうしろ、と鋼太郎は思う。神威の親は気に入らない。会ったこともないのに失礼かもしれないが、心の底から気に入らないし、まったく信用もしていない。神威を大事にしているとは思えない。だから神威はここで自由になればいい。目一杯に好き勝手して、やりたいようにやって、なりたい自分になって、親の目なんか届かない場所で、親の手なんか届かないここで、十七歳の『せいしゅん』を生きればいい。そうだ。生きてやれ、神威。

ただの神威になってやれ。

稲荷ずしに夢中になっている神威を見ながら、鋼太郎は思わず笑い出したくなる。どこからどう見ても普通な奴だ。ありきたりな、どこにでもいそうな高校生。ずっと前からこうやって、ここで一緒に母親が作っていった適当な昼飯を食べていたような気がする。今の神威はもう、そういう奴にしか見えなくなっている。

（……ざまみろ）

手の動きが止まった鋼太郎に、神威が気付いて声をかけてくる。

「鋼太郎、俺はあと何個食べていいんだ？」

「食いたいだけ食っていいよ。実は俺、昼飯さっき食ったばっかだし」

本当はまだだったが、「やった！」神威の食いっぷりに免《めん》じて譲《ゆず》ってやることにした。ウェットティッシュで手を拭いつつ、机からノートパソコンを持ってくる。

今日は別に稲荷ずしを仲良く二人で食うために集まったわけではなく、ちゃんとやるべきことがあるのだ。千葉モテ大作戦のリーダーとしての仕事だ。

さっそくパソコンを開いて、ブラウザを立ち上げ、（……おっと）開きっぱなしだったいくつかのタブを素早く閉じる。自分が心臓移植について毎日検索しまくっていることなんて、わざわざ神威に知らせる必要はない。待機リスト、とか、順位、とか、くり上げる条件、とか、優先される方法、とか、余命、とか。そんなことを検索しているのも神威は知らないでいい。

新しいタブを開いて、目当ての動画を検索してみる。神威も画面を覗《のぞ》き込もうとして、稲荷ずし片手に鋼太郎の左隣に移ってくる。打ち込む検索ワードは、ねるとん、だ。

昨日のLHRの話し合いの終盤、駒田が熱弁してきたのだ。いいこと思いついた、ねるとんをやれ、ねるとんはいいぞ、と。きょとんとするクラス一同を前に、氷河期《ひょうがき》おじさんは一人大興奮だった。

「うっそだあ、みんな知らないの⁉　あれよほら、タカさーんチェーック！　だーい、どん、でん、返しっ！　……うわあまじか！　知らないか！　あのね、要するに大規模な公開合コンなんだけど、ラストの告白形式が独特でね、男性側が順番に一人ずつ出て行って、意中の女性の前で『お願いします！』って手を差し出すんだよ。で、女性がその手を握り返したらカップル成立、『ごめんなさい』したら不成立。ただそのお返事の前に、同じ女性に自分も告白するつもりだった、っていう男性が『ちょっと待ったー！』って決め台詞《ぜりふ》で割り込んでくるわけ。場合によっては何人も。そしてずらっと差し出された手から、女性は一人を選ぶか、もしくは全員まとめて『ごめんなさい』するわけよ」

その『ちょっと待ったー！』の流れを全員でやれ、というのが駒田の提案だった。一人目は普通に告白するとして、その直後、クラス全員から巴と旧字体と一人目を除いた総勢三十七名が次々に『ちょっと待ったー！』を連続で披露《ひろう》する。そして最後に巴がまとめて『ごめんなさい』して全員を振る。そこで曲が終わり、それがオチ。

駒田の話を聞いた限りでは、かなり良さそうなアイデアに思えた。しかしその、ねるとん、とやらを実際に見てみないことには話が始まらない。

そういうわけで、今日は部屋に神威を呼んで、一緒にネットで動画を漁《あさ》ることになった。

「お、あるじゃん。時代を感じる画質……この幅とか、すげえエモいな」

見つけたURLをクラスLINEにも送っておきつつ、さっそく動画を再生し始める。神威と並んで視聴しているうちに、ぽつぽつとLINEに「画質やば」だの「のっけから展開エグくて泣いてる」だのメッセージが届く。昨日からようやくグループに入った巴も、目を開いているヒトの顔だけの適当なスタンプを送ってくる。見てる、ということだろう。

やがて『ちょっと待ったー！』の場面も実際に見ることができた。駒田があれほど熱く勧めてきたのもわかる。確かに流れとしてはこれならばっちり、今の時点ではこれでいくことに誰も異存はなさそうだった。

女子の一人が「こういうのも参考にならん？」と別の動画のURLを送ってくる。パソコンの動画は流したまま、スマホでそれを再生してみる。見始めてすぐに、「いや、つか……！」「待て待て待て……！」鋼太郎も神威も噴《ふ》き出してしまった。そのままへなへなと力が抜ける。

「なんでこいつこれが参考になると思ったんだよ……！」

「これやったらすごいぞ、俺たち……もうただの高校生ではいられないぞ！」

海外の超人気ラッパーの、なにか大きなアワードでのライブ動画らしい。巨大なステージから炎は噴き出すし、セットはもはや建造物としかいいようがないし、本物のスポーツカーが何台もエンジン全開で走り回るし、全身に筋肉の鎧《よろい》をまとった大人数のダンサーたちは一糸《いっし》乱れぬ隊列を組んで早送りとしか思えない超絶テクで踊りまくるし、そのままビュンビュンワイヤーでフライングしまくるし。最終的にはプロジェクションマッピングの技術で、アワード会場は丸ごと異次元へ飲み込まれてしまった。

すごい、を通り越して意味がわからない。参考になんか絶対にならない。わかっていながらも、自然に指がもう一度再生してしまう。二人して気が付けば目が離せなくなっている。「つかやば……」「おう……」膝を抱えてスマホの画面に見入り、いつしか息さえ呑んでいる。

と、ラッパーが振り上げた手にボカシがかかり、音声が不自然に途切《とぎ》れた。海外アーティストのライブではあるあるの現象だ。鋼太郎は気にも留《と》めなかったが、

「ん？　今なんか変になったぞ？　この手、どうしたんだ？」

神威は首を傾げている。「え、わからねえの？」鋼太郎が訊ねると頷いてみせる。いわゆるFワード関連の規制のことを、ずっと海外暮らしの神威が知らないとは意外だった。あれほど英語を自在に使いこなすのに、アジア圏にいたならそんなものなのだろうか。鋼太郎はスマホの動画を一旦止め、神威にFワードについて説明してやった。中指を立てるサインの意味も教える。今後のためだ。

「これは相手に対して、強烈な敵対の意志、攻撃の意志があるってことだ。すげえざっくり言うと、ケンカ売ってるって話。当然これされたら相手はキレるし、どこの国だろうとそこらで絶対やるんじゃねえぞ」

真面目な顔になって、「わかった。ちゃんと覚えた」神威は頷いてみせた。そして麦茶のグラスを口許《くちもと》に運び、鋼太郎も同じタイミングで麦茶を口に含み、

『ウオッケイ！　レツダンッ！』

ぶーっ！　同時に噴き出す。

キラキラと星が流れていくような特徴的なエフェクト音の後に続くのはもちろん、『ア～イノワッチャドゥッ！　ソハッエンソディ～ッ！』みんな大好きタケフジだ。神威のバックパックから突如大音量で流れ出していて、

「なんだ突然⁉　まさか故障か俺のご手淫帳《しゅいんちょう》⁉」

神威は飛びつくようにバックパックを開けて、中からタブレットを取り出す。

「いやおまえのじゃねえだろ！　てかなんで持ってきてんだよ⁉　おまえまさか俺んちで手淫するつもりかよ⁉」

「手淫はしないさ！　ここではな！　というか今日は充電してもらえないから使わない！　でも宝物だから肌身離さず持ってきた！　でも、えっ、でも、あっ、わあ！　どうしよう⁉　なんなんだこれ、タケフジが止まらない！」

「ちょっと貸してみ……うおぉここ好きなところ！」

「わかる俺もここ好きだ！」

『オイエッオイエッ、ワウッフ、ユドンウェイフォッダナイッ！』

歌いながら思い切り胸を反らし、悩ましく首を回しながら腕をクロス！　からの、両手で交互に銃を撃つ！　バキュンバキュン！

「これアラームかよ！」

ようやく鋼太郎が爆音タケフジを止める。「……てか、おまえすっかり歌詞入ってんじゃねえか！」「え、俺が？　歌ってた？」「しかもめちゃくちゃ踊れてたぞ！」「いやあまさか」無意識だったらしい。「でもとにかく、俺はアラームなんて絶対にかけてない。そんなのやり方すらわからん」「じゃあ今のはなんだったんだよ？」

鋼太郎のスマホが突然しゅぽっと音を立てる。見れば西園寺からＬＩＮＥが来ていて、『どうせ神威そこにいるんだろ？　聞こえた～？　って聞いて！　ゲス顔で！』とのことだった。

西園寺は借りパク防止のため、毎日神威に学校までタブレットを持ってこさせている。それを自分のロッカーに隠して、モバイルバッテリーで充電するのだが、その際にアプリのアラームでこの時間にタケフジが流れるように設定したのだという。『かわいいイタズラだろ～』

「いやおまえふざけるなよ⁉　万が一外で流れてたらどうするんだよ⁉　って西園寺にしゅぽってくれ鋼太郎！」

『聞いてわかる奴は仲間だし大丈夫だって！　わからない奴もただの激しめのアラーム音だと思うだけだし～って神威に言って』

「いくらなんでもアラームにしてはダンサブルかつダイナミックかつセクシーな名曲すぎるだろう！　外でこれを流す奴は結局どうかしてるだろうって西園寺にしゅぽってくれ鋼太郎！」

板挟みになりながら、「おまえらほんっと、馬鹿じゃねえの……⁉」鋼太郎はもう笑いが止まらない。クラスＬＩＮＥではさっきのラッパーの動画を送ってきた女子が散々『おまえアホだろ』だの『体育館燃やす気か』だの言われているのに、なおも『いや参考になるよ、全体的な雰囲気が』と主張を続けている。どいつもこいつも本当にどうかしている。スマホを握り締めたまま、鋼太郎は笑い続ける。

結局そのまま午後遅くまで、ネットで本当に参考になりそうな動画を漁って過ごした。

そして夕方になった頃、二人は自転車二台を並べ、うーちゃんの病院へ向かって出発した。


神威に夕飯を食べていくよう強く勧めたのは父親だった。あのムショアパートに帰宅するつもりでいた神威も「いや食って行けよ！　な？　食って行けって！　な？」「……ぐ、うう……」「な？」ベアハッグで締め上げられてはさすがに断り切れず、病院を出てから再び鬼島家に向かうことになった。

両親より先に二人で家に戻り、いつものように怒濤《どとう》の勢いで家事をこなし、神威もテーブルを拭《ふ》いたりしてくれて、やがて両親も車で帰宅してきた。

夜になって四人で囲んだ夕飯のメインは、牛肉と夏野菜のオイスターソース炒《いた》めだ。神威が昼の稲荷ずしを激賞したせいで母親の料理テンションも爆上がりしたのだろう、肉のボリュームが半端《はんぱ》ないことになっている。「今日のおいなりさん、中身は手抜きのすし太郎だよ。そんなに褒《ほ》めてもらうようなアレでもないって」「なに太郎でも関係ありません！　ただ、俺にはとにかく最高においしかったので！」「やだあ神威ったら～！」牛肉ドーン！　の流れだ。

両親はもうすっかり神威を気に入っていて、今夜こそ泊まっていくようにと二人して何度も誘ったが、神威はやっぱり首を縦には振らなかった。母親はまだ残念そうにしている。

「ほんとに泊まっていけばいいのに。だって神威、こーくんと明日も遊ぶんでしょ？」

「明日は別に遊びじゃねえって。クラスの連中と文化祭の打ち合わせするんだよ。な」

口いっぱいにおかずを詰め込んで、神威はにこにこと幸せそうに頷いてみせる。それは今日のクラスＬＩＮＥで急遽《きゅうきょ》決まったことで、来られる奴はできるだけ来い、という話になった。今のところ参加者は半数ぐらいの見込みだが、途中からなら行ける、という奴もちらほらといた。神威が泊まっていけば、明日の相談もまだできたのにと鋼太郎も思うが。

「……いや、帰ります。洗濯とかしたいし」

口の中のものを飲み込んで、神威の返事は変わらない。「そしてこのおかず、本当に、ものっすごく、鳥肌《とりはだ》が立つほどにおいしいです！」「ひえ～！」母親は頰を押さえてクネクネと身を捩《よじ》る。神威のストレートな褒《ほ》め言葉がさっきからツボを突きまくっているらしい。「おかわり、いっつっつ……ぱいあるからね！」

「しかし鋼太郎さあ、おまえ去年は文化祭の話なんて一切してなかったよな？」

父親がふと言うのに、母親もそういえば、とクネクネを止めた。

「確かこーくんの学校、文化祭って無いんじゃなかった？」

「無いに等しい、つか、変なのがあるって感じ。くっそつまんねえ芸術発表なんだよ。要するにクラスごとの合唱大会。今年はそれでも一応ちょっと色々工夫してみるか、ってことになって。俺たち、なんか流れでリーダーになっちゃったし」

神威は「その通り!」わははは! 機嫌よく答えながら、茶碗《ちゃわん》片手におかわりをしに席を立つ。

「ああ、そうだそうだ、合唱大会なんだった。でもリーダーねえ、こーくんがそういうの引き受けるの珍しいよね。ていうか、なんで普通の文化祭やらないんだろう?」

「え、受験前の説明会で聞いただろ。何年か前に焼きそば屋やってたクラスが事故起こして、って。結構ひどい話だったけど、覚えてねえの?」

「なんだっけ。ごめん、ママ今を生きるタイプの中年だからさ」

「ほら、カセットコンロ使ってるところで、使用済みのガスボンベが本当に空《から》かどうか確かめようとした奴がガス抜きしちゃって、それで引火したってやつ」

「えー!? うっそー! あっぶなーい! ……はっ、記憶が蘇った。そういえばそうだった、それ聞いて、えー!? うっそー! あっぶなーい! ってその時もびっくりしたんだったわ。わあやだやだ、何度聞いてもゾッとする! それでよく火事にならなかったよね?」

父親も「ただの運だな」頷きながら言う。

「文化祭とか学祭って危《あぶ》ねえんだよなあ。不慣れな生徒が火を扱うだろ? 結構あちこちで大きな事故が起きてんだよ。ほら、カセットコンロを並べて使ってボーン! っつって爆発させたりとかよ。ガスボンベって鍋《なべ》とかでも使うし身近なモンだけど、高温になると本当に危険でさ」

「高温……うち大丈夫かな、なんか不安になってきた。コンロの上の棚あるじゃん? あそこに新品のガスボンベ、何本かしまってるんだけど……」

振り返るとそこにはちょうど神威が立っていて、話を聞いていたのだろう、「ここ?」コンロの真上の棚を指差してみせる。「ううん、その横。もうちょっと横。もう一歩横。そう、そこ」母親が心配そうに向き直り、「あそこ」と父親に。見やって父親は、「いやあ、あそこなら真上でもないしさすがに大丈夫じゃねーの? 神威、立ってるついでに冷蔵庫から黒酢《くろず》ドリンクのパックとって」図々《ずうずう》しいことを言い出す。「これ?」「ううん、それはリンゴ酢ドリンク。その隣の、いやそれはザクロ酢ドリンク。もう一個隣。そう、それ」

一応は客の神威を遠隔操作する両親に鋼太郎は呆れた。お酢系ドリンクもあり過ぎだし。

「神威をラジコンにすんなって。つかおまえもおまえで大人しく操縦《そうじゅう》されてんなよ」

テーブルに戻ってきた神威は心底幸せそうに、「楽しいからいいんだ!」顔の全部で笑っていた。そんなに楽しいなら、本当に泊まっていけばいいのに。鋼太郎は自分もおかわりしようと立ち上がりつつ、ついそんなことをしつこく思ってしまう。だって神威が帰宅しようがしまいが、どうせ海の向こうの親にわかりはしないのだ。

＊＊＊

翌、日曜日の午後。

鋼太郎は神威と自宅前で合流してから、自転車二台で一緒に集合場所へ向かった。場所を提供してくれたのは自宅敷地の一角に広大な駐車場がある無印で、聞けば無印の家は県内でも有数の大地主一族であるらしい。集まってきた面々は開けたスペースを見回すなり「無印ひろーい!」、さらにその横にはあらゆる作物が実る自家用の畑もあって「無印なんでもあるー!」、まるで生活雑貨を見に来た買い物客のようなことを言ってしまう。

　二年八組の生徒のうち、今日は結局半分以上がここに集まる予定だった。何人かは遅れて合流すると連絡があり、どうしても来られない奴らのために決まったことを伝える係もすでに任命してある。

「へ〜い！　神威、鋼太郎！」

　先に来ていた西園寺がド派手なピンクの柄シャツで「しゅぽ！」手を振ってくる。色も色だが、びっしりと描き込まれた動物柄が本当にうるさい。鋼太郎は思わず友の正気を疑うが、指摘したところで着てきた服を替えられるわけでなし、ひでえひでえとまた面倒に騒がれるだけだろう。代わりに、「服うるさっ！」その後ろを横切った巴が一言で斬《き》り捨てていってくれた。

「ひでえひでえ！　なんなんだあいつは⁉　通り魔かなにかか⁉」

　ショックに立ち竦《すく》む西園寺を一顧《いっこ》だにせず、巴はすたすたと女子たちが集まっている方に歩いて行く。と、一瞬だけ振り返り、

「おはよ」

　ぶすっとした顔でむくれた半眼、素早くそれだけ呟いて、またすぐに背を向けて歩き出す。

　神威は「おはよう、千葉さん！」笑顔で返し、西園寺は「もう朝じゃねえだろ！」まだご機嫌斜め、鋼太郎は、

「……おす！」

　後ろ姿に片手を上げてみせた。巴はもう一度、光の速さで振り返ってそれを見た。そして同じ速さで向き直り、さらに猛然《もうぜん》と歩いていく。女子たちの群れを突っ切って通り過ぎかけ、「千葉、止まって」「なんで畑に突っ込んでく？」「ていうか意外とそういう感じ……？」群れの中に連れ

戻される。意外と、というのは私服のことだろう。実は鋼太郎も巴の私服を見るのは初めてだった。休みの日はいつも父親が一緒だというから、病院でも会ったことがなかった。確かに意外と、だ。襟元《えりもと》も裾《すそ》も大胆《だいたん》なフリルでひらひらした、ミニ丈のオフショルダーワンピース。色は紫。肩から胸元は肌全開、さらに腹部にはわざと開けた大きな開口部もあって、ヘソ周りが見える仕様になっている。これを着るのは相当なパリピギャルか、

「これは、中三の夏に買った服」

一瞬血迷って人生を踏み外《はず》しかけた奴だけだろう。「これ以外は小学生の頃から着てる服しかない。客観的にやばさを比較した結果、こっちにした」

女子たちの間に「ああ〜」納得ムードが漂《ただよ》う。巴の黒歴史は今やクラス全員が知っている。八百地もやって来て、「しゅぽ」黒のTシャツと黒のハーフパンツで近付いてくる。そっけないを通り越して、ランニング中か？　と聞きたくなるようなコーディネイトだが、八百地はこれでいいとされている。ちなみに寒い時期になると、袖丈《そでたけ》とパンツ丈が長くなり、黒ダウンと黒ニットキャップが追加される。そして西園寺の方をちらっと見るなり「うるせえな」、さらに鋼太郎と神威をちらっと見て「……ふっ」小さく笑う。「えっ、西園寺はともかく俺たちを……？」

「鋼太郎、俺たち笑われたぞ……西園寺はともかく」思わず二人は怯えたように身を寄せ合うが、

「いや笑うでしょ。だって君らそれ、仲良しアピールしすぎじゃん。まっ、俺はそこを突っ込む前に千葉に辻斬《つじぎ》りされて死んだんですけどね！」

早く成仏《じょうぶつ》しろ、などと言いつつ、着てきた服を見下ろしてみる。別におかしくないと思うが、はたと神威を見て気付く。言われてみれば、同じアウトドアブランドの、同じデザインの、同じサイズの、かろうじて色が白とベージュで違うだけのTシャツ。その下に合わせたアンクル丈パ

ンツはもう完全に同じ黒。スポーツブランドのサンダルまで同じで、

「うお、ほんとだ！　双子《ふたご》コーデだ！　つかやべえ、普通に全然気付いてなかった！」

「わはは！　精度が上がり過ぎてしまったな！」

「元ネタは俺だ、おまえ着こなし変えな！　えーと、とりあえずここ結んどくか！」

鋼太郎がふざけて神威のTシャツの裾を持ち上げて引っ張ると、

「……っ」

神威はその手を払いのけて、突然大きく飛びすさった。

あまりの勢いに、鋼太郎は思わず呆気《あっけ》にとられてしまう。そのまま立ち竦む鋼太郎の目の前、神威は必死の形相《ぎょうそう》でめくられた裾を引っ張り下ろし、「し、しわになっちゃうだろ！」なぜか巴の後を追うように女子たちの方へ走って逃げていく。西園寺と八百地はそれを見てゲラゲラ笑っているが、鋼太郎は（なんだ今の……）手に残る違和感に首を傾げた。触れてしまってわかったのだが、神威は多分、Tシャツの下に分厚いアンダーを着込んでいる。まだ最高気温三十度を優に超えるこの時期に、真冬の登山で着るようなやつを。透《す》け対策でTシャツの下にアンダーを着る奴は普通にいるが、でも、それは絶対に暑いだろう。そしてあの逃げ方。なぜあんなに必死に？　神威の方を見やるが、その顔の前で西園寺が「へイへイ」手を振る。

「てかもう時間じゃね？　おまえたちがまとめ役なんだから、ちゃんと集合かけて始めろよ。早めに帰りたいって奴もいるんだしさ。神威ー！　なにやってんだよ、帰って来ーい！」

――そうだった。

旧字体は昨日のうちに伴奏を録音してクラスLINEに上げてくれていたし、今日は歌詞の入った楽譜《がくふ》を人数分コピーして持ってきてくれていた。「書き込みとかできるし、画像で送るよりいいかと」とのことだった。キャラが濃すぎて絡《から》みづらいが、かなり律儀《りちぎ》な奴ではあった。

駐車場で適当に円を描くように向き合って並び、伴奏を鋼太郎のスマホで流しながら、とりあえず今いるメンバーで何度か繰り返して歌ってみる。ハモりだのなんだのは置いておいて、まあ普通には歌えている……と、鋼太郎は思ったのだが。

「こんなんじゃだめだよ！　神威が適当にごまかしてた！」

クラス合唱というイベントでしばしば起きがちな謎現象、急に女子がガチり出した。一人が厳しく指摘すると、他の女子たちも口々に「うん、神威は歌えてなかった」「神威は声出てなかった」容赦《ようしゃ》のないダメ出しを神威に浴びせる。鋼太郎の左隣で神威は身を竦め、

「いや、俺まだちゃんとこの歌覚えてなくて……でももう何回か聴いたらきっと、」

必死に言い訳するが、「ヒャーハハハァ！」その目の前にオルタナティブが飛び出してくる。

「おまえは俺様の獲物だァ！　泣けェ！　喚けェ！　叫べェ！　ヒャアッハ――ッ！」

そのオルタナティブを旧字体が指差し、「ほら神威、オルタもああ言っているわ！」腰が引ける神威の肩をがしっと摑んでくる。「いや、わからん……」「ヒャッハァ！　ヒャーハハハ！」「そうねオルタ、私も賛成よ！　それでいいわね神威！」「いや、本当にわからん……」意外なことに、鋼太郎には薄々わかった。これがクラスメイト歴の差かもしれない。神威の背中をポン、と叩き、「行って来い」諭《さと》す。「ど、どこに⁉」

「オルタナティブは、おまえに歌を教えるって言ってくれてるっぽい。ほら、呼んでるぞ」

オルタナティブは神威を見つめながら「ヒャアーハハハ！」舌をベロベロ出している。神威は

怯えてじりじりと後ずさり、

「いやだ鋼太郎、俺はオルタナティブくんとはそんなに親しくないいんだ……！　二人きりでは間が持たん……！」

しかし旧字体はその肩を摑んで逃がしてはくれない。「安心なさい、この私もいてよ！　さあ、あの素敵な木陰のお花畑で歌の特訓をしましょう！」強引に神威の背中を押す。指差す方に木陰も花畑もないのがすこし怖い。神威は足を踏ん張って「いや俺はいい！　鋼太郎と一緒にいる！だってほら、リーダーだし！」必死に抵抗するが、

「いいからとっとと行きなさいよ！」

巴がヘソも露《あら》わに恫喝《どうかつ》する。

「私は時間の無駄が嫌い！　せっかくこうして集まって、広いスペースで声も出せるっていうのに、あんた一人が謎に無知なせいで足を引っ張られるのはみんなにとって迷惑なの！　なによりこの私、この主役のわ・た・しが迷惑してるの！　貴重な練習時間を奪う権利はあんたにはないんだから、すべてを諦めてそいつらについていって、言われるがままに身を委《ゆだ》ねて、そのまま三人で農家カフェでも営《いとな》んで永遠に仲良く暮らしなさい！」

「そこまではしないわ！　でもまあそんな感じよアハハ！」

旧字体とオルタナティブに両サイドから捕《つか》まって、「鋼太郎ー！　鋼太郎ー！」神威は連れて行かれてしまった。あやつらめ——遠い目をして穏やかにその様子を見守っているのは、本日めでたく金持ち属性が判明した無印だ。その背後には年配の男性が立っている。何を隠そうその人物こそが、今日ここに集まった面々が生まれて初めてリアルに実装されているのを目撃した『じいや』なる存在だった。

貴重なＵＲキャラ・リアルじいやが見守る中、練習は続く。

三人が抜けて残った面々で、とにかく伴奏に乗せて「ちょっと待ったー！」を連続でやってみることにする。人数はクラスの半分しかいないが、雰囲気だけでも摑めるだろう。スマホから流れるピアノの前奏を少し聞き、鋼太郎は適当なタイミングで、

「じゃあ今並んでる順で適当にいくぞ、時計回りで千葉は抜かす。俺からな、えーと、『お友達からお願いします！』……はい行け！」

そこから順番に一人ずつ、「ちょっと待ったー！」を発しては次に回していく。どんどん続けて、意外にも誰もトチらず、テンポよくスムーズに進行する。やがてちょうど一周したあたりで曲が終わり、「おお、ぴったり！」「ちょうどよすぎ！」「俺らすごくね⁉」みんな一斉《いっせい》に盛り上がった。鋼太郎もご満悦、近くにいた西園寺とハイタッチしかけてふと気が付く。

「……いや違うわ！　人数が全然少ないんだから、これでぴったりなら遅すぎるんだよ！　そうか、もっと全然、倍ぐらいの速さでいかないとだめなのか」

あれ……。そうじゃん……。そうだよな……。今さらのようにざわめく連中の隙間《すきま》から、「はい」巴が手を挙げた。「私、合いの手を入れたい」ついヘソを見てしまうが、視線を顔に戻す。

「合いの手？　どういうこと？　なんで？」

「合いの手っていうか、リアクション。今やってみて思ったの。告白されるたびに、私もなにか反応しないとおかしくない？」

またヘソを見てしまい、「ああ、確かにそうだな」視線を顔に戻す。「じゃあもう一回、頭からやってみよう。つかそうか、二周すればいいんだよな。さっきより倍の速さで二周。千葉はいい感じの合いの手を試《ため》しに入れてみてくれ。また俺から時計回りに行くぞ」

鋼太郎のスマホから前奏が流れ、さっきより少し早めに「お友達からお願いします！」ヘソにコクる。「はーい」ヘソが返す。ヘソに「ちょっと待ったー！」ヘソが「はーい」、ヘソに「ちょっと待ったー！」、ヘソが「はーい」、ヘソに……

「ちょっと待ったー！」

鋼太郎だ。今のはガチなやつだった。スマホの曲を止め、「はーい、っておまえ、シュールすぎんだろ⁉」ヘソに喚く。それを待っていたように「いやほんとだよ！」「マジの合いの手入れてどうすんの」「おかしいだろどう考えても！」みんな笑ってしまってへたり込む。心外な、とでも言いたげに巴は片手で注目されているヘソを隠し、

「じゃあどうすればいいのよ！　そんなとっさに思いつかないし！」

女子の一人が「驚けば？　いちいちこう、あら⁉　まあ⁉　うそ⁉　やだ⁉　って感じで」巴の前でやってみせる。「……それを、三十七回？」「つか声は出さなくていいんじゃない？」「そう、歌はずっと歌い続けてるんだよ」「で、表情とかポーズで驚いてるのを表現する」「仕草だけで見せるの」巴を取り囲み、女子たちは高度なことを要求し始める。「ちょっとやってみなよ、驚きの表現」巴はすこし考え、「……こんな感じ？」目を見開き、貼り付けたような笑顔のまま立ち位置は固定、開いた手《て》の平《ひら》をひたすら左右にくり出し続ける。女子たちは次々に膝から崩《くず》れ落ちていく。

「バリヤードじゃね……」「バリヤードでしょ……」「バリヤードだ……」

巴は憮然《ぶぜん》と、「やらせておいて失礼じゃない？」脱力して立てなくなった女子たちを見下ろす。「まあでも今のおまえはバリヤードだったよ……。かと言って『はーい』では絶対にない……」鋼太郎が言うとさらにむすっと頬を膨《ふく》らませる。「難しすぎない⁉　私じゃなくてもこんなの

絶対誰もうまくは――」

その時だった。

どこからか風に乗って、美しいハーモニーが聞こえてくる。それは、イカロスの物語だった。歌声は三つの高さに分かれ、心地《ここち》よく重なり、追いつ追われつ、哀切《あいせつ》なメロディーを丹念《たんねん》に紡《つむ》ぎ上げていく。キラキラと儚《はかな》く輝きながら、憂《うれ》いがみんなを包み込む。「え……」「きれい……」「これって……？」歌が聞こえてくる方を、一同一斉に振り返る。

果たしてそこには、なにがあったのか汗と泥にまみれた神威と、それを抱えるようにして歩く両わたなべの姿があった。三人は完璧なハモりを会得《えとく》し、畑の方角からゆっくりと駐車場に帰還《きかん》してくる。

思わず全員で拍手して三人を迎えた。誰もなにも言わずとも、するべきことは自然と察せられた。鋼太郎がスマホで伴奏を再生すると、三人を軸として合唱の声が重なり合う。鋼太郎はタイミングを計り、

「……第一印象から決めてました！　お友達からお願いします！」

バリヤードが驚いた。「ちょっと待ったー！」バリヤードが驚いた。「ちょっと待ったー！」バリヤードが驚いた。「ちょっと待ったー！」バリヤードが驚いた。「ちょっと待ったー！」バリヤードが――以下略。

二周、きっちりやり終えて、とりあえずわかったことは三つある。
一、まだ遅すぎて告白の途中で曲が終わってしまう。
二、バリヤードがシュール過ぎる。
三、全力でやるとまあまあ楽しい。

休憩時間にはぞろぞろと近所のコンビニへ行き、三々五々、飲み物や菓子を買って無印邸へと戻ってきた。それぞれ日陰を選んで座り込み、あるいは適当に立ったまま、歌い、コクり、爆笑し過ぎて疲れた喉《のど》の回復に努める。

「……で、旧字体が鋭く口笛を吹いたんだ。その瞬間、ナスの向こうからオルタナティブくんが飛び出してきて、逃げようとした俺をこう上から……」

畑での特訓は大変だったらしい。花壇の縁石《えんせき》に座って神威の話を聞きながら、西園寺と八百地はずっと腹を抱えて笑っている。鋼太郎も笑ってそれを聞きながら、ふと無意識に、千切れた草がついた神威のTシャツの肩を軽く片手で払った。しかしその瞬間、さっきこいつがすごい勢いで飛び退《すさ》ったことを思い出す。もしかして触られるのが嫌なのだろうか。鋼太郎は慌てて手を引っ込めるが、神威は嬉しそうに顔を向け、

「それ、シソだ！　押さえ込まれる俺を見ながら旧字体が教えてくれた！」

なんの屈託《くったく》もなく笑ってみせた。触れること自体は特に問題ないらしく、「まじで無印なんでも揃《そろ》ってんな」鋼太郎はひそかに安堵《あんど》する。今さらながら自分を含めた鬼島家の面々は、処刑《しょけい》の際や他の時にも、神威にベタベタ触りまくりだった。

少し離れたところでは、女子たちがひっつきあって何事か騒がしく盛り上がっている。一人がなにか言い、それにウケる笑い声、癖《くせ》みたいに手を叩く音。巴の声もする。「なんでよ、そんなの知るわけないし、」なにか言いかけたその首に腕を回され、みんなで顔を寄せ合って小声になり、「……えっ！」巴が驚く。また笑い声が響き渡る。巴は唇を尖らせ、なにか言いたげにこっ

ちを振り向いた。不意に目が合って、鋼太郎は一瞬固まる。巴の口が動き、「きし――」

「神威ー！　ちょっとこっち来てー！」

他の女子の声にかき消された。神威は「え？　なに？」素直に立ち上がり、歩いて行く。引っ張られるように巴の隣に並んで立つと、女子たちは二人の身長を見比べて「はらやっぱり！」「ベスト身長差だ～」「まさにちょうど十五センチ！」「ね、神威の口が千葉のおでこ！」再びきゃあきゃあ盛り上がる。

西園寺がそれを見やり、「へっへ、始まったねえ」いやらしい顔で笑った。「なにが？」

「なにって鋼太郎、知らねーの？　女子たちの間では今、神威と千葉をくっつけようって気運《きうん》がめっちゃ高まってるんだぜ。金曜の神威の発言、諸々《もろもろ》あったじゃん。なんかあれが乙女《おとめ》心にぶっ刺さりまくったらしくてさ」

「は？　……いや、くっつけるっていったって、だって、神威はそもそも……」

「それよ。いずれ神威は学校を去る身、二人は海を隔《へだ》てた遠距離になること確定。これがまたロマンをかき立てるらしいのよ。まあほらご存じの通り？　俺はあの健気《けなげ》マゾを？　初期から見守ってきたいわば古参《こさん》じゃない？　だからもちろん応援してんの。つか鋼太郎だって古参だろ、おまえあれだもん、千葉を幸せにしたい宣言を神威と一緒にかました仲だもんな。いい流れよな、この感じ」

西園寺はひょいっと立ち上がり、「へ～い！」女子に囲まれている神威の肩に背後からしなだれかかる。「さっきからなんの話してんの？」「ああん？　おめーのシャツがうるせえって話だよ」「え⁉」「うん、ガチでうるさい」「え⁉」「それさー二度と着ないでくんない？」「え⁉」「次着てるの見かけたら破り捨てっから」「え⁉」……ピンクシャツは、本当に不評だった。不憫《ふびん》な西園寺に大ウケする神威の笑い声がここまで聞こえてくる。

「――つまんなそうだな」

急に近くから話しかけられて、「……っ」鋼太郎は小さく震えてしまった。驚いた。八百地がペットボトル片手にじっとこっちを見ている。え、なに、と訊き返すと、

「いや、なんかおまえ静かになっちまったなって思ってさ。――もう独占できないもんな」

八百地は顎《あご》で、あれ、と女子たちのグループの方を差し示す。そこにいるのは別に親しくはないクラスの女子が数人。西園寺。神威。巴。

反射的にぎくっとしてしまったのは、多分悟られてはいないはず。でも誰のことを言っているのか、鋼太郎には八百地の考えが読めない。……神威、だろうか。きっとそうだろう。その前提で、「まあな～、それな～」ふざけて言い返しつつ、

「でもいいのいいの。俺はどうせ半魚人だから。所詮《しょせん》は魚類サイドだから。王子さまはいずれ必ず奪われる運命だったわけよ。でもほら、声を失ったかわりにこんな美脚を手に入れたからさ」

鋼太郎は抱えていた足を前に伸ばして投げ出す。だらしないポーズになって、後ろに手をついて身体を支える。

八百地はしかし、笑ってはくれなかった。

「おまえ、意外と『引く』よな」

「……え？」

「なんで？」

なんで、って――じっと見つめてくる視線に、鋼太郎は少したじろぐ。言葉に詰まってしまいながら、急に世界が裏返るような感覚に襲《おそ》われる。

これまではずっと、うまくやってきていた。そのつもりだった。少なくとも自分では。でも、このすこし大人びた友達の目に、自分は今どう映っているのだろう。もしかして、思っていたほどにはうまくやれていないのか？　たとえば巴の秘密が綻《ほころ》びて、やがて二度と閉じない大穴になって、今では誰にでも見える空洞《くうどう》が腹に開いたままになっているみたいに、まさか、自分もあんなふうに？

（……俺も、綻び始めているのか……？）

秘密。隠し事。言えないこと。

そしてそれを守るための嘘。不自然な言動。下らないごまかし方。

うーちゃんの存在を伏せたいがために、自分がどこで生まれ育ったかも、卒業した小学校中学校がどこかさえも、鋼太郎はこれまで誰にも、八百地にも、西園寺にも明かしていないのだ。訊かれるたびに適当に取り繕《つくろ》って、話の矛先《ほこさき》を変え、話題をコントロールして、はぐらかして、うまいこと今日まで逃げ続けてきた。

それで平気だったと思っている。

うまくやってきたと思っている。

でも。

本当に声を失ったみたいに、鋼太郎はなにも言えなくなってしまった。どうこの場を取り繕えばいいのかもわからない。八百地の視線から逃げるように、意味もなく自分のつま先を見る。なにか別の話題を振らなければと思うが、焦れば焦るほど頭の中は真っ白になっていく。このままでは自分はさらに、どんどん静かになってしまう。

そこにタイミングよく、「鬼島、ちょっといい？　伴奏のことで相談したい」長いポニーテールを揺らしながら、旧字体が顔を覗き込んできた。

「おう、いいよ。そこ座って」

自分と八百地の間を指差して、旧字体と横並びに座る。楽譜をそれぞれ手に広げ、スマホで伴奏を小さく流しながら、「……だから、一度ちゃんと秒数を計らないといけないと思うの。その上で、どうしても時間が足りなったらたとえばここの間奏を、……」旧字体が指差す箇所を真剣に見ているふりをする。頷きながら、ちゃんと理解しているふりをする。

でも本当は、今さっき八百地に言われたことで頭がいっぱいになっている。

(『引く』って、――そりゃ、そうだろ)

だってずっと、引かなければいけない人生だったんだから。

重い病気の妹がいれば、そんなの当然のことだから。

両親は自分の存在を忘れてはいない。十歳までは一人っ子だった自分のことを、それまでの十年を両親の愛も視線もなにもかもを独占して育った自分のことを、決して忘れたりはしていない。ちゃんと目を配り、ちゃんと心を配り、ちゃんと大切にすることをやめようとはしない。

だからこそだ。だから、自分が引くのだ。

引いて、譲るのだ。

うーちゃんに、ぜんぶあげたいから。

自分が持っているいいものは、ぜんぶ、大事な妹にあげたい。

そのためになら忘れられてもいい。一人ぼっちで置き去りにされて、二度と振り返ってもらえなくてもいい。それでいい。本当だ。何十回、何百回、何千回でも思う。何万回でも思う。本当だ。俺はそれでいい。本当だ。俺はそうしたい。本当だ。俺は譲りたい。本当だ。俺はぜんぶあげたい。本当だ。

（本当なんだよ……）

でも。

そう思う自分を、『本当の』自分は必ず裏切る。必ずだ。

自分が自分に裏切られるたびに、再び一からやり直す。思い直す。何十回、何百回、何千回、何万回。俺は、俺は、俺は。本当だ、本当だ、本当だ。そうすることと引き換えに、なにかが叶《かな》うと信じているみたいに。あげればあげるほど、なにかを得られると信じているみたいに。

そして――

「鬼島、聞いてた？　今のところもう一回流そうか。ここ、このタラララ、タラララ、だーけーど、のところ」

「あ、うん。悪い、ここだよな。もう一回」

――必ず、また裏切られる。

日が暮れて解散となった。

このままなにか食いに行くという連中と別れ、バス停に向かう連中とも別れ、無印の部屋でゲームをするという連中とも別れ、鋼太郎と神威は夕方の空の下を二人で並んで漕《こ》いでいく。うーちゃんの病院へ向かって、初めて通る道を二台の自転車で走り続ける。交通量は少なく、人通りもない。民家がぽつぽつとあるばかりで、あとは畑と田んぼが両サイドにずっと続く静かな道を、夕方になっても強い陽射《ひざ》しが遠くまで眩《まぶ》しく光らせている。

「あ、言い忘れてた。さっきLINE来たんだけど」

鋼太郎が話しかけると、「んー？」神威がのんきに顔を向ける。

「うーちゃん、さっき図書室で史上MAX冊数の本借りたってさ。おまえ多分、まためちゃくちゃ読まされるよ」

「ついにタマを仕入れたか。あの部屋にある文字という文字はすでに読み尽くしたからな。あ、でもいかん。さっき歌い過ぎて、ちょっと声が掠《かす》れてきてる」

「すげえガチで歌ってたもんな。旧字体とオルタと三人で。つか、オルタ謎に美声なのなんなのあれ。普段あんな感じなのに」

「意外だよな。俺も最初に聞いた時、ひっくり返ってトマトをなぎ倒しそうになった。でも意外といえば、旧字体もだ。あんなにいい人だとは思わなかった」

「あ、俺も。あいつなにげにすげえ真面目《まじめ》だよな。今まさに俺の中で好感度が爆上がってるよ。つかさらに意外だったのは、」

「……千葉さん？」

「そうそう」

「ヘソ？」

「そう」

くっくっく……二人して笑ってしまう。片手で口を押さえた同じポーズで、ほとんど同じ服を着た二人が、果ての見えない眩しい道を同じ速度でへろへろと進んでいく。さっきから足が妙に重くて、いつもほどにはスピードが出ない。疲労を感じているのは、きっと神威も同じだろう。晴天の青空の下で何度も歌い、何度も話し合い、何度も「ちょっと待ったー！」をやり直し、何度も並び方も変えて、とにかくあれこれ試行錯誤《しこうさくご》して――うん。疲れた。

思わず鋼太郎があくびをしたその瞬間、

『ゥオッケイ！　レッダンッ！』

キラキラキラキラ……「はあ⁉」「えっ⁉」突然のタケフジが再び二人を襲った。神威はつんのめるように急ブレーキ、バックパックを腹側に回して持ってくるなり必死にタブレットを漁る。『ア～イノワッチャヤドゥッ！　ソハッエンソディ～ッ！』「うわうわうわ、これどうするんだっけ⁉」その顔に、必死な声に、容赦なく流れ続けるタケフジに、「ぶははははは！」鋼太郎は笑い崩れてしまう。ハンドルに突っ伏し、自転車ごと倒れそうになりながら、「か、貸せ、つか、なにしてんだよおまえ！」「俺じゃない！　俺はなにもしてない！」タブレットを受け取って、素早くアラームを止めてやる。それと同時のタイミング、しゅぽっと鋼太郎のスマホが鳴る。見ればやはり西園寺からのＬＩＮＥで、

『聞こえた～？　って聞いて！　ゲス顔で！』

「畜生《ちくしょう》――――――……っ！」

神威はキレた。握り拳《こぶし》をブルブルさせながら夕暮れの空に向かって咆哮《ほうこう》するその姿に、「はっはっはっは……！」鋼太郎はもう爆笑が止まらない。かっこいいポーズで静止した神威のシルエットは、ほとんどロボットアニメのワンシーンだ。それも登場人物ではない。機体の方だ。

「おい！　笑ってる場合じゃないぞ鋼太郎！　くそ、あの野郎！　早く『くそ、この野郎！』ってしゅぽってくれ！」

「つか、つかおまえ……なんでまたアラームかけられてんだよ？　同じ手で、二日連続……みすみす……馬鹿じゃねえの……？」

「いやだって、充電しておいてやるから貸せって言われて！　そりゃ俺だってさすがに昨日の今日だ、警戒はしたさ！　でも、充電がちょうど切れてしまっていたし……」

「あ、昨日やっぱしたんだ、手淫……。充電できないから今日はしねえっつってたのに、我慢できず……」

「したさ！　したさ、したさ！」

「いいよ、そんな何気ない素振《そぶ》りで回数まで教えてくれなくて……つか、ほんっと、しみじみ、馬鹿だよなおまえら。はあ、苦しい……」

笑い過ぎて力が入らない足で、鋼太郎はどうにか立ち直る。神威は「しつこいんだよ、あいつは」まだぷりぷりしながら大事なタブレットをバックパックにしまい込む。友達にいたずらされて怒り、むかついて、ぶーたれて、ブツブツ文句を言い続けている。橋で出会ったあの時には、神威がこんな表情をするようになるなんて思いもしなかった。それがいつの間にこんなふうに変わったんだろう。というか、意外と神威は西園寺と気が合っているのかもしれない。最初は自分が間にいたが、やがて二人は自然に仲良くなって、気付けばむかついて文句を言える距離感になっている。

「……ああくそ、西園寺め、腹立つ、でもご手淫帳を借りている手前そこまで強くは言い返せない……」

バックパックを背負い直し、神威はハンドルを握った。しかし鋼太郎はなんとなく、まだ走り出す気にはなれない。そのまま自転車を引いて歩き始めると、神威も気付いて左隣、同じように歩き始める。その横顔が、ふっとゆるんで微笑む。

「……けど、でも、楽しいな」

鋼太郎の方に顔ごと向けて、「なんか全部、楽しいな……！」もっと大きく、笑ってみせる。

ふと思うのは、なんで俺なんだろう、と。

こいつがこんな笑顔を向ける相手は、自分じゃなくてもよかったはずだ。今こうして隣を同じ速度で歩いているのは、たまたまあの日、あの橋で、こいつと出会ったのが自分だったからだ。まるで刷《す》り込みされた雛鳥《ひなどり》みたいに、こいつはあの時からずっと自分を追いかけ続けている。そこに、たまたま、以外の合理的な理由は見当たらない。

もしも出会ったのが別の奴だったなら、神威はそいつを追いかけていたのだろう。そいつと友達になって、今頃そいつと『せいしゅん』していたのだろう。

もしも誰とも出会えなかったなら、神威は謎の留学生としてある日クラスに現れて、そして自然と誰かと……たとえば西園寺と、仲良くなっていたのだろう。それは八百地だったかもしれない。女子だったかもしれない。巴だったかもしれない。自分はその様子を微笑ましく眺めて、おまえら仲いーな！　と毎日うまく笑っていたのだろう。

誰がよかったのか、誰が一番当たりだったのか、そんなの今さらわかりようもないが、結局俺で正解だった！　結果オーライ！　そう言い切る勇気も、鋼太郎にはなかった。

こいつにはもっといい奴がいたのかもしれない。もっといい『せいしゅん』が、あったのかもしれない。本当に出会うべき相手が、追いかけるべきだった相手が、いたのかもしれない。自分がたまたま出会ってしまったせいで、その機会を潰《つぶ》したのかもしれない。そう考えてしまうと不意に胸が苦しくなって、たちまちはち切れそうに張り詰めて、思わず、

「……俺じゃなくてもよかったよな」

口に出してしまった。

「俺が一緒じゃなくても、きっとおまえは『せいしゅん』を……」

一瞬で後悔した。

口を噤《つぐ》み、左隣の横顔を見やる。神威は眼鏡の奥で目を見開いて、鋼太郎を見つめている。そうだよな。そんなことをおまえに言っても、おまえは困るだけだよな。どう答えろって言うんだよな。——軌道修正。

「……あれ、ほら。合唱の、リーダーのこと。おまえ一人でも、結構ちゃんとやれてたんじゃねえの？　旧字体もなんかすげえ手伝ってくれてるしさ」

うまく逸《そ》らしたと思った。

神威は、でも、立ち止まった。

「おまえがいなければ俺は生きていない」

はっきりとそう言った。

その右手が、鋼太郎の腕を摑んでいた。強く、指が食い込んで痛いほど。「……は？　おまえ、いきなりなにを……」絶対に離すまい、と。一生離すまい、と。神威はそういう本気の目をしていた。首筋の後ろに震えが走る。あ、でも、と思いつく。

「……あれか。溺《おぼ》れたのを俺が助けたからか。いや、でもあれは元々俺が飛び込めってけしかけたせいであなったんだし、原因がそもそも、」

「違う」

強く言う声が、鋼太郎の言葉をせき止めた。

「あそこから始まったんだ。なにもかも、すべてが、——俺の全部が！　あそこからだ！」

摑まれたままの腕から、電流でも流されているようだった。力を入れ過ぎた神威の指が震えて、鋼太郎の身体までビリビリとその震えが伝わってきていた。

「おまえと出会った瞬間に、俺の心臓は動き出した！　心臓ここにあったのかって、俺は本気でびっくりした！　それまではそんなことも知らなかった！　今まで止まってたのかよって思った！　今までなにしてたんだよって！　俺は生まれて初めて、自分が生きてるって……あの時、本当に、本当に初めて、俺は生きてるって思ったんだ！」

（……本当のことだ）

理由もなしに、そう思った。これは本当のこと。これが、こいつの『本当』。こいつはそれを、自分に晒《さら》してみせた。

でももし今うかつにこの口を開けば、出てくる言葉はきっとあの三文字だ。ご。め。ん。

俺は、神威が今してみせたように、神威に『本当』を見せられない。俺自身を裏切り続けるそいつを、神威に晒すことは絶対にできない。失望されるのが怖いから。そして、失望されないのも怖いから。もしも受け入れられてしまったら、その時こそ俺のすべてが崩壊《ほうかい》するから。

鋼太郎は神威を見つめ返し、口をまだ開くことはできない。立ち竦んだまま、動き出すことができない。

理由もなしに、もう一つ思った。

（……こいつはいなくならない）

この世でこいつだけは、たった一人神威だけは、俺の左隣を俺と同じ速度でどこまでもずっとくっついてくる。留学期間が終わっても、どれだけ遠く離れても、どんなやり方で引き離されても、こいつは必ずここに帰ってくる。そして俺とずっと一緒に歩いていく。絶対に。

確信して、安心した。もうなにも恐れることはなかった。鋼太郎は息を大きく吸い、食いしば

っていた歯を開いて、

「――よかったな！」

心のままに声を上げた。生きててよかったな。あの時、たまたま出会えてよかったな。神威が今ここにいることが嬉しくて、神威がちゃんといることが嬉しくて、神威と一緒にいられることが嬉しくて、俺もよかった。よかったな、俺たち。サドルに跨《また》がり、ハンドルを摑み、「よし、行こうぜ！」「おう！」並んでペダルを漕ぎ出しながら、自然と笑ってしまった。見れば神威も笑っていた。なにがおもしろいのか、どうして楽しいのか、説明もできないまま二人してただ笑い続けていた。これが永遠に続いても全然いい、きっと神威もそう思っていた。

自分の左胸に触ってみる。そうやって、強く脈打つ鼓動《こどう》を確かめてみる。

この胸の内側には、いつからか光が灯《とも》っている。

金に、オレンジに、紫に、緑に、ピンクに、青に、揺れる火のように、燃える炎のように、明滅し、脈打《みゃくう》って、何度でも繰り返し囁き続けている。神威の声で拍動し続けている。

大丈夫だ、と。

「……つか、俺今ふと思ったんだけど。もしこの流れで文化祭の当日とかにおまえが帰国することになったら悲しくね？」

「えっ⁉　やめてくれ縁起《えんぎ》でもない！　なんてこと言うんだよ、冗談じゃない！　大丈夫だ、きっと、多分……いや。そうだ、……大丈夫だ。本当に」

神威はまっすぐに前を見た。迷いのない目で、どこまでも続く道の果てを見た。

「俺はいなくならないよ。ただ、見えなく――」

吹き付けてきた風にその言葉はかき消されたが、神威の横顔は笑っていた。だからそれを訊き返しもせず、鋼太郎は胸の奥で脈打つ声を信じることにした。

裏切られた。

それから二週間とちょっとの間、二年八組は一致団結して文化祭の練習に励んだ。後から思えば、それはあっという間のことだった。なにかの帳尻《ちょうじり》合わせみたいに、十七歳の日々はあまりにも短く、瞬《またた》くように過ぎ去ってしまった。

そんな一日一日のことを、ずっと忘れはしなかった。ずっと考え続けた。

神威と呼ばれていた少年にとって、あの日々はどれほど貴重な時間だっただろう。なのに、ズタズタに傷つけた。あんなにも小さな器《うつわ》だったのなら、喜びだけで満たしてあげればよかった。

スナック菓子が宙《ちゅう》を舞った。

昼休みの教室で、西園寺が封を切るのに失敗したのだ。黄色い軽いスナックが袋から勢いよく飛び出し、全部床にぶちまけられ、「おわぁ！」「なにやってんだ馬鹿！」「もったいねえ！」「三秒以内に全部食えー！」自分も神威も八百地もみんな一斉に這いつくばり、競い合うみたいに口に放り込んだ。冷たい目で巴が見ていた。教室の自分の席で担任お手製の弁当を広げ、椅子《いす》だけ持ってきた他の女子たちと合唱の相談をしながら、「あいつらの衛生観念……」嫌そうに顔をしかめていた。

カップラーメンがくそまずかった。

放課後に二人で病院に向かう途中、通りがかったコンビニに新製品のカップラーメンの大きなのぼりが立っていたのだ。クリーミー生カラメルラテ濃厚煮干し豚骨《とんこつ》・瀬戸内レモン風味。思わず二度見して、「はあ⁉」「うげ……っ」揃って急ブレーキをかけた。自分も神威も好奇心に抗《あらが》えなかった。店内でお湯を注《そそ》ぎ、駐車スペースの縁石に腰を下ろし、三分待って、蓋《ふた》を開け、その瞬間に絶望した。不気味な泡《あわ》がボコボコ浮いた謎の新製品からはやばい異臭《いしゅう》が漂っていた。一口目でもうギブアップしたかったが、捨て場所を求めて店内をうろついていると、空き容器以外はここでは捨てられない、捨てたかったら完食しろと店員に言われてしまった。熱々くそまずカップラーメンを抱えていては自転車は漕げないし、この異臭では病院にも入れない。だから必死に食べた。スープも飲んだ。「うぅっ……」挫《くじ》けそうになりながら、「まずっ……」倒れそうになりながら、必死に二人は苦行《くぎょう》に耐えた。金まで払って。ようやく最後の一口を飲み込んで、空き容器を捨てに店内に戻るとさっきの店員がいた。「アレ全部食ったの⁉　げー！　おえー！」そんなもん売るなよ……と、神威は虚《うつ》ろな目で呟いた。

　ムショアパートにまたみんなで行った。

手淫とか、ご手淫帳とか、下ネタばっかり言い合った。西園寺と八百地が性癖《せいへき》の違いから一時ガチめな言い争いになりかけ、「ふざけんな、乳輪は絶対に小だろ⁉」「大だ、馬鹿」「小！」「大」神威と二人で目を見交わした。こいつら、アホすぎない……？　そのままヒートアップしてもはやここで絶交か、とさえ思われたその瞬間、『ウオッケイ！　レッツダンッ！』西園寺が仕掛けて忘れていたタケフジアラームが鳴り響いた。思わず歌い、踊り、『パァ～ッショ～ン……ヌッ！』最後のポーズまでぴたりと決めて、「……やおちん！　俺が間違ってたよ！　大もありだ！」「小も、な」二人は固く握手を交わして和解した。音がうるさかったのか、あの女が怪訝な顔で覗きに来た。

　神威は何度も夕飯を食べに来た。そのたびに「処刑――――っ！」された。

神威は何度も病院に来てくれた。そのたびに「処刑――――――っ！」された。

何度も部屋に上がり、時間を忘れて千葉モテ大作戦の参考になりそうな動画を二人で漁った。

雨の日は通学どうしよう、と神威は真剣に悩んでいたが、雨が降ったのはあの夜だけだった。

あと、それから……あれはなんだっけ。窓の外が真っ暗で、……そうだ、教室に全員で遅くまで居残って、練習をしていた時だ。他のクラスにネタばれしないよう、みんな声を殺していた。小さな音で伴奏を流し、口パクで歌いつつ、口パクでちょっと待ったー！　だけど誰かがふと言った。ぼそりと、「これ多分意味ねえな」――たったそれだけのことなのに、本番間近のハイテンションのせいか、全員死ぬほど笑ってしまった。そこここで膝から崩れ落ち、床に倒れ伏し、抱きつき合い、頭を抱え、腹を抱え、天井《てんじょう》を仰《あお》ぎ、正気を失うほど、全員が爆笑し続けた。西園寺も八百地も巴も大山も無印も旧字体もオルタナティブも他の男子も他の女子も、自分も、神威も、立てなくなるほど笑った。肩を摑み合い、背中を小突《こづ》き合い、もつれあいながら神威と二人でそのまま床に転がった。笑い過ぎて声も出せないまま、でも絶対に同じ気持ちだった。楽しいな。全部、楽しいな。お互いに手を伸ばし、熱くなった手の平を合わせて、息が整うまでひたすら待った。段々と騒ぎが静まり、落ち着きを取り戻し、頼むからもう誰も笑わせないでくれ、全員が真剣に願ったその瞬間、「ヒャー」オルタナティブが変なしゃっくりをした。すべての努力が無に帰した。再び全員が笑いのビッグバンに飲み込まれ、そのまま閃光《せんこう》の中で爆散《ばくさん》した。

十七歳だった。

そういう二度と戻らない日々のことを、そしてその無意味さを、何度も繰り返し思い出した。

もう答えが返ることはないのだと理解した後も、何度も繰り返し問いかけ続けた。

（神威）

何度も、何度も、繰り返し、繰り返し。

（おまえ、『本当』は、どうしたかったんだ？）

とても長い年月を、鋼太郎はそうやって一人で生きた。

＊＊＊

「しゅぽ！」

朝の光の中で、ナポレオンが待っていた。『おはよう！』

「はいはい、しゅぽー」

手際よく渡されたペンで『はよ』ぐしゃぐしゃー、速さ重視で書き殴《なぐ》る。

「よし、行くか！　今日はついに……」

「本番だ！」

イエーイ！　気合を入れ、一度拳を突き上げて、二人は自転車でいつもの道を走り出した。ついに千葉モテ大作戦、決行の日がやって来たのだ。

4

去年も経験したからわかる。こんな虚無《きょむ》イベントのために、真面目《まじめ》に準備しているクラスなどない。適当な合唱曲を適当に歌い、適当にそれを聴いて適当に拍手《はくしゅ》する。休めば欠席になるからとりあえずいる。この高校の文化祭は、ただそれだけのクソつまらない一日なのだ。どのクラス

いるはず。

も確実にそういう認識でいるはず。生徒も、教員も、ただこなすだけの消化イベントだと思っている。

──二年八組の四十人とその担任を除いては。

「なんだか他の先生方に申し訳なくなってきたなあ」

たはは、と駒田《こまだ》が頭を掻《か》いたのは、幕が下りたステージ脇《わき》の控室。

すでにクラス全員がそこに集《つど》い、着崩していた襟《えり》のボタンを留《と》め、シャツの裾《すそ》をインにして、男子はきちんとベルト。女子は白に統一したソックスをぴちっと膝下《ひざした》まで伸ばしている。

午前九時まであとすこしだった。文化祭がまさに始まらんとする体育館の客席には、すでに二年八組を除いた全校生徒がぎゅうぎゅうに並べられたパイプ椅子《いす》にぴっちり押し込まれて死んだ目をしている、はず。ここからでは見えないが、去年はとにかくそうだった。ちなみに一昨年《おととし》まではオールスタンディングで、倒れた貧血女子たちで保健室は野戦病院の様相を呈《てい》していたらしい。

昨日、駒田が引いた発表順決めのクジによって、二年八組は本日のトップバッターに決まっていた。

「まずいよなあ。だってうちのクラスが最初にすごいのを披露《ひろう》しちゃうわけだろ？　この後のクラス、絶対やりづらいよなあ。先生方みんな練習とか全然してないって言ってたし、しかもうちもですよーって答えちゃったし。嘘《うそ》ついたこと、怒られちゃうかもなあ……」

たはは、たはは。困り顔で笑い続ける駒田を前に、「だよね」「それな」クラスの面々も余裕《よゆう》綽《しゃく》綽《しゃく》で頷《うなず》き合う。「確かにまずいかも」「出し抜いちゃう形になるもんね」「でもこの世は弱肉強食だし」「こっちが手加減してやる義理もないよな」……クク、ククク。端《はた》から見れば、ほぼ悪役のアジトみたいな空気感になっている。

「巴《ともえ》、お母さん来てるって？」

女子が訊《たず》ねる声に巴が頷く。「うん、さっきLINEあった。観客席の一番後ろにスペース作ってもらえたって」「お、よかった」「よーく見てもらわんとだね」「そうよ、ウチらの練習の成果！」

駒田がちらっと腕時計を見る。開会の挨拶《あいさつ》などは特にない。いよいよだ。鋼太郎《こうたろう》は神威《かむい》の方を振り返り、「おい」ファスナーの最終確認を怠《おこた》らないよう注意しようとした。まさにそのときだった。

「えっ⁉　神威⁉」

神威が音もなくすーっと膝《ひざ》から崩《くず》れ落ちていく。慌《あわ》てて鋼太郎が肘《ひじ》を掴《つか》んで支えるが、ブラーンとそのままぶら下がってしまう。その顔面は蒼白《そうはく》、全身ガタガタ震《ふる》えてもいて、「あわわ……」鋼太郎の腕を握り返す指先は冷たい手汗でびっしょり。余裕かましていた駒田も他の連中も神威の異変に気付き、「どうした神威！」「大丈夫か⁉」「ねえこれ、オルスタ時代に貧血で倒れた女子たちの怨霊《おんりょう》の仕業《しわざ》じゃ——」「やっ……」「きゃーっ！」「いや素直に貧血だろ」「てか別に誰も死んではねえだろ」

神威は「……なっ、なんか突然……」鋼太郎に支えられたまま必死に訴えてくる。

「……きっ、緊張に……、襲《おそ》われて……っ！」

「今かよ⁉　おまえさっきまでヘラヘラして歌舞伎揚《かぶきあ》げ食ったりしてたじゃねえか！」

「……いや、だって、だってこれ！　失敗したら、どうするんだ⁉　それに、わー⁉　セリフ全部忘れた！　歌も、あーっ！　やばい、もうなんにもわからん！」

「こんな絵に描いたようなパニックってある⁉　とにかく落ち着け！　くそ、誰か歌舞伎揚げ持ってねえか⁉　こいつアレ食ってる間は静かなんだ！」

さすがに全員首を横に振る。まずい。リーダーの片割れである神威の役割は重大だ。なにしろ告白の一番手、先陣を切って突然ステージ上で巴に想いを告げるというミッションがある。そこでしくじったらその後のすべてが台無しだ。神威が放つ一発目こそが、千葉《ちば》モテ大作戦の成否を決する分岐点とさえ言える。

その一発目が炸裂《さくれつ》するのは三番。イカロスが元気に飛び立つ一番、いい感じに滑空《かっくう》する二番は普通に全員で合唱する。三番でイカロスの運命は悪い方に急転回、唐突《とうとつ》に死亡宣告されるのだが、この辺りで神威が告白をかます。そこから怒濤《どとう》の全速力、「ちょっと待ったー！」割り込んで、感動的に話がまとまる四番が終了するのとぴったり同時、巴が全員に「ごめんなさい！」三十七連発。タイミングは練習によってすでに完成している。旧字体渾身《こんしん》のオリジナル間奏を挟《はさ》んで、感動的に話がまとまる四番が終了するのとぴったり同時、巴が全員に「ごめんなさい！」して終わりだ。鋼太郎は、三十七連発の三十七発目。これも責任重大だが、一発目に比べればまだ軽い。リーダー二人でじゃんけんした結果、神威が負けてこうなった。

しかし、こんなザマではもうどうしようもない。「そんな緊張するなら最初と最後、交換するか？」鋼太郎がそう言うと、神威はすごい顔色のまま「とんでもない！」必死にかぶりを振った。「そんな、一回も練習してないことできるわけない！」ちなみに立ち上がれてもいない。足プルプルのバンビ状態、へっぴり腰で鋼太郎にすがりついている。

その肩を、「おいこらボケ！　しっかりしろ！　イメージするんだ！」真正面から揺さぶったのは西園寺《さいおんじ》。

「いいか、おまえは名もなき小さな王子さま。この世に生まれ落ちたばっかりだ」

「ま、待ってくれ西園寺！　俺《おれ》は、しっかりするのか!?　イメージするのか!?」

「両方だ。しっかりイメージしろ。ほら、おまえは気が付くと、川の流れに抗《あらが》えず、あっぷあっぷと溺《おぼ》れている……」

「……ああ、なんだかそこはすごくリアルにイメージできる……あれは危《あぶ》ない……ぐんぐん流されてひとたまりもない……」

「――そこに現れたのがこいつだ」

後ろから、八百地《やおち》が突然「うわ!?」鋼太郎の背中を突き飛ばす。神威の足元に転がったみじめな姿を指差して、「この半魚人だ」

神威には衝撃の展開だったらしい。「鋼太郎が半魚人だと!?」うむ、と頷いて西園寺は真剣な表情になる。「そうだ。さあ、挨拶してやれよ半魚人」突然の無茶ぶりに、それでも鋼太郎は応《こた》えようとした。神威のため、いや、クラスのためだ。千葉モテ大作戦のためだ。全力で寄り目になり、「鰈《かれい》に鯉《こい》して鮫鱈鮭鱒《さめたらさけます》！　だけどほんとは鱚《きす》し鯛《たい》！　魚《うお》ー！」胸の脇あたりでコンパクトに手を振ってみせる。ヒレのつもりだ。「あれやべーな」誰かが呟《つぶや》くが気にしない。「今夜あれ思い出して鋼太郎死ぬわ」己《おのれ》の死期など気にしている場合じゃない。

「な？　半魚人だろ？　あの半魚人が、あっぷあっぷしているおまえを助けたんだよ。そしておまえは、なったんだ！」

「半魚人に!?」

「ちゃーう！　ばかー！　イカロスだろイカロス！　おまえがイカロスなんだよ！　生まれたての王子さまは半魚人に救われて、どうにかギリで生き延びて、立派なイカロスになったってわけだ！　さあ行け！　行くしかねえ！　太陽目指して今こそ飛び立て！　それがおまえの本望《ほんもう》なんだろ⁉　そのためにここにいるんだろ⁉」

「……ああ、そうだ！」

神威は顔を上げ、自分の両足でしっかり立った。両頬《りょうほお》をびしゃっと叩《たた》き、気合を入れ直す。

「俺はそのためにここまで来たんだ！　俺は行くぞ！　飛び立つぞ！　千葉さんに告白して振られるぞ！」

鋼太郎も立ち直り、「おう！　俺も一緒だ、振られに行くぞ！」神威と肩を組む。西園寺と八百地もくっついてきて、自然とそのままクラス全員が輪になって、「やろうぜ！」「っしゃ！」「うん！」「コクろう！」「振られよー！」がっちり固く円陣を組む。男子も女子もごちゃ混ぜに、顔を寄せ合い、目を見交わし、お互いの熱気を伝え合い、呼吸を合わせて、神威を見て、
せーのっ！

「……え、なんだ？」

なんもないんかーい！

神威以外の全員がコケた。すこし離れて見守っていた駒田が一人、「これぞまさにっ！　だぁーい、こ」ありもしないカメラに向けてキメ顔。

「――どんっ！　でんっ！　がえしっ！」

開演のブザーが鳴る。

＊　＊　＊

悲劇的な運命を予感させるメロディーに乗せて、二年八組の合唱は始まった。

男子パートと女子パートに分かれ、美しいハーモニーが体育館に響き渡る。まだ一曲目ということもあって、観客席の生徒たちも居眠りせずに真面目《まじめ》に聴いている。

一番、二番が終わり、三番に入って、

「──千葉さんっ！」

神威が出た。突然の大きな声に客席の空気が変わる。というか、若干凍《じやつかんこお》り付く。なにかトラブル？　ていうかあいつ、やばい奴《やつ》か……？　かすかにざわめき始める中、

「ずっと前から好きでしたぁ！　俺と、付き合って下さーいっ！」

片手を差し出す。巴は口許《くちもと》を押さえ、「！」目を見開く。客席は「うおお⁉」「コクった！」一気にどよめくが、そこに、

「ちょっと待ったー！」

大きな歓声が上がった。さらに怒濤《どとう》の勢いで割り込みが続く。「ちょっと待ったー！」「ちょっと待ったー！」「ちょっと待ったー！」──身長順のVの字で綺麗《きれい》に並ぶ男女が端《はし》から次々差し出す手はまるで高速のウェーブかドミノ倒し、生き物みたいになめらかに波打ちながら完璧《かんぺき》な角度でずらりと並ぶ。そういう演出なのか、とさすがに誰もが気付くが、それでも「いいぞーっ！」「コクれコクれー！」爆発するような声援が体育館を震わせた。指笛が鳴り響き、立ち上がってハンドタオルをぶん回す奴、周りを煽《あお》って踊り出す奴、地鳴りのような声で吠《ほ》える奴、やがて万《ばん》

雷《らい》の拍手《はくしゅ》はリズムの揃《そろ》った手拍子《てびょうし》になり、手拍子のペースは盛り上がりとともに次第に速まって、それにつられて割り込みのペースも走り出して、

（……やばいやばいやばいやばい！）

鋼太郎はひそかに焦《あせ》る。練習の時よりも全然スピードが速い。このままでは曲の終わりとタイミングが合わない。大事なオチだ。ここでズレたら画竜点睛《がりようてんせい》を欠く。だめだめだめ、ここまできたら完璧にやり遂《と》げたい！　三十六回目の割り込みが終わり、鋼太郎は巴の目を見た。巴も速すぎるのがわかっているのだろう。ちょっと待ったー！　だけでは尺《しゃく》が余る。アドリブで引き延ばさねば。一瞬の目配《めくば》せで頷き合って、気持ちゆっくり目に手を差し出し、

「千葉！」

ほんの数秒の時間稼ぎ、

「おまえはずっと特別だった！　俺にはずっとおまえしかいなかった！　俺はそれでよかったし、本当はずっとそうしていたかった！」

あれ？

「俺は、ずっとおまえが、好きだった！」

ライトの下に引きずり出されたその声が、真空みたいな沈黙の中で一瞬の晒《さら》し物と化す。巴は黙っている。目を見開いたまま固まっている。鋼太郎を見たまま凍り付いている。いや、言えよ。言えよ、あれを、オチを。なぜ言わない。言えって、早く、……言えよ！

言わないなら――

「ご、」

伴奏がオチのタイミングを合図して、それから一秒にも満たないほど遅れて、

「ごめんなさいっ！」

巴が思いっきり大きく頭を下げる。手を差し出していた全員が一斉《いっせい》に崩れ落ちてステージに転がり、客席は大爆笑に包まれた。

凄《すさ》まじい拍手喝采《かっさい》の中、ゆっくりと幕が下りていく。


下りた幕のこちら側でも大騒ぎだった。「うおおおぉぉっ！」「よっしゃあ！」「大成功！」「めっちゃ盛り上がったよね⁉」「やったぜー！」クラス全員が興奮に目をキラキラ輝かせてそこここで抱《だ》き合い、ガッツポーズ、ハイタッチ、拳《こぶし》を上げて「イエーイ！」、わけもなく飛び跳《は》ねてまた抱き合う。「てか鋼太郎のアドリブ、神がかってたよな⁉」「あれやばかった！」「ね、テンポ速くなっちゃってたもんね！」「タイミングばっちり過ぎたー！」

みんなに次々に肩を叩かれ、背中を小突《こづ》かれる。鋼太郎はとりあえず笑う。「……だろ⁉」笑って、ごまかす。

駒田が手を叩き、「はい、とりあえず撤収《てっしゅう》ー！　みんな静かにー！　客席に行くぞー！　次のクラスがスタンバイするからねー！」出口の方を指し示す。生徒たちはまだ興奮冷めやらない様子で、はしゃぎながらステージを下りていく。鋼太郎もその列に加わる。前方に巴がいる。でも、見られない。さっきから全然、巴の方を見ることができない。どんな顔をしているのか、想像することさえできない。

でもわかっている。さっさと言えばいいのだ。『さっきのアドリブ、よかっただろ？』巴の前に立って、気楽な感じで、普通にそう言えばいい。もちろんあれは本気じゃない、と。とっさに口をついたただの時間稼ぎ、と。あんなこと俺は思ってもいない、と。だってそれが事実なのだから。

でも、なぜだろう。それができない。言えないのだ。言い切る自信が全然ないのだ。巴の前に立つことなんか、多分もう一生永遠にできない。

(俺、なんで、なんで……)

今すぐ自分の部屋のベッドに潜《もぐ》り込みたい。布団《ふとん》の中に瞬間移動して、思う存分叫びたい。枕に顔を埋《うず》めて全力で喚《わめ》きたい。

(なんで、あんなこと、言っちゃったんだよ……⁉)

叫べない想いが膨《ふく》れ上がる。このまま爆発するかもしれない。ていうかこれからどうなるんだろう。どうすればごまかせる。いや別になにもどうにもならないか。あんなこと言ったぐらいではなにも変わりはしないのか。なにも変わらないならそれでいいのか。なにも変わらないってでも、でも俺は、巴はそうでも俺だけはこんなに――身体《からだ》が自然に左に傾いていく。左隣を歩くその肩に「……」無言で顔を埋めた。爆発しそうな顔面全部をグリグリ押し付けて、八つ当たりするように思いっきり体重をかけて、そのせいで二人して左に傾いていきながら、

「『流れに逆らうな』」

小さな囁《ささや》きを左耳で聞いた。「……と、半魚人が言っていたぞ」


文化祭本番の長い一日が終わった。

窓の外の陽《ひ》も傾いて、二年八組の教室にはどこか虚《うつ》ろな空気が漂《ただよ》っていた。練習の成果を披

露して気が抜けたというのもあるが、それ以上に濃厚に漂うのは『敗北』のにおいだ。

　ぶっちぎりのステージだった。

　やり終えた時には、誰もがそう確信していた。

　しかしまず、すぐ後に続いた二番手のクラスだ。伴奏なしのボイパのみで、見事なアニソンメドレーをやり遂げやがった。全校生徒が総立ちになっての女児向けアニメOP大合唱には正直鳥《とり》肌《はだ》が立った。それからあれもすごかった。一人一行ずつ作詞し、作曲も生徒がしたという完全オリジナルソングで、直後に産休に入る担任に全員号泣《ごうきゅう》しながら感謝と激励《げきれい》を伝えた奴ら。あのとき貰《もら》い泣きしなかった奴は全員サイコパスでいいだろう。そして、圧巻《あっかん》だったのが三年生。二つのチームに分かれ、伴奏はピアノで奏《かな》でるドープなトラックと足踏み、彼らはのっけから怒濤の超高速ラップバトルを繰り広げながら卑弥呼《ひみこ》から戦後までの日本の歴史をリリックで紐解《ひもと》いた。地頭《じとう》がとうとう悪党等々とっとと登場楠木正成《くすのきまさしげ》！　言っていいんかい展開いってえ息子正《まさ》行《つら》まさにつらい！　……本当にまったく、色々とまったく意味がわからなかったが、どっちのチームが結局勝ったのかすらわからなかったが、とにかくなにかがすごかった。

　そのようにして、最高潮《さいこうちょう》かと思われた盛り上がりは、あの後更新され続けたのだ。

　M－1《エムワン》でも一番手は不利だと言われている。

　そういうことだ。

「……なんで今年に限ってみんなやる気出したんだろう。ていうか、なんだよ……他の先生方、練習なんてなんにもしてませんって言ってたのに、普通に嘘ついてんじゃねえか……」

　教卓に肘をついて駒田が低く呻《うめ》く。クラスのみんなに一人一本、駒田が自腹でジュースをおごってくれて、それを飲みながらの反省会と相なった。しかし雰囲気はどこか重く、疲労感が全員の顔を曇《くも》らせている。

と、巴がスマホを片手に急に立ち上がる。「先生ちょっとどいて！」駒田を押しのけ、教卓に陣取る。

「お母さんからメッセージが来た。クラスのみんなに伝えてってことなので、発表します。えーと、『今北産業www全裸待機wktkwktkしてたらwwちょww告白キタ――――wwwwwだが断るwwwwwwwくそワロタwwwwwwww』」

意外なテンションに不意打ちを食らい、「ぶっ……」「ええ……」みんな思わず鈍《にぶ》く吹き出し、脱力して笑ってしまった。鋼太郎も、ここでやっと巴の顔を見た。ステージでかましたアドリブ以来、実に七時間ぶりのことだった。

「『コーヒー返せwwwww動画うpキボンヌwwwwwww』……そうだ、言い忘れてたけどうちのお母さんいつもこういう感じだから。『リア充爆発しろwwwwwでも観られてよかったありが褒美《トン》としてオプーナを買う権利をやろうwwwwwwぬるぽ』」

「ガッ！」

突然駒田が一声叫ぶ。「ああ同世代だなあ、このノリ……」一人しみじみ感じ入っているが、生徒たちにはもちろん意味がわからない。

「……要するに、とてもよかった、ってこと。お母さん、すごく喜んでくれてる。今日は本当に、」

巴は一度、深く頭を下げた。「……どうもありがとう！」上げた顔は明るく紅潮《こうちょう》し、輝くように笑っている。

「実は練習してる時、私がお母さんに見せたかった『モテモテの人気者』ってこういうことだったっけ、って、疑問に思ったりもしたんだけど」

それな！　大きくおどけた声が飛ぶ。「あはは！　だよね！」巴が目許《めもと》をくしゃくしゃにして声のした方に返す。

「でも、まあいいか、って思ったんだ。ていうか、私はこれがいいやって。だって、なんかすごく楽しかったから。この学校に入ったのは想定外、このクラスになったのもただの偶然、なのにこんなに楽しくて、それってどれだけラッキーなことなのか……ここにみんなとこうやっていられることが、本当にどれほど幸運なことなのか！　もう奇跡だな、って思ったからさ！」

嬉しそうな巴につられて、いつしか鋼太郎も自然に笑っていた。そしてふと思う。今、巴の母親もここにいればよかったのに。帰る前に教室をちらっとでも覗《のぞ》いてくれたらよかったのに。そうしたら、こんなにも生き生きと笑って元気にしている巴の姿を、体育館の客席からよりもっとずっと近くではっきりと見られたのに。

見せたかったな、と本気ですこし残念に思い、でもそんな自分にまた笑いたくなる。元はと言えば、そうさせないために考えたのが今回の千葉モテ大作戦だったのだ。なのに終わって、結局まったく逆のことを考えている。こんな地点に辿《たど》り着くなんて、最初に巴が「なんとかして！」と詰め寄って来たときには想像することもできなかった。巴がすべてを明かして、みんなに助けを求めたこともだ。今では教室の自分の机で普通に弁当を食べていることも。クラスのみんなといることを、幸運な奇跡だと明言したことも。

鋼太郎はちらっとドッキング席の左隣を見やる。多分、神威の存在が、巴の運命を変えたのだろう。神威は予想もつかないことを次々にしでかして、巴が大事に抱えてきたなにもかもを散々にブチ壊し、そして見事に再構築してしまった。それがどこまで意図的な行動だったのかは、鋼太郎にはわかりようもないが。

と、その神威が急に右手でポケットを押さえる。すこし慌てた様子で取り出したのはポケットベルだった。動作するところは初めてみた。小さな画面が光っていて、神威はそれをじっと見つめる。なにか緊急の用件だろうか。

「どうした？」

鋼太郎が声をかけると、「ん？　なんでもない」神威は小さく首を振った。指先で側面ボタンを押し、未練《みれん》なく光を消す。またポケットの奥に突っ込んで、あっちを見ろ、と言うように顎《あご》を前方にしゃくる。そこには巴がいて、サラサラと素直に落ちてくる髪を片耳にかけて、

「もう一度言わせて。みんな、協力してくれて本当にどうもありがとう！　千葉モテ大作戦は、これ以上ないほど完璧に成功しました！」

今度は小さめにぴょこんと頭を下げる。あたたかな拍手が自然と沸《わ》き起こり、達成感と満足感が教室いっぱいに満ち溢《あふ》れた。が、

「——これで、思い残すことなくクソ女に戻れる！」

スゥ……巴の顔から嘘のように笑《え》みが消え、むっつり尖《とが》った半眼《はんがん》で素早《すばや》くスマホを操作する。と、ちょうどスマホをいじっていた奴が「あっ⁉」声を上げる。「こいつクラスＬＩＮＥ脱退しやがった！」クラスはたちまち騒然《そうぜん》となる。

「はあ⁉　当ったり前でしょ⁉　もう一ミリも用なんかないし、だいたいクラスＬＩＮＥなんて邪魔くさいもの送られたくないの時間の無駄！　私の勉強の邪魔になる！　もし成績に影響があったら一体どうしてくれるのよ！　誰か責任とってくれるわけ⁉　そんなの絶対無理なんだから誰にも文句は言わせない！」

たちまち事態は紛糾《ふんきゅう》する。「普通に連絡事項とかあんだろーが！」「そんなモンいらないし！」「しなきゃいけない時もあるじゃん！」「どうせクソ下らないことでしょ！」巴は雑に言い捨てるなり、ひらりと教壇から飛び下りる。そして自分の席にすでに用意してあった鞄《かばん》を引っ掴み、「先生！　もう終わりでいいですよね⁉　はい、終わり！　さよなら！」

あっ、待っ……虚《むな》しく手を伸ばした駒田を無視し、本当にそのまま一人だけ教室から飛び出して行ってしまう。本気ダッシュの足音が猛然《もうぜん》と遠ざかっていき、やがてそれも聞こえなくなって、「あんの、クソ女ー！」「つかうちら普通に巴のLINE知ってるし」「よし、クソ下らないこと送りまくってやろう」「だね。鬼LINE決定」「総攻撃な」「ていうか、普通に言えよなあ？」「あーね」「あれ、ただお母さんに早く会いたかっただけでしょ」「普通にバレてんだよ」「ていうか巴んちのお母さん……」読み上げられたメッセージを思い出し、みんな再び全身の力が抜ける。鋼太郎も机に突っ伏して、こみ上げる笑いに腹筋を震わせる。

そして正直、巴が強引《ごういん》に先に帰ったことにすこしほっとしてもいた。教室の戸口や昇降口でばったり会ったりしないですむ。今日はまだ、巴と向き合う勇気はない。

＊＊＊

「えー⁉　リーダー二人来ないのかよ⁉」

ぞろぞろと校舎から出たところで、残念そうに西園寺が喚《わめ》いた。「悪い！」鋼太郎は小さく頭を下げ、胸元で手を合わせる。

「俺たち実はもう体力の限界、さっきから寝落ち寸前なのよ。最近ずっと遅くまで合唱のことでバタバタだったしさ。みんなでカラオケ行くんだろ？　次回は絶対参加するし、その時はこいつも連れてくから」

うん、と頷きつつ、神威も同じく手を合わせてみせる。

西園寺はまだ不満げに、「ただのカラオケじゃないぜ～？　打ち上げだぜ～？」口を尖らせていたが、八百地がその肩を後ろから押した。そして鋼太郎と神威の方を振り返り、「――じゃあ次回、絶対な。今日はうまくいってよかったな。まとめ役、おつかれさん」打ち上げ参加者一同を引き連れて校門の方へと歩き出す。

鋼太郎と神威はそこで手を振ってみんなと別れ、駐輪場へ向かった。自転車を引き出して、病院へ続くいつもの道を二人並んで走り出す。

道中の話題は、もちろん今日の大成功について。これまで準備した甲斐《かい》があったな、だの、しかし他のクラスなんなんだよ、だの。しかし信号待ちで止まった瞬間、会話がふと尽きて、

「……はあ……」

思わずため息が出てしまう。神威がちらっと見てくるのがわかるが、なにも言えない。ハンドルに軽く突っ伏し、そのまま視線だけを神威に向ける。神威もなにも言わないまま、しばらく鋼太郎の沈黙に付き合ってくれる。

やがて青信号になって、走り出せばまたしょうもないことが自然と口から漏《も》れてくる。うーちゃんに今日のことを話したら絶対ウケるよな。でもうまく説明できる気がしないよな。ラップバトルのあたりとかな。そうそう。あれは再現できねえもんな。俺たちの次のクラスのも無理だ。ああ、ボイパな。ボイパ？　声だけであやるの、ボイスパーカッションって言うんだよ。……ンボボ、ボッボボ……。いやできてねえから。ブッパ、ンパ、ボッボッボッ……。いやできてね

えから。ボッボッボッボ、テュクテュクドゥゥーン……。いやできてねえから。

馬鹿《ばか》なことして、馬鹿みたいに笑って、自転車を漕《こ》ぎながらふざけて軽く蹴《け》り合うような真似《まね》をして、そのせいで転びかけて、また馬鹿みたいに笑って、そしてまた赤信号に捕《つか》まって、

「……はあ……」

ため息。沈黙。その繰り返し。

考えは全然まとまらないし、気分はめちゃくちゃに乱高下《らんこうげ》するばかり。

鋼太郎がそうして黙り込んでいる間、神威は静かに、ただ左隣にいてくれる。ずっと前からそうだったように、そしてこれから先もずっとそうだというように、いっぱいいっぱいで破裂寸前の鋼太郎の左側にただくっついていてくれる。なにも聞かないでいてくれる。そして一人にもしないでいてくれる。おかげでギリギリ、パニックを起こさずにすんでいる。

病院の敷地に入って駐輪場に向かう頃には、空は随分暗くなってきていた。いつもよりすこし時間が遅いし、今日は雲も厚かったせいだろう。エントランスに向かって歩き始めながら、神威は濃い灰色の空をふと見上げる。ここ数日はくもりが続いていて、神威はずっと天気を気にしていた。雨が降ったら通学をどうするか、真剣に悩んでいるようだった。

スマホで素早く天気を確認してみて、「げ。明日はまだセーフだけど、その先は雨マークついてんじゃん」鋼太郎も空をうんざりと眺《なが》める。

「まあ、俺は台風でもなければ傘《かさ》とレインコートで無理矢理行くけど……もし降ったらおまえどうする？　距離結構あるし、傘もあぶねーし、チャリやめてバスにした方がいいかもな。後でバスの時刻表、検索してやるよ」

そんなの別にたいした手間ではない。しかし神威は「いや。いいよ」まだ空を見たまま謎《なぞ》の遠

慮をしてくる。

「は？　なんで」

「もういいんだ、俺」

「よくねえだろ。あ、まさか小間田《おまだ》さんに送迎まで頼もうとしてんの？　それはさすがに――」

鋼太郎の足がぴたりと止まる。急に途切れた声に、神威も視線を空から戻す。

病院のエントランスの前には、

「鬼島」

巴が、なぜか、立っていた。

「……ちょっといい？」

制服で腕を組み、ドアの前に立ちふさがり、シルエットはまんま門番だ。槍《やり》的な棒状のアイテムを持っていないのが不思議なぐらいだ。

鋼太郎は、鼻から一度強く息を吸ったまま身動きが取れなくなる。声も出ない。返事などできるわけもない。思わず無意識に左手が動き、神威のシャツの背中を摑もうとする。しかしそれより一瞬早く神威は前へ踏み出していて、

「それなら俺は先にうーちゃんの病室に行ってるから。もし時間がかかるようなら勝手に帰るし、俺のことは気にするな」

巴が胸の前で小さく手を振るのに同じように返し、そのままさっさとエントランスの中に入って行く。

巴と、取り残されてしまった。

一体なにを話せばいいんだ。ていうかなんの話をされるんだ。間抜けに突っ立ったまま、鋼太

郎は眼球をどこに向ければいいのかすらわからなくなる。いやでもだめだ、こんなに緊張していたらそれこそ変に思われる。とにかく普通でいよう。落ち着こう。必死に深く息をして、大混乱中の己を取り繕《つくろ》おうとするが、

「……うちのお母さんが、鬼島とちょっと話したいって言ってるんだけど」

意外な展開に、「えっ？」自然と声が出た。

「いや、でも、お母さんって一時退院して家にいるんじゃないのかよ？」

「学校からこっちに直接戻ったの。うちに帰るとあそこが汚《きたな》いあれがやってないここが散らかってるどうのこうのって、家事やり始めちゃうから。……いい？」

頷く以外になにができようか。

歩き出した巴の後を追い、鋼太郎も病院の中に入る。先に行った神威の姿はもうない。

広々とした談話室は静かだった。誰も座っていない四人席の丸テーブルがいくつかあって、部屋の真ん中辺りにとりあえず陣取ることにした。壁際《かべぎわ》の自動販売機だけが低い音でかすかに唸《うな》っていて、あちこちに置かれた観葉植物はおそらくすべてが精巧《せいこう》なフェイクグリーン。

巴は「ちょっと待ってて」と言い残して出て行ってしまい、鋼太郎はしばらく一人で待った。手持無沙汰《てもちぶさた》にスマホをいじっていると、やがて巴は戻ってきた。車椅子《くるまいす》を押していて、もちろんその人が巴の母親だった。

巴の母親は戸口から鋼太郎を見つけるなり、すぐに笑顔で手を振ってくる。立ち上がった方がいいのか、手を振り返した方がいいのか、なにはともあれ会釈《えしゃく》か、鋼太郎があれこれ迷ってい

るうちに、その人は車椅子から下りて一人で立ち上がる。えっ、と思うが、そのましっかりした足取りでテーブルの方に近付いてくる。巴もそれに驚くでもなく、空《から》の車椅子を押して母親の後ろをついてくる。

「鬼島くん、初めまして。今日は急に呼んじゃってごめんね」

「あ、いや……全然、それは……」

「ここいい？」

対面ではなく、隣の席を指差してきた。焦り気味に頷きつつ、座るのに手を貸した方がいいのかどうか、半端《はんぱ》な中腰でまた迷ってしまう。しかし巴の母親はさっさと自力で椅子を引いて、どさっと自力で座り込む。戸惑《とまど》う鋼太郎の様子に気付いたのか、

「ん？　これ？　車椅子？」

ニヤッと悪い顔で笑った。

「いいのいいの。たまにふらつくから院内の移動はこれ使えって言われてるんだけど、実はまあまあ歩けるからさ」

ふと出る笑顔が「うふっ」とか「くすっ」ではなく「ニヤッ」な辺り、巴と本当にそっくりだった。そもそも顔立ち自体がよく似ている。

というか、鋼太郎は正直かなり拍子抜けしていた。思っていたよりも全然普通の人だ。巴がさっき教室で読んだメッセージの独特なテンションが印象深過ぎて、ちょwwww鬼島wwwwwwwみたいなノリで現れるかと思っていたのだ。いや、普通というか、むしろ。

（……すげえしゃれてんな、この人）

ウイッグなのだろうがショートボブの髪型は若々しいし、しっかり濃い目にメイクもして、耳

には複数の重たげなピアス。一番大きくて目立つのはギザギザに尖りまくった攻撃的な稲妻《いなずま》。服も病院着や寝間着《ねまき》ではなく、左右が思いっきりアシンメトリーになったモノトーンのシャツワンピースを着こなしている。ファッションも雰囲気も、本当に拍子抜けするぐらいに決まっている。この格好《かっこう》で学校に来ていたなら、誰も病人とは思わなかったんじゃないだろうか。

「ねえ巴、あんたちょっと下の自動販売機で飲み物買ってきてよ。鬼島くんの分も」

「え？　下って、ロビーのところ？　なんでよ。ここでも買えるじゃん」

「あの濃厚って書いてある抹茶《まっちゃ》ラテ飲みたいのよ。あそこにしかないからさ」

「やだよ遠いしめんどくさい。ここに売ってるやつにしなよ」

「ううんだめ、絶対あれ。鬼島くんも抹茶ラテ飲む？　好き？　すごいおいしいのがあってさ、今はまってんのよ。おすすめ」

「あ、じゃあ……」

「ううん、鬼島はそういうの飲まない。ね、飲まないよね。甘い乳製品、鬼島は嫌いだよね。そういうの飲んでるところ見たことないし」

「いや、別に嫌いってわけじゃねえよ。せっかくだし、俺も抹茶ラテにします」

「は⁉」

「はい二対一。あんたも好きなの買ってきな、ほら行った行った」

小銭《こぜに》入れをぽいっと放《ほう》られて、巴はなにか言いたそうな顔をしながら、それでも談話室を出て行った。

再びテーブルに取り残されて、拍子抜けはさらに続く。巴と母親の関係は、なんというか、勝手に想像していたのとはだいぶ違っていた。巴は母親の前ではクソな部分を出したくないと言っていたし、さぞかし気を使っていい子でいるのだと思っていた。巴の母親に至っては闘病中の女性という弱々しいイメージしかなかった。しかし実際に目にしてみれば、母子関係はあまりにも普通に雑だった。巴はどうしようもなく巴だし、巴の母親は——「んじゃ本題ね」再びニヤリ。

「わざわざ来てもらったのは、ちょっと密談《みつだん》っていうか、オフレコで鬼島くんに言っておきたいことがあるからなのよ。あの子が戻る前に手短にさ、そうだな」

壁の時計を素早く見やって、

「十分で終わらせる」

——どうしようもなく、巴の母親だ。

「とにかくまずはお礼を言わせて。鬼島くん、本当にありがとうね。巴のこと、どうもありがとう」

すぐに今日の合唱のことを言っているのだとわかった。鋼太郎は慌てて手を振り、

「や、別に俺だけが特別なにかしたとかじゃないんで。アイディア出したのも別の奴だし、みんなで一緒に色々考えて……つか、今日のあの合唱は、クラスみんなで普通に盛り上がってやったことだし」

ううん、と首を振るのに合わせて、ピアスがいくつも一緒に揺れる。明かりの下で綺麗にキラキラと光る。目が自然とその光を追ってしまって、

「今日だけのことじゃなくて、いつもよ。巴は、いつも、鬼島くんの話ばっかりよ」

反応が、遅れた。

たっぷり二秒は処理にかかって、……へっ？　やっと間抜けにフリーズする。『巴は、』……なんだって？　『いつも、』……？　いやいやいやいや。違う。なにか聞き間違えたか言い間違えた

かしたのだろう。そう思うのに、巴の母親は特に訂正してもくれない。

「この病院にいる間、巴とやたらタイミングよく会うなって思ったことない？　こっちの病棟の廊下にさ、小児病棟の五階のエレベーターホールがすこーしだけ見える窓があるのよ。巴は何度もそこ見に行って、窓に張りついて、今日来てるかな、どうかな、そろそろ下りてくるかな、もう行った方がいいかな、私変じゃないかな、前髪は、スカートは、どうどうどうねえねえねえお母さん！　って。鬼島くんっぽい人影がちらっとでも見えたらダーッシュ！　よ。ほんっと、なにしに来てんだって話」

「……いや、」

「あの子はいつも、鬼島くんのこと探してる」

呆然《ぼうぜん》と、「……いや、いや」鋼太郎はただ首を横に振った。繰り返し、何度も大きく振った。だって、それはないから。あり得ないから。なにかの間違いに決まっている。口を開いて反論しようと思う。巴の名誉のためにもしなければと思う。でも、

「いいから聞いて。そうなの」

強く言い切られ、制される。

「鬼島くん、巴と前にケンカしたでしょ？　ほら、結構前よ。二週間とか……もっと前かな。学校が終わって、私のところに来た時には巴はもうなにかにめちゃくちゃキレてて、そのまま鬼島くんを探しに行って……戻ってきたと思ったら、これ」

両手を目許にくっつけて、巴の母親はエーン、と泣き真似をしてみせる。思い当たることはもちろんある。（そうか、あの後、そんなに……）鋼太郎は目を伏せるが、注意を引き戻すように巴の母親の指先がテーブルを軽く叩く。

「私、それでいきなり不安になったんだよね。ってもあれよ、それまでだって別にそこまでうまくやってるとも思ってはいなかったけどさ。なんか、巴はいつも言うのよ。私モテるしー、とか。人気あるしー、とか。そういうしょうもない出まかせをペラペラと」

思わず顔を跳ね上げた。「……出まかせって、わかってたんですか……⁉」

んふっ、と鼻で吹き出すように笑い、巴の母親はまた悪い顔になった。

「そんなの当たり前じゃん。母親だよ？　わかるに決まってるじゃん」

じゃあ、巴の『お母さんに嘘がばれちゃう！（泣）』に端《たん》を発した、クラス全部を巻き込んでのあの大騒ぎは一体なんだったのか——鋼太郎は絶句してしまう。いや、結果的にはそうなってよかったのだが。絶対にそれはそうなのだが。でも。

巴の母親はその顔をぐっと強く覗き込んできた。目をしっかり合わせて、

「でも、鬼島くんがいるならあの子はとにかく大丈夫だとも思ってたのよ」

笑みを消す。

「……モテなくても。もしかしたら、ぼっちでもさ。だってあんなに毎日そわそわして、浮かれたり沈んだり忙しくて、あちこち探して、鬼島くんに会いたくて、会いたくて会いたくて必死で、とにかく一生懸命でさ。そんな相手がいる限り、そういう心でいられる限り、あの子はとにかく大丈夫だって思ってた。でも、あの泣いて戻ってきた日ね。こりゃーなんかあったな、と。結構まずいんじゃない、と。様子、見に行かないと、って。そう思って、それで、今日の文化祭に行っ……、ちょっと、」

タンマ。身体ごと横を向いて急に咳《せき》をする。なかなか収まらず、ごめん、と片手だけで鋼太郎に謝りながら、上体を折って膝に伏せてしまう。ややあって咳は止まり、そのまましばらく呼吸

を整える。はあ、と身体を起こして、

「……えーとなんだっけ。あ、そうそう……まあ、それで今日あれ、ねるとんイカロス見てさ。私、もうわけわかんないぐらい笑っちゃって、不安なんか全部はるか遠くにぶっ飛んだわって話よ。まあ、普段の日は実際どうなのかなんて今日見ただけじゃわかんないけど、さ……」

もう一度、ごめんの仕草《しぐさ》。また咳が出て、横を向く。

鋼太郎はすこし迷って、勇気を出して、手を伸ばした。

丸められて跳ねる背中を、小さな妹にするようにそっと上下に大きく擦《さす》る。怖いほどくっきりと浮き上がる背骨が手の平《てのひら》にごつごつと触れてしまうが、でも温かいし、ちゃんと大きい。やっぱり大人の背中だった。たくさんの重い物を背負い、守ってきた背中だった。小さな巴が小さな両手で、きっと一生懸命にしがみついた背中だった。そして今でも、これから先も、すがりつきたいはずの背中だった。

（大丈夫。大丈夫。大丈夫……）

苦しむ背中を祈るように撫《な》で続ける。ずっとここにあってほしいと思う。この先もずっと、一年でも、一月でも、一日でもいいから長くあってほしい。一分でもいいから。一秒でもいいから。一瞬でもいいから。とにかくできるだけ長く、ここにあってほしい。そのために、この背中を苦しませるものをせめて一欠片《ひとかけら》でも払えたらいいのに。鋼太郎はそう思う。

「……大丈夫、すよ」

胸の奥でずっとひそかに脈打ち続ける声が、気付けば、自然と口から零《こぼ》れ落ちていた。

「千葉は、絶対に大丈夫です。俺が保証します。だってあいつはすげー奴なんで。あんなに頭がいい奴、あんなにタフな奴、あんなに頑張る奴、この世に絶対あいつしかいないんで。あいつはぶっっっちぎりの一番で、トップで、ナンバーワンなんで」

巴の母親は、ゆっくりと身体を起こした。呼吸をまた整えながら、やがてニマァ～、邪悪な猫みたいな顔で笑ってくれた。そして、

「禿同《はげどう》。……ケコーン！」

片手を広げてひらりと上げる。鋼太郎も手を上げて、そのままハイタッチする。

そこに足音が聞こえてきて、ふと時計を見ればちょうど話し始めてから十分が経《た》っていた。巴は抹茶ラテの小さなボトルを三本も胸に抱え、早足でつかつかと近付いてきて、

「なんの話してたの」

この十分であからさまに接近した距離感になんらかの懸念を抱いたのか、険《けわ》しい顔で鋼太郎と母親の顔を見比べる。鋼太郎は一瞬その場で固まってしまうが、

「んー？　今日の文化祭やばかったねー、うはwwwおkwwwwwwww、って言い合ってたところー」

「嘘だね。鬼島はそんなこと言わない」

「ていうかさ、ここ、今日はなんか乾燥すごいのよ。調子こいて喋《しゃべ》りまくってたら、さっきからちょっと咳出ちゃってさ」

え、と巴の顔が曇る。「いや平気よ。収まったし。でもごめん、もう部屋に戻っておくわ。メイク落として、着替えもしなきゃだし。抹茶ラテは？」

「……あ、買ったよ。これ」

ボトルを一本受け取って、「あんたは鬼島くんとそれ飲んでからおいで」巴の母親は椅子から車椅子に移動する。でも一人で帰していいのだろうか。鋼太郎は思わず腰を浮かせるが、戸口で

ちょうど「あれ千葉さん、お部屋に戻るところ?」スタッフに声をかけられて、そのまま連れて行ってもらえるようだった。「鬼島タソ、お先にすまそー」手を振りながら遠ざかっていく。

そしてついに、巴と二人で取り残される。

談話室に他の人の姿はなく、本当に二人きりになってしまうのではないかと思った。いつものように巴はでも、さっさと出て行ってしまうのではないかと思ってしまう。

巴はでも、さっさと出て行ってしまうのではないかと思った。母親の後を追って。いつものようにクールに。「じゃね」と小さく手ぐらいは振って。次の約束もしないで。自分たちらしい、それぐらいの距離感で。

（……うんそうだ。そうだそうだ、きっとそうなる。それで別に、俺は全然、特に問題は……）

見開いたままなにを見ているのかもはや自分でもわからない視界に、はあ、と小さく息をつく巴の姿が見える。巴は、出ては行かない。さっきまで母親が座っていた椅子に座り込み、テーブルにいきなり突っ伏して、

「あ——————っ！　も——————————っ！」

思いっきり声を上げる。その声量に鋼太郎は、「うおぉ！　どしたぁ！」普通にびっくりしてしまった。巴は顔をガバッと跳ね上げるが、その頬も額も目許も全部が沸騰《ふっとう》しそうな真っ赤に染まっている。潤《うる》んだ目をして恨《うら》みがましく鋼太郎を睨《にら》んでくる。

「うちのお母さん……！　あんたに見られた……！」

「……いや、おまえがそうするように誘ってきたんだけど」

「断ってくれてもよかった！」

こんな理不尽な話があるだろうか。いつもなら即座に「はあ?」とか言って、適当に切り返せていたはずだが、でも今はなぜか言葉がうまく出てこない。ちょっと口ごもり、沈黙の間ができ

て、変な感じになりそうで、あ、だめ、やばい、ださい。鋼太郎は焦って、それでもどうにか、

「……つか、そんな嫌がるようなことじゃねえだろ。だって全然、普通の、」

お母さんだったし。つかおしゃれでかっこよくね？　なんでおまえに服のセンス遺伝しなかったの？　とか、続ける予定だった。しかしなぜか今になって突然、去り際の「鬼島タソ」と「すまそ」が遅効性の毒みたいにじわじわ効《き》いてきて、

「……ぶははははは！　普通ではねえな！」

発作《ほっさ》のように笑ってしまった。いやだって、なんだよあれ。ここで待たされた数分の間にスマホで素早く『古い　ネットスラング　四十代』とかでググっていたからどうにかなんとなく理解できたが、そうでなければ本気で色々意味不明だった。巴も鋼太郎につられたのか、口を手で押さえて「……ぶっふ……！」笑い声を漏らし始める。「……やっぱ、だよね……。おかしいよね、あれ……んっふっふっ……！」

二人して笑いが止まらなくなる。でも壁には『大声での会話はお控え下さい』のポスターが貼《は》ってあって、その文言に多分ほぼ同時に気が付く。そうだ、他には誰もいなくてもここは病棟内。落ち着こう、と目配せし合う。とにかく抹茶ラテを飲もう。キャップを開けて、何口か飲んで、「……はあ……」「……ていうか、笑い過ぎた……自分の親を……」お互いようやく一息つく。

巴が隣の席からこちらをゆっくりと見た。鋼太郎も、やっとまともに巴を見られた。

「……まあ、あれよな。なんか、こっぱずかしいもんだよな。自分の親を学校の奴に見られるのって。つかうちの母親も相当やべえし」

「え、そうなの？　やっぱりいつもキタコレキタコレとか騒いでるわけ？　キターとか言いながら回転したり？　不意打ちでなにかされた時『なにをするだァーッ！』って叫んだり？」

「それはごめん。しねえわ。でももっとなんつうか、シンプルにおばさんパワー爆発って感じ」

「おばさんパワーは爆発してるよ、うちのお母さんも」

「いや、おまえのお母さんは爆発してなかった。ただただノリが独特ってだけで」

「いやしてるよ。めっちゃ爆発してる。爆発しまくってる。ていうか、実はうちさ……」

ふと巴が真顔になる。

「お父さんもああいう感じなんだよね……」

耐えようとは思った。大声での会話は控えなければいけない。でも耐えきれずにまた吹き出してしまう。千葉家やばい。半端ない。肩を揺らしてまた笑い出しつつ、でも、と鋼太郎は思ってもいる。

気まずくならなくてよかった。こうやってまた普通に話せてよかった。笑い合えてよかった。本気でそう思うし、この時間はとても楽しい。でも。

自分が巴に本当に言いたいことはこれではないような気がするのだ。全然別のところにあるような気がする。

それを、確かめたいと思った。そのとき突然、心が一気に過去へ引き戻された。もう通り過ぎてきたはずの時間を、一瞬のうちに駆け抜けていた。そのすべての瞬間の中で、自分はこの病院内をたった一人で歩いていた。

頼まれた買い物のことで頭がいっぱいだったり。

別れ際にうーちゃんが言ったしょうもないことでまだ笑いが止まらなかったり。

つまらない不満を口に出さないように奥歯で強く噛《か》み締めていたり。

不安と恐怖に捕まってエレベーターでうずくまって泣いたり。

――そうやって下りてきたあのロビーで、自分はいつも巴を探していた。

ドキドキと心臓を鳴らしていた。少しでいいから会いたかった。ちょっとでもなにか話したかった。二人だけでいられる特別な時間を大切にしていた。

たまたま会えるのだと思っていた。不思議なほどにタイミングよく、ばったり行き会うのだと思っていた。探しているのは自分だけだと思っていた。どうしても目で追ってしまうのは自分だけだと思っていた。

巴は自分を置いて行ってしまったのだと思っていた。だからもう一緒にはいられないのだと思っていた。

そういう時間を通り過ぎて、自分は今、巴とここにいる。

「おっと。噂《うわさ》をすればお父さんだ」

巴はスマホを見て、抹茶ラテの残りをぐいっと飲んだ。空になってしまったボトルを掴み、椅子から立ち上がる。

「いつもは仕事で遅いから平日の面会なんて無理なんだけど、今日は特別。お母さんの服とか荷物もあるし、車で来てもらったんだ。病室にもういるみたいだから私も行くね」

「あ、……おう」

なにも言えないまま、この時間が終わってしまう。戸口へ歩いて行く巴の背中を、しかし呼び止めることができない。本当は、と言いたい。俺は、本当は――腰を浮かせるが、でも間に合わない。行ってしまう。泣きたくなる。叫びたくなる。「ちょ、」

（……振り返ってくれよ！）

「ちょっと待った―――っ！」

――あれ？

と、思った時には、もう全力で叫び終えてしまっていた。

巴がびっくりした顔で振り返る。

やばい、と思う。なにをナチュラルに叫んでんだ俺。いくら練習しまくって口に馴染《なじ》んだ言葉だったとはいえ。でも、

「あ、明日！」

言葉は、続いた。半端な中腰の体勢だったし、その声は甲高《かんだか》くひっくり返ったし、情けなく語《ご》尾《び》が震えてしまった。でも、

「……話したいことが、ある！」

言えた。

巴は目を丸くして、数秒その場に立ち尽くし、やがて、

「……うん……っ！」

大きく頷いてくれた。その間にも顔がたちまちまた真っ赤に染まるのを、鋼太郎は不思議な魔法のように思った。巴はそこから片手を鋼太郎の方に伸ばしてくる。バイバイ、と振るのではなく、鋼太郎に向けてまっすぐに全部の指を伸ばす。

摑まれ！　そう叫ぶように。

「じゃあ、明日！　約束ね！　……絶対だからね！」

鋼太郎も頷き返した。片手を、巴の手に向かって伸ばし返した。ここからではまだ触れられないけれど、まだ届かないけれど、まだ摑めないけれど、でも――

「約束！　明日な！」

明日にはきっと、その手を掴んでいる。


バッグを揺らして全力で走った。

夕飯のにおいがそろそろ漂い始める廊下を駆け抜け、ちょうど来ていたエレベーターに飛び乗り、五階のボタンをぶち壊す勢いで連打し、昇っていくスピードののろさに気が狂うほど焦《じ》れながら、

(神威、神威、神威……！　大変だ、大変なことになった！　神威……！)

胸の中でドコドコ暴《あば》れる心臓を両手でぎゅっと抑え込む。早く神威に話さなければ、本当に自分はこのままおかしくなってしまう。

「――神威！」

息を切らしてうーちゃんの病室に駆け込んだ。が、「……あれ⁉」ベッドの上にはうーちゃんだけがぽつんと座っていて、神威の姿はない。ついでに母親もいない。気が抜けて、はあ、と大きく息をついてしまう。重いバッグをどさっと投げるように椅子に置き、なんとなくガランとした病室を見回す。窓の外がもう暗くて、蛍光灯《けいこうとう》に照らされた室内は妙に寂しく感じられる。

「なんだよ。うーちゃん、一人にしてんのかよ」

「ママはさっき皮膚科に行った。なんか、手にぷつぷつができちゃってかゆいんだって」

「え、外来で診察受けるってこと？　さっき？　それめっちゃ時間かかるぞ、ここの皮膚科いつもわけわかんねえぐらい混んでるし。つか神威は？　来ただろ？」

「うん。でも、帰っちゃった。チカチカが……なんか、帰らないと、って」

そういえば、遅くなるなら勝手に帰るって言っていたか。早く話したくてたまらなかったが、待たせたのは自分だ。仕方ない。また明日、朝になれば神威は必ずナポレオンみたいに現れるのだから、学校に着くまでに話し尽くそう。巴と顔を合わせる前に、とにかく全部聞いてもらおう。それまでは一人でこの夜を乗り切るしかない。

鋼太郎は椅子をもう一脚、ベッドの傍《そば》に引き寄せた。腰を下ろして、うーちゃんの頭を撫でる。うーちゃんはしかし反応が鈍い。さっきからなんとなく元気がないようにも見える。オーバーベッドテーブルに広げた教材をぼんやりした目で眺めたまま、表情がまったく動いてない。大好きな神威が帰ってしまって落ち込んでいるのだろうか。もしくは、今日はあまり調子がよくないのか。来週には退院できることも決まって、その日のためにリハビリも頑張ってきたのに、ここで崩れたらまた先が見えなくなってしまう。

不安になって、鋼太郎はうーちゃんの顔を覗き込んだ。柔《やわ》らかな頬をそっと擦るが、それでも小さな顔にはいつもの笑みが浮かばない。母親はまだなのだろうか。まだ、診察が終わらないのだろうか。

内心の胸騒ぎを押し隠し、努めて明るく笑ってみせながら、

「うーちゃんは、なにしてたんだ？　これ、宿題？」

いつも通りに声をかける。うーちゃんの手元に広げられたままになっているのは、理科の教科書。担任の先生が届けてくれるお手製のプリント類も何枚かある。色鉛筆のセットもある。「見ていい？」うーちゃんは頷いて、プリントの一枚を鋼太郎に見せてくれた。

半面が大きなスペースになっていて、そこに教科書に載っているメダカの稚魚《ちぎょ》の写真をよく観察しながら自分でスケッチする、という課題だったらしい。腹にぽこっと丸い膨《ふく》らみをつけた稚

魚を、うーちゃんは丁寧《ていねい》に何匹も描いていた。

そのうちの一匹のカラーリングを見て、鋼太郎にはすぐにわかった。「これ、塗ったの神威だろ」うーちゃんがコクンと頷いて、やっぱり、と思う。他の稚魚は教科書の写真に忠実な白や黒、灰色、銀に見えるような色味で塗られているのに、そいつだけは丸い腹部の栄養の塊《かたまり》が、緑と黒のストライプでスイカ柄に塗られているのだ。

「あいつ、しょうもねえことしてんな……」

ちょっと笑ってしまうが、でも課題にこんなことをして大丈夫なのだろうか。うーちゃんがせがんだのだろうが、それにしても。課題の意図を確認したくて、鋼太郎はプリントに先生が書いてくれた説明文を読み始める。

『生まれたばかりのあかちゃんたちは、自分でエサをとることができません。自分の力で生きていけるようになるまで、おなかにつけたふくろから、えいようをもらって、せい長します。これは、お母さんとお父さんが赤ちゃんにあげる大切なプレゼントです。』

イラストで描かれたお母さんメダカが、「生まれてきてくれてありがとう！」と言っている。その隣でお父さんメダカは、「きみたちに会えてうれしいな！」と言っている。

そののん気なメダカ夫婦の顔を見ているうちに、スイカでも問題なさそうな気がしてきた。スイカだろうがなんだろうが、我が子が幸せならいいのです！　我が子が必要とするのなら、どんなものでもあげたいのです！　それが我々の幸せなのです！　メダカ夫婦は、そういう感じの顔をしている。

「……『無償《むしょう》の愛』、ってやつか」

しかし、うーちゃんはまだ静かなままだった。額に触ってみる。熱はなさそうだが、やっぱり表情の暗さが気にかかる。

「うーちゃん、気持ち悪い？　横になる？」

ナースコール――いやその前に母親にＬＩＮＥを送ろう。そう決めて、鋼太郎はスマホをポケットから取り出す。と、

「おにーちゃん」

その手に、うーちゃんが触れてきた。小さな画面を滑《すべ》らす指は止めないまま、「ん？」視線だけを動かす。

「うーちゃんは誰かから心臓をもらわないと生きられないんだよね？　うーちゃんは、心臓、いらないよ」

それはあまりにも唐突《とうとつ》で、

「……はっ？」

指の動きが止まる。意味がわからない。頭が真っ白になって反応できない。突然どうしたんだ。なんなんだ。なんでそんな、なにをいきなり――

「うーちゃんは『いる子』だからよかったね、って。で、うーちゃんに心臓をくれる子は、『いらない子』なんだって。誰にも欲しがられない、誰にも愛されない子なんだって。そういう子はどうせ長くは生きられないんだって。生きているうちに誰かに心臓をあげて助けなければ、生まれてきた意味がないんだって。……意味って、なに？　それがないと、その子は生きてちゃいけないの？　どうしてみんな、『いる子』に生まれてこられないの？」

丸い頬に涙の粒が零《こぼ》れ落ちるのを、鋼太郎は呆然と見つめていた。

その眼球が、手が、肩が、膝が、足が、喉が、唇《くちびる》が、――鋼太郎の身体のすべてが、なにも

かもが、激しく震え始めた。

止まらない。声も出ない。妹の涙を拭《ふ》いてやることもできない。立ち竦《すく》んだまま、鋼太郎はただ震え、目だけを裂けるほど大きく見開く。異様な汗が全身を濡《ぬ》らす。血が沸騰し、蒸発していく。炭酸が抜けるみたいに、なにもかもが皮膚から噴《ふ》き上がる。

震えながら思う。

誰だ。

一体誰が、そんなことを吹き込んだんだ。いずれ移植を受けなくては生きていけなくなる俺の妹に、俺の小さな妹に、俺のうーちゃんに、一体どういう目的で。

どこの誰だ。

「神威がそう言ったの」


翼は、ゆっくりと開かれる。

音も立てずにそれは大きく、とても大きく広がっていく。

透明な光の中で、ふわり、ひらひら、ゆらゆらと、柔らかに揺れては風を生む。

そしてためらいもなく床に膝をついて、澄んだ目をしてまっすぐに見つめ、とろけるような優しい声で、こどもの耳元に甘い言葉を囁きかける。

『大丈夫だよ……』

どこへも飛び立ちはしないまま。羽ばたく術《すべ》すら知らないまま。こどものすべてをそっと取り上げ、すべてを夢にしてしまう。

美しい物語にしてしまう。

天使みたいに清らかな横顔は、でも、誰かが造った機械なのだ。

その子をバラバラにするために。

＊＊＊

（……なにかの間違いだ。なにか、勘違いとか……とにかくなにかあるんだ、なにか……！）

狂ったように自転車を漕いだ。

Y字路を減速せずに神威のアパートの方へ突っ込んでいく。病室を飛び出したときに母親とすれ違ったが、その勢いに母親は驚いていたが、でもなにも言えなかった。言えるわけがなかった。ライトの小さな光を頼りにひたすらペダルを踏み、立ち漕ぎして、人も車も通らない暗い道をただ進む。まだ信じてはいない。だってそんなわけがない。すべてのやりとりを聞いた後でも、まだ信じることはできない。

そんなわけがないのだ。

うーちゃんは、神威とメダカを塗りながら、早く学校に行きたいと言ったのだそうだ。今までのように行けるときに細切《こまぎ》れに、ではなくて、ちゃんと普通の子のように毎日。そうでなければ友達ができないから。

『でもね、うーちゃんは病気だからさ。うーちゃんの病気は、誰かに心臓をもらわないと治らないんだ。……心臓移植、って、神威はわかる？　うーちゃんに心臓をくれる子は、代わりに死んじゃうんだって……。かわいそうだよね……』

それを聞いて、神威はびっくりしたらしい。そうだったのか、そうか、と何度も繰り返して、そのまましばらく黙り込んでいたらしい。そして、うーちゃんが話してしまったことを後悔し始めた頃、

『俺の心臓をあげられればよかった。でも、大きさが合わない』

そう言ったらしい。苦しそうに、悔《くや》しそうに、ごめんね、とまた何度も繰り返したらしい。

うーちゃんにぴったり寄り添い、優しく頭を撫でてくれながら、でもね、とそこからその話を始めたらしい。

『その子は全然かわいそうじゃないんだよ。ただ、見えなくなるだけ。だから大丈夫』

神威は笑っていたらしい。

『心臓をくれる子は、どうせ元々長くは生きられないんだ。ほら、このメダカの赤ちゃんたちは、みんなおなかにお父さんとお母さんからもらった袋をつけてるだろ。普通の子は、みんなこうやって生まれてくる。でも時々、おなかの袋をもらえないまま生まれてくる子がいるんだよ。お父さんとお母さんが、その子にはあげなかったんだ。その子のことがいらないから。その子が生きられなくてもいいから。その子は、誰にも欲しがられなかったんだ。誰にも愛されなかった。自分の力で生きていくこともできない。生まれてきた意味が、最初からなかったんだよ。でも、そういう子にも心臓はある。うーちゃんみたいな病気の子に、心臓をあげることはできる。誰もいらない子でも、誰にも必要とされなかった子でも、心臓は欲しがってもらえる。あげれば喜ばれる。あげれば愛してもらえる。あげればあげるほど、たくさん愛してもらえるんだ。だから、心臓をあげることは、全然かわいそうなことじゃないんだ』

『でも……心臓をくれる子は、それで死んじゃうんだよ？』

『そうだよ。でも、あげなければいらない子、愛されない子のまま死ぬだけだから。あげることで、救われるんだ。愛されている子の身体の一部になれば、その子も愛されて、幸せになれる。それでいいんだ。こどもはみんな、愛されて幸せになるために生まれてくるんだから。うーちゃんは、いる子だから大丈夫。愛されてるから大丈夫。もらえる方だよ。よかったね』

『……いる子と、いらない子は、どこか違うの……？』

『いる、って言ってくれる人がいるかどうかだよ。いらない子には、誰もいるって言ってくれない。だから、誰かにいる、って言ってもらうために、心臓を、自分を、あげるんだ。それでみんなが救われる。みんなが幸せになれる』

神威は、笑い続けていたらしい。

そんなわけがない。絶対に、そんなわけがない。そんなわけがないと、鋼太郎は信じている。

全身の筋肉が引きちぎれるほどに自転車を漕ぎ続けて、やがてアパートが見えてきた。郵便受けの下に乱暴に自転車を投げ倒し、外階段を一気に駆け上がる。

二階についたところで、神威の部屋のドアがいきなり開いた。まるで鋼太郎が来るのをどこから見ていたかのように、神威はひょいっと顔を出した。

「鋼太郎！」

神威は神威だった。あまりにも見慣れた顔だった。古臭い眼鏡《めがね》に、すこし跳ねた柔らかな猫っ毛。胸にブランドのマークが入った、オーバーサイズのTシャツ。楽そうな部屋着のハーフパンツ。嬉しそうに笑って、でも目はやっぱり驚いていて、

「すごい！　鋼太郎のことを考えてたら本物が現れた！　でもどうしたんだこんな時間に、まさ

か千葉さんとなにかあったのか？」

　どんな顔をすればいいのか、どんな聞き方をすればいいのか、わからないまま神威の身体ごと押し込むように玄関の中に入る。靴《くつ》のまま、部屋の中に踏み込む。神威はよろけるように後ずさりして、戸惑いもあらわに目を瞬《またた》いた。

　震えは、まだ止まっていない。

「……鋼太郎？　本当に、どうしたんだ？」

「おまえ、おまえさ、うーちゃんに、し、心、臓、」

　ぐ、ぐ、と喉が戦慄《わなな》いて、悪夢の中にいるみたいに突然うまく話せなくなる。神威は顔を跳ね上げ、「その件なら聞いた」短く言い、大きく一度頷いてみせる。ちゃんと聞いた。心臓移植の話だろ。ごめんな鋼太郎。俺は今まで気付いていなかった。おまえがなにに苦しんで、なにに悩んでいたのが、俺にもやっとわかった気がする。聞けてよかった。間に合ってよかった。そう言って、両手をそっと伸ばしてくる。

「……心臓をくれる子はいらない子だから大丈夫とか、心臓をあげなきゃ生まれてきた意味がないとか、本当に、おまえが、言ったのか？」

「え？」

　頼む。震えながら祈った。頼む、神威。頼む。頼む。頼む。頼む。頼むよ！　神威！　頼むから！

「言ったよ」

　頭の中で、爆発が起きた。

「うーちゃんが不安そうにしてたから、勇気づけてあげたかったんだ。心配することはないんだよって、誰もかわいそうじゃないんだよって、大丈夫だよ、って——」

真っ白に焼き尽くされた視界のどこかで誰かが叫んだ。誰が叫んだのかわからない。神威かもしれない。自分かもしれない。気が付いた時には神威の胸倉を摑み、渾身《こんしん》の力で揺さぶり、壁にその身体を叩きつけていた。

「お、おまえはっ、……ド、ドナーは、どうせいらない子だから、し、し、死んでもいいんだって……そう、俺の妹に、言ったのか……⁉」

苦しそうに顔を歪《ゆが》め、首を摑む鋼太郎の手を振りほどこうと必死にもがきながら、「そう、だよ、」神威が答える。「言った、よ？」

顔面を殴《なぐ》ろうと振り上げた拳を止めたのは、殴るなんて、そんな人間的な行為はこいつにはふさわしくないと思ったからだ。腰を捻《ひね》ってその身体を吊《つ》り上げ、そのままフローリングの床に投げ落とす。重い、鈍い音を聞きながら、呻く声を聞きながら、馬乗りになってまた胸倉を摑み直す。「やめ、や……やめ、て……や、め……」もがく手に触れられないように、上体を反らして避けながら、そいつを、それを、見下ろす。

顔がある。目がある。鼻がある。口がある。心底、気持ちが悪いと思う。なんなんだこれは、と吐《は》きそうになる。

震えは止まった。

破壊されるべきものはすでに全部が破壊された。

もう自分の内部にはなにも残ってはいない。拍動する色とりどりの光も、囁く声も、なに一つ。これ以上失うものはもうなにもない。

「……なん、で……っ？　そんな、に……、なんで、怒っ、て……」

肩を揺らしてそれは抵抗する。首にかかった鋼太郎の手をどうにか片方だけ跳ねのけて、苦し

気な音を立てて息をして、

「……俺は、なにも、間違ってないだろ……っ！　みんなが、そう言ってたんだ……全部、本当のことだ！　俺はちゃんと、教わったんだ！　科学的な事実だ！　実験では赤ん坊を二つの群に分けて、片方には愛情を注いで、もう片方に、は……っ」

また両手でしっかりと首を押さえ直す。「うるせえよ」奇跡的にまだ顔にのっている眼鏡の奥で、それは目を見開いている。目蓋《まぶた》の縁《ふち》がヒクヒクと震えている。怖いのだろうか。苦しいのだろうか。わからないし、わかりたくもないし、わかる必要もない。

そのとき、馬乗りになったTシャツの胸元に小さな赤い沁《し》みがポツポツと広がった。位置からして、と上を向く。でも天井《てんじょう》しか見えない。「……？」喉の奥に鉄の味をした熱い液体がどっと流れ込んできて、はっとした。片手で鼻の下を拭《ぬぐ》った。ぬるっと滑《すべ》る。ぶつけたわけでもなく、触れられてさえいないのに、鼻から血が流れ出していた。口の中に入ってくるのを舐《な》め取って、制服のシャツの肩で拭う。血の一滴すら見せたくなかったと思う。

ベタつく手で胸倉を掴み上げる。「……苦、しい……！　離せ……っ」離さない。「こう、た……血！　血がっ、……出、て……」

「ど、ど、」

貶《おとし》められたすべての命のために、楽に呼吸などさせない。

「——どれ、どれだけ苦しんで、どれだけ、かっ、葛藤《かっとう》して、その選択、を、するのか、ちょっとでも、そ、想像、できねえか？　へ、へ、平気で、決めたとでも、思うのか？」

舌がもつれる。目が眩《くら》む。身体の内側から膨れ上がってくる凄まじい圧力が、血管を、筋肉を、どくっ、どくっ、と激しく脈打たせている。破裂《はれつ》しそうになりながら、鼻から溢れる血を止められないまま、鋼太郎は両手に力を込める。さらに近くまで引き寄せて、鼻先が触れる距離で揺さぶる。

「おまえは、あたまが、おかしいよ」

ドナーは脳死状態だ。まだ温かな身体の中で心臓は必死に脈打ち続けている。懸命に動き続けている。生きるためにだ。ダメージを負った身体に血液を送り、酸素を送り、次の一秒を、次の一瞬を、どうにか生き延びるためにだ。その身体に刃物を入れて、切り開いて、大きく広げて、まだ諦《あきら》めないでいる心臓を命の器《うつわ》から切り離して、ライトの下に掴み出すのだ。妹がもらうのはそういう心臓だ。

その行為を、そこに至る決断を、そこに関《かか》わるすべての生命を、関わる者すべての尊厳を、この目の前のなにかは、貶めたのだ。

血なんかもったいない。涙なんか。なにも見せる価値はない。なにもあげるわけにはいかない。

「……なん、で、鋼太郎が、そんなに、怒るんだよ……っ⁉」

大きく振り回された腕を避けようとして、両手が首から外《はず》れてしまった。それは転がるように逃げを打ち、必死に身を丸めて壁際に張りついた。交差させた腕で顔と頭部を守りながら、狂った犬のように吠《ほ》え立てた。

「心臓、いるんだろ⁉　欲しいんだろ⁉　心臓をあげたいこどもがいて、心臓をもらいたいこどもがいる！　あげたらいけないのか⁉　うーちゃんが助からなくていいのか⁉　あげればみんな幸せになれるじゃないか！　もらった子は生きられるし、あげた子には生まれてきた意味が与えられる！　そうやって救われたらいけないのか⁉　誰かにいるって言ってほしい、誰かに必要だと思ってほしい、そう望むのがそんなに悪いことかよ⁉　誰にも愛されない『いらない子』が、生まれてきた意味を欲しがるのがそんなに悪いことなのかよ⁉」

いらない子──その言葉に、腹の底の最後の一滴まで燃やし尽くされていく。

それでもまだ、立ち上がらずにいた。距離をとって喚くその顔を、二歩ほど離れて眺めていた。今この位置に鋼太郎を縫《ぬ》い留めているものは心ではない。頭だ。思考の残滓《ざんし》。それと、「いい子だよ。神威はきっと、すごくいい子」──いつか聞いた、父親の声の記憶。

自分の鼻血で汚《よご》れた手を、鋼太郎はふと見下ろした。この手で衝動に任せてなにもかもを壊してしまうこともできる。そうするべきだとも思う。そうしたいとも思う。

でも。

ぼんやりと辺りを見回す。やっぱり変な部屋だと思う。こんなところに住まわせる変な親。変な家族。変な家庭。異常な考え方をさせるような、変な育ち方をしたのだろう。親は選べない。その責任を問うことはできない。

両手を、ぎゅっと握り締めた。

「……神威」

もう一度だけ。

もう一度だけだ。今度こそ、どうか、お願いだ。もう俺を、裏切らないでくれ。

「……おまえは、全部間違えてるよ。いる子とか、いらない子とか、そんなのは臓器移植にはなんの関係もない。まったく、一ミリも、関係がない。そんなことで決められることはなに一つ、絶対に、ない。いや、そもそも、おまえが言うような……要するに、被虐待児《ひぎゃくたいじ》なら、ドナーにはなれない決まりなんだよ。いらない子だから心臓あげます、なんて、そんなおぞましい事態は、まず前提からして成り立たないんだよ。不可能なんだよ。おまえは間違った知識で、まったく関係ない話を、無理矢理に結び付けてるんだよ。だから、」

「俺は間違ってない！」

「……神威！　頼むから聞け、聞いてくれ、聞けよ！　おまえは、」

「俺は！　絶対に！　何一つ！　間違ってない！」

——きつく握り締めていた手から一気に力が抜けた。

「生まれてきた意味を誰よりも強く欲しがっているのはそういう子だ！　お母さんに、お父さんに、愛してほしくて、かわいがってほしくて、褒《ほ》めてほしくて、好きになってほしくて、そのためにならなんだって、どんなことだってできるんだよ！　ちゃんとあげたいし、たくさんあげたいし、全部あげたいんだ！　そうしたいんだ！　その子がそれを、望んでるんだよ！　それが間違ってるなんて、悪いことだなんて、絶対誰にも言わせない！　鋼太郎にはわかるわけがない！　だって鋼太郎は『いる子』だからな！　『いる子』にはわからない、わからない奴に否定なんかさせない、こどもはみんな愛されて幸せになるために生まれてくる、それを信じてなにが悪い⁉　生まれてきたことには意味があったんだって、苦しみにも、痛みにも、ちゃんと意味があったんだって、無駄死《むだじ》になんかじゃないんだって、そう思いたがってなにが悪い⁉　そういう夢を見てなにが悪い⁉」

手を伸ばしたのは、口を塞《ふさ》ぐためだった。もう駄目《だめ》なのだということを、永遠に理解できないということを、これ以上知る必要はないと思ったからだった。しかしその手を今までにない強い力で押しのけられる。

「そっちはもらう側なんだからそれで都合がいいだろ⁉」

防戦一方だった手が伸びてきて、鋼太郎の肩のあたりを突き飛ばす。白い犬歯をむき出しにして、鼻の付け根に皺《しわ》を寄せて、血が流れる臭《にお》いのするところを狙《ねら》って、凄まじい勢いで喰《く》らいつこうと迫ってくる。

「なにも疑わずにただ信じてりゃいいんだよ！　そっち側で大人しく待ってりゃ、そのうちどこかのこどもが命を譲ってくれるって！　それを喜べよ！　嬉しいんだろ⁉　そう言え！　もらえて嬉しいって、こっち側で幸せだって、生きる価値がある方でよかったって、はっきり言え！　言え、言え、言え！　嬉しいって、言えよ！」

いい奴だと思っていた。一緒にいると楽しくて、ずっと笑ってばかりいた。左隣で笑う白い顔を見ていると、悩みもなにもかも軽く吹っ飛んでいくような気がしていた。泣いてしまってもいいのだと思っていた。なにを見せても、受け止めてくれると思っていた。二人でいれば本当に大丈夫なんだと、ずっとこうしていればいいんだと、決して離れずに一緒にいればいいんだと思っていた。

全部間違っていたのは、……いや、そうか。またこのパターンか。繰り返しているのか。からっぽの頭の中で、妙に静かに考える。偉そうにあれこれ上から目線で注意したりして、でも実は自分自身が結局それに一番当てはまっているというパターン。まただ。

俺が、全部間違っていたのだ。

「おまえは、」

なにもわかっていなかった。

「――人間じゃない」

立ち上がり、顔を背《そむ》け、身を翻《ひるがえ》す。背中を向けて、歩き出す。

「欲しい物が手に入る、嬉しいだろ⁉　みんな救われる、それでいいだろ⁉　一体なにが間違いなんだよ⁉」

　二度と振り返ることはない。ここにいるのが間違いだった。出会ったことが間違いだった。それがはっきりとわかったのだから、できることはただ一つ。全部を置いて、立ち去るだけ。

「心臓をあげたい、心臓をもらいたい、あげたいからあげる、もらいたいからもらう、ただそれだけの話だろ⁉　あげる方があげたがってたら気に食わないのか⁉　本当はあげたくないけどって前置き付きで、泣く泣く、嫌々、渋々《しぶしぶ》差し出される心臓じゃなけりゃイヤだって⁉　だいたい、正しいとか、間違ってるとか、なんでおまえが決めるんだよ⁉　おまえにそれを決める権利があるのか⁉　おまえは何様だ⁉　どういう立場なんだ⁉」

　玄関のドアを開け、

「待てよ鋼太郎！　俺の疑問に答えろ！」

　閉じて、すべてを背後に断ち切った。

第三章

1

暗い道を、一人、自転車で疾走《しっそう》した。

途中で『気分が悪い』と母親にＬＩＮＥを送り、先に帰宅していた父親にも同じことを言って、家事もせずに自室へ上がり、血の付いたシャツをゴミ箱に突っ込んで、ベッドに潜《もぐ》り込んだ。

そのまま、鋼太郎《こうたろう》は身じろぎもしなかった。

母親が帰ってきて、食事に呼ばれても下りていかなかった。きっと寝ていると思っただろう。

母親は夜遅くなってから部屋を覗《のぞ》きにきて、こーくん大丈夫？　うーちゃんも食欲なくて調子よくないみたい、と、言っていた。

それでわかった。うーちゃんは母親にはなにも言わなかったらしい。話を聞くなり病室を飛び出していった自分の姿を見て、言ってはいけないことだったと判断したらしい。

それでいい、と鋼太郎は思った。

俺が言うから。

一体どういうものをうーちゃんに近付けてしまったのか。この家の奥深くにまで招き入れてしまったのか。それは、この口で説明する。その責任が、自分にはある。

暗闇《くらやみ》の中で鋼太郎は目を閉じずにいた。

心を澄ませて、冷たく砥《と》いで、わずかにも揺らさず、ただ存在を許さないと決めていた。

明日にはそういう自分が目を覚ます。

この部屋を出て、登校し、授業を受けて、放課後には病院へ向かう。母親は自分に、今日は二人一緒じゃないのか、一人で来たのか、と訊《き》いてくるだろう。自分は答える。これからはずっとそうだ、と。永遠にそうだ、と。

なぜなら、と。

その後に続けるべき言葉を、鋼太郎は両目を暗く光らせたまま、何千通りも唱《とな》え続けた。

もしも次があったら、今度は一撃で終わりにしてやる。そうするための言葉も探し続けた。

＊＊＊

『かむいを置いて行っちゃったの?』

母親からＬＩＮＥが来た時には、とっくに校舎の中にいた。起こされるよりも早く身支度《みじたく》を終え、朝食も食べず、弁当も持たず、日直だからと嘘《うそ》をついて、いつもより早く家を出て、いつもより早く教室に着き、荷物だけを席に置いて、誰もいない空《あ》き教室で時間を潰《つぶ》していた。

『うちの前で待ってたから、こーくんはもう出たって伝えたよ。かわいそうに、遅刻しないで間に合えばいいけど』

既読だけつけて返信はしなかった。ギリギリまで待って、始業の予鈴《よれい》と同時に教室に入った。

「おっ！　やっぱ来てたじゃん！　しゅぽ〜！」鋼太郎の席に座っていた西園寺《さいおんじ》が手を振ってき

た。「おう」しゅぽ、とすぐ傍《そば》に立っていた八百地《やおち》も顔を向けてくる。

二人に挟《はさ》まれて、それは、半透明の煙のように見えた。

ゆらゆらと揺らめきながら、なにかをにゅっと突き出してくる。それは伸び、縮んで、しかし自分には一切の関係がない。

「おう、はよ。早く来過ぎたから適当に時間潰してた」

西園寺と八百地にいつも通りに挨拶《あいさつ》をして、「つかケツのけろ」乗っ取られた椅子《いす》を取り返す。煙が、ふわふわと揺れている。

「……鋼太郎？　どした？」

バッグを開けて、スマホをしまう。「なにが？」西園寺の顔を見返す。「いや、だって……なあ」八百地も頷く。「おまえたち、なにかあったのか？」

二人ともなかなか自分の席に戻ろうとしない。「なんでよ。別になんもねえけど」笑い返したつもりだった。でも、うまくはいかなかったのかもしれない。西園寺も八百地もその瞬間、凍《こお》り付いたように同時に顔を強張《こわば》らせた。

ちょうど駒田《こまだ》が教室に入ってきて、「は～い座って座って～！　みんな昨日はお疲れさまでした～！」出席簿を片手に教壇に上がる。あちこちで集まっては騒いでいた連中が慌《あわ》てて散っていく。八百地もなにか言おうとしていた口を閉じ、自分の席へ向かう。こっちを何度か振り返りながら、西園寺も自分の席へ向かう。その先の最前列の席には巴《ともえ》がいて、ちらっとこちらを振り返った。一瞬だけ目が合った。鋼太郎は視線を窓の方へ投げた。

左隣で、なにかがずっと震《ふる》えていた。

朝のＨＲが終わり、一時間目の授業が始まっても、それはカタカタ、カタカタと、小刻《こきざ》みに不快な音を立て続けた。

やがてくっつけた机の境界線を越えて、なにかを手元に差し出してきた。視界に侵入《しんにゅう》してきたのは、手帳の帳面《ちょうめん》いっぱいにびっしりと書き連ねられた文字の羅列《られつ》。放《ほう》っておくと、一旦引っ込み、文字はさらに増えた。どんどん、どんどん、増え続けた。

それに目を向けることはしないまま、跳《は》ねのけることもしないまま、鋼太郎はその左隣のなにかの気配を感覚から遮断《しゃだん》し続けた。

その態度は、しかし人目に付くらしい。余計な心配をさせるらしい。休み時間がくるたびに、「急にどうしちゃったんだよ」訊《たず》ねてくる奴《やつ》が増えた。「ケンカしたの？」こっそり気遣《きづか》ってくる声。「なんかあった？」覗き込んでくる顔。なんでもねえよ。どうもしねえ。別になにも。繰り返し答えるうちに二時間目が終わり、三時間目が終わり、四時間目も終わった。

なにか訊かれるのも、それに答えるのにも、そろそろ疲れ始めていた。どうせ昼の弁当も持って来なかったし、昼休みはまたどこかで時間を潰そうと思った。一人でスマホをいじれる場所を探して、そこから西園寺と八百地にＬＩＮＥをすればいいだろう。俺は今日弁当ないから、探したり待ったりしないでいいから、と。

「……ろう、」

スマホだけを摑《つか》み、ポケットに突っ込んで、

「……う、……ろう、……って、」

誰かにまたなにか言われてしまう前に席を立った。机と机の間を縫《ぬ》って、さっさと歩いて行こうとした。後ろのドアから廊下に出ようとした。その寸前、腕を摑まれた。強く引っ張られた。

思わず背後を振り返った。

「……ってくれ、ごめん、ほんとに、あの……、俺……、」

それはゆらゆらと揺れながら、

「これ、鋼太郎に渡してって言われてて、だから……、」

見覚えのある巾着《きんちゃく》を差し出してきた。いつも使っている自分の弁当箱の袋だった。反射的にそこに目の焦点《しょうてん》があってしまって、それを掴んでいる指があって、それがつながる手があって、それがつながる腕があって、

「……昨日は、自分でも、なんか……わけがわからなくなって、なにを言っているのか、自分でも、もう、全然……」

それを見てしまった。

息をしている。足で立っている。震え続けている。細い胴体。肩があって、顔があって、目があって鼻があって口がある。まるで人間のような姿をしている。

でも、そいつがなんなのか、本当はどういうものなのか、

「俺はきっとなにか、おまえに悪いことをしたんだよな……？　おまえを怒らせるようなこと……俺、ちゃんと考えるから……ちゃんと、わかるまで……だから、だからごめん。昨日のこと、本当に、ごめんなさい……」

思い出してしまった。その瞬間ぞわっと全身の毛が逆立《さかだ》って、それと同時にその手が自分の腕を掴んでいることにも気が付いてしまって、血が逆流し、目の奥が真っ白になり、「俺に、」凪《な》いでいた心が身体《からだ》の内側から破裂した。

「――触《さわ》んじゃねえ！」

渾身《こんしん》の力で振り払った腕は弁当箱を弾《はじ》き飛ばし、

「気持ち悪いんだよ……っ！」

叫びながら、その場で嘔吐《おうと》してしまうかと思った。比喩《ひゆ》ではなしに本当に気持ちが悪かった。口を押さえ、戸口から走り出ようとするが、またその腕を、

「待ってくれ！　ごめん！　許して、許して、鋼太郎！　許してくれ、ごめん……！　ごめんなさい！　ごめんなさい！」

後ろから掴まれる。本能で腰を低く落とし、全身を捻《ひね》って、力を込めて思いっきり突き飛ばした。後ろ向きに吹っ飛んだ軽い身体が誰かの机に当たり、「鋼太郎⁉」「なにやってんだよ！」女子の悲鳴、「やめろ！」なにか言ってくる声、肩に触れてくる手、全部を振り払うみたいに鋼太郎はまた叫んだ。

「うるせえ！」

自分の声、爆発するような鼓動《こどう》、荒い息、耳の中の血管がドクドク音を立てて膨《ふく》れ上がるのを感じる。そいつは床に転がったまま色のない顔を上げた。歯が鳴るほど激しく震えて、ほとんど痙攣《けいれん》しているみたいに見える。「こ、鋼太郎、」

「黙れ！　同情引こうとしてんのか⁉　被害者ぶんのか⁉　俺にはおまえがなんなのかもうわかってんだよ！　どんだけいかれた異常者なのか、どんだけ頭がおかしいか、俺にはもうわかってんだ！　そんなもんを家にまで引き入れた自分にも、ほとほと嫌気が差してんだよ！」

焦点の合わない、ぼんやりとした目が鋼太郎を見上げてくる。倒れた誰かの椅子の間から、「ご、」ひっくり返った声が、「ごめん……」馬鹿《ばか》の一つ覚えみたいに繰り返す。

「……本当に、ごめん……許して、これで終わりなんて俺、いやだ……鋼太郎……！　俺、やだよ……！　鋼太郎！　俺、やだよ……っ！」

無視して踵《きびす》を返す。今度こそ出て行こうとするが、床を蹴《け》る足音がして「やめとけ神威《かむい》！」背中にしつこく手が伸びてきた。頭の中身が蒸発した。切れてはいけない一線が、ずっと守ってきたものが、その瞬間に焼き切れた。その腕を摑んで本気の速度で足を刈《か》り、支えがなくなった無防備な身体を縦に回転させながら投げ落とす。机をいくつもなぎ倒し、背中から落ちたところに飛びつき、のしかかり、片手で首を絞《し》めながら片手を振り上げる。もう壊そう、壊れてしまえ、なにも残らなくていい、全部壊してしまおう、叩《たた》き潰《つぶ》そうとした。でもその間に無理矢理に飛びつき、身体をねじ込んできたのは西園寺で、

「もうやめよう〜やめやめやめよ〜やめてくれ〜、頼む〜やめよう、なあ〜⁉　やめようやめよう〜もういいだろ〜⁉　なあ〜⁉」

すべてを冗談にしたいみたいに口だけはへらへら笑って、でも「やめてくれよ〜……！」顔を歪《ゆが》ませ、噴《ふ》き出すように泣いていて、鋼太郎に正面から抱《だ》きつくような体勢のまま「やおちん神威を引き離せ！」叫ぶ。そのときにはもう八百地がそいつを教室の反対側まで引きずっていて、「駒田呼べ」誰かに言う。静まり返った教室から何人か飛び出していったのがわかって、もう、なにもかもが、そのすべてが耐えられなくて、

「みんなの前でも、正体晒《さら》せよっ⁉　おまえが本当はなんなのか、どんなおぞましいものなのか、昨日みたいに晒してみろよっ⁉」

摑まえようとしてくる腕を振り払い、立ち上がる。邪魔な机も椅子も蹴り飛ばしながら教室を一気に横断し、八百地が庇《かば》うように抱《かか》えているそいつの襟首《えりくび》を引っ摑み、引き剝《は》がそうとし、できなくて力任せに「鋼太郎よせ！」殴《なぐ》りつけようとした拳《こぶし》を八百地が必死に押し返す。それを避《よ》け、また殴ろうとして、また摑まれて、「こんなっ、こんな奴……っ！　こいつは……っ！」振

り返りざまに手近にあった机を引っ掴んで、中身を全部振り撒《ま》きながら高く抱え上げ、

「――人間じゃ、ねえんだよ！」

二人に向かって投げつけようとしたのを、机の脚を掴んで止める手があった。そのままそいつごと、と思うが、その手は冗談みたいに小さくて、

「……せ、せっかく、生きてるのに……」

顔を見た。巴だった。火を噴くように鋼太郎を睨《にら》み、「せっかく生きて話せるのに、あんたが選ぶ言葉はそれなの……⁉」

なにも、「うるっせえ！」なにもわかっていないくせに、「おまえは関係ねえんだから引っ込んでろ！　だいたいおまえがよくそんなこと言えんな⁉　おまえだってこいつに好き放題ひどいこと言いまくってただろうが⁉　俺にも言ったよな⁉　覚えてねえのか⁉　おまえは、俺に、なんて言った⁉」

「私は後悔した！　あんたには、後悔させたくない！」

「うるせえっつってんだろ！　どっか行け！」

「や、やく、……約束！　したじゃん！」

「うるせえ！　うるせえ、うるせえ！　うぜえんだよ！　消えろ！」

抱えていた机をその足元近くに叩きつけ、小さく悲鳴を上げたのを無視し、鋼太郎を見上げたままずっと震えているだけのそいつを指差した。

もういいと思った。殴ったりする必要もなかった。もういい。「――誰も、おまえなんか、」この一撃で、

「『いらねえ』」

仕留《しと》められると思った。誰よりもカワイソーなこいつはたったこれだけで泣いて、狂って、ここから逃げ出すと思った。執着《しゅうちゃく》する一点こそが、つまり一番痛い一点なのだろうと思った。見上げていた目からは狙《ねら》い通りに静かに光が消え、でも、

「……違う、よ」

それでも視線は、右の眼の視線だけは、鋼太郎から離れようとはしなかった。

「……俺は、『いる』。『いる』ところは、まだ、残ってる……」

どうでもいい。意味など、もうわからなくていい。

突然、凄《すさ》まじい疲労を感じた。今日まで必死に守ってきたもののすべてを自分でぶち壊しにして、なにもかもがいきなりどうでもよくなって、鋼太郎はぼんやりと辺りを見回した。おもしろくもない嫌味のように、自分の机は無事なままだった。歩いて行って、鞄《かばん》を掴み、適当に荷物を突っ込み、「——追うな！　今は無理だ、やめろ！」立ち上がろうとするなにかの気配と八百地の必死な声を背中で聞きながら、振り返ることなく教室を後にした。

駒田にも他の教師にも幸い捕《つか》まることはなかった。そのまままっすぐ駐輪場に向かい、すぐ傍に寄り添うように置かれていた自転車を丁寧《ていねい》に引き剝がし、できるだけ遠くへ離して置いて、家への道を漕《こ》ぎ出した。

＊＊＊

真昼の白い曇り空の下、ペダルを踏む足は異様に重たかった。

やっと帰りついた家には、もちろん誰もいるわけがない。

一人で玄関の鍵《かぎ》を開け、一人で静まり返ったリビングを通り抜け、一人で階段を上がり、一人で自室に入っていく。着替えもせずに、ベッドに倒れ込む。

二度と立ち上がれない気がするほど疲れていて、本当にくたくたに疲れ果てていて、今はとにかく眠りたかった。無音の中で目を閉じる。うつ伏せになって息を吐《は》き、顔を枕に押し付けて埋《うず》める。しかしなかなか意識は溶けていかなくて、もどかしさが苦しくて、ゆっくりと薄くまた目を開く。昼の光の中で埃《ほこり》が舞っているのをぼんやりと眺《なが》める。カーテンを閉めればよかったと思う。でももう身体が動かない。この手も足も、どこもかしこも、骨の髄《ずい》から指の先まで、髪の毛の一本一本に至るまで、完全にからっぽになってしまった。ここから立ち上がるために必要な力をすべて喪失《そうしつ》してしまった。

一人っきりの家はあまりにも静かで、本当になんの音もしない。まるで水中に深く潜《もぐ》っているようだ。潜ってしまえばもう誰にも見えない、ここは深い水の中だ。そしてこの感覚を、鋼太郎はよく知っている。

いつもこうだった。

いつも一人だった。

ずっとこうして、一人で、薄く目を開いては光に漂う埃を見つめていた。

あの日からずっとだ。

学校が終わる頃に車で迎えに行くからな！　ママのいる病院に一緒に行こう！　妹にやっと会えるぞ！　おまえは兄貴《あにき》になるんだぞ！　そう言われていたのに、父親は迎えに来なかった。担任の先生がなぜだか家まで送ってくれて、でも家には誰もいなくて、暗くなっても誰も帰ってこなかった。夜までずっと一人でいた。食べる物もなくて、みんなどこにいるのかもわからなくて、誰かが帰ってくるのをひたすら待っていた。それがあの日の記憶だ。産まれてすぐに妹の病気がわかった、あの日。

　それからはずっとそんな感じだった。誰もいない静かな家に一人で帰ってきて、夜までそのまま一人でいた。前の家は病院まで遠くて放課後に行けるような距離ではなかったし、母親は付き添いで泊まり込んだままだったし、父親も転職前で帰りが遅かった。

　祖父母が家にいてくれた時期もあったのだが、ある時を境にまったく姿を見せなくなった。父方も、母方も、今でもどこかで生きてはいるはずだ。でもそれぞれに「産む前にわかればよかったのに」とか「長生きしないならむしろ救い」とか――自分が実際に耳にしただけでもそういうことがあって、自分がいないところでは恐らくもっと色々なことがあって、あの人たちには二度と会わない、たとえ死んでも葬式には出ない、もう親でも子でもない、という関係性になっていた。一緒にいた時の記憶はなぜだかあまり残っていなくて、それほど昔のことでもないのに、今ではどの顔も思い出せなかった。

　両親は常に疲れていた。二人とも、常に限界を超えていた。自分の前ではそれでも明るく振舞っていたが、一緒に暮らしていればどうしてもわかってしまった。母親はトイレや風呂場でいつも声を殺して泣いていたし、父親は時々壁に手をつき、膝《ひざ》から床に崩れ落ち、頭を抱えて息だけで叫んでいた。深夜には激しく言い争って、父親が母親を引っぱたいたのも見た。母親が父親を突き飛ばしたのも見た。どっちかが家から飛び出して行ってしまうこともあった。一度だけ、その時はベッドで眠っていたのだが、「こーくん、こーくん」母親に揺り起こされた。「二人だけでうーちゃんに会いに行こう」午前二時のドライブは夢の続きのようだった。二人とも寝間着《ねまき》だったのも、向かう方向が病院ではなく全然でたらめだったのも、やっぱり夢のようだった。もしあの時、トイレに行きたい、帰りたい、と自分が言い出さずにいたら、あのまま一体どこへ辿《たど》り着いていたのだろう。

それでも朝になればいつも通りだ。いつも通りに、何事もなかったみたいに、明るい光の中で両親は笑っていた。

とっくに限界を超えた日々の中で、それでも自分を取りこぼさないように、両親は必死に頑張っていた。

学校行事、授業参観、なにかの展覧会や発表会、保護者会、入学式、卒業式……無理をして、無茶をして、ほとんど曲芸のように、ギリギリの綱渡《つなわた》りのように、目を配り、心を配り、どうにかしてどちらかは姿を見せた。ほとんど死に物狂いの執念《しゅうねん》で、たとえごく短時間であっても、ちゃんと自分を見に来てくれた。

それがどれだけの負担になっているか、ちゃんと理解していた。

俺はいいのに、と思っていた。

俺のことなんか忘れていいのに。ずっとうーちゃんについていてあげていいのに。全部うーちゃんに譲《ゆず》ってあげたいのに。

ごめんなさい、と思っていた。

そう思いながら、誰もいない家で、音がしない部屋で、一人でベッドに潜り込み、薄く目を開けて、光の中の埃を眺めていた。

もう立ち止まらなくていいのに。二度と振り返らなくていいのに。行ってしまって、このまま戻らなくていいのに。ここにこのまま置き去りにしていいのに。

それでも父も母も自分の存在を忘れはしない。立ち止まり、振り返り、たとえ夜遅くなってしまったとしても、それでもここへ必ずまた戻ってくる。

だから、自分が、どこか遠くへ走り去るべきなのだ。

本当に立ち止まらないでほしいなら、本当に振り返らないでほしいなら、本当に戻らないでほしいなら、本当に置き去りにしてほしいなら、本当にうーちゃんにすべてを譲りたいなら、心の底から本当に全部を譲ってあげたいと思っているのなら、それが本当の気持ちなら、自分はここから走って逃げなくてはいけない。どこか遠くへ、消えなくてはいけない。

そうするべきだと思った。

でも。

——ごめんなさい。

小さな頃はただ、呪文《じゅもん》のようにそう繰り返すばかりだった。静かな水の中に一人で潜《ひそ》み、魔法の言葉のようにぼんやりとそればかりを頭の中で繰り返していた。

(……今なら、わかるよ)

十七歳の今、薄く開いた両目からは涙が流れ続けている。あの頃とすべてが同じだ。誰も知らないところで、一人で、ただ泣き続けている。ずっとこうだった。ずっとこうしてきた。

いまだにここから逃げ出すことができないのは、どこか遠くへ走り去ることができないのは、ここに置いていくことができないからだ。

俺を。

『本当』の、自分を。

本当は、立ち止まったまま自分だけを見てほしい。本当は、振り返って背後で泣き続けている自分に気付いてほしい。本当は、今すぐにでも、ここに戻ってきてほしい。早く帰ってきてほしい。こんなふうに一人で音のない家の中に置き去りにされたくない。

もっと愛してほしい。もっと傍にいてほしい。ずっと一緒にいてほしい。前のように一番に考えてほしい。いつもここにいてほしい。

もうなにも譲りたくない。

うーちゃんが産まれる前はうちはこうではなかった。父も母も自分もこうではなかった。なにもかもこうではなかった。こうなるなんて思ってはいなかった。突然なにもかも変わってしまった。あらゆるものを失ってしまった。

本当は、全部、元に戻してほしかった。

でもそういう自分の『本当』は、絶対に誰にも見せられない。見せれば両親を傷つける。うーちゃんを傷つける。悪いことなどなにもしていない大事な人たちを、自分の『本当』は傷つける。祖父母と同じことをしてしまう。

だから、そんな『本当』はあってはいけない。存在を否定しなくてはいけない。否定していることを証明するためには、ここにいてはいけない。俺はいなくなりたいんだ、それが本当の望みなんだ、そう言って、走って、逃げなくてはいけない。すべてを譲って、どこか遠くへ消え去らなければいけない。

でも、できない。だからごめんなさい。『本当』を消せない。だからごめんなさい。『本当』はそういう自分で、だから、ごめんなさい。

涙は流れたまま止まらない。どうせ誰にも見えないのだから匠《たくみ》の技《わざ》で止める必要もない。多分、これが、この今の姿こそが、どうしても捨て去ることができない『本当』の自分そのもののなのだろう。

泣いているのは、自分が嫌いだから。自分の存在は間違いで、正しくないし、いてはいけない。それがわかるのに、どうすることもできないから。

そして涙のにおいを嗅《か》ぎつけて、またあの声が聞こえてくる。

(病気の妹はかわいそうだ。おまえは元気で幸せだ。恵まれているのだから譲ってやれ。兄なのだから優しくしてやれ。いいことだから。正しいことだから。美しいことだから。無意味じゃないから。崇高《すうこう》だから。価値があるから。救われるから。なにも失いはしないから)

だから、早く、

『それを寄越《よこ》せ!』

——誰にも、そんなことを言われたことはないのに。

でも、それは確かに聞こえるのだ。そして、それは自分の声にとてもよく似ている。そいつのことを怖いと思うのに、言う通りだとも思う。抗《あらが》ってはいけないとも思う。従わないといけないとも思う。

でも。

(……ごめんなさい)

涙を真横に流し続けながら、ふと、自分がどうしてあいつを絶対に許すことができないのか理解した。それはもちろん人として踏み越えてはいけない倫理《りんり》を踏み越えたからだし、そのせいでうーちゃんを苦しめたからだ。でも、もう一つ。

あいつが放《はな》った恐ろしい言葉は、まるで自分に向けられているようだった。

「鋼太郎はすべてを譲って消えればいいのに」

「鋼太郎は心臓をあげて死ねばいいのに」

「そうすれば鋼太郎は愛されてうーちゃんは助かる。みんなが救われて幸せになれる」

「なのに、なぜ鋼太郎はそうしない」

「みんなが幸せになれないのは、全部、『本当』の鋼太郎のせいだ」

あいつの言葉は、この耳にはそういうふうに聞こえていた。

そしてそれは、あの声とも重なるのだ。自分自身を責め苛《さいな》む、自分自身を否定する、自分自身を消し去ろうとするあの声に。早くあげろ。すべてを譲れ。なぜそこに留《とど》まる。なぜ走り出さない。なぜまだここにいる。いてはいけない。早く行け。そう追い立てる、自分自身が発するあの声に。

ごめんなさい。許してくれ。あいつがそう言うたびに気が狂いそうになった。それは、俺が、おまえに言わされているんだ。おまえが、俺に、言わせているんだ。そう叫び返したかった。あいつを破壊したかった。あいつを黙らせたかった。生存本能が、あいつを許すなと叫び続けた。

(『本当』の自分がいてごめんなさい。こんな『本当』の自分を許してくれ)

「う、……うぅぅ……っ！」

背中を丸め、シーツを握り締めた。もがくように身を捩《よじ》り、声を上げて泣き喚《わめ》いても誰も気が付かない。この声は誰にも届かない。

「ご、ごめんなさい……ごめんなさい、許して、許して……！　ごめんなさい……っ！　うぅぅうぅうっ、うわあぁぁっ、うわぁぁぁぁ……っ！」

罪人のように両手を合わせ、何度も繰り返した。喉《のど》が嗄《か》れるまで泣き叫んだ。ここにいてごめんなさい。生きていることを許してくれ。

それでも自分は消えはしないし、ここから逃げ出すこともしない。そんな自分を、誰も許してはくれない。

＊　＊　＊

着信のバイブで目が覚めた時、部屋の中はもう暗くなっていた。雨が降っているらしく、窓ガラスには水滴《すいてき》の筋《すじ》が伝っていた。

申し合わせたようにクラスの連中からは連絡が一切来ていなかったから、多分、駒田だろうと思った。しかし話す気力など一切ない。勝手に早退した理由を説明なんてしたくもない。無視しようと思った。

しかし着信はしつこく、留守電に切り替わっても、すぐにまたかかってくる。電源を切ろうとして、枕元に放り出していたスマホを掴んだ。ちらっと見て、（ああ……もう）最悪だ。うんざりと目を閉じる。母親だった。駒田から連絡が行ったのか。もちろん話したくなんかなかったが、時刻を見ればもう夕方の六時を過ぎている。どうせあと一、二時間もすれば帰ってくるし、そうなれば顔を合わせざるを得ない。

迷って、結局、通話ボタンを押した。「……なに」寝転がったまま答えた、その途端、

『こーくん！　今うちにいる⁉　うーちゃん帰ってない⁉』

声の大きさに驚いてスマホを耳から離してしまう。母親はパニックを起こしたみたいに叫んでいて、寝起きの頭ではなんの話か理解できなかった。音量を下げ、「え、なに？」訊き返す。スマホをもう一度耳に押し付ける。うーちゃんが、うーちゃんが、と叫ぶ声が聞こえる。

『うーちゃんがいないの！　どこにもいない！　あの子、いなくなっちゃった！』

「は？　いなく、なっ……」

一瞬おいて跳ね起きた。

いや、夢か？　これは悪夢で、そう気が付いた瞬間に目が覚めるやつ？　でも暗くなった部屋も、さらに真っ暗な窓の外も、あまりにも見慣れた現実のそっけない風景でしかない。キョロキョロしながら、前髪をかきあげながら、段々と息ができなくなる。腹の底からはじわじわと、冷たい悪寒《おかん》が沁《し》み出してくる。

「……な、なに？　どういうこと？」

母親は半分泣いていて、もう半分では叫んでいて、その背後にはたくさんの人が走り回るような気配があって、それを聞きながら鋼太郎は暗い部屋の真ん中にいつしか一人立ち竦《すく》んでいた。スマホを持つ手が震える。心臓があり得ない速さで脈打つ。足をついた床が激しく振動している。口を開け、肩を上げ、必死に息を吸った。そうしなければ呼吸ができなかった。

母親の説明を聞き終わるのと同時に、部屋から飛び出した。


昨夜の様子。今朝《けさ》の様子。部屋のゴミ箱には、血が点々とついた制服のシャツが捨てられていた。母親は、鋼太郎たちがひどいケンカをしてしまったのだと思ったらしい。

うーちゃんも昨日から元気がないままで、ずっと兄たちが来るかどうかを気にしていた。もしかしたら、うーちゃんが見ている前でケンカのきっかけが起きたのかもしれない。それなら変にごまかすのもかえってよくない。そう判断して、できるだけなんでもないことのように、「二人はケンカしちゃったみたい」とうーちゃんに教えたらしい。「だからしばらくここには来ないかも。でも、」きっと仲直りできるから大丈夫だよ、と。友達同士なら時にはそういうこともある、あの二人ならちゃんと乗り越えられる、と。

うーちゃんはそのときはそれで納得したようだった。そしてすこし前、図書室で本を探してほしいと頼んできた。こういう内容で、こういう表紙で、前にも借りたことがあって、どうしても読みたいんだけど今はちょっとだるくて自分はいけない。

母親が図書室でそれを――結局は存在すらしていなかったその本を、貸出履歴まで引っくり返して探している間に、うーちゃんは病室を抜け出した。

退院の日が迫り、リハビリの一環で最近は病棟の外まで散歩に出ることがあった。その時に羽《は》織《お》るための上着と、靴と、雨を見越して用意したかわいい傘がなくなっていた。廊下を歩いていく姿を見かけたスタッフもいたのだが、行き交う人が多く、母親が傍にいるものと思い込んでしまったそうだ。

父親は会社を出て車でこっちに向かっている。病院のスタッフは敷地内を探索している。警察にもすでに連絡を入れ、病院の周囲をパトカーが巡回している。

連絡し合おう、スマホを手放すな、そう言われた。

辺りはもう真っ暗で、雨脚《あまあし》は強い。こうしている間にも、気温がどんどん下がっていくような気がする。

全力でペダルを漕ぎながら、身体が圧力で押し潰されそうな感覚に襲《おそ》われていた。これは恐怖だ、と思う。真っ黒な空から皮のように恐怖が剝がれ落ちてきて、この身体を押し包み、握り潰そうとしている。

濡《ぬ》れた身体から体温がどんどん奪《うば》われる。でも震えているのは寒いからではなく、昨日のように混乱しているからでもない。ただ怖いのだ。

（……こんな、真っ暗な道を？）

妹の姿がこの路上にあるのを想像してしまう。あまりにも小さく、弱々しく、それはとぼとぼと雨の中を歩いている。

（たった一人、で……？）

一瞬でぞっと全身の毛穴が開いた。目も口も大きく開いた。気が狂いそうになる。息が上がる。荒い呼吸が意味不明の呻《うめ》き声になる。濡れた路面を気にする余裕もなく、水飛沫《みずしぶき》を激しく跳ね上げながらひたすらに自転車を走らせ続ける。

でもそんなわけない。そんなわけがない。腰を上げ、体重をかけて左右のペダルを踏み付けながら歌うように繰り返す。そんなのありえない。絶対にありえない。

（きっと病院内にいるんだ。病棟のどこかに隠れてる。病室へ帰る道がわからなくなって、困り果てて、迎えが来るのを待っている、そうだ、そうに決まっている、こんなの大げさなんだよ、本当に行方《ゆくえ》不明みたいだし、後でこんなの大笑いの、だって、こんな、本格的な……）

弾丸《だんがん》のようにY字路へ突っ込んでいく。あいつのあのアパートに向かって車道を走り抜けながら、心ではなにも信じていないまま、それでも目は必死に辺りをくまなく見回している。歩道、植え込みの間、木の陰、駐車中の車の陰。そんなわけがないと躍起《やっき》になって繰り返しながら、頭はうーちゃんとあいつのやりとりを懸命に思い出している。

あいつは、うーちゃんに家の場所を訊かれて律儀《りちぎ》に答えていた。地元民ではないから説明は要領を得なかったが、「病院の近くの大きな交差点があるだろ？　あれをガソリンスタンドの方に曲がって……」嘘は言っていなかったと思う。「あとはその道をずっとまっすぐ進めば……」間違ってもいなかったと思う。うーちゃんは、あいつのアパートへの行き方を覚えたのかもしれない。自分とケンカをしたと聞いて、あの話をしたせいかと不安になって、責任を感じて、事態をどうにかしようとして、あいつのアパートへ向かったのかもしれない。あっちが来ないならこっちから行くしかない、と。

病院から自宅へのルートは母親が病院のスタッフと歩いてくまなく探している。だからこのルートは自分が探す。胸ポケットでスマホが震え、ＬＩＮＥを受信する。急ブレーキでつんのめるように止まり、慌てて確かめる。父親だった。今、病院を目指して走行している。近所の人が自宅の周囲を探してくれている。期待した内容ではなかった。雨に打たれながら呆然《ぼうぜん》とする。

（まだ、見つからないのか……？）

なんで？

またハンドルを掴み直す手がガタガタと震える。再び漕ぎ出す身体が妙にふわふわする。目の前がぐるぐる回転し始めて、ちゃんとまっすぐ前を見ているのに自分がどこを走っているのか一瞬わからなくなる。奥歯を噛《か》み締め、唇を噛み締め、小さなライトが照らす先だけを必死に見つめ、前へ前へと走り続ける。

やがてあのアパートが見えてきて、昨日と同じように自転車を放り出した。昨日と同じように外階段を駆け上がり、一番奥のドアを目指して走った。

そのドアが、昨日と同じように開いた。

亡霊《ぼうれい》のように透《す》ける顔。驚愕《きょうがく》に見開かれた大きな目。震える声が、「こ、」発せられるより早くその胸倉《むなぐら》を引っ掴んでいた。

「うーちゃん来てないか⁉」

「……え？」

訊き返すように首を傾《かし》げるその表情に、胸がドン、と潰される。来ていないんだ。ここにはいないんだ。その瞬間、自分がどうなったのかわからない。視界の上下が突然ぐりんと反転して、開いたままの目の中で見えているものが真横に流れた。気が付いた時には廊下の床にひっくり返っていて、「鋼太郎⁉」――あれ？　しかしすぐに吊《つ》り上げられたみたいに立ち上がる。なにかに引っ張られるように、来たばかりの廊下を走って戻っていく。でも足元は綿《わた》かなにかを踏んでいるようで、手すりを摑んでいる手にはもう感覚がなくて、階段を一段飛ばしで駆け下りながら、突然自分が今なにをしているのかわからなくなった。

足がもつれて数段分を転げ落ちる。雨に濡れた踊り場に勢いよく倒れ込み、でもまたすぐに起き上がる。立ち上がって走り出そうとして、

（あ、）

膝からぐにゃっと力が抜けた。そのまま糸が切れたように、水たまりの中に崩れ落ちる。怪我《けが》ではない。ぶつけたらしく膝にも肘《ひじ》にも痛みはあるが、でもそうじゃなくて、（あ、あ、どうしよう）身体が、動かない。（うーちゃんが、いない）怖い。（どうしよう、見つからなかったら、どうしよう、どうしよう、うーちゃんが、）息ができない。吸うのも吐くのもできなくて、（このまま、こんな雨、こんな、真っ暗な、）目の前がチカチカ点滅して、（誰か、）皮膚の感覚が消失していく。立てない。見つからない。誰か、うーちゃんが、俺の妹が、このままじゃ、誰か――

誰か！　誰か！

「鋼太郎！」

背後から階段を駆け下りてくる足音がした。

「うーちゃんがどうしたんだ⁉　なにがあった⁉」

肩を摑まれ、揺さぶられ、目を上げる。そこには数時間前にどうなってもいいと思いながら全力で傷つけた奴の青褪《あおざ》めた顔があった。眼鏡《めがね》もかけず、必死な目をして、ためらいなく泥水の中に膝をつく。まっすぐに覗き込んでくる。

神威。

その胸元に、「……う、うーちゃん、が、」手を伸ばした。震えのあまりにバタバタと顎《あご》やら喉やら叩いてしまいながら指を開く。襟首を摑む。必死に縋《すが》りつく。「し、し、」声が甲高《かんだか》くひっくり返り、「死ん、……っ、」悲鳴みたいに鋭く跳ね上がる。

目を閉じて叫んだ。

「……助けて……！」

――うーちゃんが病院から抜け出した。どこにもいない。探しているのに見つからない。一人で出歩けるような身体ではない。早く見つけないといけない。このままでは死んでしまう。

説明しながら、自分の想像の恐ろしさに戦慄《せんりつ》した。頭を掻《か》きむしる。そんなのだめだ、ありえない、絶対にだめだ。

立ち上がろうとしてめちゃくちゃに宙《ちゅう》をもがく鋼太郎の腕を、神威の手が強く摑んだ。

「俺も一緒に探す」

目を合わせたまま、大きく頷いてみせる。摑んだ腕を、力いっぱい引っ張り上げる。

「鋼太郎、立て！　俺が支える！　しっかりしろ！」

迷いのない声が夜の闇《やみ》に響き渡る。

「大丈夫だ！」

自転車二台で前後になって、雨の中を一直線に走った。

アパートから病院の方へ向かい、暗い夜道を進んでいく。うーちゃんが本当に病院からまっすぐアパートを目指したのならこのルート上で見つけられるはずだが、小さな姿は見当たらない。車はそれなりに通っていくが、この天気ではそもそも出歩く人が滅多《めった》にいない。

「うーちゃーん！」

後ろで神威が大きく叫んだ。すこしスピードを落とし、目で反応を探しながら、鋼太郎も声を上げる。「うーちゃん！　宇以子《うぃこ》ー！」

繰り返し二人で名前を呼びながら路地を覗き込み、立ち止まりながら辺りを見回し、答える声がないか耳を澄ます。何度も何度も、全力で妹を呼ぶ。

そうしているうちに大通りに出た。ここからはもう病院までの一本道で、外壁沿いにそのまま進めばやがて門が見えてくる。「鋼太郎！」神威の声に振り返る。

「この辺りは今もおばさんたちが探してるんだよな？　家の近くも。だったら俺たちは、まだ誰も見てないところを探してみた方がいいんじゃないか？」

その声はもう聞き取りづらいほど掠《かす》れている。「もしかしたら、うーちゃんはうちに来ようとして、道を間違えたかもしれない」

「でも病院からアパートまで、間違えるようなところねえし……」

「交差点、違うところで曲がったとか？」

どうだろう。ありうるだろうか。わからないが、とにかくここまでの道のりで見つけられなかったのは事実だ。「……戻ろう！」「うん！」

病院の門前でUターンし、今来た道をまた戻っていく。神威のアパートへ向かうならまだ曲がってはいけない小さな十字路がいくつもあって、さすがにこれは違うとわかるだろうと思いながらも、「うーちゃん！」「うーちゃーん！」しらみつぶしに覗き込む。返事はなく、人影もない。それでも一応すべての路地を確かめてみる。

やがて、それまでよりは幅の広い道が交差する十字路が現れた。ちょっと進むと随分遠くにだが、ガソリンスタンドの看板が見えた。本来曲がるべき大きな交差点はもっと先で、神威はその目印は角にあるガソリンスタンドだとうーちゃんに教えていた。神威の方を振り返ると、神威も鋼太郎を見ている。多分、同時に同じことを思ったはずだ。うーちゃんは、ここで間違えたのかもしれない。

そこからは自転車を降り、並んで引いて歩道を進んだ。「うーちゃーん！」「宇以子ー！」大きな声で呼びながら辺りをよく見回す。片側一車線の道幅に対して車の通りが結構多く、二人の声は走行音でかき消されてしまう。雨音もかなり大きくて、たとえ返事があったとしても聞き逃《のが》してしまいそうだ。

顔に垂《た》れ流れてくる雨を手で拭《ぬぐ》いながら、鋼太郎は自分に焦《あせ》るな、と言い聞かせる。できるだけゆっくりと歩き、左右の暗がりに丹念《たんねん》に視線を注《そそ》ぐ。焦るな。見逃すな。今にも走り出してしまいそうになるのを堪《こら》える。この道の果てまで一気に行ってしまいたくなるが、そうしたくて痛いほどに心臓が高鳴っているが、（焦るな……！）必死に息を鎮《しず》め、左隣を見やる。

「うーちゃーんっ！　う――、ちゃ―――んっ！」

口許《くちもと》に手をあて、神威は嗄れた声を張り上げ続けている。鋼太郎の視線に気付き、すぐに小さく頷いてみせる。大丈夫だ、と。その表情は緊迫して張り詰めているが、でも、すこしも諦《あきら》めてはいない。絶望などまったくしていないない。

（……俺も、諦めない）

「宇以子――――っ！」

（……絶望なんか、しない！）

叫びながらさらに大きく首を巡《めぐ》らせ、両足でしっかりと濡れたアスファルトを踏みしめる。じりじりと慎重に前進していきながら、周囲の様子に目を凝《こ》らす。どんなに小さな情報も見逃さないよう細心の注意を払う。

低く茂《しげ》る植え込み。歩道と車道を隔《へだ》てる並木。電信柱の陰。建物と建物の細い隙間《すきま》。張り出した看板の裏。不法投棄された段ボール箱。眩《まぶ》しく光っていくつか並ぶ自動販売機。その隣には大きなゴミ箱。

少し先の車道を挟んだ反対側の歩道にも、同じように自動販売機が並んでいた。その隙間、随分低い位置から、なにか尖《とが》ったものが突き出してるのに気付いた。「……？」見ていると、それは揺れながら歩道の方にさらにはみ出してくる。開いた傘の骨の先に見えた。透明のビニール製で、視認性を高めるために派手なピンクの大きな花模様がついていて――女児向けの傘だ。うーちゃんの、新しい傘！

「神威、」

あれ、と指差すのと同時、傘を差してしゃがみこむ小さな人影が、ちょうど自動販売機の間から通りの様子を窺《うかが》うように顔を出した。こっちを見た。左隣で神威が息を呑んだのがわかった。

次の瞬間、鋼太郎は凍《こお》り付いた。

一瞬にも満たないわずかな間に、脳裏《のうり》に異様なほどに鮮明なビジョンが閃《ひらめ》いた。

それはスローモーションで進む。うーちゃんはこっちを見て、気が付く。おにーちゃんと神威だ。ちょうどそこは植え込みの切れ目でガードレールもない。道に迷ってずっと不安だったうーちゃんは跳ねるように立ち上がる。こっちに来ようとして飛び出してくる。左右も見ずに。

車道へ。

——我に返ったときにはもう自転車を放り出していた。わけもわからず無我夢中、とっさに全力で飛び出していた。うーちゃんだめだ、止まれ、そのままそこに、

「あっ！」

声を上げて立ち上がったうーちゃんは泣き顔だった。兄の姿を見つけ、神威の姿を見つけ、さっきのビジョンと同じようにこっちへ来ようと走り出す。目にはもう二人の姿しか見えていない。植え込みの切れ目から左右も見ずに車道を渡ろうと勢いよく飛び出し、真横から速度を落とさずに迫ってくる車のヘッドライトが真っ白くその姿を照らす。うーちゃんは驚き、立ち竦み、あまりにも小さな黒い影になり、それを見ながら鋼太郎は力の限りに地面を蹴《け》っていた。手を伸ばして強烈な光の中に身を投げ出したその瞬間、すべての音が消えた。視界の端を、真っ黒な空を、妙にゆっくりとかわいい傘が飛んで行くのが見えた。

真空みたいな瞬間的な静寂を、絶叫《ぜっきょう》と凄まじいブレーキ音が重なりながら引き裂いた。

……はあっ。

はあっ、はあっ、はあっ、……なんの音だ？

息？　俺の息か？

開いた目には濡れた路面。髪。柔《やわ》らかな、長い髪。自分の手。妹の小さな身体を腕の中に抱き

締め、気が付けば歩道と車道の境目あたりに倒れ込んでいて、

「ばっかやろう！　ふざけんな！　なにやってんだ！」

斜めに停まった車の窓が開く。若い男が顔を歪めて怒鳴《どな》っている。後続車が激しくクラクションを鳴らし、追い立てられるようにそのままエンジンを吹かし、発進していく。

倒れたままの身体のすぐ傍を何台もの車が走り過ぎ、そのたびにバキ、バキ、と車道の真ん中に落ちたうーちゃんの傘が轢《ひ》かれ、平《たい》らに潰されていく。

ここは危《あぶ》ない――小さな妹を抱き締めた両腕を解《と》かないまま、鋼太郎は這《は》うようにして歩道に上がった。スマホ、スマホ――片手だけでスマホを取り出す。その手は震えるのを通り越してほとんど暴《あば》れていて、全然言うことを聞いてくれない。目も開いているのになにを見ているのか全然わからない。電話をかける方法が思い出せない。勘《かん》だけで指先が画面に触れ、偶然に出せた履歴から母親に発信する。間髪《かんはつ》入れずに、

『こーくん⁉』

母親の声が応《こた》え、「……うーちゃん、いた。見つけた。ここにいる……」ひどく上ずった変な声でどうにか告げる。あの、ほら、ちょっと前に閉店した靴屋《くつや》の角を曲がって、右手に、そう、その通りのすこし先、そう、そこ、うーちゃん、うーちゃん、ほら、ママが……『うーちゃん⁉　うーちゃんだね⁉　今行くから！　今すぐ行くから、そこにいなさい！』スマホから漏れた母親の声に、突然うーちゃんは「……うわあああぁぁぁぁ！」泣き出した。その身体を抱き締める腕に力を込める。スマホを取り落とし、妹の頭に思いっきり顔を埋める。土みたいな、青臭《あおくさ》いような、濡れた髪の毛のにおい。雨のにおい。うーちゃんの両手も必死に服を摑んできて、「うわあぁぁぁ！　うわあぁぁぁぁ！」大声で泣きながら首元にしがみつく。静まれ、静まれ。背中を撫《な》

で、呼吸で祈る。静まれ、静まれ、静まれ……。

雨の中を最初にやってきたのは救急車だった。その後を父親の車が追いかけてきていて、ストレッチャーが下ろされると同時に、後ろの車からは停まり切るのも待たずに母親が飛び出してきた。「うーちゃん！　うーちゃん！」真っ青な泣き顔を隠しもせずに走り寄り、「うーちゃん……っ！」「お母さん、こっちに！」救急隊員の指示で一緒に救急車に乗り込む。扉《とびら》が閉じられ、ややあって、サイレンを鳴らして走り出す。ようやく立ち上がって、それを見送る。

父親が「鋼太郎早く！」車の運転席から呼びかけてきて我に返った。「こっち乗れ！　このまま ついていくぞ！」

「……いや、」

首を横に振った。髪から垂れた雨の雫《しずく》が、跳ねて顔に降りかかる。

「俺はいいよ」

反対車線に放り出したままの自転車を「あれがあるから」と指差したつもりで、でも、

「……あいつが一緒だから」

そこに立っていたのは神威だった。神威を指差して、父親に言う。

「あいつ、一緒に探してくれたんだ。送っていく。……俺はいいから、もう行って。急いで。うーちゃんの様子がわかったらとにかくすぐに連絡くれ」

わかった、と父親は頷き、車はそのまま病院の方へ走り去った。

車道の対岸から、神威はずっとこっちを見ていた。

声も出さず、誰にも気付かれないまま、一人で涙を流していた。その頰《ほお》も、目許も、顔も髪も全身が雨に濡れていても、それは絶対に涙だった。鋼太郎にはわかった。

まるで、教壇に立つ巴を見て泣いた時の自分のようだった。

あの時、神威は隣にいてくれた。

温かな手で涙をこっそり拭ってくれた。

左隣にくっついて、決して離れずに、一緒にいてくれた。

大丈夫だ、と神威が囁《ささや》いた声は、この胸の奥深くに根付いて命をもった。とくん、とくん、と脈打った。広大な夜空にただ一つ、光り続ける星の瞬《またた》きのようだった。

神威はそういう奴だった。

どれほどひどく痛めつけられても、どれほどひどく傷つけられても、助けて、と自分が言えば、雨の中をなりふり構わず走り出す奴だった。ずぶ濡れになって、声を嗄らして、うーちゃんを、……自分を、助けてくれる奴だった。

おまえはそういう奴だった。

おまえはそういう奴だ。

──なのに、どうして。

左右を見渡し、車が来ないのを確かめて、鋼太郎は車道を無事に渡り切った。倒れた二台の自転車の傍に立ち竦んでいる神威のもとへ、歩み寄った。

「……帰ろう」

声をかけると、焦点の合わない目がゆっくりと鋼太郎を見る。もう一度、「帰ろう」はっきりと言って、そこに倒れている神威の自転車を引き起こす。その隣に、自分の自転車も。

どうしても、神威のことを諦められない。

どうしても、神威をここに置いていくことができない。

神威の『本当』を、どうしても、確かめたい。

神威の手がハンドルに伸びるのを見て、詰めていた息を少しずつ吐き出す。

きっと『本当』の神威を知るためには、『本当』の自分が語り掛けないといけないのだろう。問いかけられることから、逃げ出すこともしてはいけないのだろう。

そうすることを、鋼太郎は選び取った。

2

すこし弱くなった雨の中を、無言のまま帰った。

アパートまでの道のりを走り、二台並べて自転車を停めて、二階へ上がる。一番奥の部屋は鍵《かぎ》もかかっていなかった。

ドアを開き、神威《かむい》は先に玄関へ入っていく。灯《あか》りもつけないまま洗面所にまっすぐ向かい、タオルを何枚か摑《つか》んで出てくる。真っ暗な部屋の中、サッシ越しの街灯《がいとう》の白い光だけを頼りに、鋼《こう》太郎《たろう》に一枚を差し出してくる。

それを借りて、鋼太郎はびしょ濡《ぬ》れになった頭と身体《からだ》を拭《ふ》いた。雨に打たれただけではなくて、制服の上下は泥と汚《よご》れにまみれ、気が付けば素肌まであちこちジャリジャリする。ソックスも濡れて気持ちが悪い。明るいところで自分を見たら、さぞかし酷《ひど》いありさまなんだろう。

頭を拭きながら神威は床に座り込んだ。その傍《そば》に自分も座る。すこし気まずく俯《うつむ》く。開きかけた口から、勇気が息になって漏《も》れていく。

まずはお礼だ、と思う。うーちゃんを見つけられたのは神威のおかげだ、と思う。なのに、うまく言葉が出てこない。いや、その前に謝罪か。昨日と今日、自分は神威に一方的に暴力を振るった。どんな理由があろうと正当化はできない。とにかく絶対に間違いだった。

鋼太郎が自分の膝《ひざ》を力なく見つめたその時、胸ポケットでスマホが震《ふる》えた。父親からＬＩＮＥが来た。うーちゃんは無事で怪我《けが》一つなく、今はすっかり落ち着いたとのことだった。神威にお礼を言ってくれ、とも書いてあって、その下にはピンクのうさぎがやたら激しい動きで猛烈に投げキッスしまくってくるスタンプ。もっとなんか他にあっただろう、と思いつつ、

「……神威」

画面を差し出し、見せてやった。

タオルを頭にかぶったまま、神威はそれを「おお……」じっと見つめた。スマホの光に照らされて、「激しいな……」神威の顔がわずかに綻《ほころ》んだのがわかって、その瞬間に迷いが消えた。

「ごめんな」

自然に口をついていた。

「……ありがとう」

すこしだけ近付いて、タオルの下の目をそっと覗《のぞ》き込む。「うーちゃんも俺《おれ》も、おまえに救われた。助けてくれて、本当にありがとう」

しかし神威はなにも答えず、かぶったタオルの端《はし》をぐいっと引っ張って顔を隠してしまった。まあな、と鋼太郎は思った。そりゃそうだよな。自分が神威にしたことを思えば、顔を合わせたくないのも当然だろう。

「……昨日も今日も、俺は冷静じゃなかったよな。おまえに言い訳なんか絶対できないし、」

「違う」

遮《さえぎ》るように短く言って、神威はそのまま深く俯く。

「……違うんだよ、鋼太郎。俺、おまえにそんなふうに言ってもらえるような奴《やつ》じゃないんだよ。おまえはなにも悪くない。俺は、」

言葉を切って背を丸める。その背のカーブが闇《やみ》の中、深い呼吸に上下する。夜に見る遠い山の稜線《りょうせん》のようだった。

「……俺はね、いいなー、って思ったんだよ。ずるいなー、って。なんであの子はこんなに一生懸命探してもらえるんだろう、って。俺が消えてしまっても誰も探したりしないのに、なんであの子は、って。いいなー、ずるいなーって。あんなに小さい子を見て、あんなに泣いている子を見て、その子をあんなに大事にしてるおまえを見て……羨《うらや》ましくて、嫉妬《しっと》した。俺はそういう、……そうだな。こんな奴、本当に人間じゃないのかもな」

タオルの下から口許《くちもと》だけが見えていた。それがにこっ、と笑《え》みの形になって、

「鋼太郎の言う通りだ。頭おかしいんだよ、俺」

でも、犬度が全然足りない。それは楽しい時の顔でも、幸せな時の顔でもない。これまでに自分が見てきた、神威の本物の表情ではない。そんな顔でおまえは笑わない。

タオルに隠れて、見えないところで、おまえは全然笑ってなどいない。

「……神威。おまえは、」

呼びかけた声は、少しだけ震えた。

「うーちゃんが、『いる子』だって思ったんだ?」

タオルの頭が頷《うなず》く。

「そうか。俺は、逆だ」

もう一度同じように頷きかけて、しかしその動きが止まる。

「俺は、うーちゃんのこと、ずっと『いらない子』だって思ってたよ」

「……え？」

ゆっくりと、神威は顔を上げた。戸惑《とまど》うように小さく首を傾け、タオルの下から鋼太郎を見つめ返す。言い間違いの訂正を待つみたいに、静かに瞬《まばた》きを繰り返す。

でも、言い間違いではなかった。訂正もできない。これが『本当』の自分だ。この世の誰にも絶対に見せたくなかった、必死に隠し続けてきた『本当』の姿だ。自分自身ですら、できれば一生直視したくはなかった姿だ。

おまえだからだ。神威。

おまえだから、晒《さら》すのだ。

「……うーちゃんが産まれるまで、俺はずっと幸せだったんだよ。妹ができるって聞いて、すげえ楽しみにしてたんだよ。今よりもっと幸せになれる、もっと楽しい日々が始まる、そう信じてたんだよ。なのに、産まれてみたらいきなり……死にそうとか、助からないとか、治らないとか……なにもかもが、突然ひっくり返った。みんなおかしくなっちゃって、泣いて、怒ったり、叫んだり、……すげえんだよ。嫌なことばっかり起きるんだよ。検査するたびもうだめだー、なにか処置してはもうだめだー、あー苦しんでる、あー痛がってる、心拍がなんだかんだー血圧がどうのこうのー、……毎日だよ。毎日、毎日、毎日……俺はずーっと、ビクビクしてた。なに話しかけられても怖くてさ、どうせまた悪いことだろ、どうせまた怖いことだろって、ずーっと怯《おび》え続けてた。普通の話なんかもうできねえよ。普通の生活なんか、それまでの幸せなんか、もう全部、そうやって壊れてなくなっちゃったんだよ」

濡れた袖《そで》が張りつく二の腕を、無意識に掴んでいた。冷たい肉に爪《つめ》を立て、言葉を継いだ。

「……で、思ったんだよな。こいつ、なんのために産まれてきたんだろう、って。なんの意味もないじゃん。自分も苦しんで、みんなも苦しめて、それだけじゃん。こいつ、いらないじゃん、って」

今、自分は神威にどんな目で見られているのか。確かめることはできなかった。伏せた顔を上げることなど、できるわけがなかった。それでも鋼太郎は話し続けた。

「どうせ長く生きられもしない。生きてる間はつらいだけ。死んだら死んだでまた大騒ぎなんだろ。悲しいことだけ、うちに持ってきたんだよ。産まれてきたせいで、うちは『カワイソー』な家になったんだよ。今は病気の子がいる家で、そのうち病気の子が死んじゃった家になる。あいつが産まれてきたせいで、それまであった『おれのうち』は消えてなくなったんだよ。あいつが産まれてきたせいで、それまでいた『おれ』も消えてなくなったんだよ。本当に……なんのために？　なんでこんなことになったんだよ？　俺から、どれだけ奪《うば》うんだよ……？　最初から産まれてこなけりゃこんな……、全部、元に……っ、……くそ！」

両手でタオルを掴み、その中に顔を押し付けた。何度か大きく息をして、気持ちを、声を落ち着かせる。わかってるんだ。こんなこと考えちゃいけない。わかってる。ちゃんと。

ぐっ、と顔を上げる。頬《ほお》を伝い始める涙をもう隠すこともできないで、それでも前を向き、目を開く。

神威は、そこにいる。目の前で身じろぎもせずに自分を見ている。

「……つまり、『本当』の俺は、こういう奴なんだよ。絶対に考えちゃいけないことを考えて、絶対に思っちゃいけないことを思ってる。最悪の、最低の、ひどい奴だ。俺はこいつが、大っ嫌いだ。こいつを本気でぶち殺したいし、こいつの存在を消し去りたい。こいつの存在を認めたくない。絶対に、認めるわけにはいかない。そのことをちゃんと証明したくて、おまえなんか消えろ、いなくなれ、死んでしまえって、一生懸命に否定してる。し続けてる。そうしてきたよ、ずっと！　ガキん時から、ランドセルん時から、ずーっと！」

両手で握り締めたままのタオルに、雨のように水滴《すいてき》が降る。

「……でも、消えねえんだ。どうしても消えてくれない。俺は、こいつを消すことができない。『なにやってんだ俺は』、『なんで消せないんだ』って苦しくなってくる。どんどん、どんどん苦しくなって、そのうち聞こえてくるんだよ。『本当にそうだな』、『おまえはなにをやってるんだ』、『早くしろ』って——どこかから、声が。はっきりと。そいつは言うんだ。『妹にすべてを譲《ゆず》っておまえは消えろ』って。『妹に心臓をあげておまえは死ね』って。それをしないでのうのうと生きている俺を、そいつは責めてくるんだ。で、俺はそうだなって思う。その通りだなって思う。そうすればみんな幸せになるんだよなって思う。そうするべきだよなって思う。俺はそうしたいって、それが俺の望みだって、」

『——自分が持っているいいものは、ぜんぶ、大事な妹にあげたい。そのためになら忘れられてもいい。一人ぼっちで置き去りにされて、二度と振り返ってもらえなくてもいい。それでいい。本当だ。』

何十回、何百回、何千回でも思う。何万回でも思う。

『本当だ。俺はそれでいい。本当だ。俺はそうしたい。本当だ。俺は譲りたい。本当だ。俺はぜんぶあげたい。本当だ。』

でも。

「でも……！　でも、俺は……！　『本当』は……！」

こうやってまた裏切る。涙が止まらない。「うぅ……っ！　ううう……っ！」——ごめんなさい。許して。同じことを繰り返して、どこが起点なのかすらもうわからない堂々巡《めぐ》りを延々として、時はただ無為《むい》に過ぎていく。そしてこうしている間にも、妹の命の残り時間は減っていく。

闇の中で、「な、なにを——」タオルがばさりと床に落ちた。

「なにを、言ってるんだ……⁉」

神威が目を見開いて、真正面から肩を摑む。揺さぶってくる。

「そんな声聞くな！　そんなこと、誰もおまえに言わない！　そんなの誰も望んでない！　それは、現実じゃない！　わかってるだろ⁉　おまえはちゃんと愛されてる！　おじさんもおばさんも、おまえのこと大事にしてるじゃないか！」

「……わかってるよ。わかってんだよ。でもさ……、き、昨日も……俺、まるでおまえにそう言われたみたいな、責められたみたいな気がして……っ」

「そんなこと言ってない！」

吠《ほ》えるようにそう叫んで、神威の指は肩に深く食い込む。傷になるほど深く、「俺が、そんなこと……おまえに、鋼太郎に、そんなことを言うわけないだろ⁉　そんなこと、絶対に思うわけない！」震えながら、強く。

「……だよな。わかってる。大丈夫だ。俺は、大丈夫。わかってる……」

ぎゅうっと摑まれた力の強さに、この手にも強く力を込めたことを思い出す。

ぎゅうっと強く胸の中に抱《だ》いた、妹の小ささを思い出す。

それは温かくて、とても柔《やわ》らかくて、生きている命のにおいがするのだ。毎日、違うにおいがするのだ。

初めて抱いたのは赤ちゃんの時で、本当に小さくて、怖いほどにかよわくて、大きな目がくりくりと動いて、自分を見つけた。その瞬間、なんで抱かせたんだと思った。憤《いきどお》った。

（どうせ奪うなら、なんで俺に、こんなものを与えたんだ⁉）

（この腕の中から取り上げるためにか⁉）

（与えてから引き離すためにか⁉）

どんなに強く抱き締めたって、どんなに奪わないでと願ったって、どんなに一緒にいたくたって、誰も聞いてはくれないくせに！

この悲しみから、誰も救ってはくれないくせに！

——心の中でそう叫んで、走り出した夜のことを思い出した。

「……本当はちゃんとわかってるから、俺は今も、ここにいるんだ。ここで、生きていられるんだ。……前さ、昔。俺、引き戻されたんだよ。ここに。こうやって」

自分の身体を両腕で抱いてみせる。神威にはこれだけでわかるだろう。処刑《しょけい》だ。ハグの刑。

「四年ぐらい前かな、うーちゃんが四歳になる直前だから、そうだな。それぐらい前。もういよいよ本当に命が危《あぶ》ない、って時があってさ。うーちゃんはＩＣＵ、みんな病院で待機ってなって。親父《おやじ》と、母さんと、俺と、ただずっとがんばれがんばれって、うーちゃんがんばれうーちゃんがんばれって、そうやって言い続けるしか、祈り続けることしかできなくて……病院の機材のピーピー鳴る音とか、バタバタ走り回る足音とか、焦《あせ》ってる感じの人の声とか……俺、うわーっ！　ってなっちゃってさ。耐えられなくて、そこから飛び出したんだよ。逃げたんだ。どこにとかもわかんねえ、ただそこにはいられなくて、走って逃げた。必死で、本気で、廊下走って、どっか遠くに行こうとして……そうしたら後ろからドカドカドカって、親父がすごい勢いで追いかけてきて、逃げても逃げてもしつこくついてきて、俺、やべえって思った。怒られる、って。逃げるなって言われる、って。でも、俺を親父は後ろからとっつかまえて、そのまま両腕で、こうやって――」

ぎゅうっと、ものすごい力で抱き締められた。そして、

「『がんばれがんばれ鋼太郎！』って、叫ばれた。『がんばれがんばれ！　鋼太郎がんばれ！』……いや、俺かよ、って。なんでだよ、って。でもその顔見てるうちに、その声聞いてるうちに、俺もヤケみたいにさ、」

『がんばれがんばれお父さん！　がんばれがんばれお父さん！』

お互いに泣きながら、思いっきり叫び合いながら、待機場所に戻った。

そこには母親がいて、やっぱり泣いていて、『がんばれがんばれお母さん！』叫んだ。みんなで手を伸ばし合った。届いたところから強く繋《つな》いで、握り合って、そのままくっついて、しがみついて、一塊《ひとかたまり》の団子《だんご》になった。同じ一つの、命になった。

『うーちゃんがんばれ！　鋼太郎がんばれ！　お父さんがんばれ！　お母さんがんばれ！』

これが鬼島《きしま》家の、ハグの刑の始まりだ。嫌がろうが逃げようがなんだろうが、強制的に捕《つか》まえるシステム。帰るべき場所に、力ずくで引き戻すシステム。これが、処刑。

「……おまえが俺をずっと追いかけてたって言った時、この時のこと思い出してたよ。俺がどこに逃げ出しても、どこに走り去ろうとしても、おまえは絶対に追ってくるんだなって。俺を探して、最後には見つけるんだな、って。あの声がまた聞こえて、俺をどこに連れ去ろうとしても、おまえは俺を捕まえるんだな、って。だから俺はおまえを、おまえがそうしてくれることを、お

まえがここにいてくれることを、」

両目からは涙が流れて止まらないのに、でも笑えた。やっとだ、と鋼太郎は思った。

やっと、ここに帰ってこられた。

「どうしても、諦《あきら》められねえんだよな！」

でもそう言ってしまってから気が付くこともあって、「つか、」勢いをごまかすみたいに濡れて張りつく前髪を両手でかきあげる。

「……おまえは俺に幻滅したかもしんねえけどさ。『本当』の俺を知って、俺に失望したかもしんねえけど……もう見放《みはな》したくなったかもしんねえけど」

その両手の手首を、神威はそっと掴んでくる。独《ひと》り言《ごと》みたいに、ばかだな、と呟《つぶや》く。腕を曲げた形のまま、摑まれた手首を軽く捻《ひね》られる。一体何を、と思うが、サッシから射し込むわずかな光に、肘《ひじ》から下が照らし出された。「あ！」全然気付いていなかった。両腕とも、肘から手首のあたりまで、ひどい擦《す》り傷になっていて暗がりでもわかるほど血が滲《にじ》んでいる。気付いてしまった瞬間から、たちまちヒリヒリと熱感をもって痛み出す。

「ここもだよ」

神威がタオルでこめかみを軽く押さえてくれる。そのタオルに、血らしき汚れが点々とついた。「膝もそれ、やばいぞ」指差されて、驚いた。制服のスラックスなのに、膝の布地に穴が開き、やはりひどい擦り傷になった膝頭《ひざがしら》の素肌が見えてしまっている。

ばかだな、と、神威はもう一度しみじみと呟いた。

呆《あき》れたように長く息を吐《は》き、鋼太郎の血と泥で汚れたタオルを構わずに広げ、

「『本当』のおまえは」

頭にぱさっとまたかぶってしまう。顔の上半分がまた隠れて、見えなくなって、

「学校が終わったら、自転車で一目散《いちもくさん》にうーちゃんのところに向かって行く。文化祭でめちゃくちゃ盛り上がった後も、打ち上げを断って、うーちゃんのところに走って行く。うーちゃんがいなくなったら、どこまでも探しに行く。すべてを捨てて飛び出して、絶対にうーちゃんを救う。なにがあっても、必ずうーちゃんを守る。うーちゃんを奪われたくなくて泣いてる。うーちゃんを苦しめるものに怒ってる。ずっと悲しくて、ずっと我慢して、こんなにボロボロになって、ひどく傷ついて、それでもうーちゃんを抱き締めて離さない。おまえはあの子を、決して離したりしない。それが、俺が知ってる『本当』のおまえだ」

見えている口許が、また笑った。

「——俺が見つけた、鬼島鋼太郎だ！」

その唇《くちびる》が震え、声が震え、タオルの下からは透明の雫《しずく》がぽたぽたと零《こぼ》れ落ちた。

「どの欠片《かけら》も全部おまえだ！　俺にはどれも大切だ！　いらない部分なんて一個もない！　ここにある全部が揃《そろ》って、『本当』のおまえになるんだ！　おまえが嫌っている部分も、おまえが許せない部分も……それがあるから、おまえなんだ！　俺には全部いる！　おまえのすべてが、ずっとここに、俺とずっと一緒に、あってほしい……！」

神威の手が柔らかく開き、摑んだ手首から指の先の方にゆっくりと滑《すべ》ってくる。指と指を重ね合って、強く握ったその瞬間だった。

胸の奥に、星の光が蘇《よみがえ》った。

それは、再び命をもって、呼吸するように瞬《また》き始めた。大丈夫だ。大丈夫だ。大丈夫だ。途切れることなく脈打って、鋼太郎の冷えた身体を温め始めた。大丈夫だ。神威は決していなくなら

ない。大丈夫だ。神威はずっと一緒だ。大丈夫だ。

俺たちはずっと一緒だ。

大丈夫だ。

でも、本当にそうするためには、ずっと一緒にいるためには――一度息をして、

「神威」

避けることができない。もう避けない。

「……本当にそう思ってくれるなら、それがおまえの『本当』なら、うーちゃんに、あの話は間違いだったたって言ってくれ」

「え？」

「心臓をくれるのは、『いらない子』だ、って話」

その瞬間、神威の手が感電したかのように跳《は》ね上がった。離れていく。宙《ちゅう》で摑まえる。タオルの下の顔を覗き込む。嫌がるように、神威は顔を横に逸《そ》らす。鋼太郎はそれでも諦めない。絶対に諦めない。

俺は神威を、捕まえる。

「頼む！　うーちゃんには、あんな話を真実だなんて思わせたくねえんだよ！」

「でも真実だ！」

薄い光に照らされて、神威は再び牙《きば》を剝《む》いた。穏《おだ》やかだった様子が一変して、嚙《か》みつくみたいに吠え始めた。昨日の夜と同じだった。

「それにあの話はおまえのことじゃない！　俺はおまえにあんなことを言ったわけじゃない！全然違う話だ！　俺が言ったのは『いらない子』のことだ！『いらない子』は心臓をあげなけ

れば救われない、あげなければ誰にも愛されない！　だからあげたいんだ！　それは悪いことじゃない！　絶対に間違いじゃない！」

「……これまでドナーになったこどもたちを、その家族を、そういうふうに貶《おとし》めるなよ！　みんななにも悪いことなんてしてない、それなのにつらい選択を突き付けられて、苦しんで、苦しんで、苦しんで苦しんで苦しみ抜いた末に、臓器提供を決断したんだ！　それを、そういう人たちを、『いらない子』だったなんて言葉で汚すなよ！」

「全員がそうだなんて俺だって思ってない！　『いらない子』じゃなかった子もいる、それぐらいのことは俺にもわかってる！　でも、『いらない子』が心臓をあげて救われるのは揺るぎない事実だ！　『いらない子』だってそうやって誰かを救えば、生まれてきた意味があったって思えるんだ！　『いらない子』はそれが欲しいんだ！　うーちゃんにそう教えたのは、うーちゃんのためだ！　うーちゃんは、心臓をくれる子はかわいそうだって言ってた！　もらうのを悪いことみたいに言ってた！　そんなふうに思わない方がいいだろ⁉　おまえだって、うーちゃんが心臓をもらうことを望んでるんだろ⁉　だったら、かわいそうな子なんかいない、みんな愛された、みんな幸せになれた、そう思っていられる方がいいじゃないか！　それの、俺の、一体どこが間違ってるんだ⁉」

「だからっ……」

反射的に強く吸った息を、しかしゆっくりと吐き出す。

同じ強さで言い返すのではだめなのだ。そのやり方ではだめだった。そうではなくて――焦るな。鋼太郎は自分に言い聞かせる。目を凝《こ》らせ。耳を澄ませ。さっきうーちゃんを見つけたときのように、この身体の中の全神経を研《と》ぎ澄まして、真っ暗な闇の中をちゃんと探せ。

どこかにいるはずの、『本当』の神威を。

落ち着きを失って立ち上がろうとする神威の肩を、今度は鋼太郎が摑んだ。至近距離から、その目を覗き込む。「……っ」たじろいだみたいに神威は目を逸らす。でも、鋼太郎は見つめるのをやめない。いるはずなんだ。ここに。

「――おまえの考えの中にはさ、」

注意深く、そろそろと神威の思考に踏み込んでいく。目には見えない領域に、神経の糸を伸ばしていく。侵入《しんにゅう》していく。

「そういう子が……『いらない子』が、とにかく、いるんだよな？　おまえはその子の話をしてる。そうだよな？」

「……そうだよ」

「その子は、自分には生まれてきた意味がないと思ってる。誰にも愛されず、必要とされなかったから。自分が愛されて幸せになるためには、心臓をあげればいいって思ってる。それで救われると思ってる」

「そうだ。それは事実だ」

「……そうだ、それは事実だ、だからそうしろ、心臓をあげろ、っていう声が、その子には聞こえてるんじゃないか？　俺はさっき、聞こえてくる声の話をしたよな。おまえはそれを、聞くなって言ってくれた。あの声を、肯定しないでくれた」

「だって、……それは、おまえの話だったからだ！　おまえの声は現実じゃないから！」

「声はどれも現実じゃねえよ」

――はあ？　神威の顔が引き攣《つ》るように大きく歪《ゆが》む。初めて見る、それは恐らく耐えがたい苛《いら》立《だ》ちの表情なのだろう。でも、そうだ。

声は、誰かが実際に放った言葉ではない。自分自身の内側に開いた傷口から溢《あふ》れ出る、ただの幻《まぼろし》に過ぎない。

そうであることを、自分には教えてくれる人がいた。

「……俺はその声に呼ばれて走り出したとき、親父に捕まえられたよ。母さんだってきっと俺を捕まえてくれる。おまえもそうだ。おまえはどこまでも俺を追いかけて、俺を探して、俺を見つける。絶対に捕まえる。そしてその声を聞くなって言ってくれる。だから俺には、その声が現実じゃないってわかる。『本当』の俺は今もまだ、ここに踏み止《とど》まることができてる。でも、その子にはわからない。自分のために立ち止まってくれる人はいないと思ってる。振り返ってくれる人はいないと思ってる。戻ってきてくれる人はいないと思ってる。自分はここから去るべきだと思ってる。誰も追いかけてくれないし、探してもくれないと思ってる。……その子は、一体どうやってその声に抗《あらが》えばいいんだ？　『本当』のその子を、一体誰が見つけてくれるんだ？」

「……そんなの、俺が知るかよ⁉　抗いたいなら自分で抗えばいいじゃないか！　本当はいやだって思ってるなら、本当はそんなの望んでないなら、自分でそう……」

「そんなに簡単なことじゃねえんだよ！　声が語りたがるのは、いつだって美しい言葉なんだ！　素晴らしいことだ、って。尊《とうと》いことだ、って。あなたの決断がみんなを救う、望みを託《たく》せ、命のリレー、善意のバトン、繋がる想い、希望の贈り物、未来への架《か》け橋、誰かの中で生き続ける……そういう、美しい物語を、聞かせてくる！」

声を吹き込むその姿がもしも見えれば、それはきっと天使によく似ているはずだ。翼《つばさ》を広げ、優しい目で、優しい声で、優しい言葉で語り掛けてくるはずだ。

「美しい物語には、人を飲み込む強い力があるんだよ。それは、本当に強いんだ。正しいことだとしか思えなくなる。間違ってるなんて思えなくなる。疑うのは悪だと思えてくる」

「でも、実際……正しいじゃないか！　なにも間違ってないじゃないか！　おまえが今言ったことは、全部、絶対にいいことだ！　従えばいいんだ！　誰も抗う必要なんてない！」

「だから死ね、って言われてもか？」

「誰だっていずれ死ぬ！　どうせ死ぬなら、無駄死《むだじ》によりはいいだろ！」

「でもその子は、『いる子』を羨《うらや》ましいと思ってる。誰かのために死なないでいい子が羨ましくて、誰にも気付かれないように、一人で泣いてる」

神威の肩が強張《こわば》った。触れているところから、脈が速くなっていくのがわかる。手の下で呼吸が荒くなっていく。

「俺が、その子のために立ち止まる。俺が振り向く。俺が、その子のところに戻る。逃げ去って行こうとするその子を追いかけて、探して、見つけ出す。それで、その声は幻だって言う。その声を聞くなって、俺が言う！」

おまえの中にいる『いらない子』は、

「俺が神威を捕まえる！」

――おまえの顔をしているんだろう？

「『本当』のおまえを、俺が絶対に、捕まえる！」

おまえはうーちゃんを救いたくて、うーちゃんが小さな背に負った罪悪感をすこしでも払いのけたくて、心臓をあげてもかわいそうではないこどもに、『いらない子』の自分がなればいいと思ったんだろう？

みんなが救われる美しい物語の中で、おまえはう－ちゃんに自分のすべてを差し出したんだろう？

そうやって、『いらない子』は、かわいそうではない子になれた。

でも、『本当』は。

「……え、え……？」

さらに引き攣った顔は、ほとんど微笑《ほほえ》んでいるようだった。息を絞り、「……おまえ、なにを言ってるんだ……？」肩を掴む手を跳ねのけ、暗がりの中で神威は激しく震え始める。

「……おまえは、欲しいんだろ⁉　心臓が欲しいんだろ⁉　わからないのか⁉　必要としてる人数に対して使える心臓は少なすぎる！　一個でも多く取り出さなければ、おまえの妹の分は永遠に回って来ない！　取り出される心臓は多ければ多いほどいいだろ⁉　大人しく心臓をくれる子がいればいるだけいいだろ⁉　妹を助けたいんだろ⁉」

「心臓は欲しいよ！　欲しいに決まってるだろ⁉」

思わず叫び返した瞬間、神威の顔には明らかな安堵《あんど》が浮かんだ。しかし、

「……でも、あの声を肯定したら、あの声を自分の利益のために使ったら、それはもう、人間じゃねえんだよ！」

見返してくる右眼には、恐怖にも似た暗黒が滲む。

神威は尻《しり》をついたままじりじりと床を這《は》い、必死に距離をとろうとする。でも鋼太郎はそれよりも速くその距離を詰める。

「欲しいからこそ、俺はここから逃げない。逃げられない。——ドナーの命を犠牲にするような臓器移植は、生命の倫理を逸脱《いつだつ》してる。やっちゃいけないことだと俺は思う。人間は一人に一つ

の命だ。もって生まれた臓器で生きられなくなったらそれが寿命だ。自然のルールだ。俺だってなにも、薬飲んだり手術したり、苦痛から逃《のが》れて寿命を伸ばすこと全部をまるごと否定したいわけじゃない。でも、他人の命を奪ってまで生き永《なが》らえようとするのは、もはや治療の範疇《はんちゅう》を超えてると思う」

「それで助かる命があるならいいじゃないか！　人が助かるんだぞ⁉　それは絶対にいいことだ！　正しいことだ！」

「……二人の人間がいて、片方は誰かに心臓をもらわなければ生きられない。片方は脳死で人工呼吸器を使わなければ生きられない。どっちも放っておけば死ぬ。でも法律で、脳死の方からもう片方に心臓をあげていいことになってる。片方は片方を生かすために殺していいってことになってる。生きるために死なせる方と、生かすために死なされる方。この二人は、本質的にどう違う？　命の残り時間の差か？　人工呼吸器を外《はず》せばすぐに死んでしまうから、どうせ短いからもうゼロにしていいだろって？　どうせ数秒、どうせ数分、どうせ数時間、どうせ数日、どうせ数か月、どうせ数年、どうせ数十年……ゼロにしていいのはどこからだ？　そしてそれを誰が決めた？　それに、脳死からはもう絶対に目覚められないからいいんだって？　でも絶対なんて、殺してしまうのにどう確かめるんだ？　ラップバトルで聞いたよな。俺たちはたった五百年前、熱湯で裁判してたんだって。火傷《やけど》した方が悪いって、それが正しいって、それが絶対だって信じてたんだって。やべえよな。五百年後の未来で誰かが言わないか？　俺たちはたった五百年前、脳死を人の死だと決めたんだって。もう目覚めないと思って動いてる心臓とっちゃったんだって、それが正しいって、それが絶対だって信じてたんだって。やべえよな」

「……そんなの、そんなこと、俺にわかるかよ……！　俺に言われても、知るかよ！　でも今、現に、誰かを助けられる方法がある！　だったら全力でそれをすればいいだろ！　それがとにかく、正しいことだ！」

「それをしていいって、決めたのは法律だ。法律が、臓器移植をするなら脳死は人の死だって決めた。その人はもう死んだってことにして、臓器を摘出《てきしゅつ》していいって決めた。ガチで死んでから摘出したんじゃ使えない臓器があるからだ。生きてる人の身体からその臓器を摘出したいから、そうするために、その法律は作られた。それに従って、誰かの命が奪われる。命を奪っていい、とされた人がいる。誰かが、それを決めたんだ。命を奪っていい人と、それによって生かされる人を選別した。でも、そんなことをする権利がある奴がこの世に本当にいるのかよ？　いていいのかよ？」

「だから、……なにが言いたいんだよ⁉　結局おまえは、心臓はいらないって言いたいのか⁉　うーちゃんが助からなくていいってことか⁉　とにかく誰も臓器移植するなってことか⁉　なら勝手に反対運動でもなんでもしろよ！」

「欲しいから、考えてるんだよ。誰かの心臓が欲しいって思う自分を、目の前に差し出されれば飛びつくに決まってる自分を、絶対に断ることなんかしないしできない自分を、どうすれば許せるのか。どうすれば、許されていいのか。……俺は今、欲しい側にいる。奪う側にいる。法律もそれでいいっていう。それを正当化する美しい物語の力も知ってる。それを使えばどれだけ簡単か、どれだけ効果的か俺は知ってる。だから疑うんだ。ここに踏み止まりたいから、美しい物語は壊してしまわないといけない」

敵を見るように神威が睨《にら》みつけてくる。それでも怯《ひる》まない。一歩も引かない。ここで神威を捕まえられなければ、多分もう一緒にはいられない。

「もしも、誰かの命を犠牲にして臓器移植をするのなら、それは完全にドナー自身の自由な意志決定によるものじゃないといけないって俺は思うよ。本当にそうだったか、絶対にそうだったか、って、問い続けたいと俺は思うよ。その人の尊厳を、生きる権利を、自由を、そしてなによりも意志を、最大限に尊重したか？　関《かか》わる誰もが対等だったか？　プレッシャーも、誘導も、意識的にも無意識的にも一切なかったか？　なんらかの対価を提示されたりはしなかったか？　美しい物語ばかりが語られなかったか？　それを正当化に用いられはしなかったか？　――それが、俺の中の絶対に譲れない一線だ。この一線のどちら側にいるかが、人間と、人間じゃないものを分けると思う。もしかしたら俺はこの先、どうやっても自分を許すことなんかできないのかもしれない。誰にも許されないまま生きていかないといけないのかもしれない。死ぬまで重い罪を背負い続けるのかもしれない。それでも、せめて、人間の側にはいたいんだよ。ここに留《とど》まりたい。俺は人間でありたい」

伸ばした手を、また力いっぱい跳ねのけられる。

神威はもうなにも言ってくれない。半端《はんぱ》にタオルをかぶって座り込んだまま、半分ほど見える顔を大きく歪め、鋼太郎を狂いそうな眼で睨み、ただ震えて、荒く呼吸をしている。その呼吸音に紛《まぎ》れて、激しく脈打つ振動まで伝わってくる気がする。隙《すき》を見せた瞬間に、噛み殺されるような気さえする。

でも諦めない。

「……もしここに、自分は誰にも愛されないって、誰にも必要とされないって思ってる子がいるとして。その子が、どれだけの愛情や承認を、いていい居場所を、慈《いつく》しみを、そういう温かなものを欲しているかをわかっていて――」

長い髪を風に翻《ひるがえ》していた神威の姿をふと思い出す。

あの橋の上で、神威は夕陽に手を伸ばしていた。

誰かの胸に抱《いだ》かれる温かさも知らないまま、火の玉みたいな灼熱《しゃくねつ》の塊に、神威は必死に触れようとしていた。

夕焼けの下で、あの日の神威は、身体ごと炎になって燃え上がろうとしているようだった。

「――わかっていて、その子を利用しようとする奴がいるなら。その子から心臓を奪おうとする奴がこの世にいるなら。そのために、声を聞けという奴がいるなら。そのために、声とよく似た言葉を実際に優しく囁きかける奴がいるなら。……それは、人間じゃない」

闇の中で凍《こお》り付いている神威に、もう一度手を伸ばした。何度拒《こば》まれても、何度でも手を伸ばす。タオルを摑む冷たい手に、指先がかすかに届く。

「俺はそれを、絶対に許さない」

震える神威の指は氷のようだった。強く摑んで、すこしでも体温を分けようとする。

そうしながら、でも、自分だって震えを止めることはできない。それはきっと神威にも伝わっている。

許さない、と言いながら、自分だって許されないのだ。

多分、自分こそが一番許されないのだ。

だってちゃんとわかっているから。今しがた立派なツラして語った『ドナー自身の意志』なんて、実際に確かめることがどれだけ困難かということを。

臓器提供は、本人の拒否の意思表示がなければ家族の承諾《しょうだく》だけで行える。でも、一体どれだけの人が、自分が脳死になるという事態に備えて臓器提供の諾否《だくひ》を決め、それを周囲に共有できているだろうか？　ましてや、うーちゃんに心臓をあげられるような年齢のこどもが、臓器提供の意味を正しく理解し、己《おのれ》の意思を示すことなど現実的に可能だろうか？

動かなくなった身体の中で、誰か泣いてはいないだろうか？

出せない声で叫んではいないだろうか？

『でも、本当は！』

その子のために、誰か立ち止まるだろうか？　振り返り、戻って、捕まえてあげられるだろうか？

目を凝《こ》らし、耳を澄ませて、その子を見つけてあげたいと、誰か思ってくれるだろうか？

その心臓を受け取って、それでも人間でいられるだろうか？

わからない。

わからないけれど、自分はうーちゃんを生かすためになら、その心臓に手を伸ばせるのだ。

それが罪でなければならないんだ。

俺は俺をどうすれば許せる。

「……誰も、臓器提供なんて、しなくていいんだよ……！」

神威の手を決して離さないように掴みながら、縋《すが》りつくように身を丸めて鋼太郎は叫んだ。叫ばなければ、そうして理性を壊してしまわなければ、自分の中の矛盾《むじゅん》にもう耐えられそうもなかった。

「『本当』にそれが望みならもちろんすればいい！　誰かの命が確実に救われて、その事実は残された人の心も救う！　それは現実だ、きっと本当のことだ！　でも、しなくてもいいんだ！　苦しみから救われる別の方法を、いくらでも探していいんだ！　無駄死にだっておまえは言ったな⁉　無駄死にでもいいだろ！　生まれてきた意味が欲しいとも言ったな⁉　無意味にただ生まれて、無意味にただ死んで、……それのなにが悪いんだよ⁉　俺はうーちゃんが生まれてきたことを無意味だと思った、それが苦しかった、でも意味なんてそもそもよくわかんねえんだよ！　なんかすげー発明でもすりゃいいのか⁉　すげー大金稼いだり、慈善活動とかしたり⁉　すげー速く走った、高く飛んだ、いっぱい勝った、そういう記録を打ち立てりゃいいのか⁉　子孫をいっぱい残しゃいいのか⁉　自分を犠牲にして他人を助けりゃいいのか⁉　……それが、なんなんだよ⁉　なんだってんだよ⁉　発展⁉　進化⁉　繁栄⁉　そんなもん知るかって！　ヒトが、人類が、自然が地球がどうなったって、それが誰にとっての一体なんだってんだよ⁉　観測者なんかいねえ！　みんな無意味だろ！　生まれた瞬間に死んだ子も億万長者の慈善家も、人殺しも科学者もそこらにいる誰も彼も、どの命も等しく無意味だ！　宇宙に現れた、ただ一瞬の無意味な現象だ！　みんなそうだ！　全部そうだ！　俺もおまえもただの無意味だ！　無意味だから、自由なんだ……！」

　神威は手を振り解《ほど》こうとして暴れ出す。自分の耳を塞《ふさ》ごうとして、すごい力で身を捩《よじ》る。唸《うな》り声を上げ、足をバタつかせ、噛みつこうとし、それでも鋼太郎の手は振り解けなくて、

「俺たちは無意味に生まれて、無意味に出会って、無意味に今この瞬間を一緒に生きてる！　たった一度の十七歳とか言って、『せいしゅん』とか言って、笑ったり泣いたり傷ついたり傷つけたり……無意味にただ、ここで生きてる！　たったそれだけのことで、でもたったそれだけのことがこんなに大切で……っ！　こんなに馬鹿《ばか》みたいに騒いで、はしゃいで、跳び回って……っ！　俺は、生きてることが嬉《うれ》しいんだよ！　生きてることを喜んでる！　それはおまえがいるからだよ！　おまえといるのが楽しいからだよ！」

あ――――――――――っ！

神威が叫んだ。

――無意味？　俺が？　みんなが？　だったら、それでいいなら、なんで、なんで俺は？

「……おまえは無意味なおまえでいい！　誰にもなにもあげなくていい！　俺はただ、おまえにここにいてほしいだけなんだよ！　俺はただ、おまえとずっと一緒にいたいよ！　意味なんてない、ただそうしたいんだよ！　そうすれば嬉しいからだ！　楽しいからだ！　幸せだからだ！　一緒にいたら、楽しくねえか⁉　俺たち二人いいコンビだろ⁉　それだけでいいだろ⁉　もしおまえが消えたら俺が絶対に追いかける！　どこまでも探しに行く！　どうやってでも見つけ出す！　俺のすべてで、おまえを連れ戻す！　『本当』のおまえを、俺が必ず、」

――俺が今までしてきたことは？

「取り返す！」

「……お、俺が……、して……、……っ」

神威は何度もかぶりを振り、息だけで叫ぶみたいに全身を大きく震わせた。身体の中身を全部吐き尽くすみたいに、丸めた背中を何度も弾《はず》ませた。

声を出さずに、神威は泣いた。

やがて、勢いよく身を起こす。まだぐしゃぐしゃの泣き顔のまま、しかしなにかを決意したみたいに、鋼太郎の目をまっすぐに強く見据《みす》える。

しー。

唇から小さく発せられたその音は、声を立てるなという意味だろう。そのまま立ち上がろうとする姿を、鋼太郎は言われた通りに黙って見つめた。神威の手を摑んでいた指が、そっと外される。でも神威は傍から離れない。

狭い部屋の真ん中でシーリングライトのスイッチの紐《ひも》を引っ張ると、ずっと暗いままだった部屋が急に明るくなった。鋼太郎は反射的に目をつぶった。

そろそろと細く開けた視界に、神威がもう一度、さっきよりもっとわかりやすく口の前に人差し指を立てて見せる。わけがわからないまま、鋼太郎はとにかく頷いて返す。

寒々しい白い光の下で、神威は急に着ているTシャツを脱ごうとし始める。襟首《えりくび》に手をかけて上に引っ張り、頭を抜きかけた半端な状態で停止する。Tシャツの裾《すそ》から手を入れ、見えなくなった顔の辺りを触《さわ》っている。裾に突っ込んでいた手をグーにして、鋼太郎の目の前に伸ばしてくる。

その手の中になにかを握っているらしく、それを渡そうとしているらしく、鋼太郎は自然と手《て》の平《ひら》をその下に差し出していた。

ころん、と丸みを帯びた物が一つ手の中に落ちてきて、見た瞬間、
重い音は、自分の背中が壁に激突した音だったらしい。

爆《は》ぜるように飛び退《すさ》った身体が、部屋の隅《すみ》にぶち当たって止まった。

声など出なかったのに、絶叫したみたいに口が大きく開いていた。顎《あご》が外れる。その口を両手で押さえ、酸素を求め、「……っ」懸命に喘《あえ》いだ。床に転がるそれから必死に視線を逸らした。目だった。

神威は、目を――いや、そんなわけないか、そんなわけない、驚かせるためのジョークグッズ

だ、よくあるやつ、みんなが嫌いな虫、蜘蛛《くも》とかヘビ、そういう系の、びっくりさせる用の……Tシャツの襟首から、神威が顔を覗かせる。もう一度、しー、の仕草《しぐさ》。でも左の目が、さっきまであった眼球が、そこにはなかった。力なく半端に閉じかけた目蓋《まぶた》の中は、肉でできた空洞《くうどう》になっていた。

義眼——床に転がる目を、もう一度見てみる。それは濡れたようなツヤを帯び、照明の下で光っている。本当の目にしか見えなかった。小さすぎる一つ目で、床が意志をもって天井《てんじょう》を眺《なが》めているようだった。

（……なん、だよ……？）

途方もない気分で、鋼太郎は呆然《ぼうぜん》とまた神威を見やった。

（……なんなんだよ……？　なんで、なんでおまえ、目……、どうしたんだよ……？）

神威は右の目だけで鋼太郎を見返しながら、両手でTシャツの裾をめくり上げる。今日はアンダーシャツを着ていなくて、怖いぐらいに真っ白な薄い腹がすぐに見えて、

「な、」

ついに、小さな声が出てしまった。——なんで？　噴《ふ》き出した涙の理由は、自分でもわからなかった。

なんでそんなことに？

壁に背中をくっつけたまま、鋼太郎はただ泣いた。

神威の腹には大きな酷《ひど》い傷跡がいくつもあった。合わせ目でひきつり、左右がずれ、上下がずれ、つぎはぎになり、胴体はキュビズムの絵画のようだった。いくつかの傷の形は見たことがあった。それがなんなのか、なにをしたらそうなるのか、鋼太郎は知っていた。ネットで臓器移植

のことを検索していた時に同じ傷跡の写真があった。

たとえばあれ。みぞおちから臍《へそ》の上まで、そこから左右に不均衡《ふきんこう》に長く。腹部を真ん中から三つに分けるような、逆T字切開。肝《かん》移植。

それからあれ。片方の脇腹《わきばら》に斜めに大きく走るのは、もう時代遅れらしい開放腎臓摘出術《じんぞうてきしゅつじゅつ》。生体腎ドナー。

胸の横から脇を通って背中まで続くのはなんなのかわからない。臍をまたいだ腹部の真ん中にも、わからないのがまっすぐ一本。

切り刻まれ、めちゃくちゃにされた身体を晒して、神威はそこに立っていた。

言葉もないまま、泣きながら、（……家族にあげたのか……？）真っ白になった頭で呆《ほう》けたように考える。（……十七歳で？　複数の臓器を……？　そんなことできるのか……？　いや、レシピエントにも傷跡は残るか……）床は、まだ茶色がかった瞳《ひとみ》をキラキラさせて天井を見ている。神威には眼球もない。神威はドナーだ。あの傷は臓器を摘出された跡だ。すべてがぼんやりした思考の中で、そのことだけが確かに思えた。

でも、こんな身体で、人間は生きていられるのか？

神威、おまえ、大丈夫か？

そう言いたかった。でも、

「……あ、……っ、……っ、」

言葉が出ない。舌が痺《しび》れて、動かない。喉が詰まる。身動きができない。すべてが、ここまで積み上げたなにもかもが、当たり前だと信じてきた世界の形そのものが、一瞬で瓦解《がかい》したようだった。破壊され尽くしたその破片の中に、自分は今いるのだと思った。もう元には戻らないと思った。

こんなのどうすればいいんだよ。

足音が近付いてくる。まくれたTシャツの裾を下ろしながら、神威が歩み寄ってくる。リモコンでテレビをつけ、音量を上げる。クイズを外したタレントが大げさに嘆《なげ》き、その場に倒れ込む。観覧席の客たちは手を叩《たた》いて大笑いする。神威はテーブルからなにかを取り上げ、もう自分では身体を支えることもできずに壁にもたれている鋼太郎の左隣に腰を下ろす。

立てた膝に開いたのは、スマほだった。右手にペンを持ち、神威は鋼太郎の顔を覗き込んでくる。なんでこいつがいつも左隣にいるのか、鋼太郎は突然理解した。左目がないから。見えないから。

たった一つ残った右の目だけで、神威はいつも自分を見ていたのだ。

その狭い視界いっぱいに、自分を映してくれていた。

神威は空白のページの一番上の行に、『しー』と書いた。

その間抜けさを笑いたいと思った。二頭の仔犬《こいぬ》みたいに転げ回って、腹を抱《かか》え、いつものように笑い合えたらよかった。でも笑うことなどもうできないまま、鋼太郎は神威が書き始めた文字を必死に目で追った。

現実のこととは思えなかった。


神威の両親は、なにかの会に所属していたという。学びの会、あるいは勉強の会と、内部ではシンプルに称されていたという。

両親はそこで出会い、結ばれた。やがて神威が産まれると、一家は会の仲間とともに共同生活を送るようになった。やがて両親は、神威をその会の運営団体にあげてしまった。そのとき神威は八歳になったばかりだった。

両親と離れて暮らし始めた施設には、同じ境遇の先住者がいた。四人の女の子たちだった。みんな十代になったばかりで、歳《とし》が近いせいか仲が良く、世話をする大人からはシスターズと呼ばれていた。シスターズはいつも四人でセットだった。

一つの部屋に五台のベッド。風呂もトイレも室内にあった。男女で分けられることもなく、神威とシスターズの合わせて五人は一緒に生活することになった。

ある日、神威は部屋から連れ出された。気が付いた時には知らない場所のベッドの上で、一人朦朧《もうろう》としていた。最初の手術はもう終わっていて、身体には大きな傷を負い、痛みに苦しみ、わあわあ泣いた。

部屋に戻るとシスターズが教えてくれた。

「それ、内臓を取られたんだよ」「みんなそうだよ」「私たちもだよ」「ほら、アストラル神威。見てごらん……」

服をめくって見せてくれたおなかには、みんな大きな傷跡《きずあと》があった。まだガーゼが貼《は》られて保護されている傷もあり、そのうちの二人はすでに片目がなかった。

「前にいた子もこうだったよね」「そうそう、何回も連れ出されて」「段々と動けなくなって」「最後は帰って来られない」「そうやって一人減ると、新しい子が一人来る」「私たちみんな、順番に殺されちゃうんだよ」

神威が来る前にはもう少し年上の男の子がいたらしい。その子が消えて、神威がここにやって来た。

シスターズは怖がっていた。自分が殺されるのも、シスターズの誰かが欠けるのも、同じぐらいに怖がっていた。

しかし窓のない部屋からは誰も逃げ出すことなどできない。たとえ逃げ出せたとしても、帰る場所がない。怖い怖いと日々怯えながら、ここで暮らし続けるしかなかった。時々一人ずつ連れ出され、数日して戻ってくればそのことにただ安堵した。

恐怖から逃避するように、シスターズはふんだんに与えられる少女漫画や恋愛小説、ＤＶＤで見せられるアニメやドラマに心酔《しんすい》していた。作り物の世界に溺《おぼ》れ、ドラマティックな物語に憧《あこが》れ、ロマンティックな夢を見ていた。

みんな十七歳になりたがっていた。

神威がその理由を訊《たず》ねると、

「あんた知らないの？」「十七歳は特別なんだよ！」「そうそうそう！」「主役はだいたい十七歳だもんね」「一番キラキラしてー」「楽しくて下らなくて騒がしくてー」「悲しくて切なくて愛《いと》しくてー」「ていうか、美しくて⁉」「ね、ね、ね！」「そういう日々がすっごく大切なんだから！」「人生にそんなときは二度とない！」「その先どれだけ泣いても笑っても、十七歳のときとは違うはず！」「特別だし取り戻せないの！」「宝物なの！」

それが青春なんだよ！

声を合わせて、シスターズははしゃいだ。

順番に連れ出されては、なんとか帰ってきて、またはしゃいだ。

「制服着たくなーい？」「あー！　着たーい！」「やっぱブレザー？」「絶対ブレザーでしょ！」「チ

ェックのスカートで」「そそそ！」「で、ハイソックス！」「リボンかネクタイ……」「リボン！」「迷う」「ニット着てー、」「バッグは？」「あーそれ」「どうしよっか……」

連れ出される回数が多かった順に、自分の足で歩いて帰ってはこられなくなって、部屋にはストレッチャーで戻されるようになった。

「あー恋愛したーい」「ねー彼氏ってどう作るの？」「そりゃ告白でしょ」「文化祭とかでさー」「そそそ！」「振られちゃうかもよ？」「えーかなしー！」「泣いちゃーう」「でも、友達がいれば大丈夫！」「うん、絶対大丈夫！」「友達ってー、」「うちらみたいな⁉」「そーそーそー！」「ねねね！」

みんな、ずっと、十七歳になりたがっていた。

その夢だけにすがって、日々をどうにか過ごしていた。

神威はシスターズが語る夢を、ずっと傍で聞いていた。

神威はひどい手術を受けた。シスターズもひどい手術を受けた。先にここに来ていた分、シスターズの方がもちろん先に弱っていった。取れる臓器から取り尽くされ、そのうちに髪も、皮膚も、なにもかも、生きている身体から取れるものはなんでも取られてしまった。全身がガーゼや包帯に埋め尽くされ、ベッドの下には便器代わりのバッグが吊《つ》られ、自由に起き上がることも難しくなっていった。

「私もうだめかもー」

両目を失って、横たわったまま言う声があった。「私もう取れるところないかもー」

「私もだよー」

その隣からも声が上がった。「私もだよー」「私もだよー」さらに同じ声が続いた。

「みんな同じだねー」「最後は心臓だねー」「死んじゃうねー」

私たち、誰も十七歳にはなれないんだねー。

ある日、神威が左目を失って戻ってくると、シスターズはぶら下がっていた。

シーツを裂《さ》いて。浴室のシャワーのフックや水栓《すいせん》の取っ手、トイレの上部の配管をうまく使って。きっと動けない子は動ける子が手伝って。きっとみんなで力を合わせて。

四つの死体が下ろされるのを、神威は右目で見ていた。

自分だけ置いて行かれた。

どうして一緒に連れて行ってくれなかったのだろう。

俺もみんなと一緒に行きたかった。

俺もみんなと同じ夢を見て、みんなと同じところに連れて行ってほしかった。もう願っても、遅いだろうか。もう追いつけはしないだろうか。もう急いでもだめだろうか。俺の夢は。俺の願い事は。みんなと。優しくて騒がしい、シスターズと。

『一緒に行きたい』

わあわあ泣いた。

ママのお部屋に呼ばれたのは、神威がこの施設に来てから初めてのことだった。

「シスターズは無駄死にね」

ママも残念そうに泣いていた。

「せっかくここまでずっと頑張ってきたのに、最期《さいご》があれじゃ全部が無駄よ。あんなの誰も望まない。あれじゃ愛されるわけなんかない。こどもはみんな、愛されて幸せになるために生まれてくるのに……救われないまま死んだのよ。あれじゃ生まれてきた意味がなかった。あんなに無意味に死ぬぐらいなら、せめて赤ちゃんを産ませてあげればよかった。それなら最期に全部が無駄になっても、未来に希望が繋がるもの。赤ちゃんが、お母さんの分まで頑張ってくれたかもしれないもの……」

ママは涙をハンカチで押さえ、大きなソファに座ったまま、広い部屋の真ん中に置いた椅子《いす》の一つを指差して見せた。神威はそこに座った。

「アストラル神威、ママに教えてちょうだい。どうしてこんなことになってしまったの？」

——シスターズは手術を怖がってた。殺されるのを怖がってた。離れ離れになるのも怖がってた。いつもここから逃げたがってた。でも逃げられなくて、怖くて、殺されたくなくて、離れ離れになりたくなくて、自分たちだけで一緒に死んじゃうことにしたんだと思う。

「あなたは、どうすればこんな無意味な死がもう起きないと思う？」

——怖くなければいい。ここにいれば最後には殺されるって思うと怖くなってしまう。だからそうじゃなくて、ここにいれば最後には夢が、……願い事が、叶《かな》うんだって思えればいい。

「手術をすることは教えないで、最後に願い事を叶えてあげればいいのね？　そうすれば、みんなちゃんと幸せになれるのね？」

神威は頷いた。

それを見て、ママは納得したように微笑んだ。

「アストラル神威はいい子ね。ママは、こどもたちが大好きなの。こどもたちみんなを愛しているの。いらない子たちが泣いているのは見たくない。寂しい顔も見たくない。かわいそうなこどもは見たくない。みんなが、ちゃんと愛されてほしい。命は形を変えられるのよ。ママが変えてあげられる。愛されている子の身体の中にしっかりと抱き締めてもらって、温かなぬくもりを注《そそ》いでもらえる形にしてあげる。……なのにシスターズは、そうさせてくれなかった。ただ無意味に苦しんで、無意味に死んだ。誰にも愛されないまま、救われなかった。かわいそうね……。あんな悲劇を、二度と繰り返してはいけない……そうね、アストラル神威」

神威はもう一度、頷いた。

シスターズはかわいそうだと思った。無意味な死は恐ろしいと思った。殺されること、それ自体よりも恐ろしいと思った。

これまでの苦しみや痛みが、意味のないことにされるのが恐ろしかった。

この苦痛にはなにかの意味があったのだと思いたかった。

この苦痛があったからこそ、報《むく》われるのだと思いたかった。

この苦痛があったからこそ幸せになれるのだと、神威は信じていたかった。

なにもかもがそのためだったんだと。愛されて幸せになるためだったんだと。そのために生まれてきたのだと。そのためにここにいるのだと。

そう信じられれば、自分も、これから来る新しいこどもたちも、かわいそうなシスターズのように無駄死にしないですむ。そう思った。

自分は、無意味に苦しんで死ぬだけのかわいそうなこどもではない。そう思いたかった。

自分や新しいこどもたちがかわいそうではなくなれば、シスターズの死のおかげといえるかもしれない。シスターズの死は無意味じゃなくなるかもしれない。そう思いたかった。

だとすれば、みんなが報われる。みんなが愛されて幸せになれる。誰もかわいそうではなくなる。

美しい物語が、王国の形を造り始めた。

神威はそれを動かす機械の一つになった。

新しいこどもがやって来るたびに、神威はその耳元に優しい声で美しい物語を囁いた。こどもたちはみんな、神威が囁く美しい物語を信じた。あげればあげるだけ、たくさん愛されるんだって。なくならないよ。ただ見えなくなるだけ。ちゃんと愛してもらえるから大丈夫——願い事を叶えて、みんな王国から旅立って行った。

臓器を取られて殺された。

神威の順番はなかなか巡って来なかったが、十七歳になる直前にやっと使者が現れた。

願い事を叶えるために、神威は今、ここにいる。ここにいて、思いっきり、

『せいしゅんしてる』

そう書いて、神威はペン先を紙から離した。

鋼太郎は、震えてうまく動かない右手を、左手で強く摑んだ。神威の手からペンを抜き取り、

『ここはあんぜんか』

ひどい字で、なんとか書いた。

神威はしばらく考えて、やがて首を横に振った。

現実とは思えない。わけがわからない。どうすればいいのか全然わからない。それでもとにかく、こいつをここから連れ出さないといけない。ただそれだけを、そのことだけを、鋼太郎は今しようと思った。

立って、動いて、逃げるのだ。こいつを奪われないように、安全な場所へ連れて行くのだ。なにがあろうと必ず。絶対に。

「おまえさ、」

声はひどく掠《かす》れていた。それでも、テレビの音に負けないぐらい、できるだけはっきりと話した。

「今日、うちに泊まりに来いよ。色々あったしさ、ちゃんと二人で話そうぜ」

もしも聞いている奴がいるのなら聞かせたい言葉を、できる限りいつも通りに。ごく普通に。

「明日の学校の支度《したく》して、うちからそのまま一緒に行けばいいし。俺、親父におまえが泊まるってＬＩＮＥしとくから」

うん、と神威も声を出した。

「そうする。今日は鋼太郎のうちに泊まって、明日はそのまま学校に行く」

この部屋で話したことのすべてが誰かに筒抜けだったとしても、これならきっと揉《も》めた二人がどうにか仲直りしただけだと思われるはず。神威が声に出さずに見せたものも、声に出さずに書いたことも、知られようがないのだから。

まだ、神威を安全な場所に逃がすことはできるはず。

父親に神威を連れて帰るとＬＩＮＥを送る。荷物を手当たり次第にバックパックに詰め込んでいる神威を見やる。急げ、と叫びたくなるのを必死に飲み込む。

支度ができた神威とともに部屋を出た。ドアの鍵を閉めるその手の中で、シスターズのチャームが揺れた。首で吊られて、繋《な》がれて、永遠に逃げられない女の子たち。なにもかも奪い尽くされて空《から》っぽになった、四つの亡骸《なきがら》。

——誰かが、これを神威に持たせたのだ。

その瞬間、ずっと震えが止まらないまま冷え切っていた身体の奥に、小さな火が燃え上がるのを感じた。それはたちまち大きくなり、メラメラと躍《おど》る炎になった。誰か、じゃねえ。人間ではないなにかを、この炎で焼き尽くしてしまいたかった。

「……行こう！」

「おう！」

雨上がりの夜空の下を、自転車二台で漕ぎ始める。

まだ真っ暗な闇の中を、神威と二人で逃げていく。

＊＊＊

家には向かわず、一番近くの交番にまっすぐ飛び込むつもりだった。しかし鋼太郎がそう言うのに、神威は頷きはしなかった。ならとにかく父親に事情をすべて話そうと言うと、それも神威は嫌がった。

父親にも母親にも誰にも言うなと口止めしてきて、「ひとまずおまえの家に行こう。ちゃんと考えたいから」神威は鋼太郎を追い越していく。そのままぐんぐん漕いで行ってしまう。

「神威、待て！　ひとまずとか言ってる場合かよ⁉　今すぐ大人に相談して、保護してもらわねえと！」

「いいからいつも通りにしてろ！　何事もなかったみたいに！」

神威は妙に頑《かたく》なだった。そうして本当に鬼島家まで帰ってきてしまって、

「おーうおかえり！　神威、今日は悪かったな、本当にありがとな！　泊まってくんだろ⁉」

一足先に帰宅していた父親に二人まとめて処刑される。

うーちゃんは無事だが、母親は一応病院に泊まることにしたらしい。父親がデカ盛で有名な弁当屋で三人分の夕飯を買って来てくれていて、みんなでそれをかっこんだ。

ゴミをまとめて片付けをして、テレビをつけ、交代で風呂に入る。「おまえたち、夜中あんまうるさくすんなよ？　あと夜更《よふ》かしもすんな」父親が疲れた顔で先に寝室に引っ込んでいく。「返事ーっ」「わかった……」「はい！」こうしていると本当に、普通に友達が家に泊まっていくだけの夜のようだった。本当にそうだったらよかった。本当にそうなら、どれほどよかったか。

でも、違うのだ。

麦茶の巨大なペットボトルを抱えて階段を二階へ上がっていきながら、後ろの神威を振り返る。風呂上がりの髪をまだすこし濡らしたまま、グラスを二つ持たされて、神威は黙ってついてくる。鋼太郎を見上げる。

ちゃんと左目は入っていて、今は眼鏡もかけている。微妙な視線の違和感もごまかせる、やたらと印象的な古臭《ふるくさ》い眼鏡を。

ようやく二人きりになった階段の途中で、神威は小さく呟いた。

「痛そうだな。それ」

その目が自分の肘の擦り傷を見ているのがわかって、なにかもう、引っぱたきたくなった。俺じゃねえだろ。そんな場合じゃねえだろ。おまえだろ。振り上げた手で神威のTシャツの襟首を掴み、ぐいぐい引っ張って階段を上がらせる。そのまま部屋の中に放り込む。

よろめきながら、神威は床のラグに座った。その胸元にクッションを投げてやりつつ、

「俺は、本気だからな」

鋼太郎もその向かいに座り込む。神威の目の前に指を突き付け、はっきりと言い放つ。

「これから俺は、本気でおまえを逃がすから。絶対に」

「わかってるよ。……おまえにはきっと、たくさん迷惑をかけてしまうな」

「かけろ馬鹿。そのために俺がここにいんだろ」

もう二十三時を過ぎていた。

声をひそめ、二人はこの先の行動を相談し始めた。前にこの部屋に神威が来た時は、文化祭のことを話し合った。最初に告白するタイミングは本当にここでいいのか。合唱の声はもうすこし落とした方がいいのか。もし万が一誰かが流れを止めてしまったらどうフォローするか。あれこれ考え、疲れてしまって、気休めに下らない動画を見た。二人でゲラゲラ笑い転げた。帰宅してきた父親に「うるせえ！」ガチなトーンで叱《しか》られた。その同じ部屋で、今は殺されずに生き延びるための方法を探している。泣いたり叫んだりする余裕すらもう尽きた気がする。感情はどこか麻痺《まひ》したようになって、疲れ果てた身体二つで胡坐《あぐら》をかいて向かい合っている。

鋼太郎の基本方針は最初からずっと変わっていない。「とにかく警察に行こう」「今すぐ親父に相談しよう」「大人に助けを求めよう」——というか、それ以外になにができるというのか。考える必要などないし、こうしている時間すらもったいない。そう思うのに、

「それじゃだめなんだ」

神威はやはり、首を縦には振らない。

「もし俺がこのまま警察に行って保護されたら、会の連中は必ずおまえに目をつける。今日までずっと従順だった俺を、おまえが唆《そそのか》して、協力して逃がしたと逆恨《さかうら》みする。おじさんやおばさんもきっとそう思われる。おまえの家族みんなが危険に晒されるんだぞ？　そんなの絶対にだめだ」

「でも他に方法なんかねえだろ！」

「……俺が勝手に逃げたんだってことにしないと。一人で勝手に、誰の協力も得ずに、ここから姿を消した、ってことに……」

神威はしばらく俯いて黙り込み、やがて顔を上げた。

「俺、施設に送られる前は、東京で暮らしてたんだ。トイレとか台所が共用の、ペラペラの布だけで中が仕切られたような古くて大きい建物があって、そこに何家族も一緒に住んでて、」

その頃の記憶もちゃんとある。東京には多少、土地勘《とちかん》がある。だから、と鋼太郎の目を覗き込んでくる。

「俺は明日、おまえといつも通りに登校して、いつも通りに過ごす。で、誰にも言わずに学校を抜け出して、そのまま姿を消す。おまえはいつも通りにしていただけだ。俺がなぜ消えたのかわからないし、どこへ行ったのかも知らない。俺は東京でどうにかして時間を稼いで、できれば一か月ぐらいは頑張って……そうだな、わざと万引きでもして警察に捕まる。そこで身元を調べられて、事態が露見し、俺は保護される。どうだ？　これならおまえとも、おじさんおばさんともなんの関係もなく、俺が勝手に一人でしくじったって感じがしないか？」

とんでもない、と鋼太郎は思った。

「おまえ一人で行かせられるわけねえだろ！　ちょっと土地勘があるからって、一か月もどうやって生きてくんだよ⁉　だいたい東京ったたって広いだろ！　一体どこに行くつもりなんだよ⁉」

「紛《まぎ》れられそうな大きな繁華街ならどこでもいいよ。新宿か池袋、渋谷とか……」

「なら俺も行く！」

はっ⁉　と神威が目を剝く。でも本気だ。「俺もおまえと一緒に行く、二人ならなんとかやってけるかもしんねえし！」

「なに言ってるんだよ！　それじゃだめなんだって話をしてるんだろ！　もし一緒に逃げて、おまえになにかあったらどうするんだよ！　おまえが捕まって人質《ひとじち》にでもされたら、俺だって逃げることなんかもう絶対にできなくなる！」

俺は明日、一人で東京に向かう。しばらく時間を置いて、警察に捕まる。それ以外の方法では自分は逃げられない。神威は頑強《がんきよう》にそう言い張った。しかしそんなにいい方法とは鋼太郎にはどうしても思えなかった。

「じゃあ俺たち離れ離れになるっていうのかよ⁉　こっちはおまえの居場所もわかんなくなるんだぞ⁉　そんなの絶対無理だって、賛成なんかできるわけねえ！　おまえがどんな状況かわかってて、一人で行かせたりできるわけねえだろ！」

「必ず連絡するから！」

神威はすこし辺りを見回し、「……必ず、すぐ」声のトーンを落とした。鋼太郎もはっとする。そうだ、父親がいるんだった。大声で話すと一階の寝室まで聞こえてしまうかもしれない。

「落ち着けそうな場所が見つかったら、とにかくすぐに連絡する。だから大丈夫だ。離れ離れになるのはほんのすこしの間だけ。必ずまた会える。約束する」

神威はそう言いながらバックパックに手を伸ばし、スマほとペンを摑み出す。それを眺めながら、「約束って、おまえ……」鋼太郎は両手の中に深く顔を埋めた。神威は、もう考えを変えないつもりだ。本当に行ってしまうつもりだ。嘘《うそ》だろ。馬鹿だろ。無理だろ。

でも、そうでなければ逃げられないと言うなら――息を長く吐きながら顔を上げる。そうでなければ生き延びられないとおまえが言うなら。

この手を離して、賭《か》けるしかないのか。

「……約束を、書面にでもして残すつもりかよ……？　それで納得しろって？」

「逆だ。残ってしまうものを消す。おまえが今夜、俺のひみつを知ったという証拠をな」

神威はスマほを開き、さっきのページを破り取る。神威がこれまでのことを殴り書きしたメモは十枚以上もあって、「火、あるか？」火なんかあるわけが、と言い返しかけ、思い出した。デスクの引き出しを開けて取り出したのは、病院で巴の頭上に落ちてきた、あのエロライターだ。なんとなく持って帰ってきてしまったものの、どうすればいいのかわからず、とりあえずここにしまっておいたのだ。

「……神威。これ見てみ」

手渡してやると、神威はきょとんとそれを見た。「ライターだろ？　これがなにか、」手の中で傾けた瞬間に「うおっ⁉」目を見開き、やがて、「……うははははは！」笑った。

神威が、笑った。

鋼太郎もつられて、「……ははは！」笑うことができた。「しょうもねえだろ、それ」神威と二人で、いつものように、また笑うことができた。もう永遠に笑ったりなんてできないと思っていた。でも笑えた。二人の世界は壊れてしまって、なにもかもを元通りにすることはできない。でも、いいのだ。これでいいのだ。大丈夫だ。星が光る。強く瞬く。この胸の奥で、ちゃんと生きてる。脈打っている。

俺たちは大丈夫だ。

「な、なんだよこれ……⁉　脱げる仕組みも謎《なぞ》だし、なによりこの女体《にょたい》の描き込みは尋常じゃないぞ……！　なんでこんなの持ってるんだ⁉」

「もらいもん。なんかタッチすごいよな。劇画調っつか、濃いっつか」

「濃いよ！　濃すぎる！　かえって全然エロく見えん！　一周回って激しくエロい！」

「どっちだよ」

「エロい！」

「結局エロいのかよ」

怒られないよう声を抑えて笑いながら、鋼太郎は「ちょい待ってろ」一人で部屋を出て行く。無人のキッチンから一番大きな両手鍋《りょうてなべ》を持ち出し、水をいっぱいに入れて、溢《こぼ》さないようにそろそろと再び階段を上がる。部屋に戻る。

全開にした夜の窓辺で、鋼太郎は水を張った鍋の上で、文字が書かれた紙にライターで火をつけていった。一枚ずつ、慎重に。じりじりと燃えていく紙片を、最後は水の中に落とす。焦らず、ゆっくりと。

その向かいで神威は息を詰め、真剣な目で炎を見つめていた。

「これで火事とかになったら大変だよな……」

「それはもう大変どころの騒ぎじゃねえだろ……」

「大家さんに手土産《てみやげ》持って謝りにいかないとだよな……」

「手土産ですむわけねえだろ……」

縁起《えんぎ》でもないことを言いながら、神威は燃えていく紙から目を離さずにいた。やがて全部が燃え尽きて、この世界に存在していた証拠が一つ消えて、やっと安心したように大きく息を吐いた。

「俺、鋼太郎とならなんでも乗り越えられそうだ」

後ろに手を突き、行儀悪く膝を開いただらしないポーズで脱力する。そのままゆっくりと目を閉じる。

「……離れ離れになっても、俺たちは大丈夫だよ。俺は絶対におまえをまた見つける。おまえも絶対に俺を見つけてくれる。わかるんだ。どんなに遠く離れても、俺とおまえは絶対に大丈夫だ」

鋼太郎も同じことを思った。俺とおまえは絶対に大丈夫だ。

「あのさ……俺、『ここ』に帰ってきていいか？」

すこしだけ弱くなった声に、一瞬の間も空けずに答えた。「当たり前だろ」

神威の目が開く。右目が、強く光りながら鋼太郎を見つめる。同じ強さで鋼太郎も見返す。

「なにがあっても、必ず『ここ』に帰ってこい」

神威は、「……わはっ！」顔の全部で思いっきり笑った。幸せそうに口を開け、目許をくしゃくしゃにして、全開の笑顔になった。

「ならもう、なにも怖くない」

灰と真っ黒な燃《も》え殻《がら》が浮いた鍋の水をトイレに流して、メモを燃やす作業は完全に終了した。

その後は明日以降の行動について、できる限りの準備をすることに時間を費《つい》やした。といっても、今の二人にできたのは、行き先を何パターンか考え、学校の最寄駅から乗り込む列車の時間を調べ、乗り換えの方法を調べ、行き先ごとに滞在できそうな場所を探しておくことぐらいだった。

そして午前一時、あれほど自信満々だった神威がたいして金を持っていないことが判明した。本気でちょっとキレかけた。ラッキーなことに、スイカ畑のバイト代がほぼ全額まだ残っていて、とにかくそれを封筒ごと神威に押し付けた。財布の中には買い物のためにいつも数千円入っている。それも渡す。それでもまだ心許《こころもと》なく、銀行に預けてある金も明日コンビニに寄って下ろして渡すことにする。といっても二万か三万ぐらい……ないよりはマシだ。

「全財産だろ？　いいのか？　おまえは困らないのか？」

「別に困んねえよ。つか、困るとしてもいいんだよ。絶対持ってけ。おまえは必ず返してくれるんだろ」

神威は頷き、「返すよ。必ず」金が入った封筒を大切そうにバックパックの奥深くにしまい込んだ。

午前一時半に、神威の布団《ふとん》をベッドの隣に敷き、部屋の明かりを消した。

暗い部屋で二人して寝転んで、すこしだけ話をした。下らないことばかり言い合った。さっき食べた弁当が気に入ったとか。デミソースに浸《ひた》ったマカロニサラダが異様にうまかったとか。パサついた飯がまたたまらなかったとか。喋《しゃべ》っているうちに腹が鳴る音が響いて、お互いに「おまえだろ」「おまえだろ」押し付け合った。低く笑い合った。

特別なことは言わなくていいと思った。

これは最後の夜ではない。眠る時間を惜しまなくてもいい。呼吸の音に耳を澄ませ、お互いがすぐ傍にいることを確かめ合わなくてもいい。

いつも通りの二人でいい。ただの鋼太郎と、ただの神威。いつだって下らないことを言い合っては、馬鹿みたいに笑い合っていた。だから今夜もそれでいい。離れ離れの明日が来ることを、怖がらなくていい。

くたくたに疲れた身体にやがて眠気が襲《おそ》ってきて、「神威、おやすみ……」左隣に囁いた。左隣から、「……おやすみ。鋼太郎」声が返ってくるのを聞いて、安心して、鋼太郎は眠りに落ちた。


ふと目が覚めた時、部屋はまだ薄暗かった。夜明け直後の青い色に、カーテンがぼんやりと照らされていた。

小さな物音に気付いて、身体を起こさないまま左隣を見た。

神威は布団に座って、自分のバックパックを開けてなにかガサガサやっていた。その手の中で、ポケベルが点滅していた。

そういえば、あれは、なんなんだろう。

親からの連絡ではないなら、あれは……？

半分寝たままの頭に、なにかを思い付きそうになった。そのとき神威が振り返った。鋼太郎が目を薄く開いているのを見て、「……どうした？」かすかな声で訊ねてくる。「起きるにはまだ早いぞ」

「……おまえ、眠れなかったのか？」

「いや、ちょっと目が覚めただけ。もう少し眠る」

「……そうしろ。今日は、大変なんだから……」

「うん」

素直に頷いて、神威は布団に潜《もぐ》り込んだ。

思考がゆっくりと溶けていく。再び目を閉じながら、すこしだけ笑ってしまう。神威が笑っていたからだ。

自分を見て、嬉しそうに、幸せそうに、神威は笑っていた。

＊＊＊

いつも通りの金曜日だった。

結局二人して寝坊してしまい、父親に急《せ》かされながら大騒ぎで身支度《みじたく》した。パンだけとにかく口に突っ込み、慌《あわ》てて自転車で飛び出した。

昨日の雨が嘘《うそ》のように空は晴れていた。自転車二台で朝の陽射《ひざ》しの下を「あ、やべ！　コンビニ寄るんだった！」「おお、そうだった！　ちょっと戻らないと」騒がしく走っていった。

コンビニのATMで口座の金を下ろせるだけ下ろし、それも全部神威に渡した。神威は封筒に大事にそれを入れ、また大事にバックパックにしまい直した。

大急ぎで学校へ再び向かうが、いつもよりもだいぶ遅れてしまった。通学路に他の生徒の姿はもうなくてさすがに焦る。校門から駐輪場まで乗りつけ、自転車を停め、いつものように二台をチェーンロックで繋ごうとして、「あ」気付く。今日の帰りは別々だから、繋いではいけないのだ。

突然、泣きたくなった。

行くなと叫びたくなった。

それを飲み込み、背後の神威を振り返る。

「鋼太郎やばい、予鈴《よれい》鳴ってるのが聞こえる！」

「げ！　ダッシュだ！」

なにかを振り切るように、二人並んで走り出した。校舎に駆《か》け込み、靴《くつ》を履《は》き替え、階段を駆け上がり、「おせーよ神威！」「あぁぁ待て待て、足がつる！」廊下に駒田《こまだ》の姿はまだ見えない。もつれあうように教室のドアを開け、中に飛び込む。

間に合った！　と、なぜ思えたのだろう。

二人して「おっしゃセーフ！」「あっぶなかったー！」笑ってしまいながら転がり込んだ教室は、シーンと静まり返っていた。みんな着席して、驚いたようにこっちを見ていた。教壇には駒田が立っていた。完全に朝のホームルームが始まっていた。

うそだろ、と誰かが言った。あんなに俺らを悩ませて。あんだけうちらに心配させて。これほどみんなに気を遣《つか》わせて。

仲直り、してる……。

「あっ、そうか」

鋼太郎は昨日の己の蛮行《ばんこう》を思い出し、今さらながら気まずく頭を掻《か》いた。「悪い……」ぴょこぴょこと頭を全方位に下げながら、視線の中をドッキング席に向かって歩いて行く。そのすぐ後を、同じようにぴょこぴょこしながら「へへへ……」神威もついていく。

「あっそうか、悪い……じゃ、ねえだろぉぉぉ～～～～！　ばかぁぁぁ～～～～～～～！」

西園寺《さいおんじ》が机に突っ伏して泣いてしまった。「よかったよぉぉぉこの野郎～～～～～～～～！」

周りの席の奴が「あーあー」「爆泣きじゃん……」その背中や肩をヨシヨシと擦《さす》っている。

八百地《やおち》の席の横を通るとき、ケツにどしっとパンチを食らった。わりと本気の痛いやつで、

「うっ……」呻《うめ》き声が出てしまった。振り返ると、顎を軽く上げて八百地は笑っていた。

駒田も笑っていた。「な？　あいつらは大丈夫だって言っただろ？」

後で各方面にアフターケアをしなければ、と思いつつ、神威と一緒に席に着く。その時、なにかがズカズカと歩み寄ってきた。なにかをドカッと机の上に置いた。

昨日の弁当だった。その音からして中身は入ったままだろう。一昼夜熟成されて、さぞかしやばい物体に成り果てているだろう。

そしてそれを置きに来たのは巴《ともえ》で、「……」冷たい無言。目から毒を噴き出すように鋼太郎を睨《にら》み、そのまま踵《きびす》を返して自分の席へ戻っていった。

思わず落ち込み、項垂《うなだ》れる。左隣には神威がいる。心配そうに、顔を覗き込んでくる。その肩に、鋼太郎はほんの数秒だけ頭を傾けてもたれかかった。

生きている神威の命のにおいを、胸いっぱいに吸い込んだ。

二時間目は体育で、更衣室《こういしつ》に向かいながら神威の姿がないのに気付いた。

行くんだな、と思った。

グラウンドに出るとすぐにホイッスルの集合がかかった。ぞろぞろと歩いて行く途中、校門の方へ自転車を引いていく神威の姿が見えた。

神威も気付いてこっちを見た。

――忘れ物はないか。金はちゃんと持ったか。あとスマほ。ちゃんとあるか。

スマほには昨日の夜、思いつく限りの連絡先をメモしておいた。自分のスマホの電話番号とメアド、LINEのID。パソコンのメアド。自宅の電話番号。両親のスマホの番号、メアド。住所もメモした。西園寺と八百地の連絡先も思いつく限り書き込み、学校の電話番号や駒田の電話番号、父親の会社の電話番号まで付け足した。どうなっても、なにがあろうと、必ず連絡がつくように。

必ず『ここ』に帰って来られるように。

本当は、おーい！　と叫びたかった。手を振りたかった。それを我慢して、鋼太郎は遠い神威の姿を見つめた。神威もしばらくそうしていた。たった一つの右の目で、じっと鋼太郎を見ていた。

でもこれは最後じゃない。

そう信じていた。

俺たちは大丈夫だ。

そう信じていた。

神威はやがて、背を向け、歩き去った。

あれほど信じたのに、絶対と、必ずと、あれほど言い合ったのに、しかしこれが神威との最後の別れになった。

鋼太郎がそれを知ったのはたった数時間後のことだ。死んだのだと。黒焦《くろこ》げの死体になったのだと。信じはしなかったが、でも、神威から連絡が来ることはなかった。

いつも通りの金曜日に、神威は燃えて、この世界から消えてしまった。

3

なにかおかしいと思ったのは、三時間目が始まってすぐのことだった。

授業に現れた駒田《こまだ》が、神威《かむい》は家庭の事情で急遽《きゅうきょ》早退した、とみんなに伝えた。鋼太郎《こうたろう》は小さく、えっ、と言ってしまった。誰にもなにも言わずに学校を抜け出すはずだったのに。

（途中で先生に見つかって、そう言い訳したとか……？）

あいつどうしたんだろうな。なにかあったんかな。教室がすこしざわついて、「はーい。授業を始めるからみんなはこっちに注目ー」駒田が手を叩《たた》く。

胸ポケットのスマホをちらっと見るが、特に着信などはなかった。なにかあれば連絡してくるだろうし、きっと今は計画通りに行動できているんだろうと思った。もう駅についた頃かもしれない。

神威抜きでいつも通りに午前中の授業を終え、昼休みもいつもの場所で西園寺《さいおんじ》と八百地《やおち》と過ごし、途中で駒田に呼び出された。神威の話ではなくて、昨日勝手に早退した件だった。今回は親には伝えていない、でも出欠記録には残るから自分で説明しろ、二度とするな、とのことだった。すいません、と頭を下げるしかなかった。午後の授業は何事もなく終わった。

終礼までスマホが鳴ることはなく、神威はきっと東京まで行けたのだと思った。しばらくは落ち着かない日々が続くのだろうが、また会える時までこの調子でやり過ごそうと思った。

駐輪場に一台だけ残された自分の自転車を引き出し、一人でうーちゃんの病院への道を走り出した。神威がしばらく来られないことを、うーちゃんにどう説明しようか。そればかりを考えながら、やがて病室へ辿《たど》り着いた。

そこで鋼太郎は、計画が決定的に狂っていることを知った。

「神威は、こーくんが放課後にここに来るまでは言わないで、って。驚いて学校から飛び出して来ちゃうかもしれないから、って」

沈んだ声で母親が言う。

「おにーちゃん、元気出して……」

泣き腫《は》らした目でうーちゃんが言う。

神威は、午前十時頃にここに来たのだという。学校を出てすぐ、ここにまっすぐ向かったことになる。

神威は母親とうーちゃんに、「急に家に帰ることになった」と言ったらしい。「会えなくなるから、最後に挨拶《あいさつ》に来た」と言ったらしい。

声も出なくて、鋼太郎はその場に立ち尽くした。話が全然違う。昨日二人で決めた計画と、全然違う。

「それでね、あのね、これ。神威がおにーちゃんに渡してって」

うーちゃんが、レジ袋の包みを差し出してきた。ふわふわと力の入らない手で、それを受け取り、中を見た。金が入った封筒と、たった一枚の紙切れ——ちぎり取られたスマほのメモが入っていた。

殴《なぐ》り書きの文字は三行しかなくて、

『ごめん』

『ありがとう』

『おまえはおれのせいしゅんのすべて』

その下にもなにか書いてあるようだったが、端《はし》から斜めに破れてしまっていて読めなかった。裏返すと、それは昨夜びっしりと連絡先を書き込んだページだった。書き込んだ全部の連絡先が、レジ袋に入れられて返ってきた。


なにがなんだかわからない。

混乱したまま病室を飛び出して、向かったのは神威のアパートだった。他にどうすればいいのかわからなかった。とにかく全力でペダルを漕《こ》いだ。そうしていなければ身体《からだ》がバラバラに砕《くだ》け散ってしまいそうだった。なにもわからない。なにが起きてるのか全然わからない。頭の中がめちゃくちゃになって、正気など保ってはいられなかった。

アパートに着き、自転車を放り出し、外階段を駆《か》け上がろうとして足が止まる。

階段の手前に、小間田《おまだ》さんが壁に寄りかかって立っていた。腕を組み、片手でスマホをいじっていた。息を荒らげ、全身を汗に濡《ぬ》らして現れた鋼太郎に驚きもせず、顔を上げて「ああ」と言った。

「大変よね。何日連続？　これで三日？」

その言い方はいつものようにそっけなくて、いつものようにクールで、でも、小間田さんは全然駒田に似ていない。なにも変わったようには見えないのに、どこも、まったく、似ていない。

「お、小間田、さ……」

「『小間田』じゃないのよね。私」

そういえば、そうか。この人は、小間田さんと自分が呼んでいたこの人物は、神威の世話役で——神威がどこからなんのためにやって来たか、理解しているのか。

呆《ほう》けたように女の顔を見つめてしまう。女はいつも後ろで一つに結んでいた髪を解《ほど》き、胸元に長く垂《た》らした。すこし疲れたように、化粧っけのない白い頬《ほお》を指の腹で擦《こす》る。

まるで駒田みたいだ、と思っていたのだ。自分にとっての駒田みたいに、神威には小間田がいるのだと思っていた。だって冗談みたいに見た目がそっくりで、名前まで似ていて、

（似ていた、んじゃないのか……）

似せていたのか。

自分。西園寺、八百地。神威と親しくなった同級生が、警戒感を持たないように。この暮らしの異常性に関心を向けないように。自分たちが問答無用に信頼している人物の姿を擬《ぎ》態《たい》することで、ところどころにどうしようもなく浮き上がる違和感をごまかしていたのか。

馬《ば》鹿《か》みたいな話だが、でも効果は確かにあった。こんなのムショじゃん。なんか変じゃね。自分たちはそう言い合いながらも、本気でこの状況について考えようとはしなかった。家庭に問題があるのだろうと感じながらも、でも小間田さんがいるなら一人ぼっちではないし。小間田さんって駒田に似すぎだし。ていうかウケるよな。まじでウケる。あの人が一緒ならまあ大丈夫だろう。変に詮《せん》索《さく》せずにそっとしておこう。……自分たちはそうやって、誰も、神威がどこから来たのか、今までどうやって暮らしていたのか、親は今どこにいるのか、本気で確かめようとはしなかった。神威は駒田に心を開かなかった。自分たちが駒田に似ているこの女をなんとなく信じてしまったように、神威はこの女に似ている駒田をなんとなく信じられなかったのだろう。

自転車を降りたとき、無意識にスマホを右手で摑《つか》んでいた。それは今も手の中にある。女は指

で眉《まゆ》のあたりを揉《も》むようにしながら、軽く目を閉じている。震《ふる》え出しそうな右手の指で、素早《すばや》くボイスメモを起動する。そのまま右手ごとポケットに突っ込む。

女はまだ同じポーズで立っている。見られていないと思った。なにか起きればこの録音が証拠になると思った。

「……神威は、どこにいるんですか……？」

女は鋼太郎の声にちらっと目を上げ、表情も変えずにあっさりと答えた。

「死んだみたいよ。さっき」

からかわれている。酷《ひど》い冗談でごまかそうとしている。もう一度同じことを訊《き》こう。そう思うが、「……っ」なにも言い返せないまま、呼吸だけが激しくなっていく。神威の、めちゃくちゃに切り刻《きざ》まれた身体を思い出す。神威が実際に臓器を奪《うば》われていたことを思い出す。死、が、あいつのどれほど近くにまで迫っていたかを思い出す。

「なに？　黙っちゃって」

女は急に歩み寄ってきて、とっさに避《よ》けることもできずに右手を掴まれた。引っ張られ、

「堂々と録《と》んなさいよ」

ボイスメモが起動しているスマホごと、右手がポケットから飛び出した。「どうせなら動画にすれば？　ほら、動画撮りなさい。早く」なぜそんなことを言うのか理解できない。でも抗《あらが》うこともできなくて、震えてうまく動かない手でカメラを起動する。言われるがままに動画を撮り始めるが、掴んだスマホは馬鹿みたいに暴れ、まっすぐに持っていることができない。

「ちょっと、なにしてんの。カメラをちゃんとこっちに向けなさいよ」

はあ、と呆《あき》れたみたいに息をついて、女は自分のスマホを差し出してきた。鋼太郎の方に画面

を向けて、ニュースサイトに上げられた動画を再生して見せる。『……で速報が入ってきました。本日午後三時頃、』どこかの地方のローカルニュースの映像だった。アナウンサーが原稿を読み上げている。『山から黒煙が上がっていると通報が』『個人所有の施設の敷地内にある山林で』『乗用車が爆発炎上して』『焼け跡からは性別のわからない複数の遺体が』『現在消防が火災の原因を』

「このニュースはもうすぐ消えるわよ。続報も出ない。ねえ、ちゃんと撮ってるの？　さっきからずっとプルプルしてるんだけど」

「……い、意味が、わからない……」

「死体は黒焦《くろこ》げって意味よ。で、そのうちの一つがあの子。アストラル神威」

「……だから、わからないって、言ってんだ、ろ……」

「はあ？　なにがわからないの？　知りたいことがあるならはっきり訊きなさいよ。私にわかることなら答えてあげるから」

頭の中も指先もビリビリと痺《しび》れて感覚を失っていた。でも、スマホのカメラだけはなんとか女の方に向け続ける。どれだけ震えていようと、顔も、声も、撮れているはずだと思う。

「……だ、誰が、神威の身体を、あんなふうにしたんだよ……。ズタズタにして、左の眼も、あ、あんな……」

ああ、と女は軽く眉を上げた。やっぱり知ってるんだ、と。

「誰が、って言うなら、医者じゃない？　まあ私は現場を見てたわけじゃないけど。続けて、質問。次は？」

「……神威は、ここに、戻ったのか……？」

「ええ、そうよ。学校を出て、病院に寄って、一人で自転車漕いでここに戻ってきた」

迷いもなく答えて、女は額《ひたい》に落ちてきた前髪を邪魔くさそうにかきあげる。

「一昨日《おととい》の夕方、『ママ』から連絡が来てたのよ。準備が整ったから二日後に戻れって」

一昨日は文化祭だった。みんなで盛り上がって、合唱のステージが成功して、それで――自分が怒り狂ってここに乗り込んで来た日。あの時、神威はどんな顔をしていたっけ？　思い出せない。キレていたから、記憶に残っていない。

「……神威は、……なんで、……そんな、」

もはや質問の体《てい》すら成していなかったが、女はとある宗教団体の名前を唐突《とうとつ》に口に出した。特に大きな事件を起こしたわけでもないが、いわゆる『怪《あや》しい新興宗教』の一つとして名前ぐらいは鋼太郎も聞いたことがあった。

「その教団が九〇年代から開催していたセミナーがすべての始まりよ」

――なんだっけ、インナーチャイルドを癒《いや》す、みたいな、その手のやつ。宗教団体であることを最初は隠して、親との関係で病《や》んじゃった系の人を集めて、占いとかカウンセリングとか自己啓発とかオーラがどうとか水がどうとか……とにかく胡散臭《うさんくさ》い勉強会をやってたのよ。その内容がどうだったか、って話じゃないの。そういう人たちって、基本的に愛や対人関係に飢えてるの。一旦その輪の中に取り込まれたら、関係性への依存の度合いがすごいわけ。人に気に入られたい欲求もすごいわけ。みんな他の誰よりも愛されたいの。特別に愛されたいし、特別に愛されている人としてみんなに認められたいの。主催者はそういう欲求を利用して、どんどん人を集めて、勉強会っていう小さな社会に依存させて、外界から引き離していったの。

やがて規模が大きくなるにつれて、会の中でも序列ができて、地位の奪い合いが起きるようになった。序列が高いほど愛されてる、会にとって重要な人物だ、って。じゃあどうすれば序列が上がるか？　主催者のお気に入りになればいいのよ。じゃあどうすればお気に入りになれるか？　お布施《ふせ》をすればいいのよ。金よ。たくさんお布施すればするほど、主催者はその人を褒《ほ》め称《たた》えてお傍《そば》近くに置くわけ。それでみんな競《きそ》ってお布施をするんだけど、でもみんながみんなお金持ちではないじゃない。勉強会に入れ込んでる人ほど、まっとうに仕事して稼ぐどころじゃなくなってるし。

で、ある人が突然大金を手に入れて、それをお布施した。臓器を売ったんだって。そこから我も我もと、紹介しろと、一大ブームが起きたのよ。でも、売れる臓器って限りがあるでしょ。だから臓器の次は、自分のこどもを売るのが流行《はや》りになった。こどもならどんどん作って増やせるし。

その頃にはもう勉強会のグループは、教団から独立した組織になってたみたい。教団には神様がいるけど、あの人たちは神様には祈らない。ただ、主催者――『ママ』の愛を求めて、必死に奪い合ってるだけ。宗教ですらなくなった勉強会が手を組む相手に選んだのは、臓器売買組織よ。時間はかかったけど、設備もシステムも構築できた。国内外に協力者がいて、顧客は次々に湧《わ》いてくる。こどもは次々に行方《ゆくえ》不明。そもそも会の内部で生まれた子には戸籍《こせき》がないのよね。探す人だっているわけない。どうせ探しても無駄だしね。みんなパーツに分解されて売り飛ばされちゃったんだから。そうやって私たちはうまくやってきたんだけど、結局――

「こうなった」

女は、いつの間にか鋼太郎の右手を支えて、スマホのカメラを喋《しゃべ》り続ける自分にまっすぐに向けさせていた。

はあ、と嘘《うそ》ではなさそうなため息をついて、首の付け根を片手で揉《も》む。

「私たち、もう続けられない。こんなことが起きるんじゃ危険すぎる。色々ともったいないけど、あの会からは手を引くしかない。……だいたい最初から、あの子には不安要素があったのよ。なにかやらかす気がしてた」

苛立《いらだ》ちもあらわに、女は乱暴に髪をかきあげた。神威のことだろうと鋼太郎は思った。

「施設に長くいすぎてたし、なにより以前の野蛮《やばん》なやり方も知ってた。仲間の子が自殺したのも見ちゃったって……この話は知ってる？　一緒に捕《つか》まってた子たちがあの子だけ残して首吊《くびつ》っちゃったのよ。そんなのショックに決まってるじゃない。今は平気な顔してたけど、本音は違うんじゃないかって私は思ってた。土壇《どたん》場《ば》で逃げようとしたり暴《あば》れたりするかもって。だから私たちは、あの子は外の世界に連れ出さずにそのまま解体してしまえって助言したの。そしたらあのババア、『あの子は特別よ〜！』だって」

女は顔をしかめ、

「『あの子はみんなの先生なのよ〜！』だって」

まずいものでも飲んだみたいに口を歪《ゆが》ませた。

「先生、先生、ってみんなに慕《した》われてるんだって。ずっとみんなを優しく導いてきたんだって。たくさんのこどもたちを勇気づけて、送り出してきたんだって。その先生がついに願い事を叶《かな》えに出て行った。先生がもしも戻らなかったら、『王国は崩壊するわ〜！』だってさ。だから、それならいっそ会の中枢《ちゅうすう》に取り込んでしまえ、こっち側で仕事をさせろって言ったら、恐ろしいわよ。聞いて、ここからが一番のホラー。『だめよ〜それじゃあの子がすべてをあげられないでしょ！　あの子は愛されないし救われないでしょ！』って……要するに、善意なのよ。あれ。あの人、本気なの。かわいそうなこどもたちを、本気で救ってあげてるつもりなの。大金も稼ぎながら、それでも本気は本気なの」

女の目線がカメラから逸《そ》れ、鋼太郎をちらっと見た。「こうなったのはあんたのせいでもあるのよね」乾いた唇《くちびる》がわずかに微笑《ほほえ》む。「あんたは、こっちの期待と真逆のことをしてくれた。心臓の悪い妹がいる十七歳のお兄ちゃん──条件としてはかなりよかったのに」

「……じょ、」

「早く心臓をあげたい！　病気の子を救いたい！　手術を受けたい！　って、そっちの効果を狙《ねら》ってたのよ。なのに昨日のあんたの演説ときたら、なにあれ」

「条、件、って……、なんだよ……」

「ん？　そんなことが気になるの？　元々の第一希望は、心臓が悪い十七歳の女の子よ。でもその子、死んじゃったの。第二希望は、心臓が悪い十六歳の男の子。そっちは今もまだギリ生きてるけど、とてもじゃないけど他人と交流できるような状況じゃなかった。あんたは第三希望。心臓が悪い妹がいて、十七歳で、イキのいい高校二年生。明るくて元気でルックスもよくて友達もいる。アストラル神威みたいな子からしたら、あんたは神様が作ったお手本みたいに見えたはず。実際、あの子はあんたに憧《あこが》れてた。あんたみたいになりたがってた。もう毎日うるさくて、服もあれがいい、髪もこれじゃいやだ──そう、あの髪も私が切ったのよ。頭皮の組織ごと剝《は》ぎ取るはずだったのに」

「……あいつが、うちの学校に来たのは……じゃあ、」

「もちろん偶然じゃない。私たちがあんたを選んで、あんたの傍にあの子を送り込んだの。あんたと接触させて大丈夫かどうかテストもした。あんたはそれに合格した」

「……は？」

「ね。なんのことかわからないでしょ。だから合格なのよ。でもあの子は、偶然に出会ったんだって信じてた。偶然に出会えた『にしうりうれたろう』と友達になりたくて、馬鹿みたいに毎日あの橋に通ってた。付き合わされる方はたまんないわよ。もうだいぶ経《た》つのに、まだこう」

半袖《はんそで》をすこしだけまくり上げ、ひどい日焼けでくっきりと二色に分かれた二の腕を見せてくる。袖を直し、

「まあ、とにかく知っておいて。私たちは、この国には存在していないことになっているこどもを、どこの学校にでも自由自在に送り込むことができる。正式な書類を揃《そろ》えて、堂々と真正面からね。都合の悪いニュースだって消せる」

自分のスマホの画面を再び鋼太郎に向けて見せる。サイトを更新すると、さっき見たニュースの映像が消えている。

鋼太郎はどこかぼんやりと、夢の中の出来事みたいにそれを見ていた。な、な、と口からは勝手に声が出ている。

「……なんで、……俺《おれ》に、そんなこと、ベラベラ喋るんだよ……」

かったるそうに、女の視線がまた鋼太郎に向く。

「だって、おかしいだろ……！　信じるわけ、ねえだろ……！　俺にそんな話して、犯罪の証拠をわざわざ、……こんなの、そっちになんの得があるんだよ！」

「得っていうか、」

首を傾《かし》げ、

「これ、脅《おど》しよ？」

目を大きく見開いた。

「私たち怖いでしょ？　ああほら、また手が下がってる。ちゃんと撮りなさい。さっきからそう言ってるでしょ」

スマホを持つ手をまた上げさせる。背面のレンズをカメラ目線で見つめながら、女はさらに話し続ける。

「私たちは、あの子の身体のこと――要するに『帰国した渡辺優太《わたなべゆうた》くんは臓器を摘出《てきしゅつ》されていました』っていうことを、あんたには黙っていてほしいのよ。今、私たちはあの子の遺体を回収しようとしてる。でもなにしろ消防やら警察やら出てきての大騒ぎになっちゃったでしょ。この先もし回収に失敗して、さらに臓器抜きが明らかになったら、とっても面倒なことになる。遺体の損傷度合いからして多分大丈夫だとは思うけど……多分じゃだめなのよ。留学生の『渡辺優太』と、会の関係者の私有地で見つかった『身元不明の臓器抜き焼死体』が、結び付けられちゃ困るの。絶対大丈夫、でなきゃだめなの。会なんかどうでもいいんだけど、間にいる大勢の人に迷惑がかかるからね」

「……ぞ、臓器売買のこと、なら、会の他の奴《やつ》らだってやってたんだろ……！　そいつらが、じ、事情を、喋るかも、しれないだろ……！」

口を動かしながら、

「そうよね。だから全員脅す。もしくは、どうにかする。あんたも脅す。もしくは、どうにかする」

そういう問題じゃなくて、と頭の中では思っている。身体の震えも止められないまま、そうじゃなくて、と思っている。待てよ、と。

遺体って。

そんなの、そんなの信じられるわけが、
遺体が、神威だって。

「……だいたい、こんな動画、なんで撮らせる⁉　知られたくない話なんだろ⁉　バレたらまずいんだろ⁉　あんたの顔も声も全部証拠になって残るじゃねえか！」

「こんな動画、いくら撮られたって問題にもならないってことをあんたに教えてあげてるの。なんで問題にならないかわかる？　それはね、あんたは絶対に喋ったりしないから。それにこの動画も、最後には必ずあんた自身が消去するから。あんたは必ず、私たちの要望をのむ。だってね、もしあんたが私たちのしてほしくないことをしたら、うーちゃんの移植の順番は永遠に回ってこなくなるから」

――なんだそれ、と思う。馬鹿じゃないのか。下らない脅しだ。作り話だ。やっぱりそうだ。馬鹿馬鹿しい嘘だ。きっと全部が。

「そんなの、できるわけねえだろ！　移植の順位は医学的データに基づいてコンピューターが決めるんだよ！　そんな、おまえらみたいなわけわかんない連中が、コントロールできるようなもんじゃねえんだよ！」

「あら、そうなの？」

「そうだよ！」

「じゃあそうなのかも」

「そうだ！　絶対に無理だ！」

「なら試してみようか。喋ってみなさいよ、全部。今から警察にでも駆け込んだら？　車で送るわよ。ちょうど動画もあるし。110してもいいわよ。ああそうだ、そうしなさいよ。通報して、ここに警察を呼んでみればいい。ほら、かけなさい。それとも私のスマホからかけようか？」

緊急SOSのスライダーを表示させて、女はスマホを顔の前に突き出してくる。その時になって気が付いた。なんで、電話ができるんだ。なんでネットが使えるんだ。昨日もだ。なんで、父親とLINEができた。ここは圏外で、Wi-Fi《ワイファイ》もなくて、ネットも通話もできないはずだ。

「……なんで、……電話、」

「は？　ああ、なんでスマホ使えるのかって？　あの子が勝手に外部と連絡をとれないように通信を抑止する装置を使ってたんだけど、昨日それを引き上げたってだけよ。もう撤収《てっしゅう》の準備に入ってたの。ねえ、今それに気が付いたわけ？　やっぱりあんたって『合格』ね。まあでも挙句《あげく》にこれじゃどうしようもないけど……で、どうするの。通報しないの？　なんでもやってみりゃわかるわよ。その結果なにが起こるのか」

「ぜ……全部、どう、どうせ、……嘘、……でまかせ、……俺、俺は、絶対……」

「海外にも行かせないわよ。どんな手を使ってもね。これも信じない？」

「……信じるわけ、ねえだろ……っ！」

「そう。言っておくけど、私は今、すっごくあんたに優しくしてるのよ。もし喋らないでいてくれるなら心臓をあげる、とは、言わないでいてあげてるんだから」

「……はあ!?　どういう意味だよ!?」

「わからない？　選ばせないであげてるの。あんたのこの先の人生のためにね。『脅し』って、優しいのよ。強制だもの。無理矢理に気持ちを曲げさせてでも、こっちの意向をのませるってことだもの。でも『条件を提示』されたら、あんたは自分の自由な意志で、それを選ぶか選ばないかを決めることになる。そっちの方があんたにはきついでしょ。……って、わかんないか。もういっぱいいっぱいの顔してる」

疲れた顔で小さく笑い、女は急に片手をパンツのポケットに突っ込んだ。ただそれだけのことで、「……っ」鋼太郎はスマホを取り落としてしまった。拾うこともできずに後ずさりする。その姿を見やって、「ばかね」女は呆れたみたいに首を振る。

「スマホ、しまっただけ。もしかして銃でも持ってると思った？　そこまで優しくはしてあげないわよ。まあもし持っていたとしても、あんたを撃ち殺したりしない。普通の高校生が一人消えるって、後のこと考えたら案外厄介《やっかい》よ。死体を処理して終わる話じゃないからね。あんたには自分の足で帰ってもらう。それに脅しに使うとしても、銃口が向くのはあんたの方じゃない。あんた自身よりも、もっと効果ありそうな相手がいるもの。たとえばあの子、それかあの人、それか、それともそうね……。あ、そうだ」

女の声に合わせて、脳裏《のうり》にはいくつもの顔が思い浮かんだ。うーちゃんや母親、父親、それに、

「千葉巴《ちばともえ》と付き合うの？」

「……」

「かわいいよね、あの子。バスで通学してるのね。でも家からバス停まで結構歩くみたい。十分ぐらいあるのかな。まあ、私は歩くの好きだけど。いい運動にもなるし」

息もできずに立ち竦《すく》む鋼太郎の足元に、小さく光るものが放られた。拾え、というように女の視線が動く。拾って、それを見た。金色をしていた。

よく目立つ、ギザギザに尖《とが》りまくった、攻撃的な稲妻《いなずま》のピアス。

「ねえ、そんな顔しないで。誰にもなにもしてないわよ。今はまだね。スマホも拾いなさい。画面、割れてないといいけど」

スマホを拾う手に、もう感覚はない。なにを摑んでいるかもわからない。なぜ、こうなってしまったのだろう。一体なにが悪くて、自分はなにを間違えて、こんなことになってしまったんだろう。

「ほらね。怖いでしょ。でもこれだけは伝えておきたいんだけど、私、個人的にはあんたの意見には共感してるのよね。臓器移植なんてやらない方がいいと思う。いっそ、全面禁止にしちゃえばいいのに。だってそうなれば、」

ふっ、と女が笑顔になった。今から言おうとしている冗談に自分が先にウケてしまう人のようだった。

「私たち、今よりさらに稼げるもの。殺到するわよ、みんな」

手の中のスマホはまだ動画の撮影を続けている。画面には地面だけが映っていて、ずっと激しく震え続けている。

「ねえ、いい？　アストラル神威の臓器のことは誰にも喋らないで。あんたが黙っている限り、私たちはなにもしないから。この先、うーちゃんの手術が無事に終わったとしても安心しちゃだめよ。あんたが約束を破ったら、私たち、怒るわよ。やっともらった心臓だろうがなんだろうが、絶対に壊しに行くからね。この星に逃げ場なんてない。想像してみて。何年も何年も、もしかしたら何十年も経《た》ってから、あんたの家に突然警官が現れる。『昔の事件を調べています。渡辺優太を知っていますか？　その子の身体はどうなっていましたか？』……あんたは油断して、約束を破って喋ってしまう。でもその警官は、警官じゃないのよ。わかる？　あんたが油断してないかどうか確かめに来ただけなの。わかるわね？　一生、油断しちゃだめ。ひどいことになるから。あんたが、じゃないわよ」

一歩、女が鋼太郎に近付いてくる。なにも持っていないことを示すように両手を広げ、か弱そうな痩《や》せ型の身体で、さらにもう一歩。

「――ちゃんと動画は撮れた？　罪の告白はこれで終わりよ。こんなことしてごめんなさいね」

ちょっと手を伸ばせば殴れるだろうし、踏み込めば後ろに突き倒すこともできる。そういう無防備な距離に接近してくる。じっと目を合わせ、身体の力を抜き、静かな表情でそこに佇《たたず》む。

「あんたは約束を破らない。それでいい？」

鋼太郎は、頷《うなず》いた。

「あんたは私たちがしたことを受け入れてくれる。それでいい？」

鋼太郎は、頷いた。

「あんたは私たちを許してくれる。それでいい？」

鋼太郎は、頷いた。

そして、人間ではなくなった。


自宅まで帰りつくなり、部屋へ上がってスマホの動画を消去した。消去できたのを何度も何度も確認した。バッグに飛びつき、レジ袋を引っくり返す。封筒の中の金を机の上に全部ぶちまけ、その封筒に他のものはなにも入っていないのをしつこく確かめ、神威が残したメモの紙切れを掴んで引き出しを開ける。でもそこにしまったはずのあのライターが見当たらなくて、そのまま階段を下りて台所へ向かう。父親はもうすぐ帰ってきてしまう。シンクにボウルを出し、換気《かんき》扇を回し、水を流しながら、チャッカマンで端《はし》から火をつける。三行だけの文字と、その裏面の連絡先のメモが燃え上がり、黒く焦げ、水の中にひらひらと落ちていく。

たった一枚の紙切れは、あっけないほど簡単に燃え尽きた。その水をトイレに流し、ボウルを戻して、他に燃やさないといけないものはないか必死に考えた。ないはずだと思った。なにもないはずだ。

全部燃えて、煙と灰になって、この世界から消えたはずだ。

ガレージに車が入ってくる音がした。チャッカマンを元の引き出しに突っ込み、階段を駆け上がった。

――俺はなにをしているんだろう?

制服を脱ぎ、部屋着に着替えながら、ぼんやりとそれを考えた。なにもわからない。自分がなにをしているのか、本当に全然わからない。

下から呼ぶ声が聞こえて、なにか言いながら部屋を出た。でもなにを言っているのかわからない。父親がなにか話していた。なにか答えた。買い物袋が目の前にあって、肉のパックが見えて、冷蔵庫にしまった。なにか聞こえた。なにか答えた。足が動いてどこかへ進んだ。手がなにか持った。

俺はなにを見ているのか。俺はなにを触《さわ》っているのか。俺はなにをしているのか。

もう、なにもわからなかった。

土曜日と日曜日の記憶がない。

＊＊＊

いつも通りの月曜日だった。


「鬼島《きしま》！」

急に駒田に声をかけられて、鋼太郎は上履《うわば》きに履き替えた足を止めた。ちょうど今、登校してきて校舎に入ったところだった。「え。おはよーございま……」「ちょっと、こっち」「……す？」

手招きされ、人気《ひとけ》のない昇降口の隅《すみ》へ連れて行かれる。

「あのさ、もしもう知ってたら余計なお世話なんだけど……」

探るように顔を覗《のぞ》き込まれ、鋼太郎は目をパチパチと瞬《またた》いた。「なんのことすか？」

「……知らないか。そうか。おまえにはちょっとショックなことだと思うんだけど、みんなに話す前に先に知らせておきたくて……」

肩に手を置き、駒田は低い声でそのニュースを教えてくれた。

あのな、神威のことなんだけど、「え、あいつどうかしたんですか」実は神威は家の都合で、留学を切り上げることになって、「えっ……いつですか⁉」俺が聞いたのも金曜日の夜で、その時にはもう神威は飛行機で移動中だって話で、「ほんとですか⁉」全然話もできなくてさ、土曜日のうちに代理の人が来て、荷物とか全部引き上げていって、「そんな、じゃああいつ、帰っちゃったんですか⁉」そうなんだよ。一応、落ち着いたら改めてクラスのみんなに手紙を送ってくれるらしいんだけど。

鋼太郎は口許《くちもと》を押さえ、何度も首を横に振った。

「……嘘だろ、知らなかった。あいつ、そんなこと一言も言ってくれなかったし……」

「せっかく仲良くなったのにな。こんなに急に別れが来るなんて、つらいよな」

駒田にそっと背を押され、教室に向かって歩き出す。

ドアを開き、「うーす！」「鬼島おは～」「あれ？　神威は？」かけられる声になにも答えず、二つ並べられた席に一人で向かう。

「へい、しゅぽっす！　一人でどした？　神威どこよ」

西園寺がどかっと机に座ってきて、「しゅぽ」八百地もやって来る。まだ来ていない大山《おおやま》の席に勝手に座り、「――鋼太郎？　顔が死んでるぞ。なんかあったのか？」首を傾げる。

「それが……今、そこで駒田に聞いたんだけど……」

駒田が話したままのことを、鋼太郎を取り囲み始める。巴も振り返り、こっちを見る。

その話し声を聞きつけて、西園寺と八百地に話した。周りの連中も「えっ」「まじかよ⁉」

なになに、どしたん？　それが神威の奴、えーうそ⁉　えっなに？　神威、帰っちゃったんだって！　うそ、なんで急に⁉　ヒャハァ⁉　ねえなんの話？　それがね、えー⁉　神威が⁉

みんなが騒ぎ始める輪の中心で、鋼太郎は深く俯《うつむ》き、両手の中に顔を埋《うず》めた。

「こ、鋼太郎……！　大丈夫かよ？　ええ、うわ、まじか、あいつ……！」

西園寺が肩を抱《だ》いてくる。その腕の重みの下で、鋼太郎は黙り込んだままでいる。頭をポンと叩いてくるのは八百地だろう。「急だな」「ていうか俺、タブレット返してもらってねえし……」

「――おまえ、そんなこと言ってる場合かよ」「あっそうだよな、ごめん……鋼太郎、泣くなって」

泣いてはいなかった。

朝のホームルームでは駒田が改めてその話をして、クラスには重い雰囲気が垂れ込めた。「手紙をくれるって話だし、みんなで楽しみにそれを待とう」駒田の言葉に、誰もが頷いた。

鋼太郎の左隣の席は片付けられ、再び目の前には大山の巨大な背中が壁のように聳《そび》え立った。その後ろに隠れて、鋼太郎は、落ち込んだ顔をしていた。

昼休みになってから、「ちょっといい?」巴が声をかけてきた。西園寺と八百地に断りを入れ、巴と廊下を歩き出した。

巴はどんどん歩いて行って、やがて渡り廊下も通り過ぎ、あの段ボール箱が置いてある隠れ場所まで辿り着いた。

階段の途中に並んで座ると、巴は低い声で話し始めた。

「なんかさ、随分急な話だったよね……あいつ。あんたも全然知らなかったんでしょ?」

心配して声をかけてくれたらしい。

「知らなかったよ……つか、普通にびっくりだよ。でも、家の都合じゃしょうがねえし」

「……そうだね。私、あいつともっとちゃんと話せばよかった。お礼とか、もっとちゃんと言いたかったよ。親に無理矢理に連れ戻されたんじゃないといいけど……」

そうだな、と頷き返す。

「ていうかさ、あんたは気が付いてた? あいつ、左の目、義眼を入れてたよね」

そうだな、と頷きかけて、停止する。

右に座った巴の横顔を見る。

鋼太郎がなにも言わなかったのを肯定ととったのか、巴は前を向いたまま、組んだ手で顎《あご》を支えて話し続ける。

「うちのおばあちゃん、もう亡くなっちゃったんだけど、病気で義眼だったんだ。だから私も気が付いたんだけどさ……あいつに声とかなにもかけられなかった。困ってることとか、手助けできたこと、本当はあったんじゃないかな。そう思って、あいつに対する自分の態度を今さら後悔しちゃって……」

『黙っていてほしいのよ』

『かわいいよね、あの子』

『ひどいことになる』

頭の中で散乱していた焦点《しょうてん》が、やっと一つに重なる。

「……それさ、」

上《うわ》ずりそうになる声を、必死に抑えた。いつも通りの声で、いつも通りに話さなければ。

「あいつ、隠したかったみたいでさ」

「ああ、そっか……」

「だから絶対、誰にも、言わないでやってくれないか?」

巴はなにか考え込むように視線を遠くして、頷いたのかなんなのか、曖昧《あいまい》に首を傾けた。その瞬間にわけがわからないほど焦《あせ》ってしまい、

「なあ!　今の、聞いてたか⁉」

「えっ?」

驚いた顔をして巴がこっちを見る。「返事しろよ!　誰にも言わないって、絶対に言わないっ

て、はっきり言え！　ここで誓え！」

「……なに？　言わないけど、……なんなの？」

「いや、だって、なんかさ、」

笑ってみせる。「黙ってるから、なんだろうって思って……」

巴が左目のことを知っていたことがあいつらにばれたら、自分と同じように脅される。いや、脅されるだけじゃすまないかもしれない。なにをされるかなんてわからない。絶対に、巴をこのことに関《かか》わらせてはいけない。絶対に、遠くへ、安全な所へ、巴を押しやらないといけない。もう二度と届かないところまで、遠くへ。

全身の毛が逆立つのを感じながら、「とにかく約束な、約束。絶対だからな」強張《こわば》りそうになる顔で必死に笑い続けようとした。ひっ、ひっ、と引き攣《つ》る息も、笑っていることにしようとした。

「鬼島？　ちょっと、どうしたの？　あんた変だよ？」

「いや、やっぱ神威が……ほら、あれ、ショックでさ、だから、なんか、」

「……義眼のこと、なにかあるの？　なに隠してるの？　なに？」

「いいから、もう忘れろ！　忘れろ！　忘れろ！　忘れろ！　その話、二度とすんじゃねえ！誰にも絶対言うんじゃねえ！　もし言ったら——」

気が付いた時には立ち上がっていて、巴の正面に回り込み、まるでキスをする恋人同士みたいに顔を近付けていた。しかしどこにも触れはせず、歯を剝《む》き出し、顔を歪め、怯《おび》えて仰《の》け反《ぞ》る巴に向かい、

「もし言ったら、殺す」

囁《ささや》いていた。

巴の白い顔が、呆然《ぼうぜん》と表情を失う。見開かれた目が鋼太郎を見つめる。華奢《きゃしゃ》な身体がかすかに震え、小さな口が丸く開く。

その膝《ひざ》に、ポケットに入れておいた稲妻のピアスを落とした。スカートで跳《は》ねて、足元に転がった。拾え、というように視線を動かした。

「き、鬼島……」

「病院に落ちてた。おまえのお母さんのだろ」

必死だった。

巴を、自分と同じようにはしたくない。

巴を、絶対に壊せないいし、汚《よご》したくない。

巴を、恐ろしいことから遠ざけたい。

巴を、だから、ここで完全に切り離す。

ここでできるだけ遠く離れて、二度と行く道は交わらない。自分が、できるだけ遠くまで行かなくてはいけない。

「……鬼島！　待って、どうしちゃったの⁉　なにがあったの⁉　私なにかした⁉　ねえ鬼島！　待って！　鬼島！　待ってよ！」

踵《きびす》を返した鋼太郎を追いかけようとして、巴は「あっ！」足を踏み外《はず》しかけた。体勢を崩《くず》し、危《あや》ういところで手すりに摑まる。

鋼太郎は、それを階段の下から静かに見ていた。

「……鬼島……」

小さな白い手が、震えながら伸ばされる。

摑まれ！　そう叫ぶように。

じゃんけんのパーにも見えた。だから鋼太郎はチョキを差し出した。切る。終わり。

そのまま背を向け、歩き出した。もう二度と振り返らずに、廊下を進んだ。

本当は駆け出したかった。巴の傍からできるだけ早く、できるだけ遠くへ、人間ではないものを引き離したかった。

巴を、きれいなままでとっておきたかった。

＊　＊　＊

日々は続いた。

鋼太郎はいつも通りに高校生活を送った。

西園寺や八百地とつるみ、勉強し、家事を手伝い、時には遊んで、端《はた》からはごく普通に見える毎日を生きた。巴は時々、鋼太郎を見つめていた。なにかを探すような目をしていた。無視を続けているうちに、やがてその視線も感じなくなった。鋼太郎はそのことに心から安堵《あんど》した。

クラスのみんなは神威からの手紙を待っていたが、いつまでも届くことはなかった。

妹は予定通りに退院し、小学校にもすこし通ったが、いい時期は長くは続かなかった。秋が深まる頃にはまた入院になり、冬になっても退院はできず、そのまま病状は悪くなる一方だった。年が変わると容態《ようだい》は一気に深刻になり、春には県外の大学病院に移された。補助人工心臓をつけながら、移植を待つことになった。母親も病院の近くの保護者用の宿泊施設に移り、鋼太郎は父親とともに週末になると面会に行った。頰を撫《な》でると、透明な目が静かに鋼太郎を見上げた。妹からは消毒液のにおいしかしなくなった。

海外での移植の道も模索したが、体力的にもう渡航に耐えられないと判断され、支援団体の協力を仰《あお》ぐことはできなかった。

三年生になり、医学部や歯学部を目指す西園寺、八百地、巴とはクラスが分かれた。駒田も担任ではなくなった。鋼太郎はそれ以外の学部を受験する理系進学クラスで、勉強に勤《いそ》しんだ。その頃にはもう「計画」を思いついていた。

その「計画」の実現のために、都内の名門大学を志望校に決め、鋼太郎の学力では難しいといわれながらも、推薦《すいせん》でいける大学もあるといわれながらも、ひたすら必死に努力を重ねた。

誕生日が来て、十八歳になった。

十七歳が終わった。

＊＊＊

奇跡が起きたのは受験直前、十二月の初めのことだった。

二時間目の授業中、突然担任でもない駒田が後ろのドアから顔を覗かせ、教師に小さく目配《めくば》せしてから鋼太郎を廊下に呼び出した。

「落ち着いて聞けよ。今、お母さんから連絡があって、宇以子《ういこ》ちゃんの心臓移植手術が決まったって。もうこれから、数時間以内には始まる、って」

それを聞いた瞬間、膝から崩れ落ちそうになった。

ありえないと言われていた。妹を喪《うしな》う心の準備をしておくように言われていた。国内で、しかもこどものドナーが見つかるなんて、期待するだけ虚《むな》しいレアケースだと言われていた。ニュースになるレベルのことのはずだった。

「親戚が危篤《きとく》だってことにして、ごめんな縁起《えんぎ》でもないけど、でもそういうことにして、支度《したく》してすぐ下りてきなさい。俺が車で病院まで送っていくから」

「……でも、でも結構、距離、あるし……」

「学校でも家でもただ待ってはいられないだろ。お母さんにもそう伝えてあるから、早く」

荷物を取りに教室に戻るよう背中を押される。駒田は廊下に出てきた教師の耳元になにか囁き、控え目なダッシュで先に行く。鋼太郎は自分の席でバッグを掴み、手当たり次第に物を突っ込み、「鬼島どうしたの?」「いや、ちょっと……親戚が危篤で」「えっ、まじか」「帰るの?」「大丈夫ー?」かけられる声に「大丈夫、大丈夫」手を挙《あ》げて返し、教師に一礼して教室を出た。

コートを忘れた。

でももう戻ることもできず、校門の手前で駒田が車を回してくるのを待った。

そこからはグラウンドが見えた。体育をしている生徒たちの姿があった。

突然、後悔が押し寄せた。

なぜあの時、「おーい！」と叫ばなかったのだろう。

なぜあの時、「行くな！」と叫ばなかったのだろう。

なぜあの時、泣いて神威を止めなかったのだろう。

なぜあの時、自転車を繋《つな》いでしまわなかったのだろう。

あの時グラウンドから駆け出して行って、しがみついてでも神威を捕まえればよかった。そのまま決して手を離したりしなければよかった。神威を行かせなければよかった。

神威は一体いつから一人で戻ってしまうつもりでいたのだろうか。——わからない。

（俺が……）

神威は『本当』はどうしたかったのだろうか。——わからない。

（置いて、いかれたのか……）

あの夏の川べりを思い出す。真っ赤な空の下、神威は夕陽を背に受けて、黙ってじっとこっちを見ていた。なぜだか記憶の中のその顔が、自分の顔に置き換わった。あれからずっとあそこに一人ぼっちで、世界のすべてから取り残されて、今も立ち尽くしている気がした。

そして自分を置き去りにしたこの世界のどこかで、今、こどもが心臓を取り出されている。

（……君は、『本当』は、どうしたかった？）

返事はない。わからない。

もう人間ではないから、わからない。

（……みんな、俺には『本当』のことを言ってくれないよな。そうやってなにも言わずに、人間

はみんな、俺を置いていってしまうんだよな）

駒田が車を回してきて、助手席に乗り込んだ。

「なに、上着ないのか。今暖房マックスでつけたからな。すぐあったかくなるぞ」

バッグを膝に抱《かか》え、鋼太郎はどこか呆けたように目を開いていた。その顔を、駒田は運転しながらも心配そうに覗き込んでくる。「大丈夫か？　気分が悪くなったら言えよ？」

「いや、ただ……」

口は、ちゃんと動いた。まるで人間みたいに、うまく動くものだと思った。表情もだ。

「……複雑な心境で。移植が決まって嬉《うれ》しいけど、喜んだらいけないような気もして……もやもやして、苦しいみたいな……」

そうか、と駒田は頷いてくれた。そうだよな、と、何度も。そして静かな声で、でもはっきりと、

「いいんだよ、鬼島。もやもやしていいし、苦しくていい。おまえはそれでいい」

そう言った。

「俺は嬉しいと思ってる。おまえの妹が元気になれるチャンスをもらえたことを、今、心から喜んでる。奇跡みたいな確率だよな。すごいことだよ。すごいことが起きてるんだよ」

ルームミラーに映る駒田の顔を見た。すこしも笑ってはいなかった。真剣な目でまっすぐ前方を見据《みす》えていた。

「……これは、俺の話な。一般的に、とかじゃなくて、教師としてでもなくて、単純に俺の話。俺は、免許証で臓器提供の意思表示をしてる。脳死でも提供する、可能な臓器の全部を提供する、って。嫁さんもこどももいないけど、親父《おやじ》ももう死んでるけど、母親と妹二人にはそのこと

をちゃんと話してある」

聞きながら、自分はどういう顔でいればいいのかわからなかった。

「もしも俺が病気になれば、脳死の人から臓器の提供を受けることができる。もしも俺が脳死になれば、病気の人に臓器を提供することができる。俺は『そういう社会』に生きていて、『そういう社会』であることを受け容《い》れてる。『そういう社会』の一部でありたいと思ってる。俺の生命は、無念に途切れるものではなく、そうやってこの社会を巡《めぐ》り巡るものであってほしいと思ってる」

そんなの、と、つい口から出ていた。

「……なんか、きれいごとじゃないですか……」

世の中、先生みたいに準備ができてる人ばっかじゃねえし。

「かもな」

駒田はやっとすこしだけ笑ってみせた。「まあ、これが俺だ」ルームミラー越しに鋼太郎の目を見てくる。

「俺はこういう人間だ、ってだけの話。で、おまえはおまえでいいんだ。おまえの答えを、探し続けていいんだよ。おまえは今、もやもやするって言う。苦しいって言う。もしかしたら答えなんて本当はどこにもなくて、もやもやで苦しいままおまえは生きていくのかもしれない。けどさ、」

信号はずっと青が続いて、車はなめらかに加速していく。自分一人をこぼれ落としたまま、みんなの世界は順調に流れ、今も巡り巡っているらしい。

「おまえがそういうおまえであることで、誰かがきっと救われると思うんだよ。そういうおまえがいることを、誰かがきっと喜んでくれる。俺は、そう思ってる。だからおまえには、きっと苦しい道だと思うけど、それでもおまえ自身であることをどうか諦《あきら》めないでいてほしい」

『——止まってくれ！』

叫び出しそうになった。

とっくになにもかも諦めた。とっくになにもかも終わった。なにも救えはしなかった。俺はただこうやって突っ立ってる。声を上げずに口を噤《つぐ》んでる。もう人間ですらなくなってる。

『神威が燃えてる！』

先生。

『神威が大変なんだ！　神威が殺される！　あいつは内臓を取られてた！　あいつは左眼も取られてた！　神威はずっと閉じ込められてて、だけど逃げようとしてたんだ！　きっと途中で誰かに捕まって、それか誰かに脅されて、神威はここから、俺のところから、無理矢理にさらわれていったんだ！　きっと助けてって叫んでる！　どこかでずっと俺が戻って来るのを待ってる！　もしかしたらあのアパートにまだいるのかも！　縛《しば》られて口を塞《ふさ》がれているのかも！』

先生。助けて。

『早く引き返して神威を探さないと！　神威のところに行かないと！　神威が燃え尽きてしまう！　煙と灰になってしまう前に、神威がこの世界から消えてしまう前に、早く神威を捕まえないと！　俺は神威と約束したんだ！』

先生。

『だって神威は、本当は、』

「先生」

――わからない。なんだったんだろう。神威はどうしたかったんだろう。『本当』は。

「俺には……よく、わからない」

身体の力がだらりと抜けた。ヒーターで温まったシートに全身を預けて、鋼太郎はゆっくりとまぶたを閉じた。考えるのをやめた。

「いいよ、眠かったら寝てなさい。今日はきっとしばらく休めないだろ。受験生なんだし、体力はできるだけ温存しないとな」

車の速度に肉体だけを連れて行かれながら、なんの躊躇《ちゅうちょ》もなく、意識を手放《てばな》した。

＊＊＊

妹は無事に手術を終え、退院し、順調に回復した。鋼太郎は第一志望校に合格した。都内の名門大学の建築学部に進学することになった。

合格通知を受け取ってからは、学生アパートの契約や引っ越しの準備にしばらくの間忙殺《ぼうさつ》された。卒業式が終わるとすぐに家を出た。

あの大学に行くのが夢なんだ、といえば、誰もが納得する大学だった。あの教授に学ぶのが夢なんだ、といえば、誰もが納得する名前だった。「せっかくうーちゃんがおうちに帰ってきたのに……」妹は寂しがったが、両親は鋼太郎の進学を手放しで喜んでいた。やっと元気になった妹を置いて上京することの不自然さにも気付かず、快く送り出してくれた。

大学にも建築にも教授にも興味などなかった。

今の状況でも家を出ることを誰も疑わない、そういう進学先を選んだだけだった。

巴の母親が亡くなったことを教えてくれたのは、兄と同じ歯科大に実家から通うことになった西園寺だった。葬儀はもう終わっていた。残念だな、と鋼太郎は返した。千葉も落ち込んでるだろうな、かわいそうだな、と。他のみんなも同じような反応を返していた。浪人が決定した八百地だけが、なぜか鋼太郎に「おまえ大丈夫か？」と送ってきた。なにが？　と返すと、「助けがいるんじゃないか？」とさらに送られてきた。それにはもう返事をしなかった。

高校時代の友人とは、それからさりげなく距離を置いた。巴は地元の国立大の医学部に受かったらしい。

その後のことはわからない。

大学生になった鋼太郎は「計画」を進めた。

それは自分の死を偽装するところから始まる。

鬼島鋼太郎は死んだ、ということにするのだ。家族を自分から確実に切り離し、別人の身分を手に入れて、あの会に潜《もぐ》り込む。まず神威の両親を探す。見つけて、殺す。『ママ』も殺す。臓器売買組織にも接触する。会からは手を引くとは言っていたが、すべての関係が一気に消滅するわけではないだろう。臓器を売りたいと言って紹介を受け、なんなら本当に売ってしまって、内部の奴と繋がって、どれだけ時間がかかっても組織の中に入り込み、あの女を探して殺す。神威の身体に傷をつけた奴をみんな探して殺す。神威の臓器を使って生きている奴も一人残らず探して殺す。それがどんなに困難でも、必ずやり遂《と》げる。絶対に誰も許さない。自分のすべてを、命を、知能を、体力を、時間を、とにかくすべてを捧《ささ》げて、絶対に実行する。絶対に皆殺しにする。

それが「計画」だ。

死んでから動く――まるでゾンビになるような話だと思う。

いいや、すでになっているのか。自分は随分前から人間ではなくなっているのだから、生きてないないのだから、それでも動いているのだから、とっくにゾンビになっていたのか。


死の偽装は簡単ではない。

死体は見つからないが、それでも客観的に誰もが「鬼島鋼太郎は死んだ」と判断せざるを得ない、という状況を作り出さなければならない。

恐らく一番手っ取り早いのは、たとえば断崖絶壁《だんがいぜっぺき》に靴を置いて、遺書を残し、姿を消すこと。

しかし手っ取り早いからこそ、それではだめなのだとも思う。どうも自殺したらしい、だって遺書があったから、でも死体は見つからない……いかにも怪《あや》しい。偽装を疑われる可能性が高い。

では事故ならどうだろうか。海や山で事故を装い、姿を消す。自殺の可能性のない、あくまでも不慮の事故。それならよさそうだと思った。なぜ突然海へ、なぜ突然山へ、不自然だ、とも疑われないようにできればなおいい。

大学に入学してすぐに、鋼太郎は登山のサークルに入った。大学生活を満喫しようとしている、普通の新入生の行動でしかなかった。山を趣味にしようと思って、という鋼太郎の言葉を、家族も新しい友人も、誰も疑いはしなかった。

講義、サークル、試験、飲み会。学生生活は順調だった。

バイトにも精を出した。業種を選ばず金を稼ぎ、ひたすら貯めた。

遊びにも精を出した。大学の外でも色々な連中と知り合い、夜の街でつるむ仲間を見つけ、やがて架空の人物のＩＤを作れる業者と繋がった。

死の偽装を実行する時に向けて着々と準備を進めていったが、しかし解決できない懸念が一つあった。

神威がどこかに隠れていて、自分に連絡する機会を窺《うかが》っているとしたら。やっと連絡した時に、自分が死んだことになっていたら。どうにかして神威にだけは、本当は自分は生きているということを伝えなくてはいけないと思った。うまいやり方を考えなくては。

鋼太郎は必死に考えたが、なかなかいい方法は思い浮かばなかった。

そのまま一年が過ぎ、二年が過ぎ、三年が過ぎた。神威から連絡がくることはなかった。

神威が死んだなんてまだ本気で信じたわけではなかったが、それでも、もう自分に連絡をしてくることはないのだろう。そう悟った。

神威はメモを置いて行ったから、連絡先がわからなくなってしまったのかもしれない。


インナーチャイルド回復セミナー。ＡＣのための学びの会。心と脳を癒すトラウマ解消ワークショップ。導きと希望の勉強会。だそうだ。

あの会の特定はすぐにできた。

公式のサイトがあって、スタッフによるブログにはいつも数千ものいいねがついていた。コメント欄も盛況だった。会員であることを明らかにしながら、ＳＮＳをやっている者も数多くいた。

今の鋼太郎にできるのは、サイトやＳＮＳの投稿を眺《なが》めることぐらいだった。毎日丹念《たんねん》に更新を追った。先のことを考えれば、そう無駄なことでもないはずだった。会のことをネットで知って、活動に段々興味をもって、という入会理由を説明しやすくなる。

しかしある日、主催者——これが『ママ』だろう——が、脳梗塞《のうこうそく》を起こして倒れたという報告があった。幸い軽度で命に別状もないというが、しばらくは代理を立てて会の運営にあたる、とのことだった。鋼太郎は焦った。

病気で死なれたりしたらどうしよう。

気が急《せ》くが、まだ準備が整っていない。貯金はしているがまだ足りない。偽ＩＤも精度の高い、その分高価なものが何パターンか欲しいし、会に入り込むまで生きていくためのまとまった金もいる。顔を変えるための手術費もいる。なにしろ一旦死を偽装したら、もう帰る道はないのだ。バレれば家族を危険に晒《さら》す。自分一人が殺されてすむ話ではない。絶対に、偽装は失敗できない。なにがあっても最後までやり遂げなければならない。そのためには準備に手抜かりがあってはならない。

死ぬなよ、『ママ』。本気で健康を願った。健康食品やサプリでも送ってやりたいぐらいだった。俺が殺しに行くまで、どうか元気でいてくれ。できるだけ痛みが長引くように、ひどいやり方で絶対に殺すから。必ず苦しめて殺すから。登山ナイフ。ザイル。ピッケル。アイゼン。ハンマー。趣味で、すっかり使い慣れたから。刃物は鋭く砥《と》いだのと、汚《きたな》く潰《つぶ》したのと両方あるから。これでやるから。

もうすぐ会いに行くから。

結局、四年かかってしまった。

鋼太郎は大学四年生になり、就職活動の末に都内の一流企業に内定をもらい、卒業の目星《めぼし》もどうにかついた。誰もが鋼太郎の努力と情熱を、そしてそれによって摑み取った輝ける未来を、すこしも疑いはしなかった。死を偽装する準備がようやく万全に整った。

行けば二度と引き返せない道に、その日、踏み出すことにした。

卒論も提出し終えたし、就職前の最後の息抜き。鋼太郎は周囲にそう話した。ゆっくり写真を撮りたいから一人で行く。たまにはカメラもちゃんと使ってあげないとな。家族にも伝えた。いつも通りに明るく振舞った。不自然なところは一切なかったはずだ。

行き先は決まっていた。下見も済んでいた。難易度はそれほど低くないが、有名な写真スポットがいくつもあって初心者にも人気の国内のとある山。

レンタカーで駐車場に降り立ち、登山届をきちんと出した。色鮮やかなカラーリングと大きなブランドロゴが目立つウェアを着た。愛用のキャップはサークルの名前入り。装備品にはどれもきちんと氏名が書いてあって、身分証明書入りの財布はバッグの底のポケットに入れた。

他の登山客とすれ違うたびに挨拶を交わし、若い女子グループには「どこから来たの？」と話しかけた。こんなところでナンパですか〜？　と笑われて、「えっ、違うって！　ただちょっと、あっ！」慌《あわ》てた拍子に飲んでいたドリンクを胸元に派手に溢した。お兄さんやば〜い！　さらに笑われた。その様子を見ていた年配のグループもクスクス笑っていた。見て、あのカラフルな彼。出会いが欲しいのね。若い人はいいわね。

印象には残ったはずだ。こういう格好の人を見ましたか？　と訊かれれば、かなり多くの人が「あっ！」となるはずだ。

この山で、自分は姿を消す。部屋に戻らない。連絡がつかない。下山していない。目撃情報に従って山中を捜索すると、谷底の川から荷物が発見される。カメラには、立ち入り禁止区域にある急峻《きゅうしゅん》な崖《がけ》から撮影した写真が残されている。そこから落ちたのなら絶対に助からない高さで、遺体が見つからないまま生存は絶望視される。数日で捜索も打ち切られる。

実際には写真を撮り、荷物を川に投げ込んだ後、人目につかないところでウェアを着替え、自分は別人として山を下りる。そこから数時間の距離を歩き通し、徒歩で駅へ向かう。その後に必要な荷物や現金はすでに数か所のコインロッカーに分散して預けてある。

そういう予定だった。

一番危険なのは、崖からの写真を撮るところだ。本当に危険な場所だから、足でも滑らせれば一巻の終わりだ。偽装ではすまない。普通に死ぬ。

そんな間抜けなことにだけはならないよう絶対に注意しなければ、と思っていた。

でも結局、もっと間抜けなことになった。


「助けて――」


その声が聞こえたとき、鋼太郎はまだ登山道の途中にいた。いわゆるクサリ場、岩が積み重なるスリリングな崖を鎖《くさり》で伝って登っていく人々が、前にも後ろにも連なっていた。

声に顔を上げてしまった。

頭上から人が転がり落ちてくるのを見た瞬間、反射的に足場を蹴《け》り、飛びつくように腕を伸ばしていた。鎖を支えにその身体を掴み止めようとして、自分の身体ごと持っていかれた。掴んでいた鎖から指が外れ、巻き込まれて一緒に数メートルを転がり落ちて、それでも一度は岩に乗り上げるように落下は止まった。腕の中に抱き込んだその人が体勢を整えるのを見た。抱えていた手を離した直後、鋼太郎が体重を預けた足場だけが崩壊した。

為《な》す術《すべ》なくさらに一人で落下した先は凍った残雪、そこから一気に滑落《かつらく》し、加速して、鋼太郎の身体は氷の滑《すべ》り台から底の見えない谷へ向かって放り出された。

——後で知ったことだ。

登山中に滑落事故に遭《あ》った派手なウェアの鬼島鋼太郎は、数時間後にヘリで救助された。意識不明のまま病院に搬送《はんそう》され、緊急手術を受け、何日もＩＣＵで眠り続けた。

長い夢を見ていた。

夢の中で、両親と妹が肩を組み、寝転がっている自分を取り囲むようにして覗き込んでいた。

『がんばれがんばれ鋼太郎！』

（あ。やばい……）

『がんばれがんばれお母さん！　がんばれがんばれお父さん！　がんばれがんばれ宇以子！』

（これは、本格的にやばいやつ……。俺、死ぬのかも……）

『がんばれがんばれ神威！』

えっ、と思った。

（ここに神威がいるのか？）

左手をもぞもぞと動かしてみる。でもなにも触れない。左隣に神威はいない。『がんばれがんばれ鋼太郎！』応援されながら身を起こし、辺りを見回す。

もしも、なにか世界の境目のようなものが見えて、そしてその向こうに神威がいるとしたら、そこへ行こうと思った。

（つか、俺、そうしたかったのかな……？）

それがどこであろうと、神威がいるところに行きたかったのかもしれない。あのいつも通りだった金曜日から、ずっとそうしたかっただけなのかもしれない。

『がんばれがんばれ神威！』

立ち上がり、神威を探した。「神威？」歩き出し、やみくもに走って、「神威！」必死に探した。

「神威っ！」

この声に気付いて、応《こた》えてくれないか。姿を見せてくれないか。そう願ったが、神威を見つけることはできない。

『がんばれがんばれ鋼太郎！』

いつものように自転車に跨《また》がり、朝の光の中でナポレオンみたいに俺を待っていてくれないか。片手にスマほを掲げたまま、全開の笑顔でいてくれないか。

もう一度おまえの声を、あのアホくさい俺たちだけの送信音を、聞かせてくれないか。

頼むよ。

『がんばれがんばれ神威！』

なあ、神威。

『がんばれがんばれ鋼太郎！』

姿を見せてくれよ。

『がんばれがんばれ神威！』

おまえに会いたいよ。

『がんばれがんばれ鋼太郎！』

＊＊＊

神威をあの部屋から連れ出した夜、心の中に炎が生まれた。その炎は自分自身を焼き尽くし、煙と灰にしてしまった。意識が戻って、鋼太郎はそのことを理解した。

あの日、「計画」は台無しになり、身体には大怪我《おおけが》を負った。特に右足の状態はひどく、切断だけはどうにか免《まぬか》れたものの、一生涯の後遺症が残った。杖《つえ》の支えなしにはもううまく歩くことはできないという話だった。

死を偽装して、会に潜り込み、組織に接触する。何年間も自分を駆り立ててきたのはたった一つ、その「計画」だけだった。そのために生命を保ち、そのために正気を保ち、そのためにいつも通りの鬼島鋼太郎を演じてきた。でももう、永遠に実現することはない。「計画」は破棄《はき》しなければいけない。滑落事故は小さな扱いではあったがニュースになった。事故に遭ったのが自分だということは調べればわかるだろう。こうなってしまった身体も隠しようがない。この身体で生きている限り、自分が鬼島鋼太郎であることを否定することはもうできない。

そしてなによりも、母親が、父親が、妹が、この事故によってどれだけのダメージを受けたのかを目《ま》の当たりにしてしまった。これまでも想像はしていたし、そしてそれを振り切るつもりでいた。振り切れると思っていた。でもわかった。自分にはもう無理だ。同じことは、もう二度とできない。

長く入院したが、大学は卒業できた。就職は取り消しになった。鋼太郎の方から、回復まで長くかかることを理由に内定辞退を申し出た。

都内の部屋を引き払い、地元に戻り、鋼太郎はリハビリを続けた。左側に支えてくれる奴がいないから、自分の左手で杖をつくしかなかった。

ただまっすぐ前に進むだけのことにも苦労した。ある日、気が付けばリハビリルームの窓の外が夜になっていた。ふと、神威と夜の道を歩いた時のことを思い出した。神威が初めて家に来て、麻婆豆腐《マーボーどうふ》を食べて、送って行った時だ。神威といたいと初めて思った時だ。神威が自分を見つけてくれたことを初めて知り、自分も神威を見つけてしまったことを初めて知った時だ。あの時だ。あの瞬間。

あの瞬間が存在しなければ、自分はどうなっていたのだろう。自分は今もまっすぐに、前へと進むことができていたのだろうか。失うことなど知らないままでいられたのだろうか。いつも通りの日々を、いつも通りに生きていたのだろうか。まだ人間でいられたのだろうか。

力の入らない足が床にひっかかり、鋼太郎はそのまま左側に倒れそうになる。危ういところで杖を突き、転倒せずにすむ。体重がかかった手《て》の平《ひら》が痛い。心を貫《つらぬ》く「計画」ももうない。自分は煙と灰になってしまった。助けた人は無事だったらしい。もしまだ人間だったなら、それで救われたりしたのだろうか。わからない。それでも進んでいかなければいけない。生きていかなければいけない。

左隣には今、誰もいない。


長い時間をリハビリに費《つい》やして、鋼太郎は地元の企業に就職した。実家から仕事に通い、それなりに忙《せわ》しない日々を過ごした。

気が付けば、二十七歳になっていた。

帰宅すると誕生日祝いのDMが来て、あれからもう十年も経《た》ってしまったのかと驚いた。

十七歳で神威と出会い、神威を失った。それから先は「計画」のために生きた。準備に執着《しゅうちゃく》し、構想にすがりつき、あらゆるすべての行動はその遂行《すいこう》のためだけにあった。しかしそれも結局失った。

鋼太郎は今、人生の残り時間をただ生きていた。なんの目的もなく、喜びも悲しみもなく、失うものさえもうなくて、無意味に心臓を動かし続けていた。

無意味でいい、みたいなことを、自分は言ったんだっけ。

自分は神威に確かそう言って、……そうだ。躍起《やっき》になって、美しい物語を否定したんだ。

コツコツと杖を鳴らして階段を上がり、自室に入る。鞄《かばん》を置いて、暗い窓辺を開け放って寄りかかる。この窓辺で、あの夜、神威と二人で炎が燃え尽きるのを見つめた。自分たちは大丈夫だと、理由もなく信じていた。

なぜ、あの時の自分はあんなにも自信に満ちていたのだろう。自分が間違っているわけはないと、当然のように信じていられたのだろう。

無知だったからだろうか。

なにも知らないこどもだったから、あれだけ傲慢《ごうまん》でいられたのだろうか。

そうかもしれない。十七歳の頃、自分は無意味に生きることがこんなにもつらいなんて知らなかった。

「ごめんな……」

自分以外はもう誰もいない夜の窓辺に、鋼太郎は小さく呟《つぶや》いた。

自分の無知と傲慢は、神威から生きる意味も美しい物語も奪ってしまった。そんなのなくていいんだ、と。そんなの壊していいんだ、と。

そして、そのまま神威を一人で行かせてしまった。

神威が『本当』はどうしたかったのかなんて、もうわかりようもなかった。

自分のせいで、神威は信じたかったものを何一つ、持っていくことができなかったのかもしれない。

あのままなにかを信じていられれば、その方が神威には幸せだったのかもしれない。

自分のせいであいつは無駄に苦しんだかもしれない。自分の無知と傲慢が、あいつを絶望させたのかもしれない。あいつはもしかしたらそのせいで、すべてを諦めてしまったのかもしれない。なにかにすがれれば——たとえば自分にとって「計画」がそうであったように、それがたとえまやかしであっても、もっと楽でいられたのではないか。信じるものにすべてを捧げて、あいつは満足できたのではないか。そうやって救われる道もあったのではないか。自分には結果を変えることはできなかったのだから、だったらせめて、あいつからなにも奪わないでいてやれたらよかったんじゃないか。

無意味な日々を生きながら、毎日、こうして後悔している。

後悔しない瞬間などなかった。

なぜあの時、「おーい！」と叫ばなかったのだろう。なぜあの時、「行くな！」と叫ばなかったのだろう。なぜあの時、泣いて神威を止めなかったのだろう。なぜあの時、自転車を繋いでしまわなかったのだろう。

あの時ならまだ全速力で走ることができたのに、なぜそうしなかったのだろう。

ぐんぐん走って、おまえに追いついて、捕まえることができたのに。処刑《しょけい》ー！　そう叫んで、抱き締めて、絶対に絶対に離さないでいればよかった。たとえそのまま沈んでしまっても、二人で燃え尽きてしまっても、おまえと一緒ならそれでよかった。

一緒にいられるなら、なんだってよかった。

「ごめんな、神威……」

生きる意味が欲しい。

美しい物語が欲しい。

まだ二十七歳だなんて、うんざりする。このまま無意味に生きることに、あとどれだけ耐えられるのかわからない。もうがんばりたくない。

＊＊＊

兄は先についていて、いつものように魂《たましい》の抜けた横顔で川面《かわも》を見下ろしていた。

「鋼太郎！」

やっと顔を上げる。不機嫌そうに眉を寄せ、「呼び捨てにすんなっつってんだろ」左手に持った杖の先でコツコツと橋の板を突く。

「ここ来たの久しぶりでしょ？　何年ぶり？」

「んなの覚えてねえよ」

「あーもーその顔やだ。もっとにこやかにして。今日はうーちゃんの十七歳の誕生日なんだから」

「……自分のこと『うーちゃん』って、まさか学校でも言ってねえだろうな？　もし言ってたら相当やばいキャラ認定されてるぞ」

「言いそうになったら、うーちゃん……ぽん食べたい！　ってごまかしてる」

「おまえ、絶対小さい時の方が賢《かしこ》かったよな……」

「うーちゃん……こ鍋《なべ》食べたい！　もあるよ」

兄の腕に飛びつき、腕を絡《から》め、すこし体重をかけてぶら下がる。「……なに」夕暮れ時の橋の上で、兄の顔を見上げてちょっとにやついてしまう。「……なんだよ」

実は、かなり緊張していた。

兄はわかっているだろうか。

私が十七歳の誕生日に、このいつも通るわけでもない橋の真ん中でわざわざ待ち合わせしたがった理由を。同じ家に帰るのに、夕暮れ時にわざわざここで会いたがった意味を。

「……どうせあいつが、なんか言ったんだろ」

おっと。こういう時、ちょっと兄のことを怖いと思ってしまう。なにも言ってないのに、全部が伝わっている。頷くしかない。

「そうだよ」

「よく覚えてたな」

「覚えてるよ。全部覚えてる。初恋だもん。うーちゃんの王子さまだもん。話してくれたことは、忘れたりするわけない」

兄の目が、ふっと遠くなってしまう。兄はここにいるのに、身体はここにあるのに、なにかのきっかけで心だけがふわふわとかき消えたようになってしまう。兄は何年もこんな感じだった。優しくてかっこよくておもしろくてちょっと変な、ときどき結構ださい、でも最高にやっぱりかっこよくて大好きだった私のおにーちゃんは、あの時から変わってしまったままだった。

神威と会えなくなったとわかって、病室を飛び出して行ってしまったあの時。

なにかあったのはわかっている。ママもパパももちろんわかっている。でも、兄はなにを聞いても答えてはくれない。だから私たちは、待っているしかない。今もずっと待ち続けている。

私たちのおにーちゃんが帰ってくるのを。

「……あのね、十七歳は特別なんだって。十七歳になったらこの橋に行ってごらんって。きっと青春と出会えるから、って。自分はそうだったたって」

うん、うん、と頷いて聞いてくれながら、兄の目の中にはもう真っ黒な空洞しかなかった。あの事故までは、そこには嘘があったと思う。そしてあの事故からは、こうなった。嘘すらなくなって、からっぽになった。兄の心の中に、今、私の言葉は届いていない。それでもめげずに話し続ける。

「青春と出会って、そこからすべてが始まったんだって。だからうーちゃんも十七歳になったら絶対に青春しろって言われたんだ。そのためにこの約束を置いていくから、って。約束っていうか使命だから、って」

バッグから財布を取り出す。財布から、小さく折り畳んだ紙片を摘《つ》まみ出す。こんな小さな紙切れを、よく失《な》くさずに持っていられたものだと我ながら思う。

それを兄に差し出した。

怪訝《けげん》な顔をしてそれを兄が受け取り、心底ほっとした。「っしゃ！　使命、完了！」

「……なんだ、これ」

「神威に」

できるだけなんでもないことのように、とても久しぶりに、その名前を口に出した。

「頼まれたんだよ。十七歳の誕生日に、この橋の上で鋼太郎に必ず渡してくれって」

兄の手が、震えるのが見えた。

「開いてみないの？」

あの病室で、最後に聞いた優しい声が耳の奥に蘇《よみがえ》る。

『これは使命だよ。うーちゃん』

＊＊＊

そうしたことに、深い意味はなかった。ただあまりにもうーちゃんが悲しそうに泣くから、どうにかしなくてはと思った。

でも考えている時間の猶予《ゆうよ》もなく、もうこれでいいや、とメモを破いた。半分に破るつもりが、四行書いたうちの一番下の行だけ半端に破れるという変になにかありげな感じになってしまった。

　だめだな、しまらないな、でも仕方がなくて、小さい方の紙片を折り畳んでうーちゃんに差し出した。

「うーちゃん、約束だ。絶対に十七歳になってくれ。そしてその誕生日に、これを、さっき話した橋の上で鋼太郎に必ず渡してくれ」

「……神威が、自分で、渡せばいいじゃんか……っ！　どこにも行かないで、ずっとここにいればいいじゃんか……っ！」

　ベッドの上で泣き崩れてしまう小さな身体を抱き寄せた。こんなに泣かせてしまうつもりじゃなかった。うーちゃんが泣く声があまりにも悲しくて、おばさんも目許を隠して、そっと立ち上がって病室を出て行ってしまった。

「……ごめんね、うーちゃん。絶対に元気になるんだよ。俺は色々、いっぱい、間違えてた。でももうわかったから。俺のせいで悲しませちゃって、本当にごめん」

「そう思うなら、行かないで……！　お願い……！　うーちゃんも、おにーちゃんも、置いて行かないで……！」

　汗と涙でべちょべちょになってしまった小さな手に、さっきの紙片をしっかりと握らせる。この子が、小さな鋼太郎の妹が、鋼太郎の宝物が、どうか十七歳になれますように。俺が見たような素晴らしい夕焼けが、この子の空にも広がりますように。この子が『せいしゅん』と、出会えますように。

　その願いを、しょうもない紙片に込めたつもりだ。

「十七歳になったら、思いっきり『せいしゅん』するんだよ。そのためにこの約束を置いていくからね。約束っていうか、これは使命だよ。うーちゃん」

最後にぎゅうっと強く抱き締めて、立ち上がった。泣き顔のままのうーちゃんに手を振って、病室を出た。

鋼太郎のおばさんが廊下で待っていて、さっきうーちゃんにしたように、俺のことを抱き締めてくれた。「気を付けてね。絶対に連絡するのよ。神威はまだうちのマグロカツ食べてないでしょ。いっぱい揚げて、待ってるからね」ポケットになにかを突っ込まれた。エレベーターで見てみたら、丸くて大きな飴玉《あめだま》だった。

飴を舐《な》めながら自転車を漕いだ。アパートへ戻る前に、絶対に寄りたい場所があった。

あの日、鋼太郎と出会った橋。

陽射しが眩《まぶ》しい川沿いを進んでいきながら、ふと、このまま本当にどこかへ消えてしまったらどうなるんだろうと夢想した。鋼太郎と話したみたいに、東京へ行って、人の中に紛《まぎ》れてしまったら。いや、無理だろう。本当は土地勘《とちかん》なんてほとんどない。何度か、こどもたちの願い事を叶えるために一緒に外出したことがある。それぐらいだ。でももし鋼太郎と二人だったらどうだろう。それか、東京には向かわずに全然違う土地に……なんて。もちろん本気じゃない。ただの夢。

そんなことはしない。できるかできないかじゃなくて、しない。しないと決めた。

あの橋に着いた。自転車をゆっくり漕いで、真ん中付近まで進む。自転車を停め、欄干《らんかん》から真下の川を見下ろす。改めて、こんな高さから落ちてよく無事だったなと思う。鋼太郎もさぞかしびっくりしただろう。でもすごかった。

助けに来てくれる時、あいつは飛んでいるみたいだった。

翼《つばさ》を広げたままで低いところを鋭く飛ぶ、一羽の美しい鳥のようだった。

ポケットからキーホルダーを摑み出し、金属の小さな輪で繋がれたシスターズを一つずつ外していく。爪《つめ》の先でこじ開けようとするが、うまくいかない。胸ポケットからペンを出し、その先端を使って金具を開いていく。まず一つ。振りかぶって、思いっきり川面に放った。急いで二つめも。三つめも、四つめも。

みんな。この川に落ちると、自由になれるんだよ。俺はなれたよ。流れ流れて、沈んで浮いて、大変だけど、苦しいけど、それでも辿り着いた先には自由があった。

そこではもう、誰にも捕まらない。誰にも苦しめられない。誰にも傷つけられない。

「みんなっ、見ててくれ――――――っ！」

思いっきり叫んだ。俺は自由だ。

「アストラル神威、がんばってくるぞ――――――っ！」

イエーイ！ と拳《こぶし》を突き上げる。気合を入れ直し、自転車に乗る。

全身を使ってぐんぐんペダルを漕ぎ、「わははははは！」一人で馬鹿みたいに笑ってしまった。完全に解き放たれた身体は、怖いぐらいに軽かった。笑いながら理由のわからない涙が溢《あふ》れた。どんどん溢れて、全部後ろに吹き飛ばされていった。

みんな、待ってろよ。するべきことはわかっている。迷いなどもう一切ない。

『ここはあんぜんか』

鋼太郎がそう訊いてくれた時、思い浮かんだのは四つの顔だった。俺が、あそこに残してきた四人のこどもたち。俺はあの子たちを置いてきてしまった。あの、絶対に安全なわけなんかない場所に。

もし俺が姿を消し、所在がわからなくなれば、あの子たちはすぐにどこかへ移されてしまうだろう。俺が通報するのに備えて、もう見つけられない場所に隠されてしまうだろう。

助け出すなら、居場所がわかっている今しかない。こうするしかない。あの子たちのために俺が立ち止まり、俺が振り返り、俺があの子たちのところに戻る。俺が、あの子たちを安全なところに連れて行く。

あの子たちは、俺を先生と呼んだ。

俺が造った王国に住んで、俺が言ったことを信じて、俺が語った美しい物語を信じて、みんな俺を大好きになって、そして旅立っていった。

俺は一体何人のこどもを旅立たせてきたんだろう？

「大丈夫だよ。思いっきり楽しんで、幸せいっぱいになって帰っておいで。君はみんなを導く灯《ともしび》、希望の光になるんだから」

そうやって、何人も、何人も、何人も、奪われるだけの死の旅へ送り出した。

あの子の顔、あの子の目、あの子の鼻、あの子の唇、あの子の息——みんな、俺を信じていた。あの子たちはもう戻って来ない。そういう旅に、俺が行かせた。

そうしたいと望んだわけじゃなかった。ただ、そうしないでいる自由を知らなかった。でも今は違う。鋼太郎が教えてくれた。鋼太郎が俺を解《と》き放ち、俺をどこまでも行かせてくれる。俺は行きたいところへ行く。どこまででも、飛んでだって行ってみせる。

そしてこの手を伸ばし、必死に伸ばし、全力で摑んで、絶対に離さない。それも鋼太郎が教えてくれた。

『離すなよ！　なにがあっても絶対に離すな！』

あの時鋼太郎が放ってくれたスイカに、俺はどれだけ必死にしがみついたか。手を離せば絶対に死ぬと思った。すべてを賭《か》けて、本気の全力でしがみつくしかなかった。そうしなければ生きられなかった。

鋼太郎がくれたのは、そういうものだ。

スイカは食べた。甘くてでかくておいしかった。だからもうこの手の中にはないけれど、でも大丈夫だ。俺は絶対に離さない。今もこの腹に抱えてる。おまえがくれた黒と緑のしましまの、丸くてでっかいエネルギーを、俺はずっと大事に抱き締めたままでいる。

こいつの力で俺も飛ぶ。

おまえがくれた力が、俺を今、こんなにも遠くまで連れて行こうとしている。

アパートから王国までは車で戻った。

ここからの流れはもちろんちゃんとわかっている。こどもたちのお部屋へ戻って、叶えた願い事がどれほど素晴らしかったか、どんなに夢のようだったかを語って聞かせて、目一杯に羨《うらや》ましがらせて、そして別れの挨拶をして終わりだ。帰ってきてからものの十数分で部屋を出て、別れが悲しくなる前に『迎えの馬車』に乗せられる。

部屋に入るなり、「わあ！　先生だ！」「先生、髪の毛どうしたの？」「あげちゃったの？」「先生、服が違う！」こどもたちが駆け寄ってきた。髪が短くなり、眼鏡《めがね》をかけ、高校の夏の制服でバックパックを腹に回して抱えている姿に、みんな目を丸くしていた。

腕を伸ばし、広げて、「……おいで！」声をかける。みんなきょとんとしている。ここにいるこどもたちは、身体に触れ合う習慣がない。親の家にいるときから、まともに触れてもらったことなどないから。

「いいんだよ！　おいで！」

四人の身体を力いっぱい抱き寄せた。「わーっ⁉」「くるしいよー！」「あははは っ」「これなーにー？」腕に力を込めて、ぎゅうっと身体をくっつけ合う。そして思いっきり叫ぶ。

「処刑──────────っ！」

先生の変な行動に、こどもたちは笑い合った。「みんなも言ってごらん。せーの、」

しょけい──────────っ！　あははははは！　なんか変なのー！　あったかーい！　あったかいねー！

「……怖いこととか、悲しいこと、寂しいことがあったとき、こうやると治るんだ」

至近距離で響くこどもたちの笑い声で、耳がおかしくなりそうだった。もっと早くこうできていたらよかった。小さな身体の体温を感じ、息遣《いきづか》いを感じ、生きている命をちゃんと感じることができていたら、あんな間違いは犯さないですんだのに。みんな、ごめん。ごめん、ごめん、ごめん……！

「……みんな、ちょっとこのまま聞いてくれる？　実はね、先生の願い事、まだ全部終わってないんだよ」

この部屋にはカメラがあるが、マイクの性能はそれほどよくない。撮れたものを確認するのを何度も手伝わされたから知っている。この位置で、この声の大きさなら、喋っている内容は拾えない。ただ別れを惜しんでいるように見えるだろう。こどもたちを抱き締めるのも今まではなかったことだが、それもきっと目こぼしされる。だって最後だから。しかも俺は特別だから。俺は、先生だから。

「しー、のまま聞いてて」

抱き締めたこどもたちを静かにさせて、こっそりと説明する。

「今から、みんなに手伝ってもらわないと、先生の願い事は叶わないんだ」

パチパチと目を瞬かせ、こどもたちが驚いた顔になる。

「他のおとなのひとには秘密だよ。あのね、先生がこのお部屋を出て行って、すこししたら、合図の音楽が流れる。それが聞こえたら、みんなお口とお鼻を手で塞いで、ばたーん、ごろーんって床に倒れて、寝たふりをしてほしいんだ」

こう？　こんなふうに？　ふふっ、できるよ。ぼくも！

「だめだめ、今やっちゃだめ。……そうしたらね、おとなのひとたちがこのお部屋に入って来る。そうしたらみんなは、苦しい！　って言うんだ。息ができない！　って。遊びのお庭に出たい！　って。きっと出られるから」

ほんと？　うれしい！　お庭に出たい！　出たい出たい！

「そうしたら先生が、遠くからみんなに二つ目の合図を送る。きっとすぐわかる。みんなはその合図の方に向かって、一生懸命に走って。もし捕まっちゃったら先生の願い事はそこで叶わなくなっちゃうから、がんばって。とにかく走って。絶対に捕まらないように」

でも森があるよ？　森の中は危《あぶ》ないんでしょ？　行っちゃいけないんでしょ？　怒られちゃうよ？

「今日だけ特別に森の中に入っていい。だって先生の願い事だから。わかった？　できそう？」

うん！　先生の願い事、ぼくが叶える！　できる！　ばたーん、ごろーん、で、走る！

部屋の扉《とびら》が何度か軽くノックされた。

時間だ。最後にベッドメイクするふりをして、バックパックからあのタブレット――ご手淫《しゅいん》帳《ちょう》を取り出し、素早くシーツの下に滑り込ませた。西園寺ごめん。心の中だけで謝る。

「じゃあみんな。行って来るね。……先生は、帰る」

バックパックを抱え直し、こどもたちに目配せして部屋を出た。

初めて見る男二人に左右を挟《はさ》まれて、今まで歩いたことのない廊下を進んでいく。歩きながら思い出していた。こどもたちはみんな、願い事ならどこにでも行けるのに、誰一人「おうちに帰りたい」とは言わなかった。これまでただの一人もだ。帰りたいおうちなんて、もう誰にもないのだ。帰った自分を喜んで迎えてくれる親なんか、ここに来るこどもにはいないのだ。俺だってそうだった。

四人の顔をまた思い浮かべる。

どうか、あの子たちが帰るところを見つけられますように。

俺は、見つけることができた。

鋼太郎のところに帰る。

絶対に帰る。約束したから。たとえどれだけ時間がかかっても、たとえどんな姿になっても、どうなってでも。なにがあっても。これは、そういう旅路だ。

俺は死にに行くんじゃないんだ。

俺は、こうやって生きたいんだ。

鉄の扉を開いて外に出ると、もう車が待っていた。バックパックを抱えたまま建物を出る。上に監視カメラがあるのに気付く。『ママ』は、こういうものを自分で確認することはあるのだろうか？　俺を見るだろうか？　見ればいいのに。

男二人がこっちに背を向けている隙《すき》に、力いっぱい中指を立てて見せた。両手でキメた。舌まで出した。

強烈な敵対の意志。攻撃の意志。すげえざっくり言うと、ケンカ売ってるって話。

車のドアが開き、後部座席の方へ歩いて行く。しかしそのとき、思いがけないことが起きた。男の一人がひょいっと腕を摑んできて、手慣れた様子で注射を打たれた。

「えっ⁉　今のなに⁉」

「鎮静剤だよ。長くかかるし、眠って行けた方がいいだろう？　頭がふわふわして、気分も落ち着くから」

いやいやいや……絶句した。こんなことするのかよ。さすがに知らなかった。広い後部座席に乗り込みながら、内心めちゃくちゃ動揺してしまった。なんてことするんだ。最悪だ。予定通りにできるか、これでわからなくなった。さっそく頭が重くなってきてるし、だるくなってきてるし。注射、効《き》きすぎだろ。

運転席と助手席に男たちが乗り込む。後部座席との間には隔壁《かくへき》があって、小窓もあるが閉まっている。向こうからこっちが見えないのは好都合だった。しかし、車が走り出すなり身体が横倒しになってしまう。だめだだめだ、身を起こす。力が抜けていく手で、バックパックを開ける。鋼太郎の家から持ち出した、新品のカセットボンベが三本。それと、あのエロいライター。視界が暗くなってくる。シートの脇には身体を横にして固定できるようなベルトと、酸素吸入のためのボンベがある。これは、どうなるんだろう。いいこと？　悪いこと？　わからない、もういい、だめだ、早くしないと本当に眠ってしまう。

カセットボンベのキャップを外し、逆さにして車の床に押し付けた。両手でそうやってガスを抜き、もう限界だ、というところまでがんばる。

生き残れるようにがんばる。

帰れるようにがんばる。

鋼太郎のことを思い出す。あの橋の上で見た夕陽を思い出す。何度も何度も思い出したことを、今もまた思い出す。そうだ。始まりはいつもここからだ。おまえは俺を見つけた。何度だって思い出せる。何度だって、俺もおまえを見つける。何度やり直したって同じだ、同じようになる。俺たちは絶対に、お互いを見つける。

片手でライターを握った。でも指が滑るし、全然力が入らない。でもやる。絶対やる。火、つけ。早くつけ。俺たちは大丈夫だ。どれだけ遠く離れ　ても、くそ、火、つけよ！　あーもうこれ、指が！　俺たちは　絶対に　　大丈　　夫だ
どうやれ　ばいいのか　は　わから　　な　いけど、でも　がん　ばる　　俺は絶　対に、生　　きて帰　る

俺　　鋼　太　　郎　　　と

火　　　つ

『ゥオッケイ！　レッツダンッ！』

　ベッドのシーツの間に隠したタブレットから、神威がアラームでセットしておいた妙にリズミカルな曲が突然流れ始めた。

　一つ目の合図。こどもたちはすぐに口と鼻を手で押さえた。そして床に、ばたーん、ごろーん、寝転ぶと、大人たちが慌てて部屋に入ってくる。大騒ぎになった。この音はなに⁉　なぜ苦しんでいるの⁉　毒物⁉　ガス⁉　なにかの中毒⁉　音のする方に近付いちゃだめよ！　早く換気して！　王子たちと姫を連れ出して！

「遊びの広場に出たい……」「息ができない……」「くるしい！」「広場に出してー！」

　遊びの広場なら部屋の窓からもすぐに出られる。大人たちは視線を交わし、急いでその窓を開け放った。さあ出なさい！　急いで！　こどもたちは部屋から飛び出し、地下フロアの光庭《こうてい》から階段を駆け上がり、遊びの広場に転がり出た。

　その瞬間、森の奥から激しい爆発音とともに黒煙と炎が噴《ふ》き上がった。

　大人たちは驚いて一斉《いっせい》に悲鳴を上げた。みんなとっさに頭を抱えてしゃがみ込んだ。その隙にこどもたちは走り出した。あれが二つ目の合図だ！　先生が呼んでる！　先生の願い事だ！　叶えなきゃ！

　その後をすぐに大人たちが追いかけてくる。一生懸命に走り、暗くて深い森の中に駆け込む。爆発音が何度も聞こえる。空が赤く染まっている。四人は迷うことなく、まっすぐに、先生が呼ぶ方へ走り続ける。

　しかし、やがてその目の前に鉄条網《てつじょうもう》付きの高いフェンスが現れた。こどもだけでは到底乗り越えられない。ドーン、ドーン、と何度も音が呼ぶ。真っ赤な炎が天まで伸びている。早く、早く、と叫ぶように。でもここから先へは行けない。このままでは捕まってしまう。

どうしよう……小さな顔を四人が見合わせたその時だった。

「あっれー⁉」

フェンスの向こうの木立《こだち》の奥で、なにかがキラキラと強く光った。光は四つあって、ぴょんぴょんと弾《はず》むように近付いてきた。

「こんなとこにこどもがいる！」「えーうそうそ⁉　どしたのー⁉」「ほんとだー！　迷子なの？」

「そこから先に行けないのー？」

光ってみえたのは、四人の女の子たちだった。みんなおしゃれなブレザーの制服を着て、タータンチェックのスカートは短め、ニットを腰に巻いてる子もいるし、だぼっと着ている子もいる。リボンタイは赤か紺《こん》、襟元《えりもと》をすこしだけ着崩して、綺麗《きれい》な髪をさらさらと揺らしたり、大きなお団子《だんご》にしたり。マスカラの瞳《ひとみ》にネイルの指、頬には甘い色のチーク、唇はグロスでつやつやで、みんな楽しげに笑っていた。みんなキラキラと輝いていた。薄暗い森の中にいても、眩《まばゆ》い光を放って見えた。

「うちらはいつも四人でセット！」「みんな十七歳だよー！」「ねー！」「そそそ、うけるっ！」「ほら、みんなこっちにおいで！」「フェンスの破れ目があるんだよ！」「早くおいでー！」

十七歳の女の子たちは、笑い声を上げながらフェンス沿いに走り出した。こどもたちはそれを追いかけ、フェンス越しについていった。

すぐに破れ目は見つかって、「はーい！　ここだよー！」「急げ急げー！」女の子たちが手招きしてくれる。小さな身体でそこをくぐり抜ける。「みんながんばれー！」「またこっから走るよー！」炎と爆発音に向かってさらに走った。四人のこどもたちが決してはぐれないように、女の子たちは行く道をずっと導いてくれた。

木々の切れ目から、そのとき山裾《やますそ》の道が垣間見《かいまみ》えた。激しくサイレンを鳴らし、何台もの消防車が山道を連なりながらこちらへ向かってきていた。

女の子たちの後をついて走るうちに、四人は森から飛び出していた。すぐ傍に消防車の車列が近付いてきて、「それじゃ一緒に声出して！」「行くよ！」「みんな、息すーっ」「……せーの、」

たすけて────────っ！

それは、こどもたちが知らない言葉だった。

でも女の子たちが叫んだから、一緒に大きく叫んだ。全力で叫んだ。何度も何度も、その声が届き、消防車から何人かの隊員が駆け降りてくるまで繰り返した。

抱き上げられたこどもたちは口々に十七歳の女の子たちのことを訴えたが、その後どれだけ近辺を捜索しても見つかることはなかった。

神威は結局、その女の子たちを見なかった。

＊＊＊

『一緒に生きたい』

兄が開いた紙片にはそれしか書いてなくて、

「は⁉　こんだけ⁉」

思わず叫んでしまった。本当に、たった一行だけの走り書きだった。

「いや、でも、あっそうだ！　もしかしてこれって、暗号だったりしない⁉　なにか、そう、ひみつの金庫のパスワードとかさ⁉」

「……いや、これはこれだけだろ」

破られた紙片をじっと見つめながら、兄はそう言った。

「これがあいつの、『本当』なんだろ」

「えー！　十年も大事に失くさないように持ってたのに！　もっとなにか実はすごい、壮大なメッセージだったりしないの⁉　もっとなにかあるでしょー！」

「あいつって、……神威ってさ、」

兄の右手が、口許を押さえた。

「ほんと、こういうとこあってさ、」

手の下から「……ぶっ、……ははっ、ははは！」笑い声が漏《も》れ始めていた。我慢できないみたいに「あはははは！　あっはっはっは……！」それはどんどん大きくなっていった。

「なにかくるぞくるぞって期待させておいて、なんもないんかーい！　ってみんなコケたくなるような、なんかそういうことすんだよ……！　あいつ、いっつもそうなんだよ……！」

大笑いしながら、兄の左手は胸の辺りを強く押さえた。そこからなにか聞こえるみたいに、何度も何度も兄は頷いた。くしゃくしゃになった目からは、涙が止《と》め処《ど》なく溢れ出していた。それは最初は細い筋《すじ》で、どんどん滴《したた》り落ちて、やがて合流して、大きな流れになって、あらゆるものを激しい力でどこかへ一気に押し流し始めた。

「……こいつ、まじで……あっはっはっは！　あっはっはっは……っ！　神威、おまえ、まじ……！　しょうもねえ……っ！　でもわかったよ！　わかった！　おまえの『本当』、わかった！　俺もだよ、俺も一緒だ、おまえと一緒だ、ずっと一緒だ……っ！　あっはっはっはっは！」

笑いながら泣くその姿は、初めて見るのに懐《なつ》かしかった。よく知っていると思った。これが兄だ。これが鬼島鋼太郎だ。これが、うーちゃんの、大好きな、たった一人の、

「……ぅおにーちゃぁぁぁ――――ん！」

思いっきり、飛びついた。

「おにーちゃんおにーちゃんおにーちゃんっ！　早くうーちゃんを処刑して――――！」

いつもなにかを守ろうとしている温かな両腕が、ぎゅうっと身体を抱きしめてくれた。

「……汗くせー！　ヘアムース、牛乳、桃、砂糖、花……」

うーちゃん――頭にくっついた口が、そう呼んでくれた。

「もう十七歳かよ！　高二かよ！　すげえよな、あんなに小さかったのに、いつの間にこんなでかくなったんだよ……！」

くっつけあった身体を離し、それでも肩は組んだまま、二人して欄干から景色を見渡した。あらゆるものを押し流し、やがて海へと運んでしまう河の流れを眺めた。

「……そろそろ帰る？」

涙で汚《よご》れた顔のまま、兄は首を横に振った。

「いや。もうちょっと待ってみる」

誰を、とは訊かなかった。

兄の横顔が真っ赤な光に照らされていた。二人で眺める河の流れの上には大きな空が、黄金と朱色《しゅいろ》に燃えるような夕焼けの空が広がっていた。

丸くて大きな火の玉みたいな夕陽が、輝く雲間から姿を見せた。

兄はゆっくりと右手を伸ばした。その太陽に触れようとしているみたいだった。いつか本当に手が届くと、摑むこともできると、信じているかのようだった。

私も思った。

あれ、きっと触れるよ。届くよ。摑めるよ。

同じことを信じた。そしてこの世界のどこかに、同じように、同じ温度で燃える火の玉に、必死に手を伸ばしている人がいるとも信じた。手と手はいつか触れ合うだろう。きっと届いて、摑み合うのだろう。

ただ、一緒に生きるために。

＊＊＊

これが最初だった。

帽子とサングラスとマスクで顔を隠したまま、スーツ姿の四人の男女が会見場に姿を現した。何人もの弁護士と、支援者だという人々も傍についていた。

誰も知らなかった事件が国中を震撼《しんかん》させる、その第一歩がここから始まった。

鋼太郎はちょうど代休で、リビングに下りて来た時には家族は誰もいなかった。なんとなくつけたテレビに、その記者会見のライブ映像が流れていた。

集まった記者たちに揃って一礼し、グレーのスーツを着た女性がマイクを握った。しかしその声が出ない。震え始めて、マイクを机に置いてしまった。両隣の男性がその肩を支え、顔を覗き込み、なにか声をかける。女性は泣いているようで、会場は騒然となった。

鋼太郎は音量を上げた。なんのニュースかわからなかった。

肩を支えている男性が、壇上から下にいる支援者たちに向かってなにか声をかけた。

そこから一人が走り出てきた。

長袖《ながそで》のコートに手袋。つばの広い帽子。マスクもしていて、顔も素肌もまったく見せない異《い》形《ぎょう》だった。

その人が腕を広げると、スーツの四人がこどものようにしがみついた。五人でしっかりハグし合い、身を寄せ合い、肩を組み合って、そして突然声を合わせて大きく、

しょけい————————————っ！

手からマグカップが滑り落ちた。

足元に牛乳を飛び散らしたまま、鋼太郎はカメラのフラッシュが瞬《また》くその画面を見つめた。目を凝《こ》らした。耳を澄ませた。身体の中の全神経を研《と》ぎ澄まして、ちゃんと探した。

その前傾気味の立ち姿。服の中は多分、薄い身体つき。ただ存在しているだけで自然と漏出《ろうしゅつ》するぼや〜っとした独特の雰囲気。

見つけた。

やっぱりそうだ。あいつは絶対に——


「しゅぽっ！」

叫んだ。

その瞬間に、画面の中であいつはびっくりしたように振り返った。きょろきょろと辺りを見回し、ちょっと首を傾げ、上を向く。鋼太郎にはわかった。あいつは今、神威は今、マスクの下で絶対にしゅぽり返した。そんなわけないのに、でもそうなんだから仕方ない。届いてしまったのだからしょうがない。

行き先もわからないまま鋼太郎は飛び出していた。足元がよろめいて杖がないことに気が付いたが、それでも止まれなかった。転んでもいいから行こうと思った。飛ぶように行こう。この翼を広げて、おまえのところにまっすぐ行こう。

一緒に帰ろう。


〈了〉

本書は書き下ろし作品です。

この物語はフィクションであり、実在の個人・団体とは一切関係ありません。

〈著者略歴〉

竹宮ゆゆこ（たけみや　ゆゆこ）

1978年東京都生まれ。2004年「うさぎホームシック」でデビュー。
著書に、「わたしたちの田村くん」「とらドラ！」「ゴールデンタイム」などのシリーズのほか、長編小説に『砕け散るところを見せてあげる』『知らない映画のサントラを聴く』『あなたはここで、息ができるの？』『いいからしばらく黙ってろ！』『心が折れた夜のプレイリスト』『あれは閃光、ぼくらの心中』などがある。

心臓の王国

2023年8月2日　第1版第1刷発行

著　者　竹宮ゆゆこ
発行者　永田貴之
発行所　株式会社PHP研究所
東京本部　〒135-8137　江東区豊洲5-6-52
文化事業部　☎03-3520-9620（編集）
普及部　☎03-3520-9630（販売）
京都本部　〒601-8411　京都市南区西九条北ノ内町11
PHP INTERFACE　https://www.php.co.jp/
組　版　有限会社エヴリ・シンク
印刷所　製本所　図書印刷株式会社

ISBN978-4-569-85505-9